인생 수정

THE CORRECTIONS

Copyright © 2001 by Jonathan Franzen

This Korean edition was published by EunHaeng NaMu Publishing Co., Ltd.
in 2012 by arrangement with Jonathan Franzen c/o Writers House LLC
through KCC(Korea Copyright Center Inc.), Seoul.

인생 수정

조너선 프랜즌   김시현 옮김

은행나무세계문학 에세 • 21

은행나무

데이비드 민스와 제네브 패터슨에게
이 책을 바칩니다.

차례

일러두기

* 본문 하단의 각주는 모두 옮긴이의 것이다.

세인트주드

광기 어린 한랭전선이 가을의 대초원으로 성큼성큼 다가들고 있었다. 끔찍한 일이 일어나리라는 예감이 어른거렸다. 하늘에 나지막이 뜬 해는 쇠약한 빛을 뿜으며 차갑게 식어갔다. 무질서하게 이어지는 돌풍과 돌풍. 나무가 들썩이고, 기온이 추락하고, 세상만물의 북쪽 종교가 오롯이 종말을 맞았다. 이곳 마당에 아이들이라곤 없었다. 누런 잔디 위로 그림자만 길어질 뿐. 담보로 잡혀 있지 않은 집들 위로 붉은참나무와 핀참나무와 늪지백참나무 도토리가 비처럼 쏟아졌다. 텅 빈 침실의 덧창들이 몸서리를 쳤다. 웅웅대다 딸꾹질하는 세탁 건조기, 콧소리로 실랑이를 벌이며 낙엽을 내쫓는 송풍기, 이 고장에서 자라나 종이봉투 속에서 익어가는 사과들, 앨프리드 램버트가 아침나절 고리버들 2인용 안락의자를 칠한 페인트 붓을 빠느라 쓴 휘발유의 냄새.

장로주의가 득세하는 세인트주드의 교외 지역에서 오후 3시는 위험한 시간이었다. 앨프리드는 점심을 먹은 후 잠이 들었던 커다란 푸른색 의자에서 눈을 떴다. 낮잠을 다 잤지만 5시나 되어야 지역 뉴스가 방송될 터였다. 비어 있는 두 시간은 감염된 부비강(副鼻腔)이나 다름없었다. 그는 비틀비틀 일어나 탁구대 곁에 서서 이니드의 기척에 귀 기울였지만 허탕이었다.

온 집에 울리는 것이라고는 앨프리드와 이니드에게만 들리는 비상벨 소리뿐이었다. 그것은 불안의 비상벨이었다. 소방 훈련 시 학생들을 거리로 내몰 때 쓰는, 전자추가 달린 거대한 주철 비상벨 소리와 비슷했다. 너무 긴 시간 울리고 있어 추가 금속 공명기를 휘갈기며 내보내는 짧은 '경보' 메시지가 아니라, 함축이라는 덮개를 뒤집어쓴 타악기의 으스스한 곡소리가 쉴 새 없이 이어지는 듯했다. 하긴 어떤 소리라도 그토록 오래 듣다 보면(어떤 단어라도 뚫어져라 쳐다보노라면 무의미한 문자들의 나열로 해체되어버리듯이) 그 구성 성분이 하나하나 분리되게 마련이다. 며칠이나 이어진 경보음이 그저 한낱 배경음으로 녹아든 것이다. 다만 어느 이른 아침 부부 중 한 명이 땀에 흠뻑 젖은 채 깨어나면, 경보음이 머릿속에서 헤아리지도 못할 만큼 오랫동안 울리고 있었다는 사실을 깨닫기는 했다. 몇 달간 계속된 그 소리는 압축파의 파동에 따라 높아졌다 낮아졌다 하는 것이 아니라 그들이 소리를 **인식**하는 정도에 따라 한결 천천히 커졌다 작아졌다 하는 듯해 더 이상 소리라기보다는 메타소리로 화하고 말았다. 날씨 자체가 불안을 품고 있을 때면 소리를 특히 예민하게 인식했다. 식당에서 무릎 꿇은 채 서랍을 열던 이니드와, 지하실에서 형편없는 탁구대를 점검하던 앨프리드는 제각각 불안감으로 터질 듯했다.

세련된 가을 빛깔 양초가 든 서랍에는 쿠폰의 불안이 도사리고 있었다. 고무줄로 묶인 쿠폰 뭉치를 본 이니드는 (제조업자가 유쾌하게 붉은색 원을 쳐놓기 일쑤인) 유효기간이 이미 몇 달이나 지나버렸다는 것을 깨달았다. 심지어 몇 년이 지난 것도 있었다. 100여 장쯤 되는 쿠폰의 할인액을 다 합하면 60달러도 넘건만(쿠폰의 두 배를 할인해주는 칠츠빌 슈퍼마켓에 갔다면 할인액이 자그마치 120달러였다) 몽땅 다 날린 것이었다. 틸렉스 세척제 60센트 할인, 엑세드린 PM 두통약 1달러 할인. 유효기간은 **얼마 전도** 아니었다. **옛날 옛날**이었다. 경보음은 벌써 **몇 해째** 울리고 있었던 것이다.

그녀는 쿠폰을 도로 양초 사이에 밀어 넣고 서랍을 닫았다. 며칠 전 받은 등기 편지를 찾고 있던 참이었다. 당시 우체부가 문을 두드리는 소리를 듣고 앨프리드가 고함을 질렀었다.

"이니드! 이니드!"

어찌나 요란하게 고함지르는지 그녀의 대꾸 소리는 그에게 들리지도 않았다. "앨, 내가 받을게요!"

그는 아내의 이름을 외치며 점점 더 가까이 다가왔다. 편지 발송자가 펜실베이니아 스벤크스빌의 이스트 인더스트리얼 서펀티 24번지 액슨 주식회사였고, 액슨과 관련해 이니드는 알고 있지만 앨프리드는 몰랐으면 하는 사항이 있었기에 그녀는 현관문 5미터 반경 어딘가에 편지를 얼른 숨겨두었다. 앨프리드가 지하실에서 나오며 토목기계처럼 우렁차게 외쳐댔다. "**누가 왔어!**"

그녀는 그의 고함을 맞받아 외쳤다. "우체부예요! 우체부!"

그는 이 모든 것의 복잡함에 절레절레 고개 저었다.

앨프리드가 무슨 일을 벌일지 5분마다 걱정하지만 않아도 이니드의 머리가 이리 어수선하지는 않을 것 같았다. 그녀가 아무리 애를 써도 남편은 삶에 재미를 붙이지 못했다. 금속공학을 다시 공부해보면 어떻겠냐고 권했더니 그는 마치 그녀가 정신이 나간 양 바라보았다. 정원 일을 좀 해보라고 했더니 그는 다리가 아프다고 했다. 그녀의 친구 남편들은 전부 저마다 취미가 있다고 했더니(데이브 슈퍼트는 스테인드글라스를 제작하고, 커비 루트는 붉은양진이가 살 수 있는 복잡한 목조 둥지를 만들고, 척 마이스너는 투자 포트폴리오를 매시간 확인했다), 앨프리드는 마치 그녀가 중요한 일을 못 하게 방해하고 있다는 듯 굴었다. 대체 그 중요한 일이 뭐란 말인가? 현관 베란다 가구를 다시 칠하는 것? 그는 노동절 날부터 2인용 안락의자를 새로 칠하고 있었다. 지난번 그가 그 의자를 두 시간 만에 모두 칠했던 일이 그녀는 생생히 떠올랐다. 이제 그는 아침마다 작업실에 갔다. 한 달 후 그녀는 어찌 되고 있는지 볼 셈으로 작업실에 내려갔다가 안락의자의 다리만 새로 칠해져 있는 것을 발견했다.

그는 그녀가 그만 나가주었으면 하고 바라는 듯했다. 페인트 붓이 너무 말라 시간이 오래 걸린다고 투덜댔다. 고리버들을 긁어내는 것은 블루베리 껍질 벗기기처럼 힘들다고 했다. 귀뚜라미도 처리해야 한다고 했다. 그녀는 숨이 가빠졌는데, 아마도 지린내 나는(설마 진짜 오줌은 아니겠지) 작업실의 습기와 휘발유 냄새 때문이지 싶었다. 그녀는 위층으로 얼른 올라가 액슨에서 보낸 편지를 찾기로 했다.

1주일에 6일 동안 현관문의 우편물 투입구를 통해 편지가 몇 킬로그램씩 쏟아졌다. 그 어떤 임시적인 것도 아래층에 쌓여서는 안 되기에, 이 집에서 삶의 픽션은 누구도 여기 살지 않는다는 것이기에 이 니드는 상당한 전략적 도전에 직면해야 했다. 자신을 게릴라라고 여기지 않았지만 그녀는 사실 게릴라였다. 매일 이 창고에서 저 창고로 물건을 날랐고, 종종 권력자보다 가까스로 한발 앞서기도 했다. 밤이 되면, 매혹적이지만 너무 어스레한 촛대 아래 너무 작은 아침 식사용 탁자에서 다양한 전투를 주도면밀하게 펼쳤다. 청구서를 지불하고, 수표장 내역을 확인하고, 메디케어의 고용인 부담 보험료 기록을 해 독하려 애쓰고, 어느 임상검사 센터에서 보낸 위협적인 세 번째 통지 문의 의미를 헤아리려 분투했다. 독촉장은 22센트를 당장 지불하라 고 요구하는 동시에 이월 잔액이 0이니 돈을 낼 필요가 없다고 주장 하고 있었다. 게다가 수표를 보내려고 해도 수표를 보낼 주소가 나와 있지 않았다. 첫 번째와 두 번째 통지문이 지하실 어딘가에 있을지 몰랐다. 이니드가 작전 수행 시 감내해야 할 제약 때문에 다른 통지 문이 어느 특정 저녁에 나타나리라고 어슴푸레 짐작만 할 뿐이었다. 아마도 거실 벽장에 있을 듯싶지만, 앨프리드의 모습을 한 권력자가 시사 프로그램 채널을 요란하게 틀어놓고는 깨어 있을 터였다. 게다 가 거실에 불이란 불은 다 켜져 있었다. 벽장문을 열었다가는 카탈로 그와 잡지 〈아름다운 집〉과 메릴린치 투자은행의 각종 명세서가 와 르르 쏟아져 앨프리드의 분노를 돋울 가능성이 컸다. 그렇다고 해서 벽장 안에 문제의 통지서가 있으리라는 보장도 없었다. 권력자는 그 녀의 창고들을 마구잡이로 급습하고는 그녀가 이 꼴로 내버려둔다 면 몽땅 "버리겠다"고 위협했다. 그러나 그녀는 이런 급습을 피하느 라 너무 바빠 도저히 창고를 정리할 겨를이 없었다. 강요된 이송과 수송이 잇따르자 그나마 어렴풋이 유지되던 질서가 완전히 사라졌다. 그 결과 손잡이 하나가 반쯤 떨어져 덜렁대는 채로 먼지 주름 장식을 켜켜이 단 노드스트롬 백화점 쇼핑백은 내쫓긴 난민의 비극적 정서를 자아냈다. 뒤죽박죽된 〈주부 생활〉 더미와, 이니드의 흑백 스냅사진과, 상추를 살짝 익히는 조리법을 담은 채 갈색으로 산화된 신문 쪼가리와, 이번 달 전화와 가스 요금 고지서와, 50센트 이하의 채무는 무시하라는 상세한 설명을 담은 임상검사 센터의 첫 번째 통지문과, 무료 크루즈 여행 때 화환을 목에 건 이니드와 앨프리드가 속을 파낸 코코넛에 담긴 음료를 홀짝이며 찍은 사진과, 자식들 중 두 아이의 지금까지 남아 있는 출생증명서 따위로 가득 찬 채.

이니드의 표면적인 적은 앨프리드였지만 사실 그녀를 게릴라로 만든 것은 그들 둘이 살고 있는 집이었다. 집 안에는 어떤 잡동사니도 용납하지 않는 가구뿐이었다. 이든 앨런이 만든 탁자와 의자. 가운데가 볼록 튀어나온 식기장에 진열된 스포드 도자기와 워터퍼드 유리 제품. 의무적으로 키워야 하는 무화과나무와 노포크 소나무. 유리판을 댄 커피 테이블 위에 부채꼴로 늘어뜨린 〈건축 다이제스트〉. 중국제 법랑 그릇, 빈에서 산 오르골 등 여행의 전리품들. 특히 오르골 같은 경우 이니드는 의무감과 자비심으로 태엽을 돌리고는 뚜껑을 열었다. 그러면 프랭크 시나트라의 'Strangers in the Night'가 흘러나왔다.

불행히도 이니드는 그런 집을 관리할 만한 기질이 부족했고, 앨프리드는 제대로 작동하는 신경이 부족했다. 게릴라 작전의 증거를 발견한 순간 앨프리드가 내지른 분노의 고함은 더 이상 권력을 휘두를 수 없는 권력자의 비명이었다. 백주에, 지하실 계단에 떡하니 놓인 노드스트롬 쇼핑백에 발이 걸려 넘어질 뻔한 것이다. 그는 얼마 전 프린터 계산기로 무의미한 여덟 숫자를 줄줄이 늘어놓는 프로그램을 만들었다. 여자 청소부의 사회보장연금 납입액을 다섯 번이나 계산하느라 오후의 대부분을 바쳤지만 그중 네 번은 금액이 제각각이었고, 마지막 다섯 번째에야 같은 숫자(635달러 78센트)가 나와 답을 찾았다고 생각했다(정답은 70달러였다). 그날 밤 이니드는 그의 서류함에 야간 급습을 감행해 세금 관련 서류를 몽땅 들어냈다. 더 중요한 서류를 밑에 감춘 채 뻔뻔하게 잡아떼는, 해묵은 〈주부 생활〉이 담긴 노드스트롬 쇼핑백에 세금 관련 서류가 처박히지 않았더라면 집 안의 효율성은 보다 높아졌을지도 모른다. 전쟁 피해자는 여자 청소부가 연금 서류를 직접 작성하도록 내버려둘 수밖에 없었다. 이니드는 그저 수표를 썼고, 앨프리드는 그 복잡함에 절레절레 고개를 저었다.

주택 지하실에 놓인 탁구대의 운명이 흔히 그렇듯 이 집 탁구대 역시 다른 목적으로, 더 절실한 게임을 위해 사용되었다. 은퇴한 앨프리드는 탁구대 동쪽 부분을 은행 업무와 편지 쓰기에 할애했다. 서쪽 부분에는 이동식 컬러 TV가 놓였다. 애초에는 커다란 푸른색 의자에 앉아 지역 뉴스를 볼 생각이었지만 그 의자는 이제 〈주부 생활〉과 계절 따라 나오는 사탕 통과 싸구려 바로크 양식의 촛대로 완전히 포위당해 있었다. 이니드가 중고 위탁 판매점에 갈 시간이 없어 내버려둔 것들이었다. 탁구대는 내전이 공개적으로 벌어지는 전장이었다. 동쪽에서는 꽃무늬 냄비 받침과 엡콧 센터 기념품 컵 받침과 이니드가

30년간 갖고 있으면서도 한 번도 쓰지 않은 체리씨 빼기 장치가 앨프리드의 계산기를 매복 공격했고, 반대로 서쪽에서는 스프레이 페인트로 칠한 개암 열매와 브라질 호두와 솔방울로 만든 화환을 앨프리드가 산산이 부수어놓았다. 이니드로서는 그 이유를 도저히 상상도 할 수 없었다.

탁구대 동쪽에는 앨프리드의 금속공학 실험대가 갖추어진 작업실이 있었다. 지금 그곳은 소리 없는 먼지 빛깔 귀뚜라미들의 서식지가 되어 있었다. 귀뚜라미는 놀라기만 하면 구슬을 떨어뜨린 양 사방으로 흩어졌다. 몇몇은 이상한 각도로 잘못 떨어지고, 몇몇은 자신의 거대한 원형질 무게를 못 이겨 쓰러졌다. 너무 쉽게 터지는 데다 그 뒤처리를 하려면 클리넥스 한 장으로는 부족했다. 이니드와 앨프리드는 기괴하고도 거대하며 수치스러운 고통을 겪고 있다고 믿고 있었는데, 개중에는 귀뚜라미도 포함되어 있었다.

사악한 주문이 걸린 잿빛 먼지와 마법에 사로잡힌 거미줄이 낡은 전기 아크 보일러를 에워쌌다. 이국적인 로듐과 불길한 카드뮴과 충실한 비스무트 단지들. 왕수(王水)*가 담긴 유리 마개 병에서 새어 나온 증기에 닿아 갈색으로 변한 인쇄체 라벨들. 네 줄짜리 공책에 앨프리드가 가장 마지막으로 기입한 것은 아직 배신이 시작되지 않았던 15년 전 날짜였다. 연필처럼 일상적이고 친근한 물건들이 여전히 실험대의 여기저기에 자리하고 있었다. 앨프리드가 10년도 전에 그곳에 놓아둔 것이었다. 기나긴 시간이 흐르며 연필은 일종의 원한으

---

* 진한 질산과 진한 염산의 혼합액.

로 가득 찼다. 습기에 뒤틀려 불거진 액자 속 미국 특허권 두 장, 액자 아래 못에는 석면 장갑이 걸려 있었다. 쌍안현미경 덮개에는 천장에서 떨어져 나온 커다란 페인트 조각이 남아 있었다. 지하실에서 먼지가 없는 물건은 2인용 고리버들 안락의자와 러스트 올리엄 페인트 통 하나와 붓 몇 개와 두 개의 유반 커피 통뿐이었다. 통에서 뿜어져 나오는 강력한 후각적 증거에도 불구하고 이니드는 커피 통이 설마 남편의 오줌으로 채워져 있으리라고는 믿지 않기로 했다. 6미터도 채 안 되는 거리에 자그마하고 멋진 간이 욕실이 있건만 대체 왜 유반 통에다 오줌을 싸겠는가?

탁구대 서쪽에는 앨프리드의 커다란 푸른색 의자가 있었다. 권력의 자취가 희미하게만 남은 의자에는 물건이 가득했다. 가죽 의자였지만 렉서스에 타면 날 법한 냄새가 났다. 뭔가 현대적이고 의학적이고 불침투성(不侵透性)의 냄새라 옆 사람이 차 안에서 죽기도 전에 죽음의 냄새를 젖은 천으로 쉽사리 닦아낼 수 있을 듯했다.

그 의자는 앨프리드가 이니드의 의견을 묻지 않고 산 유일한 주요 물품이었다. 중국 철도 엔지니어와 회의를 하기 위해 그가 중국에 갔을 때 이니드도 함께 갔다. 두 사람은 거실에 깔 양탄자를 사려고 양탄자 공장을 방문했다. 자신을 위해 돈을 쓰는 데 익숙지 않았던 터라 결국 가장 싼 양탄자를 골랐다. 《역경(易經)》에 나오는 단순한 푸른색 무늬가 순 베이지 바탕에 새겨져 있었다. 2~3년 후 미들랜드 퍼시픽 철도에서 은퇴한 앨프리드는 소 냄새가 나는 낡은 검은색 가죽 안락의자 대신 다른 의자에서 TV를 보고 낮잠을 자기로 결심했다. 정말 편안한 의자여야 하는 것은 당연했다. 하지만 평생을 남들을 위해 바쳤던 만큼 단순한 편안함 말고 뭔가가 더 필요했고, 이러한 필요를 채워줄 기념비적인 그 무엇이 필요했다. 그래서 세일도 하지 않는 가구점을 혼자 찾아가 영원히 함께할 의자를 골랐다. 엔지니어의 의자. 너무 커서 덩치 큰 남자도 그 안에서 길을 잃고 말 그런 의자. 엄청난 스트레스도 견디도록 설계된 의자. 의자의 푸른색 가죽이 중국 양탄자의 푸른색 무늬와 약간은 어울릴 듯했기에 이니드는 거실에 그 양탄자를 까는 고통을 감수했다.

하지만 이내 앨프리드의 손이 디카페인 커피를 널따란 베이지색 양탄자에 엎질러버렸고, 개구쟁이 손자들이 딸기와 크레용을 짓뭉갠 채 떠나자 이니드는 그 양탄자를 산 것이 실수였다고 느끼기 시작했다. 돈을 아끼려다가 이런 실수를 한 것이 한두 번이 아니라는 생각이 들었다. 심지어 이따위 양탄자를 사느니 아예 안 사느니만 못하다는 결론에까지 이르렀다. 급기야 앨프리드의 낮잠이 마법에 걸린 듯 깊어지자 그녀는 더욱 대담해졌다. 몇 해 전 친정어머니에게 물려받은 약간의 유산이 있었다. 원금에 이자가 붙고, 몇몇 주식의 가격이 오른 덕에 이제 이니드는 그녀만의 수입이 생겼다. 그녀는 거실을 초록과 노랑으로 꾸미기로 계획했다. 패브릭 벽지를 주문했다. 도배공이 오자, 식당에서 잠시 낮잠을 자던 앨프리드는 악몽을 꾼 양 벌떡 일어났다.

"또 인테리어를 다시 해?"

이니드가 대꾸했다. "내 돈으로 하는 거예요. 집을 꾸미는 데 내 돈을 쓰는 거라고요."

"그럼 내가 번 돈은? 내가 한 작업은?"

이런 논쟁은 과거에는 효과적이었다. 말하자면, 독재자의 합법적 헌법에 기초하고 있었다. 하지만 이제는 아니었다.

"저 양탄자는 거의 10년이 다 됐잖아요. 커피 얼룩이 절대 안 빠질 거예요." 이니드가 대꾸했다.

앨프리드는 푸른색 의자를 가리켰다. 도배공의 비닐 페인트받이가 덮인 그 의자는 꼭 화물 트럭에 실려 발전소로 운송되고 있는 것 같았다. 그는 기가 막혀 부들부들 떨었다. 이니드가 그녀의 의견에 뿌리박힌 결함과 그녀의 계획에 가로놓인 거대한 장애를 잊었다니 그는 도저히 믿을 수 없었다. 그가 70년을 보내며 감수한 모든 부자유를, 이 6년 되었으나 본질적으로는 여전히 새것인 의자가 상징하고 있는 듯했다. 그는 자신의 더할 수 없이 완벽한 논리에 환히 빛나는 얼굴로 씩 웃었다.

"그럼 의자는 어쩌고? **의자는 어떡할 거야?**"

이니드가 의자를 보았다. 그녀의 표정은 그저 고통스러울 뿐이었다. "나는 저 의자가 싫어요."

아무래도 이는 그녀가 앨프리드에게 할 수 있는 가장 끔찍한 말이었을 것이다. 의자는 그에게 미래를 보여주는 유일한 징표였다. 이니드의 말에 그는 슬픔으로 가득 찼다. 의자를 향한 깊은 동정과 연대감에 사무친 데다 배신에 대한 경악스러운 한탄에 빠진 그는 페인트받이를 확 잡아채 의자에 앉아서는 잠이 들었다.

(이는 의자가 마법의 장소라는 증거였다. 그렇게 단번에 잠이 들다니.)

양탄자와 앨프리드의 의자를 둘 다 치워야 한다는 것이 분명해지자, 양탄자는 쉽사리 치워버릴 수 있었다. 이니드가 무료 지역신문에 광고를 올리자 아직도 실수에서 벗어나지 못한, 신경질적인 새 같은 인상을 주는 여자가 찾아왔다. 여자는 되는대로 둘둘 말린 돈 뭉치를 핸드백에서 꺼내 부들부들 떨리는 손가락으로 50달러를 골라 납작하게 펴서 건넸다.

하지만 의자는? 의자는 기념비이자 상징이기에 앨프리드로부터 떼어놓을 수 없었다. 유일한 해결책은 다른 곳에 두는 것이었다. 그래서 의자는 지하실로 갔고, 앨프리드도 뒤를 따랐다. 세인트주드에서 그러하고 이 나라 전체에서 그러하듯 램버트 부부의 집에서도 삶은 지하실에서 이어지게 되었다.

이니드는 앨프리드가 2층으로 올라가 서랍을 여닫는 소리를 들었다. 자식을 만날 때면 그는 언제나 불안해했다. 자식과의 만남은 그가 여전히 신경 쓰는 유일한 일인 듯했다.

흠 하나 없이 깨끗한 식당 창문에 혼란이 일고 있었다. 미쳐 날뛰는 바람과 모든 것을 지우는 그림자. 이니드는 액슨 주식회사에서 보낸 편지를 구석구석 찾아보았지만 그 어디에도 없었다.

앨프리드는 안방에 서서, 서랍장의 서랍이 왜 다 활짝 열려 있는지, 누가 이랬는지, 혹시 자기가 이랬는지 궁금해하고 있었다. 그를 혼란스럽게 했다고, 이런 꼴을 목격하게 했다고, 서랍을 이 꼴로 열어젖힌 사람이 그녀라고 그는 이니드를 나무라지 않을 수 없었다.

"앨? 뭐 해요?"

그녀가 막 들어선 문을 향해 그가 돌아보았다. 그가 문장을 시작했다. "난……."

하지만 놀랍게도 모든 문장이 숲속의 모험이 되었다. 그가 벗어난 빈터의 빛이 더 이상 보이지 않자마자 그는 깨달았다, 길을 잃지 않기 위해 떨어뜨린 빵 부스러기가 새의 뱃속으로 모조리 들어갔음을, 어둠에 묻혀 잘 보이지 않는 뭔가가, 무수히 많은 뭔가가 굶주림에 떼로 뭉쳐 소리 없이 잽싸게 달려가고 있음을. 마치 **그들** 자체가 어둠이고, 어둠은 균일하거나 빛의 부재가 아니라 와글와글 모인 미립자 같은 것인 듯했다. 사실 그는 학구적인 10대 시절 《맥케이 영문 시선집》에서 'crepuscular(어스름한)'라는 단어를 처음 보았을 때, 생물학에 나오는 '미립자(corpuscle)'에 근거해 그 뜻을 짐작한 적이 있었다. 그래서 그는 어른이 된 후에도 평생 황혼 속에서 미립자를 보았다. 어둑한 빛 속에서 사진을 찍을 때 쓰는 고감도 필름의 꺼끌한 표면처럼, 일종의 사악한 부식처럼. 이런 이유로, 노을을 완전히 뒤덮은 찌르레기의 어둠이나 죽은 주머니쥐에 빽빽이 모여든 검은 개미의 어둠이 서리는 숲속에서 그의 공포는 적나라하게 드러났다. 어둠은 그냥 존재하는 것이 아니라, 그가 길을 잃지 않기 위해 분별 있게 확립한 방향을 적극적으로 **갉아먹고** 있었다. 하지만 길을 잃었다는 것을 깨닫는 순간 시간은 한없이 느려지고, 한 단어와 다음 단어 사이 공간에서 예기치 못한 영원의 시간을 발견했다. 혹은 단어 사이의 공간에 갇힌 채 서서, 그를 놔두고 시간이 흘러가는 것을 그저 바라볼 뿐이었다. 자기 안의 경솔한 소년이 어둠에 묻힌 채 숲속을 헤매느라 쿵쿵 부딪는 동안, 공간에 갇힌 어른 앨은 감정이 개입되지 않은 기묘한 긴장감 속에서 이 작은 소년을 지켜보았다. 공포에 질린 소년이 여기가 어디인지, 이 문장의 숲에 들어섰던 지점이 어디인지 모르면서도 얼떨결에 빈터로, 숲에 대해 전혀 모르는 이니드가 기다리고 있을 빈터로 들어서지는 않는지 지켜보는 것이었다.

"가방을 싸." 그는 자신이 말하는 소리를 들었다.

적절한 말처럼 들렸다. 명사, 조사, 동사. 자기 앞에 여행 가방이 있다는 것이 중요한 근거가 되었다. 그는 아무것도 드러내지 않았다.

하지만 이니드가 다시 말했다. 청력 전문의가 진단하길 그의 귀가 약간 손상되었단다. 그는 그녀의 말을 알아듣지 못하고 얼굴을 찌푸렸다.

그녀는 더 크게 말했다. "오늘은 **목요일**이에요. 우리가 떠나는 건 **토요일**이고요."

"토요일!" 그가 되뇌었다.

그녀는 그를 책망했고, 한동안 어둠의 새들이 물러났지만, 밖에서는 바람이 태양을 내쫓고 추위가 드세지고 있었다.

실패

기다란 중앙 홀에서 그들은 불안정한 걸음으로 나아갔다. 이니드는 아픈 쪽 골반을 조심하며 걸어갔고, 앨프리드는 관절이 헐거워진 듯한 손으로 공기를 저어대며 말 안 듣는 발로 공항 카펫을 밟아갔다. 둘 다 노르딕 플레저라인 숄더백을 어깨에 멘 채, 바로 눈앞의 바닥에만 시선을 집중하며 한 번에 세 걸음씩 그 위험한 공간을 줄여갔다. 그 둘을 지나쳐 달려가는 검은 머리 뉴요커들에게서 시선을 돌리는 모습이나, 노동절의 아이오와에서 높이 자란 옥수수밭에서나 볼 법한 앨프리드의 밀짚 페도라 중절모나, 이니드의 툭 튀어나온 엉덩이를 팽팽히 감싼 노란 울 바지를 본 사람이라면 누구나 그들이 겁먹은 중서부 출신이라고 확신할 터였다. 하지만 보안 검사대 바로 앞에서 그들을 기다리고 있던 칩 램버트에게 그들은 킬러였다.

　칩은 방어하듯 팔짱을 낀 뒤 한 손을 올려 연철 리벳 귀걸이를 잡아당겼다. 자기가 이러다 귓불에서 귀걸이를 확 잡아 뜯는 것은 아닌지 걱정이 되었다. 귀가 아무리 아파봤자 지금 그의 마음을 진정시켜줄 정도로 고통스럽지는 않을 터였다. 금속 탐지기 옆에 서 있던 그는 하늘색 머리 여자가 그의 부모를 앞지르는 것을 보았다. 하늘색 머리는 대학생 또래이지 싶었는데, 입술과 눈썹에 피어싱을 한 매우 매혹적인 여자였다. 문득 그런 생각이 들었다, 저 여자와 단 1초만이라도 함께 뒹굴 수 있다면 그의 부모를 보다 당당하게 맞을 수 있을 것이라고, 부모가 도시에 머무르는 동안 매분 매초 저 여자와 함께 뒹굴 수 있다면 부모의 방문을 견딜 수 있을 것이라고. 칩은 운동으로 다져진 단단한 몸매에 키가 컸으며, 눈가에 주름이 잡혔고, 버터 빛깔 머리는 듬성듬성했다. 만약 그녀가 그를 본다면 저런 가죽옷을 걸치기엔 조금 늙었다고 생각할지도 몰랐다. 그녀가 재빨리 그를 지나치자 칩은 귀걸이를 더 세게 당겨 그녀가 그의 삶에서 영원히 사라지는 고통을 상쇄한 뒤 아버지에게 주의를 집중했다. 아버지는 수많은 낯선 이들 사이에 서 있는 아들을 발견하고는 얼굴이 환해졌다. 물에 빠져 허우적대다 달려들듯이 칩에게 벌컥 다가와 그의 손과 손목을 밧줄이라도 되는 양 꼭 쥐었다.

"이런! 이런!" 앨프리드가 말했다.

이니드가 절뚝대며 그의 뒤에서 다가왔다. 그리고 외쳤다. "칩, 귀에다 대체 무슨 짓을 한 거니?"

"엄마, 아빠. 얼굴 보니 좋네요." 칩은 잇새로 중얼거리며 하늘색 머리가 멀리 떨어져 있기를 빌었다.

그는 부모의 노르딕 플레저라인 숄더백에 대해 일순 불온한 생각을 품었다. 노르딕 플레저라인이 모든 유람선의 모든 예약 손님에게 이런 가방을 보낸 것은 저렴한 비용에 고객을 걸어 다니는 광고판으로 써먹으려는 이기적 의도였거나, 크루즈 승선 시 고객을 보다 쉽게 알아보기 위한 실용적 의도였거나, 소속감을 형성하기 위한 상냥한 의도였을 것이다. 그도 아니면 이니드와 앨프리드가 지난번 노르딕 플레저라인 크루즈 여행 때 받은 가방을 일부러 잘 보관하고 있다가 엉뚱한 충성심을 발휘해 이번 여행 때도 들고 다니기로 한 것일 수도 있었다. 어쨌든 칩은 그들이 스스로 기꺼이 기업 광고의 매개체가 된 것이 끔찍했다. 그 가방들을 자기 어깨에 걸친 칩은 부모의 실망한 눈에 라과디아 공항과 뉴욕과 그의 삶과 옷과 몸이 어떤 식으로 비쳐질까 하고 생각하며 마음이 무거워졌다.

그는 처음으로 알아챘다, 리놀륨 바닥은 지저분하고, 암살범 같은 인상의 운전기사가 다른 사람 이름이 적힌 표지를 쳐들고 있고, 천장의 구멍에서 대롱대롱 삐져나온 전선은 뒤엉켜 있고. "이런 씨발"이라는 단어가 그의 귀에 확 꽂혔다. 수화물 센터의 커다란 유리창 바깥에서는 방글라데시 남자 둘이 빗속에서 고장 난 택시를 밀며 화가 나 경적을 눌러댔다.

이니드가 칩에게 말했다. "4시까지 항구에 도착해야 해. 〈월 스트리트 저널〉의 네 사무실을 아빠가 구경하고 싶어 하셔." 그녀가 목소리를 높였다. "앨? 앨?"

목을 구부정히 숙이고 있었지만 앨프리드의 외모는 여전히 인상적이었다. 빽빽한 하얀 머리는 북극곰의 털처럼 반질반질 윤기가 흘렀고, 회색 트위드 재킷의 어깨 부분에는 단단한 근육이 가득했다. 문득 칩은 아버지가 그 근육을 이용해 아이의 엉덩이를 때리던 일이 떠올랐다. 주로 칩이 맞을 때가 많았다.

"앨, 칩이 일하는 곳을 보고 싶다고 했죠?" 이니드가 고함쳤다.

앨프리드가 고개를 저었다. "시간 없어."

수화물 컨베이어 벨트는 텅 빈 채 돌아갔다.

"약 먹었어요?" 이니드가 물었다.

"그래." 앨프리드가 눈을 감더니 천천히 되뇌었다. "약 먹었어. 약 먹었어. 약 먹었어."

"닥터 헤지퍼스가 새 약을 처방해줬단다."

이니드가 설명했다. 칩은 아버지가 사실은 아들의 직장에 별 관심을 보이지 않았으리라고 매우 확신했다. 칩은 〈월 스트리트 저널〉과 아무 관계도 없었다. 그가 무료 봉사를 하고 있는 잡지는 〈워런 스트리트 저널―반전통적 예술 월간〉이었다. 또한 최근에 시나리오 한 편을 완성했고, 거의 2년 동안 브랙 크누터 앤드 스페이 로펌에서 파트타임 법률 전문 교정자로 일하고 있었다. 로펌 일은 코네티컷의 D― 대학에서 한 여대생과 관련한 교칙 위반으로 텍스트 공예학 조교수 자리를 잃은 뒤 시작했다. 비록 부모님은 이 사실을 모르고 있지만, 거의 소송까지 갈 뻔한 이 사건은 세인트주드의 고향집에서 어머니가 자랑했을 그의 출세 가도를 단번에 끊어놓았다. 그는 작가로서 경력을 쌓기 위해 교수 일을 그만두었다고 부모에게 말해두었다. 최근에 어머니가 보다 자세한 사정을 묻자 그는 〈워런 스트리트 저널〉에 대해 말해주었는데, 어머니가 잘못 알아듣고는 친구인 에스터 루트와 베아 마이스너와 메리 베스 슘퍼트에게 당장 자랑하고 말았다. 매달 한 번씩 고향집에 전화를 하니 어머니의 오해를 바로잡아줄 기회는 많았지만 그는 오히려 그 착각을 적극적으로 북돋웠다. 이 대목에서 사정이 다소 복잡해졌다. 〈월 스트리트 저널〉은 세인트주드에서도 발행되며 어머니가 그의 기사를 찾아보았지만 못 보았다는 말을 한 번도 하지 않았기 때문만은 아니었다(이는 그녀의 일부가 아들이 〈월 스트리트 저널〉 기자가 아니라는 사실을 완전히 알고 있다는 사실을 의미했다). 「창조적 간통」이나 「지저분한 모텔을 찬양하자」 같은 기사를 쓴 그가 〈워런 스트리트 저널〉이 전통 타파를 지향하는 잡지라는 일종의 환상을 어머니에게 교묘히 심어주었기 때문이었다. 자신이 이런 사람이 된 것을 부모 탓으로 여기던 서른아홉 살의 그는 어머니가 잡지 이야기를 화제에서 돌리자 마음이 놓였다.

"네 아버지 몸이 떨리던 건 많이 나아졌단다." 앨프리드가 못 듣게 이니드는 나직이 덧붙였다. "부작용이 하나 있는데, 환각을 보는 **것 같아**."

"그거 문제네요." 칩이 대꾸했다.

"닥터 헤지퍼스 말이, 그 정도 환각은 별로 심각할 것 없고 약물로 충분히 없앨 수 있대."

앨프리드가 수화물 출구를 살펴보는 동안 창백한 여행자들이 컨베이어 벨트 주위에 자리 잡았다. 빗물에 실려 온 오염 물질로 잿빛이 된 리놀륨 바닥은 발자국으로 어지러웠다. 조명은 차멀미 빛깔이었다.

"뉴욕이라!" 앨프리드가 말했다.

이니드가 칩의 바지를 보고 눈살을 찌푸렸다. "그거 설마 **가죽** 아니지?"

"가죽 맞아요."

"그걸 어떻게 빠니?"

"가죽이잖아요. 제2의 피부 같은 거죠."

"항구에 4시까지 가야 하는데." 이니드가 말했다.

컨베이어 벨트가 여행 가방들을 토해냈다.

"칩, 좀 거들어라." 아버지가 말했다.

곧 칩은 부모의 짐 가방 네 개를 몽땅 짊어지고는 바람과 비에 비트적거렸다. 앨프리드는 멈췄다 다시 나아가려면 큰일이라는 것을 아는 사람 특유의 탄성으로 발을 끌며 나아갔다. 이니드는 골반의 통증을 염려하다 뒤처졌다. 지난번 칩과 만났을 때보다 살이 좀 쪘고 키는 약간 작아 보이는 것 같았다. 그녀는 젊을 때나 나이 들어서나 예쁜 편이었다. 하지만 칩에게 그녀는 그저 한 사람이었고, 그녀를 똑바로 응시할 때조차도 그녀의 외모가 실제로 어떤지 아무 생각이 없었다.

"그게 뭐냐? 연철이냐?" 택시를 기다리는 줄이 줄어드는 동안 앨프리드가 물었다.

"네." 칩은 귀를 만지작거리며 대꾸했다.

"오래된 1/4인치 리벳 같은데."

"네."

"불에 달군 거냐? 망치로 친 거냐?"

"망치요."

앨프리드가 움찔하더니 숨을 들이쉬며 나지막이 휘파람을 불었다.

"이번에는 럭셔리 가을 빛깔 크루즈란다." 노란 택시가 그들 셋을 태우고 퀸즈를 가로질러 갈 때 이니드가 말했다. "퀘벡까지 올라간 뒤 다시 내려오면서 나뭇잎 빛깔이 어떻게 변하는지 볼 거야. 지난번 크루즈 여행 때 너희 아버지가 어찌나 좋아하던지. 그렇죠, 앨? 정말 즐거운 크루즈 여행이었죠?"

이스트 리버 부둣가의 벽돌 담장이 화가 난 빗방울에 두들겨 맞고 있었다. 칩은 날씨가 좋아 가려지는 것 하나 없이 고층 건물과 푸른 바다가 훤히 보였더라면, 하고 아쉬워했다. 이날 아침 도로 위의 유일한 빛깔이라고는 브레이크 등의 지저분한 붉은색뿐이었다.

"여긴 세계 최고의 도시 중 하나지." 앨프리드가 감정을 담아 말했다.

"요즘 기분은 좀 어떠세요, 아빠?" 칩이 가까스로 물었다.

"이보다 더 좋으면 천국이고, 이보다 더 나쁘면 지옥이겠지."

"우리 둘 다 너의 새 일자리 때문에 무척 기쁘단다." 이니드가 말했다.

"우리나라에서 최고의 신문 중 하나지. 〈월 스트리트 저널〉이라니." 앨프리드가 말했다.

"비린내 나지 않아요?"

"바다 근처니까요." 칩이 말했다.

"아니야. 너한테서 나는 거야." 이니드가 칩의 가죽 소매에 얼굴을 파묻었다. "네 재킷에서 생선 비린내가 **잔뜩** 나."

칩은 몸을 비틀어 그녀에게서 벗어났다. "엄마. 제발요."

칩의 문제는 자신감 상실이었다. 부르주아를 놀라게 할 만한 재력이 있던 시절은 사라졌다. 맨해튼 아파트와 멋진 여자친구 줄리아 브라이스 말고는 자신이 잘나간다고 여길 근거가 거의 없었다. 은행 중역이자 세 아이 아빠인 형 개리나 서른두 살에 필라델피아의 잘나가는 새 최고급 레스토랑에서 셰프로 활약하고 있는 여동생 데니즈에 비해 그는 제대로 한 것이 하나도 없었다. 시나리오가 지금쯤 팔렸더라면 좋았겠지만 화요일 자정에야 작품을 완성했고, 그 뒤에는 브랙 크누터 앤드 스페이에서 열네 시간씩 사흘 동안이나 교정을 보며 8월 치 집세를 번 뒤 9월과 10월도 문제없다고 집주인을 안심시켜야 했다(사실 그 사람도 임차인이면서 그 집을 다시 칩에게 세준 것이었다). 그리고 오찬에 쓸 식재료를 구입하고 아파트를 청소한 끝에 결국 오늘 이른 새벽, 그는 오래전 사둔 신경안정제 재낵스 한 알을 삼켰다. 이리하여 거의 1주일 동안 줄리아를 만나거나 제대로 이야기 나누지도 못하고 있었다. 토요일 정오에 부모님과 데니즈를 그의 아파트에서 함께 맞이하자고, 다만 가능하면 그녀가 유부녀라는 사실을 부모님께 알리지 말아달라는 초조한 음성 메시지를 지난 48시간 동안 숱하게 남겼다. 그러나 줄리아는 전화나 이메일 한 통 없이 침묵만 지킬 뿐이었다. 칩보다 더 차분한 사람이라 해도 이 정도면 괴로운 결론을 내리고 말리라.

맨해튼에 비가 어찌나 세차게 내리는지 건물 앞면을 따라 물이 줄줄 흘러내리고, 하수도 구멍에 거품이 부글부글 끓었다. 이스트 9번 거리 그의 아파트 건물 앞에서 칩은 이니드에게 받은 돈을 택시 칸막이 너머로 건넸다. 터번을 쓴 운전사가 감사 인사를 하는 순간 칩은 팁이 너무 적다는 것을 깨달았다. 그는 자기 지갑에서 2달러를 꺼내 운전사의 어깨 가까이 내밀었다.

"아까 그걸로 충분해. 충분하다고." 이니드가 칩의 손목을 잡으며 소리쳤다. "벌써 고맙다고 말했잖니."

하지만 돈은 이미 운전사가 가져간 뒤였다. 앨프리드는 문을 열려고 창문 개폐 손잡이를 당겨대고 있었다.

"아빠, 여기 이걸 당겨야 해요." 칩이 몸을 숙여 문을 열었다.

"팁을 얼마나 줘야 하는데?"

이니드가 아파트 현관 차양 아래 인도에 서서 칩에게 물었다. 운전 사는 트렁크에서 여행 가방을 꺼내고 있었다.

"15퍼센트쯤요." 칩이 대꾸했다.

"20퍼센트도 넘게 줬잖아." 이니드가 따졌다.

"그래서 그 때문에 말다툼이라도 하자는 건가요?"

"20퍼센트는 너무 많아, 칩. 비합리적이야." 앨프리드가 우렁찬 목 소리로 선언했다.

"그럼 즐거운 하루 보내세요." 택시 운전사가 전혀 비꼬는 기색 없 이 인사했다.

"팁은 서비스와 태도를 보고 주는 거야. 서비스와 태도가 정말 로 좋다면 15퍼센트를 기꺼이 주겠어. 하지만 너는 **습관적으로** 팁 을⋯⋯." 이니드가 줄줄 늘어놓았다.

"나는 평생 불황에 시달렸지." 앨프리드가 말했다, 혹은 그렇게 말 하는 듯했다.

"네?" 칩이 물었다.

"불황이 나를 바꾸어놓았어. 1달러의 의미가 불황으로 달라졌지."

"불안이 아니라 불황 말이군요."

"그런 식으로는 서비스가 특별히 좋거나 나빠도 그걸 돈을 통해 표현할 방법이 없잖니." 이니드는 하던 말을 계속했다.

"1달러는 여전히 큰돈이다." 앨프리드가 말했다.

"서비스가 특별히, 정말 특별히 좋아야 15퍼센트를 줘야 해."

"우리가 지금 왜 이런 이야기를 해야 하죠? 다른 할 이야기도 많은데." 칩이 어머니에게 말했다.

"우리 둘 다 네가 일하는 곳을 얼른 보고 싶구나." 이니드가 대꾸했다.

칩의 아파트 건물 문지기 조로아스터가 서둘러 나와 여행 가방을 옮기는 것을 돕고는 툭하면 고장 나는 엘리베이터로 램버트 가족을 안내했다.

이니드가 말했다. "요전날 은행에서 네 오랜 친구 딘 드리블릿을 우연히 만났지 뭐니. 딘이 만날 때마다 네 안부를 묻더라. 네 새 직장 이야기를 듣고는 무척 감탄하던걸."

"딘 드리블릿은 같은 반이긴 했지만 친구는 아니었어요." 칩이 말했다.

"딘은 바로 얼마 전 넷째를 낳았지. 내가 말했니, 딘네가 파라다이스 밸리에 **큰** 집을 지었다고? 앨, 침실이 여덟 개나 된다고 했죠?"

앨프리드는 눈도 깜박이지 않고 가만히 그녀를 응시했다. 칩이 상체를 숙여 엘리베이터 닫힘 버튼을 눌렀다.

"6월에 너희 아버지랑 같이 집들이 파티에 갔단다. 대단했지. 제대로 된 연회였어. 새우가 **피라미드**처럼 쌓여 있더구나."

"새우 피라미드라니." 칩이 말하는데 마침내 엘리베이터 문이 닫혔다.

"아무튼 정말 멋진 집이야. 침실이 적어도 여섯 개는 되는데, 곧 그 방이 다 차겠더라. 딘은 정말 잘나가고 있지. 장례식장 일이 자기한테 안 맞는다는 결론을 내리고는 잔디 관리 사업을 시작했단다. 너도 알지, 데일 드리블릿은 딘의 의붓아빠였어. 드리블릿 장례식장 주인 말이다. 이젠 어딜 가나 딘의 광고판을 볼 수 있단다. 그리고 HMO 보험* 사업도 시작했어. 신문에서 봤는데 세인트주드에 HMO가 빠르게 퍼지고 있대. 잔디 관리나 건강 관리나 비슷하지 뭐. 그래서 보험 광고판도 새로 붙이고 있단다. **내가** 봐도, 딘은 천생 사업가야."

"엘리베이터가 느으으리구나."

앨프리드의 말에 칩은 딱딱한 목소리로 설명했다.

"전쟁 전에 지은 건물이거든요. 정말 매혹적이죠."

"딘이 글쎄 자기 엄마 생일 때 뭘 할 거라고 했는지 아니? 걔 엄마는 여전히 모르고 있지만 너한테는 말해도 되겠지. 8일 동안 파리 여행을 보내드릴 거라더구나. 1등석 티켓 두 장에다 8일 내내 리츠 호텔에서 묵는다지! 딘은 정말 착하기도 하지. 가족도 잘 챙기고. 세상에 그런 멋진 생일 선물을 하다니. 앨, 그 집만 해도 100만 달러는 들었을 거라고 했죠? 앨?"

"집이 크긴 해도 싸구려로 지었더군. 벽이 종이 같았어." 앨프리드가 느닷없이 힘차게 말했다.

"요즘 짓는 집은 다 그래요." 이니드가 대꾸했다.

"그 집이 멋지냐고 물었잖아. 내가 보기엔 순 허영덩어리야. 새우도 허영덩어리고. 형편없었어."

"냉동 새우였던가." 이니드가 말했다.

* 보험회사가 특정 의사나 병원과 계약을 하여 가입자가 낮은 보험료로 진료받을 수 있는 보험.

"사람들은 그런 것들에 쉽게 현혹되지. 새우 피라미드를 두고 몇 달은 이야기해. 당신만 봐도 그렇잖아."

앨프리드가 중립적 구경꾼에게 하듯 칩에게 말했다.

"네 어머니는 여전히 그 이야기를 하고 있단다."

칩은 아버지가 일순 호감 가는 낯선 노인처럼 느껴졌다. 하지만 그는 앨프리드의 저 깊은 곳에 고함지르고 벌을 주는 사람이 존재한다는 것을 알고 있었다. 4년 전 마지막으로 세인트주드의 고향집을 방문했을 때 칩은 당시 여자 친구인 루시를 데리고 갔다. 과산화수소로 머리를 노랗게 탈색한 젊은 마르크스주의자인 그녀는 잉글랜드 북부 출신으로, 이니드의 마음을 수도 없이 상하게 한 후에(실내에서 담배를 피우고, 이니드가 가장 좋아하는 버킹엄 궁전 수채화를 요란하게 비웃고, 브래지어 없이 저녁 식탁에 앉고, 이니드가 특별한 날에만 만드는 걸쭉한 마요네즈 소스를 마름 열매와 완두콩과 체더치즈 조각에 얹은 '샐러드'를 단 한 입도 먹지 않았다) 앨프리드의 신경을 건드려 화를 돋웠다. 결국 그는 "흑인"이 이 나라를 망칠 것이며, "흑인"은 백인과 공존할 수 없으며, 노동의 의미도 모른 채 정부더러 보살펴달라고 조르기만 할 뿐이며, 그놈들이 정말 익혀야 할 것은 **규율**이며, 결국은 **거리에서의 살육**으로 끝장날 것이라고 선언해버리고 말았다. 루시가 자신을 어떻게 생각하든 신경도 쓰지 않았다. 그녀는 **그의** 집과 **그의** 나라를 찾아온 방문자에 불과하며, 이해하지도 못하는 것들을 비평할 권리가 없었다. 부모가 꽉 막힌 미국인들이라고 미리 경고해둔 칩은 루시에게 **봤지? 내 말대로잖아,**라고 말하듯 씩 웃어 보였다. 그리고 3주도 안 돼 루시가 그를 차면서 단언하길, 칩이 스스로 생각하는 것보다 훨씬 더 아버지를 닮았다고 하는 것이었다.

엘리베이터가 덜컹 하고 멈추자 이니드가 말했다. "앨, 파티가 아주아주 멋졌다는 건 당신도 인정해야 해요. 딘이 우리를 초대하다니 **정말** 친절하기도 하지."

앨프리드는 그녀의 말을 안 듣는 듯했다.

칩의 아파트 현관문 바깥에 투명 비닐우산이 기대 세워져 있는 것을 보고 줄리아 브라이스의 것인가 보다 하고 그는 안도했다. 부모의 여행 가방을 엘리베이터에서 꺼내는데 아파트 문이 벌컥 열리며 줄리아가 튀어나왔다.

"아, 아! 일찍 왔네!" 그녀가 당황한 듯 외쳤다.

칩의 시계는 11시 35분을 가리키고 있었다. 줄리아는 평퍼짐한 연보라색 레인코트를 입고 드림웍스 토트백을 쥐고 있었다. 다크초콜릿 빛깔의 긴 머리가 빗물과 습기로 부스스해져 있었다. 커다란 동물을 향해 다정하게 말하듯 그녀는 앨프리드를 향해 "안녕하세요"라고 말한 뒤 이니드에게도 따로 "안녕하세요"라고 했다. 앨프리드와 이니드는 소리 지르듯이 자기들 이름을 말한 뒤 악수를 하고는 아파트 안으로 들어가자고 그녀를 이끌었다. 이니드가 그녀에게 질문을 마구 해댔다. 짐을 들고 뒤따르던 칩은 그 언외(言外)의 의미와 주제를 간파했다.

"이 도시에 사나요?"(우리 아들과 같이 사는 건 아니죠?) "이 도시에서 일하나요?"(좋은 직장에 다니나요? 외계인이나 다름없는 동부의 속물덩어리 부잣집 출신은 아니죠?) "여기서 자랐나요?"(아니면 다정하고, 건실하고, 유대인일 가능성이 거의 없는 애팔래치아 지방 사람인가요?) "아, 오하이오에 여전히 가족이 살고 있나요?"(혹시 부모님이 이혼이라는, 도덕성이 의심되는 현대적 단계를 밟은 건 아니겠죠?) "형제자매가 있나요?"(버릇없는 외동딸이거나 자식을 줄줄이 낳는 가톨릭교도 집안은 아니죠?)

줄리아가 1차 조사를 통과하자 이니드는 아파트로 관심을 돌렸다. 최근 들어 자신감의 위기에 처해 있던 칩은 아파트를 남부끄럽지 않은 모습으로 꾸미려고 애썼다. 얼룩 제거 용품을 사서 빨간색 소파의 커다란 정액 얼룩을 없애고, 1주일에 여섯 병씩 마시고는 벽난로 위 벽감에 주르르 쌓아두었던 메를로와 피노 그리지오 와인의 코르크 마개들을 치우고, 그의 예술품 수집 목록 중 꽃이라 할 수 있는 남녀 성기 클로즈업 사진을 욕실에서 떼어내고 그 자리에 오래전 이니드 가 고집스레 액자로 만들어준 졸업장 세 개를 걸어두었다.

그러다 오늘 아침 너무 많이 양보했다는 기분에 사로잡힌 그는 계 획을 바꾸어 가죽옷을 입고 공항으로 마중 나갔던 것이다.

"이 방은 딘 드리블릿의 욕실이랑 크기가 비슷하겠다. 안 그래요, 앨?" 이니드가 물었다.

앨프리드가 떨리는 두 손을 이리저리 돌려 손등을 확인했다. "이렇 게 큰 욕실이 세상에 어딨어? 이니드, 당신은 참 눈치도 없어."

이 역시 칩에게는 눈치 없는 말일 수 있었다. 아파트에 대한 어머 니의 비평에 아버지도 동의하지만 분위기를 생각해 반대하는 것뿐 임을 드러내기 때문이다. 하지만 칩은 줄리아의 드림웍스 토트백에 서 비쭉 튀어나온 헤어드라이어 말고는 그 어디에도 정신을 집중할 수 없었다. 그녀가 칩의 욕실에 두고 쓰던 헤어드라이어였다. 사실상

이 집에서 나갈 생각인 듯했다.

"딘과 트리시네 욕실에는 월풀이랑 샤워부스랑 욕조가 다 각각 설치되어 있잖아요. 세면대도 부부가 따로 쓸 수 있게 두 개고요." 이니드가 밀고 나갔다.

"칩, 미안해." 줄리아가 말했다.

그가 한 손을 들어 그녀를 막았다. 그리고 부모에게 선언했다. "데니즈가 오면 바로 점심 먹을 거예요. 간단하게 해 먹을 테니, 두 분은 집처럼 편히 계세요."

"만나 뵈어 반가웠어요." 줄리아가 이니드와 앨프리드에게 말했다. 그리고 칩에게는 나직이 속삭였다. "데니즈가 곧 올 테니 나는 없어도 될 거야."

그녀가 문을 열었다.

"엄마, 아빠, 잠시만 기다리세요." 칩이 말했다. 그리고 줄리아를 따라 아파트에서 나간 뒤 문을 쾅 닫았다.

"때 한번 기가 막히게 고르는군. 정말, 정말로 어이가 없어." 칩이 말했다.

줄리아가 머리를 흔들어 관자놀이에서 머리카락을 떼어냈다. "인간관계에 있어 나를 중심에 두고 행동한 건 내 생애 처음이야. 아주 만족스러워."

"정말 멋지다. 아주 진일보했네." 칩은 애써 웃음을 지었다. "그런데 시나리오는 어떻게 됐어? 이든이 읽고 있어?"

"이번 주말에나 읽을 것 같아."

"당신은 읽었어?"

"읽었어, 음." 줄리아가 시선을 피하고는 덧붙였다. "거의."

"내 아이디어는 관객이 넘어야 할 '언덕'을 만드는 거야. 도입부에 전혀 상상도 못 할 장면을 넣는 거지. 고전적 모더니즘 전략을 써서 말이야. 다량의 서스펜스가 결말을 향해 달려가고."

줄리아는 엘리베이터로 몸을 돌릴 뿐 대꾸가 없었다.

"결말은 아직 못 읽었지?"

칩의 물음에 그녀는 끔찍하다는 듯 폭발했다.

"아, 칩. 당신 대본은 튜더 시대 연극의 남근 불안에 대한 여섯 페이지짜리 강의로 시작돼!"

그도 이를 잘 알고 있었다. 몇 주 동안이나 거의 매일매일 해도 뜨기 전에 뱃속이 뒤틀리고 이를 악문 채 깨어나서는, 튜더 시대 연극에 대해 줄줄이 늘어놓는 학구적 독백이 상업 영화의 1장에 전혀 어울리지 않는다는 악몽 같은 확신과 씨름했다. 침대에서 나와 몇 시간을 서성이며 메를로와 피노 그리지오를 마신 후에야 도입부의 현학적 독백이 실수가 아닐 뿐만 아니라 가장 강력한 장점이라는 자신감을 되찾을 수 있었다. 그런데 이제 줄리아를 힐긋 보는 것만으로도 그는 자신이 틀렸음을 알 수 있었다.

그녀의 비평에 진심으로 동의하며 고개를 끄덕인 뒤 그는 아파트 문을 열고 부모에게 소리쳤다. "잠시만요, 엄마, 아빠. 1초면 돼요." 그는 다시 문을 닫았지만 해묵은 논쟁이 기다리고 있었다. "그렇지만 전체 스토리가 바로 그 독백에 예시되어 있어. 성, 권력, 정체성, 진실 등 모든 테마가 압축되어 드러나지. 그리고 핵심은……. 기다려. 기다려. 줄리아?"

떠나는 걸 그가 눈치채지 못하기를 바랐다는 듯 그녀가 멋쩍게 고개를 숙이더니 엘리베이터에서 돌아서서 그를 향했다.

"핵심은 그 여자가 교실 맨 앞줄에 앉아 그 강의를 **듣고** 있다는 거야. 아주 결정적 이미지이지. **그**가 그 담론을 좌지우지하고 있다는 점이……."

"그렇지만 좀 오싹한 게 있어. 여자의 젖가슴에 대해 몇 번이나 말하는데, 그 방식이 좀 그래." 줄리아가 말했다.

이 역시 사실이었다. 하지만 그게 사실이라는 것이 칩에게는 불공평하고 잔인해 보였다. 어린 여자 주인공의 젖가슴을 상상하지 않고는 시나리오를 쓸 용기를 낸다는 것조차 불가능했던 것이다.

그는 대꾸했다. "아마 맞는 말일 거야. 그러한 육체성의 일부는 의도한 것이긴 하지만 말야. 거기에 아이러니가 있어. 여자가 남자의 정신에 매혹된 반면에 남자는 여자의……."

줄리아가 완강히 말했다. "하지만 여자의 입장에서 그 시나리오를 보면 닭 가공 부서처럼 보여. 가슴, 가슴, 가슴, 허벅지, 다리."

칩이 나직이 대꾸했다. "그런 언급은 좀 빼도 괜찮을 것 같아. 도입부의 강의도 짧게 하고. 하지만 핵심은 거기에 '언덕'이 있어야……."

"그래, 관객들이 넘어야 할 언덕 말이지. 그건 좋은 아이디어야."

"그럼, 우리 같이 점심 먹자. 제발. 줄리아?"

그녀가 스위치를 누르자 엘리베이터 문이 열렸다.

"문제는 관객들에게 다소 모욕적으로 받아들여질 수 있다는 거야."

"당신을 두고 쓴 게 아니야. 당신을 모델로 한 게 아니라고."

"아, 대단하군. 그게 다른 여자의 가슴이었나 보지."

"세상에. 제발. 1초만."

칩은 아파트로 몸을 돌려 문을 열었다가 아버지의 얼굴과 정면으로 맞닥뜨리고는 화들짝 놀랐다. 엘프리드의 커다란 손이 바들바들 떨리고 있었다.

"아빠, 안녕. 1분만 더 기다려주세요."

"칩, 여기 있으라고 해라! 우리랑 같이 점심 먹자고 해!"

칩은 고개를 끄덕이고는 노인의 면전에 대고 문을 닫았다. 하지만 그의 몸이 엘리베이터를 향해 돌아서는 몇 초 사이에 줄리아는 사라졌다. 그는 헛되이 엘리베이터 스위치를 쾅 쳤다가 비상구를 열고 나선형 직원 전용 계단을 내달려 갔다. 합리주의의 관료성을 전복하기 위한 전략으로서의 무한한 쾌락 추구를 찬양하는 일련의 빛나는 강의를 한, 젊고 매력적인 텍스트 공예학 교수 빌 퀘인터스는 그를 흠모하는 아름다운 여학생 모나에게 유혹당한다. 그러나 그들의 야성적 사랑은 제대로 시작되기도 전에, 빌과 사이가 나쁜 아내 힐레어에게 발각된다. 치유적 세계관과 반관습적 세계관의 충돌을 상징하는 이 날카로운 대립에서, 빌과 힐레어는 헝클어진 시트 위 그들 사이에 벌거벗은 채 누워 있는 젊은 모나의 영혼을 구하기 위해 분투한다. 힐레어는 암호억압적 수사법으로 모나의 마음을 사로잡는 데 성공하고, 모나는 공개적으로 빌을 고발한다. 빌은 직업을 잃지만, 이내 힐레어가 모나에게 돈을 주어 그의 경력을 망치게 했다는 사실을 증명하는 이메일 기록을 발견한다. 빌은 유죄 증거를 담은 디스켓을 가지고 변호사를 만나러 차를 몰고 가던 중 도로에서 벗어나 포효하는 D―강으로 떨어지고, 가라앉는 차에서 빠져나온 디스켓은 쉴 새 없이 흐르는 불굴의 물결을 타고 둥둥 떠내려가다가, 에로틱하고 혼돈에 가득 차 포효하는 바다로 흘러든다. 자동

44

차 사고는 자살로 판정 나고, 영화의 마지막 장면에서 힐레어는 빌을 대신할 사람으로 고용되어 무한한 쾌락의 사악함에 대해 강의하고, 교실에는 그녀의 악마적 레즈비언 연인 모나가 앉아 있다. 이는 칩이 서점에서 산 시나리오 작법 안내서를 참고해 쓴 뒤 어느 겨울 아침 이든 프로쿠로라는 맨해튼의 영화 제작자에게 팩스로 보낸 시나리오 요약문이었다. 5분 후 전화가 울리고 어느 젊은 여자가 냉담한 목소리로 "이든 프로쿠로 씨가 통화하고 싶어 하십니다"라고 말했고, 이윽고 이든 프로쿠로 본인이 소리쳤다. "맘에 들어요, 맘에 들어요, 맘에 들어요, 맘에 들어요, **맘에 들어요!**" 하지만 그로부터 1년 반이 지났다. 이제 1페이지짜리 요약문은 '아카데미 퍼플'이라는 제목의 124페이지짜리 대본이 되었고, 냉담한 목소리의 개인 비서인 초콜릿빛 머리의 줄리아 브라이스는 그를 떠나가고 있었다. 그녀를 막으려고 계단을 한 번에 서너 개씩 비스듬히 내려가다 층계참마다 중앙 기둥을 붙잡아 궤도를 획 바꾸었다. 지금 그의 눈과 머리를 장악한 것은 사진처럼 또렷이 떠오르는 124페이지의 망할 장면장면들이었다.

3: 벌침에 쏘인 듯한 입술, 봉긋 솟은 둥근 **젖가슴**, 작은 엉덩이 그리고

3: 그녀의 **젖가슴**을 포근히 감싸고 있는 캐시미어 스웨터

4: 그녀의 완벽한 사춘기적 **젖가슴**을 향해 넋이 나가 열렬히 다가가는

8: (그녀의 젖가슴을 주시하며)

9: (그녀의 젖가슴을 주시하며)

9: (그의 시선은 그녀의 완벽한 젖가슴에 저도 모르게 끌리고)

11: (그녀의 젖가슴을 주시하며)

12: (그녀의 완벽한 젖가슴을 정신적으로 애무하며)

13: (그녀의 젖가슴을 주시하며)

15: (그녀의 완벽한 사춘기적 젖가슴을 응시하고 또 응시하며)

23: (부둥켜안자 그녀의 완벽한 젖가슴이 그의 가슴에 밀착되어

24: 체제전복적인 **젖가슴**을 자유롭게 하기 위해 억압적인 브래지어를)

28: 땀으로 빛나는 한쪽 **젖가슴**을 혀로 황홀하게 애무하며)

29: 흠뻑 젖은 스웨터의 **젖가슴**에서 남근처럼 치솟은 젖꼭지

29: 나는 네 **젖가슴**이 좋아.

30: 너의 달콤하고 묵직한 **젖가슴**을 절대적으로 흠모해.

33: (한 쌍의 게슈타포 총알 같은 힐레어의 젖가슴은

36: 그녀의 **젖가슴**을 꿰뚫고 잘라내려는 듯 가시처럼 날카롭게 이글대
    는 시선

44: 엄격한 청교도적 테리 직물 천으로 감싸인 목가적 이상향의 **젖가슴**

45: 수치심에 몸을 웅크리는 그녀의 **젖가슴**에 들러붙은 수건.)

76: 그녀의 속임수 모르는 **젖가슴**이 군국주의로 뒤덮이고

83: 너의 몸이 그리워, 너의 완벽한 **젖가슴**이 그리워, 너의

117: 헤드라이트가 물에 잠기며 한 쌍의 우유 빛깔 **젖가슴**처럼 희미해
     지고

십중팔구 더 있으리라! 기억도 못 할 만큼 더! 그런데 이 시나리오를 검토할 유일한 두 독자가 모두 여자라니! 줄리아가 떠나는 것은 〈아카데미 퍼플〉에서 젖가슴이 너무 자주 언급되고, 도입부가 축 늘어지기 때문인 것만 같았다. 그러니 줄리아에게 준 대본과, 특별히 레

이저프린터를 써 아이보리 빛깔 고급 용지에 인쇄하여 이든 프로쿠로에게 준 대본에서 한두 가지 명백한 문제점만 고치면 경제적 희망뿐만 아니라 줄리아의 속임수 모르는 우유 빛깔 젖가슴을 다시 해방시켜 자유롭게 애무할 기회를 얻을 수 있을 터였다. 최근 몇 달간 거의 하루도 빼놓지 않고 늦은 아침마다 그랬듯이, 이날 이 시간 줄리아의 젖가슴은 그의 실패를 위로할 수 있는 마지막 수단 중 하나였다. 계단에서 나와 로비로 들어서자 엘리베이터 앞에 다른 사람이 기다리고 있었다. 열려 있는 현관문 너머에서 택시가 지붕 등을 끄고 막 출발했다. 조로아스터가 장기판 무늬의 대리석 바닥을 걸레질하고 있었다.

"안녕히 가세요, 칩 씨!"

그가 종종 그러듯 빈정대든 말든 칩은 밖으로 달려 나갔다.

인도를 갈겨대는 굵은 빗방울은 신선함과 차가움을 머금은 순수한 습기로 안개를 빚어냈다. 차양에서 떨어지는 물구슬 커튼 사이로, 줄리아가 탄 택시가 노란 신호에 멈춰 서는 것이 보였다. 바로 거리 맞은편에서 다른 택시가 도착해 승객이 내렸다. 칩은 저 택시를 잡아타 줄리아를 쫓아가자고 하면 어떨까 싶었다. 유혹적인 아이디어였지만, 문제가 있었다.

첫째로, 줄리아를 쫓아가는 것은 과거 D— 대학의 법률 자문위원이 도덕으로 날카롭게 무장한 편지에서 그를 고발하거나 맞고소하겠다고 위협했던 문제의 그 행동을 다시 저지르는 짓이 되었다. 제기된 위반 사항에는 사기, 계약 위반, 납치, 성희롱, 미성년자 음주 조장, 불법 약물의 소유 및 판매가 포함되어 있었다. 하지만 정말로 칩을 겁먹게 했고, 지금도 겁먹게 하는 항목은 젊은 여성의 사생활을 침해할 목적으로 "외설적"이고 "위협적"이고 "모욕적"인 전화와 무단 침입을 행했다는 **스토킹** 혐의였다.

　게다가 더 시급한 문제는 지금 수중에 4달러밖에 없으며, 통장에는 10달러도 채 안 남아 있고, 신용카드도 모두 한도 초과이며, 월요일 오후까지는 교정 일도 없으리라는 점이었다. 6일 전 줄리아를 마지막으로 보았을 때 그녀는 그가 "늘" 집에서 파스타나 먹고 싶어 하고, "늘" 키스와 섹스밖에 모른다고 구체적으로 불평했다(그가 일종의 치료 수단으로 섹스를 하는 것 같다는 의심이 종종 들고, 밖에 나가 코카인이나 헤로인으로 자가 치료를 하지 않는 것은 섹스가 공짜이기 때문이고, 따라서 그가 구두쇠 같은 인간이라고 했다. 게다가 그녀가 처방약을 먹기 시작했는데 이는 자기 때문만이 아니라 칩 때문이기도 하다는 의심이 종종 들고, 자기가 약값도 내고 약으로 인해 성욕도 줄어들었다는 점에서 이는 두 배로 불공평하다고 했다. 이런 와중에 칩은 할 수만 있다면 주말 내내 극장조차 가지 않고 커튼을 친 채 침대에서 뒹굴뒹굴 구르다 데운 파스타나 먹으려고 든다고 했다). 그녀랑 다시 한번 대화하려면 최소한 숯불에 구운 가을 야채와 상세르 와인은 사줘야 할 텐데 그로서는 도저히 불가능했다.

　그래서 그는 교차로의 신호등이 초록으로 바뀌어 줄리아의 택시가 멀어져갈 때까지 가만히 서서 아무 짓도 안 했다. 감염된 듯 하얗게 물든 빗방울이 인도를 후려쳤다. 거리 맞은편의 다른 택시에서 긴 다리에 꼭 죄는 청바지를 걸치고 멋진 검정색 부츠를 신은 여자가 내렸다.

칩의 여동생 데니즈였다. 즉, 즐겁게 눈요기하며 함께 섹스하는 것을 상상할 수도 없고, 하고 싶지도 않은 지상 유일의 매력적인 젊은 여자. 칩에게 그녀는 부당함으로 이뤄진 기나긴 아침에 나타난 마지막 부당함으로만 여겨졌다.

데니즈는 검은 우산과 꽃다발과 노끈으로 묶은 페이스트리 상자를 들고 있었다. 웅덩이와 급류를 피해 인도에 올라오더니 칩이 서 있는 차양 아래로 들어왔다.

그는 그녀를 보지도 않고 초조한 미소를 지으며 말했다. "있지, 어려운 부탁 하나 들어줄래. 이든한테 가서 시나리오를 찾아와야 하는데, 그동안 나 대신 요새 좀 지켜줘. 아주 중요한 수정 작업을 지금 당장 해야 하거든."

데니즈는 그가 캐디나 하인이라도 되는 양 우산을 건네더니 청바지 자락에서 물과 모래를 털어냈다. 그녀는 어머니에게서 검은 머리와 창백한 얼굴을 물려받고, 아버지에게서 사람을 주눅 들게 하는 도덕적 권위를 물려받았다. 오늘 칩이 뉴욕에서 함께 점심을 먹자고 부모에게 청하게 된 것도 누이의 지시가 있었기 때문이었다. 그녀는 중남미 채무국가에게 상환 날짜를 선언하는 세계은행 같은 어조로 말했다. 사실 칩은 그녀에게 빚을 지고 있었다. 1만 달러, 5천5백 달러, 4천 달러, 1천 달러를 줄줄이 빌렸던 것이다.

그는 말했다. "있지, 이든이 오늘 오후에 꼭 시나리오를 읽고 싶대. 이는 재정적으로 우리 둘 모두에게 매우 중요한……."

"지금 이렇게 떠나면 안 돼." 데니즈가 말했다.

"한 시간이면 돼. 길어야 한 시간 반이야."

"줄리아는 왔어?"

"아니, 왔다 갔어. 인사만 하고 갔지."

"둘이 깨졌어?"

"모르겠어. 요즘 줄리아가 약을 먹는데 아무래도 좀 그래……."

"잠깐만. 잠깐만. 지금 이든한테 가겠다는 거야, 아니면 줄리아를 쫓아가겠다는 거야?"

칩은 왼쪽 귀걸이를 만지작거렸다. "이든한테 간다는 게 90퍼센트야."

"아, 오빠."

"아냐, 내 말 좀 들어봐. 그녀는 '건강'이라는 단어가 일종의 절대 불변하는 의미를 갖고 있다고 여겨."

"줄리아 말이야?"

"약을 먹기 시작한 지 석 달쯤 됐는데, 그 때문에 사람이 믿을 수 없을 만큼 둔해졌어. 그런데 줄리아는 그 둔함이 바로 정신 건강을 의미한다고 여기지 뭐야! 실명이 곧 시력 건강이라는 것만큼이나 헛소리지. '이제 눈이 멀었으니 보지 못하는 것도 볼 수 있어'라나 뭐라나."

데니즈가 한숨을 쉬더니 꽃다발을 아래로 늘어뜨렸다. "무슨 말을 하고 싶은 거야? 그녀를 쫓아가 약을 뺏어버리겠다는 거야?"

"내 말은, 전체 문화의 구조에 결함이 있다는 거지. 특정 정신 상태를 '질환'으로 규정할 권리를 관료주의가 맘대로 휘두르고 있어. 소비 욕구의 부족을 값비싼 약을 먹어야 하는 질병의 징후로 만든 거지. 약이 리비도를 파괴해서, 다시 말해 삶에서 무료로 누릴 수 있는 즐거움에 대한 욕구를 파괴해서 보충적 즐거움을 누리는 데 **더 많은**

돈을 쓰도록 이끌고 있어. 정신 '건강'의 정의란 바로 소비경제에 참여할 능력을 의미하지. 심리 치료를 받는다는 것은 더 많이 소비하기 위해 심리 치료에 돈을 쓴다는 거지. 그리고 지금 이 순간 이토록 상업화되고 의학화된 전체주의 현대사회에서 나는 개인적으로 점점 패배하고 있고."

데니즈가 한쪽 눈을 감고 다른 쪽 눈을 크게 떴다. 뜬 눈은 흡사 하얀 도자기에 담긴 새카만 발사믹 식초처럼 보였다.

"아주 흥미로운 이야기라고 동의하면 이딴 소리 그만하고 같이 아파트로 올라갈래?"

칩은 고개를 저었다. "냉장고에 졸인 연어가 있어. 생크림 얹은 미나리 요리도 있고. 껍질 콩과 개암으로 만든 샐러드도 있고. 와인이랑 바게트랑 버터는 찾으면 보일 거야. 신선하고 좋은 버몬트 치즈지."

"아빠가 편찮으시다는 건 알고 있지?"

"한 시간이면 돼. 길어야 한 시간 반이고."

칩은 아버지가 문가에서 부들부들 떨며 간청하던 모습을 떠올렸다. 그 광경을 지우기 위해 줄리아와의, 하늘색 머리 낯선 여자와의, 루시와의, 혹은 그 누구든 아무나와의 섹스 장면을 떠올리려고 했지만 복수심에 불타 맹렬히 몰려오는 젖가슴들만 어른댈 뿐이었다.

"내가 이든한테 가서 빨리 시나리오를 고칠수록 더 빨리 돌아올 수 있어. 네가 도와주기만 한다면 말이야."

마침 빈 택시가 다가오고 있었다. 그는 택시를 바라보는 실수를 했고 데니즈는 이를 오해했다.

"더 이상 돈을 빌려줄 순 없어." 그는 얼굴에 여동생의 침이라도 맞은 양 흠칫했다.

"세상에, 데니즈……."

"빌려주고 싶어도 그럴 돈이 없어."

"지금 돈 부탁하는 게 아니야!"

"끝이 있긴 해?"

그는 몸을 빙 돌려 빗줄기 속으로 걸어가 분노에 찬 미소를 지으며 플레이스 대학으로 향했다. 잿빛으로 부글부글 끓고 있는, 인도 모양의 호수에 발목까지 잠겼다. 주먹에 데니즈의 우산을 꼭 쥐고 있을 뿐 펼쳐 들지 않았다. 그런데도 그가 이렇게 젖는 것은 너무도 부당하며, **그의 잘못이 아닌** 듯했다.

최근까지만 해도 칩은 부자가 되지 않고도 미국에서 성공할 수 있다고 무턱대고 믿었다. 그는 늘 모범생이었고, 소비 말고는(이는 그도 할 수 있는 것이었다) 그 어떤 형태의 경제활동에도 부적합하다는 사실이 이른 나이에 입증되었다. 그래서 그는 정신의 삶을 사는 길을 택했다.

언젠가 한번 앨프리드가 온화한 어조로, 문학 이론이 무슨 소용이 있는지 모르겠다고 말했던 것을 칩은 생생히 기억했다. 이니드 역시, 장거리 전화 요금을 아끼려고 2주에 한 번 보내는 화려한 편지에서 "비실용적"인 인문학 박사 학위는 제발 그만두라고 반복적으로 애걸했다("네가 옛날에 받은 과학박람회 트로피를 볼 때면 너처럼 유능한 젊은이가 의사같이 사회에 기여하는 일을 하면 얼마나 좋을까 싶단다.

너도 알다시피, 아빠와 나는 자식들을 자기만이 아니라 남도 생각하는 그런 사람으로 키우려고 늘 노력했잖니"). 덕분에 칩은 부모가 틀렸다는 것을 증명하기 위해 더욱 열심히 노력했다. 골루아즈*에 찌들어 정오나 오후 1시에나 일어나는 대학원 친구들보다 훨씬 일찍 침대에서 나와 학계의 공식 화폐라 할 수 있는 상장과 장학금과 연구 기금을 쌓아 올렸다.

어른이 된 처음 15년 동안 그가 유일하게 실패한 일은 간접적으로 다가왔다. 대학에서 만나 졸업 후에도 오랫동안 사귄 여자친구 토리 티멀만은 페미니스트 이론가로, 승인의 가부장적 체제와 성취의 남성 중심적 잣대에 크게 분노해 논문을 마치기를 거부했다(혹은 쓰지 못했다). 칩은 남자의 역할과 여자의 역할에 대해 아버지가 거들먹거리며 하는 말을 들으며 자랐다. 아버지는 그런 구분을 계속 유지해야 한다고 강조했다. 칩은 이를 바로잡고 싶은 마음에 토리와 거의 10년 동안 함께했다. 빨래는 혼자 도맡아 했으며, 토리와 함께 살던 작은 아파트의 청소, 요리, 고양이 돌보기도 그가 거의 다 했다. 그는 분노로 기가 막혀 글을 쓰지 못하는 토리를 대신해 참고 문헌을 읽고, 논문 개요를 쓰고, 논문 구성을 새로 고쳤다. 그러다 D— 대학이 종신 교수로 승진 가능한 5년 임기 교수직을 제안하자(반면 여전히 학점을 못 채운 토리는 텍사스의 한 농업학교에서 연장 불가능한 2년 임시직 자리를 구했다) 그는 남성적 죄책감을 완전히 비워내고 앞으로 나아갈 수 있었다.

---

* 프랑스 담배.

자기 책을 낸 서른세 살 일등 신랑감의 모습으로 그가 D—에 도착했을 때 대학 학장 짐 레비턴은 종신 고용을 거의 보장하겠다는 듯 말했다. 한 학기도 안 되어 칩은 젊은 역사학자 루시 해밀턴과 사귀게 되었고, 레비턴과는 팀으로 테니스 시합에 나가 그의 20년 숙원이었던 교직원 테니스 대회 복식 우승을 선사했다.

엘리트적 명성과 중간치 기부금을 확보한 D— 대학은 자녀의 등록금 전액을 낼 수 있는 부모들에게 생존을 의지하고 있었다. 그런 부모를 둔 학생들의 마음을 끌기 위해 대학은 3천만 달러를 들여 학생회관을 짓고, 에스프레소 바 세 개를 들이고, 거대한 '학생 레지던스 홀' 두 채를 세웠다. 이는 기숙사라기보다는, 학생이 풍요로운 장래에 예약할 호텔의 생생한 전조처럼 보였다. 가죽 소파와 컴퓨터를 충분히 구비해, 자녀를 찾아온 부모나 예비 입학생들이 쓸 만한 키보드 하나 찾지 못하는 일이 없도록 주의했다. 기숙사 방뿐 아니라 식당이나 체육관에서조차 말이다.

반면, 하급 교수는 누추하다 할 만한 사택에서 지냈다. 칩은 캠퍼스 서쪽 외곽 틸턴 레지 거리의 축축한 콘크리트 블록 개발지에 위치한 2층 주택을 운 좋게 할당받았다. 집 뒤쪽 테라스로 나가면 대학 행정부에는 코이페르 개울, 일반인에게는 카파츠* 개울이라고 알려진 물줄기가 내다보였다. 개울 맞은편 습지는 코네티컷 교정국 차량의 폐차장으로 쓰였다. 대학은 중간 보안급 교도소의 설립과 하수도 시설이 가져올 "환경 재앙"으로부터 이곳 습지를 보호하기 위해 주 정부와 연

---

* '자동차 부품'을 의미한다.

방 정부를 20년째 고소 중이었다.

　루시와의 관계에 문제가 없는 한, 칩은 한두 달에 한 번씩 틸턴 레지로 동료와 이웃을 초대해 저녁 식사를 대접했다. 가끔은 어른스러운 학생을 초대할 때도 있었다. 손님들은 작은 바닷가재나 양 갈비구이나 노간주나무 열매를 곁들인 사슴구이에 초콜릿 퐁뒤 같은 재미난 복고풍의 디저트가 나오는 것을 보고서 놀라곤 했다. 때로는 텅 빈 캘리포니아 와인병이 맨해튼 고층 건물처럼 무리 지은 탁자에서 밤늦게까지 머물다, 마음의 문을 조금 열어도 안전하다고 느낄 때면 칩은 스스로를 비웃으며 중서부에서의 부끄러운 어린 시절 이야기를 털어놓았다. 아버지는 미들랜드 퍼시픽 철도에서 긴 시간 일하고, 아이들에게 책을 읽어주고, 정원을 돌보고, 집 안을 손보고, 가방 가득 담아 온 서류를 밤새 작성했을 뿐만 아니라 짬을 내 지하실에 금속공학 실험실을 제대로 마련해서는 전기적, 화학적 힘을 가해 기묘한 물질들을 합금하느라 자정 너머까지 깨어 있곤 했다는 이야기. 아버지가 등유에 담가둔, 버터 같은 알칼리 금속과 붉게 달아오른 수정 같은 코발트와 풍만하고 묵직한 수은과 젖빛 유리 마개와 빙하 같은 아세트산에 열세 살의 칩이 반하여 아버지의 실험실 근처에 자기만의 작은 실험실을 꾸민 이야기. 아들의 과학적 흥미에 기뻐한 앨프리드와 이니드의 격려에 힘입어 세인트주드 과학박람회 트로피를 따려고 열성을 다한 이야기. 세인트주드 시립도서관에서 우수한 8학년생 작품으로 오해받을 만큼 충분히 단순하고도 충분히 모호한 식물 생리학 논문을 찾아낸 이야기. 합판으로 귀리 재배실을 만들어 모종을 꼼꼼하게 사진 찍은 뒤 몇 주나 잊고 지내다가 모종의 무게를 재러 가서는 귀리가 거무스름하게 말라붙은 점액으로 변한 것을 보고 **미확인 화학 요인**에 대한 **지베렐린산**(酸)의 영향이라고 결론 내린 이야기. 어떻게든 밀고 나가 그래프 용지에 실험의 '정확한' 결과를 표시한 뒤 이에 맞추어 절묘한 무작위 선택으로 모종 무게를 조작한 다음 다시 '정확한' 결과를 빚어내도록 가공의 데이터를 재확인한 이야기. 과학박람회에서 1등으로 뽑혀 1미터 높이에 은빛으로 빛나는, 날개 달린 승리의 여신상을 받고 이와 더불어 아버지의 감탄을 자아낸 이야기. 딱 1년이 지났을 무렵 아버지가 처음으로 미국 특허권 두 개를 신청했을 때(그는 아버지에게 불만이 많으면서도 저녁 손님들에게는 아버지가 매우 위대한 인물이라는 인상을 심어주기 위해 신경을 썼다), 칩이 축구공과 당구대가 있는 친구네 집과 마약 판매소와 서점이 근방에 있는 어느 공원에서 철새 개체 수를 연구한 척한 이야기. 이 공원에 있는 구덩이에서 비에 젖어 너덜해진 싸구려 포르노 잡지의 은닉처를 발견하고는 잡지들을 지하 실험실로 가져가, 아버지처럼 진짜 실험을 하거나 과학적 호기심을 눈곱만큼이라도 느끼기는커녕 성기 끝을 끝도 없이 깠지만 실은 이런 지극히 괴로운 수직적 딸딸이가 오르가슴을 방해하고 있다는 것은 전혀 몰랐던 이야기(저녁 손님 중 다수는 동성애 이론에 푹 빠져 있어서 그의 세세한 설명에 무척 기뻐했다). 이런 거짓 행동과 자기 학대와 보편적 게으름에 대한 보상으로 두 번째 날개 달린 승리의 여신상을 받은 이야기.

저녁 파티의 담배 연기 안개 속에서 공감대를 형성하는 동료들을 접대하며, 칩은 부모가 그 자신이나 그가 추구하는 인생에 대해 너무나 잘못 알고 있다는 사실에 안도감을 느꼈다. 그렇게 2년 반이 지나고 세인트주드에서 추수감사절의 낭패를 겪기 전까지만 해도 D―대학에서 그는 아무 문제도 없었다. 그런데 루시가 그를 버렸고, 그녀의 빈자리를 메우겠다며 1학년 여학생이 쫓아다니기 시작했다.

그가 D― 대학에서 맞은 세 번째 봄에 저학년들에게 강의한 이론 수업 '매혹적 내러티브'에서 멜리사 파케트는 가장 뛰어난 재능을 보였다. 다른 학생들은 당당하고 극적인 성격인 그녀 근처에 앉고 싶어 하지 않았다. 이는 그들이 멜리사를 싫어하기 때문이기도 했지만, 그녀가 바로 칩 앞인 맨 앞줄에 늘 앉기 때문이기도 했다. 그녀는 목이 길고, 어깨가 넓으며, 전형적인 미인이라기보다는 육체적으로 아름다운 여성이었다. 머리카락은 새 엔진오일 같은 체리나무 빛깔 직모였다. 남자용 격자무늬 폴리에스테르 레저 수트, 페이즐리 무늬 원피스, 왼쪽 앞주머니에 **랜디**라는 이름이 수놓아진 회색 굿렌치 정비소 작업복 등 재활용 옷을 입는 탓에 미모가 제대로 살지 않았다.

멜리사는 바보로 판단되는 사람들에게 전혀 인내심을 발휘하지 않았다. '매혹적 내러티브' 두 번째 시간에 채드라는 상냥한 레게 머리 남학생이(D―의 모든 수업에는 적어도 한 명의 상냥한 레게 머리 남학생이 있었다) 소스타인 "웨번"의 이론을 요약하려고 열심히 애를 쓰고 있는데 멜리사가 칩에게 공모의 웃음을 히죽히죽 지어 보였다. 그녀가 눈알을 굴리며 입 모양으로 "베블런"이라고 말하고 자기 머리카락을 확 움켜쥐었다. 이내 칩은 채드의 담론보다 그녀의 고통에 더 관심을 기울이게 되었다.

"채드, 미안하지만 정확한 이름은 베블런이잖아?" 결국 그녀가 끼어들었다.

"베번. 베블런. 그게 그거지."

"아니, 너는 웨번이라고 했어. 그게 아니라 베블런이야."

"베블런. 오케이. 고마워, 멜리사."

멜리사가 머리카락을 휙 젖히더니 임무를 완수했다는 표정으로 다시 칩을 바라보았다. 채드의 친구나 그를 동정한 학생들이 자기를 쏘아보든 말든 전혀 신경도 쓰지 않았다. 하지만 칩은 그녀로부터 떨어지기 위해 교실의 반대편 모퉁이로 걸어간 뒤 채드더러 요약을 계속하라고 격려했다.

그날 저녁 힐러드 로스 홀의 학생극장 앞에서 멜리사가 군중 사이로 밀치고 다가오더니 발터 벤야민을 사랑한다고 말했다. 그는 그녀가 너무 바짝 붙어 선 듯했다. 며칠 뒤 마저리 가버의 환영 파티에서도 그녀는 너무 가까이 붙어 섰다. 루스튼 테크놀로지 잔디밭을(예전에는 사우스 잔디밭이라고 불렀다) 껑충껑충 뛰어와 '매혹적 내러티브'의 매주 과제인 짧은 리포트를 그의 손에 덥석 쥐어주었다. 눈이 30센티미터나 쌓인 주차장에서 느닷없이 그의 곁에 나타나 장갑을 낀 기다란 팔을 쓱쓱 휘둘러 그의 차에서 눈을 털어냈다. 그러고는 가장자리에 털 장식이 달린 부츠를 신은 발로 길 위의 눈을 걷어챘다. 앞 유리창을 뒤덮은 서리를 끝도 없이 긁어내기에 그는 그녀의 손목을 쥐고 그 손에서 긁개를 빼냈다.

대학에서 교수와 학생의 접촉에 관한 엄격한 새 정책의 초안을 잡을 때 칩 역시 위원회에 참가한 바 있었다. 그 정책 어디에도 교수가 차에서 눈을 치우는 것을 학생이 도우면 안 된다는 조항은 없었다. 또한 그는 자신의 자제력을 믿었기에 전혀 걱정할 것이 없었다. 그러나 오래지 않아 캠퍼스에서 멜리사를 볼 때마다 그는 눈에 안 띄게 몸을 피하기 시작했다. 그녀가 껑충껑충 뛰어와 그에게 너무 바짝 붙어 서는 것이 달갑지 않았다. 그녀가 머리를 염색한 것인지 아닌지 궁금해하는 자기 자신을 발견하자 당장에 그 생각을 멈추었다. 밸런타인데이에 그의 사무실 문 앞에 장미를 두고 가거나 부활절 주말에 마이클 잭슨의 초콜릿 동상을 두고 간 것이 그녀인지 그는 결코 묻지 않았다.

수업 시간에는 그녀를 다른 학생들보다 약간 덜 호명했다. 그녀의 적인 채드에게는 특별히 많은 관심을 보였다. 채드가 마르쿠제나 보드리야르의 어려운 구절을 분석할 때면 멜리사가 이해와 연대의 끄덕임을 하고 있다는 것을 그는 보지 않고도 느낄 수 있었다. 그녀는 대개 다른 학생들을 무시하고 있다가 느닷없이 열렬한 반대를 표하거나 냉철한 수정을 가했다. 그 보복으로 학생들은 그녀가 손을 들면 대놓고 들으라고 하품을 했다.

학기가 끝나갈 무렵 어느 따스한 금요일 밤에 칩은 1주일 치 식료품을 사고 집으로 돌아왔다가 누군가가 그의 집 현관문을 엉망으로 만든 것을 발견했다. 틸턴 레지의 가로등 네 개 중 세 개가 고장 나 있었지만, 대학은 나머지 하나마저 망가진 후에야 전구를 갈아 끼울 심산인 듯했다. 그런데 어스레한 빛 속에서 해진 방충문 구멍에 꽃과 나뭇잎이 꽂혀 있는 것이 보였다. 튤립과 아이비였다.

"이게 뭐야? 멜리사, 자넨 정말 어린애로군."

그리고 뭐라고 말하던 도중, 현관 계단에 찢긴 튤립과 아이비가 흩뿌려져 있으며, 기물 파손은 여전히 진행 중이며, 그가 혼자 있지 않다는 사실을 깨달았다. 문 옆의 호랑가시나무 덤불에서 젊은이 둘이 낄낄대며 나왔다.

"죄송해요, 죄송해요! 교수님, 혼잣말을 하시던데요!" 멜리사가 말했다.

칩은 그녀가 그의 말을 못 들었기를 빌었지만 호랑가시나무는 1미터도 채 안 떨어져 있었다. 그는 식료품을 집 안에 들이고 불을 켰다. 멜리사 곁에 서 있는 사람은 레게 머리 채드였다.

"램버트 교수님, 안녕하세요."

채드가 진지하게 인사를 했다. 그는 멜리사의 굿렌치 정비소 작업복을 입고 있었고, 멜리사는 채드의 것으로 보이는 **무미아에게 자유를** 티셔츠를 입고 있었다. 그녀가 채드의 목에 팔을 두르더니 그의 엉덩이에 자기 엉덩이를 바짝 붙였다. 뭔가에 흥분했는지 얼굴이 빨갰고 땀을 흘렸다.

"교수님 문을 장식하고 있었어요." 그녀가 말했다.

"사실, 멜리사, 아주 끔찍해 보여. '장식'이라는 말은 너무 과장된 것 아닐까?" 채드가 환한 빛 속에서 문을 살펴보며 대꾸했다. 두들겨 맞은 튤립이 온갖 각도로 늘어져 있었다. 털이 복슬복슬한 아이비 뿌리에는 흙이 덩이져 있었다.

"아래쪽이 **캄캄하네요**. 선생님, **불빛**은 어디 있죠?" 그녀가 말했다.

"불빛은 없네. 여긴 숲속의 게토거든. 자네들 선생이 사는 곳이지."

"이런, 저 아이비는 아주 한심한걸."

"이 튤립들은 누구 거지?" 칩이 물었다.

"대학 튤립이죠." 멜리사가 대꾸했다.

"이런, 우리가 왜 이런 짓을 하고 있는지조차 모르겠어." 채드가 몸을 돌리자 멜리사가 그의 코에 입을 대고 빨았다. 그는 개의치 않는 듯했지만 머리를 뒤로 당기고는 말했다. "이건 내 아이디어가 아니라 자기 아이디어라고 말해줘."

"우리 등록금에는 튤립값도 포함되어 있어요." 멜리사가 정면으로 다가가 채드에게 몸을 더욱 붙이며 말했다. 칩이 현관에 불을 켠 이후로 그녀는 그를 쳐다보지도 않았다.

"그래서 헨젤과 그레텔이 내 방충문을 발견하셨군."

"우리가 치울게요." 채드가 말했다.

"그냥 두고 가게. 화요일에 보자고."

칩은 안으로 들어가 문을 닫은 뒤 대학 시절에 듣던 분노의 음악을 틀었다.

'매혹적 내러티브' 마지막 수업 때 더위가 와락 찾아들었다. 꽃가루로 빽빽해진 하늘에서 태양이 이글거렸다. 새로 명명된 비아컴 수목원 내 속씨식물이란 속씨식물이 전부 다 힘차게 꽃을 피운 탓이었다. 수영장의 뜨뜻한 부분에 몸을 담근 것처럼, 칩은 공기가 기분 나쁠 만큼 가까이 달라붙는 듯했다. 비디오를 틀라고 신호를 보내고 교실의 블라인드를 치고 있을 때에야 멜리사와 채드가 어슬렁어슬렁 들어와 뒤쪽에 자리를 잡았다. 칩이 수동적 소비자가 아니라 적극적 비평가처럼 똑바로 앉으라고 권하자 학생들은 명령을 따른다는 생각조차 없이 그의 요청에 기꺼이 허리를 폈다. 평소 강직한 비평가였던 멜리사가 오늘은 몸을 푹 숙여 채드의 다리에 한 팔을 늘어뜨렸다.

그가 가르친 비평적 관점을 학생들이 얼마나 제대로 익혔는지 확인하기 위해 칩은 〈여자들이여, 파이팅〉이라는 6부짜리 광고 비디오를 보여주었다. 비트 사이칼러지라는 광고 회사가 만든 작품으로, 이 외에도 G— 일렉트릭을 위해 〈분노로 울부짖자〉, C— 진스를 위해 〈내게 추잡해져봐〉, W— 네트워크를 위해 〈완전 X할 난장판!〉, E—.com을 위해 〈극단적 환각 속의 언더그라운드〉, M— 제약회사를 위해 〈사랑&일〉 등의 광고를 제작한 바 있었다. 〈여자들이여, 파이팅〉은 작년 가을에 유명 메디컬 드라마의 광고 시간에 처음으로 전파를 탄 뒤 1주일마다 새로운 에피소드를 공개했다. 흑백필름으로 찍은 다큐멘터리 스타일로, 〈타임스〉와 〈월 스트리트 저널〉의 분석에 따르면 그 내용은 "혁명적"이었다.

플롯은 다음과 같았다. 작은 사무실에 네 여성이 있다. 한 명은 어여쁜 젊은 흑인이고, 한 명은 과학기술 공포증을 가진 중년의 금발이고, 한 명은 강인하면서도 수완이 좋은 미모의 첼시이고, 나머지 한 명은 자상한 회색 머리 사장이다. 이들은 함께 식사를 하고 농담을 나눈다. 그러던 중 두 번째 에피소드의 끝에서 첼시가 가슴에 혹이 만져진다는 사실을 1년 가까이 알고 있었으면서도 너무 무서워서 병원에 가지 못하고 있다는 충격적인 선언을 하자 이들은 함께 분투해나간다. 세 번째 에피소드에서는 사장과 어여쁜 젊은 흑인이 W— 기업의 글로벌 데스크톱 5.0버전을 이용해 최신 암 정보를 구하여 과학기술 공포증이 있는 금발의 탄성을 자아내고, 첼시를 환자 지원 네트워크와 최고의 의료 시설에 연결해준다. 금발은 과학기술과 빠르게 사랑에 빠져 경탄하긴 하지만 "첼시가 치료비를 댈 만한 여력이 없을 거야"라며 반대한다. 이에 천사 같은 사장은 대꾸한다. "치료비는 마지막 1센트까지 내가 다 낼 거야." 하지만 다섯 번째 에피소드 중간에서 — 바로 이 대목이야말로 이 광고의 혁명적 발상이었다 — 첼시의 유방암이 치료 불가라는 사실이 밝혀진다. 용기 있는 농담과 애정 어린 포옹의 눈물 가득한 장면이 뒤를 잇는다. 마지막 에피소드는 다시 사무실로 돌아가, 사장은 고인이 된 첼시의 사진을 바라보고 있고, 광적인 과학기술 옹호자가 된 금발은 W— 기업의 글로벌 데스크톱 5.0버전을 숙련된 태도로 사용하고 있다. 전 세계 모든 연령과 모든 인종의 여자들이 자신의 글로벌 데스크톱에서 첼시의 모습을 보며 미소를 짓고 눈물을 훔치는 모습이 빠르게 몽타주된다. 디지털 비디오 영상 속에서 유령 첼시가 간청하고 있다. "치료법을 찾기 위한 투쟁에 동참합시다." 에피소드는 수수한 서체의 글귀로 마무리된다. W— 기업이 치료법을 찾기 위한 투쟁에 동참하고자 미국 암 협회에 천만 달러 이상을 기부하여……

〈여자들이여, 파이팅〉의 대단한 완성도는 저항과 분석이라는 비평적 수단을 익히기 전인 1학년 학생들을 매혹할 터였다. 칩은 학생들이 얼마나 진보했는지 알고 싶은 동시에 다소간 걱정이 되었다. 강력하고도 명확하게 리포트를 쓰는 멜리사를 제외하고 나머지는 하나같이 그 주에 배운 용어를 답습하는 정도에 그치고 있었다. 해가 갈수록 신입생들은 하드코어 이론에 대한 거부감이 점점 강해지는 듯했다. 매년 깨우침과 벽 깨기의 시기가 점점 늦어져갔다. 이제 곧 학기가 끝날 터인데, 멜리사를 제외하면 대중문화를 제대로 비평할 만한 학생이 있을지 칩은 자신이 없었다.

날씨조차 도움이 되지 않았다. 그가 블라인드를 올리자 해변에 내리쬘 법한 햇볕이 교실에 쏟아졌다. 남학생과 여학생의 맨다리와 팔에 똑같이 여름의 욕망이 퍼져갔다.

치와와처럼 보이는 자그마한 여학생 힐튼은 통상적인 상업 광고와는 달리 첼시가 암을 이겨내지 못하고 사망한 것이 "매우 흥미"로우며 "용감"한 발상이라고 했다.

칩은 그것이 대중의 관심을 끌고자 의식적으로 만든 '혁명적' 반전이라는 점을 누군가가 지적하기를 기다렸다. 여느 때라면 앞줄의 멜리사가 지적할 터였다. 하지만 오늘 그녀는 채드 옆에 앉아 책상에 뺨을 댄 채 엎드려 있었다. 학생이 수업 시간에 졸면 칩은 당장 이름을 불러 깨우곤 했다. 하지만 오늘은 어쩐지 멜리사의 이름을 부르기가 망설여졌다. 자신의 목소리가 떨리지는 않을까 두려웠다.

결국 칩은 딱딱한 미소를 지으며 말했다. "여러분 중 누군가가 지난가을에 다른 행성을 방문했을 경우를 대비해 이들 광고를 한번 살펴보지. 닐슨 미디어 리서치가 여섯 번째 에피소드의 주간 시청률을 조사하는 '혁명적' 조치를 취했다는 점을 명심하게. 광고의 시청률을 조사하기란 처음 있는 일이었지. 이렇게 시청률이 조사된 후 광고는 11월 내내 재방송되어 어마어마한 시청자를 확보했네. 또한 닐슨이 시청률을 조사한 다음 주, 신문과 방송에서는 첼시의 죽음이 '혁명적' 반전이라고 떠들어댔으며, 첼시가 실제 죽은 사람을 모델로 했다는 루머가 온 인터넷에 떠돌았다는 점을 명심하게. 놀랍게도 그 루머를 실제로 믿은 사람이 수만 명에 달하지. 비트 사이칼러지가 첼시의 의료 기록과 삶을 날조해 인터넷에 올렸다는 점 역시 명심하게. 그리고 힐튼에게 묻고 싶군. 광고를 위해 성공이 보장된 쿠데타를 일으킨 것이 과연 얼마나 '용감한' 행위일까?"

힐튼이 대꾸했다. "하지만 리스크는 여전히 있었어요. 제 말은, 죽음은 우울한 것이죠. 오히려 역효과를 낼 수도 있었잖아요."

다시 칩은 이 논쟁에서 그의 편을 들어줄 누군가를 기다렸다. 아무도 없었다. "경제적 리스크가 따르기만 한다면 전적으로 이기적인 전략이 용감한 예술적 행위가 되는 것일까?"

대학의 잔디깎기 기계들이 단체로 교실 앞 잔디밭에 몰려와 소음의 담요로 토론을 뒤덮었다. 햇살이 환했다.

칩은 진군해나갔다. 소기업 사장이 고용인을 위해 기꺼이 의료비를 내주는 것이 과연 현실적일까?

한 학생이 작년 여름에 자신이 일한 곳의 사장이 엄청 관대하고 완전 좋은 사람이었다고 주장했다.

채드는 멜리사의 간지럼 태우는 손가락과 소리 없이 싸우는 동안 다른 한 손으로 그녀의 맨살이 드러난 배를 역공격하고 있었다.

"채드?" 칩이 말했다.

채드는 놀랍게도 질문이 뭐냐고 묻지도 않고 즉각 대답했다. "예외적인 곳이네요. 대부분 사장은 그렇게 통이 크지 않을 겁니다. 하지만 저 사장은 통이 **컸네요.** 제 말은, 저기가 기업의 표준이라고 주장하는 사람은 아무도 없다는 거죠."

이 대목에서 칩은 전형성에 직면해야 할 예술의 책임 문제를 거론하고자 했다. 하지만 이 토론은 역시나 이미 사망 상태였다.

"그럼, 핵심을 정리하자면, 이 광고는 우리 마음에 들고, 우리 문화와 나라에 도움이 된다고 생각한다는 건가?"

햇볕에 달구어진 교실에서 학생들은 어깨를 으쓱하고 고개를 끄덕였다.

"멜리사, 자네 생각은 어떤가?"

멜리사가 책상에서 고개를 들어 채드에게서 관심을 옮겨 실눈으로 칩을 바라보았다.

"네." 그녀가 말했다.

"네라니, 뭐가?"

"네, 이 광고는 우리 문화와 나라에 도움이 됩니다."

칩은 심호흡을 했다. 마음이 아팠던 것이다. "좋아. 의견을 내주어 고맙군."

"제 의견에 언제 신경 썼다고 그러세요?"

"뭐라고?"

"어차피 교수님 의견이랑 같지 않으면 우리 의견이야 안중에도 없 잖아요."

"그건 의견에 대한 것이 아니네. 텍스트 공예학에 필요한 비평적 시각을 배우자는 것이지. 바로 그래서 내가 여기 있는 것이고."

"제 생각에는 아닌 것 같은데요. 교수님이 여기 있는 것은 교수님 이 싫어하는 걸 우리도 싫어하게 가르치기 위해서예요. 교수님은 저 광고가 싫죠? 척 보면 딱이에요. 완전 싫어하고 있어요."

다른 학생들이 이제 귀를 쫑긋 세우고 듣고 있었다. 멜리사와 채 드의 관계는 멜리사의 주가를 높인 것보다 훨씬 더 채드의 주가를 떨 어뜨렸다. 그런데 지금 그녀가 학생이 아니라 대등한 입장의 화가 난 사람인 양 칩을 공격하고 있으니 교실 전체가 시선을 집중했다.

칩은 시인했다. "그래, 나는 싫네. 하지만 그건……."

"그럴 줄 알았죠."

"왜 싫으세요?" 채드가 소리쳤다.

"왜 싫은지 말씀해주세요." 꼬마 힐튼이 왈왈거렸다.

칩은 벽시계를 보았다. 이번 학기를 6분 남겨두고 있었다. 그는 손가락으로 머리를 쓸어넘기며 동지라도 찾는 양 교실을 쭉 둘러보았지만, 학생들은 그를 내몰고 있었고, 그들도 그 사실을 알고 있었다.

그는 말했다. "W— 기업은 현재 독점금지법 위반으로 세 개의 소송에 걸려 있네. 작년 수익은 이탈리아의 국내총생산을 능가하는 금액이었지. 그리고 아직 확보하지 못한 소비자 계층에서 달러를 짜내기 위해 이 광고를 만들어 유방암에 대한 여자의 공포와 유방암 환자에 대한 여자의 동정심을 이용하고 있네. 말해보게, 멜리사?"

"그건 이기적인 게 아니에요."

"이기적인 게 아니라면 뭔가?"

"일터의 여성을 찬양하고 있어요. 암 연구를 위한 기금도 모으고요. 우리에게 자가 검진을 하고 필요한 도움을 받으라고 권하고 있죠. 과학기술이 남자의 전유물이 아니라 여자들도 이용할 수 있는 것이라고 말해주고 있고요."

"오케이, 좋아. 하지만 문제는 우리가 유방암을 염려하느냐 아니냐가 아니네. 유방암이 사무기기 판매와 무슨 관련이 있냐는 거지."

채드가 멜리사를 위해 팔을 걷어붙이고 나섰다. "그게 광고의 주제지요. 정보를 마음대로 이용할 수 있으면 생명을 구할 수 있다."

"그럼 피자헛이 핫페퍼 피자에 고환 자가검진표를 넣는다면 피자헛이 암에 대항하여 용감하고도 영광스러운 싸움을 벌이고 있다고 광고할 수 있다는 건가?"

"안 될 것 없죠."

"여기에 무슨 문제가 있는지 **아무도** 모르겠나?"

그 어느 학생도 대꾸하지 않았다. 멜리사가 팔짱을 끼고 등을 구부정히 구부린 채 얼굴에 불쾌한 즐거움을 머금고 있었다. 부당한 생각이든 어떻든 간에, 칩에게는 그녀가 5분 만에 이번 학기 전체의 훌륭한 가르침을 파괴해버린 듯이 느껴졌다.

"그럼, W—가 팔 제품이 없었다면 〈여자들이여, 파이팅〉이 제작되지 않았을 거라는 점을 고려해보게. W—에서 일하는 사람들의 목표는 스톡옵션을 판매해 32세에 은퇴하는 것이고, W— 주식을 소유한 사람들의 목표는(칩의 형과 형수인 개리와 캐럴라인은 W— 주식을 대량 보유하고 있었다) 더 큰 집을 짓고 더 큰 SUV를 사고 세상의 유한한 자원을 더 많이 소비하는 것이라는 점을 고려해보게."

"삶을 사는 게 뭐가 잘못이죠? 돈을 버는 게 왜 **본질적으로** 악이죠?"멜리사가 물었다.

"보드리야르라면, 〈여자들이여, 파이팅〉 같은 광고가 기의에서 기표를 분리한다는 점에서 악이라고 말할 것 같군. 훌쩍이는 여성은 더 이상 슬픔만을 의미하지 않게 되었네. 이는 또한 '사무기기에 대한 욕망'을 의미하고, '우리의 사장은 우리를 진심으로 염려한다'를 의미하지."

벽시계가 2시 30분을 가리켰다. 칩은 말을 멈추고는 종이 울려 학기가 끝나기를 기다렸다.

"죄송합니다만, 전부 헛소리예요."멜리사가 말했다.

"뭐가 말인가?"칩이 물었다.

"이 수업 전부요. 매주 매주가 다 헛소리였어요. 비평가들마다 비평의 수준에 대해 한탄해대죠. 그러면서 정확히 무엇이 문제인지 아무도 꼭 집어내지 못해요. 그저 그게 악이라고 할 뿐이죠. 그들 모두 '기업'이 더러운 단어라는 걸 알아요. 누군가가 재미를 보거나 부자가 되는 건 역겹고 사악한 짓이죠! 늘 이것의 죽음과 저것의 죽음이 난무하고요. 그리고 자신이 자유롭다고 생각하는 사람들은 '전혀' 자유롭지 않아요. 스스로가 행복하다는 사람은 '전혀' 행복하지 않고요. 사회를 근본적으로 비평하는 것은 이제 불가능하죠. 이 사회에 근본적으로 잘못된 점이 있기에 근본적 비평이 필요하다는 것은 알지만 아무도 정확하게 말할 수 없어요. **교수님이 이런 광고를 싫어하는 것은 너무 전형적이고 완벽해요!**"그녀가 말하던 중 로스 홀 전체에 마침내 종이 울렸다. "여자와 유색인과 게이와 레즈비언의 상황은 점점 좋아지고 있어요. 차별이 점점 사라지고 문이 열리고 있죠. 교수님이 겨우 생각한다는 것은 기표와 기의에 관련한 어리석고 졸렬한 문제점에 불과하고요. 여자들에게 너무나도 좋은 광고를 나쁜 뭔가로 만드는 유일한 방법은 부자가 악이고, 기업을 위해 일하는 것이 악이라고 말하는 것뿐이죠. 그렇게 하는 것도 세상 모든 것에는 잘못이 있기에 마땅히 비평해야 한다는 알량한 생각에 사로잡혔기 때문이죠. 네, 종이 울린 것 알아요."그녀가 공책을 덮었다.

"좋아. 그런 생각이라면 자네의 문화 연구에 대한 핵심적 필수 조건은 다 채워졌겠군. 즐거운 여름 보내게."

그는 자신의 목소리에서 쓰라림을 지울 수 없었다. 비디오 플레이어를 향해 고개를 숙인 그는 〈여자들이여, 파이팅〉을 되감아 다시 트는 데 관심을 쏟으며 버튼을 만지작거리기 위해 버튼을 만지작거렸다. 열정을 다한 강의에 감사 인사를 하거나 즐거운 수업이었다고 말하기 위해 학생 몇이 뒤에서 꾸물거리고 있는 것이 느껴졌지만 그는 모두가 나갈 때까지 비디오 플레이어에서 고개를 들지 않았다. 그리고 틸턴 레지의 집으로 가서 술을 마시기 시작했다.

멜리사의 비난은 그의 급소를 찔렀다. 사회에 '유용한' 일을 하라는 아버지의 명령을 자신이 얼마나 진지하게 받아들였는지 그는 여태 모르고 있었다. 비평을 통해 이루는 것이 아무것도 없다 하더라도 병든 문화를 비평하는 것은 늘 유용한 작업이라고 느꼈더랬다. 하지만 가상의 병폐는 전혀 병폐가 아니었다. 과학기술과 소비 취향과 의료 과학의 위대한 물질주의적 질서가 과거에 억압받고 있던 사람들의 삶을 **사실상** 개선시키고 있다면, 이 질서에 불만을 품는 것이 칩과 같은 백인 이성애자 남자뿐이라면, 그의 비평은 일말의 추상적 유용성조차 없는 것이었다. 멜리사의 말대로 전부 헛소리였다.

올여름에 계획했던 새 책의 집필에 들어갈 마음이 완전히 사라져 칩은 런던행 티켓을 바가지 가격으로 사서는 에든버러까지 히치하이킹을 해 지난겨울에 D—에서 강의를 하고 작업을 한 스코틀랜드 행위예술가의 집에서 너무도 오래 머물렀다. 결국 그녀의 남자친구가 말했다. "이제는 떠나야 할 시간이에요, 젊은이."

칩은 하이데거와 비트겐슈타인의 철학 서적으로 가득한 배낭을 메고 길을 나섰지만 너무나 고독해 책을 읽을 수도 없었다. 자신이 여자 없이는 살지 못하는 남자라고 인정하는 것이 끔찍했지만, 루시한테 버림받은 이후로는 한 번도 섹스를 못 했다. D— 대학 역사상 페미니즘 이론을 가르친 유일한 남자 교수인 그는 여자가 '성공'과 '애인 있음'을, '실패'와 '애인 없음'을 동일시하지 않는 것이 얼마나 중요한지 잘 알았다. 또한 고독한 이성애자 남성이 아래와 같은 온갖 여성혐오 이론의 구속에서 벗어나고 싶다면 남성우월 이론을 절대 용서해서는 안 된다는 것을 잘 알았다.

¶ 여자 없이 살 수 없다는 듯한 느낌은 남자를 약하게 만든다.

¶ 그럼에도 여자 없는 삶은 좋든 싫든 남성성의 기초인 차별성과 힘을 잃게 만든다.

빗방울 튀기는 초록빛 스코틀랜드에서 맞이한 수많은 아침에 칩은 이 가짜 구속에서 벗어나 자아와 목적의식을 되찾을 수 있을 것만 같은 기분이 들었지만, 오후 4시가 되면 어김없이 기차역에서 맥주를 마시고 감자칩을 마요네즈에 찍어 먹으며 미국인 여대생들과 마주쳤다. 그네들이 사족을 못 쓰는 글래스고 억양을 쓰지 않는 데다 조국에 대한 애증으로 인해 그는 유혹자로서 커다란 장애를 감당해야 했다. 슈미즈 원피스에 케첩 얼룩이 묻어 있던 오리건 출신의 히피 아가씨와 딱 한 번 성공하긴 했지만, 머리 냄새가 어찌나 지독한지 그는 밤새 입으로 숨을 쉬어야 했다.

코네티컷에 돌아와 죽이 잘 맞지도 않는 친구들에게 성찬을 대접하며 그의 이러한 실패담을 늘어놓자니 이는 비참하기보다 우스꽝스럽게 느껴졌다. 스코틀랜드에서 느꼈던 우울이 기름진 음식 탓이 아닐까 싶을 정도였다. 쇄기 모양의 뭔지 모를 번들대는 갈색 생선과 지방 범벅의 녹회색 감자칩과 머리 냄새와 각종 튀김 음식을 떠올릴 때면 속이 울렁거렸다. 심지어 '퍼스 어브 포스'*라는 단어만 생각해도 마찬가지였다.

D— 근처에서 1주일마다 열리는 재래시장에서 그는 조상 대대로 길러온 토마토와 하얀 가지와 껍질 얇은 황금매실을 잔뜩 샀다. 늙은 농부들이 '로킷'이라고 부르는 루콜라는 어찌나 매운지 소로의 글을 읽을 때처럼 눈에 눈물이 어렸다. 건강에 유익한 좋은 음식들을 기억하고 있었기에 그는 자제력을 회복하기 시작했다. 술을 끊고 푹 자고 커피를 줄이고 1주일에 두 번 대학 체육관에 갔다. 망할 하이데거를 읽고, 아침마다 달그락달그락 자갈을 밟았다. 자기 수양 퍼즐의 다른 조각들이 제자리에 맞추어졌고, 작업하기 좋은 시원한 날씨가 카파츠 개울 골짜기에 찾아들자 한동안 그는 거의 소로식 웰빙에 가까운 생활을 했다. 테니스 경기장에서 시합 중 잠시 쉴 때 짐 레비턴은 몇 가지 절차만 걸치면 칩의 종신 교수직은 떼어 놓은 당상이니 학부의 다른 젊은 이론가인 벤들라 오폴런과 경쟁할 염려는 전혀 없다고 자신했다. 가을 학기에 칩은 르네상스 시와 셰익스피어 강좌를 맡았는데, 둘 다 그의 비평적 통찰력을 재검토할 필요가 없는 분야였다. 종신 교수직에 오르기 위한 마지막 단계를 단단히 준비하며 현재 홀가분한 상황이라는 사실에 안도했다. 결국 여자 없는 생활은 거의 행복이나 다름없었다.

* 스코틀랜드의 만.

9월의 어느 금요일, 그가 집에서 유채와 도토리 호박과 신선한 대구로 저녁 식사를 준비하며 밤에 리포트 점수를 매길 계획을 세우고 있는데 다리 한 쌍이 그의 부엌 창문으로 미끄러지듯 지나갔다. 그는 그 미끈한 걸음걸이를 알아보았다. 멜리사의 걸음이었다. 그녀는 나무 울타리를 지나며 손가락 끝으로 울타리를 쓰다듬었다. 그리고 현관에서 멈추더니 댄스 스텝을 밟거나 돌차기 놀이를 하는 듯했다. 뒤로 가거나 옆으로 가거나 건너뛰거나 깡충거렸다.

방충문을 두드리는 그녀의 노크 소리에는 미안한 기색이 전혀 없었다. 그는 분홍 당의를 입힌 컵케이크들이 담긴 접시를 들고 서 있는 그녀를 방충문 너머로 바라보았다.

"그래, 무슨 일인가?"

멜리사가 손바닥 위의 접시를 들어 올렸다. "컵케이크예요. 지금쯤 교수님 인생에 컵케이크가 필요할지도 모르겠다 싶어서요."

연극적인 성격이 아닌 칩은 연극적인 사람들 곁에 있으면 불리하게 느껴졌다. "왜 가져왔나?"

멜리사가 무릎 꿇더니 죽은 튤립과 아이비의 가루가 흩뿌려져 있는 매트에 접시를 내려놓았다.

"여기 두고 갈게요. 마음대로 하세요. 안녕!"

그녀는 팔을 쫙 벌린 채 현관 계단에서 발레 하듯 몸을 획 돌리더니 판석이 깔린 길을 발끝으로 달려갔다.

칩은 다시 대구 조각을 가지고 씨름했다. 조각 가운데에 박힌 핏빛 갈색 연골을 빼내고 싶었다. 하지만 생선이 녹말을 바른 양 미끈대는 통에 붙잡고 있기가 쉽지 않았다.

"씨팔 년." 그는 칼을 개수대에 던졌다.

컵케이크는 버터가 담뿍 들어 있고, 당의도 버터로 만든 것이었다. 그는 손을 씻고 샤르도네 와인을 딴 뒤 컵케이크 네 개를 먹고는, 요리하길 포기한 생선을 냉장고에 넣었다. 도토리 호박은 너무 구워 껍질이 타이어 고무 튜브 같았다. 몇 달째 아무 소리도 없이 선반 위에 놓여 있던 교양 비디오 〈에로 영화 100년사〉가 느닷없이 그의 관심을 즉각적이고도 완전히 사로잡았다. 블라인드를 내리고는 와인을 마시며 몇 번이나 자위를 한 뒤, 버터 향기 풍기는 희미한 박하 맛을 통해 그 안에 든 박하를 감지하며 컵케이크 두 개를 더 먹고는 잠이 들었다.

다음 날 아침 7시에 깨어나자 윗몸 일으키기를 400번 했다. 개숫물에 〈에로 영화 100년사〉를 담가, 말하자면 불가연성의 물체로 만들었다(담배를 끊을 때도 담뱃갑으로 같은 짓을 하곤 했다). 어제 칼을 개수대에 던졌을 때 그는 자신이 왜 그랬는지 알 수 없었다. 목소리도 자기 목소리 같지 않게 들렸다.

그는 로스 홀의 교수실로 가서 리포트 점수를 매겼다. 그러던 중 여백에 썼다. **토요타가 제품 이름을 선택할 때 크레시다가 영향을 주었을 수는 있다. 그러나 토요타의 크레시다가 셰익스피어 문학에 영향을 주었다는 주장을 하려면 이보다 더욱 구체적으로 논증해야 한다.** 그는 비판을 완화하기 위해 감탄 부호를 덧붙였다. 특히 유약한 학생의 리포트를 난도질을 할 때면 때때로 웃는 얼굴을 그렸다.

철자 확인! 그는 '트로일로스'라고 써야 할 것을 여덟 페이지 내내 '트루일로스'라고 쓴 학생에게 충고했다.

그리고 한없이 부드러운 물음표. "이 점에서 셰익스피어는 푸코가 도덕의 역사성에 대해 너무나도 옳았다는 사실을 증명한다"라는 문장 옆에 칩은 썼다. **고쳐 써보겠나? 어쩌면 "이 점에서 셰익스피어는 푸코 (니체가 낫지 않을까?)를 거의 내다보고 있는 듯 보인다"는 어떨까?**

5주 후 할로윈 다음 날의 바람 부는 저녁에도 그는 여전히 리포트 점수를 매기고 있었다. 학생들이 저지른 1만 혹은 1만 5천 가지 실수들. 그때 연구실 문밖에서 할퀴는 소리가 들렸다. 문을 열자 복도 쪽 문손잡이에 잡화점 할로윈 가방이 걸려 있었다. 선물을 두고 간 멜리사 파케트가 복도에서 뒤로 물러나고 있었다.

"뭐 하는 짓인가?"

"그냥 친구로서 드리는 거예요."

"고맙지만 사양하겠네."

멜리사가 다시 다가왔다. 하얀 페인트공 작업복에 방한용 내복과 화려한 분홍 양말 차림이었다.

"할로윈 사탕을 받으러 돌아다녔는데, 어획량의 5분의 1쯤 여기 두었어요."

그녀가 바짝 다가오자 그는 물러섰다. 그녀가 그를 따라 연구실로 들어오더니 발끝으로 빙 돌며 책장의 책 제목을 살폈다. 칩은 책상에 기대서서 팔짱을 단단히 꼈다.

"벤들라의 페미니즘 이론 수업을 듣고 있어요." 멜리사가 말했다.

"그거참 이성적인 다음 단계로군. 가부장 전통을 그리워하는 비평 이론을 거부했으니 말이네."

"제 생각을 정확히 짚으셨네요. 불행히도, 수업이 **형편없어서** 문제지만요. 교수님 수업을 작년에 같이 들었던 학생들이 다들 교수님 수업이 좋았다고 그리워해요. 벤들라는 우리더러 둘러앉아서 우리 느낌에 대해 말해보라고 하죠. 낡은 이론은 머리만 중시한다고요. 새로운 참된 이론은 감정에 대한 거래요. 그 여자가 우리더러 읽으라고 하는 문헌들을 자기도 정말 다 읽었는지 영 미심쩍어요."

열린 문 너머로 벤들라 오폴런의 연구실 문이 보였다. 1965년의 베티 프리단, 환하게 웃고 있는 과테말라의 여자 소작인, 승리를 기뻐하는 여자 축구 스타, 배스 에일 맥주의 버지니아 울프 포스터, **주류 패러다임을 전복하라** 등 건전한 이미지와 격언으로 도배되어 있었다. 문득 옛 여자친구 토리 티멀만이 불쾌한 방식으로 떠올랐다. 문 장식에 대한 그의 느낌은 이랬다. 우리가 고등학생이야? 여기가 우리 집 침실이냐고?

"그래, 기본적으로 내 수업이 헛소리라고 생각했을지라도 이제 벤들라의 수업을 듣고 보니 헛소리 중에서도 그나마 내가 고급 헛소리라고 생각하게 되었나 보군."

멜리사가 얼굴을 붉혔다. "기본적으로는 그래요! 다만 교수님이 훨씬 뛰어난 교사라는 점은 빼고요. 제 말은, 교수님 덕분에 굉장히 많은 것을 배웠어요. 그 말씀을 드리고 싶었어요."

"어련하겠나."

"있죠, 엄마 아빠가 4월에 갈라서버렸어요."

대학에서 준 칩의 가죽 소파에 멜리사가 털썩 드러누워 심리 치료용 자세를 취했다.

"한동안은 교수님이 기업에 그토록 반대하시는 게 정말 멋졌어요. 그런데 어느 날 갑자기 그게 거슬리지 뭐예요. 우리 부모님은 부자지만 나쁜 사람은 아니에요. 나보다 겨우 네 살 많은 비키라는 여자랑 아빠가 살림을 차리긴 했지만요. 그래도 아빠는 여전히 엄마를 사랑해요, 난 알아요. 내가 집을 떠나자마자 상황이 좀 악화되었죠. 하지만 아빠가 엄마를 여전히 사랑한다는 걸 난 알아요."

칩은 팔짱을 낀 채로 말했다. "우리 대학에는 이런 일을 겪는 학생들을 위해 많은 프로그램을 제공하고 있네."

"고마워요. 대체적으로 난 잘 해나가고 있어요. 지난번 교수님 수업에서 무례했던 것만 빼고요."

멜리사가 발꿈치를 소파 팔걸이에 얹고 신발을 벗어 바닥에 떨어뜨렸다. 그녀의 작업복 가슴받이 양쪽으로 둥그런 방한용 내복 자락이 삐져나와 있는 것을 칩은 의식했다.

"나는 멋진 유년 시절을 보냈어요. 우리 부모님은 늘 나에게 최고의 친구가 되어주었죠. 7학년 때까지 홈스쿨을 했어요. 엄마는 뉴헤이븐에서 의대를 다녔고, 아빠는 노마틱스라는 펑크 밴드를 하며 전국을 돌아다녔죠. 엄마가 처음으로 펑크 콘서트에 갔다가 아빠랑 눈이 맞아 아빠의 호텔 방까지 들어갔죠. 그리고 엄마는 의대를 그만두고, 아빠는 밴드를 그만둔 뒤 그 이후로는 단 한 번도 헤어지지 않았어요. 완전 로맨틱하죠. 있죠, 아빠가 신탁 펀드로 돈을 좀 벌었는데, 그때 그걸 한 건 정말 멋진 아이디어였어요. 수많은 주식이 새로 상장되었고, 엄마는 생물공학 회사에 완전 빠져서는 의학전문지 〈자마〉를 읽었어요. 톰은, 우리 아빠 말예요, 그 가치를 알아본 뒤 정말 기가 막히게 투자했죠. 클레어는, 우리 엄마 말예요, 나와 집에 머물며 온종일 함께 지냈죠. 구구단을 공부했고 늘 우리 셋이 함께였어요. 두 분은 너무나 사랑에 넘쳤죠. 주말마다 파티가 열렸어요. 그러다 그런 생각이 들었죠, 우리는 모두를 **알고** 있고, **투자**를 기가 막히게 잘하는데 펀드 투자회사 하나 못 세울 것 뭐 있나? 그래서 그렇게 했어요. 굉장했죠. 지금도 투자 규모가 어마어마해요. 펀드 이름이 웨스트포트폴리오 바이오펀드 40이던가? 그러다 시장이 더 경쟁적으로 변했을 때 다른 펀드들도 시작했죠. 다양한 서비스를 모두 갖추고 있어야 했죠. 기관투자자들이 톰한테 그렇게 말했어요. 그래서 아빠는 다른 펀드를 시작했는데, 불행히도 상당히 말아먹고 말았죠. 그게 톰과 클레어 사이에 큰 문제가 되었던 것 같아요. 엄마가 선별해 만든 바이오펀드 40은 여전히 잘나가고 있거든요. 근데 지금 엄마는 상심해서 우울에 빠져 있죠. 집에 콕 박혀서는 절대 안 나가요. 반면, 톰은 나더러 비키를 만나보라고 해요. '엄청 재밌는' 사람이고, 롤러블레이드를 탄대요. 문제는 말이죠, 엄마 아빠가 천생연분이라는 걸 우리 모두 알고 있다는 거죠. 두 사람은 서로의 부족한 점을 완벽하게 메워줘요. 회사를 차리는 것이 얼마나 멋지고, 돈이 들어오는 것이 얼마나 즐겁고, 그것이 얼마나 로맨틱한지 알면 교수님도 그렇게 질색하지 않을 거라고 생각해요."

"글쎄."

"어쨌든 교수님하고 얘기하면 말이 통할 것 같았어요. 대체적으로 잘 지내고는 있지만, 일종의 친구 같은 게 있으면 좋잖아요."

"채드는 어쩌고?"

"좋은 애죠. 3주 동안은 좋았어요."

멜리사가 소파에서 다리를 내리고 칩의 허벅지 위쪽에 양말 신은 발을 댔다.

"그 애랑 나처럼 장기적으로 양립 불가능한 커플은 찾기도 힘들걸요."

그녀의 발가락의 섬세한 움직임이 칩의 청바지를 뚫고 전해졌다. 그는 책상에 기대서 있었기에 이 상황에서 벗어나려면 그녀의 발목을 쥐고 다리를 도로 소파로 밀어내는 수밖에 없었다. 그녀의 분홍 발이 즉각 그의 손목을 꽉 쥐더니 그를 그녀 쪽으로 당겼다. 너무나 재미났지만 그의 연구실 문은 열려 있고, 불은 켜 있고, 블라인드는 올라가 있고, 복도에는 누군가가 있었다.

그는 팔을 빼내며 말했다. "규칙이 있어. 규칙을 지켜야지."

멜리사가 소파에서 구르듯 일어나 바짝 다가왔다. "그건 바보 같은 규칙이에요. 진심으로 좋아한다면 그게 무슨 상관이에요."

칩은 문가로 물러섰다. 복도 위쪽 과사무실 옆에 톨텍 인디언으로 보이는 자그마한 여자가 푸른색 작업복 차림으로 진공청소기를 밀고 있었다.

"규칙을 정한 데는 다 그만한 이유가 있기 때문이지." 그가 말했다.

"그럼 교수님을 안지도 못 하겠네요."

"그래, 그거야."

"바보 같아요." 멜리사가 신발을 신더니 문가의 칩에게 다가왔다. 그리고 그의 귀 바로 아래 뺨에 키스했다. "그럼, 안녕."

그녀가 발레 하듯 빙그르르 돌며 미끄러지듯 사라지는 모습을 그는 가만히 바라보았다. 비상문이 쿵 닫혔다. 그는 자신이 말한 모든 단어를 주의 깊게 검토한 뒤 올바른 품행이라는 점에서 A를 주었다.

하지만 하나 남은 가로등마저 꺼져버린 틸턴 레지로 돌아가자 고독이 물밀듯 밀려왔다. 멜리사의 키스와 생기 넘치는 따스한 발이 남긴 촉감적 기억을 지우기 위해 그는 뉴욕의 대학 동창에게 전화를 걸어 다음 날 점심 약속을 잡았다. 이런 밤을 대비해 물에 담근 후 수납장에 넣어둔 〈에로 영화 100년사〉를 꺼냈다. 비디오는 문제 없이 돌아갔다, 화면에 다소 희끗희끗 눈이 내리긴 해도. 처음으로 정말 뜨거운 장면이 호텔 방에서 펼쳐져 음탕한 객실 청소부를 감상하려는데 눈발이 눈보라 수준으로 굵어지더니 화면이 파랗게 변했다. VCR은 목이라도 졸린 듯 나직하면서도 메마른 끅끅 소리를 냈다. **공기, 공기가 필요해**, 라고 말하는 듯했다. 비디오테이프가 씹혀 VCR 내부를 휘감고 있었다. 비디오를 꺼내자 마일라 자기테이프가 한 움큼 딸려 나왔다. 바로 그때 뭔가가 부러졌는지 VCR이 플라스틱 릴을 토해냈다. 일이 벌어진 것이다. 하지만 스코틀랜드 여행은 재무적 워털루 전투였기에 칩은 새 VCR을 살 여력이 없었다.

비 내리는 차가운 토요일의 뉴욕은 그에게 몹시 간절한 기분 전환이 전혀 되어주지 않았다. 저지대 맨해튼의 인도에는 하나같이 네모난 도난 방지 딱지가 금속 소용돌이처럼 점점이 박혀 있었다. 이들 딱지는 세상에서 가장 강력한 풀로 축축한 인도에 접착되어 있었다. 수입산 치즈를 사고(이는 그가 뉴욕을 방문할 때마다 코네티컷에 돌아가기 전 적어도 하나의 성취를 이루었다는 증표로 꼭 하는 짓이었지만, 같은 가게에서 늘 같은 베이비 그뤼에르와 푸름 당베르를 산다는 사실이 약간 슬프게 느껴졌다. 이로 인해 그는 인간적 행복을 얻기 위한 수단으로서의 소비지상주의가 맞이한 더욱 보편적인 실패에 더욱 강한 반감을 품게 되었다) 대학 동창과 점심을 먹은 후에(최근에 인류학 강사 노릇을 때려치우고는 실리콘앨리에서 '마케팅 심리학자'로 나선 그 친구는 칩에게 어서 정신을 차리고 자기처럼 하라고 권했다) 자기 차에 돌아간 칩은 방금 구입한 치즈의 비닐 포장에도 모두 도난 방지 딱지가 붙어 있으며, 그의 왼쪽 신발 바닥에 도난 방지 딱지 조각이 들러붙어 있다는 사실을 발견했다.

틸턴 레지는 얼음으로 번들거렸고 매우 어두웠다. 우편물 중에는 이니드가 앨프리드의 도덕적 실패에 탄식하는("너희 아빠는 **종일, 하루 종일** 그 의자에 앉아 있단다") 짧은 편지도 있었는데, 그 안에는 레스토랑 마레 스쿠로에 대한 군침 도는 비평과 데니즈의 길디긴 이력과 젊은 주방장의 매혹적 자태가 전면 인쇄된 사진을 실은 잡지 〈필라델피아〉의 기사도 동봉되어 있었다. 청바지와 탱크톱 차림의 데니즈는 근육질 어깨와 매끈한 흉근을 훤히 드러내고 있었다("너무도 젊고 너무도 뛰어난 그녀. 자신의 주방에 있는 데니즈 램버트"라고 사진 아래 적혀 있었다). 이처럼 여성을 대상화한 개떡 같은 사진 덕에 잡지가 잘 팔리겠구나 하며 칩은 쓰라려했다. 몇 해 전만 해도 이니드의 편지는 데니즈와 그녀의 파탄 난 결혼에 대한 절망을 가득 뱉으며 **그 남자는 데니즈에 비해 너무 늙었어!** 같은 문장에 밑줄을 두 개나 그은 반면, 칩이 D— 대학의 교수가 된 것에 대해 **자부심**과 **황홀감**을 화려하게 늘어놓았다. 이니드가 자식들 사이를 이간질하는 데 능하며 그녀의 칭찬은 대개 양날의 검이라는 것쯤은 이미 알고 있는 사항이지만 데니즈처럼 영리하고 신념 강한 여성이 어떻게 자기 몸을 마케팅 목적을 위해 이용할 수 있는지 칩은 경악했다. 그는 기사를 쓰레기

통에 던져버렸다. 그리고 잡지〈선데이 타임스〉의 토요일 자를 펼쳐
서는— 그렇다, 이는 모순된 행동이며, 그는 이를 자각하고 있었다—
지친 눈을 쉬게 해줄 란제리나 수영복 광고를 찾아 페이지를 뒤적였
다. 아무것도 찾지 못하자 서평란을 읽기 시작했다. 11페이지에 벤들
라 오폴런의 회고록《아빠의 딸》이 "충격적"이며 "용감"하고 "매우 만
족"스럽다고 공표되어 있었다. 벤들라 오폴런이 다소 드문 이름이긴
해도 바로 그 벤들라가 이 책의 저자라는 사실을 칩은 전혀 인식하지
못했다. 하지만 서평 끝에 적힌 다음 문장으로 인해 그녀가《아빠의
딸》을 썼다는 사실을 받아들여야만 했다. "오폴런은 현재 D— 대학
의 교수이며⋯⋯."

　그는 서평을 덮고 술병을 땄다.

　이론상 그와 벤들라는 둘 다 텍스트 공예학의 종신 교수직을 놓고
경쟁하고 있었지만, 사실 승리는 이미 정해져 있었다. 벤들라가 뉴욕
에서 통근한다는 점과(교수는 대학가에 거주해야 한다는 대학의 비
공식적 요구 사항을 무시하는 짓이었다) 중요한 회의에 불참하고 수
업 시간을 온갖 감정으로 도배한다는 점은 칩에게 꾸준한 위로가 되
었다. 학술 서적 출판과 학생 평가와 짐 레비턴의 지지라는 면에서 칩
은 여전히 우세한 위치에 있었지만 와인 두 잔은 전혀 효과가 없었다.

　와인을 네 잔째 따르는 순간 전화가 울렸다. 짐 레비턴의 아내 재
키였다.

　"짐이 괜찮을 거라고 알려드리려고요." 재키가 말했다.

　"뭐가 잘못됐나요?" 칩이 물었다.

　"그이는 잘 쉬고 있어요. 여기 세인트메리에 와 있죠."

"무슨 일이 있었나요?"

"칩, 그이한테 테니스를 할 수 있겠냐고 물으니깐 뭐라고 했는지 알아요? 고개를 끄덕였어요! 그래서 테니스를 할 거라고 당신한테 전화해서 알리겠다고 했죠. 그이의 운동 기능은 완전히 정상인 것 같아요. 완전히 정상이에요. 그리고 정신도 맑고요. 그게 중요하죠. 정말 좋은 소식이에요, 칩. 그이 눈이 반짝거려요. 예전의 짐과 똑같아요."

"재키, 짐이 뇌졸중으로 쓰러졌나요?"

"재활 훈련을 받을 거예요. 오늘이 사실상 그이의 은퇴 날짜가 되겠죠. 이건 내 생각엔 절대적 축복이에요. 이제 새로운 생활을 시작할 거예요. 3년이면, 길어야 3년이면 그이도 완전히 회복될 거고요. 그때는 테니스도 훨씬 잘할 거예요. 그이 눈이 어찌나 반짝거리는지, 칩. 예전의 짐 그대로예요!"

칩은 이마를 부엌 창문에 대고 고개를 돌려 한쪽 눈으로 차갑고 축축한 풀밭을 응시했다. 자신이 어떻게 할지 잘 알고 있었다.

"여전히 사랑스러운 바로 그 짐이라고요!" 재키가 말했다.

그다음 주 목요일에 칩은 멜리사와 저녁을 먹은 후 그의 빨간 소파 위에서 함께 섹스를 즐겼다. 앤티크 상점에서 800달러를 쓰는 것이 재정적으로 덜 치명적이던 시절에 그는 팔걸이가 한쪽에만 있는 이 소파에 마음을 빼앗겼다. 에로틱한 각도로 솟은 등받이의 어깨 부분은 완전히 젖혀졌고, 척추는 호를 그리며 휘어졌다. 가슴과 배의 플러시 천에 십자로 박힌 패브릭 단추 장식은 금방이라도 터질 듯했다. 멜리사와의 첫 번째 격렬한 포옹을 푼 칩은 잠시 양해를 구하고 부엌 등을 끈 뒤 욕실에 들렀다. 거실에 돌아가니 그녀가 격자무늬 폴리에

스테르 레저 수트 바지를 반만 걸친 채 소파 위에 길게 누워 있었다. 어스레한 곳에서 그녀는 털이 없고 가슴이 큰 남자처럼 보일 법했다. 칩은 실제 동성애보다는 동성애 이론을 더 선호했기에 기본적으로 그 옷이 싫었고, 그녀가 그 옷을 안 입기를 바랐다. 심지어 그녀가 바지를 벗어버린 후에도 성적 혼란의 찌꺼기가 그녀의 몸에 남아 있었다. 합성섬유의 독인 고약한 냄새는 말할 것도 없었다. 하지만 다행히도 섬세하고 투명한 팬티에서―확실한 성 정체성을 보이고 있었다―다정하고 따스한 토끼가 깡총대자 독립된 따스한 짐승이 촉촉이 솟구쳤다. 그가 어떻게 통제할 수 있는 상황이 아니었다. 전날 이틀 동안 그는 두 시간도 채 못 잤고, 와인을 머리끝까지 마셨고, 장은 가스로 가득 차 있었다(그가 저녁 메뉴로 왜 카술레*를 택했는지 기억나지 않았다. 십중팔구 별 이유 없었을 것이다). 현관문을 잠그지 않은 것이, 블라인드 틈이 벌어져 있는 것이 걱정되었다. 이웃이 들렀다가 문을 열어보거나 창문으로 엿보고는, 칩이 직접 초안 작성에 참여한 규정 1항과 2항과 6항을 뻔뻔스럽게 위반하고 있는 장면을 목격할까 봐 걱정이 되었다. 그에게는 걱정과 힘겨운 집중 사이로 목졸린 듯한 즐거움이 슬쩍슬쩍 끼어든 밤에 불과했지만 적어도 멜리사는 흥분되고 로맨틱하다고 여기는 모양이었다. 몇 시간 후 그녀는 잔주름을 잔뜩 지으며 커다란 U자 미소를 지었다.

틸턴 레지에서 극도의 스트레스를 받으며 두 번째 밀회를 치른 칩은 1주일 내내 계속되는 추수감사절 휴일 동안 캠퍼스를 떠나 케이

---

*　고기와 흰강낭콩을 함께 구운 프랑스 요리.

프코드의 오두막을 빌려 사람들의 이목에서 벗어나자고 제안했다. 멜리사는 어둠을 틈타 D— 대학의 인적 드문 동문으로 나가 미들타운의 웨슬리언 대학에 들러 그녀의 고등학교 친구를 만나 약을 사가자고 제안했다. 칩은 비바람에 견디도록 설계된 웨슬리언의 생태 주택에 깊은 인상을 받으며 기다리는 동안 닛산의 핸들을 손가락이 욱신댈 만큼 두드렸다. 자신이 지금 무슨 짓을 하고 있는지 생각하는 것이 너무나도 중요했기 때문이다. 점수를 매겨야 할 리포트와 시험지의 산을 내동댕이친 데다, 재활 병동에 입원 중인 짐 레비턴한테 아직도 병문안을 가지 않고 있었다. 짐은 말을 할 수 없을 만큼 턱과 입술이 팽팽히 조여 완전히 언어 능력을 상실한 상태라 — 병문안을 간 동료들의 말에 따르면 그 덕분에 그는 화난 사람처럼 보인다고 했다 — 칩은 더더욱 병문안 가기가 꺼려졌다. 감정적 경험을 절대 피하고 싶은 마음이었다. 손가락이 뻣뻣해지고 뜨거워질 만큼 운전대를 두드린 후에야 멜리사가 생태 주택에서 나왔다. 장작과 얼어붙은 화단과 늦가을 섹스의 냄새가 그녀를 따라 자동차로 들어왔다. 그녀가 칩의 손바닥에 옛날 미들랜드 퍼시픽 철도의 로고에서 글자만 뺀 것처럼 보이는 표시가 박힌 황금빛 알약을 쥐여주었다.

"먹어요." 그녀가 차 문을 닫으며 말했다.

"이게 뭐야? 엑스터시 같은 거야?"

"아뇨. 멕시칸 A예요."

칩은 문화적 불안감을 느꼈다. 얼마 전만 해도 마약 이름은 다 꿰고 있었건만. "먹으면 어떻게 되는데?"

"어떻게도 안 되고, 어떻게도 다 돼요." 그녀가 말하며 알약 하나를 삼켰다. "직접 느껴봐요."

"얼마 주면 되지?"

"신경 쓰지 마요."

그녀의 말대로 한동안은 아무 효과도 없는 듯했다. 하지만 케이프 코드에서 두세 시간 거리의 노위치 외곽 산업 지구에서 그는 멜리사가 틀어놓은 트립합의 볼륨을 낮추고 말했다.

"지금 당장 멈추고 씹하자."

그녀가 깔깔거렸다. **"그럴 줄 알았죠."**

"여기 근처에 차를 대자."

그녀가 다시 깔깔거렸다. "싫어요. 모텔에 가요."

그들은 컴퍼트 인이었다가 프랜차이즈를 포기하고 컴퍼트 밸리로지로 이름을 바꾼 모텔에 들었다. 야간 근무 직원은 뚱뚱했고, 컴퓨터는 다운되어 있었다. 그녀는 최근에 시스템 오작동으로 쓰러진 사람처럼 힘겹게 숨을 쉬며 숙박부를 손으로 적었다. 칩은 멜리사의 배에 얹은 손을 그녀의 팬티 속으로 밀어 넣으려다가 공공장소에서 여자를 더듬는 것은 부적절하며 문제를 야기할지도 모른다는 생각이 들었다. 이와 비슷한, 순전히 이성적 이유에서 그는 씩씩대며 땀을 흘리고 있는 직원에게 자신의 성기를 꺼내 보이고 싶은 요구를 억눌렀다. 하지만 그녀가 막상 그의 성기를 보면 재미있어하지 않을까 싶기도 했다.

그는 문도 닫지 않고 23호실의 담뱃불 자국이 수두룩한 카펫 위로 멜리사를 쓰러뜨렸다.

"이런 게 훨씬 좋아요!" 멜리사가 발로 문을 걷어차며 말했다. 그리고 바지를 휙 벗으며 기쁨의 비명을 내지르다시피 했다. "너무 좋아요!"

그는 주말 내내 옷을 입지 않았다. 피자가 왔을 때는 수건만 걸치고 나갔다가 피자 배달부가 떠나기도 전에 수건이 툭 떨어지고 말았다.

"헤이, 울 이쁜 엄마, 나예요." 칩이 뒤에 누워 그녀에게 달려드는 동안 멜리사는 핸드폰에 대고 이야기하고 있었다. 핸드폰을 쥔 팔에서 칩의 손을 치워가며 충실히 자식 노릇을 하고 있었다.

"응…… 응……. 그럼, 그럼요……. 아니, 정말 심하네, 엄마……. 아니, 엄마 말이 맞아. 정말 심해……. 그럼……. 그럼……. 응……. 그럼……. 정말, 정말 심해."

그녀의 목소리가 반짝이고, 칩은 달콤한 그녀의 안으로 1센티미터 더 파고들기 위해 몸을 받칠 만한 곳을 찾았다. 월요일과 화요일에 그는 캐럴 길리건에 대한 묵직한 학기말 리포트를 구술했다. 멜리사는 벤들라 오폴런한테 너무 화가 나 도저히 리포트를 쓸 기분이 아니었다. 길리건의 주장이 사진처럼 생생하게 떠오르고 그 이론을 완전히 익히고 있다는 사실에 흥분된 그는 성기로 멜리사의 머리카락을 지분거렸다. 성기 끝으로 멜리사의 키보드를 쓸어 올리고 쓸어내리다 액정 모니터에 반짝이는 얼룩을 선사했다.

"자기, 내 컴퓨터에 싸지 마."

그는 그녀의 뺨과 귀를 쿡 찌르고 겨드랑이를 간질이다 결국 그녀를 욕실 문에 기대 세워 그녀의 체리빛 미소로 그의 온몸을 씻었다.

나흘이 지나는 동안 저녁 식사 시간마다 그녀는 가방에서 두 개의 황금빛 알약을 꺼냈다. 그리고 수요일에 칩은 그녀를 멀티플렉스로 데려가 조조로 표를 끊은 영화 말고도 다른 영화를 몰래 한 편 반을 더 보았다. 팬케이크로 늦은 저녁을 때우고 컴퍼트 밸리 로지로 돌아온 뒤 멜리사가 엄마와 전화 통화를 어찌나 길게 하는지 칩은 알약을 삼킬 새도 없이 잠이 들었다.

추수감사절의 잿빛 여명 속에 그는 마약에 취하지 않은 채 깨어났다. 한동안 그대로 누워서, 2번 도로를 드문드문 달려가는 휴일 차량들 소리를 들으며 무엇이 달라졌는지 고민했지만 전혀 알 수 없었다. 그의 곁에 있는 몸뚱이가 왠지 불편하게 느껴졌다. 그는 몸을 돌려 멜리사의 등에 얼굴을 파묻을까 했지만 그녀가 그에게 진절머리 낼 것만 같았다. 그토록 밀치고 집적대고 찔러댄 그의 공격적 행위에 그녀가 전혀 개의치 않았다니 믿어지지가 않았다. 그토록 제멋대로 굴며 그녀를 고깃덩어리 취급을 했건만.

투매 물결에 침수된 주식시장처럼 그는 삽시간에 수치심과 자의식에 빠져들었다. 더 이상 침대에 누워 있을 수가 없었다. 사각 팬티를 입은 뒤 멜리사의 세면도구 가방을 집어 들고 욕실 문을 잠갔다.

칩의 문제는 이미 저지른 짓을 저지르지 않았기를 간절히 빌고 있다는 데 있었다. 그리고 그의 몸은, 그의 화학적 반응은 그런 바람을 없애려면 어떻게 해야 할지 본능적으로 분명하게 알고 있었다. 멕시칸 A를 삼켜야 했다.

세면도구 가방을 뒤졌다. 그 어떤 쾌락도 없이 마약에 의존하게 되는 것이 가능할 줄은 미처 몰랐었다. 다섯 번째이자 마지막으로 알약을 먹은 날 밤에는 갈망조차도 전혀 느껴지지 않았는데 말이다. 멜리사의 립스틱 뚜껑을 열고, 분홍색 플라스틱 받침대에서 탐폰 두 개를 빼내고는 머리핀으로 스킨클렌저병을 탐색했다. 허탕이었다.

그는 세면도구 가방을 도로 방으로 가져갔다. 방은 이제 햇살로 환했다. 멜리사의 이름을 속삭였다. 아무 대꾸가 없자 무릎을 꿇고서 그녀의 캔버스 여행 가방을 샅샅이 뒤졌다. 볼록한 브래지어를 손가락으로 두드렸다. 똘똘 말린 양말을 꼭 쥐었다. 사적인 물품이 든 다양한 손가방과 여행 가방의 안주머니를 더듬었다. 이러한 색다른 인격 모독은 그에게 선정적일 정도로 고통스러웠다. 수치심의 오렌지색 빛줄기 속에서 그녀의 내부 장기를 폭행하고 있는 듯한 기분이었다. 그녀의 앳된 폐를 애무하고, 신장을 더럽히고, 완벽하고도 연한 췌장을 손가락으로 찔러대는 극악무도한 외과의사가 된 듯했다. 그녀의 작은 양말의 달콤함을 느끼며, 바로 얼마 전인 고등학생 시절 그녀가 신었을 더 작은 양말을 떠올리고는, 존경하는 교수님과 여행을 떠나려고 가방을 꾸리며 희망에 찬 해맑은 2학년생의 모습을 상상하자 점점 감정적 연료가 배가되어 수치심이 활활 타올랐다. 각각의 이미지는 그가 그녀에게 한 짓거리가 얼마나 재미없는 노골적인 코미디였는지를 생생히 상기시켰다. 엉덩이를 향해 꿀꿀대며 들이대는 정액덩어리. 미친 듯이 흔들어대고 들까부는 머저리.

수치심이 어찌나 사납게 끓어오르는지 뇌 속의 무엇인가가 폭발할 것만 같았다. 그럼에도, 잠든 멜리사를 유심히 살피며 그녀의 옷을 쓰다듬었다. 옷을 하나하나 다시 쥐어보고 살펴본 후에야 여행 가방의 지퍼 달린 커다란 바깥 주머니에 멕시칸 A가 있다는 결론을 내렸다. 그는 지퍼를 조금씩 조금씩 열며 그 소리를 이겨내기 위해 이를 악물었다. 손이 들어갈 만큼 지퍼가 막 열렸을 때(이러한 삽입의 긴장 덕분에 불에 탈 듯한 기억의 돌풍이 제거되는 한편, 23호실에서 멜리사와 만끽한 육체적 자유와 만족을 모르는 외설적 손가락의 욕망에 굴욕감을 느끼며 **멜리사를 두고 떠날 수 있으면 얼마나 좋을까** 싶었다) 협탁 위의 핸드폰이 울리자 그녀가 신음하며 깨어났다.

그는 금지된 구역에서 손을 빼내 욕실로 달려가 오래도록 샤워를 했다. 욕실에서 나오자, 멜리사가 옷을 다 입고 가방을 도로 꾸리고 있었다. 아침 햇살에 그녀는 오롯이 순결해 보였다. 즐겁게 휘파람 부는 모습이란.

"자기, 계획이 바뀌었어요. 우리 아빠가 얼마나 멋진 분인지 말했죠. 아빠가 오늘 웨스트포트로 온대요. 그래서 가족이랑 같이 지내기로 했어요."

칩은 그녀가 느끼지 못하는 수치심을 자기도 느끼지 못하기를 빌었다. 하지만 알약을 하나 달라고 간청하는 것은 몹시도 부끄러웠다.

"우리 저녁은 어떡하고?" 그가 물었다.

"미안해요. 오늘은 꼭 가족이랑 보내야 해요."

"매일 두 시간마다 부모랑 통화하는 것만으로는 부족한가 보지."

"칩, 미안해요. 하지만 엄마 아빠는 내 최고의 친구라고요."

칩은 톰 파케트가 전혀 마음에 들지 않았다. 겉멋만 잔뜩 든 로커에 신탁 펀드나 운영하고 롤러블레이드 선수 때문에 가족을 버린 인간이라니. 게다가 지난 며칠간 클레어가 한도 끝도 없이 멜리사한테 늘어놓은 수다 탓에 그녀의 어머니마저 그의 호감을 모조리 앗아 가고 말았다.

"그것 참 좋겠군. 웨스트포트까지 데려다주지."

멜리사가 머리카락을 획 젖혀 어깨에 늘어뜨렸다. "자기? 화내지 말아요."

"네가 케이프에 가고 싶지 않다면 가고 싶지 않은 거지. 웨스트포트로 데려다줄게."

"좋아요. 지금 옷 입을 거죠?"

"그런데 멜리사, 부모랑 그렇게 친하게 지내는 게 약간은 좀 그래."

그녀는 그의 말을 귓등으로 듣는 듯했다. 거울로 가서 마스카라를 칠했다. 립스틱을 발랐다. 칩은 허리에 수건을 두른 채 방 한가운데에 서 있었다. 끔찍한 기분이 그를 휘감았다. 멜리사가 그를 역겨워할 것만 같았다. 하지만 그는 분명히 하고 싶었다.

"내 말뜻 알겠어?"

"자기야, 칩." 그녀가 화장을 한 위아래 입술을 맞물렸다. "어서 옷 입어요."

"내 말은 말이야, 멜리사, 자식은 부모랑 잘 지내지 않는 법이라는 거야. 부모는 자식의 최고의 친구가 아니라 반항의 대상이 되어야 한다는 거지. 그렇게 함으로써 자식은 하나의 인격으로 성장해가는 거고."

"자기는 그랬나 보네요. 하지만 자기가 행복한 성인의 표본이라고 하기는 좀 그렇잖아요."

그는 씩 웃으며 그 말을 인정했다.

"나는 내가 좋아요. 하지만 자기는 자기 자신을 좋아하지 않는 것 같네요."

"네 부모님도 자기 자신을 무척 좋아하는 것 같군. 너는 가족으로서의 세 사람을 무척 좋아하고."

그는 멜리사가 정말 화를 내는 것을 한 번도 본 적이 없었다.

"나는 내가 좋아요. 그게 뭐 어때서요?"

그는 그것이 뭐가 문제인지 말할 수 없었다. 멜리사의 어디가 문제인지 전혀 지적할 수 없었다. 그녀의 자기애 넘치는 부모, 연극적 태도와 자신감, 자본주의에 대한 열렬한 애정, 자기 또래 친구가 하나도 없다는 점. '매혹적 내러티브' 마지막 수업 때의 느낌이, 그가 모든 것에 대해 실수했다는 느낌이, 이 세상은 아무것도 잘못된 것이 없고 이 세상에서 행복하게 사는 것이 당연하며 문제는 그 자신한테 있다는 느낌이 너무도 강렬하게 되살아나는 바람에 그는 침대에 걸터앉아야 했다.

"알약은?"

"다 먹었어요."

"좋아."

"내가 여섯 알 먹고 자기가 다섯 알 먹었어요."

"뭐?"

"내가 먹은 여섯 알도 그냥 자기한테 주는 건데, 정말 실수했네요."

"그게 무슨 말이야?"

"승마 뒤의 따가움을 치료해줄 염증약이 필요하잖아요, 자기." 그녀의 애정 어린 목소리가 노골적 비꼼을 향해 치솟았다.

"내가 언제 약 달랬어?"

"말로는 안 했죠."

"무슨 뜻으로 하는 말이야?"

"알약 없이 참으로 재미가 좋았겠다, 그 말이죠."

칩은 그녀에게 자세히 설명하라고 요구하지 않았다. 멕시칸 A를 먹지 않은 그는 불안에 떠는 형편없는 연인이라고 말할까 봐 두려웠다. 물론 그는 불안에 떠는 형편없는 연인이었다. 하지만 그녀가 그것을 눈치채지 못하기를 빌고 있었다. 새로운 수치심의 무게와, 그 수치심을 덜어줄 마약이 남아 있지 않다는 상황에 그는 머리를 숙여 두 손에 파묻었다. 수치심이 밀려 내려가며 분노가 들끓어 올랐다.

"웨스트포트까지 데려다줄 거예요?" 멜리사가 물었다.

그는 고개를 끄덕였지만, 그녀는 그를 쳐다도 보지 않고 있었다. 그녀가 전화번호부를 바스락바스락 넘기는 소리가 들렸다. 뉴런던까지 타고 갈 택시를 보내달라고 했다. 그는 듣기만 했다.

"여기는 컴퍼트 밸리 로지 23호실이에요."

"웨스트포트로 데려다줄게."

그녀가 수화기를 내려놓았다. "아니, 괜찮아요."

"멜리사. 택시를 취소해. 데려다준다니깐."

그녀는 방의 뒤쪽 커튼을 젖혀, 철조망 울타리와 막대처럼 곧은 단풍나무와 재활용 공장의 뒷면으로 이루어진 경치를 드러냈다. 눈송이 여덟 내지 열 개가 음울하게 떠돌았다. 동녘 하늘에 군데군데 벗겨진 구름 덮개 사이로 새하얀 햇살이 쏟아지고 있었다. 멜리사가 등을 돌리고 있는 동안 칩은 재빨리 옷을 입었다. 그가 그토록 수치심에 깊이 사로잡혀 있지 않았더라면 창가로 걸어가 그녀의 손을 쥐었을 것이고, 그러면 그녀는 그를 돌아보고 용서했을지도 몰랐다. 그러나 그는 자기 손이 포식동물 같았다. 그녀가 움찔하는 모습이 그려졌다. 그의 어두운 본성이 그녀를 강간하여, 그가 자기 자신을 좋아하지 않는 만큼이나 그녀가 자기 자신을 좋아하는 데에 대한 대가를 치르게 할지도 모른다는 불안감이 스멀거렸다. 그녀의 억양과 탄력적인 걸음걸이와 침착한 자신감을 그는 얼마나 좋아하고, 또 얼마나 싫어하는가! 그녀는 그녀여야 했지만 그는 아니었다. 그리고 그는 자신이 얼마나 망가졌는지 깨달았다. 그녀가 싫으면서도 미칠 듯이 그리워지리라는 것이 분명했다.

그녀가 다른 번호를 눌렀다. 그리고 핸드폰에 대고 말했다. "헤이, 뉴런던으로 가는 길이에요. 첫 기차를 타면……. 아니, 엄마 아빠만 있으면 돼요……. 진짜로요……. 예, 진짜예요……. 오케이, 뽀뽀 뽀뽀, 어서 보고 싶어요……. 넵."

문밖에서 경적이 울렸다.

"택시가 왔어요. 그래요. 오케이. 뽀뽀 뽀뽀. 안녕." 그녀가 어머니에게 말했다.

그리고 재킷을 걸치고 여행 가방을 들고는 왈츠를 추듯 방을 가로질렀다. 문에서 그녀가 천연덕스럽게 말했다. "그럼 나중에 봐요." 그녀는 칩 쪽을 바라보며 말했다.

그는 그녀가 엄청나게 적응력이 좋은 것인지, 아니면 심각한 정신적 문제가 있는 것인지 알 수 없었다. 택시 문이 쾅 닫히고 엔진이 부르릉거렸다. 그는 앞창으로 걸어가, 빨갛고 하얀 택시의 뒤 유리창을 통해 그녀의 체리나무 빛깔 머리카락을 보았다. 5년 전에 끊었던 담배를 사야 할 순간이 왔다고 그는 결심했다.

재킷을 걸치고는 횡단보도를 무시한 채 차가운 아스팔트를 가로질렀다. 작은 상점의 방탄 유리창 구멍으로 돈을 밀어 넣었다.

추수감사절 아침이었다. 눈이 그치고 태양이 반쯤 얼굴을 내밀고 있었다. 갈매기 날개가 푸드덕거렸다. 바람은 세상을 헝클어뜨리면서도 땅에는 닿지 않는 듯했다. 칩은 얼음장 같은 가드레일에 앉아 담배를 피우며, 금속과 플라스틱으로 이루어진 소박한 도로 설비가 내뿜는 미국의 상업주의적인 견고한 일반성 속에서 안식을 찾았다. 연료 탱크가 다 차자 주유기의 노즐이 탁 하고 멈추며 겸손하고도 신속한 서비스를 제공했다. **빅 걸프 99센트**라고 적힌 현수막이 바람에 부풀면서도 어디로든 항해를 떠나지 못한 채 나일론 밧줄만 아연 도금 지지대를 탕탕 갉겨댔다. 휘발유 가격을 알리는 산세리프체의 검은 숫자에는 9가 너무 많았다. 미제 세단이 시속 50킬로미터쯤 되는, 정지한 것이나 다름없는 속도로 진입로를 내려갔다. 주황색과 노란색 삼각기들이 사람들의 머리 위에서 부르르 몸을 떨었다.

"아빠가 지하실 계단에서 또 넘어졌단다." 이니드가 말했을 때 뉴욕에는 비가 내리고 있었다. "커다란 피칸 상자를 든 채 난간도 안 잡고 지하실로 내려가다 그만 넘어졌지. 5킬로그램짜리 상자에 피칸이 얼마나 많이 들었을지 상상해봐라. 그게 다 사방으로 흩어졌으니. 데니즈, 한나절 내내 무릎 꿇고 피칸을 주웠는데 아직도 가끔씩 눈에 띄어. 아무리 해도 없애지 못하는 귀뚜라미랑 어쩜 색깔까지 똑같은지. 피칸을 주우려고 손을 뻗었는데 글쎄 귀뚜라미가 내 얼굴로 튀어오르지 뭐니!"

데니즈는 자신이 가지고 온 해바라기의 줄기를 다듬고 있었다. "아빠는 왜 5킬로그램짜리 피칸 상자를 들고 지하실로 간 거예요?"

"자기 의자에서 할 만한 프로젝트를 원했단다. 피칸 껍질을 깔 생각이었지." 이니드는 데니즈의 어깨 너머를 기웃거리며 말을 이었다. "내가 좀 거들어주랴?"

"꽃병 좀 찾아주세요."

이니드가 연 첫 번째 수납장에는 와인 코르크 마개가 잔뜩 든 상자뿐이었다. "같이 점심 먹을 것도 아니면서 칩이 왜 굳이 초대를 했는지 모르겠다."

"설마 오늘 차일 줄 오빠가 알았겠어요."

데니즈의 어조는 이니드가 어리석다는 것을 영원히 통지하고 있었다. 이니드가 느끼기에 데니즈는 다정다감한 사람이 아니었다. 하지만 데니즈는 딸이었다. 몇 주 전 이니드는 누군가에게 꼭 고백해야만 하는 부끄러운 짓을 저질렀고, 데니즈가 고백 상대가 되어주길 바라고 있었다.

"개리는 우리더러 집을 팔고 필라델피아로 옮기라고 하는구나. 자기도 거기 있고, 너도 거기 있고, 칩은 뉴욕에 있으니깐 우리가 필라델피아에서 사는 게 합당하대. 그래서 개리한테 말했지. 나는 너희들을 사랑하지만 세인트주드야말로 내가 편안하게 살 곳이라고. 데니즈, 나는 중서부 사람이야. 필라델피아에서는 **뭘 어떻게 해야 할지 모를 거야**. 개리는 우리더러 양로원에 입주 신청을 하라더구나. 이미 너무 늦었다는 걸 개는 몰라. 너희 아버지 같은 상태면 양로원에서도 안 받아주거든."

"하지만 아빠가 계속 계단에서 넘어지면요."

"데니즈, 난간을 안 잡는 게 문제야! 짐을 들고 계단을 오르내릴 수 없으니 절대 난간을 안 잡겠다지 뭐니."

싱크대 아래 액자 더미 뒤에 꽃병이 있었다. 분홍색 털북숭이 사진 네 개는 일종의 괴짜 예술품인지 의학 사진인지 뭔지 알 수 없었다. 조용히 꽃병을 꺼내려고 했지만 언젠가 그녀가 크리스마스 선물로 칩에게 줬던 아스파라거스 찜기를 툭 치고 말았다. 데니즈가 내려다보자 이니드는 그 사진을 못 본 척할 수가 없었다.

"어이쿠, 이게 뭐냐? 데니즈, 이게 뭐냐?" 그녀는 얼굴을 찌푸리며 물었다.

"이게 뭐라니, 뭐가 말예요?"

"이따위 별난 것도 칩은 예술품이랍시고 모으나 보지."

데니즈는 '재미나다'는 표정을 지었고, 이에 이니드는 더욱 화가 났다. "너는 이게 뭔지 알고 있구나."

"아니, 몰라요."

"이게 뭔지 모른다고?"

이니드는 꽃병을 꺼내고 문을 닫았다. "나는 알고 **싶지도** 않아."

"완전히 다른 세계이긴 하죠."

거실에서 앨프리드는 칩의 소파에 앉을 용기를 쥐어짜내고 있었다. 겨우 10분 전에 그는 소파에 아무 사고 없이 무사히 앉았다. 하지만 지금은 단순히 앉기는커녕 동작을 멈추고 생각에 잠겨야 했다. 앉는 중간에 통제력을 잃고 저절로 뒤로 쿵 쓰러지곤 한다는 사실을 그는 최근에야 깨달았다. 세인트주드의 기막히게 멋진 푸른색 의자는 몸이 어떤 각도로, 어떤 세기로 떨어지든 포근히 받아주는 1루수 글러브 같았다. 그가 목숨을 걸고 무턱대고 주저앉으면 곰 같은 팔걸이는 그를 단단히 받쳐주었다. 하지만 칩의 소파는 낮은 데다가 비실용적인 앤티크 가구였다. 앨프리드는 소파를 외면한 채 서서 망설였다. 신경장애에 걸린 무릎 아랫부분이 간신히 허용하는 정도로 살짝 무릎을 굽히고는 두 손은 뒤쪽 허공을 휘젓거나 더듬대고 있었다. 그는 풀썩 앉기가 두려웠다. 하지만 반쯤 웅크린 채 몸을 떨며 서 있는 자세는 왠지 외설적으로 보였다. 화장실이 떠오르기도 하고, 한때 깊은 모멸감에 가슴 쓰렸던 어떤 근원적 상처가 아려오기도 해서 그는 이 모든 것을 끝내기 위해 눈을 딱 감고 털썩 앉았다. 엉덩이가 쿵 부딪히며 몸이 뒤로 쓰러져 무릎이 허공에 번쩍 쳐들렸다.

"앨, 괜찮아요?" 이니드가 소리쳤다.

"이 가구는 대체 뭔지 모르겠어. 이딴 게 무슨 소파라고." 그는 똑바로 앉으려고 애쓰며 되도록 권위적인 목소리로 말했다.

데니즈가 나오더니 소파 옆 막대기 같은 탁자에 세 송이 해바라기가 꽂힌 꽃병을 내려놓았다. "이것도 소파의 한 종류예요. 다리를 올리고 누워 프랑스 철학자 흉내를 내보세요. 쇼펜하우어에 대해 이야기하면 폼 나겠는걸요."

앨프리드는 고개를 저었다.

이니드가 부엌 문가에서 말했다. "닥터 헤지퍼스 말이, 당신은 **등받이가 높고 곧은** 의자에만 앉아야 한다고 했는데."

이 지시사항에 앨프리드가 아무 관심도 안 보이기에 이니드는 부억으로 돌아오는 데니즈에게 반복해서 말했다. "**등받이가 높고 곧은** 의자에만 앉아야 하는데, 너희 아빠는 귓등으로도 안 듣는구나. 자기 가죽 의자에 앉겠다고 어찌나 고집인지. 그래놓고는 나더러 와서 좀 일으켜달라고 고함이나 치고. 하지만 그러다 내 등이 삐끗하기라도 하면 그때 우리는 어쩌겠니? 지하실 TV 앞에다 낡긴 했어도 등받이가 높은, 좋은 의자를 갖다 놓고는 **여기에 앉으**라고 했단다. 그런데도 너희 아빠는 그 잘난 가죽 의자에 앉고는 못 일어나겠으니깐 쿠션을 빼내 바닥에 주저앉아서는 탁구대까지 기어가 그걸 잡고 일어나지 뭐냐."

"재치가 있으시네요." 데니즈는 냉장고에서 음식을 한 아름 꺼내며 말했다.

"데니즈, 아빠가 **바닥을 엉금엉금 기었다니깐**. 의사가 주의시킨 대로 등받이가 곧고 편안한 의자에 앉는 대신 **바닥을 기었어**. 애초에 너희 아빠는 앉는 것 자체도 피해야 해. 닥터 헤지퍼스 말이, 너희 아빠가 일어나서 뭐라도 좀 **한다면** 상태가 그리 나빠지지는 않을 거래. 사용하지 않으면 퇴화하는 법이야. 의사들은 누구나 그렇게 말해. 데이브 슘퍼트는 너희 아빠보다 열 배나 더 건강에 문제가 많아. 인공항문 형성술을 받은 지 15년이고, 폐는 하나뿐이고, 심장 박동기를 달았지. 그런데도 슘퍼트 부부가 하는 일들을 보렴. 바로 얼마 전에 피지에서 스노클링을 하고 돌아왔어! 데이브는 **결코, 결코** 불평을 안 하지. 헤파이스토스에서 만난 아빠의 오랜 친구, 진 그릴로를 너는 아마 모를 거다. 아무튼 진은 파킨슨병이 심각해. 너희 아빠보다 훨씬, 훨씬 더 심각하지. 포트웨인의 집에서 지내고는 있지만 휠체어를 타고 다녀. 정말 안 좋은 상태인데도 세상에 **관심**을 갖고 있어. 더 이상 글을 쓰지는 못하지만 카세트테이프에다 '오디오 편지'를 써서 우리한테 보냈단다. 정말 사려 깊기도 하지. 손자들 이야기를 하나하나 자세히 해 주었는데, 그건 진이 손자들을 잘 알고 있고, 관심을 갖고 있기 때문이지. 또 캄보디아 말인지를(아니면 크메르 말이었나) 테이프만 듣고 독학으로 공부해서는 포트웨인의 캄보디아 TV 채널을 다 본다지 뭐니. 진의 막내아들이 캄보디아인지 크메르인지 여자와 결혼했거든. 그 애 부모님은 영어를 전혀 못한대. 그래서 진이 사돈이랑 조금이라도 이야기를 하려고 그 나라 말을 공부한 거지. 믿어지니? 진은 완전히 불구가 되어 휠체어에 앉아서 지내. 그런데도 다른 사람을 위해 무엇을 할 수 있을지 고민을 계속하지! 너희 아빠는 멀쩡히 걷고, 쓰고, 옷 입을 수 있는데도 종일 의자에 멍하니 앉아 있을 뿐이야."

"엄마, 아빠는 우울하신 거예요." 데니즈가 빵을 썰며 나직이 말했다.

"개리랑 캐럴라인도 그러더라. 우울증이니 약을 먹어야 한다고. 일 중독자라 일이 약이었던 사람이 이제는 일을 할 수 없으니깐 우울해하는 거라고."

"그럼 약을 먹이고 그만 잊어버려요. 참 편리한 생각이네요."

"개리에 대해 그런 식으로 말하는 건 부당해."

"오빠네 이야기라면 제발 꺼내지도 말아요."

"**어이쿠**, 데니즈. 칼을 막 휘두르는데도 어떻게 네 손가락이 멀쩡한지 모르겠다."

데니즈는 바게트 끝부분을 잘라내 빵 껍질을 바닥으로 삼은 운송 수단 세 개를 만들었다. 개중 하나에는 바람에 부푼 돛 모양으로 빚은 버터를 올리고, 다른 하나에는 잘게 자른 루콜라에 담긴 파르메산 치즈 조각을 얹고는, 마지막 하나에는 올리브 오일을 넣은 올리브 빛깔의 다진 고기를 겉에 발라 그 위에 두꺼운 붉은 고추 방수포를 덮었다.

이니드는 "음, 그리 맛있어 보이지 않는데"라고 말하며, 데니즈가 음식을 진열한 접시를 향해 고양이처럼 잽싸게 팔을 뻗었다. 하지만 접시는 그녀의 손에 닿지 않았다.

"이건 아빠 드실 거예요."

"한 조각만."

"엄마가 먹을 건 따로 만들어드릴게요."

"아니야, 저게 먹고 싶어."

하지만 데니즈는 부엌에서 나가 앨프리드에게 접시를 가져다주었다. 그에게 실존의 문제란 이런 것이었다. 흙속에서 밀알이 싹을 틔우듯 세상은 생장점에 세포를 더하고 더하며 순간을 축적하고 축적하면서 시간을 헤쳐 앞으로 나아가기에, 가장 싱싱한 순간의 세상을 붙잡는다 해도 다음번에 이를 다시 붙잡을 수 있으리라는 보장이 없다는 점이었다. 아들 칩의 거실에서 딸 데니즈가 자신에게 간식 접시를 건네고 있다는 사실을 지금 이 순간 인식했다 해도, 다음 순간이면 전혀 상상도 못 한 완전히 새롭고 낯선 실존 속에 내던져질 수 있었다. 예를 들면, 아내인 이니드가 매음굴 응접실에서 그에게 똥 접시를 건네고 있다든지. 데니즈와 간식 접시와 칩의 거실을 재확인하자마자 시간의 생장점은 또 다른 세포층을 덧붙여 그는 다시 완전히 새롭고 낯선 세상과 맞닥뜨려야 했다. 이 때문에 그는 세상을 따라잡으려 진을 빼느니, 변하지 않는 역사적 뿌리 속에서 더더욱 나날을 보내고 싶었다.

"점심 준비할 동안 이걸로 허기를 좀 달래세요." 데니즈가 말했다.

앨프리드는 고마운 눈길로 접시를 응시했다. 이따금 모양과 크기가 비슷한 다른 물체로 번득번득 변하기는 했지만 90퍼센트는 견고히 음식으로 남아 있었다.

"와인 한 잔 드시겠어요?"

"괜찮다."

고마움이 심장에서 퍼져나가며 그의 움켜쥔 손과 팔목이 무릎 위에서 더욱 제멋대로 요동치기 시작했다. 그는 시선을 안전하게 둘 만한 대상, 자신을 고정할 만한 대상을 찾아 거실을 둘러보았지만, 여기는 칩의 집이었고 데니즈가 방 안에 서 있었기에 모든 가구와 표면은—심지어 라디에이터 손잡이와 허벅지 높이에 희미한 흠집이 새겨진 벽조차도—그의 자식들이 스스로의 삶을 살고 있는 동부의 전혀 다른 세계를 떠올리게 했고, 그런 이유로 그와 자식들을 가르는 다양하고도 방대한 거리를 떠올리게 되었으며, 그 결과 손은 더더욱 떨리게 되었다.

딸의 관심 어린 시선은 그의 고통을 한없이 가중했다. 딸에게만큼은 이런 몰골을 보이고 싶지 않았다. 악마의 논리에 휘둘리는 고통의 손아귀에 떨어져 비관주의에 젖어든 이런 몰골을.

"잠시만 계세요. 곧 점심 차릴게요." 데니즈가 말했다.

그는 눈을 감고는 고맙다고 말했다. 차를 몰고 슈퍼에 갈 수 있게 폭우가 그치기를 기다리듯, 그는 경련이 진정되어 딸애가 준 간식을 무사히 먹을 수 있기를 기다렸다.

고통은 그의 주체성을 훼손했다. 이렇게 떨어대는 손은 더 이상 그의 손이 아니었고, 그의 명령에 따르기를 거부하고 있었다. 말 안 듣는 아이 같았다. 이기적인 비참함에 빠져 막무가내로 울어대는 두 살배기 아이. 엄격하게 꾸짖으면 꾸짖을수록 아이는 귓등으로 흘려듣고는 더더욱 비참해하며 제멋대로 울어댔다. 어른답게 행동하기를 거부하는 아이의 고집과 반항에 그는 늘 어찌할 바를 몰랐다. 무책임과 버릇없음은 그의 실존적 골칫거리였고, 악마의 논리에 휘둘리는 또 다른 세계였다. 그런데 이제 그의 신체가 그의 명령을 따르기를 거부하며 때를 가리지 않고 고통을 주고 있었다.

예수는 말했다, 네 오른손이 너를 죄짓게 하거든 그 손을 잘라낼지니.

경련이 가라앉기를 기다리며, 바들바들 요동치는 손을 무기력하게 응시했다. 버르장머리 없는 어린애들이 비명을 질러대는 유아원에서, 말문이 막힌 채 아이들을 달래지도 못하고 멍하니 서 있는 기분이었다. 손도끼로 손을 잘라내는 상상을 하니 즐거웠다. 이런 식으로 계속 버릇없이 군다면 더 이상 사랑은 없고 분노만이 남을 것이라는 사실을 이 싸가지 없는 손에게 명백히 알려주고 싶었다. 손도끼의 날이 싸가지 없는 손목의 뼈와 근육을 깊이 가르고 들어가는 최초의 일격에 일종의 황홀경이 느껴졌다. 하지만 바로 동시에 그의 손에 대한 깊은 슬픔이 찾아들었다. 어쨌든 그가 평생을 알고, 사랑하고, 소중히 여겼던 손이 아닌가.

그는 자기도 모르게 다시 칩 생각에 빠져들었다.

칩이 어디로 갔는지 궁금했다. 어쩌다 또 칩을 떠나게 만든 것일까. 부엌에서 들려오는 데니즈의 목소리와 이니드의 목소리는 커튼 뒤에 갇힌 큰 벌과 작은 벌 같았다. 그리고 그가 그토록 기다리던 진정 상태가 되었다. 몸을 숙이고 한 손을 다른 손으로 잘 받치고는 버터 돛을 단 범선이 뒤집히지 않게 접시에서 높이 들어 올렸다. 그는 입을 벌렸고, 물 위에 둥실둥실 떠 있는 듯한 배를 쫓아가 꿀꺽 삼켰다. 해냈다. 해냈어. 빵 껍질이 잇몸에 걸리적거렸지만 빵 전체를 입 안의 느릿느릿한 혀에 정박시킨 채 조심조심 씹었다. 달콤한 버터가 녹으며 효모 발효된 밀빵의 여성적 부드러움이 감겨들었다. 닥터 헤지퍼스가 준 소책자에는 규율을 지키는 운명론자인 앨프리드조차도 도저히 읽을 수 없었던 챕터가 몇 개 있었다. 삼키기의 어려움과 말년의 혀가 겪어야 할 고통과 신호 체계의 최종적 붕괴 등에 관한 내용이었다.

배신은 신호부에서 시작되었더랬다.

그가 마지막 10년 동안 엔지니어 부서를 이끈(그곳에서는 그가 명령을 내리면 램버트 씨, 바로 실행하겠습니다, 라는 말과 함께 바로 실행되었다) 미들랜드 퍼시픽 철도는 캔자스 서부, 네브래스카 서부와 중부에서 대형 곡물창고를 하나씩 갖춘 소도시 수백 군데에 서비스를 제공하고 있었다. 그와 동료 간부들이 자란 고장이었으며 긴 세월에도 불구하고 소도시를 잇는 선로의 상태가 여전히 훌륭한, 안전한 고장이었다. 철도 회사는 주주의 이익을 우선적으로 챙겨야 할 책임이 있지만, 캔자스와 미주리의 간부들은(법률 자문관인 마크 잼버리츠를 포함해) 수많은 내륙지역 소도시에서 사실상 독점적으로 선로를 운영하고 있었다. 그렇기 때문에 이들은 지선을 그대로 유지하는 것이 시민의 도리라는 주장으로 간부회를 설득했다. 사실 앨프리드는 50년 전쯤에 세워져 중년을 맞이한 대초원 소도시들의 경제적 미래에 대해 그 어떤 환상도 갖고 있지 않았지만, 철도를 믿었고 트럭을 증오했으며, 정해진 시간에 맞추어 운행되는 철도가 소도시 시민들의 긍지에 얼마나 큰 영향을 주는지를 자신의 체험을 통해 잘 알고 있었다. 북위 41도 서경 101도에서 2월 아침에 울리는 기차의 경적 소리는 주민의 사기를 북돋웠다. 환경보호국과 여러 교통부 부서와 싸움을 치른 그는 농촌 지역 주 정부 의원들에게 깊이 감사하게 되었다. 캔자스시티의 마당에서 폐유 탱크를 치우느라 더 많은 시간이 필요할 때나, 어떤 망할 관료가 필요도 없는 입체 교차로 프로젝트를 지방도로 H에 실시하겠다며 비용의 40퍼센트를 주민더러 부담하라고 고집할 때면 주 의원 말고 누가 주민들의 이익을 위해 탄원을 해주겠는가. 수 라인과 그레이트 노던과 록 아일랜드 철도가 꼼짝없이 무너지고 대초원 북부의 여러 소도시들이 망해가는 긴 세월 동안에도 미드팩*은 주 2회나 심지어 격주로 기차를 운행하며 앨빈과 피스가크리크, 뉴샤르트르와 웨스트센터빌을 지나는 단거리 노선을 그대로 유지하기를 고집했다.

불행히도 이러한 선택은 포식자들을 끌어들였다. 앨프리드의 퇴직이 임박했던 1980년대 초에 미드팩은 뛰어난 경영과 막대한 장거리 노선 수입에도 불구하고 총이익은 보통 수준에 불과한 지역 철도 회사로 유명했다. 이미 달갑잖은 매수제의기업 하나를 퇴짜놓은 차에, 미드팩은 테네시주 오크리지 출신 이란성 쌍둥이 형제 힐러드와

---

* 미들랜드 퍼시픽의 약칭.

촌시 로스의 탐욕스러운 시선 아래 놓였다. 그들은 가업인 정육업을 확장해 달러의 제국을 건설한 바 있었다. 그들의 회사인 오픽 그룹은 호텔 체인과 애틀랜타의 어느 은행과 정유사와 아칸소 서던 철도를 소유하고 있었다. 얼굴 한쪽이 처지고 머리가 지저분한 로스 형제는 돈을 버는 것 외에는 그 어떤 욕망이나 흥미도 없었다. 경제 신문은 그들을 **오크리지의 침입자들**이라고 불렀다. 앨프리드도 참석한 초기 탐색 회의에서 촌시 로스는 미드팩의 CEO를 "아빠"라고 불러댔다. **'부당'해 보인다는 것 잘 알아요, 아빠······ 그럼 아빠, 지금 바로 변호사들과 잠시 이야기를 나눠보는 게 어떻겠어요······ 이런, 힐러드와 나는 아빠가 기업가이지 자선사업가가 아니라고 알고 있는데요······**. 이런 반(反)가부장적 전략에 놀아난 미드팩 노조는 몇 달에 걸친 고된 협상 끝에 로스 형제에게 거의 2억 달러에 해당하는 급여 및 노동 규정을 양보했다. 이러한 잠재수익과 더불어 철도 회사 주식의 27퍼센트를 확보했고 무제한적 고리 자금 조달이 가능해진 로스 형제는 너무나 유혹적인 공개 매입을 실행해 철도 회사를 완전히 손아귀에 넣었다. 그리고 과거 테네시주 고속도로 위원회 위원이었던 펜턴 크릴을 고용해 미드팩과 아칸소 서던 철도의 합병을 맡겼다. 크릴은 미드팩의 세인트주드 본사를 폐쇄하고 직원의 3분의 1을 해고하거나 퇴직시킨 뒤 나머지를 리틀록으로 전임시켰다.

앨프리드는 65번째 생일을 두 달 앞두고 퇴직했다. 집에서 파란 새 의자에 앉아 〈굿모닝 아메리카〉를 시청하고 있는데 퇴직한 미드팩 법률 자문관 마크 잼버리츠가 전화해서는, 뉴샤르트르의(그는 '뉴차터스'라고 발음했다) 보안관이 오픽 미들랜드의 고용인을 총으로 쏜 뒤 자기 자신을 체포했다는 소식을 전했다.

"브라이스 햴스트롬이라는 보안관인데, 웬 건달들이 미드팩의 신호기를 부수고 있다는 신고를 받고는 철도 대피선으로 출동했더니 세 남자가 신호기를 뜯고 신호소를 부수고 구리란 구리는 전부 돌돌 말고 있었다더군. 그러다 세 놈 중 한 놈의 엉덩이에 총알을 박고서야 보안관은 그놈들이 미드팩 고용인이라는 사실을 받아들였지. 1킬로그램에 13센트를 줄 테니 구리를 수거해 오라고 시켰다더군."

"하지만 거기 신호기는 멀쩡한데. 뉴샤르트르의 지선을 새로 업그레이드한 지 3년도 채 안 됐잖아."

앨프리드의 대꾸에 잼버리츠가 말했다.

"로스 형제가 본선만 빼고 나머지는 전부 폐쇄하기로 했다더군. 글렌도라 노선까지도 말야! 애치슨 토피카 철도가 그 노선을 사겠다고 나서지 않을까?"

"글쎄."

"침례교도의 도덕성이 전부 무너져버렸어. 로스 형제는 우리에게 가차 없는 이익 추구 외에 다른 원칙들이 있었다는 사실에 질색해. 내 장담하지, 그놈들은 자기가 이해할 수 없는 것을 증오해. 그리고 이제는 마구 소금을 뿌려대고 있고. 세인트주드의 본사를 폐쇄해? 우리가 아칸소 서던보다 두 배나 큰 마당에? 그놈들은 세인트주드가 미들랜드 퍼시픽의 고향이기에 벌을 주는 거야. 그리고 크릴은 뉴차터스처럼 미드팩의 고장인 소도시들을 벌주고 있고. 경제적으로 그릇된 곳에 소금을 뿌려대는 거지."

앨프리드는 파란 새 의자를, 그리고 의자가 제공할 잠자리로서의 달콤한 잠재력을 주목하며 다시 대꾸했다. "글쎄. 어쨌든 이제는 내 알 바 아니야."

하지만 그는 미들랜드 퍼시픽을 강인한 시스템으로 만들기 위해 30년 인생을 바쳤고, 잼버리츠는 그에게 계속 전화를 걸어 캔자스주의 새로운 분노에 대해 알려주며 그를 졸리게 했다. 이내 미드팩 서부 지역의 지선이 모조리 폐쇄되었고, 펜턴 크릴은 신호기를 뜯고 신호소를 부수는 데 확실한 만족감을 얻었다. 인수한 지 5년이 지났지만 철도는 그대로 뻗어 있고, 운행권은 유지되었다. 그저 구리로 된 신호 체계만이 기업의 자체 기물 파손 행위로 분해되었을 뿐이었다.

"요즘 나는 우리 건강보험 때문에 걱정이란다." 이니드가 데니즈에게 말했다. "오픽 미들랜드가 미드팩 옛 직원에 대한 보험을 7월까지만 유지하기로 정책을 바꾸었지 뭐냐. 너희 아빠랑 내 담당 의사가 계약된 HMO 보험을 찾아내야 해. 보험 설명서를 **산더미**처럼 받았는데, 중요한 차이점은 전부 다 자잘한 글씨로 적혀 있지 뭐냐. 아무래도 나는 도저히 못 할 것 같아, 데니즈."

도와달라는 말이 나오는 걸 막으려는 듯이 데니즈가 재빨리 대꾸했다. "헤지퍼스는 어떤 보험이랑 계약되어 있는데요?"

"그게, 너희 아빠처럼 오래된 행위별 수가제 보험 환자를 빼고는 딘 드리블릿의 HMO 보험 환자만 진료한단다. 딘의 **크고 멋진** 새 집에서 했던 성대한 파티 이야기 했지? 딘과 트리시는 정말 최고로 착한 젊은 커플이란다. 그런데 세상에 데니즈, 작년에 너희 아빠가 잔디를 깎다 넘어진 뒤에 딘네 회사에 전화했더니 우리 잔디 좀 깎는 데 얼마를 달랬는지 아니? 1주일에 55달러래! 이익 추구를 나쁘게 생각하지 않는다. 그리고 딘이 그렇게 성공한 것도 **기쁘고**. 걔가 부인이랑 파리 여행 간 얘기 했지? 나는 그 애를 나쁘게 말하고 싶지 않아. 하지만 1주일에 55달러라니!"

데니즈는 칩의 완두콩 샐러드 맛을 본 뒤 올리브 오일을 집어 들었다. "수가제 보험을 유지하려면 비용이 얼마나 드는데요?"

"데니즈, 한 달에 수백 달러나 깨져. 우리 친구들은 아무도 HMO 보험을 안 들었단다. 전부 다 행위별 수가제 보험이지. 하지만 우리 형편에 그건 너무 어려워. 너희 아빠가 투자를 워낙 보수적으로 해서. 다행히 비상금이 있으니 망정이지. 참, 요즘 정말, 정말, 정말, 정말 걱정되는 게 또 있는데." 이니드가 목소리를 낮추고는 말을 이었다. "너희 아버지 특허 중 하나가 돈이 될 것 같은데, 네가 충고 좀 해주면 좋겠구나."

그녀는 부엌에서 나가 앨프리드가 듣고 있지 않은지 확인했다. "앨, 좀 어때요?" 그녀가 고함쳤다.

그는 두 번째 전채 요리를 들어 올리고 있었다. 자그마한 초록색 유개 화차가 바로 그의 턱 아래에 있었다. 다시 달아날지도 모르는 자그마한 짐승을 생포한 듯 그는 머리도 들지 않고 그저 고개를 가로저었다.

이니드는 핸드백을 가지고 부엌으로 돌아갔다. "마침내 돈을 벌 기회가 생겼는데 너희 아빠는 관심도 없단다. 지난달에 게리가 좀 더 적극적으로 나서보라고 전화로 설득했는데 너희 아빠는 벌컥 화를 내지 뭐냐."

데니즈의 몸이 뻣뻣해졌다. "오빠가 뭘 어떻게 하라고 했는데요?"

"그냥 좀 적극적으로 나서래. 여기, 편지 좀 봐라."

"엄마, 그 특허권은 아빠 거예요. 아빠가 원하는 대로 직접 처리하게 두세요."

이니드는 핸드백 바닥에 있는 봉투가 액슨 주식회사에서 보낸, 사라진 등기 편지이기를 바랐다. 집에서처럼 핸드백에도 사라진 물건이 때때로 기적처럼 나타나곤 했던 것이다. 하지만 그녀가 꺼낸 봉투에는 결코 잃어버린 적이 없는 다른 등기 편지가 담겨 있었다.

"이것 좀 봐라. 그러면 너도 개리 생각에 동감하게 될지 누가 알겠니."

데니즈는 칩의 샐러드에 뿌리던 고춧가루 통을 내려놓았다. 이니드는 데니즈의 어깨 너머에서 다시 편지를 읽으며 내용이 자기가 기억하는 대로인지 확인했다.

램버트 박사님 귀하,

펜실베이니아 스벤크스빌 이스트 인더스트리얼 서펀티 24번지의 액슨 기업을 대신해 편지를 드리는 바입니다. 귀하의 미국 특허권 4,934,417호(치료용 초산철-젤 전자중합)를 5천 달러($5,000.00)에 배타적이고 전면적이며 취소 불가능한 조건으로 구입하고 싶습니다. 액슨의 경영진은 귀하에게 더 많은 금액을 제시할 수 없다는 사실에 무척 안타까워하고 있습니다. 액슨의 제품이 초기 실험 단계에 있어 투자 결과를 확신할 수 없는 상태이기 때문입니다.

첨부된 특허권 매매계약서의 조건에 동의하신다면 세 부 모두에 서명하고 공증받은 뒤 9월 30일까지 저희에게 보내주시기 바랍니다.

브랙 크누터 앤드 스페이 로펌

시니어 어소시에이트 파트너

조지프 K 프레이저 드림

8월에 이 편지가 왔을 때 이니드가 지하실에 있던 앨프리드를 깨우자 그는 어깨를 으쓱하고는 말했다. "5천 달러에 우리 인생이 얼마나 바뀐다고."

이니드는 액슨 주식회사에 편지를 써서 더 많은 금액을 요구해보자고 제안했지만, 앨프리드는 고개를 저었다. "그랬다가는 5천 달러를 변호사비로 다 쓸걸. 그러고 나면?"

한번 물어본다고 해서 손해 볼 것 없다고 이니드가 말하자 앨프리드는 대꾸했다. "싫어."

하지만 편지를 써서 1만 달러를 요구하기만 한다면……, 이라고 말하던 이니드는 앨프리드의 표정에 침묵하고 말았다. 차라리 사랑을 나누자고 제안하는 편이 나았을 터였다.

이니드에게 중요한 문제이겠지만 자신은 아무 관심 없다고 강조하는 듯, 데니즈는 냉장고에서 와인을 꺼냈다. 때때로 이니드는 자신이 소중히 여기는 것이라면 데니즈가 무조건 업신여기는 것은 아닐까 싶었다. 엉덩이로 쳐 서랍을 닫는 순간 섹시하게 팽팽해지는 데니즈의 청바지 역시 같은 메시지를 보내고 있었다. 코르크 마개에 와인따개를 꽂는 단호한 태도 역시 같은 메시지를 보내고 있었다.

"와인 좀 드실래요?"

이니드는 몸서리쳤다. "이렇게 이른 시간에 무슨."

데니즈는 와인을 물처럼 마셨다. "개리 오빠를 잘 알아서 하는 말인데, 아마 바가지를 씌워 값을 대폭 올리라고 했겠죠."

"아니, 그게 아니라······."

이니드는 두 손을 와인병을 향해 뻗으며 말을 이었다.

"쬐금만 다오. 목이나 좀 축이게. 솔직히 이렇게 이른 시간에 술을 마시는 건 처음이다. 있지, 근데 개리가 궁금해하는 것은 말야, 왜 이 회사가 아직 제품 개발도 다 안 했는데 우리 특허권을 사려고 애쓰느냐는 거지. 다른 사람의 특허권쯤이야 개무시하는 게 관행이잖니. 너무 많아! 데니즈, 난 와인을 썩 즐기지 않는단다! 있지, 특허권이 6년 후면 만료된다는 점을 감안하면, 개리 생각에는 회사가 곧 돈을 벌 예정인 게 분명하다는 거지."

"아빠가 계약서에 서명했어요?"

"아, 그래. 아빠가 슘퍼트네에 가서 데이브한테 공증을 받았단다."

"그럼 아빠의 결정을 존중하세요."

"데니즈, 너희 아빠는 황소고집에 비합리적이기까지 해. 나는······."

"엄마는 이게 능력의 문제라고 보는 거죠?"

"아니, 아니. 내 말은 성격상 그렇다는 거야. 나는 그저······."

"아빠는 이미 계약서에 **서명**했어요. 개리 오빠는 엄마더러 어쩌라는 거예요?"

"아무것도."

"그럼 요점이 뭐예요?"

"아무것도 아냐. 네 말이 맞다. 이제 와서 우리가 뭘 어쩌겠니."

사실은 이제 와서 어쩔 수 있는 것이 있었다. 데니즈가 앨프리드를 조금만 덜 무조건적으로 지지했더라면 이니드는 자신이 한 짓을 고백했을 터였다. 앨프리드가 이니드더러 공증받은 계약서를 은행 가는 길에 우체국에 들러 부치라고 했지만 그녀는 조수석 사물함에 편지를 숨겨둔 채 나날이 죄책감에 젖어갔다. 그러다 며칠 후 앨프리드가 낮잠을 자는 틈에 그녀는 세월과 함께 회색으로 변해가는 맛없는 잼과 (금귤-건포도, 브랜디-호박, 매자) 꽃병, 바구니, 버리긴 아깝지만 쓰기에는 허술한 꽃꽂이 오아시스 등을 넣어둔 세탁실 수납장 구석에 봉투를 은밀히 숨겼다. 이처럼 부정직한 행동을 한 결과 그녀와 앨프리드는 액슨에게 여전히 거액을 뽑아낼 여지가 있었다. 그러므로 앨프리드가 그녀의 기만과 불복종 행위를 알아내기 전에 액슨의 두 번째 등기 편지를 찾아내 제대로 숨기는 것은 무척 중대한 문제였다.

그녀는 와인 잔을 비우며 말했다. "아 참, 잊고 있었네. 네 도움이 정말로 필요한 다른 일이 있어."

데니즈는 망설이다 공손한 말투로 다정하게 대꾸했다. "네?"

이러한 망설임은 그들 부부가 데니즈를 양육하는 과정에서 무언가가 잘못되었다는 이니드의 오랜 믿음을 더욱 굳건히 해주었다. 관대하고 쾌활하게 도움을 주는 기질을 막내에게 제대로 심어놓지 못했던 것이다.

이니드는 말했다. "너도 알다시피, 지난 여덟 번의 크리스마스를 번번이 우리가 필라델피아에 가서 보냈잖니. 이제 개리의 아들들도 나이가 찼으니 할아버지 집에서 크리스마스 추억을 만들고 싶어 할 것 아니냐. 그래서 **내** 생각에⋯⋯."

"**젠장!**" 거실에서 고함이 터져 나왔다.

이니드는 잔을 내려놓고 서둘러 부엌에서 나갔다. 앨프리드가 무릎을 쳐들고 등을 약간 굽힌 채 벌 받는 자세로 소파 가장자리에 앉아서는 세 번째 전채 요리가 어디에 떨어졌는지 찾고 있었다. 곤돌라 빵은 그의 입에 다가오던 중 손가락에서 미끄러져 무릎으로 추락해 잔해를 흩뿌리며 바닥으로 데굴데굴 떨어져 마침내 소파 아래에 안착해버렸다. 구운 붉은 고추가 축축하게 젖은 채 소파 옆구리에 들러붙어 있었다. 소파 덮개에 점점이 묻은 올리브 조각 주위로 기름 자국이 번져가고 있었다. 텅 빈 곤돌라는 노랗게 물들거나 갈색으로 얼룩진 하얀 속살을 훤히 드러낸 채 옆으로 쓰러져 있었다.

데니즈가 젖은 스펀지를 들고 이니드를 지나쳐 재빨리 걸어가 앨프리드 곁에 무릎 꿇었다.

"아, 아빠. 집어 들기 너무 까다로운 음식을 만들었네요. 제가 생각이 짧았어요."

"행주 다오. 내가 치우마."

"아녜요, 가만 계세요."

데니즈는 그의 무릎과 허벅지에 묻은 올리브 조각을 털어내 자기 손에 담았다. 그의 손은 그녀의 머리 근방 허공에서 그녀를 밀어낼 듯 흔들리고 있었지만, 그녀는 재빨리 할 일을 했다. 그러고는 바닥에 남아 있는 올리브 조각을 스펀지로 닦아낸 뒤 지저분한 음식 조각을 부엌으로 가져갔다. 그곳에서 이니드는 티 내지 않고 와인을 조금 더 마시려 서두르다가 상당한 양을 입안에 붓고 재빨리 삼켰다.

"어쨌든 너와 칩이 관심 있다면 우리 모두 세인트주드에서 마지막 크리스마스를 보내면 어떨까 싶다. 너는 어떠니?"

"엄마 아빠가 원하는 대로 하세요."

"아니, 네 의견을 묻고 있잖니. 네가 정말 그러고 싶은 건지 알고 싶다. 네가 자라난 집에서 마지막 크리스마스를 보내고 싶니? 재미있을 것 같지 않아?"

"솔직히 말할게요. 올케 언니가 필라델피아를 떠나는 일은 결코 없을 거예요. 달리 말하자면, 그건 일종의 환상이에요. 그러니 손자들을 보고 싶다면 동부로 오는 게 좋을 거예요."

"데니즈, 나는 네 의견을 묻고 있어. 개리 말로는, 자기들 부부는 우리에게 올 수도 있댔어. 내가 알고 싶은 건, 세인트주드에서의 크리스마스가 네가 너 자신을 위해 정말로, 정말로 원하는 것이냐는 거지. 세인트주드에서 마지막으로 온 가족이 함께하는 것이 중요하다고 우리 모두가 동의한다면……."

"엄마, 난 좋아요. 엄마가 감당하실 수만 있다면요."

"부엌 일만 좀 거들어주면 돼."

"거들게요. 하지만 난 며칠 있다 가야 해요."

"1주일 동안 있으면 안 되니?"

"네."

"왜?"

"엄마."

"젠장!" 앨프리드가 거실에서 다시 소리쳤다. 유리 같은 것이, 어쩌면 해바라기를 꽂은 꽃병일까, 바닥에 쩽강 하고 떨어지며 쩍 갈라지는 소리가 들렸다. "젠장! 젠장!"

이니드 역시 신경이 바짝 곤두서 있어 와인 잔을 거의 떨어뜨릴 뻔했지만, 그녀의 정신 일부는 이 두 번째 사고에 대해 감사해했다. 그가 뭘 깼든지 간에 데니즈가 세인트주드의 고향집에서 매일 24시간 내내 견뎌야 할 일을 지금 조금이나마 맛볼 수 있게 되었으니 말이다.

앨프리드의 일흔다섯 번째 생일날 밤에 칩은 틸턴 레지에서 홀로 붉은 소파와 섹스 회담을 추진하고 있었다.

1월 초라 카파츠 개울의 주변 숲은 녹아드는 눈으로 질척거렸다. 코네티컷 중앙에 높이 솟은 쇼핑센터 위 하늘과 그의 집 전자 제품 디지털 송신기에서 흘러나온 빛만이 그의 성적인 노력을 비추어주고 있었다. 그는 소파 발치에 무릎 꿇고서 몇 센티미터씩 세밀하게 플러시 천의 냄새를 맡으며, 멜리사 파케트가 마지막으로 누운 지 8주가 흐른 지금도 여전히 남아 있을지 모를 성기의 알싸한 냄새를 찾고자 했다. 구체적이며 식별 가능한 일상적 냄새들이 — 먼지, 땀, 오줌, 휴게실에서 날 법한 찌든 담배 냄새, 희미하게 바랜 음부 냄새 — 과도한 냄새 맡기로 인해 추상적이고 식별 불가능한 존재로 화해버렸다. 그래서 시시때때로 멈추고는 콧구멍에게 휴식을 주었다. 입술로 소파의 단추 장식을 핥고는, 보풀과 모래와 부스러기와 머리카락을 모아 키스했다. 멜리사의 냄새가 나는 듯한 세 군데 중 그 어디에도 확실한 향은 감지되지 않았지만, 철저한 비교 후에 그나마 의문의 여지가 가장 적은 곳을 고를 수 있었다. 등받이 바로 남쪽의 단추 장식 주위에 그는 모든 후각적 관심을 집중했다. 두 손으로 다른 단추들을 더듬는 동안 시원한 플러시 천이 멜리사의 피부를 형편없게나마 흉내 내며 그의 아랫도리를 쓰다듬었다. 마침내 그는 냄새의 실존에 확고한 믿음을 갖게 되었고—멜리사의 유물을 여전히 갖고 있는 것이다—완벽한 섹스를 했다. 그런 뒤 말 잘 듣는 소파에서 몸을 굴러 바닥에 쿵 떨어졌다. 바지 지퍼를 풀어놓은 채 쿠션에 머리를 얹은 그는 한 시간 후면 아버지 생일이 지나갈 판국인데도 여태 전화도 하지 않고 있었다.

그는 담배 두 대를 연이어 피웠다. 텔레비전을 틀자 케이블 채널에서 옛 워너브라더스 작품들이 연속 방영되고 있었다. 만화영화들. 나팔 모양으로 퍼져나가는 빛의 가장자리에는 개봉도 않은 채 1주일째 바닥에 방치해둔 편지가 놓여 있었다. 새로 부임한 학장이 보낸 편지 세 통이 주르르 쌓여 있고, 교육자 퇴직 연금에서 보낸 왠지 불길한 편지 외에 **퇴거 통지서**라고 봉투 앞면에 적힌 대학 기숙사 사무실 편지가 있었다.

몇 시간 전 그는 한 달은 지난 〈뉴욕타임스〉 1면의 모든 대문자 M에 푸른색 볼펜으로 원을 치며 시간을 죽이다가 자신이 우울증 환자처럼 굴고 있다고 결론 내렸다. 그런데 지금 전화가 울리자 그는 우울증 환자라면 마땅히 TV를 계속 시청하고 전화는 무시해야 한다는 생각이 들었다. 자동응답기에 누구인지 모를 누군가가 메시지를 남기는 동안 그는 아무 감정 없이 또 다른 담배에 불을 붙이고는 또 다른 만화를 보는 것이 지극히 당연하게 여겨졌다.

하지만 그는 본능적으로 벌떡 일어나 수화기를 집어 듦으로써 일부러 하루를 헛되게 보낸 고된 노력을 너무도 쉽게 배신했다. 이는 그가 지닌 고통의 진정성에 의구심을 갖게 했다. 책과 영화에서 보았던 우울증 환자들처럼 모든 의지와 현실감각을 잃는 능력이 그에게는 결여된 듯했다. TV 소리를 죽이고 허둥지둥 부엌으로 향하는 자신의 모습을 보니 그는 적당히 무너져 내리는 가엾은 역할조차 제대로 소화하지 못하는 듯했다.

칩은 바지 지퍼를 올리고 전등을 켠 뒤 수화기를 집어 들었다. "여보세요?"

"오빠, 무슨 일이야?" 데니즈가 단도직입적으로 말했다. "금방 아빠랑 통화했는데, 오빠가 아직 전화를 안 했다던데."

"데니즈. 데니즈. 고함은 왜 치니?"

"그야 화가 나니깐 고함치지. 아빠의 일흔다섯 번째 생신인데 오빠는 카드는커녕 전화도 안 했잖아. 내가 열두 시간 동안이나 일하고 아빠한테 전화를 거니깐 아빠는 오빠 걱정만 하고 있었어. 대체 무슨 일이야?"

칩은 껄껄 웃는 자기 자신에게 놀랐다. "무슨 일이냐 하면, 내가 잘렸단다."

"종신 교수직을 못 얻었어?"

"아니, 대학에서 완전히 잘렸어. 학기가 겨우 2주 남았는데 그마저도 못 가르치게 해. 다른 사람이 기말고사 문제를 제출하다니. 그 결정에 항의하려면 꼭 목격자와 이야기해야 하는데, 목격자하고 이야기하려면 그게 또 내 범죄의 증거가 돼."

"목격자가 누군데? 뭘 목격했는데?"

칩은 재활용 쓰레기통에서 술병을 집어 들어 비어 있는지 두 번 확

118

인한 뒤 도로 쓰레기통에 넣었다.

"내 옛날 제자인데, 내가 자기를 강박적으로 쫓아다닌대. 내가 자기랑 모텔에서 잔 뒤 기말 리포트를 대신 써주었대. 그 애랑 이야기할 허락을 받으려면 변호사를 구해야 하는데, 대학에서 월급을 안 주니 그것도 불가능해. 걔를 만나려고 하면 스토킹이 되고."

"걔가 거짓말을 하는 거야?"

"엄마 아빠한테는 말하지 마."

"오빠, 걔가 거짓말하는 거냐고?"

칩의 부엌 조리대에는 M자마다 동그라미가 쳐진 〈타임스〉가 펼쳐져 있었다. 몇 시간이 지나 다시금 보고 있으니 모두 꿈인 것만 같았다. 다만 그 꿈은 깨어나는 사람을 도로 꿈속으로 이끌 힘이 없는 반면, Medicare와 Medicaid의 혜택을 가차 없이 줄인다는 기사에 쳐놓은 무수한 동그라미를 보자 칩은 바로 그 깨닫지 못한 욕망과 불안을, 바로 그 무의식을 향한 갈망을 느꼈다. 이에 그는 소파로 돌아가 코를 쿵쿵거리고 손으로 더듬고 싶었다. 그는 이미 소파에 **갔으며**, 위로와 망각을 얻기 위한 조치를 이미 **취했다는** 사실을 자기 자신에게 애써 상기시켜야 했다.

〈타임스〉를 접어서는 쓰레기가 산처럼 쌓인 쓰레기통 위에 얹었다.

"'나는 그 여학생과 잔 적이 없습니다.'"

"내가 도덕을 중시하는 사람이라는 것 알지? 하지만 이런 일에 대해서는 그렇지 않아."

"안 잤다니깐."

"그래도 이 말만은 하고 싶어. 오빠가 무슨 말을 하든 나는 끝까지 오빠 편이라는 걸 잊지 마." 그리고 그녀는 노골적으로 헛기침을 했다.

칩이 가족 중 누군가에게 고백을 하고자 한다면 그 대상으로 당연히 여동생을 택해야 할 터였다. 대학을 중퇴하고 형편없는 인간과 결혼한 데니즈라면, 적어도 어둠과 실망에 대해서는 어느 정도 알 터였다. 하지만 이니드를 제외한 그 누구도 데니즈를 실패자로 여기지 않았다. 그녀가 그만둔 대학은 칩이 졸업한 대학보다 훨씬 좋은 곳이었고, 이른 나이에 결혼했다 최근에 이혼한 경험은 칩에게 없는 감정적 성숙을 그녀에게 선사했다. 데니즈가 1주일에 80시간씩 일하고 있다지만 아마 칩보다 책을 더 많이 읽지 않을까 싶었다. 지난달에 신입생 명단에서 멜리사 파케트의 사진을 스캔하여, 다운로드한 외설 사진에 그녀의 얼굴을 붙인 뒤 한 픽셀 한 픽셀 쓰다듬는(픽셀을 일일이 쓰다듬다 보면 시간은 총알같이 흘렀다) 프로젝트를 수행한 이후로 그는 책을 전혀 읽지 않고 있었다.

"오해가 좀 있었어. 놈들은 나를 하루라도 빨리 해고하고 싶어 하고, 지금 나는 법적 수속을 거부하고 있고." 그가 멍하니 말했다.

"솔직히, 해고가 꼭 나쁜 일만은 아니야. 대학이란 게 원래 추잡한 사회잖아." 데니즈가 대꾸했다.

"세상에 나랑 잘 맞는 유일한 곳이 있다면 바로 대학이야."

"오빠한테야 명예롭겠지만 다른 사람들한테야 어디 그래. 그나저나 재정은 어떻게 해결하고 있어?"

"누가 해결하고 있다디?"

"내가 빌려줄까?"

"데니즈, 너도 없으면서 무슨."

"아냐, 있어. 그리고 내 친구 줄리아하고도 이야기해봐. 오빠가 이스트빌리지판 〈트로일로스와 크레시다〉를 구상하고 있다는 이야기를 그 애한테 했거든. 시나리오를 쓰고 싶으면 자기한테 전화하라고 하더라."

데니즈가 지금 이 부엌에서, 바로 옆에서 자신을 보고 있기라도 한양 칩은 고개를 저었다. 몇 달 전 그들은 셰익스피어의 덜 유명한 희곡을 현대적으로 재해석하는 것에 대해 전화로 이야기한 적이 있었다. 데니즈가 그 대화를 그렇게 진지하게 받아들였으며, 여전히 그를 믿고 있다니 견딜 수가 없었다.

"아빠는 어떡할 거야? 오늘 아빠 생일인 것 잊었어?"

"시간 감각을 완전히 잃고 지냈어."

"강요는 안 할게. 그런데 오빠 크리스마스 선물을 그만 내가 열고 말았어."

"분명 불쾌한 크리스마스였겠군."

"어느 게 누구 것인지 완전 뒤죽박죽이 되어버렸나 봐."

밖에서 남풍이 거세지자 뒤뜰에 눈이 녹으며 똑똑 떨어지는 소리가 빨라졌다. 전화가 울렸을 때의 느낌 ― 그의 불행은 선택 가능한 것이라는 느낌 ― 이 다시금 사라졌다.

"그럼 아빠한테 전화할 거야?"

그는 대답 없이 수화기를 내려놓은 뒤 전화벨 소리를 무음으로 바꾸고는 문틀에 얼굴을 눌렀다. 그는 아슬아슬하게 때에 맞춰 우편으로 가족들 크리스마스 선물을 보냈더랬다. 책장에 남아 있는 책이나 낡은 잡동사니를 부랴부랴 긁어모아 알루미늄 포일로 싸서 붉은 리본으로 묶었다. 쭈글쭈글해졌을지언정 원래의 비닐 포장지를 뜯지 않았다는 것밖에는 선물로서의 가치가 없는《아이반호》옥스퍼드 주석판을 받은 아홉 살배기 조카 케일럽이 어떤 반응을 보일지는 상상하지 않았다. 책 모서리가 즉각 알루미늄 포일을 뚫고 나오자 다른 포일로 구멍을 덧댔지만 제대로 붙지 않아 마치 양파나 페이스트리 반죽의 부드러운 껍질처럼 되었다. 그래서 전미낙태연합에서 해마다 보내주는 회원 기념품 중 휴일용 스티커를 꺼내 선물마다 덕지덕지 붙였다. 마치 어린아이가, 혹은 정신적으로 심히 불안정한 사람이 포장한 듯 엉성했지만 그는 선물들을 낡은 포도 상자에 던져 넣어 시야에서 치워버렸다. 그리고 상자를 개리의 필라델피아 집에 페덱스로 보냈다. 거대한 쓰레기를 보낸 듯한 데다 그 지저분한 선물을 받은 사람이 마음에 들어 할 리 없지만, 적어도 속은 후련했고 당분간 이런 일을 또 할 필요가 없을 터였다. 그런데 사흘 후 크리스마스에 코네티컷주 노워크의 던킨 도넛에서 열두 시간을 죽치고 앉아 있다 밤늦게 집으로 돌아와보니, 가족이 그에게 보낸 선물을 열어야 하는 또 다른 문제가 그를 기다리고 있었다. 세인트주드에서 두 상자, 데니즈가 보낸 에어캡 봉투 하나, 개리가 보낸 한 상자. 그는 침대에서 선물을 풀어야겠다고, 그러니 선물들을 계단 위로 걷어차 침실로 가져가야겠다고 결심했다. 이는 쉽지 않은 도전인 것으로 드러났다. 직사각형 물체는 계단을 쏙 올라가지 않고 중간에 툭 떨어져 데굴데굴 내려오는 경향이 있었다. 또한 에어캡 봉투는 너무 가벼워 관성저항이라고는 없어서 걷어차도 솟구치지 않았다. 하지만 칩은 너무도 처참하고 혼란스러운 크리스마스를 보냈기에 — 멜리사의 대학 음성 메일에다 던킨 도넛의 공중전화로 전화를 걸거나, 아니면 웨스트포트의 부모 집에서 멀지 않으니 직접 와주면 더욱 좋겠다는 메시지를 남긴 그는 자정이 되어 완전히 탈진한 뒤에야 멜리사가 전화도 하지 않고 그를 만나러 오지도 않으리라는 사실을 받아들였다—자신이 만든 게임의 규칙을 깨거나 목표를 성취하기 전에 게임을 그만둘 만한 정신적 여력이 없었다. 제대로 세게 걷어차는 것이 게임의 규칙이었다(특히 에어캡 봉투를 발등에 올리고 올라가거나 살짝 밀어 올리는 것은 엄중히 금지되었다). 칩은 데니즈의 크리스마스 선물을 점점 더 난폭하게 걷어찼고, 결국 봉투가 찢어져 신문지 조각 같은 것들이 와르르 쏟아졌다. 그가 구멍에 발끝을 대고 퍽 차자 선물이 깨끗한 호를 쭉 그리며 올라가 2층에서 한 단 아래 계단에 안착했다. 하지만 봉투는 그곳에 붙박인 채 더 이상 올라가기를 완강히 거부했다. 칩은 발꿈치로 봉투를 짓밟고 걷어차고 조각냈다. 안은 붉은 고추와 초록색 실크로 엉망이 되어 있었다. 그는 자신의 규칙을 깨고, 흐트러진 것들을 꼭대기 계단에 긁어모은 뒤 복도로 걷어차 침대 옆에 놓고는 다른 상자들을 옮기러 내려갔다. 이것들 역시 상당히 부순 뒤에야 통통 튀게 하는 법을 터득할 수 있었다. 공중으로 상자들을 쳐올려 2층으로 운반했다. 개리의 선물을 쳐올리는데 상자가 폭발하며 하얀 스티로폼 접시 구름을 빚었다. 에어캡으로 포장한 병이 떨어져 계단을 데구르르 굴렀다. 빈티지 캘리포니아 포트와인이었다. 칩은 술병을 들고 침대로 가 선물 포장을 하나씩 풀 때마다 와인을 한입 가득 삼키며 리듬에 맞춰 작업해나갔다. 그가 여전히 난롯가에 양말을 걸어둔다고 생각하는 그의 어머니는 **크리스마스 양말용**

선물이라고 적힌 상자를 보냈는데, 그 안에는 제각각 포장된 작은 물품들이 들어 있었다. 목캔디 한 통, 색 바랜 황동 미니 액자에 든 그의 초등 2학년 시절 사진, 이니드와 앨프리드가 11년 전 중국에 갔다가 들른 홍콩의 한 호텔에서 가져온 조그마한 샴푸와 린스와 핸드크림 플라스틱병, 나무에 걸 수 있게끔 작은 머리에 은고리를 단 채 애틋한 함박웃음을 짓고 있는 요정 목각 인형 한 쌍. 이니드는 가공의 크리스마스트리 아래 두라며 더 큰 선물이 담긴 두 번째 선물 상자를 보냈다. 상자는 산타 얼굴이 그려진 붉은 종이로 포장되어 있었다. 아스파라거스 찜기, 하얀 자키 속옷 세 벌, 대형 막대 사탕, 사라사 베개 두 개. 개리 부부는 남은 와인이 산화되지 않도록 막아줄 창의적인 진공 펌프를 와인과 함께 보냈다. 마치 남은 와인이 칩의 골칫덩이라도 된다는 듯했다. 그가 엉터리 번역서를 사기 위해 1달러를 썼다는 증거를 면지에서 지워낸《앙드레 지드 서간 선집》을 받았을 데니즈는 그에게 아름다운 연두색 실크 셔츠를 보냈다. 아버지는 좋아하는 것을 사라며 손으로 써서 남긴 메모와 함께 100달러짜리 수표를 선물했다.

그가 입은 셔츠와, 현금으로 바꾼 수표, 크리스마스 밤에 침대에서 마셔버린 와인 외에 나머지 선물은 여전히 침실 바닥에 나뒹굴고 있었다. 데니즈의 에어캡 봉투는 부엌으로 흘러들었고, 튀긴 구정물과 섞여 진흙덩어리가 되어서는 그의 발자국을 사방에 남겼다. 양처럼 하얀 스티로폼 조약돌은 여기저기 피난처로 모여들었다.

중서부는 거의 10시 30분이 다 되었을 터였다.

안녕, 아빠. 일흔다섯 살 생신 축하드려요. 여기는 아무 일 없어요.

거기는 어때요?

칩은 기운을 북돋울 흥분제나 위안거리 없이는 그런 전화를 할 수 없을 것 같았다. 항우울제가 필요했다. 하지만 TV로 인해 중대하고도 정치적인 고뇌에 빠진 그는 담배 없이는 만화도 볼 수 없었고, 이제 그의 가슴에는 폐의 크기에 맞먹는 고통이 자리하고 있었지만 집안 어디에도 술은 없었다. 하다못해 요리용 백포도주나 감기 시럽조차 없었다. 지난 5주간 소파에서의 쉴 새 없는 즐거운 노동 이후 그의 엔도르핀은 전쟁에 찌든 군대처럼 뇌의 한구석으로 퇴각해버린 뒤라, 멜리사의 실제 몸 이외에는 그 무엇도 엔도르핀을 다시 행군하게 할 수 없었다. 약간의 흥분제나 자극제가 필요했지만 나온 지 한 달은 지난 〈타임스〉보다 더 나은 것이라곤 없었고, 대문자 M에 하루 종일 동그라미를 치는 것은 그만하면 충분하며 더 이상은 못 할 짓 같았다.

식탁에 가보았지만 늘어선 와인병 안에는 찌꺼기조차 남아 있지 않았다. 이전에 그는 꽤 맛있는 프롱삭 와인 여덟 병을 사느라 비자카드를 긁어 마지막 220달러를 썼고, 대학에서 그를 도와줄 사람들을 모으기 위해 토요일 밤에 마지막 저녁 파티를 열었다. 몇 해 전 D—의 연극학과가 학력 위조를 이유로 젊은 인기 교수 칼리 로페스를 해고하자 격분한 학생과 젊은 교수들이 밤샘 촛불 시위와 반대 운동을 이끌어 대학이 로페스를 재고용할 뿐 아니라 정교수로 승진시키게 만들었다. 그가 로페스처럼 필리핀 사람도 아니고 레즈비언도 아니지만 그는 페미니즘 이론을 가르쳤고, 동성애에 100퍼센트 지지를 보였으며, 강의에서 비서구 작가를 정기적으로 다루었고, 컴퓨터 밸리 로지 23호실에서 그가 정말로 한 것은 대학에서 가르치라며 그를 고용한 특정 이론들을(작가의 신화, 반관습적 섹스 행위의 저항적 소비주의) 실행해본 것뿐이었다. 불행히도, 감수성이 예민한 청년들에게 이들 이론은 강의할 때가 아니면 다소 헛소리로 들렸다. 토요일 저녁에 오겠다고 한 동료 여덟 명 중 네 명만 나타났다. 그는 자신의 곤경에 관해 대화를 이끌려고 노력해보았지만 친구들이 그를 위해 취한 유일한 집단행동은 와인 여덟 병을 먹어치우면서 'Non, Je Ne Regrette Rien(아니에요, 난 아무것도 후회하지 않아요)'을 아카펠라로 부른 것뿐이었다.

그 후 이어지는 나날 동안 그는 식탁을 치울 힘을 낼 수 없었다. 검게 변한 꽃상추와 먹다 남은 양고기 조각에 굳은 기름덩이, 지저분하게 굴러다니는 코르크 마개와 담뱃재에 대해 그는 생각했다. 이 집에 만연한 수치심과 무질서는 그의 머릿속 수치심과 무질서나 다름없었다. 칼리 로페스는 이제 짐 레비턴을 대신해 학장 대리가 되어 있었다.

제자인 멜리사 파케트와의 관계에 대해 말해보세요.

제 옛 제자 말인가요?

당신 옛 제자 말입니다.

그 애와 친하게 지냅니다. 저녁을 같이 먹었죠. 추수감사절 휴가 초에 만나기도 했고요. 아주 총명한 학생입니다.

멜리사가 지난주에 벤들라 오폴런 교수에게 낼 리포트를 쓸 때 도와주었나요?

그냥 일반적인 방식으로 그 리포트에 대해 이야기했는데요. 특정 부분에 대해 혼란스러워하기에 제가 정리해주었죠.

그녀와 성적인 관계를 가졌습니까?

아뇨.

칩, 심리를 마칠 때까지 유급정직 처분하는 수밖에 없어요. 알겠습니까? 다음 주초에 심리를 열 테니 변호사를 구하고 노조 대표와 이야기해보세요. 멜리사 파케트와 이야기 나누는 것은 절대 금지합니다.

그 애가 뭐랬는데요? 내가 그 리포트를 썼다고요?

멜리사는 자신이 쓰지 않은 리포트를 제출함으로써 교칙을 위반했어요. 한 학기 정학을 당할 거지만, 상황에 따라 징계가 완화될 수 있죠. 예를 들면, 당신과의 너무도 부적절한 성관계라든가.

그 애가 그렇게 주장하나요?

개인적으로 충고하자면, 칩, 지금 사직하세요.

그 애가 그렇게 주장하나요?

다른 수가 없어요.

눈 녹은 물이 뒤뜰에서 더 세차게 떨어져 내렸다. 그는 스토브 앞쪽 화구에 대고 담배에 불을 붙인 뒤 고통스럽게 두 모금을 빨고는 담뱃불을 손바닥에 꾹 눌렀다. 악문 잇새로 신음을 뱉으며 냉동고를 열어 손바닥을 냉동고 바닥에 대고는 살 타는 냄새를 맡으며 한동안 서 있었다. 그리고 얼음덩어리를 집어 들고 전화기로 가 해묵은 지역 번호와 해묵은 전화번호를 눌렀다.

세인트주드에서 전화가 울리는 동안 그는 쓰레기 더미 위의 〈타임스〉에 발을 얹고 깊게 내리눌러 시야에서 사라지게 했다.

"아, 칩. 아빠는 벌써 잠자리에 드셨단다!" 이니드가 소리쳤다.

"그럼 깨우지 마세요. 그냥 말만 전해……."

하지만 이니드는 수화기를 내려놓고 앨! 앨!이라고 소리쳐댔다. 그녀가 전화기에서 멀어져 침실 쪽 계단을 오르는 동안 목소리가 점점 줄어들었다. 그녀가 소리쳤다. **칩한테 전화 왔어요!** 찰칵하며 2층 수화기를 드는 소리가 났다. 이니드가 앨프리드에게 지시하는 소리가 들렸다.

"안부 인사만 하고 끊지 말아요. 칩한테 잠시 **들르겠다**고 해요."

수화기가 부스럭부스럭 이동했다.

"그래." 앨프리드가 말했다.

"헤이, 아빠. 생신 축하드려요." 칩이 말했다.

"그래." 앨프리드는 방금 전과 정확히 똑같은 담담한 목소리로 반복했다.

"이렇게 늦게 전화드려서 죄송해요."

"아직 안 자고 있었다."

"괜히 깨울까 봐 걱정했어요."

"그래."

"일흔다섯 살 생신 축하드려요."

"그래."

칩은 이니드가 아픈 엉덩이를 끌고 최대한 빨리 부엌으로 돌아가 자신을 구해주길 빌었다.

"늦은 시각인 데다 많이 피곤하시죠? 짧게 통화해도 돼요."

"전화 주어 고맙다."

이니드가 다시 수화기를 집어 들었다. "설거지를 마저 해야 한단다. 오늘 밤 여기서 파티를 했거든! 앨, 칩한테 파티 이야기를 해줘요! 나는 이제 전화 끊을 테니." 그녀는 전화를 끊었다.

칩이 말했다. "파티를 했군요."

"그래. 루트 부부랑 저녁을 먹고 브리지를 했지."

"케이크도 드셨어요?"

"너희 엄마가 직접 만들었단다."

칩은 담배로 자기 몸에 만든 구멍을 통해 쓰라린 고통이 들어오고, 치명적 요인들이 고통에 겨워 달아난다고 느꼈다. 녹아버린 얼음물이 그의 손가락 사이로 줄줄 흘렀다. "브리지는 어땠어요?"

"나야 늘 그렇듯 형편없었지."

"아버지 생신에 브리지를 하다니 불공평한 것 같아요."

"너는 다음 학기 준비를 하고 있겠구나."

"네. 네. 근데 사실 그렇지도 않아요. 다음 학기에는 강의를 하지말까 생각 중이거든요."

"잘 안 들리는구나."

칩은 목소리를 높였다.

"다음 학기에는 강의를 안 할 거라고 했어요. 한 학기를 쉬고 글을 쓰려고요."

"내 기억으로는, 곧 종신 교수직을 받는다고 하지 않았니?"

"맞아요. 4월에요."

"종신 교수가 되려면 그대로 강의를 계속하는 게 좋을 듯한데."

"그렇죠."

"네가 열심히 일하는 모습을 보면 대학에서도 종신 교수직을 주지 않을 이유가 없고."

"네. 네." 칩은 고개를 끄덕이며 말을 이었다. "하지만 종신 교수직을 못 받을 가능성도 염두에 두고 준비해야 해요. 그리고, 어, 할리우드 영화사에서 굉장히 좋은 제안을 받았어요. 데니즈의 대학 동창이 영화를 제작하거든요. 아무래도 큰돈이 될 것 같아요."

"좋은 일꾼을 해고하는 일은 거의 없지."

"종신 교수 선정 과정이 대단히 정치적이라서요. 그러니 다른 대안도 마련해놔야 하죠."

"네 뜻이 그렇다면야. 그래도 한 가지 계획을 선택해 그걸 밀고 나가는 게 보통은 최선인 법인데. 그걸 성공하지 못하면 그때 다른 걸 해봐도 늦지 않아. 하지만 지금까지 그렇게 긴 세월 노력했잖니. 한 학기 더 열심히 일한다고 해서 그렇게 손해는 아닐 텐데."

"네."

"종신 교수가 된 뒤 쉬어도 되잖니. 안전하게."

"네."

"어쨌든 전화 주어 고맙다."

"네. 생신 축하드려요, 아빠."

칩은 전화를 끊고 부엌에서 나가 프롱삭 병목을 잡고 식탁에 세게 내리쳤다. 이어서 두 번째 병을 깨뜨렸다. 남은 여섯 병은 양손으로 하나씩 잡고 한 번에 두 개씩 박살 냈다.

그 후 힘겨운 몇 주 내내 분노가 그를 따라다녔다. 데니즈에게 1만 달러를 빌리고, D— 대학을 계약 위반으로 고소하겠다고 협박하기 위해 변호사를 고용했다. 돈 낭비였지만 기분만큼은 통쾌했다. 그는 뉴욕으로 가서 9번 거리의 아파트를 빌리는 데 보증금과 월세로 4천

달러를 썼다. 가죽옷을 사고 귀에 피어싱을 했다. 데니즈에게 돈을
더 빌리고, 〈워런 스트리트 저널〉의 편집자인 대학 동창을 만났다.
멜리사 파케트의 자아도취와 배신, D— 대학의 위선을 시나리오를
통해 까발림으로써 복수를 하기로 결심했다. 그에게 상처를 준 사람
들이 영화를 보고는 자신이 모델임을 알고 괴로워하게 만들 계획이
었다. 그는 줄리아 브라이스와 시시덕거린 후 데이트를 신청했고 이
내 그녀에게 밥을 사고 즐겁게 해주기 위해 1주일에 200~300달러를
써대게 되었다. 데니즈에게 다시 돈을 빌렸다. 그는 아랫입술에 담배
를 늘어뜨린 채 시나리오 초안을 단숨에 썼다. 택시 뒷좌석에서 줄리
아가 그의 가슴에 얼굴을 묻고 그의 목깃을 움켜쥐었다. 그는 웨이터
와 택시 기사에게 삼사십 퍼센트씩 팁을 주었다. 상황에 맞추어 셰
익스피어와 바이런을 재미나게 인용했다. 다시 데니즈에게 돈을 빌
리고는, 동생 말이 맞다고, 해고당한 것은 생애 최고의 행운이었다고
생각하게 되었다.

  물론 이든 프로쿠로의 직업적 발언을 액면 그대로 믿을 만큼 그
는 순진하지 않았다. 하지만 이든과 사적으로 만나면 만날수록 그녀
가 그의 시나리오를 마음에 들어 한다는 것이 더욱 확실해졌다. 우
선, 이든은 줄리아에게 어머니와 같았다. 나이는 그녀보다 겨우 다섯
살 위였지만 개인 비서의 대대적인 발전과 자아실현을 위해 팔을 걷
어붙이고 나서고 있었다. 이든은 줄리아의 애정 전선에 다른 남자가
등장하기를 바라고 있는 것 같다는 느낌이 계속 칩을 따라다니기는
했지만(그녀는 칩을 줄리아의 "남자친구"가 아니라 "에스코트"라고
습관적으로 불렀고, 줄리아의 "감추어진 잠재력"과 "자신감 결여"에

대해 말할 때면 남자 친구를 고르는 감식안 역시 개선해야 할 점 중 하나라는 듯한 분위기를 풍겼다) 줄리아는 이든이 그를 "정말 매력적"이며 "대단히 영리"하다고 여기고 있다고 장담했다. 이든의 남편인 더그 오브라이언은 확실히 칩의 편이었다. 더그는 브랙 크누터 앤드 스페이 로펌에서 인수합병 전문가로 활약하고 있었다. 덕분에 칩에게 근무시간을 자유롭게 조정할 수 있는 교정 일을 맡기고는 시간당 임금을 최고 수준으로 주었다. 칩이 이에 대해 감사하려고 할 때마다 더그는 아무것도 아니라는 듯 손사래를 쳤다.

"박사 학위가 있잖아요. 저술한 책은 또 얼마나 뛰어납니까."

칩은 이내 오브라이언-프로쿠로의 트라이베카 자택 저녁 파티와 쾨그 주말 별장 파티에 초대되는 단골손님이 되었다. 그들의 술을 마시고 그들의 음식을 먹으며 그는 종신 교수보다 100배는 더 달콤한 성공을 미리 맛보았다. 정말 살아 있는 느낌이었다.

그러던 어느 날 밤 줄리아가 그를 앉혀놓고는, 미처 말하지 못한 중요한 이야기가 있으니 너무 화내지 말라고 부탁했다. 그 중요한 이야기란 그녀에게 일종의 남편이 있다는 것이었다. 발트해의 작은 국가인 리투아니아의 부총리로, 이름이 지타나스 미세비치우스라나 뭐라나? 어쨌든 그녀는 그와 2년 전 결혼했고, 칩이 이 점에 대해 화를 내지 않기를 빌었다.

그녀는 말했다, 아버지 없이 자란 탓에 남자관계에 문제가 있다고. 아버지는 조울증을 앓는 보트 판매원이었는데, 그를 딱 한 번 만나본 줄리아는 다시는 아버지를 만날 일이 없기를 빌었다. 어머니는 화장품 회사 간부로, 줄리아를 자기 어머니에게 내팽개쳤고 외할머니는 다시 그녀를 가톨릭 여학교에 맡겨버렸다. 줄리아가 남자와 처음으로 진지한 경험을 쌓은 것은 대학 때였다. 그리고 뉴욕으로 옮겨온 그녀는 부정직하고, 보통은 가학적이며, 구제불능의 바람둥이이지만 너무나도 잘생긴 맨해튼 남자들하고만 줄줄이 엮였다. 스물여덟 살 나이에 그녀는 외모와 아파트와 안정된 직업(그러나 전화 응대가 주 업무였다)을 제외하고는 행복할 거리가 거의 없었다. 그러다 클럽에서 지타나스를 만났고, 그는 그녀를 진지하게 대하더니 머잖아 작지 않은 다이아몬드가 박힌 백금 반지를 내밀었다. 그는 그녀를 사랑하는 듯했고(더구나 미국에 대사로 와 있었으며, 리투아니아에 함께 간 그녀는 그가 주 의회에서 발트해 언어로 우레 같은 연설을 하는 모습을 보았다), 그녀는 그의 친절에 보답하기 위해 최선을 다했다. 인간이 할 수 있는 모든 상냥함을 발휘했다. 지타나스를 실망시키는 일은 결코 없었다. 길게 보면 실망시키는 게 더 낫다 하더라도 말이다. 그는 나이가 조금 많았고 잠자리에서 상당히 조심했으며(그 점에서 칩과 달랐다. 줄리아는 망설이며 말했다, 하지만 그리 끔찍하지는 않았어), 결혼 생활에 대해 잘 알고 있는 듯했다. 그래서 그녀는 어느 날 그와 함께 시청에 갔다. 그의 성이 우스꽝스럽지만 않았다면 그녀는 미세비치우스라고 성을 바꾸었을 터였다. 그렇게 결혼을 하고 나자 대사의 이스트 리버 아파트를 채우고 있는 대리석 바닥과 검은 옻칠 가구와 그을린 유리를 끼운 묵직하고 현대적인 붙박이 가구가 생각만큼 즐겁게 느껴지지 않았다. 사실은 견디지 못할 만큼 우중충했다. 지타나스를 설득해 아파트를 팔고(파라과이 대표단 단장이 기쁘게 아파트를 인수했다) 좋은 클럽이 가까이 있는 허드슨 거리에 더 작고 더 멋진 집을 구입하게 했다. 지타나스를 위해 유능한 미용사를 구해주고, 자연섬유 옷을 고르는 법을 가르쳐주었다. 결혼 생활은 아무 문제 없이 잘 진행되는 듯했다. 하지만 어떤 부분에서 두 사람은 서로를 오해한 것이 분명했다. 그의 당(VIPPPAKJRIINPB17: 카지미에라스 자라마이티스의 영토 회복주의와 4월 17일의 "독립적" 국민투표를 위해 변함없이 헌신하는 유일한 참된 당)이 9월 선거에서 패배하더니 지타나스더러 수도 빌뉴스로 돌아와 의회 반대 운동에 동참하라는 명령을 내리자 그는 줄리아도 같이 돌아가는 것을 당연하게 여겼다. 줄리아는 부부 일심동체니 부창부수 따위의 개념을 알고는 있었지만, 지타나스에게 들은 구소련 붕괴 후의 빌뉴스는 석탄과 전기의 만성 부족, 살을 에는 듯한 보슬비, 차량 총격 사건, 말고기에 대한 높은 의존도로 얼룩져 있었다. 그래서 그녀는 그에게 너무나 끔찍한 짓을 했다. 그녀 평생에 가장 나쁜 행동이 분명했다. 그녀는 빌뉴스에 가서 살기로 동의하고는 지타나스와 함께 비행기 1등석에 오른 뒤 몰래 빠져나와 집 전화번호를 바꾼 다음, 이든에게 지타나스가 전화하면 그녀가 사라졌다고 말하라고 부탁했다. 6개월 후 지타나스는 주말 동안 뉴욕에 들렀고, 이에 줄리아는 참으로, 참으로 죄책감을 느꼈다. 물론 줄리아가 그녀 자신의 명예를 실추시켰다는 점에 대해서는 논쟁의 여지가 없었다. 하지만 지타나스는 그녀에게 욕설을 내뱉고 따귀를 상당히 세게 갈겼다. 그 결과 둘은 더 이상 함께할 수 없었지만 그녀는 결혼을 그대로 유지해주는 대가로 허드슨 거리의 아파트를 계속 쓸 수 있게 되었다. 안 그래도 나쁜 리투아니아의 상황이 더 악화되고 있는 탓에 지타나스가 서둘러 미국에 망명해야 할 사태가 발생할 수도 있었기 때문이다.

어쨌든 그것이 지타나스와의 사연이라며 줄리아는 칩더러 제발 너무 화내지 말라고 빌었다.

칩은 화를 내지 않았다. 사실 그는 그녀가 유부녀라는 사실에 개의치 않는 정도가 아니라 아주 기뻐했다. 그리고 그녀의 반지가 너무도 매혹적이라며 손에 끼고 침대에 들라고 부탁했다. 〈워런 스트리트 저널〉 사무실은 반관습적인 느낌이 부족했고 그의 깊은 내적 자아가 여전히 착한 중서부 소년인 듯한 생각이 들었기에 칩은 '오쟁이 진' 유럽 정치가에 대해 말하는 데 기쁨을 느꼈다. 박사 학위 논문에서(「확신 없는 발기: 튜터 시대 연극의 남근 불안」) 그는 오쟁이 진 남자에 대해 폭넓게 분석한 바 있었고, 비판적인 현대 학문의 망토 아래에서 결혼은 재산권이며 간통은 절도라고 여기는 사상을 조롱해댔다.

하지만 오래지 않아 외교관의 소유물을 가로챘다는 스릴은 칩 자신이 줄리아의 남편이자 주인이며 군주라는 부르주아적 환상으로 탈바꿈했다. 그는 지타나스 미세비치우스를 발작적으로 질투했다. 비록 그가 리투아니아 사람인 데다 줄리아의 뺨을 때리긴 했지만 성공한 정치가였고, 그녀가 그 이름을 부를 때면 죄책감과 아쉬움이 어른거렸다. 새해 전날 밤 칩은 이혼할 의사가 있는지 줄리아에게 단도직입적으로 물었다. 그녀는 아파트가 맘에 들고("임대료를 낼 여력이 없어!") 다른 아파트를 구하고 싶지 않다고 했다.

새해 첫날이 지난 후 칩은 〈아카데미 퍼플〉의 대략적 초안을 보강하는 작업에 복귀해서는, 불타는 희열에 빠져 키보드로 스무 페이지를 두드려댄 후에야 많은 문제가 있다는 사실을 발견했다. 사실상 일관성이라고는 없는 잡문처럼 보였다. 시나리오의 완성을 축하하며 많은 돈을 써버린 그 달에 칩은 플롯의 진부한 요소를—음모, 자동차 충돌, 사악한 레즈비언—제거하고도 좋은 작품을 쓸 수 있으리라 믿었다. 하지만 이런 진부한 요소 없이는 이야기 자체가 되지 않았다.

자신의 예술적, 지적 야심을 구하기 위해 그는 도입부에 기나긴 이론적 독백을 덧붙였다. 하지만 이 독백은 어찌나 읽기가 힘든지 컴퓨터를 켤 때마다 그 부분을 손보아야 했다. 이내 그는 강박적으로 독백을 다듬는 데 작업 시간의 상당량을 쓰고 있었다. 핵심 사항을 희생하지 않고는 더 이상 길이를 줄일 수 없는 지경에 이르자, 그는 독백이 7페이지 상단이 아니라 6페이지 하단에서 끝나게 하기 위해 여백과 하이픈(-)을 가지고 난리법석을 피웠다. "연속되다"를 "잇다"로 바꾸어 두 음절을 줄인 뒤, "(trans)act(ion)s"의 두 번째 t 뒤에다 하이픈을 붙임으로써 하이픈 사용을 효율화하고, 문장 길이도 대폭 줄였다. 그렇게 해놓고 보니 "잇다"가 문장 리듬에 어울리지 않고 "(trans)act(ion)s"에 하이픈을 붙이는 것은 그 어떤 상황에서도 용납될 수 없다는 생각이 들어, 짧은 동의어로 대체할 만한 다른 긴 단어를 찾아 시나리오를 샅샅이 훑었다. 그러는 내내 그는 프라다 재킷을 입은 배우와 제작자들이 (일곱 페이지가 아닌) 여섯 페이지짜리 복잡한 학술적 이론을 즐겁게 읽으리라는 믿음을 유지하느라 분투해야 했다.

그가 어린아이였을 때, 중서부에서 개기일식이 나타나자 세인트 주드의 강 맞은편 작은 마을에서 한 여자애가 수많은 경고를 무시한 채 밖에 나와 앉아, 작아지는 태양을 응시하다 그만 망막이 타버린 사건이 있었다.

"전혀 아프지 않았어요. 아무 느낌도 없었거든요." 눈먼 소녀는 〈세인트주드 크로니클〉 기자에게 그렇게 말했다.

칩이 극적으로 숨을 거둔 독백의 시체를 손질하며 보내는 하루하루의 집세와 식비와 유흥비는 대체적으로 여동생의 돈으로 지불되었다. 돈이 남아 있는 한, 그의 고통은 날카롭지 않았다. 하루가 지나면 또 다른 하루가 이어졌다. 정오 전에 일어난 적은 거의 없었다. 음식과 와인을 즐겼고, 자신이 부들부들거리는 젤리덩어리가 아니라는 것을 확신시킬 만큼 옷을 잘 차려입었고, 닷새 중 나흘은 최악의 불안감과 예감을 숨긴 채 줄리아와 즐거운 시간을 보냈다. 데니즈한테 진 빚이 교정 수입과 비교하면 큰 금액이지만, 할리우드 기준으로는 소액에 지나지 않기에 그는 브랙 크누터 앤드 스페이의 일을 점점 줄여갔다. 유일한 진짜 불만이라고는 그의 건강뿐이었다. 어느 여름날 1막을 다시 읽다가 구제할 길 없이 엉망이라는 사실에 새로이 충격을 받은 그는 바람을 쐬러 서둘러 밖에 나가서는 브로드웨이를 걸어가 배터리 파크시티의 벤치에 앉았다. 허드슨강 바람이 옷깃으로 스며들었고, 쉴 새 없이 윙윙대는 헬기 소리와 트라이베카에 사는 백만장자 어린아이가 고함치는 소리가 아련히 들려오는 가운데 그는 죄책감에 빠져들었다. 이렇게 팔팔하고 건강한데도 **아무것도** 한 것이 없다니. 일을 잘하기 위해 푹 자고 건강관리에 신경 쓰는 것도 아니면서, 그렇다고 낯선 여자들과 시시덕거리며 마가리타를 벌컥벌컥 들이켜고 신나게 휴가 기분을 내지도 못했다. 이렇게 실패하느니 병이 나 죽어가는 편이 훨씬 나을 듯했다. 이런 건강과 활기는 그가 실패하지 않을 때(과연 그런 때가 올까 싶었지만) 실컷 데이트하기 위해 아껴두고 싶었다. 데니즈의 돈과 줄리아의 선의, 자기 자신의 능력 및 지금껏 배운 것, 미국 역사상 가장 오랫동안 지속되고 있는 경제 호황의 기회만 낭비하고 있는 것이 아니라 너무도 건강한 육체까지 강가에서 햇볕을 쬐며 헛되이 날리고 있었고, 이 때문에 너무나도 가슴이 아팠다.

6월의 어느 금요일에 돈이 바닥났다. 주말에 줄리아와 데이트를 하려면 극장 휴게실에서 15달러를 써야 할 터였다. 책장에서 사회주의 서적을 골라내 무척이나 묵직한 가방 두 개를 들고 스트랜드 서점으로 갔다. 본래의 겉표지를 그대로 간직하고 있는 책들의 정가를 모두 합하면 3900달러였다. 서점 주인은 책 상태를 담담하게 칭찬하더니 평결을 내렸다. "65달러."

칩은 숨을 내쉬듯 껄껄 웃으며 싸우지 않으려고 했다. 하지만 위르겐 하버마스의 《사회의 논리와 합리화》 영국판은 주석은커녕 본문도 읽기 힘든 책이긴 해도 완전히 새것이었고 95달러나 주고 구입했다. 그는 일종의 본보기로 이 사실을 지적하지 않을 수 없었다.

"그럼 다른 데 가보십시오." 서점 주인이 금전등록기 위에서 손을 주춤거리며 대꾸했다.

"아뇨, 아뇨, 알겠습니다. 65달러로 하죠." 칩이 말했다.

한심하게도 자신의 책으로 수백 달러는 벌 수 있으리라고 믿었던 것이다. 비난의 눈초리를 보내는 듯한 책들에게 등을 돌리며 그는 기억했다, 그 책들 하나하나가 후기자본주의 사회에 대한 극단적 비판을 담고 있다고 서점에서 얼마나 떠들어댔는지, 책을 들고 집으로 가며 얼마나 행복해했는지. 하지만 위르겐 하버마스는 줄리아의 배나

무처럼 길고 시원한 팔다리를 갖고 있지 않았고, 테오도어 아도르노는 줄리아의 포도 향기처럼 섹시한 유연성을 갖고 있지 않았고, 프레드 제임스는 줄리아의 예술적 혀를 갖고 있지 않았다. 10월 초 칩이 시나리오를 완성하여 이든 프로쿠로에게 보냈을 때 그의 페미니스트, 형식주의자, 구조주의자, 후기구조주의자, 프로이드 학파, 동성애 운동가는 모두 팔려나가고 없었다. 부모와 데니즈와 함께할 점심 식사 비용을 구하기 위해 그에게 남은 것이라고는 너무도 사랑하는 문화 역사학자들과 아든판 셰익스피어 전집뿐이었다. 셰익스피어에는 일종의 마법이 깃들어 있기에 ― 똑같은 하늘색 겉표지에 감싸인 전집의 각 권들은 무사 귀환을 위한 군도(群島) 같았다 ― 그는 푸코와 그린블라트와 훅스와 푸비를 쇼핑백에 집어넣고 115달러에 팔았다.

개중 60달러는 이발을 하고 사탕과 얼룩 제거 용품을 사고 시더 태번에서 두 잔을 마시는 데 썼다. 부모를 초대한 8월에만 해도 그는 이든 프로쿠로가 시나리오를 읽고 계약금을 주리라는 희망을 가지고 있었지만, 이제 그가 선보일 수 있는 유일한 재주이자 선물은 집에서 요리한 음식뿐이었다. 그는 믿을 만한 좋은 토르텔리니 파스타와 껍질이 바삭한 빵을 파는 이스트 빌리지의 식료품점으로 갔다. 비용이 적당한 시골풍의 이탈리아 요리를 구상했다. 하지만 그가 찾던 식료품점이 문을 닫았는지 보이지 않았고, 좋은 빵을 파는 제과점까지 열 블록이나 걷고 싶지 않아 이스트 빌리지를 되는대로 터덜터덜 돌아다니다 겉만 번지르르한 식료품을 여기저기 드나들며 치즈를 손으로 들어보고, 빵을 거절하고, 수준 낮은 토르텔리니를 검사했다. 결국 그는 이탈리아 요리를 포기하고는 유일하게 가능한 다른 음식을 하기로 마음을 정했다. 줄풀과 아보카도와 훈제 칠면조 가슴살 샐러드. 이제 문제는 익은 아보카도를 찾아내는 것이었다. 상점을 줄줄이 들어가보았지만 익은 것은커녕 밤처럼 딱딱한 아보카도도 없었다. 라임만 한 크기의 익은 아보카도를 찾아냈지만 가격이 개당 3달러 89센트였다. 그는 아보카도 다섯 개를 들고 서서 어찌할지 궁리했다. 도로 내려놓았다가 다시 집어 들고는 또 내려놓아도 결정을 내릴 수 없었다. 그에게 죄책감을 끌어내 부모를 점심 식사에 초대하게 만든 데니즈를 향해 발작적 증오가 들끓었다. 평생 먹어본 것이라고는 줄풀 샐러드와 토르텔리니뿐인 것 같았고, 요리적 상상력이 완전히 텅 비어버린 것만 같았다.

8시쯤에 그는 그랜드 거리에 있는 새로운 **소비의 악몽**("모든 것에는 가격이 있다!") 앞에 다다랐다. 하늘 너머로 습기가 달아나고 로웨이와 베이온에서 유황을 머금은 불쾌한 바람이 불어왔다. 소호와 트라이베카의 초상류층 사람들이 악몽의 깨끗하게 닦인 철문에서 쏟아져 나오고 있었다. 남자들은 다양한 형태와 크기를 띠고 있었지만, 여자들은 하나같이 날씬한 서른여섯 살이었고, 아니면 임신하고 있었다. 칩은 머리를 깎은 탓에 목덜미가 발개져 있었고, 그처럼 완벽한 여성들한테 이런 꼴을 보이는 것이 싫었다. 하지만 악몽의 문 바로 안쪽에서는 벨리즈산 미나리 한 상자를 99센트에 팔고 있었다.

그는 악몽 안으로 들어가 바구니를 잡아채 미나리 한 무더기를 집어넣었다. 99센트였다. 악몽의 커피바 위쪽에 설치된 스크린에서 **오늘의 총매출액**과 **오늘의 순이익**과 **예상 분기별 주당 배당금**(과거의 분기별 성과에 기초한 구속력 없는 비공식적 추정치 / 오락적 목적으로만 제공되는 정보)과 **지점 커피 판매액**이라는 역설적 수치들이 줄줄이 이어지고 있었다. 칩은 어슬렁거리는 사람들과 핸드폰 안테나를 피해 생선 판매대로 갔다. 꿈만 같게도 그곳에서 **줄낚시로 잡은 야생 노르웨이 연어**를 합리적 가격에 팔고 있었다. 그가 뼈를 발라낸 중간 크기의 연어를 가리키자 판매원이 "또 필요한 것 없습니까?" 하고 물었고 그는 밀수업자처럼 딱딱한 목소리로 "없습니다"라고 대꾸했다.

종이로 포장되어 건네진 어여쁜 연어살의 가격은 78달러 40센트였다. 다행히도 이러한 발견은 그를 숨막히게 했다. 안 그랬다면 그는 악몽의 표시 가격이 0.5킬로그램당이었다는 사실을 깨닫기도 전에 항의를 늘어놓고 말았으리라. 2년 전이나 두 달 전이었다면 이런 실수를 할 리 없었건만.

"하, 하!"

그는 포수 글러브를 낀 양 78달러짜리 연어를 손바닥에 감추었다. 그리고 한쪽 무릎을 꿇어 신발 끈을 만지다 가죽 재킷과 스웨터 안쪽에 연어를 집어넣고 스웨터 자락을 바지 안에 밀어 넣은 뒤 다시 일어났다.

"아빠, 황새치 먹을래요." 뒤에서 작은 목소리가 들렸다.

칩이 두 번째 걸음을 뗴는 불안정한 순간에 제법 묵직한 연어가 스웨터에서 삐져나와 사타구니 보호대처럼 그의 사타구니를 뒤덮었다.

"아빠! 황새치요!"

칩은 가랑이에 손을 댔다. 대롱거리는 연어가 마치 차가운 똥 싼 기저귀 같았다. 그는 연어를 배 위로 도로 올리고 스웨터 자락을 바지에 더 단단히 밀어 넣은 다음, 재킷 지퍼를 목까지 올리고 일부러 아무 쪽으로나 성큼성큼 걸어갔다. 유제품이 진열된 벽을 향해. 초음속 여객기로 운반되었음을 암시하는 가격의 프랑스산 크렘프레슈 제품들이 진열되어 있었다. 그보다는 덜 비싼 국내산 크렘프레슈 앞에는 양키 모자를 쓴 채 핸드폰에 대고 고함을 질러대는 남자가 버티고 있었다. 그의 딸로 보이는 여자애는 프랑스산 요구르트 500밀리리터병의 포일 뚜껑을 벗겨내고 있었다. 칩이 남자 뒤쪽으로 손을 뻗자 생선 배가 축 늘어졌다.

"실례합니다."

그의 말에 핸드폰 남자가 몽유병자처럼 비켜섰다. "씨팔 놈. 씨팔 놈! 그 머저리 새끼를 작살내버리겠어! 절대 이대로는 안 물러서. 선에 잉크 따위는 없어. 그 망할 자식을 서른 번은 더 작살내주겠어. 지켜보라고. 여보, 찢어버리지 마. 그걸 찢으면 우리가 배상해야 해. 씨팔 그건 어제 날짜로 구매자의 공이라고. 이 일이 해결될 때까지는 **절대** 안 물러서. 절대! 절대! 절대! 절대!"

칩은 바구니에 그럴듯한 물품 네 개를 넣은 채 계산대로 다가가다가, 1페니짜리 새 동전처럼 빛나는 머리카락을 보았다. 이든 프로쿠로가 아닌 다른 사람일 리 없었다. 그녀 역시 날씬한 서른여섯 살이며 정신없이 바빴다. 이든의 어린 아들 앤서니는 조개, 치즈, 고기, 캐비어 등 수천 달러어치를 뒤로하고 쇼핑카트의 어린이 의자에 앉아 있었다. 이든이 몸을 숙이자 그녀가 입은 이탈리아제 수트의 회갈색 옷깃을 앤서니가 잡아당겼다. 아이가 그녀의 블라우스를 빼는 동안 그녀는 아이의 등 뒤에서 시나리오를 넘겼다. 칩은 그것이 자신의 시나리오가 아니기만을 빌었다. 줄낚시로 잡은 노르웨이산 연어가 종이 포장지를 뚫고 습기를 내뿜고, 그의 체열에 지방이 녹아 연어가 단단해졌다. 그는 악몽에서 벗어나고 싶었지만, 현재 상황에서 〈아카데미 퍼플〉에 대해 토론할 준비가 되어 있지 않았다. 싸늘한 복도를 향해 방향을 휙 틀자 자잘한 까만 글씨가 적힌 평범하고 하얀 종이 상자에 셔벗 아이스크림이 담겨 있었다. 햇살에 빛나는 구리 빛깔 머리의 여자아이 곁에 양복을 입은 남자가 웅크리고 앉아 있었다. 여자애는 이든의 딸 에이프릴이었다. 그리고 남자는 이든의 남편 더그 오브라이언이었다.

"칩 램버트, 어쩐 일인가요?" 더그가 물었다.

칩이 더그의 큰 손을 잡고 악수하려면 여자처럼 식료품 바구니를 드는 수밖에 없었다.

"에이프릴이 저녁 후 먹을 간식거리를 고르고 있었답니다." 더그가 말했다.

"세 개요." 에이프릴이 말했다.

"그래, 세 개."

"저건 뭐예요?" 에이프릴이 손가락으로 가리키며 물었다.

"저건 석류와 한련꽃으로 만든 셔벗이야, 토깽아."

"내가 이걸 좋아할까요?"

"그야 나는 모르지."

칩보다 젊고 키가 작은 더그는 칩의 지성에 대해 끊임없이 존경심을 표하고, 어떠한 반어법이나 생색 없이 그에게 의견을 물었기에 칩은 마침내 더그가 정말로 자신을 존경한다고 결론 내렸다. 그러한 존경은 자기비하보다도 더욱 고통스러운 것이었다.

"이든 말이, 시나리오 작업을 끝냈다고 하더군요." 에이프릴이 어지른 아이스크림을 더그가 도로 정리하며 말을 이었다. "정말 흥분된답니다. **경이적인** 프로젝트가 될 거예요."

에이프릴이 얼음 서린 상자 세 개를 코르덴 재킷에 받쳐 들고 있었다.

"어떤 종류를 골랐니?" 칩이 아이에게 물었다.

에이프릴이 초보자다운 태도로 크게 어깨를 으쓱했다.

"토깽아, 엄마한테 가보렴. 아빠는 칩 아저씨랑 이야기하고 있을게."

에이프릴이 복도를 달려가자 아이 아버지가 된다는 것이, 늘 요구하는 대신 늘 요구를 들어준다는 것이 어떤 것인지 칩은 궁금해졌다.

더그가 말했다. "물어보고 싶은 게 있어요. 시간 있나요? 누군가 새로운 개성을 제시한다면 그걸 받아들이겠어요? 누가 이렇게 말하는 거예요. **당신의 정신 체계를 당신이 원하는 방식으로 영구적으로 재설계해주겠소.** 그럼 그렇게 하겠다고 돈을 내겠나요?"

연어 포장지가 땀과 결합되어 칩의 피부에 들러붙었고, 아랫부분이 찢어지고 있었다. 더그가 갈망하는 지적 대화를 제공할 만한 이상적 순간이 아니었지만, 칩은 더그가 그를 계속 높이 평가하여 이든더러 그의 시나리오를 사라고 부추기기를 바랐다. 칩은 더그에게 왜 묻냐고 물었다.

더그가 말했다. "내 책상은 온갖 미친 서류로 가득 차 있어요. 특히 요즘은 해외에서 돈이란 돈은 다 들어오죠. 물론 닷컴 이슈도 빼놓을 수 없고요. 우리는 여전히 보통의 미국인들에게 재정적 파산을 행복하게 설계하라고 강력하게 권하고 있죠. 하지만 생명공학 산업은 매혹적이에요. 유전적으로 변형된 호박에 대한 설명서를 빠짐없이 읽고 있는데요, 미국 사람들이 생각보다 호박을 많이 먹고 있지 뭐예요. 호박은 튼튼한 겉모습과는 달리 쉽게 병에 걸리죠. 그리고 또…… 서던 큐컴테크는 주당 35달러나 과대평가되어 있다나 어쨌다나. 그런데 칩, 뇌에 대한 기사가 내 마음을 사로잡았어요. 무엇보다도 기이한 건 내가 그 이야기를 해도 괜찮다는 거예요. 이제는 일반 상식이 되어버렸으니깐요. 기이하지 않나요?"

칩은 흥미롭다는 듯 더그를 바라보기 위해 애썼지만 그의 눈은 복도를 자유로이 뛰어다니고 싶어 하는 아이 같았다. 그는 근본적으로 깜짝 놀랄 준비를 했다.

"네. 기이하군요."

"당신의 기본 구조를 재활 치료 하는 거죠. 외벽과 지붕만 남기고 내벽과 배관을 싹 바꾸는 거랑 같아요. 쓸모없는 식당을 없애고, 그 자리에 현대적인 회로 차단기를 설치하죠."

"아하."

"당신의 멋진 겉모습은 그대로 유지하고요. 진지하고 지적이며 약간 유럽인 같은 분위기를 여전히 간직할 수 있어요. 냉철하고 학구적으로 보이지만 당신의 내면은 더욱 안락해지죠. 최첨단 오락 장비를 갖춘 큰 거실. 넓고 편리해진 주방. 음식물 쓰레기 분쇄기와 대류식 오븐. 얼음 공급기가 문에 설치된 냉장고."

"내가 나라는 건 알아볼 수 있나요?"

"그랬으면 좋겠나요? 다른 사람들은 여전히 당신을 알아볼 수 있어요. 적어도 겉모습은요."

오늘의 총매출액이 성큼성큼 늘다가 44만 4447달러 41센트에서 잠시 주춤하더니 다시 솟구쳤다.

"내 가구가 내 개성이로군요." 칩이 말했다.

"점진적인 재활 치료라고 할 수 있죠. 아주 깔끔한 일꾼을 들이는 거죠. 일을 마치고 집으로 돌아오면 매일 밤 뇌가 깨끗이 청소되고, 주말에는 지역법이나 관습적 제약을 들먹이며 당신을 괴롭히는 사람이 아무도 없어요. 모든 것이 단계적으로 일어나 당신은 점점 변화하죠. 아니면 변화가 점점 당신 안에 깃들든지요. 당신이 새 가구를 산 것을 아무도 알아보지 못하죠."

"가설적인 상황이로군요."

더그가 손가락 하나를 들어 올렸다. "다만 한 가지, 금속이 개입될 수도 있어요. 공항에서 경보기가 울릴 수도 있고요. 또 특정 주파수의 라디오를 듣기 싫어도 들어야 할지도 모르죠. 게토레이 같은 전해질 음료 때문에 문제가 야기될 수도 있고요. 그래도 개성을 바꾸겠나요?"

"농담이죠?"

"웹사이트를 확인해봐요. 주소를 알려줄 테니. '**그 영향은 충격적이지만 이 강력한 새 기술을 막을 수 있는 것은 아무것도 없다.**' 우리 시대의 모토라고 해도 과언이 아니죠. 안 그래요?"

이제 칩의 팬티 속으로 연어가 넙데데하고 따뜻한 달팽이처럼 쫙 퍼지자, 이 연어야말로 그의 뇌가 저지른 수많은 오판의 핵심 요인처럼 느껴졌다. 더그가 곧 그를 놓아줄 것이고 결국 소비의 악몽을 무사히 탈출해 식당 화장실로 들어가 연어를 꺼내면 능력을 다시 십분 발휘할 수 있으리라는 것을 칩은 이성적으로 예측할 수 있었다. 미지근한 생선을 바지 속에 넣은 채 값비싼 셔벗 아이스크림 판매장 한가운데에 더 이상 서 있을 필요가 없는 순간이 올 것이고, 이러한 미래는 대단히 특별한 안도의 순간이 될 터였다. 하지만 지금 칩은 그 미래로 가지 못하고 현재라는 덜 유쾌한 순간에 여전히 머물러 있었는데, 그것은 바로 새로운 뇌라는 티켓을 가지고 있지 못하기 때문인 듯했다.

"디저트 높이가 30센티미터는 되었단다." 이니드의 본능이 데니즈는 새우 피라미드에 아무 관심 없다고 말하는데도 이니드는 줄줄 늘어놓았다. "정말 우아하고 우아했지. 그런 것 본 적 있니?"

"대단했겠네요."

"드리블릿 부부는 정말 수퍼 울트라 럭셔리 파티를 열었단다. 그렇게 높은 디저트는 내 생전 처음 봤어. 너는 본 적 있니?"

이니드에게는 데니즈가 인내심을 발휘하고 있다는 미묘한 징후가 — 그녀는 숨을 살짝 깊게 들이마시고, 접시에 포크를 소리 없이 내려놓고, 와인을 한 모금 마신 뒤 잔을 도로 내려놓았다 — 난폭한 폭발보다 더욱 상처가 되었다.

"높이 솟은 디저트야 여러 번 봤죠." 데니즈가 대꾸했다.

"그렇게 만들려면 엄청 힘들지?"

데니즈는 손을 무릎에 포개고는 천천히 숨을 내쉬었다. "멋진 파티였던 것 같네요. 엄마가 즐거웠다니 기뻐요."

이니드는 딘과 트리시의 파티에서 정말 즐거웠고, 데니즈가 그 멋진 파티를 직접 보지 못한 것이 안타까웠다. 하지만 동시에 데니즈라면 그 파티를 전혀 멋지게 여기지 않고, 진부함 외에는 아무것도 안 남을 때까지 파티의 특별함을 낱낱이 비판해댈지도 모른다는 두려움 또한 있었다. 이니드의 시각으로 보자면 딸의 취향은 흑점이었고, 이니드의 경험으로 보자면 자신의 기쁨이 주룩주룩 새어 나가는 영원히 위협적인 구멍이었다.

"취향이야 각자 다른 법이긴 하지." 이니드가 말했다.

"그럼요. 어떤 취향이 다른 취향보다 더 낫긴 하지만요." 데니즈가 대꾸했다.

앨프리드는 접시 위로 몸을 숙여 포크에서 연어나 까치콩 무더기가 도자기 접시로 떨어지지 않도록 조심하고 있었다. 그러면서도 대화는 듣고 있었다. 그가 말했다. "그만 됐다."

"모두들 그렇게 생각해. 모두들 자기 취향이 최고라고 여기지." 이니드가 말했다.

"하지만 대부분 사람들은 틀렸어요." 데니즈가 말했다.

"모두들 자기 취향을 추구할 권리가 있어. 이 나라에서는 누구나 한 표씩은 갖고 있다."

"불행히도요!"

"됐다. 말싸움해봐야 무슨 소용이라고." 앨프리드가 데니즈에게 말했다.

"너는 꼭 속물처럼 말해." 이니드가 말했다.

"엄마, 엄마는 늘 집에서 만든 음식이 얼마나 좋은가에 대해 말하죠. 나도 집 음식이 좋다고 생각해요. 30센티미터 높이의 디저트에는 디즈니적인 상스러움이 있어요. **엄마**가 차라리 더 뛰어난 요리사라고……."

"아니다, 아니야. 아냐. 내가 무슨 요리사냐." 이니드가 고개를 저었다.

"그렇지 않아요! 내가 그럼 누굴 닮아서……."

"날 닮은 건 아냐. 나는 우리 애들이 누굴 닮아 그런 재능을 갖게 되었는지 모르겠다. 하지만 나는 아냐. 나는 전혀 요리에 재능이 없거든. 조금도."(이렇게 말하니 묘하게도 기분이 좋았다! 옻나무 덩굴 때문에 생긴 발진에 델 듯이 뜨거운 물을 붓는 듯했다.)

데니즈는 등을 바로 세우고 잔을 들었다. 다른 사람의 접시에 일어나는 일을 관찰하지 않고는 못 배기는 성미인 이니드는 데니즈가 연어 세 조각과 샐러드 약간과 빵 껍질만 먹는 것을 주시했다. 데니즈가 먹은 각각의 음식량은 이니드가 먹은 각각의 음식량에 대한 비난이었다. 이제 데니즈의 접시는 텅 비었고, 더 담아 먹을 기색이 보이지 않았다.

"더 안 먹니?" 이니드가 물었다.

"네. 점심으로 충분해요."

"살이 빠졌구나."

"실제로는 안 빠졌어요."

"거기서 더 빠지면 큰일인데." 이니드는 더 큰 감정을 숨기기 위해 살짝 깔깔대며 말했다.

앨프리드는 포크에 가득 담은 연어와 미나리 소스를 입으로 가져가는 중이었다. 음식이 포크에서 떨어지며 격렬하게 산산조각 났다.

"칩이 연어 요리를 참 잘했네. 안 그러니? 정말 연하고 맛있구나." 이니드가 말했다.

"오빠야 요리라면 늘 뛰어나죠." 데니즈가 말했다.

"여보, 맛있어요? 여보?"

포크를 쥔 앨프리드의 손이 느슨해졌다. 그의 아랫입술이 축 늘어지고, 두 눈에는 시무룩한 회의의 빛이 어렸다.

"점심이 마음에 들어요?" 이니드가 물었다.

앨프리드는 오른손으로 왼손을 꽉 쥐었다. 맞붙잡은 두 손이 계속 떨리는 동안 그는 식탁 중앙의 해바라기를 응시했다. 입안으로 쓰라림과 피해망상을 꾹 **삼키는** 듯했다.

"칩이 이걸 다 준비했소?"

"네."

칩이 요리를 했음에도 지금 이 자리에 없다는 사실에 압도된 듯 그가 고개를 저었다. "통증이 점점 심해지는군."

"그 정도는 아무것도 아녜요. 약만 먹으면 괜찮아질 거예요."

이니드의 말에 그는 고개를 저었다. "헤지퍼스는 상태를 예측할 수 없다고 했어."

"중요한 건 계속 살아가는 거예요. 늘 활동하고 늘 **노력하면** 좋아질 거예요."

"아니. 내 말을 안 듣는군. 헤지퍼스는 회복할 수 있다는 장담을 하지 않으려고 매우 조심했어."

"내가 읽은 바로는⋯⋯."

"당신이 잡지에서 뭘 읽었든 상관없어. 내 상태는 좋지 않고, 헤지퍼스도 그걸 인정했어."

데니즈가 팔을 뻣뻣하게 쭉 뻗어 와인 잔을 내려놓았다.

"그래, 칩의 새 일자리에 대해 어떻게 생각하니?" 이니드가 밝게 물었다.

"오빠의 뭐요?"

"〈월 스트리트 저널〉 말이다."

데니즈는 식탁을 유심히 바라보았다. "별생각 없어요."

"대단하지 않니?"

"별생각 없다니까요."

"거기서 풀타임으로 일하는 걸까?"

"아뇨."

"거기서 어떤 일을 하는지 모르겠다."

"엄마, 나도 몰라요."

"법률 일은 여전히 하고 있니?"

"교정 일 말예요? 네."

"그럼 여전히 로펌에서 일하는구나."

"오빠가 변호사가 된 건 아니에요, 엄마."

"나도 알아."

"하지만 '법률 일'이라거나 '로펌' 같은 말을 하면⋯⋯ 친구분들한테 그렇게 말했죠?"

"로펌에서 일한다고 했지. 그게 다야. 뉴욕의 로펌에서 말이야. 사실이잖니. 거기서 일하고 있잖아."

"그럼 오해를 유발할 가능성이 높다는 것 당신도 알잖아." 앨프리드가 말했다.

"그럼 그냥 입 다물고 있을 걸 그랬네요."

"사실만 말해야죠." 데니즈가 말했다.

"칩이 법률 쪽으로 **갔어야** 했는데. 법이야말로 그 애 적성에 딱 맞을 텐데. 안정된 직장도 갖고. 탄탄한 인생을 살아갈 수 있는데. 너희 아빠는 칩이 훌륭한 변호사가 될 거라고 늘 생각했단다. 나는 의사가 될 거라고 생각했지. 과학에 관심이 많으니깐. 근데 너희 아빠는 칩이 변호사에 더 잘 맞는다고 했어. 안 그래요, 앨? 칩이 뛰어난 변호사가 될 거라고 생각했죠? 어찌나 말을 잘하는지."

"이니드, 너무 늦었어."

"로펌에서 일하다 보면 관심이 생겨 다시 공부를 시작할지도 모르죠."

"너무 늦었다니깐."

"무엇보다도 데니즈, 법을 공부하면 **많은** 것을 할 수 있단다. 회사 사장도 될 수 있고, 판사도 될 수 있어! 교사도 될 수 있고, 기자도 될 수 있고. 그렇게 **많은** 가능성을 칩 역시 누릴 수 있었는데."

"칩은 자신이 원하는 것을 할 거야. 그게 뭔지 이해는 안 되지만 이제 와서 바꾸지는 않을 거야." 앨프리드가 말했다.

빗속에서 두 블록이나 걷고 나서야 그는 신호음이 들리는 공중전화를 찾아냈다. 처음 찾아낸 공중전화에는 부스가 두 개나 있었지만 전화 하나는 코드 끝에 색깔 술을 단 채 거세되어 있었고, 나머지 하나는 볼트 구멍 네 개만 남긴 채 사라지고 없었다. 다음 교차로의 전화기는 동전 구멍이 껌으로 막혀 있고, 옆 전화기는 수화기를 들어보았지만 먹통이었다. 그런 처지의 남자라면 보통 분노를 터뜨리기 위해 수화기를 전화통에 쾅 내려놓아 플라스틱 조각이 배수로로 떨어지게 하겠지만 칩은 너무 바빠 그럴 틈이 없었다. 5번 애비뉴 모퉁이의 전화기는 신호음이 들렸지만 숫자판이 먹통이었고, 수화기를 얌전히 내려놓든 쾅 내려놓든 25센트를 도로 뱉어내지 않았다. 옆의 전화기는 신호음도 들리고 돈도 삼켰지만 베이비 벨의 안내 음성은 그가 누른 번호를 판독할 수 없다고 주장하며 돈을 돌려주지 않았다. 그는 한 번 더 시도하다 마지막 25센트를 날렸다.

악천후에 대비해 언제든 브레이크를 밟을 생각으로 느릿느릿 달려가는 SUV 차량들을 향해 그는 씩 웃어 보였다. 이 지역 문지기들이 하루에 두 번 호스로 인도에 물을 뿌리고, 청소차가 경찰 콧수염 같은 솔을 단 채 1주일에 세 번 거리를 쓸지만 뉴욕 어디에서나 더러움과 분노가 판을 쳤다. 근방의 거리 표지판에는 오물 애비뉴라고 적혀 있는 듯했다. 휴대전화로 인해 공중전화가 살해되고 있었다. 하지만 핸드폰을 천박한 사람들의 천박한 액세서리라고 여기는 데니즈나 핸드폰을 싫어하기는커녕 세 아들에게 각각 하나씩 사준 개리와는 달리, 칩은 자신에게 없다는 이유로 핸드폰을 증오했다.

데니즈의 우산이 제공하는 빈약한 보호 아래 길을 건넌 그는 유니버시티 플레이스의 식료품점으로 향했다. 마찰력을 제공하기 위해 갈색 판지를 현관 매트 위에 덮어놓았지만, 물에 젖어 뭉개진 판지는 빨아서 널어놓은 해초처럼 조각나 있었다. 문가의 철사 바구니에 담긴 신문은 어제 남미의 두 나라가 추가로 경제적 몰락에 동참했으며, 극동의 주요 시장에 새로이 급락 현상이 나타났다는 사실을 헤드라인으로 보도하고 있었다. 현금등록기 뒤에는 복권 포스터가 붙어 있었다. **당첨이 아니라 재미를 위해.**

칩은 지갑에 남아 있던 4달러 중 2달러로 그가 좋아하는 자연산 감초를 샀다. 그리고 세 번째 1달러를 25센트 동전 네 개로 바꾸었다.

"행운의 요정도 하나 주세요." 칩이 말했다.

세 잎 클로버와 나무 하프와 뚜껑이 열린 금단지를 가진 행운의 요정 인형은 당첨이나 재미를 위한 것이 아니었다.

"여기에 제대로 작동하는 공중전화가 있나요?"

"아뇨, 없습니다." 점원이 대꾸했다.

"여기 근처에 말예요."

"아뇨, 없습니다!" 점원이 카운터 아래로 손을 뻗어 휴대폰을 집어 들었다. "이 전화기뿐이에요!"

"짧게 한 통만 쓸 수 있을까요?"

"주식중개인한테 전화해봐야 늦었어요. 어제 했어야죠. 미국 주식을 샀더라면 좋았을 텐데."

점원이 유머라기보다는 모욕적인 태도로 껄껄거렸다. 하지만 그것 말고도 칩이 예민하게 받아들일 만한 이유가 더 있었다. D— 대학에서 해고된 이후로 미국 상장회사의 자본시장이 35퍼센트나 성장했다. 바로 그 22개월 동안 칩은 퇴직연금을 해약하고, 멀쩡한 차를 팔고, 80백분위수 수준의 봉급을 받으며 반일 근무를 했지만 여전히 파산을 눈앞에 두고 있었다. 미국에서 돈을 벌지 않기가 거의 불가능한 시절에 말이다. 연 13.9퍼센트의 수수료를 마스터카드 수표로 보내도 여전히 이익을 내는 주식 투자 시기를 칩은 놓쳐버린 것이다. 이러다 훗날 〈아카데미 퍼플〉이 팔리기 1주일 전에 주식시장이 정점을 찍고 추락하여 그가 투자할 모든 돈이 날아가게 될 것이 뻔했다.

그의 시나리오에 대한 줄리아의 부정적 반응으로 보건대 미국 경제는 한동안 계속 안전할 것이었다.

시더 태번 쪽으로 걸어가다 제대로 작동하는 공중전화기를 찾아냈다. 전날 밤 여기에서 두 잔을 마신 이후로 수년이 흐른 듯했다. 그는 이든 프로쿠로의 사무실에 전화를 걸었다가 그녀의 녹음된 음성을 듣고는 전화를 끊었지만 25센트는 이미 먹힌 뒤였다. 전화번호 안내에 전화를 거니 더그 오브라이언의 이름으로 집 번호가 등록되어 있었고, 더그가 전화를 받긴 했지만 기저귀를 가는 중이었다. 몇 분이 흐른 후에야 칩은 이든이 시나리오를 읽었는지 여부를 물을 수 있었다.

"경이적이에요. 정말 경이적인 프로젝트예요. 이든이 나가면서 시나리오를 가지고 간 것 같아요."

"어디로 갔는지 아나요?"

"칩, 이든이 어디 갔는지 다른 사람한테 알려줄 수 없어요. 알잖아요."

"긴급 상황이라서요."

2분 더 ─ 통화하고 싶으시면 ─ 80센트를 ─ 넣으세요 ─

"맙소사, 공중전화였군요. 공중전화죠?"

칩은 전화기에 마지막 25센트 두 개를 집어넣었다. "이든이 읽기 전에 시나리오를 도로 가져와야 해요. 고칠 부분이 있어서……."

"젖꼭지 말이군요. 맞죠? 이든이 그러더군요, 줄리아가 젖꼭지가 너무 많다고 질색한다고요. 하지만 나라면 걱정하지 않겠어요. 사실 그런 문제는 전혀 없어요. 줄리아가 대단히 힘든 한 주를 보냈거든요."

2분 더 ― 통화하고 싶으시면 ― 지금 ― 30센트를 ―

"있죠." 더그가 말했다.

추가로 ― 넣으세요 ―

"가장 확실한 건……."

그렇지 않으면 ― 지금 ― 통화가 종료됩니다 ―

"더그? 더그? 안 들려요."

죄송합니다 ―

"네, 듣고 있어요. 내 말은, 왜……."

안녕히 가세요, 라는 안내 음성에 이어 통화가 끝나더니 낭비된 25센트 동전들이 챙강챙강 전화기 뱃속으로 떨어졌다. 베이비 벨이라고 적힌 면판에는 오픽 텔레콤, **3분에 25센트,** 추가 통화 시 1분에 40센트라고 적혀 있었다.

이든을 찾을 수 있는 가장 확실한 장소는 트라이베카에 있는 그녀의 사무실이었다. 무도회장에서 연주하는 밴드의 리더 같은 인상에, 간간이 흰머리가 섞인 금발의 새 여자 바텐더가 전날 밤 20달러 외상 대신 그의 운전면허증을 받은 것을 기억하지 않을지 궁금해하며 칩은 술집으로 걸어갔다. 바텐더와, 따로 온 손님 둘이 어스레한 빛속에서 미식축구를 보고 있었다. 니타니 라이언 팀의 울퉁불퉁한 갈색덩치들이 석회질 연못 속을 뒹굴었다. 칩의 팔 가까이에, 아, 15센티미터도 채 안 떨어진 곳에 1달러 뭉치가 있었다. 그는 무언의 거래 (현금을 주머니에 집어넣고 다시는 여기 나타나지 않되 나중에 바텐더에게 돈을 부쳐주기)가 외상을 청하는 것보다 얼마나 더 안전할까 고민했다. 이러한 반관습적 행위라면 그의 정신을 온전하게 지켜줄 수 있을 것만 같았다. 그는 현찰을 움켜쥐고 참으로 꽤 예쁜 바텐더에게 다가갔지만 둥그런 갈색 머리의 남자가 허우적대며 그녀의 시선을 계속 붙들고 있는 바람에 돌아서서 술집을 나와버렸다.

비에 젖은 상가가 스쳐 가는 것을 택시 뒷자리에서 바라보며 그는 감초를 입에 가득 머금었다. 줄리아를 되찾을 수 없다면 그 바텐더와 최악의 방법으로 섹스를 하고 싶었다. 그녀는 서른아홉 살쯤 되어 보였다. 그녀의 연기 빛깔 머리를 두 손 가득 움켜쥐고 싶었다. 그는 상상했다, 이스트 5번 거리의 리노베이션된 공동주택 침대에서 그녀가 물 빠진 민소매 톱과 체육복 반바지 차림으로 맥주를 마시다 지친 기색으로 잠드는 모습을, 친근하게 피어싱한 배꼽과 길이 든 야구 글러브 같은 성기와 한없이 평범한 붉은색을 바른 발톱을. 그녀의 다리가 그의 등을 감싸는 것을 느끼고 싶고, 그녀의 40년 인생사를 듣고 싶었다. 그녀가 정말 결혼식과 유대교 성인식 때 로큰롤을 부르는지도 알고 싶었다.

택시 차창으로 스치는 **GAP ATHLETIC**(탄탄한 몸매의 갭)을 그는 **GAL PATHETIC**(애처로운 여자)이라고 읽었다. **Empire Realty**(부동산 제국)는 **Vampire Reality**(뱀파이어의 현실)라고 읽었다.

그는 두 번 다시 보지 못할 사람과 반쯤 사랑에 빠져 있었다. 열심히 일하고 대학 미식축구를 좋아하는 여자에게서 9달러를 훔쳤건만. 설령 다시 돌아가 돈을 갚고 사과한다 하더라도 그는 그녀가 등을 돌리는 순간, 그녀의 돈을 뜯어 간 남자로 영원히 기억될 것이었다. 그녀는 그의 인생에서 영원히 사라졌고, 그는 결코 그녀의 머리카락을 손가락으로 훑을 수 없었다. 이러한 이별이 그를 과호흡 상태로 만들고 있다는 것은 좋은 징후가 아니었다. 그는 고통에 겨워 감초를 삼킬 수도 없었다.

그는 Cross Pens(크로스 펜스)를 Cross Penises(남근 절단)로 읽고, ALTERATIONS(변화)를 ALTERCATIONS(논쟁)로 읽었다.

검안사의 진열창에는 **머리 검진**을 해주겠다고 적혀 있었다.

문제는 돈과, 돈 없는 삶의 치욕이었다. 그의 시야에 들어오는 모든 사람과 핸드폰과 양키 캡 모자와 SUV는 하나같이 고문이었다. 그가 탐을 내거나 시기하는 것은 아니었다. 하지만 돈 없는 그는 제대로 된 사람이라 할 수 없었다.

D— 대학에서 해고된 이후 그는 얼마나 바뀌었나! 그는 더 이상 다른 세상에서 살고 싶지 않았다. 그는 그저 이 세상에서 품위를 지키며 살고 싶었다. 아마도 더그가 옳았다. 아마도 그의 시나리오에서 **젖가슴**은 문제가 되지 않을 터였다. 하지만 그는 마침내 결국 받아들였다, 도입부의 이론적 독백 **전체**를 잘라낼 수도 있다고. 이든의 사무실에서 10분 만에 수정할 수 있을 터였다.

그녀의 사무실 건물 앞에서 그는 훔친 9달러를 전부 택시 기사에게 주었다. 눈부신 아크등 조명 아래 모퉁이 자갈길에서 식스트레일러 직원이 촬영을 하고 있었고 비에 젖은 발전기는 악취를 내뿜었다.

칩은 이든의 건물 비밀번호를 알고 있었고, 엘리베이터가 열렸다. 그는 이든이 시나리오를 아직 읽지 않았기만을 빌었다. 그의 머릿속에서 새로 수정된 버전이야말로 진짜 시나리오였다. 하지만 이든이 갖고 있는, 아이보리 빛깔 고급 용지에 인쇄된 시나리오에는 폐기 처분되어야 할 도입부 독백이 불행히도 여전히 존재하고 있었다.

5층의 유리문 너머로 이든의 사무실 불빛이 보였다. 양말이 흠뻑 젖은 데다 재킷은 해변의 젖은 암소 같은 냄새를 풍기고 있었고 손과 머리를 말릴 방도가 전혀 없다는 것은 확실히 불쾌했지만, 바지에 노르웨이산 연어 1킬로그램이 없다는 점은 여전히 기분 좋았다. 비교를 하자면 지금 그는 상당히 잘 준비된 상태였다.

유리문을 한참 두드리자 마침내 이든이 사무실에서 나와 그를 바라보았다. 이든은 광대뼈가 높이 솟아 있었고 푸른색의 커다란 눈은 촉촉해 보였으며 피부는 얇고 반투명한 느낌이었다. LA에서 점심 식사를 하거나 맨해튼에서 마티니 따위를 마셔서 얻은 여분의 칼로리는 집에 있는 운동기구나 회원 전용 수영 클럽이나 자신을 이든 프로쿠로로 만드는 일반적인 광기로 남김없이 불살랐다. 그녀는 뜨거운 구리 전선 뭉치처럼 늘 뜨겁고 열정적이었다. 하지만 문으로 다가오는 그녀의 표정을 보니 망설이거나 당황하고 있는 듯했다. 그녀는 애꿎은 사무실만 계속 돌아보았다.

칩은 안에 들어가고 싶다고 손짓했다.

"그녀는 여기 없어요." 이든이 유리문을 사이에 두고 말했다.

칩이 다시 손짓했다. 이든이 문을 열고 손을 가슴에 올렸다.

"칩, 줄리아와의 일은 **정말** 유감……."

"시나리오 때문에 왔어요. 읽었나요?"

"나요? 대충요. 다시 읽어봐야 해요. 메모를 좀 달려고요!"이든이 자기 관자놀이께에다 휘갈기는 시늉을 하며 깔깔 웃었다.

"도입부의 독백을 없앨까 싶어요."칩이 말했다.

"아, 잘됐네요. 기꺼이 지우겠다니 너무 기뻐요. 정말 멋져요."그녀가 사무실을 돌아보았다.

"독백을 없애면……."

"칩, 돈이 필요한가요?"

이든이 기묘하고 유쾌한 느낌으로 툭 터놓듯이 활짝 웃자 칩은 그녀가 술을 마시던 중이거나 뭔가 곤란한 상황에 처해 있는 것이 아닐까 싶었다.

"완전히 파산한 건 아니에요."그는 말했다.

"네, 네, 그럼요. 그래도 있으면 좋잖아요."

"왜요?"

"웹에 대해 잘 아나요? 자바나 HTML이 뭔지 알죠?"

"세상에, 전혀요."

"그럼, 잠시 내 사무실로 들어와요. 괜찮죠? 어서 들어와요."

칩은 이든을 따라 줄리아의 책상을 지나쳤다. 책상에 보이는 줄리아의 유일한 물건은 모니터 위 개구리 헝겊 인형이었다.

"이제 두 사람이 헤어졌으니 더 이상……."

"이든, 완전히 끝난 건 아니에요."

"아니, 아니, 내 말을 믿어요. 끝났어요. 완전히요. 그러니 환경을 약간 바꾸어보는 것도 좋지 않을까 싶어요. 그래야 잊고 새출발할 수⋯⋯."

"이든, 그런 게 아니에요. 줄리아랑 나는 그저 잠시⋯⋯."

"아니, 칩. 미안하지만 이건 잠시가 아니라 영구적인 거예요." 이든이 다시 깔깔 웃었다. "줄리아가 말을 분명히 안 한 모양인데, 나는 직설적인 사람이에요. 그리고 이러한 상황을 고려하면 칩이 이 사람을 못 만날 이유가 없으니⋯⋯." 그녀가 칩을 자기 사무실로 안내했다. "지타나스? 이런 대단한 행운이 있을까요? 그 일에 완벽한 적임자가 지금 여기로 찾아왔지 뭐예요."

붉은색 물결무늬 가죽 재킷, 딱 달라붙는 하얀 청바지 차림의 칩 또래 남자가 이든의 책상 옆 의자에 비스듬히 기대앉아 있었다. 넓은 얼굴에 아기 같은 뺨을 한 남자의 머리카락은 조각하듯 모양을 다듬은 금발이었다.

이든은 거의 열광적으로 보일 만큼 최고조에 다다르고 있었다. "머리를 쥐어짜봤지만, 지타나스, 이 사람 말고 다른 사람은 생각도 할수 없어요. 뉴욕 최고의 적임자가 바로 우리 문을 두드리고 있었다니! 칩 램버트, 내 비서 줄리아 알죠?" 그녀가 칩에게 윙크했다. "그러니깐, 이분은 **줄리아의 남편**인 지타나스 미세비치우스예요."

모든 면에서 ─ 머리색, 머리 형태, 키, 체격, 특히 수줍어하며 조심스레 짓는 미소 ─ 지타나스는 칩이 만나본 그 어떤 사람보다도 칩과 비슷해 보였다. 나쁜 자세하며 비뚤어진 치아까지 똑같았다. 그는 일어서거나 손도 내밀지 않고 초조하게 고개를 끄덕이며 말했다. "안녕하세요."

줄리아가 특정 타입의 남자를 좋아한다고 믿는 편이 좋겠다고 칩은 생각했다.

이든이 비어 있는 의자를 두드리며 말했다. "앉아요, 앉아."

그녀의 딸인 에이프릴이 창가의 가죽 소파에 앉아 종이 뭉치와 크레용을 가지고 놀고 있었다.

"헤이, 에이프릴. 그때 그 디저트는 잘 먹었니?"

칩의 질문은 에이프릴의 맘에 들지 않는 듯했다.

"오늘 밤 먹을 거예요. 어젯밤에 누군가가 한계를 실험했거든요." 이든이 말했다.

"나는 한계를 실험한 게 아니에요." 에이프릴이 말했다.

에이프릴의 무릎 위 종이는 아이보리 빛깔이었고, 뒷면에는 글자가 찍혀 있었다.

"앉아요! 앉아!" 이든이 자작나무 합판 책상 뒤로 걸어가며 열심히 권했다. 뒤쪽 커다란 창문에 빗방울이 다닥다닥 붙어 있었다. 허드슨 강에 안개가 자욱했다. 뉴저지의 검은 얼룩처럼. 벽에는 케빈 클라인과 클로에 세비니와 맷 데이먼과 위노나 라이더의 영화 포스터가 트로피처럼 걸려있었다.

이든이 지타나스에게 말했다. "칩 램버트는 뛰어난 작가로, 지금 우리와 함께 시나리오 작업을 하고 있고, 영문학 박사 학위가 있어요. 또 우리 남편의 인수 합병 프로젝트에도 지난 2년간 참여했고, 인터넷은 물론이고 우리가 지금 이야기 중인 자바와 HTML에 대해 아주 박식하답니다. 보시다시피 아주 매력적이고……" 이든은 칩의 몰골을 처음으로 제대로 보고는 눈이 휘둥그레졌다. "밖에 비가 **엄청** 쏟아지나 봐요. 보통은 이렇게 젖어서 돌아다니지 않는데(세상에 칩,

물에 빠진 생쥐 꼴이네요). 솔직히 지타나스, 이보다 더 나은 사람은 못 찾을 거예요. 그리고 칩, 이렇게 들러주어 얼마나 — 기쁜지 — 몰라요(이렇게 폭삭 젖은 꼴이긴 해도요)."

남자 하나라면 이든의 열광을 견뎌낼 수 있겠지만 두 남자가 함께 있자니 얼굴의 위엄을 지키기 위해 바닥을 응시하는 수밖에 없었다.

이든이 말했다. "불행히도 제가 지금 약간 시간이 촉박하답니다. 지타나스가 말도 없이 찾아와서 준비를 못 했거든요. 그러니 두 사람이 우리 회의실로 가서 시간에 구애받지 않고 마음껏 길게 이야기 나누어보면 어떨까 싶네요."

지타나스는 긴장한 유럽인 같은 몸짓으로 두 주먹을 겨드랑이 속에 넣어 팔짱을 끼었다. 그리고 칩을 쳐다도 보지 않고 물었다. "배우입니까?"

"아닙니다."

"어머, 칩, 그게 무슨 말이에요?" 이든이 말했다.

"정말입니다. 저는 평생 한 번도 연기를 한 적이 없어요."

"하, 하, 하! 겸손 떨 것 없어요." 이든이 말했다.

지타나스가 고개를 저으며 천장을 올려다보았다.

에이프릴이 갖고 노는 종이는 시나리오인 것이 확실했다.

"지금 무슨 이야기를 하는 건지도 모르겠고요." 칩이 말했다.

"지타나스가 쓸 만한 사람을 찾고 있는데……."

"미국 배우요." 지타나스가 혐오스럽다는 듯 말했다.

"자기 대신 기업 홍보를 해줄 사람을 찾는 거랍니다. 그리고 지금 한 **시간** 넘게……" 이든이 손목시계를 힐긋 보더니 충격을 받았다는 듯 과장스럽게 눈을 휘둥그레 뜨고 입을 벌렸다. "……설명해드리고 있던 중이에요. 우리 회사와 일하는 배우는 국제무역 프로젝트보다는 영화나 무대를 선호한다고요. 게다가 자신의 언어능력을 과도하게 높이 평가하는 경향이 있고요. 지타나스에게 내가 하고 싶은 말은 그러니깐, 칩은 출중한 언어능력과 전문 지식을 가지고 있을 뿐 아니라, 투자 전문가인 척할 필요가 없다는 거죠. **정말로** 투자 전문가이니까요."

"저는 파트타임 법률 서류 교정자입니다." 칩이 말했다.

"언어 전문가이며 탁월한 시나리오 작가이고요."

칩과 지타나스는 서로 눈빛을 교환했다. 칩의 어떤 면이, 아마도 닮은 외모가 리투아니아 남자의 흥미를 유발한 듯했다.

"일자리를 구하고 있나요?" 지타나스가 물었다.

"아마도요."

"약물 중독자인가요?"

"아뇨."

"나는 화장실에 좀 **가봐야** 해요. 에이프릴, 같이 가자. 네 그림도 가지고."

에이프릴이 순순히 벌떡 일어나 이든에게 걸어갔다.

"그림도 챙겨야지, 애야." 이든이 아이보리 종이를 주섬주섬 챙겨 들고는 에이프릴을 데리고 문으로 갔다. "남자들끼리 이야기해보세요."

지타나스가 한 손을 얼굴에 대고 둥근 뺨을 꾹 쥐더니 까칠하게 솟은 금빛 수염을 벅벅 긁었다. 그리고 창밖을 바라보았다.

"정부에서 일하신다면서요." 칩이 말했다.

지타나스가 고개를 갸웃했다. "그렇기도 하고, 아니기도 합니다. 수년간 정부 일을 했죠. 하지만 우리 당이 무너져버려 지금은 기업가로 변신했죠. 일종의 공기업이라고 할 수 있어요."

에이프럴의 그림 한 장이 창문과 소파 사이 바닥에 떨어져 있었다. 칩은 발끝을 뻗어 종이를 자기 쪽으로 끌어당겼다.

지타나스가 말했다. "우리나라에는 선거가 자주 있는데 밖에서는 더 이상 아무도 보도하지 않죠. 해마다 선거를 서너 번은 한답니다. 선거는 우리의 가장 큰 산업이죠. 1인당 선거생산량이 세계의 그 어떤 나라보다 높죠. 심지어 이탈리아보다도요."

에이프럴이 그린 남자의 몸뚱이는 막대기와 동그라미와 직사각형으로 이루어져 지극히 평범했지만, 머리는 요동치는 검푸른 소용돌이와 지저분한 낙서로 휘갈겨져 있었다. 아이보리 빛깔 너머로 맞은편의 대사와 지문이 희미하게 비쳤다.

"당신은 미국을 믿습니까?" 지타나스가 물었다.

"맙소사, 어디서부터 말해야 할지……." 칩이 대꾸했다.

"당신 나라는 우리를 구해주고는 파괴했소."

칩은 발끝으로 그림의 모서리를 들어 단어를 확인하려고 했지만—

모나

(회전식 연발 권총을 부드럽게 쥔 채)

나 자신을 사랑하는 게 뭐 어때서요? 그게 왜 문제예요?

— 종이가 너무 무거워졌거나 그의 발가락이 약해진 듯했다. 그는 종

이를 도로 내려놓았다. 그리고 소파 아래로 밀어 넣었다. 그의 손발이 차가워지다 못해 감각을 조금 잃은 듯했다. 앞이 잘 보이지 않았다.

"러시아가 8월에 파산했소. 소식은 들었겠죠? 우리 선거와는 달리 그 소식은 전 세계에 보도되었으니. 그건 **경제** 뉴스였고, 투자자들에게 중요하게 받아들여졌소. 리투아니아에게도 마찬가지고. 우리의 주요 무역국이 지금 거대한 외화 빚과 가치 없는 루블 때문에 비틀거리고 있소. 그놈들이 우리의 달걀을 달러로 사겠소, 루블로 사겠소? 우리 나라에서 유일하게 제대로 된 공장인 트럭 바닥장치 공장에서 사 간 부품은? 망할 루블로 샀소. 하지만 트럭의 나머지는 볼고그라드에서 만들어지는데, 그 공장이 문을 닫았소. 그러니 심지어 루블도 못 벌게 된 거지."

칩은 〈아카데미 퍼플〉에 대한 실망감이 제대로 느껴지지 않았다. 다시는 그 시나리오를 보지도 않을 것이며, 그 누구에게도 보이지 않으리라. 그가 파넬리의 화장실에 들어가 바지에서 연어를 꺼낼 때보다 더 큰 안도감이 느껴지는 듯했다.

젖가슴과 하이픈과 1.5센티미터 여백의 마법에서 깨어나, 헤아릴 수도 없이 오랫동안 잊고 지내던 풍요롭고 다채로운 세상에서 눈을 뜬 것만 같았다. 이게 몇 년 만이란 말인가.

"매우 흥미로운 주제로군요." 그는 지타나스에게 말했다.

"흥미롭죠. 흥미로워요." 지타나스가 여전히 팔짱을 단단히 낀 채 동의했다. "브로드스키는 말했죠. '신선한 물고기는 늘 냄새를 풍기지만 냉동 물고기는 해동될 때만 냄새를 풍긴다.' 대대적인 해동 이후 온갖 작은 물고기가 냉동고에서 나오자 우리는 이것저것에 군침을 삼켰소. 나 역시 마찬가지였지. 그것도 아주 적극적이었소. 하지만 경제가 잘못 운영되었소. 뉴욕에서 즐겁게 지내다 고향에 돌아가니 암울하기 짝이 없었소. 1995년이었는데, 이미 너무 늦은 뒤였소. 우리는 리타스*의 달러 환율을 고정하고, 너무 서둘러 민영화를 시작했소. 내가 그런 건 아니지만, 나 역시 같은 짓을 했을지도 모르지. 세계은행은 우리가 원하던 돈을 갖고 있었고, 따라서 세계은행이 민영화를 요구하자 우리는 기꺼이 항구를 팔고, 항공사를 팔고, 통신 회사를 팔았소. 최고가 입찰자는 대개 미국이었고, 때때로 서유럽이었소. 그런 일이 일어날 줄은 몰랐지만 실제로 일어났소. 빌뉴스의 그 누구도 현금이 없었으니. 그리고 통신 회사는 이렇게 얘기했소, 잘됐어, 이제 재력이 탄탄한 외국 소유주를 갖게 되었어, 그래도 항구와 항공사는 100퍼센트 리투아니아 소유로 유지할 수 있을 거야. 그런데 항구와 항공사 역시 같은 생각을 하고 있었소. 그래도 여전히 괜찮았소. 자본이 흘러들어 오고, 정육점에 고깃덩이가 늘고, 정전은 줄어들었소. 심지어 날씨조차 더 온화해진 듯했소. 그 돈을 대부분 범죄자들이 차지했지만. 구소련 붕괴 후부터 늘 그랬소. 해동 후에는 썩어 들어가기 시작했지. 브로드스키는 일찍 죽어 그걸 보지 못했다오. 어쨌든 괜찮았소. 그런데 전 세계 경제가 휘청대기 시작한 거요. 태국, 브라질, 한국. 이건 문제였소. 모든 자본이 우르르 미국으로 돌아가버렸으니. 예를 들어, 우리의 국립 항공사의 주식 64퍼센트는 콰드 시티스 펀드가 보유하고 있었소. 그게 뭘까? 데일 마이어스라는

*　　리투아니아의 화폐 단위.

젊은 작자가 운영하는 수수료 제로의 투자신탁이라오. 당신은 데일 마이어스라는 이름이 금시초문이겠지만 리투아니아의 모든 성인 시민은 그 이름을 알고 있소."

이러한 실패의 이야기에 지타나스는 무척 신이 난 듯했다. 칩이 누군가에게 그처럼 강력한 **호감**을 느끼는 것은 실로 오랜만이었다. D─대학과 〈워런 스트리트 저널〉의 동성애자 친구들은 너무도 정직했고 성급한 자신감에 충만해 도통 친해질 수가 없었고, 이성애자 친구들은 오래전부터 두 부류로 나뉘어 있었다. 성공을 두려워하고 분노하는 자와, 전염되기라도 할까 봐 실패자에게서 허둥지둥 달아나는 자. 하지만 지타나스의 어조에서 무엇인가가 칩의 마음을 감동시켰다.

지타나스가 말했다. "데일 마이어스는 아이오와주 동부에 살고 있소. 조수 둘과 대형 컴퓨터로 30억 달러 상당의 포트폴리오를 운용하고 있소. 데일은 우리 국립 항공사의 지배주주가 될 생각이 없었다더군. 프로그램 트레이딩을 했을 뿐이고, 조수 하나가 데이터를 잘못 입력하는 바람에 컴퓨터가 리투아니아 항공사의 주식을 계속 취득하면서도 지배주주가 되었다는 사실을 보고하지 않았다고 말이오. 좋아요, 데일은 이러한 실수에 대해 모든 리투아니아 국민들에게 사과하고 있소. 한 나라의 경제와 자긍심에 있어 항공사가 얼마나 중요한지 잘 알고 있다면서 말이오. 하지만 러시아와 발트해 국가들의 위기 때문에 아무도 리투아니아 항공사를 이용하려고 들지 않고 있소. 그래서 미국인 투자자들이 쾌드 시티스에서 돈을 빼내고 있고. 그가 신탁 운용자로서의 의무를 다하는 유일한 방법은 리투아니아 항공사의 가장 큰 자산을 매각하는 것이오. 바로 비행기 말이오. 그는 마이애미에 본사를 둔 항공 운송 회사에 YAK40 세 대를 팔 거요. 또한 아에로스파시알 터보 엔진 비행기 여섯 대를 노바스코샤에 새로 설립된 통근 항공사에 팔 거고. 사실상 어제 이미 팔았지. 그리고 어이쿠, 이제 리투아니아엔 항공사가 없소."

"맙소사." 침이 말했다.

지타나스가 세차게 고개를 끄덕였다. "그래요! 그래요! 맙소사죠! 트럭 바닥장치도 비행기로 운송할 수 없게 됐으니 정말 끔찍하지! 그래도 이 정도면 나쁘지 않소. 이윽고 오픽 미들랜드라는 미국 대기업이 카우나스 항구를 매각해버렸소. 그것 역시 하룻밤 새 일이오. 어이쿠! 맙소사! 그런데 리투아니아 은행의 60퍼센트를 조지아주 애틀랜타 교외 지역의 은행이 꿀꺽 삼켰소. 그리고 우리 은행이 비축해둔 외화를 몽땅 매각해버렸소. 당신네 은행은 우리 나라의 시중금리를 하룻밤 새 두 배로 높였소. 왜일까? 딜버트* 친화적인 마스터카드 프로젝트가 실패함으로써 입은 막대한 손실을 메우기 위해서요. 맙소사! 맙소사! 하지만 흥미롭지 않소, 응? 리투아니아는 그리 성공적인 플레이어는 아니오. 안 그렇소. 사실 완전히 말아먹었지!"

"이야기는 잘되어가고 있나요?" 이든이 에이프릴을 데리고 사무실로 돌아오며 물었다. "회의실이 더 편하지 않겠어요?"

지타나스가 서류 가방을 무릎에 올리더니 열었다. "미국에 대한 나의 불만을 침에게 설명하던 중이었소."

"에이프릴, 얘야, 여기 앉으렴." 이든이 사무실 문 근처 바닥에 커

---

* 대기업 문화를 신랄하게 풍자하는 만화의 주인공.

다란 신문지 돗자리를 펼쳤다. "이게 더 맘에 들 거야. **큰** 그림을 그릴 수 있잖니. 나처럼. 엄마처럼. **큰** 그림을 그리렴."

에이프릴은 신문지 돗자리 가운데에 웅크리고 앉아 자기 주위로 초록색 원을 그렸다.

지타나스가 말했다. "IMF와 세계은행에 도움을 요청했소. 자기네들이 민영화를 하라고 부추겼으니 우리의 민영화된 국가가 이제 반(半)무정부 상태에 빠져 범죄자나 다름없는 군벌이 나라를 쥐락펴락하고 영세농 수준으로 돌아갔다고 하면 당연히 관심을 보이지 않겠소? 불행히도 IMF는 파산한 국가가 불만을 제기하면 GDP가 높은 쪽부터 처리하오. 지난 월요일에 리투아니아는 목록에서 26위에 올랐소. 이제는 28위고. 파라과이가 우리를 눌러버렸지. 늘 파라과이가 문제라니깐."

"맙소사." 칩이 대꾸했다.

"어떤 면에서 볼 때 파라과이는 나의 실존적 골칫덩이요."

"지타나스, 내가 말했잖아요, 칩이 딱 적임자라고요. 그럼 이제……." 이든이 말했다.

"IMF 말이, 도움을 받으려면 36개월은 기다려야 한다지 뭐요!"

이든이 의자에 풀썩 주저앉고는 물었다. "논의를 되도록 빨리 마치면 어떨까요?"

지타나스가 서류 가방에서 인쇄물을 꺼내 칩에게 보여주었다. "이거, 이 웹사이트를 아시오? '미 국무부의 유럽 및 캐나다 사무국 활동'에 이렇게 적혀 있소. 리투아니아 경제는 심각한 불황이며, 실업률은 거의 20퍼센트이고, 빌뉴스는 전기와 수도 공급이 원활하지 않고, 다른 지역은 거의 끊긴 상태다. 대체 어떤 기업가가 이따위 나라에 돈을 주겠소?"

"리투아니아 기업가?" 칩이 대꾸했다.

"네, 재밌군요." 지타나스가 감탄하는 표정으로 그를 바라보았다. "하지만 이것과 비슷한 다른 웹페이지에 다른 글이 올라오기를 바란다면? 여기에 있는 것을 지우고 우리 나라가 러시아의 경제 전염병에서 벗어났다고 멋진 미국식 영어로 써넣고 싶다면? 이제 리투아니아의 연간 물가상승률은 6퍼센트 이하이고, 1인당 달러 보유량이 독일과 같은 수준이며, 리투아니아의 천연자원에 대해 계속 이어지는 강력한 수요 덕분에 1억 달러에 가까운 무역 흑자를 거두었다고 말하려 한다면 말이오!"

"칩, 당신이야말로 이 일에 딱이에요." 이든이 말했다.

칩은 살아 있는 한 두 번 다시 이든을 보지도, 말을 섞지도 않겠다고 아까 속으로 단호히 결심했었다. 그는 지타나스에게 물었다.

"리투아니아의 천연자원으로는 뭐가 있죠?"

"주로 모래와 자갈이오."

"모래와 자갈은 전략적으로 대단히 중요한 자원이죠. 좋습니다."

"모래와 자갈이 넘쳐나지." 지타나스가 서류 가방을 닫으며 말을 이었다. "하지만 여기 퀴즈를 하나 내겠소. 모래와 자갈에 대한 이런 전례 없는 수요는 무엇 때문이겠소?"

"리투아니아의 이웃 국가인 라트비아와 핀란드의 건설 붐 때문이 아닌가요? 라트비아는 모래가 없어서 죽을 지경이고, 핀란드는 자갈이 없어서 죽을 지경 아닌가요?"

"그렇다면 이 두 나라는 전 세계적으로 확산되고 있는 경제 위기를 어떻게 벗어났겠소?"

"라트비아의 민주주의는 강하고 안정적이죠. 발트해의 재정적 신경중추이고요. 핀란드는 단기 외국자본의 유출에 엄격한 제한을 가하고 있고, 세계적 수준의 가구 산업을 일으키는 데 성공했죠."

리투아니아 남자가 고개를 끄덕였다. 기뻐하는 기색이 역력했다. 이든이 주먹으로 책상을 쳤다. "세상에, 지타나스, 정말 대단하지 않아요! 칩은 **정말** 보너스를 받을 자격이 있어요. 빌뉴스의 1등급 숙박 시설을 제공해주고 일당을 달러로 주도록 해요."

"빌뉴스요?"

칩의 질문에 지타나스가 대꾸했다. "그렇소, 우리는 나라를 팔고 있소. 웹사이트를 찾는 미국 고객들을 만족시켜야 하오. 또한 본국에서 작업하는 편이 훨씬 안전하고."

칩은 껄껄 웃었다. "미국 투자자들이 당신에게 돈을 투자할 거라고 정말 기대하는 겁니까? 무엇에 근거해서요? 라트비아의 모래 부족?"

"이미 돈을 투자하고 있소. 내가 던진 작은 농담에 근거해서. 심지어 모래와 자갈이 아니라 나의 농담에 근거해서 수만 달러를 이미 보냈소. 하지만 나는 수백만 달러를 원하오."

이든이 끼어들었다. "지타나스. 이봐요, 인센티브를 정할 완벽한 순간이에요. 급여 증감 조항을 정하기에 이보다 더 좋은 때가 **어디** 있겠어요? 투자금이 두 배로 늘어날 때마다 칩에게 인센티브를 주면 되겠네요. 안 그래요? 안 그래요?"

"투자가 백 배로 늘어나면, 날 믿어요, 치입은 부자가 될 거요."

"하지만 내 말은 이걸 계약서로 쓰자는 거죠."

지타나스가 칩의 눈을 응시하며 이 사무실의 주인에 대한 그의 의견을 소리 없이 전달했다. 그리고 말했다. "이든, 그 계약서 말이오. 치입의 직함을 뭐라고 쓰겠소? 국제 금융사기 컨설턴트? 음모 지휘관의 제1비서?"

"불법적 의도적 허위 설명의 부위원장." 칩이 말했다.

이든이 기쁨의 비명을 질렀다. "멋져요!"

"엄마, 이것 좀 봐요." 에이프릴이 말했다.

"우리의 계약은 철저히 구두 계약이오." 지타나스가 말했다.

"물론 칩이 하는 일에 실제로 불법적인 것은 아무것도 없어요." 이든이 말했다.

지타나스는 긴 시간 창밖을 응시하는 것으로 이든의 말에 대꾸했다. 붉은색 물결무늬 가죽 재킷 탓에 그는 모터크로스 운전자 같아 보였다.

"물론 실제로 불법은 아니오." 그가 말했다.

"금융 사기도 아니고요." 이든이 말했다.

"아니, 아니. 금융 사기라니? 천만에."

"뭐, 제가 겁쟁이는 아니지만 금융 사기와 아주 비슷하게 들리는데요." 칩이 말했다.

"우리나라의 대체 가능 자산이 소리 소문 없이 당신 나라에 대규모로 먹히고 있소. 부유하고 강한 나라에서 우리 리투아니아가 죽도록 법을 만들었소. 우리가 왜 그따위 법을 존중해야 한단 말이오?"

"이건 본질적으로 푸코적 질문이죠."

"또한 로빈 후드적 질문이고요. 이 때문에 법이 미덥지 못하게 여겨질 정도죠." 이든이 말했다.

"매주 미화 500달러를 지급하겠소. 또한 보너스도 적절히 주고. 치입, 관심 있소?"

"여기에서 버는 게 더 나을 것 같은데요." 칩이 말했다.

"적어도 **하루**에 1천 달러는 주어야 해요." 이든이 말했다.

"빌뉴스에서는 1달러도 아주 높은 가치를 지닌다오."

"아, 그럼요. 달에서도 1달러는 아주 높은 가치를 지니죠. 하지만 살 만한 게 없어서 문제지요." 이든이 말했다.

"치입, 가난한 나라에서 달러로 무엇을 살 수 있는지 이든에게 설명해주지 그래요." 지타나스가 말했다.

"아주 잘 먹고 잘 마실 수 있겠죠." 칩이 말했다.

"배고픈 젊은 세대가 도덕적 무정부주의자로 자라나는 나라이지."

"하지만 멋진 여자와의 데이트는 어렵지 않겠어요. 그걸 의미하는 거라면요."

"마음에 꺼리지만 않는다면 지방에서 온 어여쁜 소녀가 무릎을 꿇고……."

"이런, 지타나스, 아이가 듣고 있어요." 이든이 말했다.

"내가 섬에 있어요. 엄마, 내 섬을 봐요." 에이프럴이 말했다.

"어린애 말이오. 열다섯 살. 달러가 있소? 열셋, 열둘도 가능하오." 지타나스가 말했다.

"열두 살은 제게 별로 매력적인 나이가 아닙니다." 칩이 대꾸했다.

"열아홉을 선호하오? 열아홉은 심지어 더 싸다오."

"솔직히 말해서 이건 좀, 음." 이든이 손을 마구 저으며 말했다.

"나는 그저 1달러가 얼마나 큰돈인지 치입을 이해시키기 위해 한 말이오. 내 제안이 왜 공정한 제안인지 말이오."

"제 문제는 말이죠, 제가 바로 그 미국 달러로 미국 회사에 빚을 갚고 있다는 겁니다."

"내 말 믿어요. 우리 리투아니아에서도 그와 비슷한 문제를 많이 겪는다오."

"칩은 하루에 1천 달러를 기본으로 받고, 업무 성과에 따라 인센티브를 받아야 해요." 이든이 말했다.

"1주일에 1천. 합법적이고 창조적으로 내 프로젝트를 수행하고, 투자 문의자를 안심시키는 조건으로 말이오."

"총 투자액의 1퍼센트로 하죠. 월 급여 2만 달러를 제하고서 말예요."

지타나스가 그녀를 무시한 채 재킷에서 두꺼운 봉투를 꺼내 매니큐어를 바르지 않은 뭉툭한 손가락으로 수백 달러를 세기 시작했다. 에이프릴은 갖가지 색깔의 이빨 괴물과 잔인한 낙서에 둘러싸인 채 하얀 신문지 위에 웅크리고 앉아 있었다. 지타나스가 달러 더미를 이든의 책상에 툭 던졌다.

"처음 3주 치 급여인 3천 달러요."

"물론 비즈니스석 비행기 티켓도 주어야겠죠." 이든이 말했다.

"그래, 좋아요."

"빌뉴스에서는 1등급 숙소를 제공하고요."

"빌라에 방이 있으니 문제없소."

"또, 범죄자나 다름없는 군벌에게서 칩은 누가 보호하죠?"

"아마도 나 역시 약간은 그런 범죄자 군벌이라고 해도 무리는 아닐 거요." 지타나스가 조심스럽게 수줍은 미소를 지으며 말했다.

칩은 이든의 책상 위에 놓인 초록색 달러 더미에 대해 생각했다. 무엇 때문인지 그의 성기가 벌컥거렸다. 현금 때문이거나 19세 소녀와의 호화로운 타락 때문이거나 아니면 그저, 비행기에 오르기만 하면 뉴욕의 지옥 같은 삶과 그 자신 사이에 8천 킬로미터가 가로놓일 수 있다는 전망 때문이거나. 마리화나를 피워봐야 편집증과 수면 부족만 야기할 뿐이라는 것을 이미 몇 해 전 깨달았건만 마리화나를 생각해도 여전히 발기는 계속되었다. 여전히 탈출을 욕망했다.

그는 달러를 쓰다듬었다.

"지금 바로 인터넷에 접속해서 두 사람이 탈 비행기를 예약하는 게 어떻겠어요? 지금 바로 떠날 수 있게요!" 이든이 말했다.

"그럼, 이 일을 하겠소? 할 일도 많고, 재미난 일도 많을 거요. 위험도는 낮고 말이오. 사실상 위험한 일이야 아예 없지. 돈만 있다면 위험한 일도 없소."

"이해합니다." 칩은 달러를 쓰다듬으며 말했다.

성대한 결혼식에서 이니드는 **장소**에 대한 발작적 사랑이 격렬히 끓어올랐다. 일반적으로는 중서부이자, 구체적으로는 세인트주드 교외 지역을 향해 들끓는 애정은 그녀에게 유일한 참된 애국심이자 유일하게 실행 가능한 영성(靈性)이었다. 닉슨처럼 부정직하거나 레이건처럼 어리석거나 클린턴처럼 혐오스러운 인간이 대통령이 되는 나라에서 살다 보니 펄럭이는 국기에 대한 관심을 상실하게 되었고, 하느님에게 그토록 간절히 기도한 기적은 그 어느 것 하나 일어나지 않았다. 하지만 라일락 피는 토요일의 결혼식에서 파라다이스 밸리 장로교회의 신도석에 앉아 주위를 둘러보면 200명 모두 예외 없이 하나같이 좋은 사람들뿐이었다. 이니드의 친구는 모두 좋은 사람들이었고, 그들의 친구 역시 모두 좋은 사람들이었다. 좋은 사람은 좋은 자식을 기르게 마련인지라 이니드의 세계는 포아풀이 빽빽하게 자라 악마의 숨통마저 막아버리고 마는 잔디밭 같았다. 선량함이 이루어낸 기적이었다. 예를 들어, 에스더와 커비 루트의 딸 중 하나가 커비를 부축하며 교회 복도를 걸어오면 이니드는 루트가 꼬마 발레리나 의상을 입고 할로윈 사탕을 받으러 오거나 걸스카우트 쿠키를 팔러 오거나 데니즈의 베이비시터를 할 때의 일이 생생히 떠올랐다. 루트네 딸들은 좋은 중서부 대학에 진학한 후에도 휴일이면 여전히 집으로 돌아와 이니드네 뒷문을 두드려 집에서 만든 요리를 가득 안겨주고는, 종종 **한 시간 남짓** 함께 앉아 이야기를 나누곤 했다(에스더가 딸들에게 그러라고 시켜서가 아니라 착한 세인트주드의 아이들답게 다른 사람에게 저절로 관심이 우러나와 그런다는 것을 이니드는 알았다). 그리고 루트네의 또 다른 어여쁘고 마음씨 고운 딸이 그 보답으로, 남성복 광고에서처럼 깔끔하게 머리를 자른 젊은 남자의 결혼 서약을 받고 있는 광경에 이니드는 가슴이 부풀었다. 새신랑은 긍정적인 성품에다 어른들에게 예의 바르고, 혼전 성관계를 거부하고, 전기 엔지니어나 환경 생물학자 같은 사회에 공헌하는 직업을 갖고 있는 데다 멋지고 안정된 전통 있는 집안 출신으로 자기 자신 역시 멋지고 안정된 전통 있는 가정을 꾸리고자 하는, 어느 하나 흠잡을 데 없는 정말 멋진 청년이었다. 이니드가 겉모습만 보고 속단한 것이 아니라면, 이처럼 뛰어난 젊은이들이 20세기가 끝나가는 현재에도 세인트주드 교외에서는 여전히 **일상적으로** 눈에 띄었다. 드리블릿네의 많은 아이들과 퍼슨네 여러 아이들과 슘퍼트네 쌍둥이와 깔끔하게 이발한 **잘생긴** 젊은이 등(십대 시절 데니즈는 특유의 '재밌다'는 표정으로 이들을 전부 다 차버려 이니드는 속으로 분노를 삼켜야 했다) 컵스카우트 회원이었거나 그녀의 집 1층 화장실을 사용했거나 그녀의 마당에서 눈을 치워주었던 모든 청년들이 고향의 프로테스탄트 교회 복도를 행진하여 멋지고 정상적인 여자와 서약을 주고받고는 세인트주드나 적어도 이와 비슷한 고장에 정착하였거나 정착할 터였다. 사실 그녀의 비밀스러운 마음속에서는 턱시도의 하늘색이 맘에 차지 않고, 신부 들러리의 드레스 재질이 비단 크레이프라서 불만이었다(사실 그녀의 취향은 딸의 취향과 별로 다르지 않았지만 이니드는 이를 인정하고 싶지 않았다). 이런 결혼식을 보고 '우아하다'라는 형용사를 쓰자니 양심에 걸리기는 했지만 이같은 결혼식에 대한 사랑의 마음이 더 크고 즐거웠다. 세련미의 부족은 스타일보다 가치를 더욱 중시하는 두 집안이 결합했다는 사실을 결혼식 하객들에게 보여주기 때문이었다. 그들이 잘 어울리는 한 쌍임을 이니드는 믿어 의심치 않았다. 또한 신부 들러리들이 자신의 이기적인 욕망을 억누르고 코르사주와 칵테일 냅킨과 결혼식 케이크와 리본 장식에 어울리는 옷을 입어 결혼식을 위해 희생했다는 점이 무척 기특했다. 이니드는 칠츠빌 감리교 교회에서의 결혼식과 칠츠빌 셰러턴에서의 수수한 피로연을 좋아했다. 파라다이스 밸리 장로교회에서의 더 우아한 결혼식과 딥마이어 클럽하우스에서의 피로연 역시 좋아했다. 이곳에서는 칭찬받아 마땅한 커플들이(딘&트리시·1987. 6. 13) 옷 색깔까지 잘 맞추었다. 무엇보다도 가장 중요한 점은 신랑 신부가 자란 환경과 교육 수준, 나이가 비슷하기에 서로 잘 어울린다는 것이었다. 때때로 이니드의 덜 좋은 친구들이 연결혼식에서 신부가 신랑보다 무게가 많이 나가거나 한참 나이가 많거나 신랑 측 가족이 북부의 농업 도시에서 우르르 몰려와 딥마이어의 우아함에 압도된 티를 마구 내는 경우도 있었다. 그런 결혼 피로연에 참석할 때 이니드는 신랑 신부에게 안쓰러움을 느꼈다. 결혼 첫날부터 갈등이 빚어지리라는 것을 그녀는 그냥 **알았다**. 하지만 딥마이어에서의 유일한 불협화음이란 신랑 들러리의 상스러운 건배 제안일 뿐일 때가 더 많았다. 어디를 봐도 중서부가 아니라 동부의 도시 출신인 것이 분명한, 신랑의 대학 친구가 콧수염을 기르거나 턱이 너무 갸름한 얼굴이 예외 없이 술로 불콰해진 채 혼전 성관계에 대한 '유머러스'한 이야기를 주워섬겨 신랑과 신부의 얼굴이 달아오르거나 눈을 감고 깔깔 웃게 만드는 경우가 종종 있었다(이니드가 보기에 그들은 재미있어서가 아니라 친구의 무례를 눈감아주고자 본능적으로 지혜롭게 대처하려 웃는 듯했다). 그럴 때면 앨프리드는 아무것도 못 들은 척 고개를 숙였고, 이니드는 피로연장을 둘러보며 서로 눈살을 찌푸려 공감을 표현할 친구를 찾았다.

앨프리드 역시 결혼식을 사랑했다. 결혼이야말로 진짜 목적이 있는 유일한 파티처럼 보였다. 평소라면 절대 반대할 구매를(이니드의 새 드레스, 앨프리드의 새 양복, 선물로 줄 최고급 티크나무 샐러드 볼 열 개) 결혼이라는 마법하에서는 허용했다.

이니드는 데니즈가 나이가 들어 대학을 마치면 정말 우아한 결혼식과 피로연을 열어주리라고 잔뜩 고대했었다(안타깝게도 딥마이어는 안 되겠지만. 좋은 친구들 중 램버트 부부만이 딥마이어의 천문학적 사용료를 감당할 재력이 없었다). 키가 크고 어깨가 떡 벌어진, 아마도 스칸디나비아계의 금발 남자라면 이니드가 데니즈에게 물려준 너무 곱슬거리고 색이 짙은 머리카락의 단점을 상쇄시켜줄 터였다. 이보다 더 잘 어울리는 짝이 어디 있을까. 그런데 모든 남자가 연미복을 입고, 샴페인 분수가 흐르고, 18번 페어웨이에 헬리콥터가 떠 있고, 금관악기 8중주가 팡파르를 울리는 등 딥마이어 사상 최고로 호화로운 피로연을 척 마이스너가 딸 신디에게 열어주고 나서 3주도 지나지 않은 어느 10월 밤에 데니즈가 집으로 전화해서는 자기 상사와 애틀랜틱시티로 가서 법원에서 결혼했다는 소식을 알렸을 때 이니드는 심장이 찢어질 것만 같았다. 위가 매우 튼튼한(단 한 번도 병이 난 적이 없었다) 이니드는 앨프리드에게 수화기를 넘기고는 화장실 바닥에 무릎 꿇고 힘겹게 심호흡을 해야 했다.

그 전 봄에 그들 부부는 데니즈가 손의 피부를 망치고 젊음을 허비하고 있는 필라델피아의 요란한 레스토랑에서 늦은 점심을 먹었다. 꽤 맛있긴 했지만 너무 기름진 식사를 마친 후 데니즈가 자신의 사부이자 자신을 마구 부려먹는 "셰프"를 애써 소개해주었다. "셰프" 에밀 버거는 몬트리올 출신의 키 작은 중년 유대인으로 얼굴에 웃음기라고는 없고 작업복이랍시고 입은 오래된 하얀 티셔츠 차림인 데다(이니드가 보기에, 재킷도 모자도 걸치지 않은 그는 셰프라기보다는 **조리사** 같았다) 면도와는 아예 담을 쌓은 듯했다. 데니즈가 그의 말을 신봉하듯 주워섬기는 것을 듣고서도 이니드는 그가 딸애에게 불건전한 영향을 주고 있다는 사실을 눈치채지 못했다. 그럼에도 이니드는 에밀이 싫었고 가소로웠다.

"게살 케이크가 **너무** 기름지네요. **한 입** 먹고는 물려버렸다니깐요." 그녀는 주방을 비난했다.

에밀은 세인트주드의 공손한 사람처럼 사과하고 자책하기는커녕 전혀 다른 반응을 보였다. 네, 그렇지요. 맛을 유지하면서 '저칼로리' 게살 케이크를 만들 수 있다면 대단히 멋지겠지요. 그런데 질문이 있습니다, 램버트 부인. 어떻게 하면 그런 케이크를 만들 수 있을까요? 네? 게살을 어떻게 '저칼로리'로 만들 수 있을까요? 데니즈는 이러한 대화를 열심히 듣고 있었다. 마치 받아쓰거나 암기하려는 듯이. 레스토랑 밖에서 이니드는 열네 시간의 비행에 다시 오르기 전 잊지 않고 딸에게 말했다.

"무슨 남자가 그리 작달막하냐! 영락없는 유대인이더라."

그녀의 목소리는 생각보다 가느다랗게 꽥꽥거렸고, 남을 쳐다보듯 자신을 쳐다보는 데니즈의 눈빛이며 입가에 떠오른 씁쓸한 미소를 보고는 딸의 마음에 상처를 주었다는 사실을 깨달았다. 하지만 그녀가 또다시 한 행동은 진실을 말하는 것이었다. 그리고 설마 데니즈가—아무리 미숙하고 낭만적이고 비실제적인 직업을 선택했다 하더라도 이제 겨우 스물세 살에 미모와 멋진 몸매와 창창한 미래를 가지고 있지 않은가—에밀 같은 사람이랑 **데이트**를 할 줄 이니드는 단

1초도 상상하지 못했다. 여자들이 더 이상 일찍 결혼하지 않는 세상에서 젊은 여자가 성숙기가 지나기를 기다리는 동안 육체적 매력을 어디에 쓰는지에 대해 이니드는 막연히만 알고 있었다. 보통 셋 이상이 모이는 곳에서 사람을 만나 사귄다고 믿고 있었다. 한마디로, 파티 말이다! 언론과 연예계가 비웃으면 비웃을수록 그녀가 더욱 열정적으로 믿고 확신하는 한 가지는 혼전 섹스가 비도덕적이라는 것이었다.

그런데 문제의 10월 밤에 화장실 바닥에 무릎 꿇고 있는 동안 이니드는 괜한 훈계로 결혼에 중압감을 심어주지 않는 편이 더 지혜롭지 않았을까 하는 이단적 생각에 빠져들었다. 데니즈의 경솔한 결정에는, 도덕적 행동을 함으로써 어머니를 기쁘게 해주고자 하는 마음이 아주 조금이라도 작용하지 않았을까 싶었다. 변기에 빠진 칫솔처럼, 샐러드 속의 죽은 귀뚜라미처럼, 저녁 식탁 위의 기저귀처럼 속을 울렁거리게 하는 수수께끼에 이니드는 직면하고 있었다. 데니즈가 마음껏 간음을 저지르고, 찰나적인 이기적 즐거움을 만끽하고, 참한 젊은이가 미래의 신부에게 기대할 만한 순결을 내다버리는 편이 에밀과 결혼하는 것보다는 훨씬 낫지 않을까? 애초에 데니즈가 에밀에게 끌리지 않았더라면 오죽 좋았을까! 이는 이니드가 칩에게, 심지어 개리한테서도 받은 고통이었다. 그녀의 아이들은 기대와 달랐다. 그녀의 친구들과 친구 자녀들이 원하는 것을 그녀의 아이들은 전혀 원하지 않았다. 수치스럽게도 다른 급진적인 것들을 원했다.

화장실 카펫을 구석구석 바라보고 있자니 생각보다 얼룩이 훨씬 많아 크리스마스 전에 새로 바꾸어야겠다 싶었다. 바로 그 순간 앨프리드가 데니즈에게 비행기 티켓 두 장을 보내겠다고 권하는 목소리가 들렸다. 하나밖에 없는 딸이 부모에게 상의도 않고 인생 최대의 결정을 내렸다는 소식에 앨프리드가 그처럼 침착하게 반응하다니 충격이었다. 하지만 통화가 끝나고 그녀가 밖으로 나가자 인생은 놀라움투성이라고 말하는 그의 손이 기묘하게 떨리고 있었다. 떨리는 것이 좀 나아지는가 싶더니 커피를 마셔서 가끔씩 손이 떨릴 때보다 훨씬 강하게 떨렸다. 다음 1주일 동안 이니드는 데니즈가 선사한 굴욕적인 상황을 최대한 이용하여 (1) 친구들에게 전화해 데니즈가 아주 멋진 캐나다 남자와 곧 결혼하는데, 결혼식은 **가족**만 참석하기로 했으며, 새신랑은 고향집에서 열릴 소박하고 편안한 크리스마스 오픈하우스 파티 때 소개해주기로 했다는 소식을 신이 난 목소리로 알렸고(이니드의 친구들은 하나같이 그녀가 신났다는 사실을 믿지 않았지만 고통을 그토록 열심히 감추려는 노력을 높이 평가했다. 심지어 몇몇은 데니즈의 결혼 선물을 어디로 보내야 할지 묻지 않을 만큼 이니드를 배려했다), (2) 데니즈의 허락도 받지 않고 200장의 오목새김 결혼 알림장을 주문해 더욱 전통적인 결혼답게 보이게 하는 동시에, 선물 나무를 살짝 흔들어 그들 부부가 지난 20년간 나누어준 티크나무 샐러드볼 세트 수십 개를 보상받고자 했다. 이 기나긴 1주일 동안 이니드는 앨프리드의 낯설고도 기이한 떨림 현상이 점점 신경 쓰였고, 그 역시 병원에 가야겠다고 서서히 결심을 굳혔다. 닥터 헤지퍼스에게 진찰받은 결과 파킨슨병이라는 진단이 나왔고, 이니드의 마음속 깊은 곳에서는 그의 병이 데니즈의 결혼 발표와 관련되어 있으며, 따라서 이후 자신의 삶의 질이 추락하게 된 것도 모두 딸 탓이라는 생각을 고집했다. 하지만 닥터 헤지퍼스는 파킨슨병이 신체적 질병이며, 발병 후 점차 악화되는 것이라고 강조했다. 크리스마스 휴일이 성큼성큼 다가올 무렵 닥터 헤지퍼스가 그들 부부에게 팸플릿과 안내 책자를 주었는데, 칙칙한 빛깔의 진찰실하며 음울한 그림하며 섬뜩한 의학 사진이 칙칙하고 음울한 미래를 암시하는 듯했기에 데니즈와 에밀이 그녀의 삶을 파괴했다는 이니드의 확신은 더욱 깊어졌다. 하지만 에밀이 가족으로서 따뜻하게 환영받는다고 느끼게 만들라는 앨프리드의 엄중한 명령이 떨어졌다. 그래서 신혼부부를 위한 오픈하우스 파티 때 그녀는 얼굴에 웃음을 덧칠하고는, 데니즈를 아끼고 사랑하는 오랜 집안 친구들의 진심 어린 축하를 끝도 없이 들었다(이는 모두 웃어른에게 공손하게 대하라고 이니드가 가르친 덕분이었다)(하지만 데니즈의 결혼은 웃어른에 대한 지나친 공경이 아니라면 뭐라 말인가?). 사실 그녀에게 필요한 것은 위로였다. 좋은 친구이자 지지자가 되고, 앨프리드의 명령을 따르고, 중년의 사위를 다정하게 받아들이고, 그의 종교에 대해 **한마디도** 안 하기 위해 기울인 노력은 5년 후 데니즈와 에밀이 이혼할 때 오히려 분노와 수치심을 더욱 활활 타오르게 했다. 이니드는 이 소식 역시 친구들에게 전해야 했다. 그 결혼에 애써 많은 의미를 부여하고, 사위를 받아들이기 위해 그토록 노력해주었으니 데니즈가 사람이라면 적어도 이혼만큼은 말아야 한다고 이니드는 느꼈다.

"에밀하고는 계속 연락하니?" 이니드가 물었다.

데니즈는 칩의 부엌에서 접시를 닦고 있었다. "가끔씩요."

식탁에 자리 잡고 앉은 이니드는 노르딕 플레저라인 숄더백에서 꺼낸 잡지에서 쿠폰을 오리고 있었다. 창문을 정신없이 갈겨대는 돌풍을 타고 빗방울이 불규칙적으로 후드득 떨어졌다. 앨프리드는 눈을 감은 채 칩의 소파에 앉아 있었다.

"일이 잘 풀려서 너희가 이혼하지 않았다면, 있지, 데니즈, 에밀이 곧 노인이 됐을 거야. 그러면 얼마나 번잡스러웠겠니. 얼마나 큰 책임을 네가 져야 할지 아마 상상도 못 할 거다."

"25년 후에도 그이는 지금의 아빠보다 젊을 거예요." 데니즈가 대꾸했다.

"내가 말했는지 모르겠다만, 내 고등학교 친구 노마 그린 있잖니."

"정말 매번, 나랑 만날 때마다 노마 그린 이야기를 했잖아요."

"그래, 그럼 그 사연을 알겠구나. 노마가 플로이드 보이노비치라는, 나이는 좀 많지만 완벽한 신사인 데다 고소득 직업을 가진 남자를 만났는데, 노마를 미친 듯이 사랑했지! 늘 모렐리나 스티머나 바젤론 룸 같은 곳에 데려갔는데, 다만 문제는……."

"엄마."

이니드는 고집스레 말을 이었다. "다만 유일한 문제는 그 남자가 유부남이었다는 거지. 하지만 노마는 그것에 대해 걱정하지 않았단다. 플로이드가 잠시만 기다리면 된다고 했거든. 자기 결혼은 끔찍하기 짝이 없는 대실수였고, 아내를 단 한 번도 사랑한 적이 없으니……."

"엄마."

"곧 이혼할 거라고 했어."

이니드는 이야기꾼의 즐거움 속에서 시선을 내려뜨렸다. 데니즈가 이 이야기를 좋아하지 않는다는 것을 잘 알았지만, 이니드 역시 데니즈 인생의 많은 부분이 마음에 들지 않았으니 피차일반이었다.

"그렇게 몇 년이나 계속되었단다. 플로이드는 매우 다정하고 매력적이었고, 노마 또래의 남자가 줄 수 없는 많은 것을 사주었지. 노마는 사치에 완전히 길들여져버렸고, 그러다 플로이드를 완전히 사랑하게 되었지. 그 남자는 곧 이혼하고 노마와 결혼하겠다는 맹세를 몇 번이나 되풀이하고 깨뜨렸지. 아빠와 내가 결혼을 하고 개리를 낳을 때까지도 말야. 개리가 아기일 때 노마가 우리 집에 놀러 온 적이 있어. 노마가 개리를 얼마나 안고 싶어 하던지. 어린애를 참 좋아했거든. 아, 개리를 안는 것을 정말 좋아했어. 어찌나 안쓰럽던지. 벌써 수년째 플로이드를 만나고 있는데도 여태 이혼을 안 하고 있으니. 나는 말했지, 노마, 영원히 기다릴 수는 없어. 그랬더니 자기도 플로이드와 헤어지려고 했대. 다른 젊은 남자랑 데이트도 해보았지만 너무 애송이 같더래. 열다섯 살 연상인 플로이드야 어른스럽겠지. 나이 많은 남자가 성숙미를 이용해 젊은 여자들을 어떻게 유혹하는지 나도 잘 아는데……."

"엄마."

"물론 젊은 남자들은 노마가 가고 싶어 하는 곳에 늘 데려가줄 재력이 없고, 플로이드처럼 꽃과 선물을 마구 사줄 수도 없었지(노마가 이혼 문제 때문에 안달하면 그 남자는 그런 식으로 그 애 혼을 홀딱 빼놓았거든). 게다가 젊은 남자들 중 다수는 가족을 꾸리는 데

관심이 많았지만 노마는……."

데니즈가 말허리를 끊었다. "더 이상 젊지 않았고요. 디저트를 좀 사 왔어요. 드실래요?"

"그래, 어찌 되었는지는 너도 잘 알겠지."

"네."

"정말 가슴 아픈 이야기야. 노마가……."

"네. 잘 알고 있어요."

"노마는 자신이……."

"엄마. **잘 알고 있다니까요.** 엄마는 그 이야기가 내 상황과 무슨 공통점이라도 있다고 여기나 봐요."

"데니즈, 그게 아니야. 네 '상황'이 어떤지 네가 언제 말을 했어야 알지."

"그럼 왜 계속 노마 그런 이야기를 들먹이는 거예요?"

"네 상황과 아무 상관 없다면 왜 그렇게 화를 내는지 모르겠구나."

"내가 화를 내는 건 엄마가 상관있다고 생각하니깐 그렇죠. 내가 유부남이랑 놀아나는 것 같아요?"

이니드는 그렇게 생각할 뿐만 아니라, 느닷없이 그 일에 너무나 화가 치밀고 강력히 반대하고 싶어져 숨을 제대로 쉴 수가 없었다.

"마침내, **마침내,** 이들 잡지 중 몇 개는 버릴 수 있겠구나." 그녀는 번들거리는 페이지를 잘라내며 말했다.

"엄마?"

"그 이야기는 그만하는 게 좋겠다. 해군처럼 묻지도, 따지지도 않을게."

데니즈는 손에 돌돌 뭉친 행주를 들고 팔짱을 낀 채 부엌 문가에 서 있었다. "대체 무슨 근거로 내가 유부남을 만난다고 생각하는 거예요?"

이니드는 다른 페이지를 자르고 있었다.

"개리 오빠가 그런 식으로 이야기하던가요?"

이니드는 억지로 고개를 저었다. 개리가 신뢰를 저버린 사실을 알면 데니즈가 격분할 터였다. 이니드가 이런저런 일로 개리에게 분노하며 인생의 많은 부분을 보내긴 했지만, 그래도 그녀는 비밀을 잘 지키는 자신을 자랑스럽게 여기는 데다, 큰아들을 곤란한 상황에 처하게 하고 싶지 않았다. 이니드가 데니즈의 상황을 몇 달 동안 심사숙고하며 어마어마한 양의 분노를 축적한 것은 사실이다. 다리미판에서 다림질을 하거나 담쟁이덩굴 화단을 갈퀴질하거나 밤에 잠들지 못하며 비난을 예행연습할 때면 — **나는 그런 역겹고 이기적인 행동은 절대 이해하지도, 용서하지도 못한다. 그딴 짓을 하는 사람의 어미라는 사실이 부끄러울 지경이야. 이 같은 상황에서, 데니즈, 나는 그 사람의 아내를 1천 퍼센트 동정할 수밖에 없어. 1천 퍼센트** — 데니즈의 비도덕적 생활을 폭로하고 싶은 갈망에 몸부림쳤다. 하지만 데니즈가 죄를 부인하는 한 아무리 화가 치밀어도, 아무리 비난을 갈고닦아도 모두 헛짓일 뿐이었다. 반면, 데니즈가 죄를 인정한다면 이니드로서는 대판 싸울 위험을 감수하기보다는 억누르고 있던 비난을 그냥 그대로 집어삼키는 편이 더 현명할 터였다. 크리스마스 전선에서 함께할 동지로 데니즈가 필요한 데다, 아들 하나가 가타부타 설명도 없이 사라져버리고, 다른 아들은 신의를 저버렸다고 비난해대고, 외동딸은 이니드가 지난 최악의 두려움을 기정사실화하는 상황에서 호화 크루즈 여행을 출발하고 싶지는 않았다.

그러므로 너무나도 굴욕적인 노력을 기울여 그녀는 고개를 저었다. "아니, 아니, 아니다. 개리는 아무 얘기 안 했어."

데니즈가 미간을 찡그렸다. "뭐에 대해 아무 얘기 안 했다는 거예요?"

"데니즈, 그냥 내버려두렴." 앨프리드가 말했다.

이니드 말이라면 무조건 거부하는 데니즈가 즉각 몸을 돌려 부엌으로 돌아갔다.

이니드는 **이게 버터가 아니라니 믿기지 않아요!**를 **토머스 영국 머핀**과 함께 구입할 경우 60센트를 할인해주는 쿠폰을 발견했다. 가위가 종이를 사각사각 자르는 소리와 더불어 고요함이 퍼져나갔다.

"크루즈에서 한 가지 꼭 할 일이 있다면 이들 잡지를 전부 다 훑어보는 거예요." 그녀가 말했다.

"칩은 그림자도 안 보이는군." 앨프리드가 말했다.

데니즈가 디저트 접시에 담긴 타르트 조각을 식탁에 놓았다. "아무래도 칩 오빠가 아예 잠적해버린 것 같아요."

"**정말** 별스럽지. 적어도 전화는 해줄 수 있을 텐데 말이다."

"그 녀석이야 이 정도는 양반이지." 앨프리드가 말했다.

"아빠, 디저트 드세요. 우리 레스토랑의 디저트 담당 요리사가 만든 배 타르트 파이예요. 식탁에서 드시겠어요?"

"아, 내가 먹기엔 너무 크구나." 이니드가 말했다.

"아빠?"

앨프리드는 대답하지 않았다. 뚱한 사람처럼 입술이 다시 늘어지자 이니드는 뭔가 끔찍한 일이 일어날 것만 같았다. 앨프리드는 어스름이 스미는, 빗방울로 뒤덮인 창으로 고개를 돌려 머리를 늘어뜨린 채 멍하니 창밖을 응시했다.

"아빠?"

"여보? 디저트예요."

무엇인가가 그의 안에서 녹는 듯했다. 여전히 창문을 바라보던 그는 머뭇거리듯이 기뻐하며 고개를 들었다. 마치 밖에 있는 누군가를, 사랑하는 누군가를 알아보기라도 한 듯했다.

"여보, 뭐예요?"

"아빠?"

그가 허리를 더 곧게 뻗으며 대꾸했다. "아이들이 있어. 보이니?" 그가 떨리는 검지를 들어 올렸다. "저기." 그의 손가락이 옆으로 움직이며, 그의 눈에 보이는 아이들의 움직임을 쫓아갔다. "그리고 저기. 그리고 저기."

그는 이니드와 데니즈도 이 소식에 한없이 기뻐하리라는 듯 두 사람을 돌아보았지만, 이니드는 조금도 기쁘지 않았다. 이제 곧 너무나 우아한 가을 빛깔 크루즈를 시작할 판국인데 앨프리드가 이 같은 실수를 저지르는 것은 대단히 곤란했다.

"앨, 저건 **해바라기**예요." 그녀는 반쯤 화내고, 반쯤 애원하듯 말했다. "창문에 비친 그림자를 본 거라고요."

"이런! 나는 어린애들이라고 생각했어." 그는 허세 부리듯 고개를 저었다.

"아니, 해바라기예요. 해바라기를 본 거예요." 이니드는 말했다.

그의 당이 선거에 패하고 러시아 통화 위기가 리투아니아 경제를 박살 낸 후 지타나스는 VIPPPAKJRIINPB17의 옛 사무실에서 홀로 나날을 보내며 남아도는 시간을 웹사이트 lithuania.com을 구축하는 데 바쳤다. 이스트 프로이센의 한 투기자에게 그 도메인을 사기 위해 그는 등사판 인쇄기와 데이지휠식 프린터와 64킬로바이트 코모도어 컴퓨터와 고르바초프 시대의 기타 사무용품을 넘겼다. 작은 부채 국가의 곤경을 전 세계에 알리기 위해 지타나스는 풍자적인 웹페이지 **이익을 위한 민주주의―유럽 역사의 일부를 사라**를 만들어 미국 뉴스그룹에 링크와 참조를 심고 투자자를 위한 채팅룸을 개설했다. 웹사이트 방문객들은 옛 VIPPPAKJRIINPB17 ―"리투아니아의 가장 신망 있는 정당"이자 "지난 7년 중 3년" 동안 이 나라를 지배한 연합당의 "주춧돌"이었으며, 1993년 4월 총선거에서 수많은 표를 끌어들인 유력 당이자, 이제는 "자유시장 정당회사"로 다시금 재탄생하고 있는 "서구 지향적 친비지니스당"―에 현금을 보내라는 권유를 받았다. 자유시장 정당회사가 전국 선거에서 승리를 거두자마자 이 당에 투자한 외국인들은 리투아니아 주식회사("이익 추구 국가")의 "지분을 가진 주주"가 될 뿐 아니라, 투자 금액에 비례하여 이 나라의 "시장 자유화"에 기여한 "영웅적 공헌"을 기리는 각 개인의 기념비가 보답으로 주어질 것이라고 지타나스의 웹사이트는 장담했다. 예를 들어, 100달러를 보내기만 하면 미국 투자자는 빌뉴스에 자기 이름을 딴 거리를("적어도 200미터 이상의 거리를") 가질 수 있었다. 5천 달러를 보내면 자유시장 정당회사가 역사적인 슬라벨리아이 하우스의 국가 영웅 갤러리에 투자자의 초상화를("크기가 최소 60cm×80cm이며 **화려한 금박 액자**를 사용해") 걸 터였다. 2만 5천 달러를 보내면 영구적으로 자기 이름을 딴 "인구 5천 명 이상의" 도시가 생길 뿐만 아니라, "**영주의 초야권**을 현대적이고 위생적으로 개선한 권리"를 부여받을 터였다. 이러한 권리는 제3회 인권 국제 협의회가 제정한 지침을 "거의" 준수하고 있었다.

"그건 사실 지저분한 농담에 불과했소." 택시 구석에 박히듯 앉아 있던 지타나스가 말했다. "하지만 누가 비웃었을까? 아무도. 그저 돈을 보낼 뿐이었소. 주소를 알려주자 자기앞수표가 우르르 들어왔지. 이메일 문의가 수백 통은 되었소. 리투아니아 주식회사가 어떤 제품을 만드느냐? 자유시장 정당회사의 고위간부는 누구이며, 경영자로서 충분한 경력을 갖고 있느냐? 과거 수입 기록을 보내줄 수 있느냐? 거리나 마을 이름을 붙일 때 투자자 본인 대신 그의 자식이나 자식이 가장 좋아하는 포켓몬 캐릭터의 이름으로 정할 수 있느냐? 모두들 더 많은 정보를 원했소. 모두들 안내 책자를 보내달랬지. 사업설명서! 주권! 수수료 안내서! 이런저런 주식거래소에 상장되어 있는지? 직접 와서 구경하고 싶어 했소! 하지만 **아무도 비웃지 않았소.**"

칩은 손마디로 창문을 톡톡 치며 6번 애비뉴의 여자들을 확인했다. 빗줄기가 누그러지자 우산이 하나둘 접혔다. "그 수익금은 당신이 가지는 겁니까, 정당이 가지는 겁니까?"

"오케이, 그것에 대한 나의 철학이 지금 변하는 중이오." 지타나스가 서류 가방에서 아크바비트병을 꺼냈다. 아까 이든의 사무실에서 계약을 축하하며 나누어 마신 술이었다. 그가 몸을 틀어 술병을 건네자 칩은 벌컥벌컥 마시고는 되돌려주었다.

"영어를 가르쳤다고요." 지타나스가 말했다.

"네, 대학에서요."

"선조가 어디 출신이오? 스칸디나비아?"

"아버지는 스칸디나비아계죠. 어머니는 여러 인종이 뒤섞인 동유럽계고요."

"빌뉴스의 사람들이 당신을 보면 같은 민족이라고 생각할 거요."

칩은 부모가 떠나기 전에 서둘러 아파트로 돌아가야 했다. 이제 그의 주머니에는 현찰이, 그것도 3천 달러나 있기에 부모가 자신을 어떻게 생각하든 별 관심이 없었다. 사실상 그는 몇 시간 전 아버지가 문간에서 몸을 떨며 간청하던 모습을 회상하고 있었다. 아크바비트를 마시며 인도 위 여자들을 쳐다보고 있자니 왜 그 노인네가 킬러처럼 보였는지 더 이상 영문을 알 수 없었다.

사형이라는 형벌의 유일한 문제는 충분히 자주 적용되지 않는 것이라고 앨프리드가 생각한 것은 사실이었다. 칩이 어릴 적 저녁 식탁에서, 전기의자에 앉히거나 독가스 사형을 시켜야 한다고 아버지가 주장한 사람은 대부분 세인트주드 북부 빈민가 출신의 흑인들이었던 것만큼이나 사실이었다("아, 여보." 이니드는 저녁이 '가족식사'이건만 왜 거리의 살육이나 사형 집행실에 대한 이야기로 시간을 보내야 하는지 이해하지 못한 채 말했다). 그리고 어느 일요일 아침, 이웃의 여느 백인이 얼마나 많은 집을 "흑인"에게 빼앗겼나를 헤아리는 듯한 태도로 앨프리드는 창가에서 다람쥐 숫자를 세고 오크 나무와 잔디가 입은 손상을 평가한 뒤 종족 학살 실험을 감행했다. 그리 넓지 않은 앞마당에 사는 다람쥐들이 재생산을 멈추지도 않고 자기 절제와 같은 규율을 모른다는 사실에 분개한 그는 지하실로 가서 쥐덫을 찾아가지고 나왔고, 이니드는 고개를 저으며 반대의 뜻을 나직이 중얼거렸다.

앨프리드는 말했다. "열아홉 마리나 돼! 열아홉!"

감정적 호소는 그러한 과학적이고 정확한 숫자의 규율 앞에서 상대가 되지 못했다. 그는 칩이 아침으로 토스트를 만들어 먹은 바로 그 통밀 빵 조각으로 미끼를 만들었다. 그리고 다섯 명의 램버트 가족은 모두 교회에 갔고, 소영광송과 대영광송 사이에, 어린 수컷 다람쥐가 경제적 절망으로 인해 고위험 행동에 착수해 빵을 물었다가 두개골이 박살 났다. 집으로 돌아온 가족은 청파리가 피와 뇌 조각을 배 터지게 먹는 것으로도 모자라, 어린 다람쥐의 산산조각 난 턱 사이에서 폭발한 통밀 빵까지 야금야금 씹고 있는 현장을 목격했다. 앨프리드는 아이의 엉덩이를 때린다거나 순무를 먹게 한다거나 하는 특별한 형태의 훈육 방식을 보면 늘 그렇듯 혐오감에 입과 턱이 꽉 다물어졌다(이러한 혐오가 규율에 반하는 것이라는 사실을 그는 잘 의식하지 못하고 있었다). 그는 차고에서 삽을 가져와 덫과 다람쥐 시체를 떠서는, 전날 이니드가 뽑은 잡초로 반쯤 차 있던 식료품 종이봉투에 집어넣었다. 칩은 스무 걸음 뒤에서 이 과정을 모두 쫓아갔다. 그래서 앨프리드가 차고에서 지하실로 들어갈 때 다리의 힘이 살짝 풀려 옆으로 비틀대다 세탁기에 곤두박질치더니 탁구대를 지나쳐 달려가(칩은 아버지가 달리는 모습을 볼 때마다 늘 겁에 질렸다. 그는 달리기에는 너무 나이가 많고 규율이 몸에 밴 사람 같았기 때문이다) 지하실 화장실로 사라지는 것을 목격했다. 그 이후 다람쥐는 뭐든 자기 좋을 대로 하고 살았다.

택시가 유니버시티 플레이스에 가까워져갔다. 칩은 시더 태번으로 돌아가 바텐더에게 돈을 돌려줄까 싶었다. 아마 100달러를 주면 만사 오케이가 될 터였고, 어쩌면 이름과 주소까지 알아내 리투아니아에서 편지를 보낼 수 있을지도 몰랐다. 택시 기사에게 태번으로 가자고 지시하려고 몸을 숙이는 순간 새로운 극단적인 생각이 그를 휘감았다. **나는 9달러를 훔쳤다. 그게 바로 내가 한 짓이야. 그리고 나는 그녀에게 재수 없는 놈이고.**

그는 몸을 바로 하고는 술병을 향해 손을 뻗었다.

아파트 건물 앞에서 택시가 그의 100달러를 가지고 멀어져갔다. 너무 큰 돈을 주었다, 너무 큰 돈을. 지타나스가 붉은 모터크로스 재킷에서 더 작은 무엇인가를 끄집어냈다.

"당신 호텔에서 만나기로 합시다."

칩의 말에 지타나스가 재미있어했다. "지금 농담하오? 물론 당신을 신뢰하긴 하지만, 그래도 여기서 기다리겠소. 짐은 천천히 싸시오. 따뜻한 코트와 모자도 챙기고. 양복과 넥타이도. 경제적으로 생각하시오."

문지기 조로아스터는 어디에도 보이지 않았다. 안으로 들어가려면 열쇠를 써야 했다. 엘리베이터에서 그는 흥분을 가라앉히려고 심호흡을 했다. 근심 걱정 없이 너그러운 마음이 들어 아버지를 얼마든지 받아들일 준비가 되어 있었다.

하지만 아파트는 텅 비어 있었다. 가족들이 몇 분 전 떠난 것이 분명했다. 허공에 신체의 따뜻한 온기가 어른대고, 이니드의 화이트 숄더스 향수와 뭔가 화장실 같기도 하고 노인 같기도 한 냄새가 희미하게 떠돌았다. 부엌은 그 어느 때보다 깨끗해져 있었다. 거실에는 그가 급히 치운 흔적이 역력히 눈에 띄었다. 어제까지만 해도 전혀 보이지 않았건만. 그리고 그의 책장이 휑하니 비어 있었다. 화장실에는 줄리아가 샴푸와 드라이어를 가져가고 없었다. 그리고 그는 생각보다 술꾼이었다. 쪽지는 한 장도 남아 있지 않았다. 식탁에는 타르트 파이 조각과 해바라기 꽃병 말고는 아무것도 없었다. 그는 짐을 싸야 했지만, 주위의 모든 것과 내면의 모든 것이 너무나 낯설어 잠시 가만히 서서 바라보기만 할 뿐이었다. 해바라기 잎은 검은 점이 박혀 있고, 희미하게 노쇠한 느낌이 가장자리를 두르고 있었다. 아름다운 꽃송이는 브라우니처럼 묵직한 데다 손바닥처럼 두툼했다. 해바라기의 캔자스 얼굴 중앙에는 살짝 짙은 젖꽃판 안에 살짝 연한 젖꼭지가 박혀 있었다. 칩은 생각했다. 날개 달린 작은 벌레를 호리기 위해 자연이 만든 최고로 매혹적인 침대야. 그 갈색 벨벳을 쓰다듬자 황홀경이 그의 온몸을 휩쓸었다.

세 명의 램버트를 태운 택시가 멈춰 선 미드타운의 항구에는 하얀 크루즈선 **군나르 미르달**이 강과 뉴저지와 하늘의 반을 가린 채 우뚝 솟아 있었다. 대부분 노인네로 구성된 무리가 정문에 와글와글 모여 있고, 문 너머 길고 환한 복도에 다시 띄엄띄엄 흩어져 있었다. 이 확고한 이동에는 지옥 같은 뭔가가 있었고, 노르딕 플레저라인의 육상 근무 직원들의 친절과 하얀 제복에는 어딘지 섬뜩함이 어려 있었고, 하루를 다 망친 후에야 비구름이 소리 없이 뒤늦게 개었다. 스틱스의 황혼과 인파들.

데니즈는 택시 요금을 내고는 짐꾼에게 가방을 맡겼다.

"그럼, 이제 너는 어디로 가니?" 이니드가 물었다.

"필라델피아로 돌아가서 일해야죠."

"너 정말 예뻐 보이는구나. 머리 길이가 딱 좋아." 이니드가 진심으로 말했다.

앨프리드가 데니즈의 손을 꼭 쥐며 고맙다고 했다.

"하필 오늘 칩 오빠한테 일이 터져서 정말 안타까워요." 데니즈가 말했다.

"개리한테 크리스마스 얘기 좀 하렴. 1주일 내내 고향에서 지내면 어떻겠냐고." 이니드가 말했다.

데니즈는 가죽 소맷자락을 올려 시간을 확인했다. "나는 닷새 동안 지낼 수 있어요. 개리 오빠가 그럴 것 같지는 않지만요. 그리고 칩 오빠 사정은 전혀 모르겠고."

"데니즈." 앨프리드가 말도 안 되는 이야기라는 듯 성급하게 끼어들었다. "개리한테 꼭 이야기해라."

"오케이, 그럴게요. 꼭 할게요."

앨프리드의 손이 공중에서 흔들렸다. "나한테 시간이 얼마나 있을지 모른다! 너랑 네 엄마랑 좀 친해질 필요가 있어. 너랑 개리 역시 마찬가지고."

"앨, 시간은 많……."

"우리 모두 친해져야 해!"

데니즈는 결코 눈물이 많은 사람이 아니었지만 그녀의 얼굴이 구겨졌다. "아빠, 알았어요. 꼭 말할게요."

"너희 엄마는 세인트주드에서 크리스마스를 보내고 싶어 해."

"오빠한테 말할게요. 약속해요."

"그래." 그가 느닷없이 돌아섰다. "그럼 됐다."

그의 검은 레인코트가 바람에 휘날리며 펄럭댔지만 이니드는 여전히 날씨가 크루즈 여행에 맞추어 완벽하게 변해서 파도가 잠잠해질 수 있다는 희망을 버리지 않았다.

마른 옷으로 갈아입고 양복 가방과 모직 외투와 담배를 — 순하면서도 치명적인, 한 갑에 5달러인 무라티 — 가지고 칩은 지타나스 미세비치우스와 함께 케네디 공항으로 가서 헬싱키 비행기에 올랐다. 구두 계약과는 달리 지타나스는 비즈니스석이 아니라 일반석 티켓을 끊었다.

"오늘 밤 맘껏 마시고 내일 푹 잡시다." 그가 말했다.

그들의 좌석은 창가와 복도 자리였다. 칩은 의자에 앉으며 줄리아가 지타나스를 어떻게 차버렸는지 떠올렸다. 비행기에서 종종걸음쳐 내린 뒤 공항을 전력 질주해 친숙한 노란 택시 뒷좌석에 벌컥 앉는 모습이 그려졌다. 향수(鄕愁)가, 낯선 것에 대한 공포와 친숙한 것에 대한 애정이 경련처럼 그를 강타했지만, 줄리아와는 달리 달아날 마음은 전혀 없었다. 안전벨트를 조이자마자 잠이 들었다. 이륙 도중에 살짝 깼다 다시 꿈나라로 갔다가 승객 전원이 일심동체인 양 담배에 불을 붙일 때 그는 깨어났다.

지타나스가 가방에서 컴퓨터를 꺼내 부팅을 하며 말했다. "그래, 줄리아, 어디 볼까."

잠결에 깜짝 놀란 칩은 지타나스가 자신을 줄리아라고 부른다고 생각했다.

"우리 아내 알죠?"

"아, 그럼요."

"네, 우울증 치료 중이죠. 이든이 권했을 거요. 그 여자가 요즘 줄리아를 좌지우지하고 있거든. 오늘 자기 사무실에 나를 들이기 싫어하지 뭐요. 이 도시에 있는 것 자체가 싫겠지! 솔직히 언짢소. 어쨌든 뭐, 줄리아가 약물 치료를 시작했다가 어느 날 문득 잠에서 깨자 담뱃불 자국을 가진 남자와 더 이상 살고 싶지 않았다지 뭐요. 줄리아 말로는 말이오. 담뱃불 자국을 가진 남자들은 충분히 만났다고. 앞으로 나아가야 할 때라고. 더 이상 담뱃불은 안 된다고." 지타나스가 컴퓨터의 CD 드라이브에 CD를 넣었다. "하지만 아파트를 원하고 있소. 적어도 이혼 변호사만큼은 그녀가 아파트를 원하길 바라고 있지. 이든이 변호사 수임료를 내주고 있다오. 아파트 자물쇠를 바꾸는 바람에 건물 관리인한테 돈을 주고서야 안으로 들어갈 수 있었지 뭐요."

칩은 왼손으로 주먹을 꽉 쥐었다. "담뱃불 자국요?"

"네. 아, 네. 몇 개 있소." 지타나스가 목을 쭉 빼어 다른 사람이 듣고 있지는 않은지 확인했지만, 눈을 꼭 감은 두 아이 말고는 주위 승객들은 하나같이 담배를 피우느라 정신없었다. "소련 군사 감옥에서 얻었소. 거기에서의 즐거운 체류 기념품을 보여주지." 그가 붉은색 가죽재킷에서 한 팔을 빼내, 안에 입고 있던 노란 티셔츠의 소매를 말아 올렸다. 그의 겨드랑이에서부터 팔꿈치까지 추한 흉터들이 맞물리듯 팔 안쪽에 박혀 있었다. "이것이 나의 1990년이라오. 독립국 리투아니아에서 붉은 군대 병영에 갇혀 8개월을 보냈지."

"반체제 인사였군요."

"맞아요! 맞아! 반체제 인사!" 그가 소매를 도로 내리며 말을 이었다. "정말 끔찍했소. 너무나 피곤한데도 피곤을 느낄 수 없었지. 피곤은 나중에야 왔다오."

칩의 1990년 기억은 튜더 시대 연극과, 토리 티멀만과의 끝없는 헛된 싸움과, 포르노그래피의 비인간적 대상화를 삽화로 설명하는 토리의 몇몇 텍스트와의 비밀스러운 불건전한 외도로 이루어져 있었다.

"그래, 이걸 보는 게 좀 두렵군." 지타나스가 말했다. 그의 컴퓨터 모니터에는 담요를 덮고 침대에 누워 있는 사람을 위쪽에서 찍은 어스름한 흑백사진이 떠 있었다. "건물 관리인 말이, 아내한테 남자 친구가 있었다오. 그래서 데이터를 찾아왔지. 전 주인이 두고 간 감시 장치를 썼소. 동작 탐지기, 적외선 탐지기, 디지털 스틸 사진. 원한다면 보여주겠소. 흥미로울 거요. 아마 화끈하지 않을까나."

칩은 줄리아의 침실 천장에 있던 연기 탐지기를 떠올렸다. 입이 마르고 눈이 뒤로 돌아갈 때까지 그것을 응시한 적이 한두 번이 아니었다. 아무리 봐도 기묘하게 복잡한 연기 탐지기였다.

그는 허리를 똑바로 하고 앉았다. "어쩌면 보지 않는 편이 좋지 않을까요?"

지타나스는 마우스를 조절해 여기저기 클릭했다. "각도를 조절해야겠소. 당신은 보지 않아도 좋아요."

담배 연기의 적란운이 복도에 쌓여가고 있었다. 칩은 무라티에 불을 붙여야겠다고 결심했다. 하지만 굳이 직접 피우지 않아도 공기 중에 담배 연기가 가득해 숨을 쉴 때마다 뭉텅뭉텅 들어왔다.

"내 말은, 드라이브에서 CD를 꺼낸 뒤 그냥 보지 않는 편이 당신에게 더 좋지 않을까 하는 뜻이었답니다." 그는 손으로 컴퓨터 모니터를 가리며 말했다.

지타나스는 정말 놀란 듯했다. "어째서 말이오?"

"어째서인지 한번 찬찬히 생각해보세요."

"그냥 설명해보시오."

"아니, 찬찬히 생각해보세요."

일순 둘 사이에 기운이 맹렬히 타올랐다. 지타나스는 어디를 물지 결정하려는 양 칩의 어깨와 무릎과 손목을 응시했다. 그러더니 CD를 꺼내 칩의 얼굴에 내던졌다. "젠장!"

"알아요, 알아."

"가져요. 젠장. 다시는 그걸 보고 싶지 않소. 가져요."

칩은 CD를 셔츠 주머니에 넣었다. 기분이 꽤 좋았다. 모든 것이 잘 풀리는 듯했다. 고도에 올라 수평비행을 하는 비행기와, 메마른 구멍에서 꾸준하고 희미하게 백열하는 듯한 소음과, 흠집 난 플라스틱 비행기 창문의 빛깔과, 재사용 가능한 쟁반용 컵 속에서 차갑게 식은 묽은 커피의 맛. 북대서양의 밤은 어둡고 고독했지만, 여기 비행기 안에서는 하늘에 빛이 있었다. 동반자가 있었다. 잠에서 깨어 있고, 주위의 모두가 활짝 깨어 있는 것을 느끼는 게 좋았다.

"그래, 당신 역시 담배 자국이 있소?" 지타나스가 물었다.

칩은 손바닥을 보여주었다. "별것 아닙니다."

"스스로 만들었군. 불쌍한 미국인 같으니."

"또 다른 종류의 감옥이죠." 칩이 말했다.

생각할수록 치미는 분노

개리 램버트가 액슨 주식회사와 돈 문제로 얽히게 된 것은 3주 전 어느 일요일 오후로, 그때 그는 새 컬러사진용 암실에서 부모의 옛날 사진을 새로 인화하며 즐거움을 만끽하는 한편, 그러한 감정에서 자신의 정신 건강에 대한 확신을 얻고 있었다.

개리는 요즘 정신 건강 때문에 걱정이 많았지만, 그날 오후만큼은 세미놀 거리의 편암 외장재 저택에서 나와 넓은 뒤뜰을 가로질러 널따란 차고의 바깥 계단을 오르는 내내 필라델피아 북서부의 날씨만큼이나 머릿속이 맑고 따스했다. 잿빛으로 물결치는 작은 구름과 실안개 사이로 빛나는 9월의 햇살에 개리는 자신의 신경화학적 변화를 감지하고 이해할 수 있었고(그는 센트러스 은행의 부사장이지, 정신과 의사는 아니라는 점을 명심하자) 모든 선행지표가 건강을 가리키고 있는 듯했다.

일반적으로 개리는 개인이 준비하는 은퇴 자금과 장거리전화 요금 제도와 사립학교 선택권이라는 현대적 경향에 찬성하긴 하지만 자신의 뇌 내 화학반응을 자신이 책임져야 한다는 사실은 썩 마음에 들지 않았다. 특히나 그의 아버지를 비롯해 그의 인생에서 특정 사람들이 그러한 책임을 맡기를 거부할 때는 더더욱 그랬다. 하지만 개리는 성실 빼면 시체인 남자였다. 암실에 들어선 그가 쭉 평가한 결과, 신경 제3인자(즉, 세로토닌. 아주, 아주 중요한 인자이다)의 수치가 7일 혹은 심지어 30일간이나 높았으며, 제2인자와 제7인자 역시 기대치를 능가하는 성과를 내고 있으며, 제1인자는 침대에서 마신 아르마냑 와인 한 잔 덕분에 이른 아침의 슬럼프에서 튕겨 나와 있었다. 그는 경쾌하게 걸음을 내디디며 평균 이상의 키와 늦여름에 태운 피부를 기분 좋게 의식했다. 아내 캐럴라인에 대한 분노는 그리 크지 않았고, 잘 억제되어 있었다. 편집증(예를 들어, 캐럴라인과 큰아들과 둘째 아들이 그를 비웃고 있다는 집요한 의심)의 주요 지수가 급격한 하락세였고, 삶의 헛됨과 덧없음에 대한 그의 생각은 정신 경제의 총체적 호황에 맞추어 계절적으로 재평가되고 있었다. 의학적으로 그는 조금도 우울하지 않았다.

벨벳 암막 커튼을 치고 햇빛 차단용 덧문을 닫은 뒤 커다란 스테인리스 냉장고에서 8×10 종이 상자를 꺼내 셀룰로이드 필름 두 줄을 동력 장치가 달린 필름 청소기에 넣었다. 섹시하게 묵직하면서도 자그마한 기기였다.

그는 부모의 불운했던 결혼 – 골프 시절에 찍은 사진을 인화하고 있었다. 한 사진에서 이니드는 모든 것을 지울 듯한 지열 속에서 울퉁불퉁한 땅 위로 잔뜩 몸을 숙인 채 선글라스 쓴 눈으로 노려보고 있었다. 그녀의 왼손은 오랫동안 골칫거리였던 5번 우드의 손잡이를 꽉 쥐고 있고, 오른팔은 페어웨이로 비밀리에 공을 던지느라(공은 사진의 가장자리에 하얗게 얼룩져 있었다) 흐릿해져 있었다(이니드와 앨프리드는 늘 평평하고 곧고 짧은 싸구려 대중 골프장에서만 골프를 쳤다). 다른 사진에서 앨프리드는 꽉 끼는 반바지와 챙 달린 미들랜드 퍼시픽 모자와 검은 양말과 선사시대 골프 신발 차림으로, 자몽만 한 하얀 티마커를 선사시대 목조 골프채로 칠 듯이 자세를 잡은 채 **이렇게 큰 공도 칠 수 있다고!**라고 말하듯 카메라를 향해 씩 웃고 있었다.

확대 사진 용지를 시큼한 인화액에 푹 담근 뒤 조명을 켜자 두 사진 다 특이한 노란색 얼룩이 다닥다닥 박혀 있었다.

그는 살짝 욕을 뱉긴 했지만, 그 사진들을 아껴서라기보다는 세로토닌으로 풍만한 좋은 기분을 망치기 싫고, 그러려면 물질세계의 도움이 약간은 필요하기 때문이었다.

밖에서 날씨가 무너져가고 있었다. 홈통에 물이 졸졸 흐르고, 높이 솟은 나무에서 떨어진 물방울이 지붕을 타악기 삼아 두드려댔다. 두 번째로 확대 인화를 시도하는 동안 차고 벽 너머로 캐럴라인과 아들들이 뒤뜰에서 미식축구 하는 소리가 들렸다. 공 떨어지는 소리, 공 빼앗는 소리 사이 간간이 고함이 울리다 엄청난 꿍음을 내며 공이 차고에 부딪혔다.

정착액에서 꺼낸 두 번째 인화지들 역시 누렇게 얼룩져 있었고, 개리는 이만 포기해야 한다는 것을 알았다. 하지만 그때 바깥문에 노크 소리가 들리더니 막내아들 조나가 암막 커튼 사이로 미끄러지듯 들어왔다.

"인화하고 있어요?" 조나가 물었다.

개리는 실패한 인화지를 서둘러 두 번 접어 쓰레기통에 파묻고는 대꾸했다. "이제 막 시작했단다."

그는 용액을 다시 섞고는 새 종이 상자를 열었다. 조나가 안전등 옆에 앉더니 데니즈 고모한테 선물 받은 나니아 연대기 중 《캐스피언 왕자》를 넘기며 소곤거렸다. 조나는 2학년이었지만 이미 5학년 수준의 책을 읽었다. 사람인 양 아끼는 나니아 연대기 중 일부를 종 종 큰소리로 또박또박 읽었는데, 반짝이는 검은 눈과 오보에 같은 목소리와 밍크처럼 부드러운 머리카락의 아이를 보노라면 심지어 개리조차도 꼬마애가 아니라 지각이 있는 동물을 보는 듯했다.

캐럴라인은 나니아를 전적으로 좋아하지는 않았다. C. S. 루이스가 가톨릭 선전원이며, 나니아 속의 영웅 아슬란이 네발 달린 털투성이 예수라고 알려져 있기 때문이다. 하지만 개리가 아이일 적에 《사자와 마녀의 옷장》을 재미나게 읽었어도 지금 아무리 봐도 광신도로 자랐다고는 할 수 없었다(사실상 그는 엄격한 물질주의자였다).

조나가 종알거렸다. "그래서 그놈들이 곰을 죽이지만 그건 말하는 곰이 아니야. 아슬란이 돌아와도 루시에게만 보이기 때문에 다른 이들은 그 애 말을 믿지 않지."

개리가 인화지를 핀셋으로 집어 중간정지액에 넣었다. "왜 안 믿지?"

"왜냐하면 **가장 어리거든요.**"

밖에서 비를 맞으며 캐럴라인이 웃고 소리쳤다. 그녀는 아들들을 쫓으며 지칠 때까지 뛰는 버릇이 있었다. 결혼 초기에는 풀타임 변호사로 일했지만, 케일럽이 태어나자 집안의 재산에 기대더니 지금은 무료 봉사나 다름없는 저임금을 받으며 어린이 보호 기금에서 반나절만 일했다. 그녀의 진짜 삶은 아들들에게 집중돼 있었다. 그녀는 아들들을 절친으로 여겼다.

6개월 전 개리의 마흔세 살 생일 바로 전날에 그가 조나와 함께 세인트주드의 부모님을 방문하고 있는 동안 캐럴라인은 건설업자 둘을 불러 차고 2층의 전선과 배관을 재배치하고 외관을 새로 꾸며 깜짝 생일 선물을 준비했다. 개리는 아끼는 옛날 가족사진을 새로 인화하여 가죽 장정 앨범에 넣어 〈램버트 200년 가족사〉를 만들자는 이야기를 종종 하곤 했다. 하지만 인화 전문 업체에 맡기면 충분할 터이고, 아들들한테 컴퓨터 화소 처리법에 대해 배우고 있던 차이고, 그래도 암실이 필요하다면 몇 시간만 빌려 쓰면 될 터였다. 그러므로 생일에 캐럴라인이 그를 차고로 끌고 가 원하지도 않고 필요하지도 않은 암실을 선물로 주었을 때 그는 울고만 싶었다. 하지만 캐럴라인의 침대 협탁에 놓인 베스트셀러 심리학 서적들에서 개리는 정신병적 우울증의 **위험 신호**에 대해 읽었고, 모든 권위자들이 동의하는 공통된 **위험 신호** 중 하나가 부적절하게 울음을 터뜨리는 성향이었다. 그래서 그는 눈물을 꾹 삼키고는 값비싼 새 암실을 즐겁게 둘러보며 캐럴라인에게 너무도 기쁘다며 환호성을 보냈다(그녀는 구매자의 회한과 선물 증여자의 불안에 시달리고 있었다). 자신이 우울증이 아니라고 확신하는 동시에 캐럴라인이 그런 징후를 전혀 의심하지 못하도록 확실히 하기 위해 그는 〈램버트 200년 가족사〉를 완성할 때까지 1주일에 두 번 암실 작업을 하기로 다짐했다.

캐럴라인이 차고에 암실을 만든 것은 의식적이든 아니든, 그를 집에서 떼어놓기 위함이 아닐까 하는 의심은 편집증의 또 다른 중요한 핵심 지표였다.

타이머가 울리자 그는 세 번째 인화지를 정착액에 담그고는 다시 불을 켰다.

"저 하얀 방울들은 뭐예요?" 조나가 트레이를 응시하며 물었다.

"조나, 나도 모르겠구나!"

"꼭 구름 같아요." 조나가 말했다.

축구공이 차고 벽을 쿵 쪘었다.

개리는 노려보는 이니드와 싱글대는 앨프리드를 정착액에 내버려둔 채 덧문을 열었다. 칠레소나무와 그 옆 대나무 덤불이 빗방울에 반들거렸다. 뒤뜰 가운데에는 흠뻑 젖은 셔츠가 견갑골에 찰싹 붙은 캐럴라인과 아론이 흙투성이 꼴로 헐떡이며 숨을 쉬는 동안, 케일럽이 신발 끈을 묶고 있었다. 마흔다섯 살인 캐럴라인은 여대생 같은 다리를 갖고 있었다. 그녀의 머리카락은 20년 전 스펙트럼에서 열린 밥 시거 콘서트에서 처음 만났을 때와 거의 변함없는 금발이었다. 개리는 여전히 아내를 대단히 매혹적으로 여겼으며, 애써 가꾸지 않아도 멋진 외모와 퀘이커계 혈통에 여전히 가슴이 두근거렸다. 몸에 밴 반사적인 동작으로 그는 카메라를 집어 들어 그녀를 향해 줌을 했다.

그녀의 얼굴에 그는 경악했다. 캐럴라인의 이마가 움찔거리고, 입가가 고통으로 동요했다. 그녀는 다시 공을 쫓으며 절룩대고 있었다.

개리는 카메라를 큰아들 아론에게 돌렸다. 카메라를 의식하지 않을 때면 더없이 멋진 모델이건만 앵글을 의식하기만 하면 자기 딴에 가장 멋지다고 믿는 얼짱 각도로 고개를 돌리곤 했다. 흙투성이가 된 채 발갛게 달아오른 아론의 얼굴에 이슬비가 내렸고, 개리는 멋지게 찍기 위해 줌을 조절했다. 하지만 캐럴라인에 대한 분노가 그의 신경화학적 방어를 압도하고 있었다.

이제 미식축구가 끝나고 그녀는 절뚝이며 집으로 달려가고 있었다. **루시는 그의 얼굴을 보지 않으려고 그의 갈기에 얼굴을 묻었다**, 조나가 속삭였다.

집에서 비명이 터져 나왔다.

케일럽과 아론이 즉각 반응해 영화 속 영웅처럼 뒤뜰을 가로질러 집 안으로 사라졌다. 얼마 후 아론이 다시 나오더니 처음 듣는 갈라진 목소리로 고함쳤다. "아빠! 아빠! 아빠! 아빠!"

다른 이들의 히스테리는 개리를 체계적이고 침착하게 만들었다. 그는 암실에서 나와 빗물로 질척한 계단을 천천히 내려갔다. 차고 뒤편에 있는 통근 기차용 철로 위쪽 탁 트인 공간에, 마음 수양에 좋을 듯한 봄철의 빛줄기가 축축한 대기 사이로 쏟아졌다.

"아빠, 할머니한테 전화 왔어요!"

개리는 뒤뜰을 느긋하게 걷다 중간중간 멈춰서는, 미식축구로 인해 파괴된 잔디를 검사하며 한탄했다. 체스트넛 힐 주변은 나니아와 그리 많이 다르지 않았다. 100년 묵은 단풍나무와 은행나무와 플라타너스는 전선 때문에 상당수 훼손되긴 했지만 세미놀, 체로키, 나바호, 쇼니 등 학살당한 종족의 이름을 품은 나무들은 조각조각난 도시의 거리를 하나로 모을 만큼 거대하게 우뚝 솟아 있었다. 높은 인구 밀도와 가구 총소득에도 불구하고 사방 수 킬로미터 이내에는 그럴 듯한 상점이나 자동차전용도로 하나 없었다. 개리는 이곳을 '시간이 망각한 땅'이라고 불렀다. 그의 집을 비롯해 이곳 집들 대부분은 그의 머리색과 정확히 똑같은, 주석처럼 보이는 편암으로 덮여 있었다.

"아빠!"

"고맙다, 아론. 아까 들었어."

"할머니한테 전화 왔어요."

"알아, 아론. 금방 말했잖니."

바닥에 점판암을 깐 부엌에서 캐럴라인이 두 손으로 등을 누른 채 의자에 털썩 앉아 있었다.

"어머님이 오늘 아침에 전화했었는데, 당신한테 말하는 걸 깜박했어. 전화가 5분마다 울리기에 참다못해 달려 들어가다가……."

"고마워, 캐럴라인."

"달려 들어가다가……."

"고마워." 개리는 무선 전화기를 잡아채서는, 어머니가 가까이 오지 못하게 막기라도 하려는 듯 팔을 쭉 뻗고서 식당으로 갔다. 그곳에서 케일럽이 번드르르한 카탈로그 페이지 사이에 손가락을 낀 채 그를 불러세웠다.

"아빠, 잠시만 이야기할 수 있어요?"

"지금은 안 돼, 케일럽, 할머니랑 통화해야 한단다."

"나는 그냥……."

"지금은 안 된다고 했잖니."

케일럽은 고개를 저으며 불신의 미소를 지었다. 마치 텔레비전에 자주 등장하는 운동선수가 페널티킥을 받아내지 못했을 때 짓는 표정 같았다.

개리는 대리석 포장된 현관홀을 가로질러 넓디넓은 거실에 들어서서야 자그마한 전화에 대고 인사를 했다.

이니드가 말했다. "캐럴라인한테 **말했는데**, 네가 근처에 없으면 나중에 다시 전화하겠다고."

"1분에 7센트나 하는 장거리전화예요." 개리가 대꾸했다.

"아니면 네가 나한테 나중에 전화해도 되고."

"엄마, 우린 지금 25센트에 대해 이야기하고 있어요."

"오늘 종일 너랑 통화하려고 했단다. 여행사가 늦어도 내일 아침까지 답을 들어야 한다지 뭐냐. 조나한테도 약속했듯이, 마지막으로 크리스마스를 우리 집에서 보내면 어떨까 싶은데……."

"잠시만요. 캐럴라인한테 물어볼게요."

"개리, 벌써 **몇 달** 동안이나 생각할 시간이 있었잖니. 여기 가만히 앉아서 네가 결정할 때까지 기다릴……."

"잠시만요."

그가 엄지로 전화기 송화구의 구멍을 막고서 부엌으로 돌아가니 조나가 오레오 상자를 들고 의자 위에 서 있었다. 캐럴라인은 여전히 털썩 앉은 채 얕게 숨 쉬고 있었다.

"아까 전화를 받으려고 달리다가 어딘가 잘못됐나봐." 그녀가 말했다.

"두 시간 동안이나 빗속을 미끄러지며 뛰어다녔잖아." 개리가 말했다.

"아냐. 전화를 받으러 달리기 전까지만 해도 멀쩡했어."

"캐럴라인, 당신이 절룩이는 거 다 봤⋯⋯."

"아니, **멀쩡했어**. 그런데 **전화가 열다섯 번째**로 울리는 바람에 달려가다가⋯⋯."

"그래, 좋아. 다 우리 어머니 잘못이야. 자, 이제, 크리스마스에 어떻게 할 건지나 말해."

"어떡해도 좋아. 우리 집에 오신다면 대환영이야."

"**거기**로 가는 게 어떻겠냐고 서로 이야기했잖아."

캐럴라인이 무엇인가를 지우려는 듯 세차게 고개를 저었다. "아니, 당신 혼자 이야기했지. 난 이야기한 적 없어."

"캐럴라인⋯⋯."

"어머니가 전화기를 들고 기다리고 있는데 이렇게 이야기할 수는 없어. 다음 주에 다시 전화하겠다고 말씀드려."

조나는 쿠키를 원하는 만큼 집어 먹어도 부모가 전혀 주의를 주지 않는다는 사실을 깨닫고 있었다.

"지금 당장 예약해야 한대. 다음 달에 크루즈를 마치고 여기에 들렀다 갈지 말지 크리스마스 일정에 따라 정하시겠대."

"나 아무래도 디스크 걸린 것 같아."

"더 이상 얘기하기 싫다면 그냥 우리가 세인트주드로 가겠다고 말하겠어."

"절대 안 돼! 약속과 다르잖아."

"약속에 한 번쯤 예외를 두자는 거지."

"안 돼! 안 돼!" 캐럴라인이 거부의사를 확고히 하는 동안, 젖어서 엉긴 금발 머리가 마구 휘날리고 비틀렸다. "그렇게 규칙을 바꿀 수는 없어."

"한 번 예외가 규칙을 바꾸는 건 아냐."

"세상에, 아무래도 엑스레이를 찍어봐야 할 것 같아."

개리의 엄지에서 어머니의 목소리가 윙윙대는 것이 느껴졌다. "갈 거야, 말 거야?"

캐럴라인이 일어나 그에게 기대고는 그의 스웨터에 얼굴을 묻었다. 자그마한 주먹으로 그의 흉골을 살짝 쳤다. 그리고 그의 쇄골에 코를 비비며 말했다. "제발. 나중에 전화드리겠다고 해. 제발 그러자, 응? 등이 정말 아프단 말이야."

개리는 아내가 기대오는 동안 팔을 뻣뻣하게 뻗어 전화기를 한쪽으로 치웠다. "캐럴라인. 여덟 번이나 계속해서 크리스마스를 여기에서 보냈어. 내가 한 번쯤 예외를 제안하는 것이 지나치다고는 생각하지 않아. 적어도 가능성 정도는 생각해볼 수 있잖아?"

캐럴라인이 비통해하며 고개를 젓더니 의자에 털썩 주저앉았다.

"좋아, 알았어. 내가 알아서 결정하겠어."

그는 식당으로 성큼성큼 걸어갔다. 부모의 이야기를 다 듣고 있던 아론이 그를 마치 결혼 생활의 잔혹한 괴물이라도 되는 양 응시했다.

"아빠, 할머니하고 얘기 안 하실 거면 뭐 좀 물어봐도 돼요?" 케일럽이 말했다.

"아니, 케일럽, 할머니하고 얘기할 거다."

"그럼 통화 끝나고 바로 얘기할 수 있을까요?"

"오, 이런, 오, 이런." 캐럴라인이 되뇌고 있었다.

거실에서는 조나가 산처럼 쌓아 올린 쿠키와 《캐스피언 왕자》와 함께 커다란 가죽 소파에 자리 잡고 있었다.

"어머니?"

"나는 통 모르겠다. 때가 좋지 않으면 나중에 얘기하자. 하지만 **10분**이나 기다렸으니…….

"예, 이렇게 다시 통화하잖아요."

"그래, 어떻게 결정했니?"

개리가 대답하기도 전에 부엌에서 고양이 같은 애처롭고도 원초적인 울음이 터져 나왔다. 15년 전 아이들이 들을 염려가 없었을 때 섹스 도중 그녀가 내지르곤 하던 바로 그런 울음이었다.

"엄마, 죄송해요. 잠시만요."

"이건 옳지 않아. 무례한 짓이야." 이니드가 말했다.

"캐럴라인, 몇 분간만 어른스럽게 행동할 수 없을까?" 개리가 부엌을 향해 소리쳤다.

"아, 아, 아! 아!" 캐럴라인이 울부짖었다.

"허리 좀 아프다고 죽는 사람 없어, 캐럴라인."

"제발, 나중에 얘기해. 아까 안으로 달려 들어오다가 마지막 계단에서 삐끗했단 말이야. 개리, 너무 **아파서**…….

그는 부엌으로부터 등을 돌렸다. "죄송해요, 엄마."

"대체 이게 무슨 일이냐?"

"캐럴라인이 미식축구를 하다가 등을 좀 다쳤어요."

"이런 말 하기는 싫다만, 고통과 통증은 노화의 일부란다. 나도 원하기만 하면 하루 종일이라도 고통에 대해 말할 수 있어. 엉덩이가 매분 매초 어찌나 쑤시는지. 그래도 나이가 들면 조금은 더 성숙해지

216

고 그래야 할 텐데 말이다."

"아! 아아! 아아!" 캐럴라인이 관능적으로 울부짖었다.

"네, 그러면 좋죠." 개리가 대꾸했다.

"어쨌든, 어떡하기로 했니?"

"크리스마스 일은 아직 모르겠어요. 하지만 여기에 들르기로 일단 계획을 세우시면……"

"아우! 아우! 아우!"

이니드가 엄하게 대꾸했다. "크리스마스 예약을 하려면 너무 늦을 거다. 너도 알지, 슘퍼트 부부는 4월에야 떠나는 하와이 여행을 예약했단다. 왜냐하면 작년에 9월까지 기다렸다가 자리가 꽉 차는 바람에……"

아론이 부엌에서 달려 들어왔다. "아빠!"

"전화 받고 있잖니, 아론."

"아빠!"

"전화 받고 있어, 아론. 안 보이니?"

"데이브가 인공항문 형성술을 받았지." 이니드가 말했다.

"**지금 당장** 와보셔야 해요. 엄마가 정말 아파해요. 당장 병원에 데려다달래요!"

케일럽이 카탈로그를 든 채 주뼛주뼛 옆걸음을 쳤다. "있죠, 아빠, 가는 김에 나도 좀 태워다 주시면 좋겠어요."

"안 돼, 케일럽."

"하지만 정말 꼭 가야 할 가게가 있다고요."

"그런데 형편에 맞을 만한 좌석이 일찍 다 예약되어버렸지 뭐냐."

이니드가 말했다.

"아론? 아론! 어딨니? 아빠 어딨어? 케일럽 어딨어?" 캐럴라인이
부엌에서 소리쳤다.

"이렇게 소란스러운데 집중이 안 될 것 같아요." 조나가 말했다.

"어머니, 죄송해요. 좀 조용한 장소로 옮길게요."

"이러다 너무 늦을 거야." 이니드의 목소리에는 하루가 지나고 한
시간이 지날수록 12월 말 비행기 좌석 예약이 더욱 어려워질 것이고,
그 결과 개리와 캐럴라인이 아들들을 데리고 와서 세인트주드에서
마지막 크리스마스를 보내리라는 희망이 산산이 부서질 것이라는
공포가 깃들어 있었다.

"아빠, 엄마한테 뭐라고 해요?" 아론이 개리를 따라 2층 계단으로
오르며 간청했다.

"911에 전화하라고 해. 네 핸드폰을 써서 구급차를 불러." 개리는
목소리를 높였다. "캐럴라인? 911에 전화해!"

9년 전 중서부로 갔다가 돌아올 때 필라델피아와 세인트주드 양쪽
에서 눈보라를 비롯해 각종 악재가 덮쳐 비행기가 네 시간이나 연착
되는 바람에 찡찡대는 다섯 살배기와 비명을 질러대는 두 살배기와
버터나 베이컨 등 이니드의 기름진 명절 음식을 먹은 탓에(캐럴라
인 생각에 말이다) 밤새 미친 듯이 구토를 해대는 케일럽을 보살피
느라 정신이 없었던 데다 캐럴라인은 얼음으로 뒤덮인 시댁 진입로
에서 심하게 넘어지기까지 했다(그녀의 등 문제는 프렌즈 센트럴에
서 필드하키를 할 때부터 시작된 것이건만 그녀는 진입로에서의 사
고로 인해 "다시 재발"했다고 주장하고 있었다). 그때 개리는 아내

에게 다시는 크리스마스를 세인트주드에서 보내지 않겠다고 약속했다. 하지만 그동안 8년이나 계속해서 부모님이 필라델피아로 왔고, 어머니의 크리스마스 강박관념에는 그도 반대하는 바이지만—그것은 이니드의 인생에 드리운 더 큰 불안과 더 고통스러운 허무의 징후처럼 보였다—부모님이 올해 크리스마스를 고향에서 보내고 싶어 하는 마음을 탓할 생각은 전혀 없었다. "마지막 크리스마스"를 보낸 후 세인트주드를 떠나 동부로 옮기는 것에 이니드도 더 쉽게 동의하리라는 계산 역시 있었다. 기본적으로 그는 여행을 할 준비가 되어 있었다. 그는 아내에게 **약간의 협조**를 기대했다. 특수한 상황을 고려해주는 성숙한 자세 말이다.

서재로 들어간 그는 가족들의 고함과 흐느낌과 계단을 오르는 발세례와 가짜 위기 상황을 자물쇠로 막았다. 그리고 서재 수화기를 집어 들고는 무선 전화기를 껐다.

"이거 정말 우습구나. 그냥 나중에 전화하지 그러니?" 이니드가 기가 꺾인 목소리로 말했다.

"아직 12월 일을 결정하지 못했어요. 하지만 세인트주드로 기꺼이 갈 마음은 있어요. 어느 쪽으로 결정 나든 크루즈 후에 그냥 이곳에 들르시면 좋겠어요."

이니드는 숨을 더 크게 쉬고 있었다.

"올해에 두 번이나 필라델피아로 갈 수는 없어. 크리스마스에 꼭 손자들을 봐야겠다. 그러니 너희가 꼭 세인트주드로 오거라."

"아뇨, 어머니. 아뇨, 아뇨, 아뇨. 아직 결정을 못 했어요."

"조나한테 **약속했다**……."

"조나가 티켓을 사는 건 아니잖아요. 조나가 여기 대장은 아니라고요. 그러니 어머니는 어머니 계획을 짜시고, 우리는 우리 계획을 짤게요. 다 잘 풀리기를 빌어보자고요."

이니드의 콧구멍이 불만에 겨워 씩씩대는 소리가 기묘할 만큼 또렷하게 개리의 귀에 들렸다. 들이쉬고 내쉬는 호흡 소리를 듣는 순간 그는 즉각 깨달았다.

"캐럴라인? 캐럴라인, 당신 전화 듣고 있어?" 호흡이 멈추었다.

"캐럴라인, 엿듣는 거야? 우리 이야기 다 듣고 있었지?"

희미한 전자음이 잡음처럼 찰칵거렸다.

"엄마, 죄송해요……."

이니드 왈, "대체 이게 무슨 일이냐?"

기가 막혀! 이런 제기랄! 개리는 수화기를 책상에 내려놓고 서재 문을 열고는, 아론이 거울 앞에서 눈썹을 찡그리며 얼짱 각도로 고개를 젖히고 서 있는 침실을 지나 복도를 달려가, 케일럽이 여호와의 증인 팸플릿 같은 카탈로그를 움켜쥐고 있는 계단을 내려가, 캐럴라인이 진흙투성이 모습으로 페르시아 양탄자에 태아처럼 몸을 말고서 얼음 팩을 등에 대고 있는 안방으로 들어갔다.

"계속 엿듣고 있었던 거야?"

캐럴라인이 힘없이 고개를 젓는 것은 아마도 침실 전화기를 잡을 힘도 없음을 보여주기 위함인 듯했다.

"아니라는 거야? 지금 아니라고 하는 거야? 전화 듣고 있었지?"

"아냐, 개리." 그녀가 모기만 한 목소리로 대꾸했다.

"딸깍거리는 소리를 들었어. 숨 쉬는 소리를 들었……."

"아니라니깐."

"캐럴라인, 이 전화선으로 세 대의 전화기가 있어. 그중 둘은 내 서재에 있고, 세 번째는 바로 여기 있어. 내 말이 틀려?"

"엿들은 거 아냐. 그냥 전화기를 집어 들었을 뿐이야." 그녀가 이를 갈며 숨을 들이쉬었다. "전화를 쓰려고 말이야. 그뿐이야."

"그리고 가만히 들었구나! 엿듣고 있었어! 이런 짓은 말자고 이야기하고, 이야기하고, 또 이야기했잖아!"

그녀가 애처로운 목소리로 말했다. "개리, 맹세해, 엿들은 거 아냐. 등이 너무 아파서 잠시 전화기를 도로 올려놓을 수가 없었어. 그래서 바닥에 놓았어. 엿들은 거 아냐. 제발 이러지 마."

그녀의 아름다운 얼굴과 그 속에 깃든 극도의 고통은 오르가슴에 달한 환희처럼 보였기에 — 웅크린 몸과 진흙투성이 몰골과 붉은 뺨과 페르시아 양탄자 위에 헝클어진 머리로 패배자처럼 쓰러진 자태에 그는 흥분했고, 그의 일부는 그녀의 말을 믿고서 애틋함으로 가득 찼다 — 그의 배신감은 더욱 깊어졌다. 그는 폭풍처럼 복도를 지나 서재로 돌아가 문을 쾅 닫았다. "어머니, 여보세요, 죄송해요."

하지만 전화는 끊겨 있었다. 그는 이제 자기가 요금을 부담해 세인트주드에 전화를 걸어야 했다. 뒤뜰이 내다보이는 창문 너머로 햇살과 자줏빛 비구름과 칠레소나무에서 피어오르는 아지랑이를 바라보았다.

이니드는 더 이상 전화 요금을 낼 필요가 없기에 한결 행복한 목소리였다. 그녀는 개리에게 액슨이라는 회사에 대해 들어본 적이 있는지 물었다. "펜실베이니아 스벤크스빌에 있단다. 너희 아빠의 특허권을 사고 싶대. 여기 편지 읽어줄게. 이걸 어찌해야 할지 모르겠네."

개리는 센트러스트 은행에서 기업투자부를 맡고 있지만 대기업 유가증권 전문이지 자잘한 회사에는 별 관심이 없었다. 액슨이라는 이름은 낯설었다. 하지만 브랙 크누터 앤드 스페이 로펌의 조지프 K 프레이저가 보낸 편지 내용을 듣노라니 이들의 수작을 알 것 같았다. 변호사가 중서부에 적을 둔 노인네에게 편지를 보내며 특허권의 실제 가치보다 훨씬 적은 금액을 제시한 것이 분명했다. 이런 사기꾼들이 어떤 식으로 돈을 뜯는지 개리는 훤했다. 액슨의 입장이라면 그 역시 같은 짓을 할 터였다.

"5천이 아니라 1만 달러를 달라고 하면 어떨까 싶다만." 이니드가 말했다.

"특허권 유효기간이 언제 끝나죠?" 개리가 물었다.

"6년쯤 후에."

"그자들이 곧 거액을 벌어들일 게 분명해요. 안 그랬다면 아버지 특허권을 그냥 무시하고 넘어갔을 거예요."

"아직 실험 단계라서 확신할 수 없다고 되어 있는데."

"어머니, 바로 그거예요. 그자들이 어머니가 그렇게 생각하기를 바라는 거예요. 하지만 실험 단계라면 왜 군이 그런 편지를 보내겠어요? 그냥 6년을 기다리면 될 텐데."

"아, 그렇구나."

"편지에 대해 제게 물은 건 정말 잘하신 거예요, 어머니. 이제 할 일은 특허권을 선불 20만 달러에 팔겠다고 답장을 쓰는 거예요."

이니드는 오래전 차를 몰고 가족 여행을 가던 중 앨프리드가 트럭을 추월하려고 맞은편 차선으로 들어갔을 때처럼 헉하고 숨을 쉬었다.

"20만이라고! 오, 세상에, 개리……."

"그리고 특허권으로 발생한 총수익의 1퍼센트를 로열티로 받겠다고 하세요. 법적 권리를 보호하기 위해 기꺼이 법정에 설 용의가 있다고 분명히 밝히고요."

"그러다 안 사겠다고 하면 어쩌냐?"

"내 말을 믿어요. 그쪽에서는 소송을 할 마음이 전혀 없을 거예요. 괜히 그래봐야 자기들 손해거든요."

"그래. 근데 이건 너희 아빠의 특허권이잖니. 아빠가 어찌 생각하실지."

"전화 바꿔주세요."

그의 부모는 어떤 종류의 권위에도 겁을 집어먹는 사람들이었다. 그들의 운명에서 벗어났음을 확신하고 싶거나 세인트주드와 충분히 거리를 두어야 할 필요가 있을 때면 개리는 자신이 그 어떤 권위 앞에서도, 심지어 아버지의 권위 앞에서도 얼마나 두려움이 없는가를 생각했다.

"그래." 앨프리드가 말했다.

"아빠, 한번 협상을 해보는 게 좋을 것 같아요. 저네들은 지금 불리한 입장이라 잘만 하면 큰돈을 버실 수 있을 거예요."

세인트주드에서 노인은 아무 대꾸도 없었다.

"설마 그 제안을 그대로 받아들이실 건 아니죠. 말도 안 돼요, 아빠. 고민할 필요도 없다고요."

"이미 결정 내렸다. 내가 뭘 하든 네 알 바 아냐."

"네, 그렇죠. 하지만 제가 이 일에 관심을 갖는 건 당연해요."

"게리, 그렇지 않아."

"관심을 갖는 게 당연하죠." 게리는 고집했다. 이니드와 앨프리드가 파산이라도 한다면 모든 부담은 재산이라고는 없는 누이나 책임감이라고는 없는 동생이 아니라 그와 캐럴라인에게 떨어질 터였다. 하지만 앨프리드에게 그런 말을 하지 않을 정도로 게리는 자제심이 있었다. "적어도 어떻게 할지는 말해주실 수 있잖아요. 그 정도 배려쯤은 해주세요."

"너야말로 묻지 않는 배려쯤은 해주지 그랬니. 하지만 물으니깐 답을 하마. 그 제안을 그대로 받아들이고 그 돈의 반은 오픽 미들랜드에 보낼 거야."

우주는 기계적이었다. 아버지가 말하면, 아들이 반응했다.

"이런, 아빠, 어떻게 그럴 수 있어요?" 게리는 너무나 화가 나는 동시에 자신이 너무나 정당한 상황에서 쓰는 나직하고 느린 목소리로 말했다.

"그럴 수 있고, 그럴 거다." 앨프리드가 대꾸했다.

"아뇨, 정말, 아빠, 제 말 잘 들으세요. 아버지가 그 돈을 오픽 미들랜드에 나눠줄 아무런 법적, 도덕적 책임이 없어요."

"나는 철도 회사의 장비와 비품을 썼어. 특허권에서 수입이 생기면 나누는 게 당연하지. 그리고 마크 잼버리츠가 특허 변호사를 소개해 줬다. 덕분에 수임료를 싸게 줬을 거다."

"그건 15년 전이라고요! 그 회사는 더 이상 **존재**하지 않아요. 그 일과 관련된 사람들은 **죽었어요**."

"다 죽은 건 아니야. 마크 잼버리츠는 살아 있어."

"아빠, 감상을 갖는 거야 좋아요. 저도 이해해요. 하지만……."

"어런히도."

"그 철도 회사는 로스 형제가 강탈한 뒤 내장을 이미 다 빼 갔다고요."

"더 이상 이야기하기 싫다."

"정말 역겨워요! 역겨워! 아빠와 세인트주드를 온갖 방법으로 엿먹인 회사에 충성하고 있다니. 그리고 **지금은** 건강보험으로 또 아빠를 엿 먹이고 있는데도요."

"너는 네 생각이 있고, 나는 내 생각이 있어."

"그건 무책임한 거예요. 이기적이라고요. 땅콩버터로 연명하고 싶다면야 아빠 맘이지만, 엄마한테는 공평하지 않아요. 나……."

"너랑 네 어미가 무슨 생각을 하든 난 관심 없어."

"나한테도 공평하지 않고요! 아빠가 곤경에 처하면 그 온갖 비용을 누가 대겠어요? 누구한테 의지할 거냐고요?"

"나는 견뎌야 하는 것을 견딜 거다. 그래, 그래야 한다면 땅콩버터만 먹고 살 거야. 땅콩버터를 좋아하거든. 좋은 음식이지."

"엄마도 그것만 먹고 살아야 한다면 참으로 좋아하겠군요. 개밥을 먹어야 한다고 한들 어떻겠어요. **엄마**가 뭘 원하는지 누가 신경이나 쓰나요."

"개리, 나는 무엇이 옳은지 알고 있어. 네가 이해할 수 있을 거라고는 생각지 않는다. 나 역시 네 결정을 이해할 수 없으니깐. 하지만 난 뭐가 옳은지는 알고 있어. 그러니 이만 끝내자."

"꼭 그래야 한다면 오픽 미들랜드에 2천5백 달러를 주세요. 하지만 그 특허권의 가치는……."

"그만 끝내자고 했다. 엄마가 또 전화 바꿔달라는구나."

이니드가 소리쳤다. "개리, 세인트주드 교향악단이 12월에 〈호두까기 인형〉을 공연한다는구나! 여기 발레단과 합동으로 아주 멋진 무대를 선보일 거래. 표가 **순식간에** 팔려나가고 있어. 크리스마스이브 공연 티켓을 아홉 장 살까 싶다. 낮 2시 공연도 있고, 아니면 저녁 8시 반 공연도 있는데, 어느 게 좋을지 네가 정하렴."

"어머니, 제 말 잘 들으세요. 아빠더러 그 제안을 받아들이지 말라고 해요. 내가 편지를 직접 볼 때까지 가만히 있으라고요. 내일 편지 사본을 저한테 보내세요."

"그래, 알았다. 하지만 지금 중요한 건 〈호두까기 인형〉 티켓을 아홉 장 확보하는 거야. 표가 **순식간에** 팔려나가고 있어. 개리, 정말 믿기지 않는구나."

마침내 통화가 끝났을 때 개리는 두 손으로 눈을 누른 채, 암흑에 휩싸인 머릿속 스크린에서 엉뚱한 색으로 떠오른 골프 사진 두 장을 보았다. 이니드는 골프장에서 나날이 거짓말이(**사기**가 더 적합한 단어이리라) 늘고 있고, 앨프리드는 형편없는 자기 실력을 전혀 개의치 않고 있었다.

노인네는 14년 전 로스 형제가 미들랜드 퍼시픽을 산 후에도 같은 종류의 자기 패배적인 머저리 짓을 했다. 미드팩의 새 사장 펜턴 크릴이 세인트주드의 모렐리에서 그에게 점심을 샀을 때 앨프리드는 예순다섯 살 생일을 두어 달 앞두고 있었다. 미드팩의 최고위 간부들은 인수에 저항한 일로 로스 형제에게 숙청당했지만 수석 엔지니어인 앨프리드는 근위대 소속이 아니었다. 세인트주드의 사무실을 폐쇄하고 리틀록으로 본사를 옮기는 혼란 속에서 크릴이 이끄는 새 팀이 회사 일을 익힐 동안 누군가 철도를 관리해줄 사람이 필요했다. 크릴은 앨프리드에게 2년 더 회사에 남아 리틀록으로의 이전을 감독하고 철도 서비스의 지속성을 보장해준다는 조건으로 15퍼센트 연봉 인상과 상당량의 오픽 주식을 제의했다.

앨프리드는 로스 형제를 증오했기에 단번에 거절했지만 그날 밤 집에서 이니드가 설득 작업에 들어갔다. 오픽 주식만 해도 7만 8천 달러에 달하며, 그의 연금은 만 3년간의 소득에 기초해 결정될 것이며, 따라서 은퇴 후 수입을 50퍼센트나 끌어 올릴 수 있다는 점을 그녀는 지적했다.

이 너무나 유혹적인 논거들에 앨프리드 역시 흔들리는 듯했으나 사흘 후 집에 돌아온 그는 그날 오후 사직서를 냈으며, 크릴이 받아들였다는 사실을 발표했다. 그때 앨프리드는 난생 최고의 연봉을 받을 기회를 단 7주 앞두고 있었다. 퇴직은 전혀 말이 되지 않았다. 하지만 그는 그때나 지금이나 이니드에게든 누구에게든 그 갑작스러운 결정에 대해 가타부타 설명을 하지 않았다. 그는 그저 말했다. **난 결정했어.**

그해 세인트주드에 차려진 크리스마스 식탁에서 이니드가 아기 아론의 자그마한 접시에 거위 요리용 개암을 몰래 얹어주자 캐럴라인이 그것을 집어내 부엌으로 가져가 거위 고기 찌꺼기인 양 쓰레기통에 던져넣으며 "완전 기름 덩어리야, 우웩"이라고 말한 후 개리는

그만 자제력을 잃고 소리쳤다. **7주만 기다릴 수는 없었나요? 65세가 될**
때까지만 기다릴 순 없었냐고요?

　　개리, 난 평생을 열심히 일했다. 내 은퇴는 내 문제야, 네 문제가 아니라.

　　그렇게 은퇴가 하고 싶어 겨우 마지막 7주를 기다릴 수 없었단 말
인가? 은퇴 후 대체 뭘 했단 말인가? 푸른 의자에 처박혀 있기나 했다.

　　개리는 액슨에 대해 아무것도 몰랐지만, 그의 직업상, 오픽 미들랜
드는 주식 상황과 경영 구조를 늘 꿰고 있어야 할 대기업이었다. 그
는 마침 로스 형제가 캐나다의 어느 금광 벤처 회사에서 입은 손실
을 만회하기 위해 지배 지분을 팔았다는 소식을 알고 있었다. 오픽
미들랜드는 미국의 준교외 지역에 본사가 흩어져 있는 모호하고 특
징 없는 초거대 기업의 계열사로 합류했다. 그곳의 중역들은 SHIT가
SHOT로, 다시 SOOT로, FOOT로, FOOD로 바뀌는 일종의 철자 바
꾸기 게임이나 살아 있는 기관의 세포처럼 교체되곤 했다. 따라서 개
리가 센트러스트의 포트폴리오를 위해 **오픽M** 주식의 대량 구입을
승인했을 때, 세인트주드에서 세 번째로 많은 고용인을 거느린 대기
업을 문 닫게 하고 캔자스 농촌 지역의 철도 서비스를 상당량 제거해
버린 데 책임이 있는 사람들은 그 회사에 전혀 남아 있지 않았다. 오
픽 미들랜드는 운송 사업에서 완전히 손을 뗀 뒤였다. 미들랜드 퍼시
픽의 남은 본선을 모두 팔고는 감옥 건설과 감옥 관리와 고급 커피와
재무 서비스에 집중하기로 했던 것이다. 오래된 철도 용지에는 새로
운 144가닥의 광섬유 케이블이 묻혔다.

　　이따위 회사에 앨프리드는 충성심을 느끼고 있다는 것인가?

　　생각할수록 더욱더 분노가 치밀었다. 개리는 솟구치는 분노를 막

거나 증기기관차처럼 씩씩되는 호흡을 늦출 수가 없어서 서재에 홀로 앉아 있었다. 통근용 철로 너머 튤립나무에 펼쳐지는 아리따운 호박빛 노을조차 눈에 들어오지 않았다. 무너질 위기에 처한 원칙들 외에는 아무것도 보이지 않았다.

그렇게 계속 아버지에 대한 불리한 증거들을 강박적으로 모으며 영원히 앉아 있을 수도 있을 것 같은 그때, 서재 문밖에서 바스락 소리가 들렸다. 그는 벌떡 일어나 벌컥 문을 열었다.

케일럽이 바닥에 책상다리를 하고 앉아 카탈로그를 살피고 있었다.

"이제 말할 수 있나요?"

"밖에서 엿듣고 있었니?"

"아니요. 통화가 끝나면 이야기할 수 있다고 했잖아요. 질문이 있어요. 어떤 방에 감시 장치를 달 수 있을지 궁금해요."

카탈로그가 뒤집혀 있긴 했지만 개리는 그 안의 물건들—알루미늄 케이스와 컬러 LCD 스크린을 갖추고 있었다—의 가격이 세 자리 아니면 네 자리라는 것을 알아볼 수 있었다.

"이건 내 새 취미예요. 방 하나에 감시 장치를 달고 싶어요. 아빠만 허락하면 부엌에 해도 된다고 엄마가 그랬어요."

"우리 집 부엌에다 취미로 감시 장치를 달자고?"

"네!"

개리는 고개를 저었다. 아이였을 적 취미가 다양했던 그와는 달리 자식들은 아무 취미가 없다는 사실에 그는 오랫동안 마음 상해 했더랬다. 그런데 케일럽이 "취미"라는 단어를 사용하면 개리가 평소에는 절대 금할 만한 지출을 허락해준다는 사실을 알아낸 것이었다. 이렇게 하여 케일럽의 취미는 사진 찍기가 되어 캐럴라인은 개리의 것보다 더 기능이 좋은 줌 망원렌즈가 달린 SLR 카메라를 아들에게 사주었다. 그리고 다음에는 케일럽의 취미가 컴퓨터가 되어 캐럴라인은 팜톱과 노트북을 사주었다. 그런데 이제 케일럽은 열두 살이 다 되었고, 개리는 너무 자주 제1장애물이 되었다. 그는 취미에 관해서는 신경을 곤두세우며 경계했다. 먼저 자기와 상의하지 않고는 케일럽에게 어떤 종류의 장비도 사주지 않겠다는 약속을 캐럴라인에게서 미리 받아두었다.

"감시는 취미가 아냐." 그는 말했다.

"아빠, 취미 맞아요! 엄마가 바로 그걸 권했는데요. 부엌부터 감시 장치를 달면 좋겠다고 했어요."

술장이 부엌에 있어, 라는 생각이 떠오르자 개리는 이것이 우울증의 **위험 신호**는 아닐까 싶었다.

"엄마와 이야기해보마. 알았지?"

"하지만 가게는 6시에 문 닫는다고요."

"며칠 기다릴 수 있잖아. 안 된다고 하지 마."

"오후 내내 기다렸다고요. 나중에 이야기하자고 계속 미루시는 바람에 벌써 밤이 다 됐어요."

벌써 밤이 다 됐다는 사실은 개리에게 술을 마실 뚜렷한 명분을 주었다. 술장은 부엌에 있었다. 그는 부엌 쪽으로 걸음을 옮겼다.

"정확히 뭘 사달라는 거지?"

"카메라랑 마이크랑 서보 조정 장치요." 케일럽이 개리에게 카탈로그를 불쑥 내밀었다. "보세요, 비싼 것도 아니에요. 이건 겨우 650달러

230

예요. 엄마가 괜찮다고 했어요."

개리는 가족은 잊고 싶어 하지만 자기만은 끈질기게 기억하고자 하는 어떤 유쾌하지 못한 것이 있다는 느낌이 시시때때로 들곤 했다. 그가 고개를 끄덕이고 가버리기만 하면 잊힐 무엇인가. 이 느낌 역시 **위험 신호**였다.

"케일럽, 이것 역시 금방 질려버릴 것 같은데. 이렇게 큰돈을 쓰고 이내 흥미를 잃어버리면 쓰겠니."

"아뇨! 아니에요!" 케일럽이 비통해하며 소리쳤다.

"**완전** 흥미 있어요. 아빠, 이건 **취미**라고요."

"전에 사줬던 것들처럼 이번에도 금방 시들해질 거야. 예전에도 번 번이 '정말 흥미롭다'고 말했잖니."

"이건 달라요. 이번에는 진짜진짜 관심 있어요." 케일럽이 간청했다.

확실히 아이는 아버지의 묵인을 사기 위해 평가절하된 언어 통화 를 쓸 준비가 되어 있었다.

"내 말뜻 너도 알잖니? 그 패턴이 보이지 않아? 사기 전에는 좋아 보였던 것이 산 후에는 다르게 보인다는 걸 아직 모르겠니? 물건을 산 다음에 네 기분이 바뀌잖아. 모르겠어?"

케일럽이 입을 벌렸지만 또 다른 간청이나 불평을 뱉기 전, 술책이 그의 얼굴에서 반짝였다.

아이가 짐짓 겸손하게 말했다. "알아요. 저도 그렇게 생각해요."

"그럼, 이 새 장비 역시 마찬가지가 아닐까?"

케일럽은 심각하게 생각하는 척 온갖 노력을 다 했다. "이번에는 다를 것 같아요." 마침내 아이가 말했다.

"그래, 좋아. 하지만 우리가 이 대화를 했다는 것을 분명히 기억해 두기 바란다. 한두 주 갖고 놀다 내던져버리는 값비싼 장난감은 더 이상 보고 싶지 않아. 너도 이제 곧 청소년이야. 관심이 좀 더 오래 지속되는 모습을 보고 싶……."

"개리, 그건 부당하잖아!" 캐럴라인이 열정적으로 말했다. 그녀는 한쪽 어깨를 수그리고 손으로 통증 완화용 팩을 등에 꾹 누른 채 안방 문가에서 절룩절룩 나왔다.

"안녕, 캐럴라인. 당신이 듣고 있는지 몰랐어."

"케일럽은 아무것도 내던지지 않았어."

"맞아요." 케일럽이 말했다.

캐럴라인이 개리에게 말했다. "그 모든 게 이 새 취미에 다 쓰일 거라는 점을 당신은 왜 못 봐? 그 점에서 이번 취미는 정말 훌륭해. 모든 장비를 하나로 모아서 쓸 수 있는 방법을 생각해내……."

"좋아, 그렇다니 기쁘군."

"아이는 창의적인 행동을 하는 건데 당신은 **죄책감**을 심어주고 있잖아."

그렇게 많은 물건을 주는 것이 케일럽의 상상력을 제한하고 있지는 않은지 궁금하다고 개리가 한마디 하자 캐럴라인은 아들을 중상모략한다고 비난을 퍼부어댔다. 그녀가 즐겨 읽는 양육 서적 중에 낸시 클레이모어 박사의 《첨단기술적 상상력 — 오늘날의 아이들이 부모에게 가르쳐야 하는 것》이 있었다. 클레이모어 박사는 영재 아동의 "옛 패러다임"이 사회적으로 분리된 천재로 양육하는 것이라면 영재 아동의 "첨단 패러다임"은 사회와 창의적으로 연결된 소비자로 양육하는 것이라고 주장하며, 전자 장난감이 곧 저렴해져 널리 사용됨에 따라 아이의 상상력은 더 이상 크레용 그림이나 지어낸 이야기로 발휘되는 것이 아니라 현존 기술의 통합과 이용으로 발휘될 것이라고 설파했다. 이러한 의견에 개리는 설득당하는 동시에 우울해졌다. 그가 케일럽 또래의 어린애였을 때 그의 취미는 아이스크림 막대로 모형 건물을 만드는 것이었다.

"그럼 지금 가게로 가는 거예요?" 케일럽이 물었다.

"아니, 케일럽, 오늘 밤은 안 돼. 벌써 6시가 다 되었잖니."

캐럴라인의 대꾸에 케일럽이 발을 굴렀다. "늘 이 모양이라니깐! 기다리고 기다리다 너무 늦어버려."

"영화를 빌려보자. 네가 좋아하는 걸로다." 캐럴라인이 말했다.

"영화 보기 싫어요. 감시 장치를 사고 싶다고요."

"어림없는 소리 마. 아무리 우겨도 소용없어." 개리가 말했다.

케일럽이 자기 방으로 가 문을 쾅 닫았다. 개리가 쫓아가 문을 벌컥 열었다. "그 정도 해둬라. 이 집에서 다시는 문을 쾅 닫지 마."

"아빠도 쾅 닫으면서!"

"여기서 한마디도 더 하지 마."

"아빠도 쾅 닫으면서!"

"이번 주 내내 방에 갇혀 있고 싶어?"

케일럽은 사팔뜨기처럼 눈을 뜨고 입술을 입안에 집어넣는 것으로 대답을 대신했다.

개리는 평소에는 신경 쓰지 않던 아들의 방 구석을 쭉 훑었다. 새 카메라와 컴퓨터와 비디오 장치가 도둑의 아파트에 처박힌 장물처

럼 버려진 채 쌓여 있었다. 판매가를 다 합하면 개리의 비서가 센트
러스트에서 받는 연봉보다도 높을 듯했다. 열한 살짜리 아이의 방에
이처럼 사치가 판을 치고 있다니! 분자 수문이 오후 내내 막고 있던
다양한 화학 성분들이 팡 하고 터지면서 개리의 신경계에 홍수를 일
으켰다. 제6인자는 그의 눈물샘을 열어젖히고는 미주신경에 메스꺼
움의 파도를 선사했다. 매일매일 더욱 강력하고 단호해져가는 비밀
스러운 진실로부터 애써 눈을 돌림으로써 하루하루 피해가던 바로
그 '감각'이었다. 그가 죽고 말리라는 진실. 무덤을 보물로 뒤덮어도
다시는 살아날 수 없다는 진실이 찾아왔다.

창가의 빛이 급속도로 사위어갔다.

"너 정말 이 장비들 전부 쓸 거니?"그는 가슴이 답답해진 채 물었다.

케일럽은 여전히 입술을 입안에 만 채 어깨를 으쓱했다.

개리가 말했다. "아무도 문을 쾅 닫아선 안 돼. 나도 마찬가지고. 알
겠니?"

"예, 아빠. 아무려면요."

개리는 케일럽의 방에서 어스름한 복도로 나오다 캐럴라인과 거
의 부딪칠 뻔했다. 그녀는 양말만 신은 채 까치걸음으로 종종대며 안
방으로 돌아가던 중이었다.

"또야? 또야? 엿듣지 말라고 했잖아. 뭐 하는 짓이야?"

"엿들은 것 아냐. 누우려고 했을 뿐이야."그녀는 절뚝이며 서둘러
안방으로 들어갔다.

"도망간다고 숨을 수 있을 것 같아?"개리는 그녀를 쫓아가며 말을
이었다. "대체 왜 내 말을 엿듣는지 이유나 좀 알자."

"문제는 내가 엿듣는 게 아니라 당신 편집증이야."

"내 편집증이라고?"

캐럴라인은 킹사이즈 오크 나무 침대에 털썩 주저앉았다. 두 사람이 결혼한 이후 그녀는 1주일에 두 번씩 5년간 심리 치료를 받은 끝에 마지막 섹션에서 심리 치료사한테 "완전무결한 성공"이라는 평결을 받아냈고, 이는 지금껏 정신건강에 관한 시합에서 개리에 대한 지속적 우월을 보장해주었다.

그녀는 말했다. "당신 **이외의** 모든 사람에게 문제가 있다고 생각하는 것 같아. 당신 어머니도 마찬가지지. 다른……."

"캐럴라인. 딱 하나만 묻자. 내 눈을 보고 대답해. 오늘 오후에 당신이……."

"세상에, 개리. 우리 그만하자. 당신 자신의 마음에 귀 기울여봐."

"빗속에서 완전히 지쳐빠질 때까지 말처럼 뛰어다니며 열한 살과 열네 살짜리 아이와……."

"당신은 강박증이야! 강박증이라고!"

"빗속에서 달리고 미끄러지고 걸어차다가……."

"부모님하고 이야기하고 얻은 분노를 우리한테 풀고 있어."

"집 안에 들어가기 전부터 절뚝댔잖아?" 개리가 아내의 얼굴에 대고 손가락을 흔들었다. "내 눈을 봐, 캐럴라인. 내 눈을 똑바로 보라고. 어서! 봐! 내 눈을 보고 **그땐 절뚝이지** 않았다고 말해봐."

캐럴라인은 고통스레 몸을 흔들고 있었다. "당신은 한 시간 가까이 통화 중이었어……."

개리는 쓰라린 승리감에 소리쳤다. "못 하잖아! 나한테 거짓말을 늘어놓으면서도 그걸 절대 인정하지 않지!"

"아빠! 아빠!" 문 밖에서 고함이 들렸다. 개리가 돌아서자 아론이 이성을 잃고서 잘생긴 얼굴이 눈물로 얼룩진 채 찡그리며 고개를 세차게 젓고 있었다. "엄마한테 고함치지 말아요!"

그러한 행동에 반응하도록 진화에 의해 특별히 재단된 개리의 뇌에서 회한의 신경인자가(제26인자) 홍수처럼 쏟아졌다.

"아론, 괜찮아." 그가 말했다.

아론이 돌아섰다가 다시 몸을 돌리며 제자리걸음만 여러 번 크게 반복하는 것이 마치 눈에서 수치스러운 눈물을 몰아내 몸 안으로 들이밀어 다리로 내쫓아 쿵쿵 짓밟으려고 애쓰는 듯했다. "하느님, 제발, 아빠, 엄마한테—고함—치지—마세요."

"그래, 아론. 고함 안 칠 거다."

개리는 아들의 어깨에 손을 뻗었지만 아론은 복도로 홀쩍 달아났다. 캐럴라인을 내버려둔 채 아들을 쫓는 개리의 마음에서 고립감은 더욱 깊어졌다. 이로 인해 아내가 이 집에서 강력한 동맹을 누리고 있다는 사실이 분명해졌다. 아들들은 그녀를 그녀의 남편으로부터 보호할 터였다. 그녀의 남편은 고함쟁이였다. 그 앞에서 그의 아버지가 그러했듯이. 이제 그 앞에서 그의 아버지는 우울증 환자였다. 하지만 한창나이의 아버지가 고함을 지를 때면 겁을 먹은 꼬마 개리는 어머니를 위해 탄원할 생각은 결코 하지 못했다.

아론은 침대에 얼굴을 파묻은 채 엎드려 있었다. 토네이도 잔해처럼 바닥에 널린 빨랫감과 잡지 속에서 질서가 느껴지는 두 접속점이라고는 번디 트럼펫과 (약음기와 악보대와 함께) 알파벳순으로 정리된 어마어마한 양의 CD뿐이었다. 개중에는 디지 길레스피와 루이 암스트롱과 마일스 데이비스의 박스 포장된 전집 세트 외에도 쳇 베이커, 윈튼 마살리스, 척 맨지오니, 허브 앨퍼트, 알 허트 등 모두 개리가 아들의 음악적 관심을 독려하기 위해 선물한 것이었다.

개리는 침대 가장자리에 걸터앉았다. "나 때문에 속상했다면 미안하구나. 너도 알다시피, 나는 때로 비열한 비판가가 되고, 너희 엄마는 때로 자신의 잘못을 인정하는 데 어려움을 겪지. 특히나……."

"엄마의. 등은. 정말. 아파요." 아론의 목소리가 랄프 로렌 이불에 묻혀 웅웅거렸다. "**거짓말**하는 게 **아니에요.**"

"등이 아픈 건 나도 알아, 아론. 나는 엄마를 정말 사랑한단다."

"그럼 **고함**치지 마세요."

"좋아. 고함은 이제 안 치마. 저녁이나 먹을까." 개리는 유도 동작으로 살짝 아론의 어깨를 쳤다. "어때?"

아론은 움직이지 않았다. 격려의 말을 더 해주어야 할 듯했지만 개리는 아무 말도 생각나지 않았다. 제1인자와 제3인자가 지금 대단히 부족했다. 몇 분 전 캐털라인이 "우울증"이라고 그를 비난할 태세인 듯했을 때 개리는 그녀 의견이 신용을 얻을 경우 그의 의견이 모든 권리를 박탈당하지 않을까 두려웠다. 도덕적 확실성을 잃을 것이었고, 그가 말하는 모든 단어가 질병의 증후가 됨으로써 다시는 논쟁에서 이길 수 없을 터였다.

그러므로 지금 우울증에 저항하는 것이, 진실로 그것과 싸워 이기는 것이 한층 더 중요했다.

그가 말했다. "애야, 너 아까 엄마랑 같이 미식축구 했지. 내 말이 맞는지 좀 말해주렴. 엄마가 집에 들어가기 전부터 절뚝거렸지?"

아론이 침대에서 몸을 일으키자 일순 개리는 진실이 이길 것이라고 믿었다. 하지만 아론의 얼굴은 혐오감과 불신으로 붉고 희게 울긋불긋해진 건포도 같았다.

"아빠 정말 끔찍해요! **끔찍하다고요!**" 그리고 아들이 방에서 달려나갔다.

평소의 개리라면 아론이 저런 식으로 달려가게 내버려두지 않을 터였다. 평소의 개리라면 아들에게서 사과를 받아내기 위해 필요하다면 밤이 새도록 아들과 논쟁을 벌일 터였다. 하지만 혈당과 내분비와 시냅스로 이루어진 그의 정신 시장은 붕괴하고 있었다. 그는 자신이 추하게 느껴졌고, 아론과 논쟁한다면 더더욱 추해질 것만 같았고, 이러한 자괴감은 아마도 주요 **위험 신호**일 터였다.

그는 자신이 두 가지 중대한 실수를 했음을 깨달았다. 세인트주드에서 다시는 크리스마스를 보내지 않겠다고 캐럴라인에게 약속해서는 결코 안 되었다. 그리고 오늘 그녀가 뒤뜰에서 절뚝이며 얼굴을 찡그릴 때 사진을 한 장이라도 찍어놨어야 했다. 이런 실수로 인해 잃어버린 도덕적 우위가 한탄스러웠다.

"나는 병적인 우울증이 아니야." 그는 어둠으로 물든 침실 창문에 비친 자신의 그림자를 향해 말했다. 그리고 젖 먹던 힘까지 간신히 짜내 아론의 침대에서 일어나, 평범한 저녁을 보낼 수 있는 능력이 자신에게 있음을 입증하기 위해 결연히 떠났다.

조나가 《캐스피언 왕자》를 들고서 어둑한 계단을 오르고 있었다. "다 읽었어요."

"마음에 드니?"

"무지 좋아요. 정말 뛰어난 아동문학이에요. 아슬란이 허공에 문을 만들어서 사람들이 들어가 사라졌어요. 나니아를 떠나 진짜 세계로 돌아갔죠."

개리는 웅크리고 앉았다. "나 좀 꼭 안아다오."

조나가 그에게 두 팔을 둘렀다. 개리는 어린 아들의 느슨해지는 관절과 아기 같은 유연성과, 머리와 뺨에서 풍겨 나오는 열기를 느꼈다. 이 아이에게 피가 필요하다면 그는 자기 목이라도 기꺼이 딸 터였다. 그의 사랑은 이처럼 강렬했다. 하지만 그가 원하는 것이 사랑뿐인지, 아니면 자기 역시 함께할 전략적 동지를 확보해 동맹을 구축하고자 하는 것은 아닌지 의심스러웠다. 연방준비제도 이사회 회장인 개리 R. 램버트는 생각했다, **현재의 경기 침체를 막기 위해서는 봄베이 사파이어 진의 대량 유입이 필요하다.**

부엌에서 캐럴라인과 케일럽이 탁자에 구부정하니 앉아 콜라와 포테이토칩을 먹고 있었다. 캐럴라인은 발을 다른 의자에 올린 채 무릎 아래 쿠션을 받치고 있었다.

"저녁은 어떻게 할 거야?" 개리가 물었다.

아내와 둘째 아들은 그러면 그렇지, 그런 형편없는 질문이나 할 줄 알았다는 듯한 눈길을 주고받았다. 포테이토칩 부스러기의 양으로 보아 그들은 잘못된 식욕의 길에 들어선 것이 분명했다.

"믹스드 그릴로 하지, 뭐." 캐럴라인이 말했다.

"와, 좋아요, 아빠, 믹스드 그릴 먹어요!" 케일럽이 반어법이나 열광 둘 다로 해석될 만한 목소리로 말했다.

개리는 고기가 있느냐고 물었다.

캐럴라인이 포테이토칩을 입에 쑤셔 넣고는 어깨를 으쓱했다.

조나가 직접 불을 지피고 싶다고 허락을 구했다.

개리는 냉장고에서 얼음을 꺼내며 그러라고 했다.

평범한 저녁. 평범한 저녁.

"이 탁자에 카메라를 설치하면 식당까지도 보일 거예요." 케일럽이 말했다.

"하지만 구석을 놓치게 돼. 저기 뒷문 위에 달면 양쪽으로 다 훑을 수 있지." 캐럴라인이 말했다.

개리는 술장 문으로 몸을 가린 채 얼음 위에 진 100그램을 부었다.

"'상하 85도'?" 케일럽이 카탈로그를 읽었다.

"카메라가 바로 아래를 볼 수 있다는 뜻이야."

여전히 술장 문에 가려진 채 개리는 벌컥벌컥 술을 삼키며 온기를 더했다. 그리고 술장 문을 닫고는 그가 상대적으로 약한 술을 마셨는지 누가 확인할 경우를 대비해 술잔을 쳐들었다.

"이런 말 하기 싫다만, 감시 장치는 안 된다. 취미로 적절치 않아." 그가 말했다.

"아빠, 제가 관심을 유지하는 한 괜찮다고 아까 그랬잖아요."

"생각해보겠다고 했지."

케일럽이 맹렬하게 고개를 저었다. "아네요! 안 그랬어요! 질려 하지 않는 한 괜찮다고 했어요."

"그래, 정말 그랬어." 캐럴라인이 불쾌한 미소를 지으며 단언하고 나섰다.

"그래, 캐럴라인, 그렇게 말했겠지. 하지만 부엌에 감시 장치를 달지는 않을 거야. 케일럽, 감시 장치를 사도 좋다는 허락은 절대 하지 않았어."

"아빠!"

"그게 내 결정이야. 끝이야."

"케일럽, 그건 중요하지 않아. 개리, 그건 중요하지 않아. 이 애는 자기 돈이 있으니깐. 그 돈을 어떻게 쓰든 자기 마음이야. 그렇지, 케일럽?"

개리의 시야 밖 탁자 아래에서 그녀는 케일럽에게 손으로 신호를 보냈다.

"그래요, 저축해둔 게 있어요!" 케일럽의 어조가 다시 반어법이나 열광이나 혹은 둘 다를 띠었다.

"이 문제에 대해서는 나중에 이야기해, 캐로." 개리가 말했다. 진에서 파생된 온기와 왜곡과 어리석음이 그의 귀 뒤에서 팔과 가슴으로 쏟아져 내리고 있었다.

조나가 메스키트 장작 냄새를 풍기며 돌아왔다.

캐럴라인이 커다란 포테이토칩 봉지를 새로 하나 더 뜯은 뒤였다.

"그러다 입맛 버릴라." 개리는 껄끄러운 목소리로 말하며 플라스틱 칸에서 음식을 꺼냈다.

어머니와 아들이 또다시 눈길을 주고받았다.

"네, 염려 말아요. 믹스드 그릴을 먹을 배는 남겨둘게요!" 케일럽이 대꾸했다.

개리는 열정적으로 고기를 썰고 꼬치에 야채를 꿰었다. 조나가 식탁을 차리며 자기 마음에 드는 정확한 자리에 그릇을 놓았다. 비는 그쳤지만 개리가 밖에 나가보니 덱은 여전히 미끈거렸다.

그것은 가족 농담처럼 시작되었다. 아빠는 레스토랑에서 늘 믹스드 그릴을 주문해, 아빠는 메뉴에 믹스드 그릴이 있는 레스토랑만 가려고 해. 양고기 조각과 돼지고기 조각과 송아지 고기 조각과 날씬하고 연한 현대적 소시지 한두 개, 즉 전형적인 믹스드 그릴에게서 개리는 언제나 저항할 수 없는 **럭셔리**와 끝없는 맛을 느꼈다. 그가 집에서 직접 믹스드 그릴을 요리하는 것은 특별한 선물이었다. 피자와 중국 음식과 간편 파스타 음식과 더불어 믹스드 그릴은 가족의 주된 먹거리가 되었다. 캐럴라인은 토요일마다 고기와 소시지로 묵직해져 피처럼 물컹대는 봉지를 여럿 들고 오는 것으로 이에 동참했다. 오래전부터 개리는 날씨가 가장 끔찍할 때를 제외하고는 용감히 덱에 나가 1주일에 두 번, 심지어 세 번 믹스드 그릴을 요리했다. 자고새 가슴살과 닭 간과 소 허릿살과 멕시코 향료를 넣은 칠면조 소시지. 도토리 호박과 붉은 고추. 가지와 파프리카와 새끼 양 토막과 이탈리아 소시지. 환상적인 돼지고기 소시지-소갈빗살-청경채 콤보 요리를 만들어냈다. 그는 이 음식을 사랑했고, 사랑했고, 사랑했지만 어느 순간 삽시간에 사랑을 잃어버렸다.

캐럴라인의 침대 협탁에 놓인 책들 중《크게 느껴라!》(의사이자 이학박사인 애슐리 트랠피스 저)에서 그는 **쾌감 상실**이라는 심리학 용어를 발견했다. 사전을 찾아본 그는 불길한 **맞아, 맞아**와 함께 자기 인정으로 온몸을 떨었다. "정상적으로 기쁨을 느껴야 하는 행동에서 기쁨을 느낄 수 없는 심리학적 상태." **쾌감 상실**은 **위험 신호** 정도가 아니라 완전한 징후였다. 메마른 부패가 기쁨에서 기쁨으로 퍼져간 결과, 부모의 어리석은 생각에 대한 개리의 저항에 긴 세월 연료가 되어주었던 사치와 여유의 기쁨이 곰팡이로 뒤덮여버린 것이었다.

지난 3월 세인트주드에서 이니드는 겨우 어린이 보호 기금에서 무료 봉사나 다름없이 파트타임으로 일하는 여자와 결혼한 은행 부사장치고는 개리가 요리를 **심하게** 많이 한다고 한마디 했다. 개리는 어머니의 입을 쉽게 막아버렸다. 계란 하나 못 삶는 남자와 결혼했으니 질투하는 것이 분명했다. 하지만 개리가 조나와 함께 세인트주드에서 돌아온 후 생일을 맞아 컬러사진 암실이라는 값비싼 깜짝 선물을 받고는 **암실이라니, 환상적이야, 맘에 들어, 정말 맘에 들어,** 라고 온갖 의지를 끌어모아 탄성을 지른 후에 캐럴라인이 그에게 생새우와 잔혹한 황새치 토막이 담긴 접시를 건네자 개리는 어머니의 말이 옳은 것은 아닐까 의심이 들었다. 복사열로 들끓는 덱에서 생새우와 황새치를 굽는 사이 피로가 그를 덮쳐 기진맥진해졌다. 메스키트에 불을 붙이고 연기를 피해 덱을 서성이는 동안, 구이 요리와 아무 관련 없는 그의 삶 일부가 강렬하게 반복되는 순간순간들 사이에서 외부신호처럼 깜박거렸다. 그는 눈을 감고서 크롬 그릴과 지옥 같은 숯불 위에서 고기 요괴가 갈색으로 익어가며 비틀리는 모습을 상상했다. 저주받은 영원한 지옥 불. 강박적으로 반복되는 타는 듯한 고통. 그릴의 안쪽 벽에 페놀투성이의 검은 기름이 두툼한 카펫처럼 잔뜩 쌓여 있었다. 재를 갖다 버리는 차고 뒤쪽은 달 표면이나 시멘트 공장 마당처럼 보였다. 그는 믹스드 그릴에 아주아주 진절머리가 났고, 다음날 아침 캐럴라인에게 말했다.

"아무래도 내가 요리를 너무 많이 하는 것 같아."

"그럼 조금만 해요. 외식하면 되니깐."

"집에서 먹고 싶어. 그리고 요리를 덜 하고 싶고."

"그럼 주문해서 먹어요."

"그건 같지 않아."

"다 같이 식탁에 앉아 음식을 먹어야 한다고 주장하는 건 당신이에요. 아이들은 전혀 신경 쓰지 않아요."

"난 신경 써. 내겐 중요한 문제야."

"좋아요. 하지만 개리, 나한테는 중요하지 않아요. 아이들한테도요. 그런데도 우리가 당신을 위해 요리해야 해요?"

그는 캐럴라인을 전적으로 비난할 수는 없었다. 그녀가 풀타임으로 일하던 시절 그는 냉동 음식이나 배달 음식, 인스턴트 음식에 전혀 불평하지 않았다. 캐럴라인에게는 그가 규칙을 바꾸고 있는 듯이 느껴지리라. 하지만 개리에게는 가족생활의 본질 자체가 바뀌고 있는 듯했다. 그의 어릴 적과는 달리 가족애와 효심과 형제애가 중요하게 여겨지지 않는 듯했다.

그래서 지금 그는 여전히 음식을 굽고 있었다. 부엌 창문 너머로 캐럴라인이 조나와 엄지 씨름을 하는 것이 보였다. 그녀는 아론의 헤드폰을 끼고 음악을 들으며 박자에 맞추어 고개를 끄덕였다. 확실히 가족생활처럼 **보였다.** 창문 너머를 바라보는 남자의 병적인 우울증 말고, 여기에 정말 잘못된 뭔가가 있는 것일까?

캐럴라인은 등의 통증도 잊은 듯했지만 가황 처리되어 김과 연기를 뿜는 동물성 단백질이 담긴 접시를 들고 그가 안으로 들어오자 이

내 통증이 되살아나는 모양이었다. 그녀는 식탁에 비스듬히 앉아 포크로 음식을 찌르며 나직이 끙끙거렸다. 케일럽과 아론이 대단히 걱정스레 그녀를 바라보았다.

"《캐스피언 왕자》가 어떻게 끝나는지 알고 싶은 사람 없어요? 궁금하지 않아요?" 조나가 말했다.

캐럴라인이 눈꺼풀을 깜박이며 비참하게 입을 벌려 숨을 들이쉬고 내쉬었다. 개리는 우울하지 않고 적대적이지 않은 뭔가를 말하려고 분투했지만 약간 술에 취해 있었다.

"세상에, 캐럴라인, 당신 등이 아픈 것도 알고, 힘든 것도 알지만 식탁에 똑바로 앉을 수도 없다면……."

말 한마디 없이 그녀가 의자에서 미끄러지듯 일어나 접시를 들고 절뚝절뚝 싱크대로 가서 남은 음식을 긁어 분쇄기에 버리더니 절뚝절뚝 위층으로 올라갔다. 케일럽과 아론은 양해를 구하고는 남은 음식을 버리고 그녀 뒤를 쫓았다. 모두 합쳐 30달러 치의 고기가 하수도로 들어갔지만, 개리는 제3인자의 수치를 바닥에서 끌어 올리려고 애쓴 덕에 오늘 저녁을 위해 죽은 동물들 생각을 잊어버릴 수 있었다. 그는 취기에 젖은 채 납빛 황혼 속에 앉아 아무 맛 없이 음식을 먹으며, 조나의 손상되지 않은 쾌활한 수다에 귀 기울였다.

"쇠고기 가슴살이 정말 맛있어요, 아빠. 구운 도토리 호박 한 조각 더 먹을래요. 괜찮죠?"

위층 오락실에서 황금 시간대의 방송 소리가 들렸다. 개리는 잠시 아론과 케일럽에게 미안해졌다. 자신을 극단적으로 필요로 했던 어머니를 둔 덕분에 어머니의 행복에 책임을 져야 한다는 것이 어떤 것인지 개리는 알았다. 또한 캐럴라인이 그보다 더욱 고독하다는 것 역시 이해했다. 그녀의 아버지는 미남에 카리스마 넘치는 인류학자였으나, 그녀가 열한 살 때 말리에서 비행기 사고로 사망했다. 그녀의 조부모는 간간이 성경 구절을 읊듯이 말을 하는 늙은 퀘이커 교도로, 그녀에게 토지의 절반을 물려주었다. 그 땅에는 높은 평가를 받는 앤드루 와이어스 그림 한 점과 윈슬로 호머 그림 세 점과 케넷 스퀘어 근방의 나무가 우거진 숲 16헥타르가 포함되어 있었다. 개발업자는 그 숲을 사는 데 거액을 지불했다. 캐럴라인의 어머니는 이제 일흔여섯 살이고, 끔찍하게 건강하며, 두 번째 남편과 함께 러구나 비치에 살고 있고, 캘리포니아 민주당의 주요 후원자였다. 그녀는 4월마다 동부로 와서 손자들에게 미쳐 있는 "늙은 여인네 중 하나"가 아니라는 것을 자랑했다. 캐럴라인의 유일한 형제는 오빠 필립으로, 가르치려 들면서 인색하기 짝이 없는 독신의 고체물리학자이며 어머니한테서 오싹할 만큼 지독한 사랑을 받았다. 개리는 세인트주드에서 이런 가족을 본 적이 없었다. 캐럴라인이 자라면서 겪어야 했던 불운과 무관심을 개리는 처음부터 동정하고 사랑했다. 그는 기꺼이 더 좋은 가족을 만들어주고자 했다.

하지만 저녁 식사 후 그와 조나가 접시를 식기세척기에 넣는 동안 위층에서 여자 웃음소리가 요란하게 울렸고, 그는 캐럴라인이 그에게 뭔가 나쁜 짓을 하고 있다고 결정 내렸다. 위로 올라가 파티를 난장판으로 만들고 싶었다. 하지만 유쾌한 술기운이 머리에서 엷어지면서 아까의 불안감이 땡그랑땡그랑 귀에 울리기 시작했다. 액슨과 관련한 불안감이.

왜 그토록 실험적인 단계에 있는 작은 회사가 아버지에게 굳이 돈을 주려고 하는지 궁금했다.

앨프리드에게 편지를 보낸 브랙 크누터 앤드 스페이 로펌이 투자은행과 종종 밀접하게 일한다는 점을 감안하면, **조사**가 필요했다. 뭔가 큰 건이 앞에 있는 만큼 아주 세밀히 조사해야 했다.

"나가서 형들이랑 놀고 싶니? 위에서 재밌게 노는 것 같은데." 개리가 조나에게 물었다.

"아니, 괜찮아요. 나니아 다음 권을 읽고 싶어요. 지하실이 조용할 테니 그리로 갈래요. 같이 가실래요?"

지하실의 낡은 놀이방은 여전히 제습 장치와 카펫과 소나무 패널을 갖춘 **멋진** 곳이었지만, 살아 있는 공간을 조만간 죽이고 말 잡동사니로 괴사당하고 있었다. 스테레오 상자, 기하학적 모양의 스티로폼 충전재, 낡은 스키와 해변 용품이 되는대로 처박혀 있었다. 아론과 케일럽의 옛날 장난감은 커다란 통 다섯 개와 작은 통 열두 개에 담겨있었다. 조나 이외에 누구도 그것들을 만지지 않았고, 심지어 조나마저 혼자이든 친구와 함께든 넘치는 과잉 속에서 고고학적인 탐사를 하는 데 그쳤다. 커다란 통 하나의 절반을 비워 참을성 있게 액션 피겨를 분류하고, 크기나 제조사를 확인하여 맞는 받침대와 차량과 건물을 찾아내는 데(맞는 것이 전혀 없는 장난감은 소파 뒤에 던져버렸다) 오후를 통째로 바치기도 했지만, 친구가 떠나거나 저녁이 차려지기 전에 통 하나의 바닥에 도달하는 일은 거의 드물었다. 그러면 아이는 발굴한 모든 것을 도로 파묻었고, 일곱 살배기에게 천국처럼 보여야 할 넘치는 장난감은 놀이감으로서의 기본적인 기능을 상

실해 개리가 그토록 무시하고자 마지않는 **쾌감 상실**의 또 다른 교훈
이 되었다.

조나가 자리를 잡고 책을 읽는 동안에 개리는 케일럽의 "낡은" 랩
톱을 켜서 인터넷에 접속했다. 검색창에 **액슨**과 **스벤크스빌**을 입력
했다. 검색 결과에 뜬 사이트 두 개 중 하나는 **액슨 주식회사 홈페이
지**였지만, 접속하려고 들자 **사이트 업데이트 중**이었다. 다른 사이트
는 **웨스트포트폴리오 바이오펀즈** 웹사이트 한구석에 박힌 페이지로
연결되었다. **주시해야 할 개인기업** 목록은 칙칙한 그림과 오탈자가
박힌, 접속이 뜸한 사이버 공간이었다. **액슨**에 대한 페이지는 1년 전
마지막으로 업데이트되어 있었다.

액슨 주식회사는 펜실베이니아 스벤크스빌 이스트 인더스트리얼
서펀티 24번지에 소재한 유한책임 회사로, 델라웨어주에 등록되
어있으며 에이벌 유도 신경화학주성 프로세스에 대해 세계적 권
리를 보유하고 있다. 에이벌 프로세스는 액슨 주식회사가 단독으
로 배타적 권리를 갖고 있는 미국 특허권 5101239호, 5101599호,
5103628호, 5103629호, 5105996호에 근거해 보호받고 있다. 액슨
은 에이벌 프로세스를 개량하여 전 세계 병원과 클리닉에 판매하
고, 관련 기술을 연구 발전시키는 데 집중하고 있다. 회사 창립자이
자 회장인 닥터 얼 H. 에이벌은 존스 홉킨스 의과대학 응용신경생
물학과의 저명한 교수로 활약한 바 있다.

에이벌 역단층촬영 화학요법이라고도 불리는 에이벌 유도 신경화

학주성 프로세스는 수술이 불가능한 신경아 세포증과 뇌의 다양한 형태적 결함을 치료하기 위해 개발되었다.

에이벌 프로세스는 뇌 조직에 생긴 암양종(癌樣腫), 돌연변이 유발 요인, 특정 비특이성 독소를 향해 러더퍼듐 방사선을 컴퓨터로 정확히 겨냥해 주변의 건강한 조직을 손상하지 않으면서 병든 조직만 활성화하는 기술이다.

현재 컴퓨터 용량의 한계 때문에 에이벌 프로세스의 치료용 활성 리간드*와 비활성 피기백 매개체를 질환 부위에 정확히 조준하려면 환자가 에이벌 실린더 속에 36시간 동안 가만히 있어야 한다. 다음 세대의 에이벌 실린더는 총 치료 시간을 2시간 이내로 줄이리라 기대된다.

에이벌 프로세스는 1996년 10월 "안전하고 효과적인" 치료법임을 FDA에 정식 승인받았다. 아래의 수많은 출판물에 제시된 것처럼, 그 이후 의학적 안전성과 효과를 전 세계에 걸쳐 널리 인정받고 있다.

액슨에게 거액을 뜯어내자는 개리의 희망은 온라인 과장 광고의 부재 속에서 시들고 있었다. 웹 두통과 맞서 싸우며 웹 피곤에 다소 시달리던 그는 **얼 에이벌**을 검색창에 입력했다. 수백 개의 웹 문서에

---

* 수용체에 결합하는 항체·호르몬·약제 등의 분자.

는 **신경아 세포증을 위한 새로운 희망**과 **거대한 도약**과 **실로 기적적인 치료법**이라는 제목이 들어 있었다. 에이벌과 공동 연구자들은 또한 「수용체 14, 16A, 21의 원격 컴퓨터 자극」, 「혈액뇌관문 횡단용 저유독성 초산철 복합체 4」, 「체외 러더퍼듐 방사선 콜로이드 미세관 자극」을 비롯해 수십 편의 논문을 전문 저널에 실은 바 있었다. 하지만 개리의 흥미를 가장 자극한 것은 6개월 전 〈포브스 ASAP〉에 실린 글이었다.

포카티 풍선 도관과 라식 각막 수술과 같은 발명들은 특허권을 보유한 기업에게 황금알을 낳는 거위이다. 한편, **에이벌** 유도 신경화학주성 **프로세스**와 같은 낯선 이름의 특허들은 발명가를 구식 방법으로 부자로 만들어준다. 혼자서 부를 독식하는 것이다. **에이벌 프로세스**는 1996년 말 규제 기관의 승인을 받지 못했지만 지금은 다양한 종류의 뇌종양과 뇌병변 치료에 있어 새로운 패러다임으로 간주되고 있으며, 개발자인 존스 홉킨스 신경생물학자 얼 H. ("컬리") 에이벌이 특허권 수입을 비롯해 전 세계에서 거둬들이게 될 순이익은 연간 4천만 달러로 추정된다.

연간 4천만 달러야말로 그가 찾고 있던 것이었다. **연간 4천만 달러**는 개리의 희망을 되살려 다시금 분노하게 했다. 얼 에이벌이 **연간 4천만 달러**를 벌어들이는 동안 역시나 개발자이지만 (현실을 직면하자) 기질적으로 **패배자**이자 순둥이인 앨프리드 램버트는 그 온갖 고생을 다 하고는 겨우 5천 달러를 받게 되는 것이다. 그것도 반은 오픽 미들랜드와 나눌 계획이고!

"정말 맘에 들어요. 지금껏 읽은 것 중에 최고예요." 조나가 말했다.

개리는 생각했다, 그래, 왜, 아빠의 특허권을 사려고 그리 서둘러 대는 거지, 컬리? 왜 그렇게 난리법석이야? 내부 정보가 하나 그의 손아귀에 떨어졌다고 금융가의 직감과 저릿저릿한 음부가 말해주고 있었다, 우연적인 (그러므로 완벽하게 합법적인) 소스로부터 내부 정보가 생긴 것이다. 달콤하고도 내밀한 고깃조각이.

"꼭 럭셔리 크루즈를 타는 것 같아요. 세계 끝까지 항해하려고 한다는 점만 빼놓으면요. 봐요, 아슬란이 살아 있는 곳은 세계 끝이에요."

증권거래위원회의 에드거 데이터베이스에서 개리는 액슨 주식회사의 최초 주식공개가 언급된 비승인 안내서, 즉 예비 유가증권 발행 신고서를 찾아냈다. 주식공개는 3개월 후인 12월 15일로 잡혀 있었다. 상장 주간사는 엘리트 투자은행 중 하나인 헤비&호답이었다. 현금 흐름, 발행 금액, 상장 규모 등 핵심 요인을 확인하고는 사타구니가 쩌릿쩌릿해진 채 **다운로드 담아놓기** 단추를 눌렀다.

"조나, 9시다. 어서 가서 세수하렴."

"할 수만 있다면 나도 럭셔리 크루즈 타고 싶어요, 아빠." 조나가 계단을 오르며 말했다.

다른 **검색** 사이트에서 개리는 파킨슨병에 걸린 양손을 떨며 **미인, 누드, 금발**을 입력했다.

"문 닫고 가거라, 조나."

모니터에 아름다운 금발 누드 여자가 나타났다. 개리가 마우스를 옮겨 클릭하자 선탠을 한 나체의 남자 하나가 화면 뒤쪽에 박힌 채 무릎부터 배꼽까지 클로즈업되어 아름다운 누드 금발 여자에 대한 팽팽한 관심을 보여주고 있었다. 이들 사진에는 조립 공장 같은 뭔가가 있었다. 아름다운 금발 누드 여자가 신선한 원재료라면, 선탠 누드 남자는 도구를 가지고 조립 작업을 하려고 극도로 열을 올리고 있었다. 우선 원재료의 화려한 직물 포장을 벗긴 다음 꿇어앉히고, 반쯤 죽은 노동자가 도구를 원재료의 입에 박아넣은 다음 바로 눕혀 입으로 눈금을 매기고는 수직이나 수평 자세로 원재료를 접어 필요한 대로 구부리거나 누르고 도구로 매우 세차게…….

동영상은 개리를 흥분시키기보다는 진정시켰다. 성행위를 하는 아름다운 금발 누드 여자보다 돈이 그를 더욱 흥분시키는 것인지, 아니면 고독한 아버지의 우울한 지하실과 같은 **쾌감 상실**이 섹스까지 사로잡을 나이가 된 것인지 개리는 의아했다.

1층에서 초인종이 울렸다. 사춘기 아이의 발이 2층 계단을 쿵쿵 내려갔다.

개리가 얼른 모니터의 사이트를 닫고 위층으로 올라가니 케일럽이 피자 상자를 들고 2층으로 돌아가고 있었다. 개리는 그를 따라가 잠시 오락실 문 앞에 서서는 아들과 아내가 페퍼로니 냄새 속에서 말없이 식사하는 소리를 들었다. TV에서는 탱크인지 트럭인지 군사물이 전쟁 영화음악과 함께 우르릉대고 있었다.

"압력을 높여라, 중위. 이제 말하겠는가? 말하겠는가?"

해리엇 L. 샤트만 박사는《불간섭 양육―뉴밀레니엄을 위한 아이 기르기》에서 이렇게 경고했다. **오늘날 걱정 많은 부모들이 TV와 컴퓨터 게임의 소위 "황폐화"로부터 자녀를 "보호"하면서 더욱 황폐하고 파괴적인 동**

년배의 사회적 왕따에 노출하는 경우가 너무 많다.

아이였을 적 하루에 TV를 30분만 시청하고도 왕따를 겪지 않은 개리로서는 샤트만의 이론이 가장 자유분방한 부모를 기준으로 삼아 다른 부모들로 하여금 통제 수준을 낮추게 강요하는 것처럼 보였다. 하지만 자기 아버지와는 다른 아버지가 되겠다는 개리의 꿈의 단독 신탁 관리자인 캐럴라인은 이 이론을 진심으로 받아들였고, 아이들은 부모의 지시보다 동년배와의 상호작용을 통해 더 많이 배운다는 믿음을 갖고 있었다. 따라서 개리는 그녀에게 결정권을 넘겼고, 아이들은 거의 완전히 자유롭게 TV를 볼 수 있게 되었다.

그가 예측하지 못한 것은 그 자신이 소외되리라는 점이었다.

그는 서재로 후퇴해 다시 세인트주드에 전화를 걸었다. 부엌의 무선전화는 여전히 그의 책상에 있었고, 이는 아까의 불쾌함과 앞으로 해야 할 싸움을 다시금 상기시켰다.

이니드였으면 했건만 앨프리드가 전화를 받더니 어머니가 루트네 집에 가서 사교 활동을 하고 있다고 했다. "오늘 밤 반상회가 있거든."

개리는 나중에 다시 전화를 걸까 하다가 아버지에게 겁먹기를 거부했다.

"아빠, 액슨에 대해 조사를 해봤어요. **거액**을 뽑아낼 수 있을 것 같아요."

"개리, 그 일에는 그만 신경 꺼라. 더 이상 생각할 것도 없다."

"생각할 것도 없다뇨?"

"생각할 것도 없다고. 이미 처리되었어. 계약서를 공증받았어. 변호사비는 건지게 되었고, 그것으로 됐어."

개리는 두 손가락으로 이마를 눌렀다. "맙소사, 아빠. 공증을 받았다고요? 일요일에요?"

"네가 전화했다고 엄마한테 전하마."

"계약서 부치지 **말아요**. 내 말 듣고 있어요?"

"개리, 이 이야기는 이만하면 됐다."

"전혀요. 저는 이제 막 시작했다고요!"

"그만하자고 했다. 이렇게 어른스럽지 못하게 군다면 나로서는 더이상……."

"어른스럽지 못하긴 뭐가 어른스럽지 못해요. 완전 개뿔. 나약해빠져서는! 겁쟁이! 개뿔!"

"그만하자."

"그럼 잊어버려요."

"그럴 거다. 다시는 이 이야기 말자. 너희 엄마와 나는 다음 달에 이틀간 너희 집에 들를 거다. 12월에는 너희가 이곳으로 왔으면 한다. 우리 모두 어른스럽게 행동하면 좋겠구나."

"속으로야 어떻든 겉으로야 '어른'스럽게 굽시다, 그래."

"그게 바로 내 철학의 핵심이야."

"내 철학은 아니에요."

"알고 있다. 그래서 딱 48시간만 같이 있자는 거지."

개리는 더없이 화가 나 전화를 끊었다. 부모님이 10월에 1주일 내내 머물기를 그는 바라고 있었다. 랭커스터 카운티에서 파이를 먹고, 아넨버그 센터에서 식물을 구경하고, 포코노산맥을 드라이브하고,

웨스트 체스터에서 사과를 따고, 아론의 트럼펫 연주와 케일럽의 미식축구 시합을 보여주고, 조나와 재미나게 놀게 해주어 개리의 삶이 얼마나 행복하고 존경받을 만한지 여실히 느끼게 만들 계획이었다. 하지만 48시간은 그러기에 충분치 않았다.

그는 서재에서 나와 조나에게 잘 자라고 뽀뽀했다. 그런 다음 샤워를 하고 커다란 오크 나무 침대에 누워 최근 뜨고 있는 **주식회사**에 관심을 집중하려고 했다. 그러나 앨프리드와의 논쟁이 머릿속에서 떠나지 않았다.

3월에 고향집을 방문했을 때 그는 아버지가 크리스마스 이후 몇 주 만에 얼마나 황폐해졌는지를 보고 큰 충격을 받았었다. 앨프리드는 휘청휘청 복도를 걷다가 벽에 부딪치거나 계단에서 넘어지거나 샌드위치를 먹다가 상추와 고기를 와르르 쏟을 것만 같았다. 끊임없이 시계를 확인하고, 대화가 그에게서 벗어나기만 하면 눈을 두리번거리는 등 낡은 기관차가 충돌할 것만 같은 모습에 개리는 차마 시선을 마주할 수도 없었다. 하지만 개리가 아니라면 누가 부양책임을 떠맡는단 말인가? 이니드는 히스테리를 부리며 잔소리나 늘어놓고, 데니즈는 꿈이나 먹고 살고, 칩은 3년째 세인트주드에 걸음도 하지 않았다. 개리 말고 누가 있어 이렇게 말한다 말인가. **이 기차는 더 이상 철로를 달려서는 안 되지 않을까요?**

개리가 보기에, 가장 먼저 해야 할 일은 집을 파는 것이었다. 최고가로 판 뒤 더 작고 안전하고 저렴한 새집으로 부모님을 옮겨 차액을 공격적으로 투자해야 했다. 집은 이니드와 앨프리드가 가진 유일한 큰 자산이었다. 개리는 하루 날을 잡아 집 안팎을 천천히 둘러보며 아침을 보냈다. 그라우팅에 금이 가 있고, 세면대에 녹이 층층이 슬어 있고, 안방 천장이 약해져 있었다. 뒷문 베란다 내벽에 빗물 자국이 얼룩졌고, 낡은 식기세척기 입구에 세제 거품이 말라붙어 수염을 이루고, 환풍기는 탁탁 경고를 해대고, 진입로 아스팔트는 울퉁불퉁 여드름투성이고, 장작더미에는 흰개미가 진을 치고, 지붕창 위에는 다모클레스의 칼인 양 오크 나무 가지가 대롱거리고, 토대에는 손가락도 쑥 들어갈 틈이 나 있고, 옹벽은 기우뚱하고, 창틀은 페인트가 대롱대롱 파도를 치고, 지하실에는 거대한 거미가 수두룩한 데다 말라버린 쥐며느리와 귀뚜라미가 산을 이루고 낯선 곰팡이와 똥 냄새가 스멀거리고, 어디를 보든 엔트로피가 악화되어 판을 쳤다. 주택 시장이 호황인데도 이 집은 값이 떨어지고 있었기에 개리는 생각했다. 이 망할 것을 **지금** 팔아야 해. **하루도** 지체할 수 없어.

세인트주드에서의 마지막 날 아침 이니드가 생일 케이크 굽는 것을 조나가 거들고 있을 때 개리는 앨프리드를 철물점으로 데리고 갔다. 도로에 오르자마자 개리는 집을 시장에 내놓을 때라고 말했다.

노화가 찌든 조수석에 앉아 있던 앨프리드는 앞만 똑바로 응시했다. "왜?"

"이번 봄 시즌을 놓치면 한 해를 더 기다려야 해요. 하지만 그럴 만한 여유가 없어요. 건강 문제도 있고, 집값도 더 떨어질 거고요."

앨프리드는 고개를 저었다. "나는 오래전부터 주장했어, 침실 하나 부엌 하나면 족하다고. 너희 엄마가 요리하고, 우리가 앉을 곳만 있으면 되지. 하지만 소용없어. 너희 엄마가 떠나고 싶어 하지 않아."

"아빠, 안전한 곳으로 옮기지 않으면 크게 다칠지도 몰라요. 자칫 잘못 양로원에 가게 될 수도 있고요."

"양로원에 갈 생각은 추호도 없다. 아무렴."

"생각이 없다고 해서 그리되지 않는다는 법은 없어요."

앨프리드는 개리의 옛 초등학교가 스쳐 지나가는 것을 바라보았다. "지금 어디 가는 거냐?"

"계단에서 넘어지거나 얼음판에서 미끄러져 엉덩이뼈를 다치기라도 하면 양로원에 들어가게 될 거예요. 캐럴라인의 할머니도……."

"어디 가느냐니깐."

"철물점에요. 엄마가 부엌에 쓸 조광 스위치를 사 오래요."

앨프리드는 고개를 저었다. "낭만적인 조명 타령하고는."

"조명을 보면서 즐거워하시니깐요. 아빠는 어디에서 즐거움을 얻죠?"

"무슨 말이냐?"

"아빠 때문에 엄마 진이 다 빠진다고요."

무릎 위에서 활발히 움직이는 앨프리드의 손은 아무것도 모으고 있지 않았다. 마치 존재하지도 않는 판돈을 모으고 있는 듯했다. "다시는 우리 일에 간섭 말아라." 앨프리드가 말했다.

늦겨울 해빙기의 오전 햇살과 세인트주드 주중의 고요한 무(無)시간 속에서 개리는 부모님이 이것을 어떻게 견디는지 의아했다. 오크나무는 가지에 앉은 까마귀처럼 번들대는 검은색이었다. 하늘은 늙은 세인트주드 운전자들이 신경안정제 속도제한을 충실히 지켜 엉금엉금 기어가는 도로와 똑같은 소금빛이었다. 그들이 향하는 곳은 벽지 바른 천장에서 눈 녹은 물이 뚝뚝 떨어지는 쇼핑몰 아니면, 웅덩이가 여기저기 박힌 강철 적재장과 드라마나 게임을 대기에 방출하는 송전탑과 주립 정신병원을 굽어보고 있는 간선도로 혹은 순환도로 아니면, 그 너머 픽업트럭이 차축까지 진흙에 박히고 22구경이 숲에서 발사되고 라디오에서는 복음과 페달 스틸기타만 울려 퍼지는 수백만 헥타르의 해빙기 내륙지 아니면, 똑같이 흐릿하게 빛나는 창문과 흙바닥에 박힌 장난감 한두 개와 다람쥐가 지천인 노란 잔디밭으로 이루어진 거주 구역이었다. 그곳에서 그러한 무(無)계절의 무 시간에는 솔직히 거리의 정적으로 인해 죽음에라도 이르기 십상이기에 우체부는 켈틱 노래를 휘파람으로 불며 우편함을 필요 이상으로 세게 쾅 닫았다.

"아빠는 삶에 만족하나요? 더없이 행복하다고 말할 수 있어요?"
개리는 좌회전 신호를 기다리며 물었다.

"개리, 나는 고통받고 있어……."

"많은 사람이 고통받죠. 그게 이유라면 좋아요. 그래서 스스로를 안쓰러워하고 싶다면 그것도 좋아요. 하지만 왜 엄마까지 끌어들이죠?"

"그래. 너는 내일 떠나지."

"그건 곧 아빠는 의자에 가만히 앉아 있고 엄마는 요리와 청소를 해대야 하게 된다는 거죠."

"삶에는 그저 견뎌야만 하는 것이 있어."

"그런 생각이라면 굳이 왜 사나요? 대체 뭘 기다리는 거예요?"

"나도 매일 그 질문을 한단다."

"그럼 답은 뭔데요?"

"**네** 답은 뭐냐? **너는** 내가 뭘 기다려야 한다고 생각하니?"

"여행요."

"여행은 충분히 했다. 30년을 여행으로 보냈어."

"가족과의 시간요. 아빠가 사랑하는 사람들과의 시간요."

"할 말 없다."

"'할 말 없다'니, 무슨 뜻이에요?"

"말 그대로야. 할 말 없어."

"크리스마스 일로 여전히 화났군요."

"너 좋을 대로 생각하렴."

"크리스마스 일로 화난 거라면 그렇다고 솔직히 말하는 게……."

"할 말 없다."

"암시만 하지 말고요."

"이틀 더 늦게 와서 이틀 더 빨리 떠났다면 좋았을 텐데. 크리스마스에 대해 내가 할 말은 그것뿐이다. 딱 48시간만 같이 지냈어야 해."

"그야 아빠가 우울해하니깐 그렇죠. 병적인 우울증이라……."

"너도 마찬가지고."

"그런 만큼 치료를 받아야 해요."

"내 말 들었니? 너도 마찬가지라고 했다."

"무슨 말이에요?"

"직접 알아내."

"아빠, 정말, 대체 무슨 말이에요? 하루 종일 의자에 앉아 잠이나 자는 건 **내가** 아니라고요."

"속으로는 마찬가지야." 앨프리드가 선언했다.

"**잘못** 안 거예요."

"언젠가는 너도 알게 되겠지."

"그럴 일은 절대 없어요! 내 삶은 아빠 삶과는 근본부터가 다르다고요."

"내 말 명심해두렴. 나는 네 결혼을 봤어. 내 두 눈으로. 언젠가 너도 그걸 보게 될 거다."

"그냥 빈말이라는 것 아빠도 알잖아요. 나한테 화가 났는데 그 감정을 처리할 방법이 없는 거죠."

"이 일은 더 이상 이야기하기 싫다고 했다."

"그리고 난 그 뜻을 따를 생각이 없고요."

"나 역시 네 인생의 몇몇 가지에 대해 네 뜻을 따를 생각이 없다."

거의 모든 것에 대해 틀리는 앨프리드가 개리의 인생을 그다지 존중하지 않는다고 해서 상처받을 필요는 없었다. 그럼에도 개리는 아팠다.

철물점에서 그는 앨프리드가 조광 스위치 값을 내도록 내버려두었다. 노인네가 얇은 지갑에서 조심스레 지폐를 꺼내서는 건네기 전 살짝 망설이는 것은 달러에 대한 존경의 표시였다. 달러 한 장 한 장이 중요하다는 망할 믿음 때문이었다.

집으로 돌아가 개리와 조나가 축구공을 차고 노는 동안 앨프리드는 도구를 모아 부엌의 전력을 끊고 조광 스위치를 설치했다. 이때만 해도 개리는 앨프리드가 전선을 다루도록 내버려두어서는 안 된다는 생각을 미처 못 했다. 하지만 점심을 먹으려고 안으로 들어가니 작업은 옛날 스위치 판을 그저 빼놓은 것이 다였다. 앨프리드는 두려움에 벌벌 떨면서 조광 스위치를 기폭 장치인 양 들고 있었다.

"병 때문에 쉽지가 않구나." 그가 설명했다.

"이 집을 팔아야 해요." 개리가 말했다.

점심 식사 후 그는 어머니와 아들을 데리고 세인트주드 교통박물관으로 갔다. 조나가 옛날 증기기관차에 오르고 건선거(乾船渠)에 올라와 있는 잠수함을 구경하고 이니드가 앉아서 아픈 엉덩이를 달래는 동안 개리는 박물관 전시품 목록을 머릿속에 집어넣으며 성취감을 얻기를 희망했다. 전시품 자체나 태산 같은 정보나 활기찬 설명문을 다루기란 불가능했다. **증기력의 황금시대. 비행의 여명. 안전한 자동차의 세기.** 부담스러운 문장들이 덩어리덩어리 이어졌다. 개리가 중서부에 관해 가장 싫어하는 점은 그가 이곳에서 홀대받고 무시당하고 있다는 느낌이었다. 낙관적 평등주의 속에서 세인트주드는 그의 재능과 성취를 제대로 평가하는 데 항상 실패했다. 아, 이곳의 슬픔이란! 사방에서 돌아다니는 성실한 세인트주드 시골뜨기들은 호기심과 기쁨에 넘치는 듯했다. 기형의 머리에 정보를 행복하게 채우고 있었다. 정보가 그들을 구하기라도 할 것처럼! 캐럴라인의 반만큼이라도 옷을 잘 차려입었거나 예쁜 여자는 단 하나도 없었다. 개리만큼이나 머리를 깔끔하게 깎았거나 배가 날씬한 남자는 단 하나도 없었다. 하지만 앨프리드나 이니드처럼 그들 모두 대단히 공손했다. 개리를 밀치거나 그 앞에 끼어들지 않고 그가 다음 전시품으로 옮겨 갈 때까지 얌전히 기다렸다. 그러고는 우르르 모여 설명문을 읽고 공부했다. 하느님, 그는 중서부가 싫었다! 숨을 쉬거나 고개를 쳐들 수도 없었다. 병이 날 것만 같았다. 그는 기념품 판매점으로 피신해 (자기 자신을 위해) 은혁대버클과 낡은 미들랜드 퍼시픽 육교 판화 두 장과 백랍 휴대용 술병과 (아론을 위해) 사슴 가죽 지갑과 (케일럽을 위해) 남북전쟁 게임 CD를 샀다.

조나가 말했다. "아빠, 할머니가 나한테 10달러 이하의 책 두 권이나 20달러 이하의 책 한 권을 사주시겠다는데, 그래도 돼?"

이니드와 조나는 서로에 대한 사랑이 샘솟았다. 이니드는 늘 막내를 위의 두 아이보다 편애했고, 조나는 가족 생태계에서의 적응력 덕분에 무릎 위에 얼른 앉고, 쓴 야채를 두려워 않고, 텔레비전이나 컴퓨터 게임에 흥분하지 않고, "학교가 마음에 드니?" 같은 질문에 요령껏 활기차게 대답하는 등 완벽한 손자 노릇을 했다. 세인트주드에서 아이는 세 어른의 넘치는 관심을 한 몸에 받았다. 아이는 세인트주드가 세상에서 가장 좋은 곳이라고 선언했다. 올드폭스모빌 뒷좌석에서 요정 같은 눈을 크게 뜬 채 아이는 이니드가 보여주는 모든 것에 경탄했다.

"여기는 주차하기가 정말 쉽네요!"

"차가 안 막혀요!"

"교통박물관은 **우리** 도시 박물관들보다 훨씬 좋아요. 아빠, 안 그래요?"

"차가 넓어서 다리를 쭉 뻗을 수 있어 좋아요. 이렇게 멋진 차는 처음이에요."

"가게들이 전부 가깝고 편리해요!"

그날 밤 박물관에서 돌아왔다가 개리가 다시 나가 쇼핑을 하는 동안 이니드는 속을 채운 돼지갈비와 초콜릿 생일 케이크를 만들었다.

조나가 잠기운에 취해 아이스크림을 먹고 있을 때 이니드는 세인트주드에서 크리스마스를 보내면 어떻겠냐고 물었다.

"정말 좋을 것 같아요." 조나는 포만감에 눈꺼풀을 내려뜨리며 대꾸했다.

"설탕 쿠키도 먹고 에그노그도 마시고 크리스마스트리를 장식하는 것도 돕고. 아마 눈이 올 거다. 그럼 썰매도 탈 수 있어. 그리고 조나, 매년 웨인델 공원에서 **환상적인** 빛의 쇼를 연단다. 크리스마스랜드라고 부르는데, 전체 공원에 불을 환히 밝혀……."

"어머니, 지금 3월이에요." 개리가 말했다.

"우리 크리스마스에 여기 와요?" 조나가 그에게 물었다.

"곧 다시 올 거야. 크리스마스 때인지는 몰라도." 개리가 대답했다.

"조나가 참 좋아할 텐데." 이니드가 말했다.

"**완전** 좋아요. 내 생애 최고의 크리스마스가 될 것 같아요." 조나가 아이스크림을 숟가락 가득 뜨며 말했다.

"아무렴, 그럴 거야." 이니드가 말했다.

"지금 3월이에요. 3월에 무슨 크리스마스 타령이에요. 기억나요? 7월이나 8월에도 그 이야기를 안 하잖아요. 기억나요?"

"그만 자야겠다." 앨프리드가 식탁에서 일어났다.

"나는 세인트주드에서 보내는 크리스마스에 한 표예요." 조나가 말했다.

아이를 자기편으로 끌어들여 영향력을 행사하는 이니드의 술수가 개리에게는 비열하게만 느껴졌다. 조나를 침대에 눕힌 후 그는 어머니에게 지금은 크리스마스 걱정할 때가 아니라고 말했다.

"아빠가 심지어 조광 스위치 하나 제대로 설치하지 못해요. 게다가 2층에는 비가 새고요. 굴뚝 주위로 물이 뚝뚝 떨어져서…….'

"나는 이 집이 좋다." 싱크대에서 이니드가 돼지갈비를 요리한 냄비를 박박 긁으며 말했다. "그저 너희 아빠가 태도만 좀 고치면 돼."

"아빠는 충격요법이나 약물 치료를 받아야 해요. 엄마가 남은 평생을 아버지의 하녀로 살고 싶다면야 엄마 맘이죠. 문제투성이 낡은 집에서 살며 모든 걸 자기 식대로 유지하고 싶다면야 역시나 엄마 맘이에요. 둘 다 하느라 온몸이 갈가리 찢겨나가도 좋을 대로 하세요. 하지만 엄마 좋으라고 3월에 크리스마스 계획을 세우라고 닦달하지는 말아요."

이니드는 그릇이 잔뜩 쌓인 식기건조대 옆에 냄비를 엎어놓았다. 개리는 행주를 집어 들어야 한다는 것을 알았지만 자신의 생일 파티에서 나온 축축한 냄비와 접시와 각종 식기들의 산더미에 진이 빠지는 듯했다. 젖은 그릇을 닦는 것은 고향집의 문제를 해결하는 것과 맞먹는 시시포스의 바위인 것만 같았다. 절망을 피하는 유일한 방법은 아예 관여를 않는 것이었다.

그가 취침용 브랜디를 조금 따르는 동안 이니드는 개수대 바닥의, 물에 불은 음식 찌꺼기를 찌르듯이 불만스레 긁어냈다.

"그래서 어쩌란 말이냐?"

"집을 팔아요. 내일 부동산 업자한테 전화해요."

"그리고 비좁은 신식 아파트로 이사하고?" 이니드는 손에 묻은 역겨운 음식 찌꺼기를 휴지통에 털어냈다. "내가 외출을 해야 할 때면 데이브와 매리 베스가 너희 아빠를 점심에 초대해. 아빠도 그걸 좋아하고, 나도 안심이 돼. 지난 가을에 아빠가 새 주목 나무를 심는데 옛날 그루터기를 뽑아낼 수가 없는 거야. 그래서 조 퍼슨이 곡괭이를 가지고 와서 둘이 같이 오후 내내 일했단다."

개리는 아까 술을 너무 조금 부었다고 벌써부터 후회하며 대꾸했다. "아빠가 주목 나무 심는 일 같은 걸 하다뇨. 곡괭이는 더더욱 안 되죠. 혼자 서 있기도 버거운 양반이."

"개리, 여기에서 영원히 살 수 없다는 건 알아. 하지만 여기에서 마지막으로 **정말 멋진** 크리스마스를 보내고 싶다. 그리고 난⋯⋯."

"여기에서 크리스마스를 보내면 이사할 거예요?"

새로운 희망에 이니드의 표정이 밝아졌다. "너희가 이리로 오겠니?"

"약속은 못 드려요. 하지만 집을 내놓을 마음만 먹는다면 한번 생각을 해보⋯⋯."

"너희가 오면 정말 멋질 거야. 정말정말 **멋질** 거야."

"어머니, 하지만 현실적으로 생각해야 해요."

"올해만 그냥 이대로 살자. 그리고 조나가 원하는 대로 여기에서 크리스마스를 보내고 나서 다시 한번 얘기해보자!"

개리의 **쾌감 상실**은 체스트넛 힐로 돌아온 후 더욱 심해졌다. 겨울 프로젝트로 그는 수백 시간의 홈비디오 테이프를 조각조각 뜯어내 두 시간짜리로 볼 만한 〈램버트의 가장 위대한 순간〉을 편집해서는 여러 개 복사해 '비디오 크리스마스카드'로 보냈다. 최종 편집 때 가장 좋아하는 장면과 가장 좋아하는 노래를('Wild Horses', 'Time After Time' 등) 반복해서 검토하는 동안 이들 장면과 이들 노래가

끔찍하게 느껴지기 시작했다. 그리고 새 암실에서 〈램버트 200년 가족사〉에 관심을 기울이는 순간 더 이상 사진을 꼴 보기조차 싫어졌다. 이상적으로 균형 잡힌 뮤추얼 펀드를 구성하듯 수년 동안 〈램버트 200년 가족사〉를 손보면서 가장 알맞은 자리에 사진을 배치하며 정신적으로 커다란 만족을 얻었더랬다. 하지만 이제는 이런 사진들로 그 자신 말고 대체 누구한테 감동을 주려는 것인지 의아했다. 이걸로 누구를 무엇에 대해 설득하려고 든단 말인가? 오랜 애장품을 **태워**버리고 싶은 기괴한 충동이 일었다. 하지만 그의 전체 삶은 아버지의 삶을 바로잡는 것으로 이루어져 있었다. 그와 캐럴라인은 앨프리드가 병적인 우울증이며, 병적인 우울증은 유전적 성향이 강한 만큼 그에게 유전될 가능성이 높다는 점에 오래전 동의했었다. 따라서 개리는 이를 갈며 **쾌감 상실**에 계속 저항하고 **재미**를 얻기 위해 최선을 다하는 수밖에 다른 선택이 없었다.

그가 간질간질 발기가 된 채 잠에서 깨었을 때 캐럴라인은 옆에 이불을 덮고 누워 있었다.

그가 있는 쪽의 야간 등은 여전히 환했지만 방의 다른 곳은 컴컴했다. 등을 바닥에 대고 무릎 아래에 베개를 받친 채 잠든 캐럴라인의 모습은 마치 식육 곤충 같았다. 침실 창문 방충망 사이로 점점 기세가 꺾여가는 여름의 시원하고 상쾌한 공기가 새어 들어왔다. 창문 앞에 맨 아래 가지를 내뻗은 플라타너스의 잎들은 바람 한 점 없는지 차분했다.

캐럴라인이 누운 쪽 협탁에는 《중간자 ─ 당신이 겪은 사춘기에서 자녀를 보호하는 법》(캐런 템킨 박사, 1998) 하드커버가 놓여 있었다.

그녀는 잠든 듯했다. 1주일에 세 번 크리켓 클럽에서의 수영으로 군살이라고는 없는 기다란 팔이 옆구리에 놓여 있었다. 그녀의 작은 코와 커다란 붉은 입술과 늘어뜨려진 금발과 윗입술에서 어슴푸레 번득이는 땀과, 낡은 스와스모어 대학 체육복 반바지 고무 밴드와 티셔츠 아랫단 사이에 세모꼴로 드러난 금빛 피부를 개리는 가만히 응시했다. 개리 쪽에 가까이 있는 젖가슴이 셔츠에 톡 튀어나와 암적색 젖꼭지가 팽팽한 천 아래로 희미하게 비칠 듯⋯⋯.

그가 손을 뻗어 그녀의 머리카락을 쓰다듬자 그 손이 마치 전기 충격기라도 되는 양 그녀의 전체 몸이 벌컥 요동쳤다.

"무슨 일이야?" 그가 말했다.

"등 때문에 죽겠어."

"한 시간 전에는 웃고 떠들더니 이제는 또 아프다고?"

"진통제 약발이 떨어졌으니 그렇지."

"참으로 신비로운 고통의 부활이네."

"내가 등을 다친 후로 한마디도 위로해주지 않은 것 알아?"

"다 엄살이니깐 그렇지."

"세상에. 또야?"

"빗속에서 두 시간 동안 미식축구를 하고 밀치고 장난을 쳤는데 그건 문제가 안 되다가 전화가 울리니깐 문제가 됐지."

"그래. 당신 어머니가 10센트를 아끼려고 메시지를 남기지 않으니깐 그렇지. 세 번 울린 다음 끊고 세 번 울린 다음 끊고⋯⋯."

"그게 **당신**이 한 짓이랑 무슨 상관이야. 그래, 우리 엄마가 그랬다쳐! 엄마가 당신을 다치게 하고 싶어서 마법을 발휘해 여기로 날아와 당신 등을 걷어찼다 그래!"

"전화가 울리고 멈추고 울리고 멈추고 하는 걸 오후 내내 듣다 보니 신경쇠약에 걸릴 지경이야."

"캐럴라인, **집 안에 들어가기 전부터 당신이 절뚝대는 걸 봤어.** 당신 얼굴의 표정을 봤다고. 그 전에는 아프지 않았다고 하지 마."

그녀가 고개를 저었다. "이게 뭔지 알아?"

"게다가 엿듣기까지 하고!"

"이게 뭔지 아냐고?"

"집에 남은 유일한 전화로 엿듣고는 뻔뻔스럽게 나한테……."

"개리, 당신 **우울증**이야. 그거 알고 있어?"

그는 껄껄 웃었다. "전혀 아니야."

"강박적으로 생각을 되씹고 의심하고 있어. 성난 얼굴로 돌아다니고. 잘 자지 못해. 그 어떤 것에도 즐거움을 얻지 못하고."

"괜히 주제 바꾸지 마. 우리 어머니가 전화한 건 크리스마스에 관한 합당한 요청을 하기 위해서였어."

"합당해?" 이제는 캐럴라인이 깔깔 웃었다. "개리, 어머니는 크리스마스라는 주제에 **미쳐있어. 완전히 맛이 갔다고.**"

"아, 캐럴라인. 정말."

"진심이야!"

"정말. 캐럴라인. 부모님이 곧 집을 팔 거야. 두 분이 **죽기** 전 마지막으로 한 번 그 집에서 우리와 함께 크리스마스를 보내고 싶어 하는 거야, 캐럴라인. 우리 부모님이 **죽기** 전에 말야."

"우리 늘 여기에 동의했잖아. 바쁘게 살아가는 다섯 사람이 번잡한 명절 기간에 비행기를 타는 대신 **아무 할 일 없는** 두 사람이 여기로 오는 게 맞다고. 그리고 나는 여기에서 시부모님을 대접하는 게 언제나 기뻤고……."

"어련히도 그랬다."

"그런데 느닷없이 규칙을 바꾸다니!"

"당신은 여기서 부모님을 대접하는 걸 전혀 좋아하지 않았어, 캐럴라인. 심지어 48시간 이상 여기에 머무르는 것조차 부모님이 꺼리게 되었지."

"그게 내 죄라고?" 그녀는 천장을 향해 무시무시한 표정으로 자세를 잡았다. "왜 당신은 우리가 정서적으로 건강한 가족이라는 걸 이해 못 해? 나는 사랑과 관심이 넘치는 어머니라고. 지적이고 창의적이고 정서적으로 건강한 세 아이를 기르고 있어. 이 집에 문제가 있다고 생각한다면 당신 자신을 제대로 보는 게 좋을 거야."

"나는 합리적인 제안을 하고 있어. 그런데 당신은 날 '우울증'으로 몰아붙이고."

"그래서 결코 우울하지 않았다?"

"크리스마스 이야기를 꺼낼 때마다 '우울'해."

"지난 6개월간 당신에게 병적인 문제가 있을 수도 있다는 생각이 단 한 번도 들지 않았다고 지금 진심으로 말하는 거야?"

"다른 사람을 미치광이라고 부르다니 참으로 적대적이군, 캐럴라인."

"잠재적으로 병적 문제를 갖고 있는 사람이라면 전혀 적대적인 게 아니야."

"나는 그저 세인트주드로 가자는 것뿐이야. 당신이 어른답게 이야기하지 않겠다면 나 혼자 결정을 내릴 수밖에."

"아, 그래?" 캐럴라인이 경멸하는 듯한 소리를 냈다. "조나는 같이 가겠지. 하지만 아론과 케일럽도 같이 비행기에 태울 수 있을지 어디한번 보셔. 어디에서 크리스마스를 보내고 싶은지 직접 물어봐."

어느 쪽을 편들고 싶은지 직접 물어봐.

"난 우리가 가족이고, 모든 걸 함께하는 줄로 알았어." 개리가 말했다.

"당신 혼자 일방적으로 결정하고 있잖아."

"설마 이딴 일로 결혼을 끝장내자는 건 아니겠지."

"규칙을 어긴 건 당신이야."

"아니, 캐럴라인, 아니, 이건 정말, 아니, 정말 웃긴 얘기야. 올해 한번쯤 예외로 할 만한 충분한 이유가 있잖아."

"당신은 우울증이야. 다시 옛날의 당신으로 돌아오면 좋겠어. 우울한 늙은 남자와 사는 건 진절머리 나."

개리 역시 겨우 며칠 전 밤 요란한 천둥소리에 침대에서 그를 움켜쥐던 캐럴라인으로 아내가 돌아가기를 원했다. 그가 방으로 들어오면 그를 향해 깡충깡충 뛰어오던 캐럴라인으로. 가장 큰 소망이 **그와** 한 팀이 되는 것이었던 고아나 다름없던 여자애로.

하지만 그는 그녀가 지닌 강인함과 램버트가(家)와의 차별성과 시댁에 대한 근원적인 매정함을 늘 사랑했다. 세월이 흐르는 동안 그는 그녀의 발언을 모아 개인적인 십계로 정리했다. '캐럴라인 가라사대'

는 그녀의 강점이자 그의 비밀스러운 자양분이었다.

1. 당신은 당신 아버지와 전혀 달라.

2. BMW를 샀다고 해서 사과할 필요는 없어.

3. 당신 아버지는 당신 어머니를 정서적으로 학대하고 있어.

4. 당신 정액은 정말 꿀맛이야.

5. 일은 당신 아버지의 삶을 파괴한 마약이야.

6. 둘 다 사자!

7. 당신 가족은 음식에 병적으로 집착해.

8. 당신은 죽여주는 미남이야.

9. 데니즈는 당신을 질투하고 있어.

10. 괜한 고생을 사서 할 필요는 전혀 없어.

그는 수년간 이 신조를 들어왔고, 하나하나의 발언에 대해 캐럴라인에게 깊이 감사했지만, 이제는 과연 이 중 몇 개나 진실인지 궁금했다. 아마도 전부 다 아니리라.

"내일 아침에 여행사에 전화할 거야."

그의 말에 캐럴라인이 즉각 반박했다. "닥터 피어스에게나 전화하지 그래. 당신은 상담이 필요해."

"내가 필요한 건 진실을 말하는 사람이야."

"진실을 원해? 왜 내가 가지 않겠다고 하는지 알고 싶어?" 캐럴라인이 일어나 앉더니 요통 때문에 우스꽝스런 자세로 몸을 숙였다. "정말 알고 싶어?"

개리는 눈을 꼭 감았다. 밖에서 귀뚜라미 우는 소리가 파이프를 타고 끝도 없이 흐르는 물소리처럼 들렸다. 멀리서 톱을 쓱쓱 밀듯이 개가 리듬에 맞춰 멍멍 짖어댔다.

캐럴라인이 말했다. "진실은 나 또한 48시간이 딱 적당하다고 생각한다는 거야. 우리 아이들이 크리스마스를 회상할 때마다 모두가 서로에게 고함쳐대는 꼴을 떠올리게 되기를 원치 않아. 그런데 이제 그걸 피할 수 없게 됐군. 당신 어머니는 크리스마스 타령을 360일 동안이나 늘어놓고 있어. 지난 1월부터 크리스마스에 미쳐 있지. **오스트리아 순록 조각상이 어디 있니? 그것 참 예쁘지 않니? 너도 그럴 거니? 어디 있니? 어디 있니? 오스트리아 순록 조각상 어디 있니?** 당신 어머니는 음식과 돈과 옷에 미쳐 있고, 내 남편도 시어머니가 **문젯거리**로 가득 찬 보따리를 갖고 있다고 동의**했었**지. 근데 느닷없이 이제는 **시어머니** 편을 들다니. 당신 어머니가 소중하게 여긴다는 이유로 13달러짜리 기념품 짝퉁 조각을 찾아 온 집을 뒤져야 하다니……."

"캐럴라인."

"그리고 케일럽이……."

"그건 편파적인 주장이야."

"제발, 개리, 끝까지 말하게 해줘. 케일럽이 지하실에서 기념품 짝퉁 조각을 발견했을 때 **여느 정상적인 소년**이라면 할 만한 짓을 했다고 밝혀졌다고 해서……."

"듣기 싫어."

"아니, 아니, 문제는 당신 어머니가 눈에 불을 켜고 쓰레기 같은 오스트리아 짝퉁 조각을 미친 듯이 찾고 있다는 게 아니야. 그게 문제가 아니라고…….”

“그건 백 달러짜리 핸드메이드 작품…….”

“천 달러라고 해도 상관없어! 대체 언제부터 당신이 자기 엄마의 광기를 위해 **자기 아들**을 벌주었던 거야? 우리가 무슨 1964년 피오리 아에라도 살고 있는 양 느닷없이 우리를 바꾸려고 하고 있어. ‘음식 남기지 마!’ ‘넥타이 매!’ ‘오늘 밤 TV 시청 금지야!’ 그러고는 우리가 왜 싸우는지 당신은 의아해하지! 당신 어머니가 방에 들어올 때 왜 아론이 눈알을 굴리는지 당신은 모른다고! 당신은 당신 어머니가 우리를 보는 것을 **부끄러워**하는 것 같아. 시어머니가 여기 있을 때 당신은 우리가 시어머니가 좋아할 만한 방식으로 살아가고 있는 척 꾸미려고 든다고. 하지만 개리, 분명히 말하지만 우리는 부끄러워해야 할 것이 **하나도** 없어. 당신 어머니야말로 부끄러워해야 한다고. 당신 어머니는 나를 하나하나 살피며 계속 부엌에서 쫓아다니지. 내가 1주일마다 칠면조라도 굽는 듯이 말야. 그리고 내가 잠시 잠깐 등을 돌리기만 하면 내 요리에다 무조건 오일을 퍼부어버려. 내가 부엌에서 나가면 자기가 무슨 씨팔 음식 경찰이라도 되는 양 **쓰레기통을 뒤져서 는** 거기서 꺼낸 것으로 요리를 해서 **내 아이들에게 먹이려고**…….”

“그 감자는 쓰레기통이 아니라 싱크대에 있었어, 캐럴라인.”

“그런데 당신은 시어머니 편을 들지! 시어머니는 밖에 큰 쓰레기통에까지 나가 건질 만한 쓰레기가 없나 뒤져서는 잔소리를 늘어놓지. 그리고 문자 그대로 10분마다 물어대. 등은 어떠냐? 등은 어떠냐? 등은 어떠냐? 등은 좀 나았냐? 얼마나 아프냐? 등은 좀 나았냐? 등은 어떠냐? 잔소릿거리를 **찾은** 뒤 **내** 아이들에게 **내** 집에서 저녁 먹을 때 어떤 옷을 입어야 한다는 둥 만다는 둥 늘어놓지. 그런데 당신은 내 편을 들어줄 생각도 안 해! 개리, 당신은 내 편을 들기는커녕 사과부터 늘어놓지. 나는 그런 짓 하기 싫어. 다시는 안 해. 솔직히 나는 도련님 생각이 옳다고 봐. 다정하고 영리하고 재미있는 데다, 가족 모임을 어디까지 견디고 견딜 수 없는지 말할 만큼 솔직한 사람이지. 그런데 당신 어머니는 도련님이 집안의 수치이자 실패자인 양 행동하지! 그래, 진실을 원한다면 알려주지. 진실은 말야, 나는 더 이상 그런 크리스마스를 견딜 수 없다는 거야. 우리가 꼭 당신 부모님을 보아야 한다면 우리 집에서 만나자고. 당신이 늘 그렇게 하기로 약속했잖아."

우울한 어둠의 베개가 개리의 뇌를 짓눌렀다. 마티니가 내리막을 치달으며 그의 뺨과 이마와 눈꺼풀과 입 위에 복잡 미묘함이 스멀거렸다. 그는 어머니가 캐럴라인을 얼마나 분노케 했는지 이해하는 동시에 캐럴라인의 거의 모든 말에서 잘못을 찾아냈다. 예를 들어, 꽤 예쁜 나무 순록은 표시까지 잘 해놓은 상자에 보관되어 있었다. 그런데 케일럽이 다리 두 개를 부러뜨린 뒤 머리에 못까지 박았다. 이니드는 멀쩡한 구운 통감자를 싱크대에서 찾아내자 잘라서 튀겨 조나에게 먹였다. 캐럴라인은 시부모가 필라델피아를 떠나기도 전에, 이니드한테 크리스마스 선물로 받은 분홍색 폴리에스테르 목욕 가운을 쓰레기통에 처넣었다.

그는 눈을 뜨지 않은 채 말했다. "내가 원하는 진실은 말야, 당신이 집에 들어가기 전부터 절룩이는 걸 내가 두 눈으로 분명히 봤다는 점이야."

"아이고, 세상에."

"우리 어머니 때문에 등을 다친 게 아니야. 당신 자신 때문에 다친 거지."

"제발, 개리. 내 부탁 들어주는 셈치고 닥터 피어스한테 전화해."

"거짓말하고 있다는 걸 인정해. 그러면 당신이 원하는 모든 것에 대해 이야기하겠어. 하지만 그걸 인정하기 전에는 아무것도 바꿀 수 없어."

"당신이 정말 당신 맞는지 의심스러운 것 알아?"

"세인트주드에서 닷새 보내자는 거야. 당신 말대로 삶에서 바라는 것이라고는 그것 하나뿐인 우리 어머니 소원 하나 못 들어드려?"

"제발 내게로 돌아와."

치미는 분노에 개리는 눈을 번쩍 떴다. 그는 시트를 걷어차며 침대에서 뛰어나갔다.

"더 이상 우리 결혼은 무의미해! 나 원 기막혀서!"

"개리, 제발……."

"세인트주드에 갈 때까지 우리 따로 지내."

그리고 점퍼 차림의 선지자가 멋진 대학생들에게 강의하고 있었다. 선지자 뒤로 소독기와 목이 긴 의학-과학용 수도꼭지와 활짝 펼쳐진 염색체 사진과 붉은 참치 살을 회로 뜬 듯한 뇌 조각 도표가 기묘한 풍경을 이루고 있었다. 선지자는 싸구려 안경을 쓰고 입이 자그마한 오십대의 얼 "컬리" 에이블이었다. 액슨 주식회사의 홍보 비디오 제작자들은 그를 매력적인 사람으로 만들기 위해 혼신의 힘을 다한 듯했다. 카메라의 정교한 기법에 따라 실험실 바닥이 요동쳤다. 열광으로 빛나는 여대생들의 얼굴이 줌으로 확대되었다. 너무나 강박적인 관심이 선지자의 머리(컬리답게 정말 곱슬거렸다) 뒤에 집중되었다.

에이벌이 말했다. "물론 화학 역시, 심지어 뇌 화학 역시 기본적으로 껍질 속 전자들의 조작에 불과합니다. 하지만 이것을 쌍극 혹은 삼극 스위치로 구성된 전자 제품과 한번 비교해봅시다. 트랜지스터는 쌍극 진공관이죠. 뇌는 이와 반대로 수십 개의 스위치로 이루어져 있습니다. 뉴런은 신호를 발사하거나 발사하지 않죠. 하지만 이 결정은 수용체에 의해 이루어지는데, 단순한 발사와 무발사 사이에 종종 여러 단계의 발사와 무발사가 존재하죠. 분자 트랜지스터에서 인공 뉴런을 만들어낼 수 있다 해도 모든 화학반응을 간단하고 분명하게 예/아니요로 해석할 수 없다는 것이 전통적 견해입니다. 적게 잡아 스무 개의 신경자극성 리간드가 있다고 치면, 이 중 여덟 개가 동시에 작동하되 다섯 종류의 세팅이 있을 경우—복잡한 계산으로 지루하게 하고 싶지는 않지만 만약 바보들의 세상에 살고 있는 게 아니라면 꽤 우스꽝스러운 인조인간처럼 보일 겁니다."

껄껄 웃는 머저리 같은 남학생의 클로즈업.

에이벌이 말했다. "이제 상황은 분명합니다. 우리는 화학반응을 자세히 설명할 수조차 없습니다. 그냥 그렇게 되는 것입니다. 인지와 자유의지의 전기생리학에서 우리가 유일하게 영향을 줄 수 있는 것은 화학뿐입니다. 우리 과학계에서는 일반적으로 그렇게 생각하고 있습니다. 제대로 정신이 박힌 사람이라면 뉴런의 세계에 전자회로를 들이대지 않습니다."

에이벌이 극적으로 멈추었다.

"아무도요. 단, 액슨 주식회사만 제외하고요."

액슨의 첫 주식공개 설명회를 들으러 필라델피아 중부의 포 시즌스 호텔 B연회실에 들어온 기관투자가들의 바다에서 활기가 퍼져나갔다. 거대한 스크린이 연단에 설치되어 있었다. 어스름한 연회실에 배치된 스무 개의 원탁마다 사테 꼬치와 초밥이 적절한 소스와 함께 준비되어 있었다.

개리는 문가의 탁자에 누이동생 데니즈와 함께 앉아 있었다. 이번 설명회에서 주식을 구매할 생각이었던 그는 혼자 오고 싶었지만 데니즈가 함께 점심을 먹자고 고집했다. 오늘은 월요일이었고, 월요일은 1주일 중 그녀가 유일하게 쉬는 날이었기에 함께 가자고 말하지 않을 수가 없었다. 설명회에 대해 정치적이거나 도덕적이거나 미학적인 이유를 들어 데니즈가 개탄해 마지않으리라 개리는 짐작했고, 역시나 그녀는 의심으로 눈살을 찌푸리고 팔짱을 단단히 낀 채 비디오를 보고 있었다. 붉은 꽃무늬가 그려진 노란색 시프트 원피스와 검은 샌들 차림에 트로츠키처럼 둥근 플라스틱 안경을 쓰고 있었다. 하지만 B연회실에서 그녀를 다른 여자들과 진정 달라 보이게 한 것은 맨살을 드러낸 다리였다. 무릇 자본을 다루는 여자란 모두 스타킹을 신는 법이었다.

코렉탈 프로세스란?

"코렉탈은 혁신적인 신경생물학 치료법입니다!"

퀼리 에이벌의 컷아웃 이미지가 이야기하는 동안 젊은 청중들이 디지털 조작에 의해 참치 회 같은 뇌 조각들로 변해갔다.

에이벌이 인체 공학적으로 설계된 책상 의자에 앉아 있다가 컴퓨터그래픽으로 만들어진 두개골 안쪽의 드넓은 바다로 아찔한 비행을 시작했다. 해초 같은 신경절과 오징어 같은 뉴런과 뱀장어 같은 모세혈관이 휙휙 스쳐 지나갔다.

"본래 알츠하이머나 파킨슨병 같은 퇴행성 신경 질환의 치료를 위해 개발된 코렉탈은 그 외에도 다양한 목적에 강력한 효과를 보이는 것으로 밝혀져 단순한 치료가 아닌 완전한 **치유**까지도 가능하게 되었습니다. 끔찍한 퇴행성 신경 질환 외에도 전통적으로 정신적, 심리적 문제로 여겨지던 질환까지 치료가 가능합니다. 간단히 말해서 코렉탈은 성인의 뇌 배선을 **개선**하거나 완전히 새롭게 할 수 있는 가능성을 세계 최초로 제시하고 있습니다."

"우." 데니즈가 코를 찡그리며 말했다.

그 무렵 개리는 코렉탈 프로세스에 대해 꽤 잘 알고 있었다. 액슨의 예비 유가증권 발행 신고서를 꼼꼼히 읽고 인터넷 외에도, 센트러스트에서 계약한 투자 정보 회사를 통해 찾아낼 수 있는 모든 정보를 샅샅이 검토했다. 최근 생명공학 부문의 고통스러운 재건 과정을 염두에 둔 비관적 분석가들은 시장에서 적어도 6년 이상의 검증을 받지 않은 의료 기술에는 투자하지 말라고 경고했다. 확실히 센트러스트 같은 은행은 수탁자로서 보수적으로 투자할 의무를 지고 있었기에 이 같은 신규상장에 손댈 리 없었다. 하지만 액슨의 자본 구조는 대부분의 생명공학 신규 회사들보다 훨씬 건전했다. 또한 코렉탈 개발이 아직 초기 단계에 있음에도 액슨이 굳이 아버지의 특허권을 사려고 한다는 점이 개리에게는 위대한 기업의 자신감을 보여주는 징표처럼 느껴졌다. 이 점에서 그는 큰돈을 버는 동시에, 아버지에게 사기를 친 액슨에게 복수할 기회를 얻었다고 여겼다. 더 나아가 앨프리드가 **겁을 먹은** 것에 반해 자신은 **대담하게** 나선다는 점이 자랑스러웠다.

마침 6월에 해외 통화위기의 첫 번째 도미노가 쓰러지려는 때 개리는 유로와 극동 지역 펀드에 투자한 자금을 대부분 회수했다. 이 돈을 지금 액슨에 투자하면 될 터였다. 신규상장이 여전히 석 달이나 남아 있고, 본격적 마케팅이 아직 시작되지 않았고, 액슨의 예비 유가증권 발행 신고서가 외부인의 관심을 끌기에는 너무 많은 불확실성을 품고 있기 때문에 5천 주 구입하는 데 별문제가 없을 터였다. 하지만 문제가 항상 그를 따라다녔다.

개리의 (할인) 주식중개업자는 액슨이라고는 금시초문이었는지라 뒤늦게 조사를 해보고는 개리에게 전화해 자기네 회사에서 구입 가능한 할당량이 2천5백 주라는 소식을 알렸다. 보통 중개 회사는 이런 초기 단계에 한 고객 계좌로 할당량의 5퍼센트 이상 투자하는 법이 없었다. 하지만 개리가 처음으로 투자 요청을 한 고객인 만큼 5백 주까지 확보해주겠다고 했다. 개리는 더욱 밀어붙였지만 슬픈 사실은 그가 거물급 고객이 아니라는 점이었다. 그는 보통 수백 달러를 맡길뿐, 소소한 투자는 수수료를 아끼려고 온라인을 통해 직접 했다.

하지만 캐럴라인은 거물급 투자자였다. 개리의 지도에 따라 그녀는 종종 수천 달러씩 투자했다. 그녀의 중개업자는 필라델피아에서 가장 큰 중개 회사 소속인 만큼 액슨이 새로 발행하는 주식 4천5백 주를 소중한 고객을 위해 기꺼이 확보해줄 것이 분명했다. 게임은 이런 식으로 돌아갔다. 불행히도 그녀가 등을 다친 일요일 오후부터 개리와 캐럴라인은 부부로서는 대화 한마디 안 하면서 여전히 부모로서 기능하고 있었다. 개리는 액슨의 5천 주를 사고 싶은 마음이 굴뚝같았지만 원칙을 저버리고 아내에게 기어들어 가 자기 대신 투자해 달라고 애원할 수는 도저히 없었다.

그래서 대신에 헤비&호답 대기업주 담당자인 퍼지 포틀레이에게 연락해 그의 계좌로 5천 주를 사달라고 부탁했다. 센트러스트에서 긴 세월 일하는 동안 개리는 포틀레이에게서 확실한 개털 주식을 포함해 수많은 주식을 사들였다. 개리는 미래에 센트러스트에서 자신의 투자 할당량이 더욱 늘어날지도 모른다는 암시를 그에게 주었다. 하지만 별날 정도로 신중한 포틀레이는 개리의 요청을 헤비&호답 신규상장 담당자인 대피 앤더슨에게 전달해주겠다고만 약속했다.

그리하여 미칠 듯한 2주가 지나는 동안 주식을 매입했는지 못 했는지 포틀레이에게서는 아무 연락도 오지 않았다. 액슨에 대한 온라인상의 관심이 점점 속삭임에서 아우성으로 커가고 있었다. 얼 에이벌의 연구팀이 발표한 두 개의 주요 논문인 「선택 신경로의 시냅스 형성과 역단층촬영 자극」과 「도파민 결핍 대뇌변연계 회로의 임시정적 강화―최근 임상 기록」이 〈네이처〉와 〈뉴잉글랜드 의학 저널〉에 며칠 간격을 두고 발표되었다. 두 논문은 금융 분야의 언론에 많은 관심을 야기해 〈월 스트리트 저널〉에는 일면에 오르기까지 했다. 분석가들이 액슨을 사라며 연이어 추천을 해대기 시작했지만 여전히 포틀레이는 개리의 메시지에 응답하지 않았고, 개리는 내부 정보의 이점을 점점 잃어가고 있는 것만⋯⋯.

1. 칵테일을 마셔요!

"⋯⋯혈액뇌관문을 통과해 세포 사이에 축적되도록 특별히 설계된 구연산철과 초산철입니다!"

보이지 않는 선전인의 목소리가 얼 에이벌의 비디오 사운드트랙에 합류했다.

"우리는 또한 전국 유명 체인점에서 무료로 제공되는 헤이즐넛 모카치노 시럽이라는 온화한 비중독성 물질을 통해 여유와 안정을 얻지요!"

초기의 강의 장면에 나왔던 여자 엑스트라는 신경 기능에 아무 문제도 없을 것이 분명하건만, 불투명한 큰 유리컵에 담긴 코렉탈 전해액을 기꺼이 꿀꺽꿀꺽 삼키며 목의 근육을 섹시하게 움직였다.

"아빠의 특허권 중 어떤 거? 치료용 초산철 젤 어쩌고저쩌고?" 데니즈가 개리에게 속삭였다.

개리는 엄숙히 고개를 끄덕였다. "전자중합."

다른 편지를 비롯해 부모로부터 받은 모든 편지를 보관해둔 집의 편지함에서 그는 앨프리드의 오래된 특허권 사본을 찾아냈다. 전에 제대로 특허권을 본 적이 있는지 없는지는 모르겠지만 지금 그는 아버지가 "특정 철 유기체 젤"의 "전자 이방성"을 이처럼 명확히 설명하고, 이들 젤이 살아 있는 인간 조직의 "세세한 영상"을 그려내고 "직접적 전자 접촉"을 통해 "미세한 형태학적 구조"를 밝혀내는 데 이용될 수 있다고 제안했다는 데 크게 감동받았다. 액슨이 최근에 새로 손을 본 웹사이트에 올라온 코렉탈에 관한 설명과 아버지의 특허권을 비교한 결과, 충격적일 만큼 커다란 유사성이 보였다. 앨프리드의 5천 달러짜리 프로세스가 현재 액슨이 2억 달러를 끌어모으고자 하는 프로세스의 **핵심**이라는 점은 분명했다. 그가 한밤중에 잠들지 못한 채 씩씩대는 것도 당연하지 않은가!

"그래, 켈시, 그래, 켈시, 엑슨 1만 2천 주를 최대 104에 구입해." 개리의 왼쪽에 앉아 있던 젊은 남자가 느닷없이 요란하게 떠들었다. 정신분열적으로 보이는 그의 눈은 팜톱 주가 표시기와 핸즈프리와 휴대폰에 넋이 나가 있었다. "엑슨 1만 2천 주, 최고한도는 104."

엑슨, 액슨, 발음 조심해야겠어, 하고 개리는 생각했다.

2. 헤드셋을 쓰고 라디오를 틀어요!

"치아가 AM에서 방송되는 운동경기를 감지하지 않는 한 아무 소리도 듣지 못할 겁니다." 선전인이 농담을 하는 동안 여자가 웃으며 카메라를 잘 받는 얼굴을 헤어드라이어처럼 생긴 금속 돔에 집어넣었다. "하지만 전파는 두개골 가장 깊은 안쪽까지 파고들어 갑니다. 일종의 지형 탐사가 바로 우리 뇌에 이루어지고 있는 거지요. RF 방사선이 특정 기술과 결합되어 신경로를 정확히 그려내는 동시에 **선택적으로 자극**합니다. 서명을 하고, 계단을 오르고, 기념일을 기억하고, 긍정적으로 생각하게 만들죠! 미국 전역 수십 개 병원에서 임상적으로 검증된 닥터 에이벌의 역단층 촬영 기법은 이제 더욱 개선되어 미용실에 가듯 간단하고 고통 없이 코렉탈 프로세스를 실시하는 단계에까지 이르렀습니다."

에이벌이 끼어들었다(그와 그의 의자는 여전히 혈액과 회백질 시뮬레이션 바다를 떠돌고 있었다). "최근까지만 해도 우리 프로세스는 하룻밤의 입원과 환자의 두개골에 씌울 강철 보정링을 필요로 했습니다. 많은 환자들이 이를 불편하게 여겼죠. 몇몇은 심지어 불쾌해하기도 했습니다. 하지만 이제 컴퓨터의 놀라운 발전으로 코렉탈 프로세스가 시뮬레이션하에 각 개별 신경로의 위치를 **즉각 자동 감지**하는 것이 가능해져⋯⋯."

"켈시, 이보라고!" 젊은 엑슨 1만 2천 주가 요란하게 외쳐댔다.

개리와 캐럴라인이 일요일에 대판 싸운 후 처음 몇 시간과 며칠 동안은 둘 다 평화를 원한다는 제스처를 취했다. 일요일 늦은 밤에 그녀는 매트리스의 비무장 지대를 넘어와 그의 엉덩이를 쓰다듬었다. 다음 날 밤 그는 거의 완전한 사과를 했지만 핵심 문제를 포기하기는 거부한 채 자신이 야기한 부수적 피해와 마음의 상처, 의도적 왜곡, 가슴 아픈 책임 전가에 대한 유감과 슬픔을 표명했다. 그리고 핵심 문제에 대해 그가 옳다는 것을 그녀가 인정하기만 하면 맛보게 될 감미로움을 캐럴라인에게 살짝 선사했다. 화요일 아침에 그녀는 그를 위해 사실상 아침상을 차렸다. 시나몬 토스트와 소시지 요리와 건포도를 뿌린 오트밀이 우스꽝스럽게 입이 처진 얼굴 모양으로 배치되어 있었다. 수요일 아침에 그는 사실을 간단히 언급함으로써("오늘 참 예쁜데") 그녀를 칭찬했다. 직접적 사랑의 고백으로는 부족하긴 했지만 핵심 문제에 대해 그가 옳다는 것을 그녀가 인정하기만 하면 재건될 사랑의 객관적 기반(육체적 매력)을 떠올리게 하는 데는 충분했다.

하지만 각각의 희망적 제안과 탐색용 농담은 아무 결실도 거두지 못했다. 그녀가 내민 손을 꼭 쥐고는 등을 다쳐 정말 유감이라고 그가 속삭였지만, 그녀는 다음 단계로 넘어가 빗속에서 벌인 두 시간 동안의 축구 시합 때문에 등이 다쳤다는 가능성마저도(단순히 '가능성'으로도 충분했을 텐데!) 인정하지 않았다. 그녀가 칭찬해주어 고맙다며 잘 잤느냐고 묻자 그는 더 이상 그녀의 목소리에 드리운 과격한 비판의 그림자를 무시할 기력이 없었다. 그는 그녀가 무슨 말을 하고 있는지 잘 알았다. **계속되는 수면 장애는 병적 우울증의 일반적 징후인데, 그래, 잘 잤어, 여보?** 그래서 그는 실제로는 끔찍한 밤을 보냈음에도 그 사실을 인정할 수 없었다. 그는 매우 잘 잤다고 단언하며, 고마워, 정말 **정말** 고마워, 캐럴라인, 이라고 말했다.

실패한 평화 제안들은 다음 제안의 성공 가능성을 더더욱 낮추었다. 오래지 않아 개리에게는 척 봐도 더 이상 가능성 없고 사실상 끔찍한 무언가의 윤곽이 점점 드러나는 듯했다. 그들의 결혼 금전등록기에는 세인트주드에 가는 것이 캐럴라인에게 야기할 감정적 비용이나 세인트주드에 가지 않는 것이 개리에게 야기할 감정적 비용을 감당할 만한 사랑과 선의의 자금이 남아 있지 않았다. 그는 캐럴라인이 그와 싸움을 계속한다는 이유만으로도 그녀가 싫어졌다. 그녀가 그에게 저항하기 위해 새로이 찾은 독립심이 그는 싫었다. 특히 그녀가 **그를** 증오한다는 사실에 파괴적인 증오가 들끓었다. 그가 그녀를 용서하기만 하면 된다면 이 위기를 당장에 끝낼 수 있을 터였다. 하지만 남편에 대한 혐오감이 그녀의 눈에 비치는 것을 보기만 해도 그는 분노가 치솟았고 희망이 점점 독에 물들어갔다.

다행히도, 우울증이라는 그녀의 비난이 야기한 그림자가 길고 짙을지언정 센트러스트사(社)의 구석에 있는 그의 사무실까지 쫓아와 부하 매니저와 분석가와 트레이더를 관리할 때의 기쁨까지 잠식한 것은 아니었다. 은행에서의 40시간은 그가 주중에 즐거움을 얻을 수 있는 유일한 시간이었다. 주당 50시간씩 일하면 어떨까 하는 생각까지 슬슬 들 정도였다. 하지만 말이 쉽지 하루에 여덟 시간 일하고 나면 책상 위에는 할 일이 문자 그대로 먼지 하나 남아 있지 않았다. 게다가 집에서 불행을 피하기 위해 사무실에서 오래 꾸물대는 것은 바로 그의 아버지가 빠져든 덫이자 자가 치료법이었다는 명백한 사실을 그는 너무나 잘 알고 있었다.

개리는 캐럴라인과 결혼했을 때 5시 이후에는 절대 일하지 않고, 서류를 집으로 가져오는 일은 결코 없으리라고 속으로 맹세했다. 중간급의 지역 은행에 취직함으로써 그는 휘턴 MBA 스쿨 출신자가 가질 수 있는 가장 야심 없는 직장을 선택했다. 처음에 그의 의도는 그저 아버지의 실수를 피하자는 것이었다. 삶을 즐기고 아내를 아끼고 아이들과 함께 시간을 보내고 싶었다. 하지만 오래지 않아 뛰어난 포트폴리오 관리자로서 자리 잡는 동안, 야심에 더욱 알레르기 반응을 보이게 되었다. 그보다 덜 유능한 동료들은 뮤추얼 펀드로 옮기거나 프리랜서 머니 매니저가 되거나 자신의 펀드를 시작해 하루에 열두 시간, 열네 시간씩 일하며 하나같이 광적인 **노력가**가 되어 땀을 뻘

뻘 흘렸다. 캐럴라인의 유산이라는 안전망이 있는 개리는 야심 없는 삶을 자유로이 꾸릴 수 있었고, 원칙을 지키는 자애로운 아버지 같은 상사가 될 수 있었지만 집에서는 겨우 반만 성공했다. 그는 부하들에게 정직과 유능을 요구했다. 그 보답으로 그는 참을성 있는 지시와 절대적 동료애와 자기 실수를 결코 부하에게 떠넘기지 않는 책임감을 제공했다. 만약 그의 대기업 주식 담당인 버지니아 린이 은행 표준 신탁 포트폴리오의 에너지 주식 비율을 6퍼센트에서 9퍼센트로 올리자고 권했는데 그가 (습관에 따라) 비율을 그대로 두기로 했다가 에너지 부문 주가가 급등한 경우, 개리는 내가 머저리지 하는 자책으로 얼굴을 잔뜩 찡그린 채 린에게 공개적으로 사과했다. 다행히 나쁜 선택보다 좋은 선택을 두세 배 더 자주 했고, 그가 센트러스트의 주식 투자 부문을 운영한 6년보다 더 성공적인 주식 투자 성과를 낸 6년의 사례를 전 우주 역사에서 찾아볼 수 없었다. 성공이 보장되는 한 개리는 그의 상사인 마킨 코스터나 코스터의 상사이자 센트러스트의 회장인 마티 브라이텐펠드를 두려워 않고 마음껏 게임을 즐길 수 있었다. 개리는 결코 굽실거리거나 아부하지 않았다. 사실상 코스터와 브라이텐펠드 둘 다 취향이나 선택에 관한 문제를 그에게 맡기기까지 했다. 코스터는 큰딸을 프렌즈 셀렉트 스쿨 대신 애빙턴 프렌즈 스쿨에 입학시키는 문제로 개리의 동의를 구했고, 브라이텐펠드는 간부용 화장실 앞에서 개리를 붙잡고는 그들 부부가 프리 라이브러리의 자선 무도회에 참석할 계획인지, 아니면 티켓을 비서에게 줄 것인지 여부를 물었다.

3. 긴장을 풀어요—모두 당신 머릿속에 있어요!

컬리 에이벌이 전해액 분자의 플라스틱 모형을 양손에 하나씩 든 채 다시 두개골 속 책상 의자에 앉아 있었다. "구연산철/초산철 젤의 가장 놀라운 장점은 특정 공명 주파수의 낮은 전파 자극에도 분자중합이 자발적으로 이루어진다는 것입니다. 더욱 놀라운 것은, 이들 중합이 전기신호의 미세한 전도체 역할을 한다는 사실입니다."

전파가 핏빛 혼란을 열심히 헤쳐나가는 모습을 가상공간 속 에이벌이 온화한 미소로 바라보았다. 이들 파장이 미뉴에트나 릴 춤곡의 도입부라도 되는 듯 모든 철 분자들이 짝을 지어 저절로 기다란 선 두 개를 이루었다.

"이들 임시 전도성 미소관은 이전에는 생각할 수도 없던 것을 가능케 합니다. 직접적인 준(準)실시간 디지털-화학 인터페이스가 이루어지게 된 것입니다."

데니즈가 개리에게 속삭였다. "이거 좋은데. 아빠가 늘 원하던 거잖아."

"거금을 날리는 거 말야?"

"다른 사람들을 돕는 거. 세상을 발전시키는 거."

아버지가 정말 다른 이들을 돕고 싶다면 아내부터 도와야 한다는 말이 개리의 목구멍까지 올라왔다. 하지만 데니즈는 앨프리드에 대해 절대적이고 맹목적인 신념을 갖고 있었다. 그녀의 미끼를 물어봐야 득 될 것이 없었다.

4. 부자가 더 부유해진다!

"네, 두뇌의 한적한 구석에 악마의 작업장이 있을지도 모르죠." 선전인이 말을 이었다. "하지만 코렉탈 프로세스는 한적한 신경로는 전혀 개의치 않습니다. 활동이 이루어지는 곳을 코렉탈이 찾아가 더욱 강하게 만들어주죠! **부자가 더욱 부유해지도록 돕는 겁니다!**"

B연회실 사방에서 웃음과 박수와 감탄의 함성이 터져 나왔다. 개리는 옆자리의 엑슨 1만 2천 주가 싱글대고 박수를 치며 자기를 바라보고 있는 것을 느꼈다. 아마도 그는 개리가 왜 박수를 치지 않는지 궁금해하고 있으리라. 혹은 개리가 차려입은 옷의 자연스러운 고상함에 주눅이 들었을 수도 있으리라.

노력가나 일벌레가 되지 않기 위한 개리의 핵심 비결은 전혀 일할 필요가 없다는 듯 옷을 차려입는 것이었다. 사무실에 와서 다른 사람들을 돕는 것을 즐기는 신사라는 듯이. 노블리스 오블리제를 이행한다는 듯이.

오늘 그는 케이퍼그린 반실크 코트와 크림색 리넨 셔츠와 주름 하나 없는 검은 양복바지를 입고 있었다. 핸드폰은 수신 통화를 모두 차단한 채 꺼져 있었다. 그는 의자를 뒤로 기울여 연회실을 쭉 둘러보며, 그가 넥타이를 매지 않은 유일한 손님이지만 오늘 자신과 군중과의 차이가 무척 바람직하다는 사실을 확인했다. 겨우 몇 해 전만해도 이런 설명회장은 푸른색 핀스트라이프 양복과 숨막히는 마피아 복장과 투톤 셔츠와 술 달린 로퍼로 넘쳐났다. 하지만 길고도 긴 호황의 성숙기 말에 들어선 이제는 심지어 뉴저지 출신의 젊은 교외

어중이떠중이조차 핸드메이드 이탈리아 양복과 최고급 안경을 구입했다. 돈이 넘쳐나다 못해 앤드루 와이어스가 가구 회사이고 윈슬로 호머가 만화 캐릭터라고 생각하는 스물여섯 살짜리 애송이가 할리우드 귀족처럼 차려입는 세상이 되다니…….

아, 쓰라린 인간 혐오여. 개리는 부와 여유를 누리는 사람이 된 것을 즐기고 싶었지만 이 나라에서 그러려면 그 누구든 썩 쉽지가 않았다. 사방에서 새로이 탄생한 백만장자들 수백만 명이 특별함을 누리겠다는 동일한 목표에 매진했다. 빅토리아시대의 완벽한 제품을 구입하고, 그 누구의 흔적도 없는 비탈에서 스키를 타고, 유명 셰프를 개인적으로 알고 지내고, 발자국 하나 없는 해변을 즐겼다. 게다가 돈은 없으면서도 **완벽한 쿨함**을 추구하는 젊은 미국인들이 수천만 명이나 되었다. 그러는 동안 그 누구도 특별해질 수 없고, 그 누구도 완벽히 쿨해질 수 없다는 슬픈 진실이 드러났다. 이제 평범한 사람이 아무도 남지 않았으니 말이다. 상대적으로 쿨하지 **않게** 사는 고생을 누가 택하겠는가?

하긴 미국의 중심부에는 여전히 그런 시민들이 남아 있었다. 세인트주드의 미니밴 운전자들은 10~20킬로그램 정도 과체중에 파스텔 스웨터를 입고 낙태 반대 범퍼 스티커를 붙이고 프로이센 스타일의 머리를 했다. 하지만 최근 대륙판을 옮길 만큼 잔뜩 쌓인 걱정 속에서 개리가 관찰한 바로는, 인구가 계속적으로 중서부를 벗어나 쿨한 해변 도시로 몰려오고 있었다(물론 그 역시 이러한 대이동의 일원이지만 이른 시기에 탈출한 만큼 솔직히 특권을 누릴 자격이 있었다). 동시에 세인트주드의 모든 레스토랑이 별안간 유럽 속도를 따라잡고(느닷없이 청소부들이 햇볕에 말린 토마토를 알고 있고, 느닷없이 돼지 사육사가 크렘 브륄레를 알고 있었다), 당혹스럽게도 고향집 근처 쇼핑몰의 손님들이 그와 유사한 특권층 분위기를 풍겼고, 세인트주드 소비자에게 판매되는 전자 제품이 체스트넛 힐의 전자 제품만큼 강력하고 쿨해져갔다. 개리는 속으로 바랐다, 해변으로의 이주를 이제 금지하고 모든 중서부 주민이 소박한 음식과 촌스러운 옷과 보드게임으로 돌아가도록 장려해 형편없는 취향을 가진 머저리 인구를 전략적으로 확보하여 그와 같은 특권층 사람들이 극도의 세련됨을 영구히 느낄 수 있도록 만들어주기를…….

하지만 **충분해**, 하고 그는 스스로에게 말했다. 특별함과 우월함을 누리고자 하는 지나치게 파괴적인 의지는 우울증의 또 다른 **경고 신호**였다.

엑슨 1만 2천 주는 어쨌든 그를 보고 있지 않았다. 데니즈의 맨다리를 보고 있었다.

에이벌이 설명했다. "중합체 가닥은 화학주성에 따라 활성화된 신경로에 결합하여 전위를 방전하게 합니다. 그 메커니즘을 완전히 파악하고 있지는 못하지만, 환자가 보다 쉽고 **즐겁게** 치료를 반복적으로 받을 수 있다는 효과는 확실합니다. 설령 그것이 일시적 효과라 해도 놀라운 의학적 성과를 거둘 수 있습니다. 하지만 우리 액슨은 그러한 효과를 **영구적**으로 유지하게 하는 방법을 찾아냈습니다."

"자, 보십시오." 선전인이 부드럽게 말했다.

5. 이제 조금 일할 차례입니다!

만화 속 인물이 부들부들 떨며 찻잔을 입으로 가져가는 동안 그의 머릿속 신경로 일부가 파르르 떨리며 불이 켜졌다. 이윽고 인물이 코렉탈 전해액을 마시고 에이벌 헬멧을 쓰더니 다시 찻잔을 들어 올렸다. 작은 미소관이 빛나며 신경로가 활성화되자 점점 더 강하게 번쩍였다. 찻잔을 접시에 내려놓는 인물의 손이 바위처럼 굳건했다.

"아빠더러 임상 실험에 신청하라고 해야겠어." 데니즈가 속삭였다.

"그게 무슨 말이야?" 개리가 물었다.

"파킨슨병 치료에도 먹힌다니깐 아빠에게 도움이 될 거야."

개리는 공기가 빠져나가는 타이어처럼 한숨을 쉬었다. 이처럼 뻔한 생각을 왜 그는 하지 못했단 말인가? 자기 자신이 부끄러운 동시에 데니즈에게 모호한 분노가 일었다. 그는 그녀 말을 듣지 못한 양 스크린의 단조로운 미소를 응시했다.

"일단 신경로가 파악되고 자극을 받은 후에는 실질적이고 형태학적인 수정이 금세 이루어집니다. 현대 의학의 모든 분야에서 그렇듯 **비밀은 유전자 속에 있습니다.**"

6. 지난달 먹은 약을 기억하나요?

사흘 전 금요일 오후에 개리는 마침내 헤비&호답의 퍼지 포틀레이에게 연락을 받았다. 포틀레이는 굉장히 바쁜 듯이 말했다.

"개리이, 미안해요, 여긴 완전 난리법석이라오. 하지만 잘 들어요,

친구. 대피 앤더슨에게 요청을 전달했어요. 대피 말이, 센트러스트의 우수 고객을 위해서라면 5백 주 정도는 아무 문제 없이 확보할 수 있다더군요. 그러니, 괜찮죠, 친구? 이제 다 됐죠?"

"아뇨, 난 5백 주가 아니라 5천 주라고 했어요."

포틀레이가 잠시 침묵했다.

"젠장, 개리이. 뒤죽박죽 엉망이로군요. 난 5백 주라고 들었는데."

"당신이 내 말을 반복하며 분명 5천 주라고 했어요. 내 말을 받아 적고 있다고 했잖소."

"잠시만요, 이게 당신 계좌로 주문한 거요, 센트러스트 계좌로 주문한 거요?"

"내 계좌로요."

"이봐요, 개리, 이렇게 합시다. 직접 대피한테 전화해서 오해가 생겼다고 상황을 잘 설명해서 5백 주를 추가로 확보할 수 있을지 확인해봐요. 내가 해줄 수 있는 건 이뿐이오. 내 말은, 내가 실수했고, 얼마나 중요한 건지 전혀 몰랐소. 하지만 대피를 잘만 구슬리면 다른 사람 입에서 음식을 채와 당신 입에 떠먹여줄 거요. 여긴 약육강식의 정글이오, 개리이. 온갖 새들이 저마다 주둥이를 활짝 벌리고 있지. 나요! 나요! 나요! 5백 주를 추가로 확보해줄 수는 있지만 당신이 직접 수고를 좀 해야겠어요. 알았죠, 친구? 이제 다 됐죠?"

"아니, 퍼지, 다 안 됐어요. 차환된 아델슨 리 증권 2만 주를 내가 처리해준 것 기억하죠? 또……."

"개리이, 개리이, 이러지 말아요. 잘 알고 있어요. 내가 어떻게 아델슨 리를 잊겠소? 하느님, 매 순간 그 일이 떠오르는데. 그러니깐 내 말은, 액슨 5백 주가 개뿔로 여겨지겠지만 전혀 개뿔이 아니라는 거요. 그게 대피가 할 수 있는 최대한도요."

"그럼 다시 정직하게 이야기해봅시다. 내가 5천 주라고 말한 걸 정말 잊었는지 말해봐요."

"좋아요, 내가 머저리요. 알게 해주어 고맙소. 하지만 윗선을 통하지 않는 한 내가 확보할 수 있는 건 1천 주에 불과하오. 5천 주를 확보하려면 대피가 딕 헤비한테 직접 지시를 받아야 해요. 아델슨 리이야기가 나와서 말인데, 코어스테이츠가 5만을, 퍼스트 델라웨어가 3만을, 티아크레프가 5만을 처리해준 걸 딕이 늘어놓으면 내가 할 말이 없다는 거요. 미적분은 이렇게 막돼먹은 거라오. 당신은 2만을 도와줬는데 우리는 겨우 5백으로 보답하다니. 내 말은, 원한다면 딕한테 말은 해보겠소. 또 내가 대피한테 가서 다른 사람이 지금 그를 보면 전에 대머리였다는 걸 상상도 못 할 거고, 와우, 로게인의 기적이로군, 하고 한마디 던지면 어쩜 5백을 더 확보할 수 있을지도 모르겠소. 하지만 기본적으로 이건 대피가 정말 산타의 선물을 주는 거요. 대피는 당신이 얼마나 좋은 사람인지 잘 아오. 특히 어디에서 일하는지 잘 알지. 솔직히, 당신이 바라고 있는 배려를 받으려면 지금 회사보다 세 배는 더 큰 곳으로 옮기는 게 좋을 거요."

크기, 아, 그게 문제지. 훗날 센트러스트 자금으로 개틸 주식을 좀 사주겠다는 약속만 빼놓고는(이 일로 직장을 잃을 수도 있었다) 개리는 더 이상 퍼지 포틀레이를 압박할 수 없었다. 하지만 그는 여전히 액슨이 앨프리드의 특허권을 헐값으로 사들였다는 데 대한 **도덕적** 분노를 품고 있었다. 밤에 잠들지 못한 채 누워, 그날 오후 액슨의 고위 간부들에게 하고자 하는 분명하고도 신중한 강의를 한마디 한마디 갈고닦았다. 내 눈을 똑바로 보고 말하시오, 우리 아버지에게 합리적인 가격을 제시했다고. 아버지는 개인적 이유 때문에 그 제안을 받아들였지만, 나는 당신들이 그에게 무슨 짓을 했는지 알고 있소. 내 말 알겠소? 나는 중서부 노인네가 아니오. 당신들 수작을 다 알고 있소. 5천 주 없이 내가 이 방을 절대 떠나지 않으리라는 것을 당신들도 지금쯤 깨닫고 있을 거요. 또한 사과를 요구할 수도 있소. 하지만 나는 지금 어른답게 서로 공정한 거래를 하자고 제안하는 바요. 그 결과 당신들은 아무 손실도 입지 않소. 단돈 1센트는 커녕 0.1센트도.

"시냅스가 형성됐습니다!" 액슨의 비디오 선전인이 기뻐하며 소리쳤다.

7. 아니, 이건 성경이 아니에요!

B연회실의 전문 투자자들이 깔깔 웃어댔다.

"이게 다 거짓말일 수도 있을까?" 데니즈가 개리에게 물었다.

"거짓말이라면 왜 아빠의 특허권을 사겠어?" 개리가 대답했다.

그녀는 고개를 저었다. "이걸 보고 있자니 잠이 솔솔 오는데."

개리도 그 기분을 이해했다. 3주째 제대로 푹 자지 못하고 있었다. 생물학적 주기가 180도 획 바뀌어 밤에는 생생하고 낮에는 졸음이 쏟아졌다. 그의 문제가 신경화학적인 것이 아니라 개인적인 것이라고 믿기가 너무나 힘들었다.

지난 몇 달간 캐럴라인에게 그 수많은 **경고 신호**를 감추길 얼마나 잘했단 말인가! 신경 제3인자의 결핍 추정이 그의 도덕적 논쟁의 적법성을 약화하리라는 직감은 얼마나 정확했단 말인가! 캐럴라인은 이제 그를 향한 반감을 그의 "건강"에 대한 "염려"로 위장할 수 있었다. 전통적 부부 싸움을 위해 잔뜩 쌓아둔 그의 무기는 생물학적 무기에 적수가 전혀 되지 못했다. 그는 그녀 **개인**을 잔인하게 공격했고, 그녀는 그의 **질병**을 영웅적으로 공격했다.

캐럴라인은 전략적 이점에 기초해 빛나는 전술을 연이어 실행했다. 적대감으로 얼룩진 첫 주말에 전투 계획을 세우던 개리는 캐럴라인이 전 주말에 쓴 무기를 다시 사용할 것이라고 예상했다. 아론과 케일럽과 아이처럼 어울리며 **머저리 꼰대**를 놀리자고 부추길 것이 뻔했다. 따라서 목요일 밤에 그는 그녀를 매복 습격했다. 난데없이 아론과 케일럽더러 일요일에 함께 포코노산맥으로 산악자전거를 타러 가자고 했다. 캐럴라인은 **등이 아파** 참가할 수 없으니 남자들끼리 아침 일찍 떠나 하루 종일 단합의 시간을 보내라고 했다.

캐럴라인의 반격이란 그의 제안을 열광적으로 지지하는 것이었다. 그녀는 케일럽과 아론에게 묘하게 힘을 주어 **아버지와 함께 즐거운 시간을 보내라**고 부추겼다. 이에 케일럽과 아론은 큐 신호라도 떨어진 양 "산악자전거라니, 참 재미있겠어요, 아빠!"라고 재잘거렸다. 개리는 무슨 일이 진행되고 있는지 즉각 깨달았다. 월요일 밤에 아론이 찾아와서는 "끔찍하다"라고 말해서 미안하다고 일방적으로 사과한 까닭도, 화요일에 케일럽이 몇 달 만에 처음으로 그에게 테이블 축구 게임을 같이 하자고 청한 까닭도, 수요일에 부탁하지도 않았는데 캐럴라인이 따라준 두 번째 마티니를 조나가 코르크 장식 쟁반에 들고 온 까닭도 깨달았다. 아이들이 유순하고 따뜻하게 변한 까닭은 분명했다. **캐럴라인이 아이들에게 아버지가 병적 우울증을 앓고 있다고 말한 것이다.** 얼마나 빛나는 초반 전략인가! 캐럴라인의 "염려"가 순전히 거짓 전술이며, 세인트주드에서 크리스마스를 보내지 않기 위한 수단이라는 것을 그는 단 1초도 의심하지 않았다. 그녀의 눈에 그 어떤 따스함이나 애정도 전혀 보이지 않았기 때문이다.

"내가 우울증이라고 아이들에게 말했어?" 드넓은 침대의 가장자리에 누워 있던 개리가 어둠 속에서 물었다. "캐럴라인? 내 정신 상태에 대해 아이들에게 거짓말했어? 그래서 모두들 갑자기 다정하게 구는 거야?"

"개리, 당신이랑 같이 포코노에 산악자전거를 타러 가고 싶으니깐 다정하게 구는 거야."

"뭔가 수상쩍어."

"편집증이 점점 심해지고 있는 거야."

"이런 씨팔, 씨팔, 씨팔!"

"개리, 정말 무서워."

"내 머리를 갖고 놀다니! 어떻게 이렇게 비열할 수가 있지. 세상에 이보다 더 야비한 술수는 없을걸."

"제발, 제발, 당신 마음에 귀 기울여."

"내 질문에 대답해. 내가 '우울증'이라고 아이들에게 말했어? '힘든 시간을 겪고 있다'고?"

"그게, 사실이잖아."

"내 질문에 답해!"

그녀는 답하지 않았다. 그 밤 내내 더 이상 아무 말도 하지 않았다. 그가 30분마다 질문을 반복한 뒤 1, 2분간 기다렸지만 그녀는 일언반구도 없었다.

산악자전거를 타기로 한 날 아침 그는 수면 부족으로 너무나 피폐해진 나머지 체력이 받쳐주기만을 빌 뿐이었다. 캐럴라인의 대단히 크고 안전한 포드 스톰퍼에 자전거 세 대를 싣고서 두 시간 동안 운전한 뒤 자전거를 내리고는 바큇자국이 깊이 팬 오솔길을 몇 킬로미터나 달렸다. 아이들이 앞서 나갔다. 그가 따라잡자 아이들은 푹 쉬고 난 뒤라 다시 움직일 태세였다. 아이들은 개리의 고백을 기다리기라도 하는 양 다정한 기대감을 얼굴에 드리울 뿐이었다. 하지만 개리는 신경화학적으로 끔찍한 상태였다. 그는 "샌드위치 먹자"와 "산마루를 하나만 더 넘고 돌아가자"라고 딱 두 마디 했을 뿐이었다. 해 질 녘에 자전거를 도로 스톰퍼에 싣고 두 시간을 운전한 뒤 자전거를 내릴 때는 **쾌감 상실**에 다가가 있었다.

캐럴라인이 집에서 나오더니 조나와 함께 너무나 재밌게 놀았다며 아들들에게 수다를 늘어놓았다. 나니아 시리즈의 팬이 되기로 했다고 공표하는 것이었다. 그러고는 저녁 내내 캐럴라인과 조나는 "아슬란"과 "캐어 패러블"과 "리피치프"와, 그녀가 인터넷에서 찾아낸 어린이 전용 나니아 채팅사이트와, 쿨한 나니아 상품들과 쿨한 온라인 게임을 구비한 C. S. 루이스 웹사이트에 대해 종알거렸다.

조나가 개리에게 말했다. "캐스피언 왕자 CD롬이 있어요. 정말 갖고 싶어요."

"재미나고, 잘 만들어진 게임 같아. 그걸 주문하는 법을 조나에게 가르쳐줬지." 캐럴라인이 말했다.

"옷장도 있었죠? 옷장에 마우스를 대고 클릭하면 나니아로 들어가죠? 안에는 쿨한 것들이 가득하고요?" 조나가 말했다.

다음 날 아침 폭풍에 찢긴 요트 같은 상태로 직장이라는 안전한 항구에 미끄러져 들어갔을 때 개리는 깊은 안도감을 느꼈다. 자신을 되도록 잘 추스르고, **우울해지지 않기 위해** 끝까지 버티는 것밖에는 다른 수가 없었다. 심각한 패배에도 불구하고 그는 승리의 자신감을 유지했다. 20년 전 캐럴라인과 첫 싸움을 벌이고는 자기 아파트에 홀로 앉아 필리스 야구단의 11회 시합을 보며 10분마다, 5분마다, 2분마다 전화벨 소리를 기다리던 개리는 그녀의 째깍대는 심장에 절망적 불안감이 도사리고 있음을 확신했다. 그가 사랑을 거두기만 하면 조만간 그녀는 그의 가슴을 작은 주먹으로 두드리며 그가 원하는 대로 하도록 내버려둘 터였다.

하지만 캐럴라인은 약해졌다는 그 어떤 신호도 보이지 않았다. 밤늦게 개리가 너무나 화가 나고 노여워서 잠이 들기는커녕 가만히 눈을 감고 있을 수조차 없어하자 그녀는 예의 바르면서도 확고하게 싸움을 거절했다. 특히 크리스마스에 대해 논의하기를 단호히 거부했다. 그 일을 두고 개리가 하는 말을 듣고 있으니 알코올중독자가 술 마시는 모습을 보는 것 같다고 했다.

"그럼 내가 어떻게 했으면 좋겠어? 내가 어떻게 하면 좋을지 말해 봐." 개리가 말했다.

"자기 정신 건강에 책임을 지기를 바라."

"세상에, 캐럴라인. 완전히, 완전히, 완전히 틀린 대답이야."

가정불화의 여신 디스코디아가 항공 산업으로 현을 퉁겼다. 〈인콰이어러〉 전면 광고에 실린 미들랜드 에어라인의 대대적 할인 안내에 필라델피아와 세인트주드 왕복 항공권이 198달러라고 박혀 있었다. 사흘 후 12월 말에 돌아오는 일정이었다. 크리스마스에 예정보다 하루 더 머무르기만 하면 온 가족이 천 달러도 안 되는 돈으로 세인트주드에 (그것도 직행으로) 갔다가 돌아올 수 있었다. 그는 여행사에 전화해 티켓 다섯 장을 예약하고는 매일 상황을 점검했다. 마침내 판매 시한이 종료된 다음 날 금요일 아침에 그는 캐럴라인에게 비행기 티켓을 샀다고 공표했다. 그녀는 엄격한 크리스마스 언급 거부 정책을 고수하며 아론에게 돌아서서는 스페인어 시험 준비는 잘했느냐고 물었다. 센트러스트 사무실에서 개리는 참호전을 치르는 마음으로 여행사에 전화해 구입을 확정하겠다고 밝혔다. 그리고 의사에게 전화해, 처방전이 불필요한 약보다는 약간 강력한 수면 보조제 단기 처방을 부탁했다. 닥터 피어스는 수면 보조제가 좋은 생각 같지 않다고 답했다. 개리가 우울증일지도 모른다는 말을 캐럴라인에게 들었다며, 수면 보조제는 **그것에** 전혀 도움이 안 될 거라고 했다. 대신에 병원으로 와서 요즘 기분이 어떤지 이야기해보는 것이 어떻겠냐고 권했다.

전화를 끊고 나서 한동안 개리는 이혼을 떠올렸다. 하지만 세 아이의 이상적으로 빛나는 정신 구조에 재정적 두려움이라는 박쥐 떼가 그림자를 드리우는 광경이 그의 머리에서 이혼 생각을 쫓아냈다.

토요일의 디너파티에서 그는 친구인 드루와 제이미의 약장을 뒤지며 바륨 같은 것이 없을까 기대했지만 운이 따르지 않았다.

어제 데니즈가 전화해 같이 점심을 먹자고 불길할 정도로 단호하게 말했다. 토요일에 뉴욕에서 이니드와 앨프리드를 만났다고 했다. 칩과 여자 친구가 달아나 사라져버렸다는 것이었다.

지난밤을 뜬눈으로 새운 개리는 저런 머저리 같은 행동 때문에 캐럴라인이 칩을 두고 어디까지 "견디고 견딜 수 없는지" 말할 만큼 "솔직한" 사람이라고 평한 것일까 하고 의아해했다.

"이들 세포는 국부적으로 활성화되었을 때만 신경 성장인자를 배출하도록 유전적으로 재프로그램됩니다!" 얼 에이블의 가상 얼굴이 활기차게 말했다.

에이블 헬멧을 머리에 쓴 매력적인 여자 모델은 기계에 끈으로 묶인 채, 다리를 움직여 걸으라는 지시를 두뇌에 새로 입력시켰다.

쓰라린 인간 혐오에 빠진 양 냉담한 표정을 짓던 모델이 손가락으로 입가를 밀어 올리자 두개골 내부의 디지털 그림이 일부 확대되어 뉴런의 가지돌기가 활짝 피어나고 새로운 시냅스 연결이 활발히 이루어졌다. 이내 그녀는 손가락을 쓰지 않고도 머뭇머뭇 미소를 지을 수 있게 되었다. 이윽고 눈부신 미소가 쏟아졌다.

코렉탈은 우리의 미래입니다!

"액슨 주식회사는 다행히 이 강력한 기반 기술을 보호하기 위해 미국 특허권 다섯 개를 갖추고 있습니다." 얼 에이블이 카메라를 향해 말했다. "이들 특허권 외에도 현재 신청 중인 특허권 여덟 개를 통해 연구개발에 들인 1억 5천만 달러를 보호하는 강력한 방화벽을 세울 것입니다. 액슨은 이 분야에서 세계적으로 인정받고 있는 선구자이죠. 6년간 긍정적인 현금 흐름과 수익 모델을 기록했으며, 내년에는 최고 8천만 달러를 거두어들일 것으로 기대하고 있습니다. 잠재 투자자들은 12월 15일에 투자한 모든 돈의 마지막 1페니까지도 이 경이롭고 역사적인 제품 개발에 쓰이리라는 것을 안심하고 믿으셔도 좋습니다. 코렉탈은 우리의 미래입니다!"

"우리의 미래입니다!" 선전인이 되뇌었다.

"우리의 미래입니다!" 공부벌레 안경을 쓴 대단한 미남 미녀들이 코러스를 했다.

"나는 과거가 좋은데." 무료로 나눠준 수입 생수 0.5리터들이 병을 바로 세우며 데니즈가 말했다.

너무 많은 사람이 B연회실에서 숨을 쉬고 있다고 개리는 느꼈다. 환기 장치에 문제가 있는 듯했다. 빛이 완전히 환해지자 웨이터들이 둥그런 뚜껑으로 덮인 오찬을 들고 소리 없이 탁자 사이로 퍼져나갔다.

데니즈가 말했다. "짐작해보건대 연어로군. 아니, 연어밖에는 생각할 수 없어."

토크쇼 의자에서 일어나 연단 앞으로 나오는 세 사람을 보자 개리는 묘하게도 이탈리아에서의 신혼여행이 떠올랐다. 그와 캐럴라인이 아마도 시에나지 싶은 토스카나 지방의 한 도시에서 대성당을 방문했을 때, 과거 대성당 지붕에 세워졌다가 부속 박물관으로 옮겨진 거대한 중세 성인상들을 보았다. 모두들 손을 흔드는 대통령 후보처럼 한 팔을 들고서 **확실성**을 담은 신성한 미소를 짓고 있었다.

기쁨에 넘치는 투자자 모집인들 세 명 중 가장 연장자인, 무테안경을 쓴 분홍색 얼굴이 군중을 축복하는 양 한 손을 뻗었다.

"좋습니다! 좋습니다, 여러분! 제 이름은 조 프레이저로, 브랙 크누터의 수석 투자 담당 변호사입니다. 제 왼쪽은 액슨의 CEO이신 메릴리 핀치이고, 제 오른쪽은 헤비&호답에서 주요 주식을 담당하는 대피 앤더슨입니다. 컬리 박사님이 오늘 우리와 함께하셨더라면 좋았을 텐데, 워낙에 바쁘신 분이라 지금 현재 CNN과 인터뷰를 하느라 안타깝게도 여기 오지 못하셨습니다. 그러니 대신 제가 몇 가지 주의사항을 따—다—다 알려드린 다음 대피와 메릴리에게 연단을 넘기겠습니다."

"요, 켈시, 말해봐, 그래, 말해봐." 개리의 젊은 이웃이 소리쳤다.

"주의사항 1, 컬리 박사님의 연구가 현재 극히 초기 단계라는 점을 부디 명심해주시기 바랍니다. 사실상 이제 1단계에 들어선 것입니다. 제 말 안 들리시는 분? 뒤쪽에 들립니까?" 프레이저가 목을 쭉 빼고 개리가 앉아 있는 탁자를 포함해 가장 뒤쪽을 향해 두 팔을 흔들었다. "분명히 알려드립니다. 지금은 **1단계** 연구 중입니다. 액슨은 2단계 시험을 하기 위한 FDA 승인을 아직 받지 못한 상태입니다. 그리고 2단계를 마친 후에는? 3단계가 있습니다! 3단계를 마친 후에는? 다단계 검토 절차를 걸치며 제품 출시가 3년은 더 늦어질 수 있습니다. 여러분, 우리는 지금 **극도로 흥미롭지만 극도로 기초적인** 연구에 대해 이야기하고 있는 것입니다. 따라서 투자자는 위험을 부담해야 합니다. 이해하셨습니까? 따—다—다. 이해하셨죠?"

프레이저는 진지한 표정을 지으려고 분투하고 있었다. 메릴리 핀치와 대피 앤더슨 역시 추악한 비밀이나 종교라도 가진 양 미소를 삼키고 있었다.

프레이저가 말했다. "주의사항 2, 이 고무적인 광고 비디오는 공모 안내서가 아닙니다. 오늘 여기에서 있을 대피와 메릴리의 프레젠테이션은 즉흥적인 것으로, 역시 **공모 안내서가 아닙니다.**"

웨이터가 개리의 탁자로 와서 렌즈콩 위에 올려져 있는 연어를 내려놓았다. 데니즈는 음식을 안 먹겠다고 손사래 쳤다.

"먹지 그래?"

개리의 속삭임에 그녀는 고개를 저었다.

"데니즈. 정말. 여기서 나랑 같이 먹으면 좋잖아." 그는 묘하게도 상처받은 느낌이었다.

데니즈가 알 수 없는 표정으로 그를 똑바로 응시했다. "속이 좀 안 좋아."

"여기서 나갈까?"

"아니. 그냥 먹고 싶지 않을 뿐이야."

서른두 살의 데니즈는 여전히 아름다웠지만 스토브 앞에서 보내는 긴 시간 동안 싱싱한 피부가 일종의 테라코타 가면처럼 구워지는 탓에 개리는 그녀를 볼 때마다 조금씩 걱정이 늘어갔다. 어쨌든 그녀는 그의 막냇동생이 아닌가. 생기 넘치는 결혼 적령기 시절이 그에게는 익숙하지만 그녀에게는 아무래도 익숙하지 않을 신속함으로 흘러 지나가고 있었다. 매일 열여섯 시간씩 일하고 사교 생활이라고는 전혀 누릴 수 없다는 점에서 그에게 그녀의 직업은 사악한 마법처럼 보였다. 데니즈가 이 마법에서 깨어났을 때는 이미 가정을 꾸리기에 너무 늦어버리는 것이 아닌지 개리는 큰오빠로서 **당연히** 걱정이 되었다.

그녀가 수입산 생수를 마시는 동안 그는 재빨리 연어를 먹었다.

연단에서는 대학 학장의 지적 호전성을 풍기는 사십대 금발의 액슨CEO 메릴리 핀치가 부작용에 대해 설명하고 있었다. "두통과 메스꺼움을 느낄 수 있다는 것 외에 아직 다른 부작용은 발견되지 않았습니다. 우리의 기반 기술이 몇 년째 널리 사용되고 있지만 중요한 큰 부작용은 아직 보고된 바 없다는 점 역시 기억해주시기 바랍니다." 메릴리 핀치가 탁자 쪽을 가리켰다. "네, 회색 아르마니 입으신 분?"

"코렉탈은 완하제 이름이 아닌가요?"

"아, 네." 핀치가 힘차게 고개를 끄덕였다. "철자는 다르지만, 발음은 같습니다. 컬리 박사님과 저는 수만 개의 이름을 검토한 후에야 브랜드 이름은 알츠하이머나 파킨슨병이나 극심한 우울증을 앓는 환자에게 그리 중요하지 않다는 사실을 깨달았지요. 그러니 암 덩어리-석면이라고 이름 붙인다 해도 여전히 사람들의 환영을 받을 것입니다. 하지만 컬리 박사님이 우스꽝스러운 농담으로 여겨질 위험을 기꺼이 감수하는 데는 그만한 이유가 있습니다. 지금으로부터 20년 후에는 우리 프로세스 덕분에 미국에 단 한 명의 죄수도 남아 있지 않게 될 것입니다. 제 말은, 우리가 실제로 획기적인 의학 발전의 시대에 살고 있다는 것입니다. 우리 말고도 다른 회사들이 파킨슨병과 알츠하이머 치료법을 경쟁적으로 개발하고 있다는 데에는 의문의 여지가 없습니다. 이 중 일부는 아마도 코렉탈보다 먼저 판매될 것입니다. 따라서 대부분 뇌 질환 환자들에게 우리 제품은 무기고에 쌓여 있는 여러 무기 중 하나에 지나지 않겠죠. 확실히 **최고의** 무기이긴 하지만 여전히 여러 무기 중 하나라는 말입니다. 반면, 범죄자의 뇌라는 사회적 질병 측면에서 보자면 사방을 둘러봐도 우리의 해결책 외에 다른 방법은 없습니다. 코렉탈이 아니면 감옥이죠. 그러니 이는 미래를 내다보고 정한 이름입니다. 우리는 완전히 새로운 세계를 발견했다고 주장하는 바입니다. 그곳 해변에 우리의 깃발을 꽂고자 합니다."

멀리 떨어진 탁자에서 웅성거림이 일었다. 소박한 트위드 양복 차림의 사람들이 앉아 있었는데, 아마도 노조 연금 관리자 아니면 펜이나 템플 출신의 기부금 관리자인 듯했다. 황새처럼 생긴 여자 하나가 탁자에서 일어나 소리쳤다. "그럼 지금, 재범자들이 빗자루질을 즐기도록 재프로그램한다는 것입니까?"

핀치가 대답했다. "네, 가능합니다. 아마도 최고의 해결책은 아니겠지만 가능한 해결책 중 하나입니다."

반대자는 기막혀했다. "**최고의** 해결책이 아니라고요? 이건 윤리적 **악몽**입니다."

대부분 손님들이 자기편이었기에 핀치는 농담 삼아 말했다. "여기는 자유국가이니 대체에너지에 투자하십시오. 저렴한 지열 에너지 주식도 좋겠죠. 미래의 유망한 태양열 에너지라면 주가도 낮고 정당하니 금상첨화겠군요. 네, 다음 분? 핑크색 셔츠 입으신 분?"

반대자는 끈질기게 고함쳤다. "당신네들은 헛꿈을 꾸고 있어요. 설마 미국인들이······."

"보세요." 핀치는 옷깃에 달린 소형 마이크라는 이점을 이용해 그녀의 말을 잘랐다. "미국인들은 사형 제도를 지지합니다. 이처럼 사회적으로 건설적인 대체 방법을 미국인이 마다할 것 같습니까? 10년 후 우리 중 누가 꿈을 꾼 것인지 확인해봅시다. 네, 3번 탁자의 핑크색 셔츠 입으신 분?"

반대자는 굽히지 않았다. "실례합니다만, 나는 지금 수정헌법 8조를 명심하라고 잠재 투자자들에게 권고하려는 것입……."

"감사합니다. 정말 감사합니다." 핀치의 사회자다운 미소가 점점 딱딱해져가고 있었다. "잔인하고 비정상적인 처벌에 대한 말씀을 꺼내셨으니깐, 저도 제안을 하나 드리죠. 여기에서 페어마운트 거리를 향해 북쪽으로 몇 블록만 걸어가보십시오. 그리고 이스턴 주립 교도소에 꼭 들러보세요. 1829년에 문을 연 세계 최초의 근대적 감옥으로, 최장 20년의 독방 수용을 허용하고, 경악할 만한 자살률을 보이고, 교정 성과는 제로인데도 **여전히 현재 미국 교도소의 기초적 모델로** 여겨지고 있다는 점을 필히 명심하시고요. 컬리 박사님은 CNN에서 이에 대해 말하지 않을 것입니다, 여러분. 파킨슨병을 앓고 있는 1백만 미국인과 알츠하이머를 앓고 있는 4백만 미국인들에 대해서만 이야기하실 겁니다. 제가 지금 말씀드리는 것은 일반적인 소비를 위한 것이 아닙니다. 사실상 감금 대신 1백 퍼센트 자발적으로 택할 수 있다는 점에서 잔인하고 비정상적인 처벌의 정반대라고 할 수 있습니다. 코렉탈이 제공할 수 있는 모든 잠재적 가능성 중에 가장 인도적인 혜택인 것입니다. 영구적이고 자발적인 진정한 자기 개선이라는 점에서 이는 지극히 자유민주적인 **비전**입니다."

반대자는 말도 안 된다고 고개를 저으며 이미 연회실을 빠져나가고 있었다. 개리의 왼쪽 어깨에서 엑슨 1만 2천 주가 두 손을 입에 대고 그녀를 향해 야유를 해댔다.

다른 탁자의 젊은이들까지 덩달아 야유하고 히죽대며 스포츠 광팬 같은 즐거움과 지지를 보이자 개리는 데니즈가 자신의 업계를 더 경멸하게 되지 않을까 두려웠다. 그녀는 앞으로 몸을 숙여 엑슨 1만 2천 주를 재미있다는 듯 입을 쩍 벌린 채 응시하고 있었다.

반드르르한 구레나룻을 무성히 기른 대피 앤더슨의 짧은 머리는 높이 올라갈수록 질감이 뚜렷이 구별되었다. 자금 관련 질문에 그가 앞으로 나왔다. 그는 **기쁘게도 모집 금액이 초과 신청**되었다는 사정을 알렸다. 이번 신규상장의 열기를 **빈달루 커리**와 **7월의 댈러스**에 비유했다. 헤비&호답이 계획한 액슨 공모가에 대해서는 함구했다. 그는 **합리적 가격 책정**이 이루어질 것이며 따—다—다 **시장이 알아서 하게** 내버려둘 것이라고 말했다.

데니즈가 개리의 어깨를 만지더니 연단 뒤쪽 탁자를 가리켰다. 그곳에 메릴리 핀치가 홀로 서서 연어를 먹고 있었다. "우리의 사냥감이 지금 먹이를 먹고 있어. 그저 덮치기만 하면 돼."

"왜?" 개리가 물었다.

"임상 실험에 아빠 이름을 올려달라고 부탁해야지."

2단계 실험에 앨프리드가 참가한다는 계획이 개리에게는 전혀 달갑지 않았지만, 데니즈가 아버지의 질환에 대해 이야기함으로써 램버트 집안에 대한 동정심을 일으켜 액슨에게 도덕적 책임감을 야기한다면 그가 5천 주를 확보하는 데 도움이 되겠다는 생각이 문득 들었다.

그는 일어나며 말했다. "네가 말해. 그런 다음 나도 질문을 할게."

그와 데니즈가 연단으로 움직이자 수많은 머리들이 돌아가며 데니즈의 다리를 찬양했다.

"'드릴 말씀 없습니다' 중 어느 대목이 이해가 안 되십니까?" 대피 앤더슨이 농담 삼아 질문자에게 그렇게 되물었다.

액슨 CEO의 두 뺨이 다람쥐처럼 볼록해져 있었다. 메릴리 핀치가 입에 냅킨을 대더니, 다가오는 램버트 남매를 경계하며 바라보았다. "**어찌나** 허기가 지는지 말예요." 이는 깡마른 여자가 자신에게 신체가 있다는 사실에 대해 사과하는 셈이었다. "괜찮으시면 조금만 기다려주세요. 곧 새 테이블을 차릴 겁니다."

"조금 사적인 질문이 있어서 그러는데요." 데니즈가 말했다.

핀치는 힘겹게 음식을 삼켰다. 의식하기 때문일 수도 있고, 제대로 씹지 못해서일 수도 있었다. "네?"

데니즈는 자신과 개리를 소개한 뒤 앨프리드가 받은 편지에 대해 말했다.

핀치가 렌즈콩을 뜨며 설명했다. "안 먹으면 **죽을** 것 같네요. 그 편지는 조가 썼을 겁니다. 이미 계약이 마무리된 걸로 아는데요. 여전히 궁금하신 것이 있다면 조가 기꺼이 설명해줄 겁니다."

"당신에게 묻는 게 더 나을 듯해서요." 데니즈가 말했다.

"죄송해요. 한 입만 더 먹을게요." 핀치가 연어를 열심히 씹어 삼키더니 냅킨을 접시 위에 놓았다. "특허권에 관해 솔직히 말씀드리자면 그냥 법을 어길까도 생각했답니다. 다들 그러니까요. 하지만 컬리 박사님 역시 발명자인 만큼 정당하게 대가를 치르고 싶어 하셨죠."

"솔직히, 정당하게 대가를 치르려면 좀 더 주셔야 했다고 생각합니다만." 개리가 말했다.

윗입술 아래쪽을 탐색하는 핀치의 혀가 마치 담요 아래 고양이 같았다. "아버님의 성과물을 높이 평가하고 계시겠지요. 많은 연구자들이 60년대에 그런 종류의 젤을 연구했답니다. 제가 알기론, 전자 이방성을 발견한 것은 일반적으로 코넬 대학의 연구 팀이었다고 여겨지고 있습니다. 게다가 아버님 특허권의 설명이 다소 모호하다는 이야기를 조한테 들었어요. 심지어 뇌에 대해서는 한마디도 없고 '인간 조직'이라고만 나와 있다죠. 특허권법에 있어서 정의는 강자의 편이죠. 저는 우리 제안이 그래도 관대한 편이었다고 생각합니다."

개리는 내가 머저리지, 하는 표정으로 연단을 바라보았다. 그곳에는 대피 앤더슨이 지지자들과 애원자들에게 둘러싸여 있었다.

"아버지는 그 금액에 만족해하셨어요. 그리고 액슨의 성과에 대해 아시면 무척 행복해하실 거예요." 데니즈가 장담했다.

여자들 간의 유대와 가짜 친절에 개리는 희미하게 욕지기가 느껴졌다.

"아버님이 어느 병원에서 일하시는지 기억이 안 나네요." 핀치가 말했다.

"병원에서 일하지 않으세요. 철도 엔지니어셨죠. 우리 집 지하실에 실험실을 만드셨죠." 드니즈가 말했다.

핀치가 화들짝 놀랐다. "아마추어가 그런 연구를 했다는 건가요?"

개리는 어느 버전의 앨프리드에 더 화가 나는 것인지 알 수 없었다. 지하실에서 빛나는 발명을 이루고도 거액을 사기당한, 독기 품은 늙은 독재자일까, 아니면 자기도 모르는 사이에 진짜 화학자의 연구를 복제하고는 특허권을 얻고 유지하느라 얼마 안 되는 집안 재산을 써버린 다음 이제는 얼 에이벌의 탁자에서 부스러기나 받게 된 머저리 지하실 아마추어일까? 어느 쪽을 생각해도 분노가 들끓었다.

결과적으로 따지자면, 아마도 아버지가 개리의 충고를 무시하고 그 돈을 받은 것이 오히려 다행이지 싶었다.

"아버지는 파킨슨병을 앓고 계세요." 데니즈가 말했다.

"저런, 정말 안됐군요."

"그래서, 혹시 아버지가 액슨의 임상 실험에 참여할 수 있을지 궁금해서 이렇게 말을 꺼낸 거예요."

"제 생각으로는, 컬리 박사님께 물어봐야 할 것 같군요. 그런 인도주의적 일이라면 저는 대환영입니다. 아버님이 이 근처에 사시나요?"

"세인트주드에요."

핀치가 이마를 찌푸렸다. "적어도 6개월 동안 1주일에 두 번 스벤크스빌에 오셔야 하는데요."

"문제없어요." 데니즈가 개리를 돌아보며 물었다. "그치?"

개리는 이 대화의 모든 것이 싫었다. 건강 건강, 여자 여자, 친절 친절, 다정 다정. 그는 대꾸하지 않았다.

"현재 정신적 상태는 어떠십니까?" 핀치가 물었다.

데니즈는 입을 열었지만 처음에는 아무 말도 나오지 않았다. 그러다 기운을 회복하며 대꾸했다.

"좋으세요. 그냥―좋으신 편이에요."

310

"치매는 없으시고요?"

데니즈는 입술을 모으고는 고개를 저었다. "네. 그저 가끔씩 헷갈려 하시죠. 하지만 치매는…… 아니에요."

"그건 복용 약 때문에 그러실 거예요. 그런 경우는 치료가 가능하죠. 하지만 루이소체 치매는 2단계 실험 범위에 속하지 않는답니다. 알츠하이머도 그렇고요."

"아버지의 지력은 여전히 좋으세요."

"그럼 기초적 지시 사항을 따르실 수 있고, 1월에 동부로 오실 수 있다면 컬리 박사님이 실험 대상자 명단에 오르도록 조치해주실 수 있을 거예요. 덕분에 좋은 기삿감도 생기겠고요."

핀치가 명함을 건넨 다음 데니즈와는 다정하게, 개리와는 덜 다정하게 악수를 나누고는 대피 앤더슨을 둘러싼 군중 속으로 들어갔다.

개리는 그녀를 쫓아가 팔꿈치를 잡았다. 그녀가 화들짝 놀라 돌아보았다.

"이봐요, 메릴리." 그는 **이제 우리 어른들끼리 현실적으로 이야기해봅시다, 상냥한 척 헛소리는 말고요**, 라고 말하듯 나직이 뱉었다. "우리 아버지가 '좋은 기삿감'이 된다니 기쁘군요. 아버지에게 5천 달러를 준 것도 무척 감사하고요. 하지만 우리가 당신을 필요로 하는 것보다 당신이 우리를 더 필요로 한다고 생각되는군요."

핀치가 누군가에게 손짓을 하더니, 잠시만 기다리라는 뜻으로 손가락 하나를 쳐들었다. 그리고 개리에게 말했다. "사실상 우리는 당신을 전혀 필요로 하지 않습니다. 무슨 뜻으로 그렇게 말하는 것인지 도통 모르겠군요."

"우리 가족은 당신네 주식 5천 주를 원합니다."

핀치가 1주일에 80시간 일하는 간부처럼 웃었다. "이 방에 있는 사람은 누구나 그렇죠. 그래서 투자은행을 고용한 거고요. 그럼 이만 실례하죠."

그녀가 팔을 풀고 가버렸다. 개리는 사람들에게 쿵쿵 부딪치며 호흡곤란을 겪고 있었다. **애원**을 한 자신이 한심했고, 데니즈를 여기 설명회에 데려온 것이 후회되었고, 램버트의 일족인 것 자체가 노여웠다. 동생을 기다리지도 않고 가장 가까운 출구로 성큼성큼 걸어가자 데니즈가 부랴부랴 뒤를 따랐다.

포 시즌스와 이웃 사무실 건물 사이에 어느 기업이 화려하게 가꾸며 흠 하나 없이 유지 중인 정원이 있었다. 사이버 쇼핑 천국에 올라올 만한 그림이었다. 두 램버트가 정원을 가로지르는 동안 개리의 분노가 폭발할 구멍을 찾아냈다. 그가 말했다. "아빠가 여기 오면 대체 어디에서 지낸단 말이야."

"오빠 집에서 지내다가, 우리 집에서 지내다가 하면 되지."

"너는 집에 붙어 있지도 않잖아. 그리고 아빠는 48시간 이상 **내** 집에 머무르고 싶지 않다고 공표했고."

"지난 크리스마스 같지는 않을 거야. 내 말을 믿어. 토요일에 받은 느낌으로는……."

"게다가 1주일에 두 번씩 스벤크스빌에는 어떻게 가고?"

"오빠, 지금 그게 무슨 말이야? 아빠가 치료를 받는 게 싫다는 거야?"

화난 두 사람이 다가오는 것을 보더니 사무원 두 명이 대리석 벤치에서 일어나 사라졌다. 데니즈가 그 벤치에 앉아 고집스레 팔짱을 꼈다. 개리는 두 손을 엉덩이에 댄 채 작은 원을 그리며 서성였다.

"지난 10년 동안 아빠는 자신을 돌보기 위해 **아무것도** 하지 않았어. 그냥 망할 푸른 의자에 앉아서 자기 연민에 빠져 있었지. 그런데 갑자기 왜 치료를 받을 거라고 생각하는지 모르겠다."

"그게, 정말 치료가 가능하다고 믿으신다면……."

"그래서 5년 더 우울해하다가 여든 살 대신 여든다섯 살에 비참하게 돌아가시라고? 그게 무슨 차이가 있어?"

"우울한 거야 아파서 그런 거지."

"미안해. 하지만 그건 헛소리야, 데니즈. 말도 안 된다고. 아빠는 퇴직하기 전부터도 우울해했어. 완전히 건강했을 때조차 우울해했다고."

근처에서 나지막한 분수가 쏴악쏴악 흐르며 중간 크기의 사적인 공간을 보장해주고 있었다. 혼자 떨어져 있는 작은 구름 하나가 건물 지붕으로 둘러싸인 사적인 둥근 하늘의 사분면에 둥실 떠 있었다. 해변에 내리쬐는 것처럼 강한 햇살이 사방에 쫙 퍼졌다.

데니즈가 말했다. "엄마가 1주일에 7일간 잔소리를 해대며 집 밖으로 좀 나가라고 성화를 하고 모든 움직임 하나하나를 살피는 데다 어느 의자에 앉느냐가 도덕적 문제라는 듯이 군다면 오빠는 어떻게 하겠어? 엄마가 아빠더러 일어나라고 하면 할수록 더 앉아 있게 될 뿐이야. 아빠가 더 앉아 있으면 있을수록 엄마는 더……."

"데니즈, 너는 공상의 세계에 살고 있어."

그녀는 증오의 눈길로 개리를 보았다. "가르치려 들지 마. 아빠를 닳아빠진 기계 취급하는 것이야말로 공상이야. 아빠는 사람이야, 오빠. 내적인 삶이 있다고. 그리고 적어도 나한테는 친절하고……."

"너한테 그다지 친절한 것도 아니야. 엄마한테는 이기적이고 모욕적인 학대자이고. 아빠가 그 의자에 앉아 남은 생을 잠으로 보내고 싶다면 그거야 좋아. 사실 나는 대찬성이야. 1천 퍼센트 찬성이라고. 하지만 먼저, 점점 무너져가며 값만 떨어지고 있는 3층집에서 그 의자 좀 치워버리자. 그리고 엄마가 삶다운 삶을 살게 해주고. 그런 다음에는 얼마든지 의자에 앉아서 세상이 끝날 때까지 자기 연민에 빠져 있으라고 해."

"엄마는 그 집을 사랑해. 그 집**이야말로** 엄마의 삶이라고."

"그럼, 엄마 역시 공상의 세계에 살고 있네! 하루 24시간 노인네 시중을 들어야 하는데 그 집이 어련히도 도움이 되겠다."

데니즈는 눈을 감고는 이마에 내려온 머리카락을 입바람으로 날렸다. "오빠야말로 공상에 빠져 있어. 부모님이 아는 사람이라고는 오빠와 나뿐인 도시의 방 두 개짜리 아파트에서 참으로 행복하시겠다. 그렇게 되면 누가 편해질까? 바로 **오빠**지."

그는 두 손으로 허공을 내리쳤다. "그래, 내가 편해져! 세인트주드 집 때문에 걱정하는 것도 진절머리 나. 거기로 가는 것도 진절머리 나고. 엄마가 얼마나 불행한지 듣는 것도 진절머리 나. 너랑 내가 편해지는 것이 **아무도** 편해지지 않는 것보다야 낫잖아. 엄마는 육체적으로 맛이 간 사람과 살고 있어. 미리 경고를 했는데도 무시하고 아빠가 **자초한 거야. 스스로 끝장**낸 거라고. 그런데도 엄마는 아빠가 좀더 노력하기만 하면 모든 것이 괜찮아질 거라고, 예전의 삶을 회복할 수 있다고 믿고 있어. 그런데 내가 모두에게 알릴 소식이 있군. **결코 예전으로 돌아갈 수 없다**는 소식 말이야."

"오빠는 심지어 아빠가 낫는 것조차 싫어해."

개리는 손바닥으로 두 눈을 가렸다. "데니즈. 퇴직 후 병이 나기 전에 5년이나 있었어. 그때 아빠가 뭘 했지? 지역 뉴스를 보고, 엄마가 음식을 요리하기를 기다렸어. 이게 바로 우리가 살고 있는 진짜 세계야. 그리고 **난** 부모님이 그 집에서 나오기를 원해……."

"오빠."

"여기 노인주택 지구에서 사시길 바라. **난** 그렇게 말하는 게 조금도 부끄럽지 않아."

"오빠, 내 말 좀 들어봐." 데니즈가 급히 선의를 발휘해 앞으로 몸을 기울였지만 이는 오히려 그를 더욱 화나게 했다. "아빠가 여기로 와서 6개월 동안 내 집에서 지내면 돼. 아니면 두 분 다 와도 좋고. 내가 집으로 음식을 가져가면 돼. 어려운 일도 아니야. 아빠 몸이 괜찮아지면 고향으로 돌아가면 되고, 안 괜찮아진다 해도 필라델피아에서 사는 게 맘에 드는지 안 드는지 6개월 동안 실험해볼 수 있어. 이게 **어떤** 점에서 문제라는 거야?"

개리는 그게 어떤 점에서 문제인지 알 수 없었다. 하지만 데니즈의 친절에 대해 이니드가 소리 높여 노래하며 그의 신경을 거스를 것임은 벌써부터 훤했다. 그로서는 캐럴라인과 이니드가 (6개월이나 6주는커녕) 6일만이라도 한 집에서 화목하게 지내는 모습을 상상조차 할 수 없기에 부모에게 자기 집에서 지내라고 형식적으로라도 도저히 권할 수 없는 처지였다.

사무실 건물 모퉁이에 태양이 가까이 왔다는 사실을 알리는 강렬한 흰 빛을 향해 시선을 들었다. 그를 둘러싼 국화와 베고니아와 맥문동이 뮤직비디오의 비키니 입은 엑스트라처럼 느껴졌다. 활짝 피어난 완벽한 순간에 심어졌다가 꽃잎이 지고 갈색 점이 생겨나고 잎이 떨어지기 전에 다시 뽑히고 말 운명이었다. 개리는 기업 정원이 변화무쌍함을 누리는 특권의 장소이자 소중한 보살핌의 상징이라고 여기며 늘 좋아했지만, 이곳에서 너무 많은 것을 바라서는 안 되었다. 힘겨울 때 찾을 만한 곳이 아니었다.

"있지, 나는 조금도 상관없어. 좋은 계획이야. 네가 힘은 힘대로 들고 욕은 욕대로 먹는 헛된 수고를 하고 싶다면 얼마든지 그렇게 해."

"좋아, '헛된 수고'는 내가 담당하지." 데니즈가 재빨리 말을 이었다. "크리스마스는 어떡할 거야? 정말 그리로 갈 거야?"

개리가 껄껄 웃었다. "이제는 아빠까지 덩달아 오라고 난리야."

"엄마를 위해 그러시는 거야. 엄마는 정말정말 간절히 바라고 있어."

"물론 간절히 바라지. 이니드 램버트 아니셔? 세인트주드에서의 크리스마스가 아니라면 대체 뭘 바라시겠어?"

"나는 그리로 갈 거야. 칩 오빠한테도 가라고 설득해볼 거고. 오빠네 다섯 명도 가야 한다고 생각해. 부모님을 위해 우리 모두 거기 모여 크리스마스를 보내야 한다고 봐."

그녀의 목소리에 담긴 올바름의 희미한 떨림이 개리의 신경에 거슬렸다. 크리스마스에 대한 강의는 이날 10월 오후에 그가 결코 듣고 싶지 않은 주제였다. 제3인자 수치의 바늘이 짙붉은 '연료 소진' 칸으로 떨어졌다.

데니즈가 말을 이었다. "아빠가 토요일에 이상한 말을 했어. '나한테 시간이 얼마나 있을지 모른다.' 그러시는 거야. 두 분 다 이번이 마지막 크리스마스인 양 이야기하지 뭐야. 대단히 진지하셨어."

개리는 약간 거칠게 말했다. "엄마는 최대한으로 감정적 압박을 줄 때면 늘 그러잖아!"

"맞아. 하지만 진심인 것 같아."

"진심이겠지! 나도 생각을 해볼게. 하지만 데니즈, 우리 다섯 모두 거기 가는 건 **그리 쉽지 않아.** 쉽지 않다고! 우리 모두 그냥 여기서 크리스마스를 보내는 게 당연한 때에 말이야! 안 그래? 안 그러냐고?"

"알아, 나도 동의해." 데니즈는 조용히 의견을 고수했다. "하지만 이번이 세인트주드에서의 마지막 크리스마스라는 점도 염두에 둬야 한다고 봐."

"생각해본다니깐. 더 이상 달리 어떻게 하겠어, 안 그래? 생각해보겠어! 생각해보겠어! 됐어?"

데니즈는 그의 폭발에 의아한 표정이었다. "좋아. 알았어. 고마워. 하지만……."

"그래, 하지만 뭐?" 개리는 동생에게서 세 걸음 멀어진 뒤 휙 돌아섰다. "뭔지 말해봐."

"그게, 내 생각에……."

"있지, 난 이미 30분 늦었어. 사무실로 당장 돌아가야 해."

말을 하다 만 데니즈는 입을 벌린 채 눈알을 굴렸다.

"어서 빨리 **끝내자.**" 개리가 말했다.

"알았어. 근데, 엄마처럼 말하고 싶지는 않지만……."

"그러기에는 이미 늦었어! 안 그래? 안 그래?" 그는 두 손을 휘저으며 미친 듯이 신이 나 고함을 지르는 자기 자신을 발견했다.

"엄마처럼 말하고 싶지는 않지만, 어서 빨리 결정을 내려야 비행기 티켓을 구입할 수 있을 거라고. 그것뿐이야."

개리는 깔깔 웃어대면서도 웃음이 잦아들기 전에 그 웃음을 점검했다.

"좋은 계획이야! 맞아! 어서 결정해야지! 어서 티켓을 사야지! 좋은 계획이야!" 그는 코치처럼 박수를 쳤다.

"뭐가 잘못됐어?"

"아니, 네 말이 맞아. 집을 팔거나 아빠가 쓰러지거나 누군가가 죽기 전에 마지막으로 한 번 세인트주드에 우리 모두 가야지. 우리 모두 고향에 가야지. 당연하지. 네가 절대적으로 옳아."

"오빠가 뭐 때문에 화를 내는지 모르겠어."

"화는 무슨! 화낼 일이 뭐가 있냐?"

"좋아. 알았어." 데니즈는 차분하게 그를 응시했다. "그럼 하나만 더 물을게. 엄마가 왜 내가 유부남이랑 사귄다고 짐작하고 있는지 알고 싶어."

죄책감과 충격의 파동이 개리를 뚫고 지나갔다. "전혀 모르겠는데."

"내가 유부남이랑 사귄다고 말했어?"

"어떻게 그걸 말해? 네 사생활에 대해 아무것도 모르는데."

"하지만 그런 식으로 엄마한테 이야기했지? 암시를 주지 않았어?"

"데니즈, 정말." 그는 부모로서의 평정심과 큰오빠로서의 인내심을 다시 끌어모았다. "너처럼 자기 일을 얘기 안 하는 사람에 대해 내가 무슨 근거로 이야기를 하겠어?"

"암시를 주지 않았어? **누군가** 그랬거든. **누군가** 엄마한테 그런 생각을 심어줬어. 그리고 오빠가 잘못 알아듣고 엄마에게 전했을 만한 사소한 말을 내가 했다는 기억이 떠올라서 말이야. 오빠, 오빠가 안 그래도 엄마와 나 사이에는 이미 수많은 문제가 있어."

"있지, 네가 그렇게 신비주의를 고수하지 않는다면……."

"나는 '신비주의'를 고수하는 게 아냐."

"네가 그렇게 모든 걸 비밀로 하지 않는다면 이런 문제도 없을 거야. 너는 마치 사람들이 너에 대해 속삭이기를 **원하는** 것 같아."

"오빠가 내 질문에 대답하지 않다니 참으로 흥미로운걸."

그는 잇새로 천천히 숨을 내쉬었다. "엄마가 어쩌다 그런 생각을 하게 되었는지 나도 몰라. 나는 아무 말도 안 했어."

데니즈가 일어나며 대꾸했다. "좋아. 그럼 내가 '헛된 수고'를 할 테니, 오빠는 크리스마스에 대해 생각해봐. 엄마 아빠가 여기 오시면 우리 모두 모이자. 그때 봐."

숨이 막힐 듯한 느낌으로 결정을 내리며 그녀는 가장 가까운 출구로 향했다. 분노를 드러내는 듯한 속도는 아니었지만 개리가 따라잡으려면 뛰어야 할 만큼 빠른 속도로 걸어갔다. 그는 동생이 돌아서지 않을까 하고 잠시 기다렸다. 그러지 않자 그는 정원을 떠나 사무실을 향해 걸음을 옮겼다.

개리는 자기네 부부가 최근에 꿈의 집을 산 도시에 있는 대학을 여동생이 선택했을 때 무척 기뻐했다. 데니즈를 모든 친구와 동료들에게 소개하기를(사실상 자랑하기를) 고대했다. 그녀가 매달 세미놀 거리로 와서 함께 저녁을 먹고, 캐럴라인과 자매처럼 지내리라고 상상했다. 심지어 칩을 비롯해 가족 전체가 결국 필라델피아에 정착하게 되리라 상상했다. 조카들과 하우스 파티와 실내 게임과 눈 덮인 세미놀 거리에서 긴 크리스마스 휴가를 상상했다. 지금 그는 데니즈와 15년째 같은 도시에 살고 있건만 누이에 대해 아는 것이 아무것도 없는 듯했다. 그녀는 그에게 결코 부탁하는 법이 없었다. 아무리 지쳐 있다 해도 캐럴라인에게 줄 꽃이나 디저트, 아이들에게 줄 만화책이나 상어 이빨, 개리에게 써먹을 변호사 농담이나 전구 농담을 꼭 챙겨서 세미놀 거리로 왔다. 그녀의 올바름을 피해 갈 길은 없었고, 그가 꾼 화목한 가족의 꿈이 거의 **전부** 꿈으로 끝나버린 데 대한 실망의 깊이를 전달할 방법 역시 없었다.

1년 전 같이 점심을 먹으며 개리는 결혼한 '친구'가(사실상 동료인 제이 패스코였다) 딸애의 피아노 선생과 외도하고 있다는 이야기를 데니즈에게 했다. 외도에 대한 그의 오락적 관심은 이해하지만(패스코는 아내를 떠날 생각이 전혀 없었다) 왜 피아노 선생이 유부남과 사귀는지 모르겠다고 개리는 말했다.

그때 데니즈가 물었다. "왜 여자가 오빠와 사귀고 싶어 하는지 모르겠다는 말이야?"

"지금 내 이야기 하는 것 아니야."

"하지만 오빠는 결혼도 했고, 자식도 있잖아."

"내 말은, 거짓말쟁이이고 비열한이라는 게 뻔히 보이는 남자한테서 여자가 뭘 기대하는지 모르겠다는 거지."

"아마도 일반적으로는 거짓말쟁이와 비열한을 싫어하겠지만, 자기가 사랑하는 사람에 대해서는 예외로 하는 게 아닐까."

"그건 일종의 자기기만이야."

"아니, 오빠, 그게 바로 사랑이야."

"글쎄, 운이 좋으면 쉽게 큰돈을 얻을 수 있다는 것 때문이 아닐까 싶어."

데니즈는 날카로운 경제적 진실로 인해 자유주의적 천진함이 훼손당해 마음이 상한 듯했다.

"부모로서 아이들과 행복하게 잘 지내는 모습을 보면 그런 행복에 끌리게 돼. 불가능성 역시 매력의 요인이 되고. 오빠도 알잖아, 희망 없는 것들의 안전함."

"그런 일에 대해 잘 아는 듯이 말하는구나."

"자식이 없는데 내가 매력을 느낀 남자라고는 에밀뿐이었거든."

이 말에 개리는 흥미가 동했다. 오빠다운 둔감함을 위장해 과감히 물었다. "그럼, 너 지금 누구 만나는 사람 있어?"

"아니."

"유부남이랑 사귀고 있는 것 아냐?" 그는 농담을 던졌다.

데니즈가 물잔으로 손을 뻗는 동안 얼굴이 한 단계 파리해지며 두 단계 붉어졌다. "만나는 사람 없어. 일하느라 정신없는걸."

"그럼, 요리 말고도 인생에는 많은 것이 있다는 걸 명심해. 진실로 무엇을 원하고, 그것을 어떻게 얻을 것인지에 대해 진지하게 생각해 볼 나이가 됐잖아."

데니즈는 자리에 앉은 채로 몸을 틀어 웨이터에게 계산서를 달라는 신호를 보냈다. "어쩌면 쉽게 큰돈을 얻는 방법을 강구해보는 것도 괜찮겠네." 그녀가 말했다.

개리는 누이동생이 유부남과 사귀고 있다는 생각에 점점 더 화가 치밀었다. 하지만 그 일을 이니드에게 이야기하지는 말았어야 했다. 이니드가 캐럴라인에게 준 선물인 오스트리아 순록이 살해된 아기처럼 파괴된 채 휴지통에서 발견되고 몇 시간 뒤, 데니즈에 대한 칭찬을 주야장천 늘어놓는 어머니의 말을 들으며 빈속에 진을 마시던 중 그만 폭로를 해버리고 말았다. 데니즈의 새 레스토랑에 자금을 대줄 뿐 아니라 프랑스와 중부 유럽으로 두 달간 호화 음식 기행을 갈 수 있게 지원해준 관대한 백만장자에 대한 칭찬과, 데니즈의 장시간 노동과 헌신과 절약에 대한 찬사를 늘어놓으며 이니드는 개리의 '물질주의'와 '과시욕'과 '돈에 대한 집착'을 에둘러서 투덜댔다. 마치 그녀 자신은 돈에 초월한 사람인 양 굴었다! 그럴 기회가 있다 해도 개리의 집처럼 좋은 주택을 사지 않고, 개리가 꾸민 것처럼 가구를 들여놓지 않을 듯이! 그는 이 이야기를 해주고 싶었다. **어머니의 세 자식들 중 내 삶은 어머니의 삶과 가장 다릅니다! 어머니가 추구하라고 가르친 것을 나는 얻었어요! 그런데 그것 때문에 나를 못마땅해하다뇨!**

하지만 술기운이 마침내 끓어넘칠 때 그가 실제로 한 말은 이것이었다. "데니즈한테 요새 누구랑 만나는지 물어보지 그래요. 유부남인지, 자식은 있는지."

"요즘 만나는 사람 없는 것 같던데."

이니드의 말에 술기운이 대꾸했다. "유부남이랑 사귄 적이 있는지 물어보라니깐요. 그 애를 중서부 가치관의 귀감으로 추켜세우기 전에 우선 그 점부터 확인하는 것이 올바르지 않겠어요?"

이니드가 귀를 막았다. "그런 얘기 듣기 싫어!"

"좋아요, 그러세요. 현실을 회피해요!" 질척한 술기운이 폭발했다. "다만 더 이상 나한테 그 애가 얼마나 천사인지 따위의 헛소리는 늘어놓지 말아요."

개리는 오빠로서의 명예를 저버렸다는 것을 알았다. 하지만 그래서 기뻤다. 데니즈가 이니드에게서 다시 비난받게 된 것이 기뻤다. 그는 불평만 늘어놓는 여자들에게 둘러싸인 채 살고 있는 듯했다.

물론 여기서 벗어날 방법이 하나 있긴 했다. 어느 날 그의 키와 편암 빛깔 회색 머리와 송아지 가죽 재킷과 프랑스산 등산복 바지를 주의해 보고는 **열쇠가 바로 코앞에 있어요**라고 말하듯 그의 눈을 응시하는 수십 명의 비서나 지나가는 여자나 판매원에게 **아뇨** 대신 **네**라고 말하면 되었다. 하지만 캐럴라인처럼 핥고 싶은 음부나 움켜쥐고 싶은 금빛 비단 머리나 클라이맥스에서도 기꺼이 참게 만드는 시선을 가진 여자는 없었다. 외도를 해봐야 불평을 늘어놓는 여자가 하나 더 느는 꼴밖에 안 되었다.

마켓 거리의 센트러스트 타워 로비에서 그는 엘리베이터 앞의 군중에 합류했다. 사무직 직원과 소프트웨어 전문가와 회계감사관과 천공기 엔지니어들이 늦은 점심을 먹고 돌아가는 중이었다.

개리와 가장 가까이 서 있던 여자가 말했다. "사자가 요즘 상승세야. 쇼핑하기에 딱 좋은 때지. 사자가 가격 협상에서도 종종 힘을 발휘하거든."

다른 여자가 그녀에게 물었다. "그럼, 우리의 구세주는 어디에 있지?"

첫 번째 여자가 차분하게 대꾸했다. "구세주를 기억하기에도 딱 좋은 때지. 사자의 시간은 구세주를 기억하기에 딱 좋아."

"부분적으로 수소가 첨가된 비타민 E를 대량 투여하면서 루테튬 보충제를 같이 넣는다네!" 세 번째 사람이 말했다.

"그 사람이 라디오 시계를 프로그램했다는데, 무슨 말인지 모를 소리를 마구 늘어놓더니 나도 그렇게 할 수 있다잖아. 밤새도록 매시 11분이 되면 저절로 WMIA 방송이 켜지도록 프로그램했다지 뭐야." 네 번째 사람이 말했다.

마침내 엘리베이터 문이 열렸다. 한 무리의 인간이 안으로 들어가자 개리는 넘쳐나는 평범함과 체취를 피해 덜 붐비는 다음 엘리베이터를 탈까 생각했다. 하지만 마켓 거리에서 건물로 막 들어선 젊은 여자는 최근 몇 달간 그에게 말 걸어봐요, 날 만져봐요 미소를 던지고 있는 부동산 플래너였다. 그녀를 피하기 위해 그는 닫히는 엘리베이터 문 사이로 뛰어들었다. 하지만 문이 그의 뒷발에 부딪히며 다시 열렸다. 젊은 부동산 플래너가 그의 옆에 바싹 붙어 섰다.

"있지, 선지자 예레미아도 사자에 대해 말했어. 여기 팸플릿에 자세히 나와 있어."

"새벽 3시 11분이 되면 클리퍼스가 세 번째 연장전 종료를 12초 앞두고 그리즐리스를 146 대 145로 이기고 있지."

사람들로 가득 찬 엘리베이터 안에는 소리의 울림이 전혀 없었다. 모든 소리가 옷이나 살이나 머리카락에 부딪혀 잦아들었다. 산소가 소진된 공기. 무더운 지하실.

"이 팸플릿은 악마의 짓거리야."

"나중에 쉬는 시간에 읽어봐. 그런다고 무슨 해가 되겠어?"

"이겨봤자 별 소득 없을 시즌 말 시합에서 최하위 두 팀이 일부러 져서 대학 선수 추첨에서 보다 유리한 고지를 점하려고 노리고 있었지."

"루테튬은 희토류 원소인데, 땅에서 채취하는 것으로 정말 희귀한데다, 원소인 만큼 순수하기 이를 데 없지!"

"그러다 4시 11분이 되면 최신 점수 상황이 방송돼. 그저 잠에서 한 번 깨기만 하면 되는 거지. 시드니에서 데이비스컵 테니스 대회가 열려서 매시간 업데이트되어도 전부 다 놓치지 않게 된다나."

젊은 부동산 플래너는 자그마한 체구에 얼굴이 예쁘장하고 머리를 헤나 염색 했다. 말을 붙여보라고 유혹하듯 그녀가 활짝 웃어 보였다. 중서부 출신인 듯했고, 개리 옆에 서 있어서 행복한 듯했다.

개리는 아무것에도 시선을 두지 않은 채 숨을 쉬지 않으려고 노력했다. 센트러스트(CenTrust)의 가운데에 툭 튀어나온 T가 언제나 신경에 거슬렀다. T를 젖꼭지처럼 꾹 누르고 싶었지만, 막상 그래보아도 전혀 만족스럽지 않았다. cent-rust(녹슨 1센트)가 생겨봐야 어디에 쓰겠는가.

"얘, 이건 신앙의 대체물이 아니야. **보충제**이지. 이사야 역시 사자에 대해 말했어. 유다의 사자라고 불렀지."

"말레이시아에서 프로 시합이 열리고 있는데 2시 11분과 3시 11분 사이에 승자가 바뀌더라도 놓치지 않게 됐다나."

"내 신앙은 대체물이 필요 없어."

"자기야, 귀마개라도 한 거야? 내 말 잘 들어. 이건, 신앙의, 대체물이, 아니야. **보충제**라고."

"피부가 비단결처럼 탱탱해지는 데다 공황 발작이 18퍼센트 감소한대!"

"매일 밤 매시간 베개 옆에서 라디오 시계가 울려대면 서맨사가 어떤 기분일지 궁금한걸."

"내 말은 지금이 쇼핑하러 갈 때라는 거지."

무더위에 시달리는 사람들 한 무리가 엘리베이터에서 내릴 수 있게 젊은 부동산 플래너가 그에게 몸을 기대면서 헤나 염색 머리를 그의 가슴에 필요 이상으로 친밀하게 대는 순간 개리는 깨달았다. 그가 결혼 생활 20년 동안 캐럴라인에게 충실했던 것은 다른 인간과의 육체적 접촉에 대한 혐오가 꾸준히 늘고 있기 때문이었다. 확실히 그는 신의를 중요시했다. 원칙을 지키기 위해 에로틱한 스릴을 완전히 포기했다. 하지만 그의 뇌와 성기 사이 어딘가에 전선이 끊긴 것 역시 사실이었다. 머릿속에서 이 빨강 머리 여자의 옷을 벗기고 범해봤지만 떠오르는 것이라고는 외도 장소란 얼마나 답답하고 불결한가, 하는 생각뿐이었다. 대장균류 범벅의 비품 창고, 벽지와 이불에 정액이 덕지덕지 말라붙은 메리어트 호텔, 그녀가 분명 몰고 다닐 멋진 폭스바겐이나 플리머스의 고양이 발톱 자국과 병균투성이 뒷자리, 몽고메리빌이나 콘소호켄의 상자 같은 작은 아파트에 병균으로 빽빽한 벽과 벽 등 하나같이 너무 덥고 환기가 부족하고 성기 사마귀나 클라마디아 성병 같은 불쾌한 모습을 떠올리게 했다. 숨쉬기 너무 힘든 데다 그 여자까지 밀착해오니 질식할 것만 같았다. 지조를 버리지 않으려는 그의 노력은 너무나 힘겹고 운명적이어서…….

16층에 이르자 뛰어내리듯 엘리베이터에서 내려 중앙 환기장치를 통해 나온 공기를 폐 가득 들이켰다.

비서 매기가 말했다. "사모님께서 몇 번이나 전화하셨어요. 바로 전화해달라고 하시던데요."

개리는 매기의 책상에서 그의 상자에 담긴 메모들을 꺼냈다. "뭐 때문이라고 하던가?"

"그런 말씀은 없었는데, 무척 당황한 목소리였어요. 여기 안 계신다고 말했는데도 몇 번이나 전화하시던걸요."

개리는 사무실로 들어가 메시지를 쭉 훑었다.

캐럴라인은 1시 35분, 1시 40분, 1시 50분, 1시 55분, 2시 10분에 전화했고 지금은 2시 25분이었다. 그는 승리감에 주먹을 흔들었다. 마침내, 마침내, 포기의 증거가 나온 것이다.

그는 집에 전화를 걸어 말했다. "무슨 일이야?"

캐럴라인의 목소리가 떨렸다. "개리, 자기 핸드폰에 문제가 있나봐. 핸드폰으로 몇 번이나 전화했는데 안 받던걸. 왜 그런 거야?"

"꺼뒀거든."

"뭐 하느라? 한 시간 동안 전화를 했어. 아이들을 데리러 가야 하는데 지금 집을 떠날 수가 없어! 어떻게 할지 모르겠어!"

"캐로, 뭐가 문제인지 말해봐."

"거리 맞은편에 누가 있어."

"누구?"

"몰라. 차에 누군가 앉아 있는데, 나도 모르는 사람이야. 벌써 한 시간째 그러고 있어."

개리의 성기 끝이 양초의 불타는 심지 끝처럼 녹아내렸다. "가서 누군지 확인해봤어?"

"무서워서 못 했어. 경찰한테 전화했더니 거기는 시 소유의 거리 래."

"맞아. 시 소유야."

"개리, 누가 네버레스트 표지판을 또 훔쳐 갔어!" 그녀는 거의 울먹 이고 있었다. "정오에 집에 왔는데 사라지고 없더라고. 그래서 밖을 내다보니 자동차가 거기 있고, 앞좌석에 누가 앉아 있지 뭐야."

"어떤 차야?"

"커다란 스테이션왜건이야. 오래된 거야. 처음 보는 차야."

"집에 왔을 때도 거기 있었어?"

"모르겠어! 하지만 조나를 데리러 가야 하는데 집 밖에 못 나가겠 어. 표지판도 사라지고, 차는 앞에 버티고 있고……."

"방범 장치는 작동하고 있지?"

"하지만 내가 집에 왔는데 저놈들이 집 안에 있다가 나를 보고 놀 라면……."

"캐럴라인, 자기야, 진정해. 경보 소리가 들릴……."

"유리가 깨져 있고, 경보기는 꺼져 있고, 누군가 총을 든 채 다가오 고……."

"이봐, 이봐, 이봐. 캐럴라인? 이렇게 해. 캐럴라인?" 그녀의 목소리 에 담긴 두려움과 그 두려움이 제시하는 간절함 때문에 그까지 너무 흥분한 나머지, 바지 아래의 살을 꽉 꼬집어 현실감을 되찾아야 했다. "당신 핸드폰으로 내게 다시 전화해. 계속 나랑 통화하면서 밖으로 나가서 스톰퍼에 타. 그리고 진입로를 내려가서는 창문을 사이에 두고 그 사람이랑 이야기해봐. 그러는 내내 나는 당신과 함께 있을 거야. 괜찮지?"

"좋아. 좋아. 지금 바로 전화할게."

전화를 기다리던 개리는 울고 있는 캐럴라인의 얼굴에 어렸을 열기와, 소금기와, 멍든 복숭아의 부드러움과, 코를 훌쩍이는 소리와, 그의 입술을 원하며 성급히 활짝 벌린 그녀의 입술을 상상했다. 그녀가 그를 결코 다시 원하지 않을 것이며, 그 역시 그녀를 결코 다시 원하지 않을 것이라고 믿으며 3주 동안 오줌만 싸고 죽은 쥐처럼 희미하디희미한 맥박조차도 뛰지 않다가 일순간의 통보 하나에 정욕으로 눈이 머는 것이 결혼임을 그는 잘 알았다. 그의 전화기가 울렸다.

"지금 차에 있어. 후진해서 나갈 거야." 조종실처럼 생긴 휴대폰 수화구에서 캐럴라인의 목소리가 들렸다.

"자동차 번호도 확인해. 옆에 차를 세우기 전에 적어둬. 당신이 그걸 적는 걸 그놈이 보게 해."

"알았어. 알았어."

양철 모형에서 캐럴라인의 SUV가 거대한 짐승처럼 숨을 쉬더니 자동변속기의 **옴** 소리가 높아졌다.

"아, 씨팔, 개리." 그녀가 울부짖었다. "가버렸어! 얼굴을 못 봤어! 내가 오는 걸 보고 도망가버렸나 봐!"

"좋아. 그건 좋은 거야. 우리가 바란 것이 바로 그거야."

"아니. 블록을 한 바퀴 돌고는 내가 여기 없을 때 다시 돌아올 거야!"

개리는 그녀를 진정시키고는 아이들을 데리고 돌아왔을 때 집에 안전하게 들어갈 방법을 일러주었다. 그리고 핸드폰을 계속 켜두고 집에 일찍 돌아가겠다고 약속했다. 그녀의 정신 건강을 그의 정신 건강과 비교하는 말은 삼갔다.

우울증이라고? 그는 우울증이 아니었다. 제멋대로 날뛰는 미국 경제의 바이탈 사인 수치가 텔레비전 스크린들을 주르르 훑고 갔다. 오픽 미들랜드가 하루 동안 1.38포인트 올랐다. 미국 달러는 유로화를 비웃고 엔화와 붙어먹고 있었다. 버지니아 린이 그의 사무실에 들러 엑슨의 주식을 104에 파는 게 어떻겠냐고 했다. 개리는 뉴저지주 캠던의 범람지를 가로지르는 강을 보았다. 이렇게 높은 곳에서 멀리 떨어져 바라보자니 깊이 황폐화된 그곳이 마치 리놀륨이 벗겨진 부엌 바닥 같았다. 태양이 남쪽에서 자랑스레 빛나며 안도감을 제공하고 있었다. 부모님이 동부로 왔는데 동부 해양 도시의 날씨가 엉망이라면 개리는 참을 수 없을 터였다. 바로 저 태양이 메인주 북부 어딘가에 있을 부모님의 크루즈선 위에서 빛나고 있으리라. 텔레비전 스크린 한 모퉁이에서 컬리 에이벌이 이야기하는 모습이 보였다. 개리가 화면을 확대하고 소리를 높이는데 에이벌이 결론을 내렸다. "뇌를 위한 보디빌딩 기계라면 그리 나쁜 이미지는 아니죠, 신디." 경제 위기는 그저 경기상승의 디딤돌 정도로 여기며 24시간 경제에 매달리는 앵커들이 전문가인 양 고개를 끄덕였다. "뇌를 위한 보디빌딩 기계라니, **알겠습니다.**" 여자 앵커가 다른 주제로 자연스레 넘어갔다. "이어서, 벨기에(!)에서 장난감 하나가 큰 분노를 사고 있습니다. 제조업자는 **이** 제품이 **비니 베이비**보다 더 클 수도 있었다고 말합니다!" 제이 패스코가 들어와 채권시장에 대해 투덜거렸다. 제이의 딸들은 이제 새 피아노 선생을 구했고, 여전히 같은 어머니 밑에서 자라고 있었다. 개리는 제이가 말한 세 단어 중 한 단어만 제대로 들었다. 캐럴라인과의 다섯 번째 데이트 전에 길고 길었던 오후에 그랬듯이 그는 신경이 곤두서 있었다. 마침내 두 사람이 음란함을 즐길 준비가 되었을 때 그들을 방해하는 시간은 모두 쇠고랑을 찬 죄수가 부수어야 할 화강암 덩어리처럼 느껴졌다.

그는 4시 30분에 회사를 나섰다. 스웨덴제 세단을 몰고 켈리 드라이브와 링컨 드라이브를 지나 슐킬 계곡의 안개와 고속도로와 빛나는 확고한 현실에서 빠져나와, 위사히콘 크리크를 따라 늘어선 초가을 잎들의 그림자와 고딕 아치 터널을 통과해 매혹적인 체스트넛 힐의 숲으로 들어섰다.

캐럴라인의 과열된 상상에도 불구하고 집은 멀쩡해 보였다. 또다시 **네버레스트 보안 회사** 표지판이 사라져버린 비비추와 사철나무 화단을 지나쳐 진입로를 올라 차를 세웠다. 올해 초부터 지금까지 **네버레스트 보안 회사** 표지판을 꽂았다가 사라져버린 것이 다섯 번째였다. 실속 없는 표지판이 시장에 넘쳐남에 따라 빈집 털이 방지라는 **네버레스트 보안 회사**의 가치가 희석되고 있다는 사실에 개리는 분노했다. 말할 필요도 없이 이곳 체스트넛 힐 중앙의 어느 집이든 앞뜰마다 네버레스트나 웨스턴 시빌 디펜스나 프로필라텍스의 금속 표지판이 자리해 투광 조명등, 망막 스캐너, 비상용 배터리, 매설된 긴급 직통전화선, 원격 보안문의 지원을 받고 있었다. 하지만 마운트

에어리에서 저먼타운과 나이스타운에 이르기까지 필라델피아의 다른 북서부 지역에는 이웃에 반사회적 인격장애자가 살고 일하는데도 자기 집의 보안을 돈을 주고 확보해야 한다는 '가치관'에 대해서는 말하기 싫어하면서, 개리의 **네버레스트 보안 회사** 표지판을 거의 매주 훔쳐 가 자기 집 앞뜰에 박는 것에는 전혀 개의치 않는 자유주의적 '가치관'을 가진, 동정심 넘치는 집주인들이 바글대고 있었다.

차고에서 개리는 차에 그대로 앉아 눈을 감고 싶다는 앨프리드적 욕구에 압도되었다. 시동을 껐지만 뇌 안 무엇인가의 스위치는 꺼지지 않은 듯했다. 그의 정욕과 에너지는 어디로 갔단 말인가? 이런 것 역시 결혼임을 그는 잘 알고 있었다.

그는 억지로 차에서 내렸다. 그의 뇌와 부비강에서 흘러나온, 몸을 옥죄이는 피로가 뇌간으로 쏟아졌다. 캐럴라인이 그를 용서할 준비가 되어 있고, 둘이서 아이들에게 살짝 벗어나 노닥댈 수 있다 하더라도(현실적으로는 도저히 불가능했다) 그는 너무 피곤해서 어차피 그렇게 할 수 없을 터였다. 지금 그 앞에 있는 것은 아이들로 빽빽이 채워질 다섯 시간이었다. 그런 다음에야 그녀와 침대에 단둘이 있을 수 있었다. 5분 전까지만 해도 갖고 있던 에너지를 다시 얻기 위해서는 잠이 필요했다. 여덟 시간, 아니 어쩌면 열 시간의 잠이.

뒷문은 잠긴 채 체인이 걸려 있었다. 그는 가능한 한 크고 유쾌하게 노크를 했다. 창문 너머로 조나가 수영복과 샌들 차림으로 종종걸음 쳐 와 암호를 입력하고 자물쇠를 열고 체인을 푸는 모습이 보였다.

"아빠, 어서 오세요. 욕실에서 사우나를 하고 있었어요." 조나가 다시 종종걸음 쳐 가며 말했다.

전화로 되찾았던 개리의 욕망의 대상인, 눈물로 부드러워진 금발 여인은 케일럽 옆에 앉아 부엌 TV로 SF 재방송을 보고 있었다. 유니섹스 파자마를 입은 성실한 인간형 로봇들.

"나 왔어! 집에는 별일 없는 것 같군." 개리가 말했다.

캐럴라인과 케일럽은 다른 행성에 시선을 붙박은 채 고개를 끄덕였다.

"새 표지판을 꽂아놔야겠어." 개리가 말했다.

"나무에 못 박아버려. 기둥은 떼어내고 그냥 나무에 박아버려." 캐럴라인이 말했다.

기대가 어긋나 실망한 채 무기력해진 개리는 숨을 잔뜩 들이마시고는 헛기침을 했다. "그건 우리가 지키고자 하는 메시지의 우아함과 미묘함에 반하지 않을까? 과연 그게 지혜로운 선택일까? 도난당하는 걸 막으려면 표지판을 나무에 **사슬**로 묶어서……."

"못 박으라고 했잖아."

"그건 반사회적 인격장애자에게 이렇게 말하는 것과 같아. 우리는 지칠 대로 지쳤다! 와서 다 가져가라! 와서 다 가져가라!"

"사슬이 아니라 못이라고 했어."

케일럽이 리모컨을 집어 들더니 소리를 높였다.

개리는 지하실로 가서, 네버레스트에서 묶음으로 산 여섯 표지판 중 마지막 남은 하나를 판지 상자에서 꺼냈다. 네버레스트 주택 보안 시스템의 비용을 고려하면 이 표지판은 기가 막힐 만큼 조잡했다. 대충 칠해진 판에는 망치질도 함부로 못 할 만큼 얇은 금속 기둥이(땅에 구멍을 파서 꽂아야 했다) 비실대는 알루미늄 리벳으로 고정되어 있었다.

부엌으로 돌아가자 캐럴라인이 쳐다도 보지 않았다. 그의 사각팬티 안에 아직 촉촉함이 남아 있지 않았다면, 지하실에서 그가 머문 30초 동안 그녀가 뒷문 자물쇠를 잠그고 체인을 걸고 경보기를 다시 켜지 않았다면 개리는 그녀의 공포에 찬 전화가 환각은 아니었는지 의아했을 터였다.

물론 그가 정신적 병이 있다지만 그녀는! 그녀는!

"하느님 맙소사." 그는 숫자판에 그들의 결혼기념일을 입력하며 중얼거렸다.

뒷문을 활짝 열어둔 채 앞뜰로 나가 새 네버레스트 표지판을 낡은 빈 구멍에 쑤셔 넣었다. 1분 후 돌아왔을 때 문은 다시 잠겨 있었다. 그가 열쇠를 꺼내 자물쇠를 열고 사슬이 허용하는 만큼 문을 활짝 열자 나 좀 봐요 하는 경보가 울렸다. 문을 밀치자 경첩에 압력이 가해졌다. 그는 어깨를 문틈에 밀어 넣고 체인을 부숴버릴까도 싶었다. 캐럴라인이 찡그린 얼굴로 고함을 치며 벌떡 일어나더니 등을 움켜쥐고서 비틀비틀 걸어와 30초 제한시간 내에 암호를 입력했다.

"개리, 그냥 노크하면 되잖아."

"나는 앞뜰에 있었어. 15미터도 안 떨어져 있었다고. 대체 왜 경보를 켰어?"

"오늘 어땠는지 당신은 전혀 몰라." 그녀는 중얼거리며 절뚝절뚝 행성간공간으로 돌아갔다. "여기엔 나 혼자뿐인 것 같아, 개리. 나 혼자뿐인 것 같다고."

"여기 내가 있잖아. 안 그래? 이렇게 집에 왔잖아."

"그래. 집에 왔지."

"헤이, 아빠, 저녁은 뭐예요? 믹스드 그릴 먹어요?" 케일럽이 물었다.

"그래. 내가 저녁을 만들고, 설거지를 하고, 또 산울타리를 손보겠지. 왜냐하면 여기에 기분 좋은 사람은 나 혼자뿐이니! 안 그래, 캐럴라인? 당신도 맘에 들지?"

"그래, 그래, 저녁 지어." 그녀는 중얼대며 TV만 응시하고 있었다.

"좋아. 내가 저녁을 짓지." 개리는 손뼉을 치며 헛기침을 했다. 있지도 않은 허세와 에너지를 억지로 쥐어짜는 동안 가슴과 머리에서 낡은 기어들이 축에서 떨어져 나와 그의 내부 기계의 다른 부품들에 씹히고 있는 듯했다.

오늘 밤 적어도 여섯 시간은 푹 자야 했다. 그는 이를 위해 보드카 마티니 두 잔을 마시고 10시 전 침대에 들 계획을 세웠다. 얼음 셰이커에 보드카를 벌컥벌컥 당당히 부었다. 센트러스트의 부사장이 하루 종일 열심히 일한 뒤 푹 쉬는 것을 부끄러워할 까닭이 없었다. 메스키트 모닥불을 지피고는 마티니를 들이켰다. 퇴락이라는 거대한 불안정한 궤도에 던져진 동전처럼 그는 부엌으로 돌아가 고기를 준비했지만 요리를 하기에는 너무도 피곤했다. 아까 첫 마티니를 만들 때 캐럴라인과 케일럽은 전혀 신경도 쓰지 않았기에, 그는 에너지를 얻고 기분을 북돋우기 위해 두 번째 잔을 만들고는 공식적으로는 첫 잔인 양 굴었다. 보드카의 유리 렌즈 효과와 싸우며 밖으로 나가 고기를 그릴 위에 던졌다. 다시 피곤이, 모든 상냥한 신경 인자의 결핍이 그를 덮쳤다. 온 가족이 훤히 보는 데서 그는 세 번째 마티니를(공식적으로는 두 번째였다) 만들고는 들이켰다. 창문 너머로 보니 그릴이 불꽃에 휩싸여 있었다.

테플론 냄비에 물을 담아 밖으로 달려 나가서 불을 끄느라 물을 약
간 바닥에 쏟았다. 연기와 증기와 에어로졸 기름 구름이 둥실둥실 솟
구쳤다. 고깃조각을 뒤집으니 하나같이 반질반질 숯이 된 아랫면이
드러났다. 소방수들이 떠나고 간 자리에 날 법한 젖은 탄내가 풍겼
다. 고깃조각의 설익은 부분에 희미한 색을 입힐 정도만큼도 안 되게
숯불이 약해져 있었지만 그는 10분간 그대로 고기를 내버려두었다.

기적적으로 배려심 깊은 아들인 조나가 그사이에 식탁을 차리고
빵과 버터를 준비해두었다. 개리는 덜 타고 약간은 익은 고기를 아내
와 아이들에게 내놓았다. 칼과 포크를 어설프게 놀려 재와 피투성이
닭고기를 입안에 쑤셔 넣었지만 너무 피곤해 씹어 삼킬 수도 없었고,
그렇다고 일어나 뱉을 수도 없었다. 그는 씹지 않은 닭고기를 입안에
넣은 채 앉아 있다 침이 턱을 타고 줄줄 흘러내리고 있다는 사실을
깨달았다. 건강한 정신 상태를 입증하기에는 형편없는 몰골이었다.
그는 고깃덩어리를 통째로 꿀꺽 삼켰다. 테니스공이 목구멍으로 넘
어가는 것만 같았다. 가족 모두 그를 바라보고 있었다.

"아빠, 괜찮아요?" 아론이 물었다.

개리는 턱을 닦았다. "그래, 아론, 고맙다. 다코기가 좀 실기네. 그
러니깐 질기다고." 식도가 불기둥처럼 뜨거워진 탓에 그는 기침을
했다.

"그만 누워 쉬지 그래." 캐럴라인이 아이 달래듯 말했다.

"산울타리를 다듬어야 해." 개리는 대꾸했다.

"너무 피곤해 보여. 그냥 누워 쉬어."

"피곤한 게 아냐, 캐럴라인. 눈에 연기가 좀 들어가서 그래."

"개리……."

"내가 우울증이라고 모두에게 떠든 것 다 알아. 하지만 난 전혀 아냐."

"개리."

"그렇지, 아론? 아빠 멀쩡하지? 그런데 엄마는 내가 우울증이라고 했지, 그렇지?"

아론이 경계하며 캐럴라인을 바라보자 그녀가 천천히 그러나 의미심장하게 고개를 저었다.

"그렇지? 엄마가 그랬지?" 개리가 물었다.

아론이 붉어진 얼굴로 시선을 접시에 떨구었다. 다정하고 정직하지만 허영심 강한 장남을 향한 개리의 발작적 사랑이 분노로 곧장 이어져, 그는 저도 모르게 식탁에서 벌떡 일어났다. 그리고 아이들 앞에서 욕을 퍼붓고 있었다. "**씨팔** 캐럴라인! 수작 부리지 마! 나는 씨팔 산울타리를 씨팔 다듬을 거라고!"

조나와 케일럽이 불이라도 피하는 양 고개를 획 숙였다. 아론은 기름으로 얼룩진 접시에서 자신의 인생을, 특히 자신의 미래를 읽고 있는 듯했다.

캐럴라인은 명백하게 학대받은 사람처럼 떨리면서도 나직하고 차분한 목소리로 말했다. "알았어, 개리. 좋아. 우리는 마저 저녁을 먹을 테니 그만 나가봐."

개리는 나갔다. 밖으로 성큼성큼 걸어가 뒤뜰을 가로질렀다. 집 밖으로 쏟아져 나온 빛 때문에 주위의 나뭇잎들이 모두 분필처럼 하얗지만, 여전히 남아 있는 황혼 덕에 서쪽 나무들은 실루엣으로 보였다. 차고에서 그는 8단 사다리를 선반에서 내리려고 춤을 추듯 획획 돌다가 스톰퍼 앞 유리를 치기 직전에야 중심을 잡았다. 사다리를 집 앞으로 끌고 가 전등을 켠 뒤 전동 트리머와 3미터 연장 코드를 가지러 갔다. 여태 값비싼 리넨 셔츠를 입고 있다는 사실을 뒤늦게 깨닫고는 지저분한 코드가 셔츠에 닿지 않도록 뒤로 질질 끌고 가다 꽃들이 뒤엉켜 엉망이 되었다. 리넨 셔츠를 벗었지만, 바지까지 갈아입으려다 그만 기운을 잃고는 낮의 열기를 내뿜는 잔디밭에 드러누워 전기톱처럼 울어대는 매미와 귀뚜라미 소리를 듣다가 잠이 들지도 몰라 바지는 관두기로 했다. 계속된 육체노동에 머리가 어느 정도 맑아졌다. 사다리에 오른 그는 용기가 허락하는 한 상체를 최대한 쭉 뻗어 주목 나무에서 비죽비죽 튀어나온 라임빛 나뭇잎을 쳐냈다. 집 쪽으로 30센티미터 정도 떨어진 산울타리에 손이 닿지 않자 트리머를 끄고 내려와 사다리를 옮기는 것이 당연했지만, 겨우 30센티미터였고 체력과 인내심이 무한한 것도 아니었기에 그는 올라탄 채로 사다리를 집 쪽으로 **옮기려고** 들었다. 끄지 않은 트리머를 왼손에 움켜쥔 채 사다리를 획획 돌려 **깡총깡총** 뛰게 하려고 했다.

오른쪽 엄지 아래 포동포동한 손바닥에 살짝 뭔가가 스치는 듯하더니 별 느낌도 없이 깊은 상처가 생겨나 피가 콸콸 흘러내리고 있었다. 아무리 좋게 보아도 응급실 의사에게 치료받아야 할 상태였다. 하지만 개리는 양심 빼면 아무것도 아닌 사람이었다. 지금 체스트넛 힐 병원으로 직접 운전해 가기에는 너무 술에 취해 있었다. 그렇다고 캐럴라인에게 데려다달라고 부탁했다가는 그렇게 취한 상태에서 왜 사다리에 올라 전동 기계를 휘둘렀느냐는 불편한 질문을 받기 십상이었다. 까딱 잘못하다 저녁 전 보드카를 얼마나 마셨는지까지 고백하게 될 수도 있었고, 산울타리를 다듬음으로써 자신의 건강한 정신 상태를 드러내려던 의도가 오히려 역효과를 낼 수 있었다. 그래서 개리는 묘하게 차가운 피를 두 손으로 받은 채 서둘러 집 안으로 들어가다가 그만 현관문을 발로 차 닫는 것을 깜박했다. 피부를 물어뜯고 직물을 갉아대는 벌레들이 현관 등불에 유혹당해 문으로 와글와글 몰려드는 동안 개리는 지하실 화장실로 들어가 세면대에 피를 쏟았다. 소용돌이치는 철분이 마치 석류 주스나 초콜릿 시럽이나 지저분한 자동차 오일 같았다. 그는 상처에 찬물을 틀었다. 잠그지 않은 화장실 문 앞에서 조나가 다쳤느냐고 물었다. 개리는 왼손으로 흡수력이 좋은 휴지 뭉치를 감아 상처에 누른 뒤 의료용 테이프를 한 손으로 붙였지만 피와 물 때문에 제대로 붙지가 않았다. 변기도 바닥도 문도 피투성이였다.

"아빠, 벌레들이 들어와요." 조나가 말했다.

"그래, 조나, 문을 닫고 올라가서 목욕하렴. 나도 곧 올라갈 테니 같이 체커를 하자."

"체스 하면 안 돼요?"

"좋아."

"퀸, 비숍, 호스, 룩은 접어주셔야 해요."

"그래, 목욕하렴!"

"곧 올라올 거죠?"

"그래!"

개리는 커터기에 담긴 테이프를 새로 톱니에 대어 끊고는 여전히 잘할 수 있다는 확신을 얻기 위해 거울 속의 자신을 보고서 껄껄 웃었다. 피가 휴지를 통해 새어 나와 손목을 타고 흘러내리는 데다 테이프가 느슨했다. 그는 손님용 수건으로 손을 감싼 뒤 두 번째 손님용 수건을 물에 적셔 욕실에 묻은 피를 깨끗이 닦아냈다. 문을 살짝 열자 2층에서 캐럴라인이 말하는 소리와 부엌에서 식기세척기 돌아가는 소리와 조나가 욕조 물을 콸콸 틀어놓은 소리가 들렸다. 핏자국이 복도를 따라 현관문으로 이어져 있었다. 부상당한 손을 배에 누른 채 웅크리고 앉아 게처럼 옆으로 움직이며 손님용 수건으로 피를 닦아냈다. 현관 입구의 회색 나무 바닥에 피가 더 흩뿌려져 있었다. 개리는 발끝으로 소리 죽여 걸었다. 양동이와 막대 걸레를 가지러 부엌으로 갔다가 술장이 눈에 띄었다.

이런, 그는 술장을 열었다. 오른쪽 겨드랑이에 보드카병을 끼고 왼손으로 마개를 열었다. 그리고 병을 들어 고개를 젖혀서는 얼마 안 남은 술을 늦게나마 조금 마시려고 술장 문 위로 시선을 옮기다가 카메라를 발견했다.

카드 상자만 한 크기의 카메라였다. 뒷문 위쪽 망원경 받침대에 카메라가 올려져 있었다. 케이스는 알루미늄이었다. 카메라 눈이 자주색으로 번득거렸다.

개리는 술병을 술장에 도로 넣고 싱크대로 가 양동이에 물을 담았다. 카메라가 그를 따라 30도 움직였다.

그는 카메라를 천장에서 뜯어내고 싶었다. 그것이 안 되면 2층으로 가서 케일럽에게 감시 장치의 도덕적 문제에 대해 설명하고 싶었다. 그것도 안 되면 언제부터 카메라가 설치되어 있었는지 그것만이라도 알려달라고 하고 싶었다. 하지만 이제 그에게는 숨겨야 할 일이 있기에 카메라 자체나 카메라의 부엌 설치를 반대한다면 케일럽에게는 개리가 이기적인 의도로 반대하는 것처럼 보일 터였다.

그는 피투성이가 된 지저분한 손님용 수건을 양동이에 넣고는 뒷문으로 걸어갔다. 카메라가 그를 정조준하기 위해 받침대에서 솟아올랐다. 그는 바로 카메라 아래에 서서 카메라 눈을 응시했다. 그러곤 고개를 젓고는 **안 돼, 케일럽**이라고 입 모양으로 말했다. 당연하겠지만 카메라는 어떤 반응도 보이지 않았다. 문득 개리는 방에 녹음용 마이크 역시 설치되어 있을지 모르겠다 싶었다. 그는 케일럽에게 직접 말할 수도 있었지만, 케일럽의 대리 눈을 쳐다보며 자신의 말을 자기만 듣는 것이 아니라 케일럽의 방에까지 들리게 한다면 지금과 같은 상황에서 그 결과는 견딜 수 없이 강력한 파장을 몰고 올 수 있었다. 그래서 그는 다시 고개를 젓고는 영화감독의 컷 사인처럼 왼손으로 자르는 시늉을 했다. 그런 다음 싱크대에서 양동이를 가지고 나가 현관을 닦았다.

술기운 탓인지, 부상당한 모습과 술장에서 은밀히 술 마시는 모습을 케일럽에게 들켰다는 상황이나 카메라 문제가 개리의 머릿속에서 의식적 사고와 걱정의 앙상블로 화하지는 않았지만 대신에 그의 몸 안에서 스스로 일종의 물질적 존재로 변했다. 단단한 종양 같은 덩어리가 그의 위를 타고 내려가 아랫배에 머물렀다. 물론 그렇다고 문제가 어디로 사라지는 것은 아니었다. 하지만 잠시 동안만은 머릿속으로 전전긍긍하지 않아도 되었다.

"아빠? 체스 할 준비 다 됐어요." 2층 창문 너머로 조나의 목소리가 들렸다.

반쯤 다듬다 만 산울타리와 아이비 화단에 쓰러진 사다리를 내버려둔 채 안으로 들어가는데 피가 세 겹으로 싼 수건을 뚫고는 혈구가 걸러진 분홍 혈장이 꽃처럼 피어났다. 복도에서 누군가 마주칠까봐 걱정이 되었다. 케일럽이나 캐럴라인도 그렇지만 특히 아론은 더더욱 안 되었다. 왜냐하면 아론이 아까 괜찮냐고 물었던 데다, 그에게 거짓말을 하지 않았기 때문이다. 아론이 이처럼 보인 작은 사랑은 어느 면에서 그날 저녁의 가장 무서운 부분이었다.

"손에 왜 수건을 감았어요?" 체스 판에서 개리의 말이 반쯤 사라졌을 때 조나가 물었다.

"베였단다, 조나. 상처 위에 얼음을 좀 올려뒀어."

"수울-냄새 나요." 조나의 목소리가 경쾌했다.

"알코올은 강력한 소독제란다." 개리가 대꾸했다.

조나가 졸을 K4로 옮겼다. "하지만 아빠 입에서 수울-냄새 나요."

10시에 개리는 침대에 누워 있었다. 원래 계획을 충실히 지켰으며 여전히 순조롭게 진행 중이었다. 하지만 뭐가? 그도 정확히 몰랐다. 하지만 만약 잠을 좀 잔다면 인생이 순조롭게 진행 중임을 알 수 있을 듯했다. 시트에 피를 묻힐까 봐 다친 손을 수건 등으로 감싼 뒤 브라놀라 빵 봉지에 집어넣었다. 야간 등을 끄고 벽을 바라본 채 봉지에 담긴 손을 가슴에 대고는 시트와 여름용 담요를 어깨까지 올렸다. 한동안은 깊이 잠들었지만 손의 통증 때문에 어둠 속에서 깨어나고 말았다. 안에 벌레라도 살고 있는지 상처 양쪽의 살이 실룩대며 손목의 다섯 개 뼈로 고통이 퍼져나갔다. 캐럴라인은 잠이 든 채 고르게 숨을 쉬고 있었다. 개리는 일어나 방광을 비우고 애드빌* 네 알을 복용했다. 침대로 돌아갔을 때 그의 마지막 애처로운 계획은 산산이 무너졌다. 다시 잠들 수가 없었던 것이다. 브라놀라 봉지에서 피가 쏟아져 나오는 듯했다. 그는 침대에서 일어나 차고에 가서 응급실로 달려갈까 고민했다. 거기에 갔다 오는 데 걸릴 시간과, 돌아온 후 다시 잠이 들려면 불태워 없애야 할 불면의 양을 계산해 그 합계를 출근 전까지 남은 시간에서 빼보고는 6시까지 그냥 자다가 정 필요하면 출근길에 응급실에 들르는 것이 낫다고 결론 내렸다. 하지만 이것은 다시 잠들 수 있다는 가정에 기초한 것이었다. 아무리 해도 잠이 안 오자 그는 다시 고민하고 다시 계산했지만, 아까 일어나 나가는 것을 고려할 때보다 남은 밤은 한결 줄어 있었다. 이러한 감소에 있어서 수학은 냉정했다. 그는 다시 일어나 화장실에 갔다. 케일럽의 감시 장치에 대한 문제가 여전히 소화되지 않은 채 그의 뱃속에 박혀 있었다. 캐럴라인을 깨워 족치고 싶어 미칠 지경이었다. 다친 손에서 맥박이 고동쳤다. 손이 마치 코끼리 같았다. 안락의자의 크기와 무게에 맞먹었다. 손가락 하나하나는 더할 나위 없이 예민하고 부드러운 통나무였다. 그리고 데니즈가 증오의 눈길로 계속 그를 바라보고 있었다. 그리고 어머니는 크리스마스에 대한 열망을 계속 품고 있었다. 그리고 그는 아버지가 전기의자에 앉혀져 금속 헬멧이 씌워지는 방으로 살짝 미끄러져 들어갔다. 개리의 손은 구식 등자처럼 생긴 전원

* 항염증제.

스위치에 올라와 있었는데, 그가 스위치를 이미 켠 것이 분명했다. 환상적인 충격요법을 받은 앨프리드가 벌떡 일어나 열광하듯이 끔찍하게 웃으며 굳은 팔다리를 휘휘 저어 춤을 추면서 2배속으로 방을 맴돌았다. 그러다 접어놓은 사다리처럼 얼굴을 아래로 하고 쾅 넘어져 처형실 바닥에 그대로 뻗어 몸속의 모든 근육이 전기로 뒤틀리고 끓어오르며…….

창문에 잿빛 여명이 어리자 개리는 일어나 네다섯 번째로 오줌을 누었다. 아침의 습기와 온기가 10월이라기보다는 7월 같았다. 세미놀 거리의 안개인지 연무인지가 나바호 도로와 쇼니 거리 너머 체스트넛 힐을 날아오르는 까마귀들의 까악까악 소리를 흩뜨리거나 굴절시키거나 뒤엉키게 해, 마치 와와푸드마켓 주차장으로(아론 말에 따르면, 아이들은 그곳을 '클럽 와'라고 불렀다) 담배를 피우러 가는 십대들 소리처럼 들렸다.

그는 다시 누워 잠을 청했다.

"……10월 5일 아침 전해드릴 톱뉴스 중에는 켈리의 처형이 24시간도 채 남아 있지 않으며, 그의 변호사들은…….' 캐럴라인이 라디오 시계를 쳐서 껐다.

다음 한 시간 동안 그는 아들들이 일어나는 소리, 아침을 먹는 소리, 존 필립 수자의 트럼펫 연주와 아론의 공손한 인사를 들으며 극단적인 새 계획을 천천히 세워갔다. 그는 태아처럼 벽을 보고 가만히 모로 누운 채 브라놀라 봉지에 담긴 손을 가슴에 대고 있었다. 그의 새로운 극단적인 계획은 바로 아무것도 하지 않는 것이었다.

"개리, 일어났어?" 캐럴라인이 중간 거리에서 물었다. 아마도 문가인 듯했다. "개리?"

그는 아무것도 안 했다. 대꾸조차.

"개리?"

개리는 왜 그가 가만히 있는지 그녀가 궁금해하지 않을까 싶었지만 이미 그녀는 발걸음을 복도로 돌려 소리치고 있었다. "조나, 나오렴. 이러다 늦겠다."

"아빠는요?" 조나가 물었다.

"아직 침대에 계셔. 그만 가자."

작은 발이 타다닥 다가왔다. 개리의 극단적 새 계획에 처음으로 진짜 도전이 찾아온 것이다. 문보다 가까운 어딘가에서 조나가 말했다. "아빠? 우리 지금 나가요. 아빠?" 그리고 개리는 아무것도 하지 말아야 했다. 들리지 않거나 듣지 않으려는 듯 굴어야 했다. 결코 그런 모습을 보여주고 싶지 않은 유일한 아들에게 우울증 환자의 일반적 파업을 보여주어야 했다. 조나가 더 가까이 온다면, 예를 들어 다가와 그를 껴안는다면 개리는 자신이 계속 침묵하며 가만히 있을 수 있을지 의심스러웠다. 하지만 캐럴라인이 계단에서 다시 불렀고, 조나는 서둘러 나갔다.

결혼기념일이 삐삐 입력되며 주변을 무장하는 소리가 아득히 들렸다. 이윽고 토스트 냄새가 떠도는 집 안이 고요해지자 그는 캐럴라인이 등이 아플 때 그러듯이 끝없는 고통과 자기 연민의 표정을 부러 지었다. 전에는 한 번도 해보지 않았지만, 이런 표정이 얼마나 큰 안락을 선사할지는 뻔했다.

그는 일어날까 생각했지만 아무것도 필요하지 않았다. 캐럴라인이 언제 돌아올지 몰랐다. 오늘 CDF에서 일한다면 3시 후에야 돌아올 터였다. 어차피 중요하지 않았다. 그는 여기 있을 테니.

캐럴라인은 30분 후 돌아왔다. 출발할 때 나던 소리가 반대 순서로 이어졌다. 스톰퍼가 다가오고, 암호가 해제되고, 계단을 오르는 발소리가 들렸다. 아내가 문가에 말없이 서서 가만히 그를 지켜보는 것이 느껴졌다.

"개리?" 그녀가 더욱 나직하고 다정한 목소리로 불렀다.

그는 아무것도 하지 않았다. 가만히 누워 있었다. 그녀가 다가와 침대 옆에 무릎 꿇었다. "왜 그래? 아픈 거야?"

그는 대꾸하지 않았다.

"이 봉지는 뭐야? 세상에. 무슨 일이야?"

그는 아무 말도 하지 않았다.

"개리, 말 좀 해. 우울증인 거야."

"그래."

그녀는 한숨을 쉬었다. 몇 주나 축적된 긴장이 방에서 빠져나가고 있었다.

"내가 졌어." 개리가 말했다.

"무슨 뜻이야?"

"세인트주드에는 안 가도 돼. 가고 싶지 않은 사람은 안 가도 돼."

이 말을 하느라 그는 많은 것을 희생했지만 대신에 보상이 따랐다. 캐럴라인의 온기와 광채가 다가오더니 그녀가 그를 쓰다듬었다. 태양이 떠오르고, 그녀가 그에게 몸을 기대는 순간 그의 목에 그녀의 첫 머리카락이 닿고, 숨결이 가까워지고, 입술이 그의 뺨을 살며시 보듬었다.

그녀는 말했다. "고마워."

"나는 크리스마스이브는 거기서 보내고, 크리스마스는 여기서 보낼 거야."

"고마워."

"너무나 우울해."

"고마워."

"내가 졌어."

물론 아이러니하게도 그가 졌음을 인정하고 우울증을 고백하고 손을 그녀에게 보여주어 그녀가 적절히 붕대를 감아주자마자, 절대적으로 1분도 채 지나지 않아 개리는 O-게이지 모형 기차만큼이나 길고 단단하고 묵직한 증기기관차가 되어 촉촉하고 부드러운 물결 무늬 안식처 속으로 빠르게 돌진해 들어갔다. 20년이나 그곳을 여행 했음에도 여전히 신선하게 느껴졌다(그는 숟가락으로 뜨듯이 뒤에서 들어가 캐럴라인이 허리를 바깥쪽으로 계속 구부릴 수 있게 하는 동시에, 붕대 감은 손으로 그녀의 옆구리를 아프지 않게 감을 수 있었다. 두 사람은 부상당한 채 섹스를 하고 있었다). 그는 더 이상 우울하지 않을 뿐만 아니라 희열을 느꼈다.

막 마친 다정한 부부 행위를 감안하면 아마도 부적절할 생각이 개리를 찾아왔다. 지금이라면 캐럴라인에게 액슨 4천5백 주를 그를 위해 사달라고 부탁해도 안전할 것이고, 그녀도 흔쾌히 들어줄 것이라는 생각은 아무래도 부적절했다. 하지만 그는 개리 램버트였고, 부적절한 생각이 늘 함께했고, 미안해하는 것이 진절머리 났다!

그녀가 일어나 아주 작은 접촉점에 뚜껑처럼 살포시 얹혔다. 그녀의 성적인 온 존재는 그의 촉촉한 중지 끝에서 거의 무게가 느껴지지 않았다.

그는 영예롭게 자기 자신을 소모했다. 소모하고, 소모하고, 또 소모했다.

땡땡이를 친 화요일 아침 9시 30분 그들이 여전히 벌거벗은 채 누워 있을 때 캐럴라인 쪽 협탁에 놓인 전화가 울렸다. 전화를 받은 개리는 어머니의 목소리를 듣고 충격을 받을 정도로 놀랐다. 그녀가 존재하는 현실 자체에 충격을 받았다.

"배에서 전화하는 거란다." 이니드가 말했다.

배에서의 전화 요금이 무척 비싸고, 따라서 어머니가 전할 뉴스가 좋지 않을 것이라는 생각이 떠오르기에 앞서 죄책감에 휘감긴 개리는 일순 어머니가 그의 배신을 알고 전화하는 것이라고 믿었다.

바다에서

2백 시간, 어둠, **군나르 미르달**. 노쇠한 그의 몸통 사방에서 물이 금속 파이프를 따라 흐르며 신비로운 노래를 자아냈다. 배가 노바스코샤 동쪽 검은 바다를 가르고 들어감에 따라 뱃머리에서부터 배꼬리까지 수평선이 살짝 요동치는 것이, 마치 거대하고 강인한 강철 배조차도 액체 언덕을 재빨리 가르는 것만으로는 문제를 해결할 수 없는 불안정한 존재라고, 안정감은 물 위의 공포를 얼버무림으로써만 획득될 수 있다고 말하는 듯했다. 아래에는 또 다른 세상이 있었다. 이것이 문제였다. 저 아래 또 다른 세계에는 부피는 있으나 형태는 없었다. 낮이면 바다는 푸른 표면과 하얀 파도로 빛나는, 항해의 현실적 도전으로 존재했으며 문제를 잊게 만들었다. 하지만 밤이면 마음은 묵중한 강철선이 떠 있는, 저 유연한 동시에 맹렬히 고독한 무(無) 속으로 잠수해 들어갔다. 일렁이는 큰 물결은 격자무늬를 졸렬하게 모방한 듯 보였고, 사람이 11미터 아래에서 어떻게 영원하고도 완전히 사라질 수 있는지를 상기시켰다. 마른땅에는 이러한 z축의 깊이

가 없었다. 마른땅은 깨어 있는 것과 같았다. 심지어 지도조차 없는 사막에서 무릎 꿇고 주먹으로 바닥을 내리쳐도 땅은 결코 물러서지 않는다. 물론 바다 역시 겉만 보면 깨어 있는 것처럼 보인다. 하지만 그 표면 한 점 한 점마다 얼마든지 가라앉을 수 있었고, 그럼으로써 사라질 수 있었다.

사물이 요동치며 흔들렸다. **군나르 미르달**의 골조가 부르르 떨며 바닥과 침대와 자작나무 패널 벽이 끝도 없이 전율했다. 배의 본질이나 다름없는 당김음 리듬의 떨림은 줄어들기는커녕 끊임없이 늘어난다는 점에서 파킨슨병과 너무나 비슷했다. 앨프리드는 더 젊고 건강한 승객들이 불평을 늘어놓는 것을 엿듣기 전만 해도 자신에게 문제가 있어서 이런가 보다고 생각했더랬다.

그는 개인실 B11에서 거의 깬 채 누워 있었다. 상하좌우로 요동치는 시커먼 금속 침대는 어둠 속에서 어딘가로 나아가고 있었다.

현창은 없었다. 경치가 보이는 객실은 수백 달러를 더 내야 했고, 이니드는 객실이야 주로 잠잘 때만 머무는데 누가 그 돈을 내고 굳이 현창이 있는 방을 쓰겠냐고 주장했다. 하지만 그녀는 항해 중에 현창 구경을 여섯 번은 할 것이고, 한 번 구경에 50달러였다.

그녀는 지금 잠자는 척하듯 소리 없이 자고 있었다. 잠든 앨프리드는 코 고는 소리와 씩씩 소리와 꺽꺽 소리로 이루어진 잠의 교향곡이었다. 반면 이니드는 하이쿠였다. 몇 시간을 죽은 듯이 자다가 갑자기 전등이 켜진 양 눈을 깜박거리며 깨어났다. 세인트주드의 새벽에 라디오 시계 숫자가 획획 넘어가는 동안에도 집 안에 움직이는 것이라고는 이니드의 눈동자뿐일 때도 종종 있었다.

칩을 잉태한 아침에 그녀는 그저 자는 척하는 듯이 보였다. 하지만 7년 후 데니즈를 잉태한 아침에는 정말로 자는 척하고 있었다. 중년의 앨프리드 자신이 그런 가벼운 속임수를 자초한 것이었다. 10년 넘는 결혼 생활 동안 그는 동물원에서 볼 법한 심하게 문명화된 포식동물로 변해버렸다. 죽이는 법을 잊어버린 벵골호랑이나 우울증으로 게으름 부리는 사자 같았다. 관심을 끌기 위해서 이니드는 피 흘리지 않는 시체처럼 가만히 누워 있어야 했다. 만약 적극적으로 나서며 허벅지를 그의 허벅지에 비볐다가는 그는 온몸이 뻣뻣해진 채 얼굴을 피할 터였다. 그녀가 벌거벗고서 욕실에서 나오기라도 하면 그는 자신을 드러내기 싫어하는 사람이라면 마땅히 따라야 할 규칙인양 시선을 피해버렸다. 오직 이른 아침 그녀의 작은 하얀 어깨를 바라보며 깨어났을 때만 그는 자신의 굴에서 기어 나왔다. 그녀의 고요함과 자기 억제, 그녀가 들이쉬는 적은 양의 공기, 너무나도 연약하고 물체화된 그녀의 몸은 그가 그녀를 덮게 만들었다. 자신의 갈비뼈를 더듬는 발톱 없는 앞발과 목덜미 살을 탐하는 그의 숨결을 느낄 때면 그녀는 먹잇감의 본능적 체념("그래, 어서 죽임을 당하자")으로 온몸이 늘어졌다. 하지만 사실 그녀의 수동성은 계산된 것이었다. 그녀는 수동성이 그를 흥분시키리라는 점을 잘 알았다. 그는 그녀를 짐승처럼 다루었고, 어느 정도까지는 그녀 역시 그것을 원했다. 소리 없이 상호 합의된 사적 폭력성. 그녀 역시 눈을 꼭 감고 있었다. 모로 누운 채 바로 눕지 않을 때도 많았다. 그저 엉덩이를 쩍 벌리고는 항문의 희미한 반사작용에 따라 무릎을 드는 게 다였다. 그런 다음 그는 그녀의 얼굴을 보지도 않고 화장실에 가서 씻고 면도한 뒤 나와 이미 정리된 침대를 보며 아래층에서 보글보글대는 커피 여과기 소리를 들었다. 부엌에 있는 이니드의 시각에서 보자면, 아마도 남편이 아니라 사자가 그녀를 관능적으로 공격했거나 아니면 그녀가 결혼했더라면 좋았을 제복 입은 남자들 중 하나가 그녀의 침대로 기어든 것이라 여겼으리라. 이것은 행복한 삶이 아니었다. 하지만 여자는 이러한 자기기만과 옛 추억에 의지해 살아갈 수 있었다. 둘이 처음 만난 시절만 해도 그는 그녀를 미칠 듯이 사랑하며 그녀의 눈을 응시하지 않았던가(이 추억 역시 이제는 묘하게 자기기만적으로 보였다). 중요한 것은 이 모든 것에 대해 계속 침묵해야 한다는 점이었다. 이 행동에 대해 결코 말하지 않는다면 다시 확실히 임신할 때까지 이를 중단할 이유가 전혀 없었다. 심지어 임신 후에도 다시 하지 말아야 할 이유가 전혀 없었다. 이에 대해 침묵을 유지하는 한 말이다.

그녀는 늘 아이를 셋 낳기를 원했다. 자연이 셋째를 거부하면 할수록 그녀는 이웃과 비교하며 뭔가 부족함을 느꼈다. 이니드보다 더 뚱뚱하고 멍청한 베아 마이스너는 남이 보든 말든 남편 척과 키스하고 껴안았다. 마이스너 부부는 한 달에 두 번 베이비시터를 고용하고는 춤을 추러 갔다. 데일 드리블릿은 결혼기념일이 있는 10월이면 예외 없이 아내 허니를 다른 주의 화려한 장소로 데리고 갔다. 드리블릿네 아이들은 생일이 하나같이 7월이었다. 심지어 에스더와 커비 루트는 바비큐 파티에서 서로의 잘 다듬어진 엉덩이를 두드리곤 했다. 다른 커플의 다정한 사랑은 이니드를 기겁하게 하는 동시에 부끄럽게 만들었다. 그녀는 수완 좋은 활발한 처녀였다. 어머니 하숙집의 시트와 식탁보를 다림질하다 곧바로 램버트 집의 시트와 셔츠를 다림질하게 되었다. 모든 이웃 여자들의 시선에서 그녀는 무언의 질문을 보았다. 과연 앨이 특별한 방식으로 그녀에게 최고의 기분을 누리게 해줄까?

그녀의 배가 다시 뚜렷이 불러오자마자 그녀는 무언의 대답을 했다. 몸의 변화에는 이론의 여지가 없었고, 이를 보고 베아와 에스더와 허니가 그녀의 애정 생활에 대해 뭐라고 추론해댈지 이니드는 신이 나서 하나하나 상상해보았다. 오래지 않아 그녀 역시 그런 추론에 끼게 되었다.

이렇듯 임신 덕분에 행복해진 그녀는 긴장이 풀려 그만 앨프리드에게 하지 말아야 할 말을 하고 말았다. 물론 섹스나 충족감이나 공정함에 대한 것은 아니었다. 하지만 약간이나마 덜 금지된 주제는 얼마든지 있었다. 어느 날 아침 이니드는 들뜬 나머지 선을 넘어버렸다. 그녀는 그에게 특정 주식을 사라고 권했다. 앨프리드는 주식시장은 위험한 헛소리에 지나지 않으며 부자나 게으른 투기자에게나 어울리는 곳이라고 대꾸했다. 이니드는 그래도 특정 주식을 사라고 권했다. 앨프리드는 검은 화요일*이 어제처럼 생생히 떠오른다고 대꾸했다. 이니드는 그래도 특정 주식을 사라고 권했다. 앨프리드는 그 주식을 사는 것은 당치 않다고 대꾸했다. 이니드는 그래도 그 주식을 사라고 권했다. 앨프리드는 이제 셋째가 태어날 텐데 여유 자금이 없다고 했다. 이니드는 돈을 빌리면 되지 않느냐고 했다. 앨프리드는 싫다고 했다. 큰 소리로 싫다고 하고는 아침 식탁에서 일어났다. 어찌나 크게 외쳤는지 부엌 벽에 걸어둔 장식용 동판 그릇이 잠시 윙윙

---

* 1929년 주식시장이 붕괴된 날.

거렸다. 그는 작별 키스도 않고 집을 나가 열한 번의 낮과 열 번의 밤이 지나서야 돌아왔다.

　그녀의 그 **작은** 실수가 모든 것을 바꾸리라고 누가 짐작이나 했을까?

　8월에 미들랜드 퍼시픽은 앨프리드를 철도 및 구조 엔지니어부 과장에 임명했다. 이제 그는 이리 벨트 철도를 구석구석 검사하러 동부에 가야 했다. 이리 벨트 지역 담당자가 그를 비좁은 가스연료 차량에 태우고는 벌레처럼 측선을 달려가는 동안 메갈로사우루스 같은 이리 벨트가 우르릉 질주했다. 이리 벨트는 화물 수송 트럭이 손상을 입거나 승객 수송 차량이 적자를 보는 지역이었다. 철도 본선은 전반적으로 여전히 건재했지만, 지선은 믿을 수 없을 만큼 썩어가고 있었다. 흐물흐물한 끈보다도 곧지 않은 철도 위에서 기차는 시속 16킬로미터도 안 되는 속도로 달렸다. 구제할 수 없이 휘어진 벨트 철도가 수 킬로미터씩 이어져 있었다. 앨프리드가 보기에 침목에 스파이크를 고정하느니 그냥 비닐을 덮어버리는 것이 나을 듯했다. 철길 고정 장치는 머리 부분이 떨어져 나가 녹이 슬고, 몸체 부분은 튀김옷을 입은 새우처럼 부식된 표면 탓에 제 기능을 못 하고 있었다. 철도의 자갈이 심하게 씻겨 내려가 침목이 레일을 떠받드는 게 아니라 레일에 매달려 있는 것만 같았다. 독일제 초콜릿 케이크처럼 껍질이 벗겨지고 변질된 침목에서 시커먼 부스러기와 잡다한 찌꺼기가 우수수 떨어졌다.

　익은 수수 밭을 에두르는 잡초투성이 철길은 맹렬한 증기기관차에 비해 얼마나 수수해 보이는가. 하지만 이 철길이 없으면 기차는 통제 불가능한 1만 톤짜리 깡통에 지나지 않았다. 의지는 철길에 있었다.

　이리 벨트 내륙지역 어디에 가든 앨프리드는 젊은 이리 벨트 직원들이 서로에게 이렇게 말하는 것을 들었다.

"쉬엄쉬엄 하라고!"

"나중에 봐, 샘. 너무 열심히 일하지 말고."

"쉬엄쉬엄 해."

"자네도, 친구. 쉬엄쉬엄."

동부의 병충해나 다름없는 그 표현은, 한때는 위대한 주였으나 이제는 기생충 같은 팀스터스 노조에 거의 먹히다시피 한 오하이오주에 딱 맞는 묘비명이었다. 세인트주드에서는 그 누구도 감히 **그에게** 쉬엄쉬엄 하라고 말하지 못했다. 그가 자란 고지대 대초원에서 쉬엄쉬엄 일하는 사람은 남자 취급도 받지 못했다. 그런데 계집애들 같은 새로운 세대에게는 '게으름뱅이'가 칭찬으로 여겨지고 있었다. 이리 벨트 철도 직원들이 근무시간에 농담 따먹기를 하거나, 화려하게 차려입은 사무원이 10분 휴식을 취하며 커피를 마시거나, 풋내기 제도사가 시시덕대며 담배를 피우는 동안 한때는 견고했던 철도가 사방에서 산산이 부서지는 듯했다. "쉬엄쉬엄"은 지나치게 상냥한 젊은이들의 표어이자 과도한 친밀감의 상징이었으며 자신들이 처리해야 할 쓰레기를 무시하게 해주는 거짓 안도감이었다.

반면, 미들랜드 퍼시픽은 깔끔한 강철과 하얀 콘크리트였다. 침목은 너무나 새 것이라 푸른색 크레오소트 보존재가 결을 따라 꼼꼼히 차 있었다. 진동 다지기와 콘크리트 보강용 강철봉과 동작 탐지기와 용접 이음 철길은 응용과학에 기반을 둔 것이었다. 미드팩은 세인트주드에 본사를 두고 있는 회사로, 이 나라의 동쪽에서 약간 물러선 지역을 위해 근면히 일했다. 이리 벨트와는 달리 자부심을 가지고 높은 품질의 서비스를 지선에 유지하려고 노력했다. 여러 주의 소도시와 마을 천 개를 잇는 중심 철도가 미드팩에 의존하고 있었다.

이리 벨트를 보면 볼수록 앨프리드는 미들랜드 퍼시픽 철도와 기차의 우월한 힘과 크기와 도덕성을 더욱 또렷이 느낄 수 있었다. 구두코가 날개 모양으로 장식된 구두와 셔츠와 넥타이 차림의 그는 모미강을 가로지르는 다리의 보행자용 통로에서 민첩하게 움직였다. 12미터 아래 혼탁한 물길 위에서 슬래그 운반 바지선들이 떠다니는 동안, 그는 다리의 트러스 하단을 움켜쥐고 몸을 쑥 내밀어 머리를 아래로 향한 채, 늘 들고 다니는 서류 가방에서 즐겨 쓰는 망치를 꺼내 다리의 주 교각을 두드렸다. 플라타너스 이파리만 한 페인트 딱지와 녹 덩어리가 강으로 빙글빙글 떨어졌다. 조차장 작업용 기관차가 다리에 들어서며 종을 울리자 고소공포증이라는 단어를 모르는 앨프리드는 난간 틈으로 몸을 숙여 강 위로 삐죽 튀어나온 성냥개비만 한 침목에 발을 디뎠다. 침목이 들썩들썩대는 동안 그는 클립보드에다 다리의 성능에 관한 망할 평가 결과를 기록했다.

바로 이웃한 체리 스트리트 다리에서 모미강을 가로지르던 여자 운전자들 중 몇 명은 그를 보았을 것이다. 납작하게 달라붙은 배에 떡 벌어진 어깨의 남자가 바람에 발목이 옷자락으로 휘감긴 채 다리 가장자리에 서 있는 모습을 발견하고는, 이니드가 처음 그를 봤을 때 그랬던 것처럼 **진짜 남자**를 느꼈으리라. 앨프리드는 그들의 시선을 의식하지는 않았지만 그럼에도 그들이 무엇을 보는지는 알았다. 낮에 그는 혼자 힘으로 높고 좁은 디딤판에 서거나, 쉬지도 않고 10~12시간 일하거나, 동부 철도의 나약함을 줄줄이 나열하며 남자다움을 느끼고 이를 드러냈다. 아니, 심지어 과시했다.

하지만 밤은 전혀 다른 문제였다. 밤이면 그는 판지로 만들어진 듯한 매트리스 위에 깬 채로 누워 인간의 단점을 줄줄이 나열했다. 그가 머무는 모든 모텔마다 내일은 없을 것처럼 간통해대는 인간들 천지였다. 형편없는 가정교육을 받은 남자들과 낄낄대고 비명을 지르는 여자들. 펜실베이니아주 이리의 새벽 1시, 옆방 여자는 매춘부처럼 헐떡이고 고함쳤다. 말만 번지르르하고 실속은 없는 남자가 실컷 재미를 보고 있었다. 앨프리드는 여자가 그렇게 쉽게 허락하는 것을 비난했다. 또한 남자의 태평한 자신감을 비난했다. 목소리를 낮추는 예의조차 차리지 않는 데 대해 남녀를 비난했다. 옆방에 든 사람이 깨어 있을지도 모른다는 생각을 어떻게 전혀 못 한단 말인가? 그는 이런 사람들이 존재하도록 허락한 하느님을 비난했다. 이런 인간들이 모텔에 투숙하게 한 민주주의를 비난했다. 콘크리트 블록 한 겹이면 숙박객의 수면을 보호해줄 수 있으리라 믿은 모텔의 건축가를 비난했다. 이토록 고통받는 손님들을 위한 별도의 방을 준비하지 않은 모텔 관리자를 비난했다. 고교축구 챔피언전을 위해 250킬로미터를 달려와 펜실베이니아 북서부의 모든 모텔 방을 가득 채운 펜실베이니아주 워싱턴의 경솔하고 게으른 시민들을 비난했다. 간통에 신경 쓰지 않는 다른 손님들을 비난했고, 그런 둔감함에 대해 인류 전체를 비난했다. 이는 너무나 불공평했다. 세상을 그토록 배려하는 남자를 이토록 배려하지 않는 세상이라니, 너무나 불공평했다. 그보다 더 열심히 일하는 사람은 없고, 그보다 더 중요한 투숙자는 없고, 그보다 더 남자다운 남자는 없건만 세상의 사기꾼들이 외설적 거래로 그에게서 잠을 앗아 가다니…….

그는 울기를 거부했다. 새벽 2시의 담배 냄새에 찌든 모텔 방에서 훌쩍이기라도 한다면 세상이 끝날 것만 같았다. 설령 그렇지 않다 해도 그는 규율을 아는 남자였다. 그에게는 거부할 힘이 있었다.

하지만 이를 실행하는 것은 결코 유쾌하지 않았다. 옆방 침대가 벽을 쿵쿵 찧고, 남자가 서투른 배우처럼 신음하고, 여자가 포효하며 헐떡였다. 모든 도시의 모든 웨이트리스가 그에게로 상체를 숙이곤 했다, 이름의 이니셜이 새겨진 블라우스의 단추를 둥근 유방이 가려질 만큼 충분히 채우지 않은 채로.

"커피 더 드시겠어요, 잘생긴 오빠?"

"아, 네, 좋아요."

"얼굴이 빨개지네요, 귀염둥이. 아니면 햇살이 드는 건가?"

"계산서 주세요. 고맙습니다."

그리고 클리블랜드의 옴스테드 호텔에서 그는 짐꾼과 하녀가 계단에서 음탕하게 뒹구는 모습을 보고는 화들짝 놀랐다. 잠이 들었을 때 그의 시야에 들어온 선로는 지퍼였다. 그는 지퍼를 끝도 없이 열었고, 뒤쪽 신호기는 그가 건너자마자 금지의 붉은색에서 허용의 초록색으로 바뀌었다. 포트웨인의 푹 꺼진 침대에서는 끔찍한 여자 악령들이 그에게 들러붙었다. 온몸이 음부처럼 보이는 그들은 옷과 미소와 다리 꼬기로 유혹을 해댔다. 그는 정액을 분출하기에 앞서 의식 표면으로 달려가(침대를 더럽혀선 안 돼!) 해 뜰 녘에 눈을 떴고, 잠옷에는 뜨거운 그 어떤 것도 쏟아져 있지 않았다. 모든 것을 고려해 봤을 때 이는 승리였다. 그는 악령들에게 정복당하기를 거부한 것이

360

다. 하지만 버펄로에서는 차장이 사무실 문에 브리지트 바르도의 사진을 붙여놓았고, 영스타운에서는 모텔 전화번호부 아래 지저분한 잡지가 있었고, 인디애나주 해먼드에서는 화물 운송 기차가 그를 지나쳐 달려가는 동안 측선에 갇혀 있었는데 바로 그의 왼쪽에 있는 경기장에서 대학 치어리더들이 다리를 쭉 찢었다. 그중 가장 금발인 여자애는 다리를 찢으며 엉덩이를 살짝 **튕기는** 것이 면 팬티에 가려진 음부로 운동화에 밟힌 흙에 **키스**하려는 듯했다. 마침내 기차가 멀어져갈 때 승무원실이 건방지게 요동쳤다. 세상은 도덕을 지키려는 남자를 기필코 괴롭히고 싶은 듯했다.

　도시 간 화물열차에 연결된 운영진 전용 차량을 타고 그는 세인트주드로 돌아왔다. 유니언 역에서 통근용 지역 열차를 타고 교외로 나갔다. 역과 집 사이에 있는 모든 거리마다 마지막 잎들이 지고 있었다. 계절은 겨울을 향해 치닫고 있었다. 뜯긴 잔디 위로 낙엽 부대가 굴러다녔다. 그는 거리에 내려 그와 은행이 소유한 집을 바라보았다. 홈통이 나뭇가지와 도토리로 막혀 있고, 국화 화단이 죽어 있었다. 아내가 또 임신 중이라는 생각이 떠올랐다. 세월이 단단한 철도 위로 그를 삽시간에 실어 날라 세 아이의 아버지가 되는 날과, 주택 담보 융자를 다 갚는 해와, 죽음의 순간으로 한층 더 가까이 데려다 놓았다.

　"여행 가방이 멋지군." 척 마이스너가 그 옆에 차를 세우고는 통근용 포드 페어레인 창문 너머로 말했다. "나는 또 외판원이 서 있나 했네."

　"척, 오랜만이군." 앨프리드가 놀라서 인사했다.

　"안주인을 꾈 계획을 세우고 있는 줄 알았지. 남편이 언제나 출장 중이니 말야."

앨프리드는 달리 어떻게 할 수 없어서 껄껄 웃었다. 그와 척은 이 거리에서 종종 만났다. 차렷 자세로 서 있는 엔지니어와 자동차 운전석에 편안히 앉아 있는 은행 간부. 양복 차림의 앨프리드와 골프복 차림의 척. 앨프리드는 군살이라고는 없이 늘씬했다. 척은 대머리에 젖가슴이 축 늘어졌다. 척은 자신이 관리하는 지점에서 쉬엄쉬엄 일했지만 그럼에도 앨프리드는 그를 친구로 여겼다. 척은 사실상 그의 말을 관심 있게 듣고, 그가 하는 일에 깊은 인상을 받고, 그를 뛰어난 능력자로 생각했다.

"일요일에 교회에서 이니드를 만났네. 벌써 1주일째 출장 중이라더군." 척이 말했다.

"11일간 떠돌았지."

"어디에 무슨 비상사태라도 발생했나?"

앨프리드는 자부심을 담아 대꾸했다. "그런 건 아니라네. 이리 벨트 철도의 모든 선로를 검사했지."

"이리 벨트라. 흠." 척이 손을 무릎에 얹은 채 운전대에 엄지를 걸었다. 그는 앨프리드가 아는 사람 중 가장 느긋한 운전자이자 동시에 가장 신중한 운전자였다. "대단하군, 앨. 정말 훌륭해. 그런데 이리 벨트를 확인할 만한 이유라도 있나 보지."

"그래. 미드팩이 거길 살 계획이거든."

페어레인의 엔진이 개처럼 한 번 재채기를 했다. 척은 시더 래피즈 근처의 농장에서 자랐고, 그의 낙천적인 성격은 아이오와 동부의 촉촉하고 풍부한 표토층에 뿌리박혀 있었다. 아이오와 동부의 농부들은 세상에 대한 불신을 결코 배우지 않았다. 반면 캔자스 서부를 수

시로 강타한 가뭄은 앨프리드에게 희망을 심어주었을지도 모를 흙을 모두 날려버렸다.

"그럼, 곧 공개 발표가 있겠군." 척이 말했다.

"아니, 발표는 없어."

척이 고개를 끄덕이고는 앨프리드 어깨 너머로 그의 집을 바라보았다. "자네를 보면 이니드가 좋아하겠어. 힘든 한 주를 보내는 것 같았거든. 아이들이 아팠대."

"내가 말한 정보는 모두 비밀이야."

"앨, 앨, 앨."

"자네한테만 말한 거라고."

"정말 고마워. 자네는 좋은 친구이자 좋은 기독교인이야. 그리고 내가 잎만 잘 관리한다면 햇살이 네 자리 숫자로 팍팍 쏟아지겠군."

페어레인이 서서히 출발했다. 척은 주식 중개업자에게 전화라도 거는 듯이 검지 하나로 자동차를 자기 집 진입로로 몰고 갔다.

앨프리드는 서류 가방과 여행 가방을 집어 들었다. 그의 폭로는 충동적인 것인 동시에 충동적인 것이 아니었다. 척에 대한 발작적 선의와 감사이자 11일 동안 자신 안에 쌓여가던 분노의 계산된 배출이었다. 3천 킬로미터를 여행하고도 **뭔가**를 하지 않고는 마지막 스무 걸음을 뗄 수 없다니…….

그리고 척이 이 정보를 실제로 **이용**할 것 같지도 않았다…….

부엌문을 통해 집으로 들어가니 물병에 생 순무 조각이 담겨 있고, 근대 뭉치가 고무줄로 묶여 있고, 갈색 정육점 종이에 뭔지 모를 고기가 싸여 있었다. 또한 평범한 양파가 간……?이랑 튀겨질 운명인 듯했다.

지하실 계단에는 잡지와 젤리병이 쌓여 있었다.

"앨?" 이니드가 지하실에서 외쳤다.

그는 여행 가방과 서류 가방을 내려놓고는 잡지와 젤리병을 두 팔 가득 모아 들고 계단을 내려갔다.

다리미를 다리미판에 내려놓은 이니드가 욕정 때문인지, 앨의 분노에 대한 두려움 때문인지, 혹은 자기도 모르게 남편에게 울컥 화를 내면 어쩌나 하는 걱정 때문인지 안절부절못하며 세탁실에서 나왔다.

그는 서둘러 그녀를 추궁했다. "내가 떠나기 전에 뭐라고 부탁했지?"

"일찍 돌아왔네요. 아이들은 여전히 Y에 있어요."

"내가 없는 동안 해달라고 딱 하나 부탁한 게 뭐였지?"

"빨래가 산더미처럼 밀렸어요. 아이들은 아팠고요."

"계단을 정리하라고 부탁했던 것 기억 안 나? 출장 가 있는 동안 그거 하나, **그거 하나** 부탁했는데 말야?"

답을 기다리지도 않고 그는 금속공학 실험실로 들어가 잡지와 젤리병을 튼튼한 쓰레기통에 처박았다. 균형이 엉망인 망치를 망치 선반에서 집어 들었다. 그는 이 조잡하기 짝이 없는 네안데르탈 몽둥이를 질색하면서도, 무언가를 파괴할 경우에 대비해 버리지 않고 있었다. 젤리병을 체계적으로 하나하나 부수었다. 병 조각이 그의 뺨을 스치자 그는 더욱 분노하며 망치를 휘둘러 더 잘게 부수었지만 아무것도 첫 마이스너에게 한 그의 폭로나 치어리더의 타이츠가 축축한 풀 위에 빚어낸 삼각형을 지워낼 수 없었다. 아무리 망치를 휘둘러도 마찬가지였다.

이니드는 다리미판 앞에서 그 소리를 가만히 듣고 있었다. 이 순간의 현실성에 대해서는 그다지 개의치 않았다. 남편이 작별 키스도 없이 11일 전 떠났다는 사실을 그녀는 반쯤 잊는 데 성공했더랬다. 앨 없이 사는 동안 연금술을 발휘해 내면 깊이 박힌 분노를 갈망과 회한이라는 황금으로 바꾼 것이다. 임신 넉 달째의 즐거움으로 부푸는 자궁과 잘생긴 아들들을 독점하는 시간과 이웃의 시기라는 다채로운 미약(媚藥)에 의지해 상상의 지팡이를 흔들었다. 심지어 앨이 지하실 계단을 내려왔을 때조차도 그녀는 여전히 사과와 키스와 꽃다발을 상상했다. 이제 그녀는 깨진 유리가 튀고, 두꺼운 아연도금 쓰레기통을 망치가 와락와락 갈기고, 단단한 금속이 좌절감 속에서 반항하며 새된 비명을 지르는 소리를 들어야 했다. 미약이 다채로웠을지는 몰라도 불행히도(이제야 그녀는 깨달았다) 화학적으로는 비활성이었다. 정말로 변한 것은 아무것도 없었다.

앨이 젤리병과 잡지를 치우라고 부탁한 것은 사실이었다. 지난 11일 동안 병과 잡지를 피해 다니다 종종 발이 걸리곤 했던 일에 대해 적당한 이유를 댈 수도 있으리라. 수많은 음절로 이루어진 정신의학 용어도 좋고, 아니면 '앙심' 같은 간단한 단어도 좋았다. 하지만 그가 출장 가 있는 동안에 해달라고 부탁한 것은 딱 "한 가지"가 아닌 듯했다. 아이들에게 하루 세 끼를 해 먹이고, 깨끗한 옷을 입히고, 책을 읽어주고, 아프면 간호하고, 부엌 바닥을 닦고, 시트를 빨고, 셔츠를 다림질했다. 더구나 남편의 키스나 다정한 말 한마디 없이 그렇게 했다. 물론 이러한 노동에 대해 칭찬을 받고자 하면 앨은 그저 물을 것이다, 의식주를 해결할 돈을 벌어다 주는 것은 누구냐고. 그가 일에 너무나 만족해하는 나머지 그녀의 사랑을 필요로 하지 않는 반면, 가사 일은 너무나 지루해 그녀가 그의 사랑을 두 배로 필요로 한다는 사실은 전혀 개의치도 않았다. 이성적 계산법으로 그의 노동은 그녀의 노동을 무효화했다.

아마도 엄밀한 의미에서 공정하게 따지자면 그가 "한 가지" 추가적 일을 부탁했으므로 그녀 역시 그에게 "한 가지" 추가적 일을 부탁할 수도 있었으리라. 예를 들어, 출장 중 집에 전화를 걸어달라든가. 하지만 그는 출장 중 집에 전화를 걸지 않는다고 해서 아무도 다치는 사람은 없지만 "누군가 이 잡지에 발이 걸려 넘어지기라도 하면 다칠 수도 있다"라고 주장할 터였다. 그리고 장거리전화 요금을 회사에 부담시키는 것은 출장비 횡령인지라("비상시에는 우리 회사로 전화를 해") 전화비 때문에 가계에 괜한 부담만 가는 반면, 쓰레기를 지하실로 옮기는 것은 전혀 돈이 들지 않았다. 따라서 그녀는 언제나 틀렸고, 그런 어리석음의 창고에서 영원히 꾸물대며 누군가가 그 어리석음을 가엾이 여겨주기를 영원히 기다리고 있자니 기막힐 따름이었다. 그녀가 **원한의 저녁**을 차린 것은 놀랄 일이 아니었다.

저녁을 준비하려고 지하실 계단을 반쯤 올라가다가 그녀는 멈추고 한숨을 쉬었다.

앨프리드는 한숨 소리를 듣고는 '세탁물'과 '임신 4개월' 때문이리라 짐작했다. 하지만 그의 어머니가 임신 8개월 때도 말을 몰아 8헥타르의 밭을 쟁기질한 것을 감안하면 아내가 전혀 가엾지 않았다. 그는 피가 흐르는 뺨에 지혈 작용을 할 백반 가루를 뿌렸다.

현관문에 작은 발이 콩콩 들어와 장갑 낀 손으로 노크하더니 베아

마이스너가 인간 화물을 내려놓았다. 이니드는 화물을 인수하러 서둘러 계단을 올랐다. 5학년인 개리와 1학년인 치퍼의 온몸이 Y의 염소 소독제로 뒤덮여 있었다. 축축한 머리 탓에 강가에 사는 동물처럼 보였다. 사향쥐나 비버 같은. 그녀는 베아의 자동차 미등을 향해 고맙다고 외쳤다.

아이들은 뛰지는 않되(뛰기는 실내에서 금지되어 있었다) 최대한 빠른 속도로 지하실로 내려가 축축한 테리 직물 옷 뭉치를 세탁실에 내려놓고는 실험실에 있는 아버지를 발견했다. 아버지한테 달려가 안기는 것이 본능이겠지만 그들에게 그러한 본능은 제거되어 있었다. 아이들은 하급 군인처럼 가만히 선 채 대장이 말하기를 기다렸다.

"그래! 수영을 하고 왔구나." 그가 말했다.

"나는 돌고래예요! 돌고래 핀을 받았어요!" 개리가 외쳤다. 더할 나위 없이 활기찬 아이였다.

"돌고래라니. 잘했다." 두 살쯤 이후로 인생을 통해 비극적 관점을 갖게 된 치퍼에게 대장은 더욱 상냥하게 물었다. "그래, 너는?"

"우리는 킥보드를 썼어요." 치퍼가 대답했다.

"얘는 올챙이예요." 개리가 말했다.

"그래, 돌고래와 올챙이로구나. 그래, 돌고래면 어떤 특별한 기술을 익히고 온 거냐?"

"가위차기요."

"나도 자랄 때 그렇게 크고 멋진 수영장이 있었다면 좋았을 텐데." 그는 Y의 수영장이 전혀 크지도, 멋지지도 않음을 잘 알면서도 그렇게 말했다. "소들이 물을 먹는 진흙투성이 저수조를 제외하고 1미터보다 깊은 물을 본 것은 플랫강이 처음이었단다. 그때가 열 살 무렵이었지."

어린 부하들은 그의 말을 알아듣지 못했다. 둘 다 양발에 번갈아 무게를 싣고 있었다. 개리는 곧 재미난 대화가 이어지리라는 희망이라도 품은 양 머뭇머뭇 미소를 짓는 반면, 치퍼는 아버지가 있을 때를 제외하고는 출입 금지인 실험실을 입을 벌린 채 멍하니 쳐다보고 있었다. 이곳의 공기에서는 철 수세미 맛이 느껴졌다.

앨프리드는 두 부하를 근엄하게 응시했다. 친근한 행동은 그에게 늘 쉽지 않았다. "어머니가 부엌일할 때 너희들도 거들었니?" 그가 물었다.

이와 같이 재미없는 주제가 거론될 때면 치퍼는 여자애들에 대해 생각했고, 덕분에 용솟음치는 희망을 느꼈다. 이 희망의 날개를 타고 그는 실험실과 계단에서 둥실둥실 떠올랐다.

"9 곱하기 23이 뭔지 물어보세요." 개리가 대장에게 말했다.

"그래, 9 곱하기 23은 뭐냐?" 앨프리드가 물었다.

"207이에요. 다른 것도 물어보세요."

"23의 제곱은 뭐지?"

부엌에서 이니드는 프로메테우스 고기에 밀가루를 묻히고는, 계란 아홉 개를 동시에 프라이할 만큼 널찍한 웨스팅하우스 전기 팬에 올렸다. 주물 알루미늄 뚜껑이 달그락대며 순무 물이 폭발할 듯 끓어올랐다. 아까 냉장고에 반쯤 남은 베이컨을 보고 간 요리가 떠오르더니, 이어서 이를 보충할 샛노란 요리가 떠올랐고, 덕분에 이니드는 그럭저럭 저녁상을 차릴 수 있었다. 불행히도 베이컨을 요리하려고 했을 때 예상과는 달리 여섯 조각이나 여덟 조각이 아니라 겨우 세

조각 남아 있다는 사실을 발견했다. 지금 그녀는 세 조각이면 온 가족에게 충분한 양이리라 믿으려고 애쓰고 있었다.

"그게 뭐예요?" 치퍼가 깜짝 놀라 물었다.

"간이랑 베이컨이란다!"

치퍼는 말도 안 된다고 거칠게 고개를 저으며 부엌에서 다시 나갔다. 어떤 날은 시작부터 끔찍했다. 아침 식사용 오트밀에는 두툼한 대추가 토막 난 바퀴벌레처럼 흩뿌려져 있고, 우유에는 푸르스름한 이물질이 떠돌고, 아침 식사 후에는 병원에 가야 했다. 하지만 오늘 같은 날에는 하루가 거의 끝나갈 무렵에야 그 끔찍함이 오롯이 드러나기도 했다.

그는 중얼대며 비틀비틀 걸어갔다. "우, 끔찍해, 우, 끔찍해, 우, 끔찍해, 우, 끔찍해……."

"5분 뒤 식사다. 손 씻어라." 이니드가 소리쳤다.

지진 간에서는 지저분한 동전을 만진 손가락 냄새가 풍겼다.

치퍼는 안식처를 찾아 거실로 가서는 창문에 얼굴을 바싹 댄 채 신디 마이스너가 옆집 식당에 나타나기를 기다렸다. Y에서 돌아올 때 신디 옆에 앉은 그는 그녀에게서 염소(鹽素) 냄새를 맡았다. 푹 젖은 반창고가 얼마 안 남은 접착력을 발휘해 그녀의 무릎에 들러붙어 있었다.

달콤하고 쓰고 축축한 순무 단지 옆에서 이니드의 감자 으깨는 기구가 따각따각거렸다.

앨프리드는 화장실에서 손을 씻은 뒤 비누를 개리에게 주고는 작은 수건을 집어 들었다.

"정사각형을 상상해보렴." 그는 개리에게 말했다.

이니드는 앨프리드가 간을 싫어한다는 것을 알았지만, 간에는 건강에 좋은 철분이 가득했다. 앨프리드가 남편으로서 부족한 점이 한둘이 아니라 하더라도 규칙만큼은 잘 지킨다는 데에는 이견의 여지가 없었다. 부엌은 그녀의 영역이기에 그는 결코 간섭하지 않았다.

"치퍼, 손 씻었니?"

잠시라도 좋으니 신디만 다시 볼 수 있다면 치퍼는 저녁 식사에서 구조될 수 있을 것만 같았다. 신디의 집에 함께 있다가 그녀를 따라 그녀의 방으로 들어가는 자신을 상상했다. 그녀의 방은 위험이나 책임이라고는 없는 안식처이리라.

"치퍼?"

"A를 제곱하고 B를 제곱해라. A와 B의 곱을 두 번 해라." 앨프리드가 식탁에 앉으며 개리에게 말했다.

"치퍼, 손 씻어." 개리가 경고했다.

앨프리드가 정사각형을 그렸다.

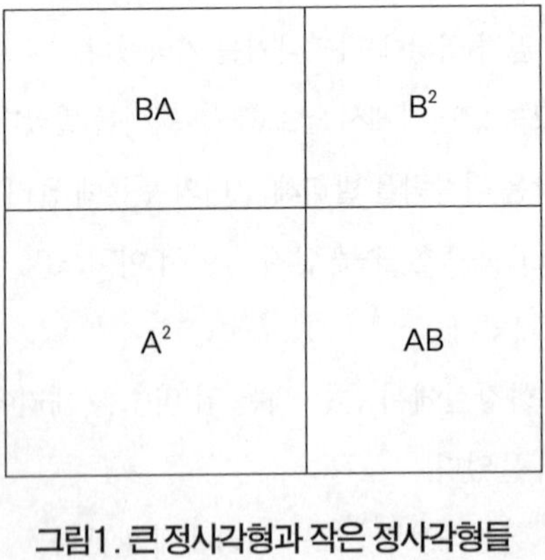

그림1. 큰 정사각형과 작은 정사각형들

"베이컨이 좀 모자랄 것 같아요. 이것밖에 없는지 몰랐어요." 이니드가 말했다.

화장실에서 치퍼는 마지못해 손에 물을 적셨다. 손이 영원히 마르지 않을까 봐 걱정이 되었던 것이다. 그는 밖에 들리도록 물을 틀어 놓고는 손을 수건으로 닦았다. 창문으로 신디를 보지 못한 탓에 마음의 평정이 어긋나 있었다.

"열이 엄청 많이 났어요. 치퍼도 귀앓이를 했고요." 개리가 보고했다.

철분이 풍부한 간 덩어리를 두껍게 휘감고 갈색 기름을 흠뻑 머금은 밀가루 조각은 부식의 흔적처럼 보였다. 베이컨 역시 크기가 아무리 작다 해도 녹 빛깔을 띠고 있었다.

치퍼는 욕실 문가에서 몸을 떨었다. 하루가 끝날 무렵 비참함에 맞닥뜨리게 될 경우 그 크기를 알아내는 데는 시간이 걸렸다. 어떤 비참함은 뾰족한 곡선이라 쉽게 넘어갈 수 있었다. 하지만 또 어떤 비참함은 곡선이라고는 없어 모퉁이를 도는 데 몇 시간이 걸렸다. 행성만큼이나 거대하고 크나큰 비참함이었다. **원한의 저녁**이 바로 그랬다.

"출장은 어땠어요?" 언젠가는 물어야 하기에 이니드가 물었다.

"지루했어."

"치퍼, 얘야, 우리 모두 기다리고 있단다."

"다섯까지 셀 거야." 앨프리드가 말했다.

"베이컨이 있어. 베이컨 좋아하잖니." 이니드가 노래했다. 이는 이기적이고 편의적인 거짓말로, 어머니로서 그녀가 저지르는 100가지 일상적이고도 의식적인 실패 중 하나였다.

"둘, 셋, 넷." 앨프리드가 말했다.

치퍼는 달려가 자기 자리에 앉았다. 괜히 매를 벌어봐야 쓸데없었다.

"하느님 아버지, 일용하르 양식으르 주우셔서 감사합니다, 아멘." 개리가 말했다.

접시에 가만히 놓여 있는 으깬 순무는 혈장이나 고름과 비슷한 맑고 노르스름한 빛깔을 띠었다. 삶은 근대는 구리 같기도 한 초록색 뭔가를 내뿜고 있었다. 모세혈관의 활동과 건조한 튀김옷 때문에 간 아래로 물기가 새어 나왔다. 간을 들어 올리면 물을 뽑는 소리가 희미하게 들릴 듯했다. 간 아래쪽 튀김옷이 흠뻑 젖은 사실은 말할 것도 없었다.

치퍼는 여자아이의 삶을 상상했다. 마이스너가 되어 그 집에서 사랑받는 딸로서 재미나게 놀며 순조롭게 하루하루를 살아간다면.

"아이스크림 막대로 만든 감옥 보실래요?" 개리가 물었다.

"감옥이라, 대단하구나." 앨프리드가 말했다.

신중한 어린이는 베이컨을 즉각 먹지도 않고, 그렇다고 야채즙에 흠뻑 젖게 내버려두지도 않았다. 신중한 어린이는 베이컨을 접시 가장자리 높은 곳에 대피시킨 뒤 일종의 우대 정책으로 그곳에 가만히 두었다. 신중한 어린이는 식사의 첫 단계로 뭔가를 꼭 먹어야 한다면 좋지도 나쁘지도 않은 양파 튀김을 먹었다.

"어제 스카우트 분대 모임이 있었어요." 이니드가 말을 이었다. "개리, 애야, 감옥은 저녁 먹고 나서 보자꾸나."

"형이 전기의자를 만들었어요. 감옥에 놓으려고요. 나도 거들었어요." 치퍼가 말했다.

"그래? 대단하구나."

"엄마가 아이스크림 막대를 몇 상자나 사줬어요." 개리가 말했다.

"여러 개를 사면 할인이 되거든요." 이니드가 말했다.

앨프리드는 아이스크림 막대에 대해 그다지 생각하지 않았다. 쉬 엄쉬엄 일하는 아버지들이나 그런 것에 목숨 걸었다. 아이스크림 막 대 공작은 손쉬운 일이었다. 발사 나무로 만든 비행기, 소나무로 만 든 자동차, 이미 읽은 책으로 만든 유개화차를 단 종이 기차.

(쇼펜하우어: 삶을 이끌어줄 안전한 나침반을 원한다면…… 이 세상을 감 옥이나 일종의 범죄자 식민지로 여기는 것이야말로 최선이다.)

"형, 형이 뭔지 다시 말해줘. 늑대야?" 치퍼에게 개리는 유행의 거 울이었다.

"하나만 더 따면 이젠 곰이야."

"하지만 지금은 늑대지?"

"늑대이긴 하지만 사실상 곰이나 다름없어. 이제 해야 할 것은 딱 하나 대화(Conversation)뿐이거든."

"환경보호(Conservation)란다. 이제 해야 할 것은 딱 하나 환경보호 지."

"대화 아니에요?"

"스티브 드리블릿이 단두대를 만들었는데 제대로 되지 않았어요." 치퍼가 말했다.

"드리블릿도 늑대야."

"브렌트 퍼슨이 비행기를 만들었는데 반으로 고장 났어요."

"퍼슨은 곰이야."

"부서졌다고 해야지, 얘야. 고장 난 게 아니라."

"개리 형, 가장 큰 폭죽은 뭐야?" 치퍼가 물었다.

"M-80. 그다음은 체피 폭탄이야."

"M-80을 사서 형 감옥에 넣고 터뜨리면 멋지지 않을까?"

"얘야, 저녁을 통 안 먹는구나." 앨프리드가 말했다.

치퍼는 사회자라도 된 양 말이 줄줄 나왔다. 갑자기 저녁 식사에 현실감이 사라졌다. "아니면 M-80 일곱 개를 동시에 터뜨리거나 차례로 터뜨리면 멋지지 않을까?"

개리가 대꾸했다. "모서리마다 화약을 놓고 도화선을 추가하는 거야. 그리고 도화선을 전부 하나로 감아서 동시에 터뜨리는 거지. 그러면 정말 짱일 거예요, 아빠. 화약을 따로따로 놓고 도화선을 하나 더 덧대면 좋지 않을까요, 아빠?"

"M-80 7천만 개." 치퍼가 소리쳤다. 상상 속의 거대한 파괴력을 표현하기 위해 폭발음까지 냈다.

"치퍼. 다음 주에 어디에 갈지 아빠에게 말씀드리렴." 이니드가 살짝 대화의 주제를 틀었다.

"스카우트에서 교통박물관에 갈 거예요. 나도 따라가요." 치퍼가 줄줄 읊었다.

"아, 이니드. 그런 데에는 뭐 하러 아이를 데려가?" 앨프리드가 뚱한 얼굴로 물었다.

"베아 말이, 아이들이 놀기에 재밌고 흥미롭다던데요."

앨프리드가 혐오스럽다는 듯 고개를 저었다. "베아 마이스너가 교통에 대해 뭘 안다고?"

"스카우트 견학으로는 그만이에요. 진짜 증기기관차에 아이들이 앉아볼 수도 있고요."

"거기 있는 건 뉴욕 센트럴에서 가져온 30년 된 모호크야. 골동품도 아니고, 희귀 기차도 아니지. 그냥 고물 덩어리라고. 아이들이 **진짜** 철도를 보고 싶어 한다면……."

"전기의자에 배터리랑 전극 두 개를 달아야지." 개리가 말했다.

"M-80을 넣어!"

"치퍼, 아냐. 전류를 넣는 순간 **전류** 때문에 죄수가 죽게 해야 해."

"전류가 뭐야?"

전류란 레몬에 아연과 구리 전극을 박아 넣고 서로 연결시키면 흐르는 것이었다.

앨프리드는 얼마나 시디신 세상에 살고 있는가. 거울 속 자신을 볼 때면 여전히 젊어 보이는 얼굴에 충격을 받았다. 치질 걸린 교사의 입이나 관절염에 영원히 시달려야 하는 노인의 꾹 다문 입술이 때때로 그의 입에서 나타나곤 했다. 육체적으로는 한창때였으나 인생의 쓰라림 역시 한창이었다.

따라서 그는 맛있는 디저트를 즐겼다. 피칸 파이. 사과 푸딩. 세상의 작은 달콤함.

"기관차가 두 대 있고, 진짜 승무원실이 하나 있대요!" 이니드가 말했다.

참과 진실은 세상의 박해 때문에 소수에 지나지 않는다고 앨프리드는 믿었다. 이니드 같은 낭만주의자들이 거짓과 참을 구별할 수 없다는 사실은 그를 분노케 했다. 형편없는 품질의 조잡한 물건이나

쌓아놓고 돈이나 벌어들이는 '박물관'을 진짜 참된 철도로 여기다
니…….

"적어도 물고기는 되어야 해."

"아이들이 다들 신이 난걸요."

"물고기는 될 수 있어."

새 박물관의 자랑인 모호크는 확실히 낭만적인 상징이었다. 요즘
사람들은 철도 회사가 디젤기관차 때문에 낭만적인 증기기관차를
폐기하는 것에 분노하는 모양이었다. 사람들은 철도 운영에 대한 망
할 기초조차 모르고 있었다. 디젤기관차는 효율적이고, 다용도이고,
유지비가 적게 들었다. 사람들은 철도 회사가 낭만을 제공해주어야
한다고 생각하면서도 기차가 느리기라도 하면 불평을 늘어놓았다.
대부분 사람들이 그런 식이었다. 어리석기는.

**(쇼펜하우어: 죄수 유형지의 악(惡)에는 그 안에 갇힌 죄수들 자체도 포함
되어 있다.)**

동시에 앨프리드는 그 낡은 증기기관차가 철로에서 사라지는 것
이 싫었다. 모호크는 아름다운 철마였다. 그것을 전시함으로써 박물
관은 여유를 추구하는 느긋한 세인트주드 교외 거주자들이 증기기
관차의 죽음을 기뻐하게 해주었다. 도시 사람들은 철마를 옹호할 권
리가 없었다. 앨프리드와는 달리 그네들은 증기기관차를 잘 몰랐다.
앨프리드와는 달리, 철도가 더 큰 세상과의 유일한 연결 고리인 캔자
스 북서쪽 벽촌에서 철마와 사랑에 빠진 적이 없는 작자들이었다. 그
는 박물관을 경멸했고, 그 관람객들도 무엇 하나 제대로 아는 것이
없다는 점에서 무시했다.

"방 전체를 가득 채운 모형 철도가 있대요!" 이니드가 수그러들지 않고 외쳤다.

망할 모형 철도, 그래, 망할 애호가들. 이런 되다 만 호사가들과 쓸모없고 현실성 없는 모형들에 대해 그가 어떻게 느끼는지 이니드는 정확히 알고 있었다.

"방 전체가요? 얼마나 큰데요?" 개리가 회의적으로 물었다.

"음, 아, 음, 아, 모형 철도 다리에 M-80을 좀 놓으면 멋지지 않을까? 푸시이이잇! 팍, 팍!"

"치퍼, **어서** 먹어라." 앨프리드가 말했다.

"아주아주 커. 모형 기차도 아버지가 그때 너한테 주신 것보다 훨씬 훨씬 커." 이니드가 말했다.

"**어서**. 내 말 듣고 있니? 어서 먹어."

사각 탁자의 두 면은 행복이 넘쳤으나, 다른 두 면은 아니었다. 같은 반 아이 하나가 토끼 세 마리를 기른다는, 상냥하면서도 무의미한 이야기를 개리가 하는 동안, 쌍둥이처럼 똑같이 음울한 치퍼와 앨프리드는 접시만 바라보고 있었다. 이니드는 순무를 더 가지러 부엌으로 갔다.

"순무를 더 먹겠냐고 물어봐야 입만 아픈 사람이 누구인지 나는 알지." 그녀가 돌아오며 말했다.

앨프리드가 그녀에게 경고의 표정을 던졌다. 그들 부부는 야채와 특정 고기에 대한 그의 반감을 아이들의 건강을 위해 결코 드러내지 않기로 동의했었다.

"나는 먹을래요." 개리가 말했다.

치퍼는 목이 메었다. 짙은 고독감이 목을 짓눌러 어떻게 해도 그다지 삼킬 수가 없었다. 하지만 형이 **원한**의 두 번째 접시를 행복하고 맛있게 먹는 것을 보자 치퍼는 화가 나는 동시에, 자신의 접시를 어떻게 당장 먹어치우고 의무에서 해방되어 자유를 되찾을 수 있을지를 순간 이해했다. 아이는 포크를 집어 들어 우락부락한 순무 뭉치를 께적거리다 개중 작은 조각을 골라 입 가까이 가져갔다. 하지만 순무에서 썩은 내가 나는 데다 이미 식어 있었다. 추운 아침에 젖은 개똥의 질감과 온도를 갖고 있었다. 뱃속이 뒤집히며 구토의 본능으로 척추가 휘었다.

"순무는 **참** 맛있어요." 개리의 말은 상상 밖이었다.

"나는 야채만 먹고도 살 수 있단다." 이니드가 단언했다.

"우유 더 주세요." 치퍼가 힘겹게 숨 쉬며 말했다.

"치퍼, 싫으면 그냥 코를 막고 먹어." 개리가 말했다.

앨프리드는 극도로 불쾌한 **원한**을 한 조각 한 조각 입안에 넣고 재빨리 씹어 기계적으로 삼키면서 이보다 더한 것도 참아냈다고 스스로를 다독였다.

"칩, 음식을 한 조각씩 먹어. 다 먹을 때까지 절대 식탁을 못 떠날 줄 알아라."

"우유 더 주세요."

"먼저 식사부터 해야지. 내 말 알겠니?"

"우유."

"코 막고 먹게 하면 안 돼요?" 개리가 말했다.

"제발 우유 좀 주세요."

"**그만 좀** 징징대라." 앨프리드가 말했다.

치퍼는 입을 다물었다. 접시를 이리저리 살펴보았지만 그는 신중하지 않았고 접시에는 비애밖에 남은 것이 없었다. 그는 잔을 들어 소리 없이 기울여 따뜻한 우유를 아주 조금 입안에 머금었다. 우유를 환영하기 위해 혀를 쭉 뺐다.

"칩, 우유 내려놔."

"코를 막는 대신 두 조각씩 먹게 하면 어떨까요?"

"전화 왔어. 개리, 네가 좀 받을래?"

"디저트는 뭐예요?" 치퍼가 물었다.

"신선하고 맛있는 **파인애플**이란다."

"하느님 맙소사, 이니드……."

"왜요?" 그녀는 순진하게 혹은 순진한 척 눈을 깜박였다.

"칩이 저녁을 다 먹으면 적어도 쿠키나 에스키모 파이는 주어야……."

"얼마나 달고 맛있는 파인애플인데요. 입에서 살살 녹아요."

"아빠, 마이스너 아저씨예요."

앨프리드는 치퍼의 접시로 팔을 뻗어 포크를 한 번에 휘둘러 한 조각만 남기고 순무를 전부 치워버렸다. 그는 이 아이를 사랑했기에 차갑고 유독한 으깬 순무를 자기 입에 집어넣고는 몸서리를 치며 목 아래로 와락 넘겼다. 그리고 말했다. "마지막 조각을 먹어라. 다른 음식도 마저 먹으면 디저트를 먹을 수 있어." 그는 일어났다. "필요하다면 디저트를 새로 **사** 오겠다."

그가 부엌으로 가며 이니드를 지나치자 그녀는 움찔하며 몸을 피했다.

"여보세요." 그는 전화에 대고 말했다.

수화기를 통해 마이스너 집 안의 습기와 달그락 소리와 온기와 보송보송함이 전해졌다.

척이 말했다. "앨, 지금 신문을 보고 있는데, 있지, 이리 벨트 주식 말야, 음. 5달러 58센트라니 정말 형편없이 낮아. 미드팩이 정말 그렇게 할까?"

"리플로글 씨가 나와 같이 차를 타고 클리블랜드를 떠났어. 이사회는 그저 철도와 구조에 대한 최종 보고서를 기다리고 있다더군. 월요일에 내가 그 보고서를 제출할 거야."

"미드팩이 정말 조용히 진행하고 있군."

"척, 내가 어떻게 하라고 확실히 말해줄 수는 없어. 자네 말이 맞아. 아직 불확실한 사안들이 좀 있거든."

"앨, 앨, 자네 정말 양심 있는 친구야. 우리 모두 그 점을 높이 평가해. 그럼 이만 전화 끊을 테니 저녁 잘 먹게."

앨프리드는 자제심을 잃고 어울렸던 여자애를 증오했던 것만큼이나 척을 증오하며 전화를 끊었다. 척은 은행 간부이자 재산이 나날이 늘고 있었다. 청렴을 누군가를 위해 가치 있게 버리고자 한다면 그 누군가로는 좋은 이웃이 적합할 터였다. 하지만 청렴을 희생할 만큼 가치 있는 사람은 아무도 없었다. 그의 두 손이 온통 더럽혀지고 만 것이다.

"개리, 파인애플 먹을래?" 이니드가 물었다.

"네, 주세요!"

순무가 사라진 광경에 치퍼는 약간 흥분했다. 하나씩 하나씩 상황이 나아지고 있었다! 아이는 포크로 남은 순무를 노란 아스팔트처럼 접시의 사분면에 솜씨 좋게 덮었다. 이것들마저 아빠가 단번에 없애줄 빛나는 미래가 기다리고 있는데 간과 근대라는 끔찍한 현실에 뭐하러 발목 잡히겠는가? 쿠키를 가져와! 치퍼 가라사대, 에스키모 파이를 가져와!

이니드가 빈 접시 세 개를 주방으로 가져갔다.

전화기 옆에서 앨프리드는 싱크대 위의 시계를 응시하고 있었다. 독감 환자가 오후 늦게 열에 들뜬 꿈에서 깨어날 법한 악랄한 시간인 5시경이었다. 조롱하는 듯한 5시를 딱 5분 지나 있었다. 시계 앞에 서 있노라면 두 바늘이 숫자를 정확히 가리킨다는 질서의 안도감이 매시간 겨우 한 번 찾아왔다. 나머지 분에는 하나같이 바늘의 방향이 엉성하기 짝이 없어 독감의 비참함이 잠재되어 있었다.

이처럼 고통받을 까닭은 전혀 없었다. 독감에 도덕적 질서가 없듯 그의 뇌가 생산해내는 고통의 즙에 어찌 정의가 있겠는가. 세상은 영원불멸한 눈먼 하느님의 의지가 물질화된 것일 뿐이었다.

(쇼펜하우어: 시간이 언제나 우리를 짓누른다는 사실은 존재의 고통에 큰 부분을 차지한다. 시간은 채찍을 든 감독인 양 언제나 우리 뒤를 쫓으며 결코 한숨 돌리게 내버려두지 않는다.)

"파인애플 안 먹을 거죠. 당신 디저트는 당신이 살 거라고 했으니." 이니드가 말했다.

"이니드, 그만 좀 해. 언제 그만해야 할지를 전혀 모르는 여자와 살아야 한다니."

그녀는 파인애플을 품에 안은 채 척이 왜 전화했냐고 물었다.

"나중에 얘기해." 앨프리드는 식당으로 돌아갔다.

"아빠?" 치퍼가 말을 걸었다.

"얘야, 너를 도와줬으니 너도 날 좀 도와다오. 음식 갖고 그만 장난 치고 어서 먹어. **지금 당장.** 내 말 알겠니? 지금 다 먹지 않으면 디저트 가 없는 것은 물론이고 오늘 밤과 내일 밤 다른 특권을 누릴 수 없게 될 거다. 음식 다 먹기 전에는 의자에서 못 일어나."

"아빠, 그런데 혹시……."

"지금 당장. 내 말 알겠니? 아니면 맞아야 정신을 차릴래?"

진지한 눈물이 편도선 뒤에 모여들며 암모니아성 점액이 뿜어져 나왔다. 치퍼의 입이 이리저리 비틀렸다. 아이는 눈앞의 접시를 새로 운 시선으로 보았다. 도저히 함께 있기 싫은 음식이긴 하지만 대신에 음식의 친구를 마음대로 조정해 자신을 구할 수 있으리라고 믿었더 랬다. 하지만 이제 음식과 그 친구는 서로 똘똘 뭉쳐 있음을 깨달은 것이다.

이제 아이는 애초에 양이 얼마 안 되긴 했지만 베이컨을 다 먹어버 린 것을 깊고도 짙은 슬픔으로 애도했다.

하지만 묘하게도 대놓고 울지는 않았다.

앨프리드는 지하실로 쿵쿵 내려가 문을 쾅 닫았다.

개리는 머릿속에서 작은 숫자들을 곱하며 아주 조용히 앉아 있었다.

이니드는 파인애플의 누런 배에 칼날을 박았다. 배가 고프면서도 밥을 거부하는 치퍼를 보며 꼭 그 아비에 그 아들이라는 결론을 내 렸다. 아이는 음식을 수치스러운 것으로 변하게 했다. 정성껏 음식을 준비했더니 그 보답으로 정교한 혐오감만 드러내는 데다 아이가 아침 식사 오트밀에 대고 사실상 **우웩**거리는 꼴을 보자니 분노가 들끓었다. 치퍼가 원하는 것은 늘 우유와 쿠키, 우유와 쿠키였다. 소아과 의사는 말했다. "지지 마세요. 결국은 허기질 거고 그러면 아무거나 다 먹을 테니." 그래서 이니드는 인내하려고 했지만 치퍼는 점심 식탁에 앉아 선언했다. "꼭 토한 것 같은 냄새가 나요!" 그런 말을 했다고 손목을 때리면 그때는 얼굴로 그런 말을 할 것이고, 그렇다고 얼굴을 찡그렸다고 엉덩이를 때리면 눈으로 그런 말을 할 것이니 아이를 바로잡는 데는 한계가 있었다. 결국 푸른 눈동자 속으로 파고들어가 아이의 혐오를 뿌리 뽑는 것 외에는 다른 수가 없었다.

최근에 그녀는 그릴드 치즈 샌드위치를 종일 준 뒤 균형 잡힌 식사에 필요한 노랗거나 푸른 채소를 저녁에 주어 앨프리드가 그 싸움을 대신 치르게 했다.

남편을 시켜 성가신 아이에게 벌을 주게 하는 데는 거의 달콤하면서도 섹시한 뭔가가 있었다. 아이가 엄마에게 상처를 준 벌을 받는 동안 자신은 떳떳하게 비켜나 있기만 하면 되었다.

아이를 기르면서 알게 되는 자신의 본성이 늘 긍정적이거나 매력적인 것은 아니었다.

그녀는 파인애플 접시 두 개를 식당으로 가져갔다. 치퍼는 고개를 푹 숙이고 있었지만, 음식을 즐기는 아들은 열광적으로 접시를 향해 손을 뻗었다.

개리는 말없이 파인애플을 사각거리며 씹고 삼켰다.

개똥 같은 노란 순무 밭, 튀긴 탓에 비틀려 접시에 반듯이 눕힐 수도 없는 간, 달걀 속에 힘없이 짓눌리고 일그러진 축축한 병아리나 오래전 접혀서 늪지에 묻힌 시체 같은 형체를 오롯이 유지하고 있는 나무 맛 근대. 이들 음식간의 공간적 관계는 더 이상 치퍼에게 무계획적으로 보이지 않았고 영원성을 획득해가고 있는 듯했다.

음식이 희미해졌거나 아니면 새로운 우울이 음식 위로 그림자를 드리웠다. 그 순간 치퍼는 혐오감이 다소 줄어들었고, 먹는 것에 관한 생각 자체를 멈추었다. 더 깊은 내면에 박힌 거부감이 치솟고 있었다.

곧 식탁은 그의 접시만 빼고 모두 치워졌다. 빛이 점점 강해졌다. 아이는 어머니가 그릇을 헹구고 개리가 물기를 닦아내며 소소한 이야기를 주고받는 것을 들었다. 이윽고 개리가 지하실 계단을 콩콩 내려갔다. 메트로놈처럼 탁구공이 탕탕 튀었다. 커다란 냄비가 물에 잠기며 더욱 고독한 울림을 뱉어냈다.

어머니가 다시 나타났다. "치퍼, 어서 먹어. 너도 이제 다 컸잖니."

그는 어머니가 더 이상 어떻게 할 수 없는 지점에 도달해 있었다. 그는 거의 신이 날 지경이었지만, 그것은 감정이 아니라 이성이었다. 심지어 의자에 너무 오래 앉은 탓에 엉덩이까지 무감각해져 있었다.

"다 먹을 때까지 의자에서 못 일어난다고 아버지가 말씀하셨지. 어서 먹어. 그러면 저녁 내내 자유야."

저녁이 정말 자유로웠더라면 그는 내내 창가에서 신디 마이스너를 지켜보았을 터였다.

어머니가 말했다. "명사 형용사 축약형 소유형용사 명사. 접속사 접속사 강세형 대명사 가정법 동사 대명사 저걸 먹기만 하면 시간부사 대명사 조건법 조동사 부정법······."

기이하게도 그는 어머니가 내뱉는 단어들이 전혀 이해할 필요가 없는 듯 느껴졌다. 언어를 해석해야 한다는 최소한의 짐조차 모두 내려놓은 듯 자유로웠다.

어머니는 더 이상 그를 고문하지 않고 지하실로 갔다. 앨프리드는 실험실에 박혀 있고, 개리는 라켓으로 공을 계속 치며 숫자를 세고 있었다("37, 38").

"똑똑?" 그녀는 같이 놀자며 머리를 흔들었다.

임신 혹은 적어도 임신에 대한 염려가 방해 작용을 해 시합 결과야 뻔했지만, 어머니가 함께 놀며 너무나 즐거워할 것이 분명하기에 개리는 양보하기로 했다. 속으로는 점수를 곱하거나 사분면에 차례로 공이 떨어지게 하는 작은 과제를 스스로에게 부여하며 시합을 했다. 저녁 식사 후 밤마다 그는 부모님에게 즐거움을 선사하기 위해 지루함을 참아내는 기술을 연마해왔다. 이는 그에게 목숨을 보장해주는 기술처럼 보였다. 그가 더 이상 어머니의 환상을 유지할 수 없을 때는 끔찍한 해가 닥칠 것만 같았다.

게다가 오늘 밤 그녀는 너무나 연약해 보였다. 예쁘게 말아서 모양을 낸 머리가 저녁을 차리고 설거지를 하는 사이에 모두 풀어져 있었다. 면 원피스의 상체에는 작은 땀 얼룩이 여기저기 남아 있었다. 손은 라텍스 장갑을 낀 탓에 혓바닥처럼 빨개져 있었다.

그가 슬라이스로 친 공이 그녀를 지나쳐 금속공학 실험실의 닫힌 문을 향해 쭉 날아갔다. 땅에 한 번 바운스된 공이 문에 부딪힌 다음에야 멈추었다. 이니드는 조심스레 공을 찾았다. 문 뒤에는 깊은 침묵과 어둠이 완강하게 자리했다. 앨은 불조차 켜지 않은 듯했다.

방울양배추나 아욱처럼 개리조차 싫어하는 음식이 있었다. 치퍼는 실용주의자인 형이 손바닥에 음식을 감추고는 뒷문으로 가 빽빽한 덤불에 던지거나 겨울에는 몸에 감추었다가 화장실에 버리는 것을 본 적이 있었다. 이제 치퍼는 1층에 혼자 있었기에 간과 근대를 쉽게 처리할 수도 있었다. 문제는 이것이었다. 아버지는 그가 음식을 다 먹었다고 생각할 텐데, 저녁 남기지 않기는 그가 지금 바로 거부하고 있는 목표였다. 그의 거부를 증명하기 위해서는 접시 위에 반드시 음식이 남아 있어야 했다.

그는 간 요리에서 조심스레 튀김옷을 떼어냈다. 10분이 걸렸다. 발가벗겨진 간의 표면은 정말 보고 싶지 않은 광경이었다.

그는 근대를 이리저리 펼쳐 재배치했다.

그는 식탁 매트의 무늬를 유심히 살폈다.

그는 탁구공 소리와 어머니의 과장된 신음과 신경에 거슬리는 격려를("와, 대단해, 개리!") 들었다. 매질이나 심지어 간보다 더 나쁜 것은 다른 사람이 탁구 치는 소리였다. 영원할지도 모르는 이 순간에 적합한 것은 오직 침묵뿐이었다. 탁구 점수가 21까지 통통 튀더니 게임이 끝나고, 다시 두 번째 게임이 끝나고, 다시 세 번째 게임이 끝났다. 게임을 하는 사람들이야 재미나게 잘 놀았으니 아무 문제 없겠지만 위층 식탁에 홀로 앉아 있는 아이에게는 전혀 좋지 않았다. 그는 게임이 영원히 계속되기를 빌 만큼 게임 소리에 깊이 빠져 있었다. 하지만 게임은 끝났고 그는 여전히 식탁에 앉아 있었고 겨우 30분이 흘렀을 뿐이었다. 저녁 시간이 헛되게 파괴되고 있었다. 겨우 일곱 살 나이에 치퍼는 이러한 공허감이 그의 삶을 평생 따라다니리라는 것을 직감했다. 지루한 기다림과 깨어진 약속, 너무 늦었다는 끔찍한 깨달음.

굳이 말하자면 공허감에는 특유의 맛이 있었다.

머리를 긁거나 코를 문지른 후에 손가락에 묻은 뭔가의 맛. 즉, 자신의 냄새였다.

혹은 막 시작된 눈물의 맛이었다.

후각신경이 자기 자신의 냄새를 맡고는 수용기가 자기 자신의 정보를 등록하는 것을 상상해보라.

스스로 자초한 고통이나 악의로 뭉개진 저녁의 맛은 묘한 만족감을 가져다줬다. 다른 사람들은 존재감 자체를 잃었으므로 내가 어떻게 느끼는지에 대해 더 이상 비난할 수 없었다. 오직 나와 나의 거부만이 남아 있었다. 자기 연민처럼, 혹은 이를 뽑고 나서 입을 가득 채운 피처럼(철분을 함유한 짭조름한 액체를 삼키며 맛을 보곤 했다), 거부는 인지될 수 있는 맛을 가지고 있었다.

식당 아래 어두운 실험실에서 앨프리드는 머리를 숙인 채 눈을 감고 앉아 있었다. 간절히 혼자 있고 싶으면서도 주변 사람들에게 이를 솔직히 알리기를 끔찍이 싫어한다는 것은 참으로 기묘했다. 마침내 이제 밀실에 홀로 남은 그는 누군가가 들어와 방해하기를 소망했다. 이 누군가가 그의 깊은 아픔을 보기를 원했다. 그가 그녀에게 냉담하다 하더라도 그녀가 그에게 냉담하게 구는 것은 불공평하게 느껴졌다. 행복하게 탁구를 치며 그의 문 앞을 돌아다니면서도 결코 노크해 어떤지 묻지 않다니 너무도 불공평했다.

물질의 강도를 측정하는 세 가지 일반적인 방법은 압력에 대한 저항력과 장력에 대한 저항력과 전단에 대한 저항력을 재는 것이었다.

아내의 발걸음이 실험실에 가까워질 때마다 그는 그녀의 위로를 받으리라 마음을 다져 먹었다. 그러다 게임이 끝나는 소리가 들리자 이제는 그녀가 그를 동정해주리라 **확신**했다. 그가 그녀에게 바라는 딱 한 가지, 딱 한 가지 일이니……

(쇼펜하우어: 여자는 자신의 행동이 아니라 자신의 고통을 통해 삶의 빚을 지불한다. 임신과 양육의 힘겨움을 감당하고, 남편에게 복종하고, 참을성 있는 동반자이자 기운을 돋우는 반려자가 되어야 하는 것이다.)

하지만 구조의 손길은 다가오지 않았다. 닫힌 문을 통해 그녀가 세탁실로 들어가는 소리가 들렸다. 변압기가 나직이 윙윙거리고, 개리가 탁구대 밑에서 모형 기차를 가지고 놀며 달그락거렸다.

철로와 기계 부품 제조업자에게 중요한, 강도를 재는 네 번째 방법은 경도 측정이었다.

앨프리드는 이루 말할 수 없이 힘겹게 의지력을 발휘해 전등을 켜고 실험실 노트를 펼쳤다.

극도의 지루함조차 자비롭게도 한계를 지니고 있었다. 예를 들어, 저녁 식탁에는 아랫면이 있어 치퍼는 턱을 탁자에 괴고 팔을 아래로 쭉 뻗어 탐험할 수 있었다. 가장 멀리 닿는 곳에는 당김 고리에 연결된 팽팽한 철사가 칸막이를 꿰뚫고 있었다. 대충 마감된 토막들이 복잡하게 얽혀 있고, 여기저기가 패어 접시머리 나사가 깊이 박혀 있었다. 그 주위의 꺼끌꺼끌한 원통형 나무 구멍을 손으로 더듬으니 너무도 매혹적이었다. 심지어 더욱 멋진 것은 예전에 반항을 하며 남겼던 코딱지들이었다. 마른 코딱지는 박엽지나 파리 날개 같았다. 기분 좋게 떼어내거나 가루로 만들 수 있었다.

치퍼는 식탁 아랫면의 작은 왕국을 탐사하면 할수록 직접 보기는 꺼려졌다. 직접 보면 그 실체가 형편없으리라는 것을 본능적으로 알고 있었다. 손가락으로 미처 발견 못 했던 틈을 발견거나, 손이 닿지 않는 곳의 신비로움이 사라져버리거나, 나사 구멍의 추상적 관능성이 사라지고 코딱지가 창피하게 여겨지거나, 어느 날 저녁 즐기거나 발견할 거리가 더 이상 남아 있지 않게 되면 지루해 죽을지도 몰랐다.

선택적 무지는 중요한 생존 기술이었다. 어쩌면 가장 중요한 기술일지도 몰랐다.

주방 아래 이니드의 연금술 실험실에는 탈수기가 부착된 메이텍 세탁기가 자리해 있었다. 쌍둥이 고무 롤러가 탈수기 위에서 거대한 검은 입술처럼 돌아갔다. 표백제, 청분(靑粉), 증류수, 녹말. 기관차처럼 거대한 다리미의 전원 코드가 무늬 있는 니트 직물에 덮여 있었다. 세 가지 크기의 하얀 셔츠가 산더미처럼 쌓여 있었다.

그녀는 다릴 셔츠에 물을 뿌리고는 뭉쳐서 수건으로 감쌌다. 셔츠가 구석구석 충분히 습기를 머금으면 목깃부터 먼저 다린 뒤 어깨에 이어 아래로 내려갔다.

대공황을 겪고 지금까지 살아오며 그녀는 많은 생존 기술을 익혔다. 그녀의 어머니는 세인트주드 시내와 대학 사이의 분지에서 하숙집을 운영했다. 이니드는 수학에 재능이 있었기에 시트를 빨고 화장실을 청소하고 음식을 준비하는 것 외에도 어머니를 대신해 계산을 했다. 고등학교를 졸업하고 전쟁이 끝났을 때는 하숙집의 모든 장부를 그녀가 관리하며 하숙비를 청구하고 세금을 계산했다. 베이비시터 봉급과 대학생이나 다른 장기 하숙인들에게 받은 팁을 따로 모아 야간학교의 학비를 마련해 회계학 학위를 받고자 차근차근 노력하면서도 그 학위를 쓸 일이 결코 없기를 빌었다. 이미 제복 입은 남자 둘이 청혼을 한 바 있었다. 둘 다 꽤 춤을 잘 췄지만 제대로 된 소득이 없었고 총에 맞아 죽을 위험을 안고 있었다. 그녀의 어머니와 결혼한 남자는 돈도 못 벌고 젊어서 죽었다. 그러한 남편을 피하는 것이야말로 이니드에게 가장 중요했다. 그녀는 행복할 뿐 아니라 안락한 삶을 원했다.

전쟁이 끝나고 몇 년 후 세인트주드의 어느 주물 공장을 관리하기 위해 젊은 강철 엔지니어가 파견되어 하숙집에 들었다. 그는 도톰한 입술과 숱 많은 머리에 남자답게 근육이 잘 발달한 데다 양복을 입고 다녔다. 그것도 고급스럽게 주름을 잡은 세련된 모직 양복이었다. 이니드가 커다란 원탁에 저녁을 차리다 어깨 너머로 힐끗 보면 그가 자신을 바라보다 얼굴을 붉히는 일이 매일 한두 번 있었다. 앨은 캔자스 사람이었다. 두 달 후 그는 용기를 내 그녀를 스케이트장에 데려갔다. 그들은 코코아를 마셨고, 그는 인류가 고통을 겪기 위해 태어났다고 말했다. 그는 강철 회사의 크리스마스 파티에 그녀를 데려갔고, 지식인은 머저리들에 의해 고문받을 운명을 지녔다고 말했다. 그래도 춤도 잘 추고 수입도 많은 남자였기에 그녀는 엘리베이터에서 그에게 키스했다. 곧 두 사람은 약혼했고 그의 노부모를 방문하러 간다는 순수한 의도로 네브래스카주의 맥쿡행 야간 기차에 올랐다. 그의 아버지는 아내를 노예처럼 여기는 사람이었다.

세인트주드에서 앨의 방을 청소하던 그녀는 손때 묻은 쇼펜하우어 책을 한 권 발견했다. 군데군데 밑줄이 쳐 있었다. 예를 들면, **이 세상에서 기쁨이 고통을 능가한다고들 한다. 그렇지 않다 해도 어쨌든 그 둘이 대등하게 존재하는 것은 사실이다. 만약 이것이 참인지 아닌지 당장에 확인하고 싶다면 먹고 먹히고 있는 두 동물 각각의 기분을 비교해보라.**

어떤 앨 램버트를 믿어야 할까? 젊은이처럼 보이는 램버트가 있었고 자기 자신에 대해 노인처럼 말하는 램버트가 있었다. 이니드는 그의 외모가 제공하는 빛나는 약속을 믿기로 했다. 그러니 이제 그의 성격이 바뀌기만을 기다리면 되었다.

기다리는 동안 그녀는 1주일에 스무 장의 셔츠와 그녀 자신의 스커트와 블라우스를 다렸다.

단추 주위를 다리미 끝부분으로 조심스레 다렸다. 주름을 펴고 뒤틀린 것을 바로 했다.

그녀가 그를 그다지 사랑하지 않았더라면 삶이 훨씬 쉬웠겠지만 그녀는 그를 사랑하지 않을 수 없었다. 그를 보기만 해도 사랑이 샘솟았다.

그녀는 매일 아이들의 발음과 행동을 바로잡고 도덕심과 명랑함을 키우기 위해 노력했고, 매일 세탁실에 구겨진 채 쌓여 있는 지저분한 옷 더미와 마주했다.

때로는 개리조차 제멋대로 굴었다. 그는 전기기관차를 철로 커브로 쏜살같이 달리게 해 탈선시켜, 검은 금속 덩어리가 꼴사납게 미끄러지고 뒹굴며 좌절의 불꽃을 튕기는 모습을 보기를 가장 좋아했다.

두 번째로 좋아한 놀이는 플라스틱 소와 자동차를 철로 위에 놓고는 기관사에게 작은 비극을 선사하는 것이었다.

하지만 그가 진정 원하는 첨단 기술은 원격 조정으로 **어디에든** 갈 수 있는 장난감 자동차였다. 최근 텔레비전에서 자주 광고하고 있었다. 모호함을 피하기 위해 그는 크리스마스 때 받고 싶은 선물 목록에 오직 그 자동차만을 적기로 마음먹었다.

거리에서 관심을 가지고 들여다보면, 개리의 기차나 이니드의 다리미나 앨프리드의 실험 때문에 전력이 빠져나가 창가의 등이 어스레해지는 것을 눈치채리라. 하지만 그것만 빼고는 사람 하나 안 사는 집 같았다. 빛이 환히 들어온 마이스너나 슈퍼트나 퍼슨이나 루트 가족의 집에는 확실히 사람 사는 기적이 있었다. 온 가족이 탁자 둘레에 모여 앉아 있고, 아이들이 숙제를 하느라 고개를 숙이고, TV에서 빛이 깜박거리고, 어린애가 휘청휘청 걸음마를 익히고, 할아버지 할머니가 티백을 세 번째로 우려내며 성능을 실험하고. 남의 눈을 신경 쓰지 않는 활기 넘치는 가정이었다.

누군가 집에 있는지 여부는 집의 모든 것을 의미했다. 가장 중요한 사실, 그 이상이었다. 유일한 사실이었다.

가족은 그 집의 영혼이었다.

깨어 있는 정신은 집의 전등과 같았다.

영혼은 굴속의 땅다람쥐와 같았다.

뇌에 의식이 필요하듯 집에는 가족이 필요했다.

아리스토텔레스: 눈이 동물이라면 시력은 동물의 영혼일 것이다.

정신을 이해하고 싶다면 가족생활을 한번 상상해보자. 다양한 길

위에서 웅성거리는 혈육들과, 가족의 근원적 불빛을. '있음'과 '어수선함'과 '거주'에 대해 말할 수 있다. 아니면 역으로 '없음'과 '폐쇄'와 '어긋남'에 대해 말하거나.

세 사람이 지하실에서 각자 다른 일에 몰두해 있고 작은 아이 하나만 1층에서 차갑게 식은 접시를 응시하고 있는 집을 헛되이 비추는 빛은 아마도 우울증 환자의 정신과 비슷하리라.

가장 먼저 지하실이 지겨워진 사람은 개리였다. 1층으로 올라간 그는 너무 환한 식당이 마치 끔찍한 몰락의 희생자를 품고 있는 양 그곳을 피해 2층으로 올라가 이를 닦았다.

곧 이니드가 따뜻한 하얀 셔츠 일곱 장을 가지고 뒤를 따랐다. 그녀 역시 식당을 피해 갔다. 만약 식당의 문제를 해결할 책임이 그녀에게 있다면 이대로 두는 것은 끔찍한 직무 유기였다. 자애로운 어머니라면 그런 무책임한 짓을 할 리 없었다. 그녀는 자애로운 어머니였으므로 문제 해결 책임은 그녀에게 있는 것이 아니었다. 결국 앨프리드가 1층으로 올라와 자신이 얼마나 몹쓸 인간인지를 깨닫고는 몹시 미안해하리라. 이 문제를 두고 감히 그녀를 비난한다면 이렇게 말하리라. "다 먹을 때까지 앉아 있으라고 한 건 당신이잖아요."

그녀는 욕조에 물을 틀어놓고 개리를 침대에 눕혔다. "언제나 용감한 나의 작은 사자가 돼야 해." 그녀는 말했다.

"그럴게요."

"용맹한 사짜 맞찌? 깡인한 사짜찌? 우리 깡한 꼬마 사짜?"

개리는 이니드의 말에 대답하지 않았다. "엄마, 치퍼가 아직도 식탁에 있어요. 거의 9시가 다 됐어요."

"그건 아빠와 치퍼가 해결할 문제란다."

"엄마, 치퍼는 그 음식을 정말로 좋아하지 않아요. 좋아하지 않는 척하는 게 아니라고요."

"네가 잘 먹어주어서 얼마나 기쁜지 모르겠구나."

"엄마, 이건 정말 공평하지 않아요."

"우리 귀염둥이, 이건 네 동생이 감당해야 할 일이야. 하지만 이렇게 동생을 걱정해주다니 정말 기특하구나. 사랑이 넘치는 형이라니 엄마는 정말 기뻐. 늘 이렇게 사랑으로 가득하렴."

그녀는 서둘러 나가 물을 잠그고 욕조에 몸을 담갔다.

옆집의 어두운 침실에서는 척 마이스너가 이니드가 된 베아의 몸으로 들어가는 것을 상상하고 있었다. 사정을 향해 낑낑대며 속으로 매매를 했다.

시장에서 이리 벨트 주식 옵션거래가 가능한지 궁금했다. 가격이 떨어질 위험에 대비해 풋옵션 30단위와 함께 5천 주를 사야지. 아니면 누가 팔기만 한다면 콜옵션만 100단위를 사면 더 좋을 텐데.

임신 중이니 브래지어를 A컵에서 B컵으로 바꾸었을 테고, 나중에 출산할 때쯤에는 C컵으로 바꾸겠지, 지방채 가격이 급등하듯, 하고 척은 추측했다.

하나씩 하나씩 세인트주드의 불빛이 꺼졌다.

벌 때문이든 반항 때문이든 그저 지루함 때문이든 충분히 긴 시간 저녁 식탁에 앉아 있다 보면 계속 그렇게 앉아 있게 된다. 영혼의 일부가 평생 그렇게 앉아 있는 것이다.

시간의 생생한 흐름과 너무 직접적이고 지속적으로 접촉하면, 태양을 똑바로 쳐다볼 때처럼 신경에 영구적인 손상을 입듯이.

내면에 대한 너무 깊은 지식은 무엇이든 반드시 해로운 지식이 되듯이. 결코 씻어낼 수 없는 지식이 되듯이.

(지나친 가족생활은 얼마나 피곤하고 얼마나 힘겨운가.)

치퍼는 여러 가지를 듣고 보았지만 그것들 모두 그의 머릿속에 있었다. 세 시간 후 그를 둘러싼 물체는 오래된 풍선껌처럼 향이 모조리 빠져나가 있었다. 그의 정신 상태는 그것들 전부를 압도할 만큼 강력했다. 그가 지금껏 너무나 세세히 관찰한 나머지 그 실재가 녹아 없어져버린 눈앞의 깔개를 다시 '식탁 매트'라고 부르거나, 그의 상상력 속에서 몇 번이나 **사악한 시간**의 화신이 되었던 파이프의 웅웅 소리를 다시 '보일러' 소리로 여기기 위해서는 어마어마한 의지를 발휘해 재각성을 해야 할 터였다. 다리미질이나, 놀이나, 게임이나, 켜졌다 꺼지기를 반복하는 냉장고 때문에 희미하게 깜빡이는 전등은 꿈의 일부가 되어 있었다. 이러한 번득임은 거의 인식되지 않는다 해도 고통스러운 것이었다. 그런데 이제는 더 이상 고통이 아니었다.

지금은 오직 앨프리드만이 지하실에 남아 있었다. 그는 전류계의 전극으로 초산철 젤을 조사했다.

금속공학의 최근 개척 분야: 실내 온도에서의 금속 형태 조절. 틀에 부은 후 (아마도 전류를 이용한) 적절한 처리를 하여 강철의 강도와 전도성과 지속성을 가진 물질을 만드는 것은 금속공학의 **성배** 찾기였다. 한마디로 플라스틱처럼 무르면서도 금속처럼 단단한 물질을 찾아내야 했다.

시급한 문제였다. 문화 전쟁이 벌어지며 플라스틱이 점점 주도권을 잡고 있었다. 앨프리드는 플라스틱으로 된 잼병 뚜껑이나 젤리병 뚜껑을, 플라스틱으로 된 자동차 지붕을 목격했다.

불행히도 자유국가에서 금속은 멋진 강철 말뚝이든 단단한 황동 촛대든 고도의 질서를 대표했고, **자연**은 제멋대로의 무질서를 선호했다. 녹 부스러기들. 용해 상태 분자의 무차별한 혼합. 열정의 대혼란. 무질서 상태는 정육면체의 완벽한 철이 되기보다는 자발적으로 마구 솟구치는 것을 더욱 선호했다. 열역학 제2법칙에 따르면, 이러한 확률의 독재에 저항하여 금속 원자가 얌전하게 행동하게 하기 위해서는 많은 **노력**이 필요했다.

앨프리드는 전기가 그 답이 될 것이라고 확신했다. 전선을 통해 들어온 전류는 먼 곳에서 빌려 온 질서인 셈이었다. 발전소에서 체계화된 석탄이 쓸모없는 따뜻한 가스가 되어 부풀어 올랐다. 고상하고 침착한 물 저장고는 엔트로피로 넘쳐흘러 삼각지를 향해 치달았다. 그러한 질서의 희생을 통해 분리해낸 유용한 전기 덕분에 그가 집에서 작업할 수 있는 것이다.

그는 사실상 자체적으로 전기도금이 가능한 물질을 찾고 있었다. 전류와 관련해 흔히 쓰지 않는 물질의 결정체를 탐색해나갔다.

어려운 학문은 아니지만, 시행착오라는 잔혹한 확률에 의지해 성과를 가져다줄 우연을 향해 더듬더듬 나아가야 했다. 그의 한 대학 동창은 이러한 우연 덕분에 벌써 백만 달러를 벌었다.

언젠가 돈 걱정을 할 필요가 없게 되리라는 믿음은 불행이 닥쳤을 때 여자를 통해 참된 구원을 얻으리라는 것과 다르지 않은 꿈이었다.

극단적 변화의 꿈: 어느 날 잠에서 깨면 자신이 완전히 다른(더욱

자신감 있고 더욱 평화로운) 사람이 되어 있어 기존의 감옥에서 완전히 벗어나 천하무적이 된 듯하리라는 꿈.

그는 규산염 젤과 규토를 실험했다. 실리콘 퍼티를 실험했다. 질펀한 철분 함유 소금을 용해했다. 녹는점이 낮으나 상극인 테트라카르보닐과 아세틸아세톤. 자두 크기의 갈륨 덩어리.

미들랜드 퍼시픽의 수석 화학자로, 백만 가지의 엔진오일 점도 및 브리넬 경도 측정법에 지루해질 대로 지루해진 어느 스위스인 박사가 앨프리드에게 재료를 대주었다. 그들의 상관은 이를 알고 있었다. 앨프리드는 몰래 물건을 빼내다 걸리는 위험은 절대 사양이었다. 만약 그가 특허권을 얻게 되면 미드팩이 그 이익을 일부 가지리라는 것은 암묵적으로 동의된 바였다.

오늘 밤 초산철 젤에 뭔가 특이한 일이 일어나고 있었다. 전류계 탐침을 정확히 어디에 찌르느냐에 따라 전도성 측정값이 크게 요동쳤다. 탐침이 지저분해서 그런가 싶어 새 바늘로 갈아 끼우고 다시 젤에 찔렀다. 전도성이 전혀 감지되지 않았다. 다른 곳을 찌르자 전도성 수치가 마구 솟구쳤다.

대체 어떻게 된 것인가?

이 질문이 그의 머리를 가득 채우는 동시에 그의 마음을 편안하게 다독이며 계속하라고 채찍질했다. 그러다 10시가 되어서야 그는 현미경 조명기를 끄고 수첩에 기록했다. **푸른색 얼룩 크로산염 2퍼센트. 매우매우 흥미로움.**

실험실에서 나오자 피로가 그를 내리눌렀다. 분석적이던 손가락이 느닷없이 둔하고 멍해져 그는 더듬더듬 자물쇠를 잠갔다. 실험을 할 때는 기운이 한없이 솟구쳤건만 실험을 마치자마자 제대로 서 있을 수도 없었다.

1층으로 가자 탈진은 더욱 심해졌다. 부엌과 식당에 불빛이 환했고, 작은 소년이 식탁 매트에 얼굴을 박은 채 고꾸라져 있었다. 그 장면이 너무나 어이없고, 부인의 **원한**에 진절머리가 나 일순 앨프리드는 식탁의 소년이 자신의 어릴 적 유령이라고 진심으로 생각했다.

그는 전등 빛이 당장 막아야 하는 독가스라도 되는 양 스위치로 손을 뻗었다.

덜 위험한 어둠 속에서 소년을 안아 들고 2층으로 올라갔다. 아이의 한쪽 뺨에 식탁 매트 자국이 나 있었다. 아이가 뭐라고 말도 안 되는 소리를 중얼거렸다. 앨프리드가 아이의 옷을 벗기고 벽장에서 잠옷을 찾아내는 동안 아이는 반쯤 깨어 있었지만 완전히 정신이 들지 않으려고 애쓰면서 고개를 계속 숙이고 있었다.

일단 침대에 내려놓고 키스를 해주자 아이는 순식간에 잠이 든 반면, 앨프리드가 앉아 있는 침대 옆 의자 다리 사이로는 짐작도 할 수 없는 어마어마한 양의 시간이 째깍째깍 흘러갔다. 그는 거의 의식이 없었지만 관자놀이 사이에 불행이 잔뜩 어려 있었다. 너무나 피곤한 나머지 잠을 잘 수가 없었다.

혹은 잠이 들었는지도 모른다. 느닷없이 벌떡 일어났을 때 아주 조금은 개운해진 느낌이었다. 그는 치퍼의 방에서 나와 개리를 확인하러 갔다.

개리의 방문 바로 앞에 아이스크림 막대 감옥이 엘머스 풀 냄새를 잔뜩 풍기며 놓여 있었다. 감옥은 앨프리드가 상상한 교도소와는 완전히 다른 모습이었다. 지붕도 없이 대충 만든 사각 공간은 대략 2등분 되어 있었다. 감옥의 평면도는 사실상 그가 저녁 식사 전 제시한 정사각형 이항식 문제와 똑같았다.

여기 감옥의 큰 방 안에, 부러진 아이스크림 막대들이 덜 굳은 풀로 덕지덕지 붙어 있는 것은 장난감 손수레일까? 아니면 의자 모형?

전기의자.

피로에 지쳐 정신을 잃을 만큼 몽롱한 상태에서 앨프리드는 무릎을 꿇고 전기의자를 검사했다. 공작을 해서 아버지의 칭찬을 받고자 하는 개리의 애처롭고도 강렬한 욕망이 생생히 느껴지는 만큼이나, 저녁 식탁에서 머릿속으로 그렸던 정밀한 전기의자 설계도와 전혀 동떨어진 조잡한 공작품이 안겨주는 불가능성은 더욱더 마음을 혼란케 했다. 이니드이자 이니드가 아닌 비논리적 꿈속 여인처럼, 그가 상상했던 의자는 완벽한 전기의자인 동시에 완벽한 아이스크림 막대였다. 그는 이제 전보다 더욱더 절실히 깨달았다, 이 세상의 모든 '실재'는 이 전기의자처럼 비밀리에 조악하게 마구 변화해대는 것인지도 모른다고. 심지어 그가 무릎 꿇고 있는, 겉보기에는 진짜인 딱딱한 바닥까지 몇 시간 전 상상 속의 전기의자와 똑같은 것이 아닐까 싶었다. 어쩌면 바닥은 그의 머릿속 재현에서만 참된 바닥일지도 몰랐다. 물론 바닥의 속성은 어느 정도까지는 명백했다. 나무는 확실히 존재했고 측정 가능한 특성을 갖고 있었다. 하지만 사실상 그의 머릿속에 비치는 **두 번째** 바닥이 존재했다. 그는 자신이 열심히 옹호하고 있는 고통 속의 '실재'가 사실은 실제 침실의 실제 바닥의 실재가 아니라, 그의 머릿속에서 이상화된 바닥의 실재가 아닐까 두려웠다. 그렇다면 그 실재는 이니드의 어리석은 환상만큼이나 가치가 없었다.

모든 것이 상대적이라는 회의. '실재'와 '정의'는 그저 슬픈 운명에 처한 것이 아니라 처음부터 상상의 소산일지도 모른다는 회의. 자신의 정당함이나 실재에 대한 독특한 투쟁은 그저 다 기분의 문제일 뿐일지도 모른다는 회의. 이러한 회의가 무수한 모텔 방에 매복하고 있었다. 얄팍한 침대 아래 숨어 있던 깊은 공포였다.

만약 세상이 실재에 대한 그의 생각과 일치하기를 거부한다면, 그야말로 죄수 유형지처럼 참으로 무정하고 심술궂고 역겨운 세상이 아닐 수 없었다. 그런 세상이 그에게 줄 것이라고는 극심한 고독뿐이었다.

그러한 고독 속에서 온 생을 살아내려면 얼마나 많은 강인함이 필요할지 하는 생각에 절로 고개가 숙여졌다.

그는 감옥의 큰 방에 놓인 한심하고 불균형한 전기의자로 돌아갔다. 손을 놓자마자 의자가 옆으로 쿵 쓰러졌다. 감옥을 망치로 산산조각 내는 광경이 머리를 스치고 지나가며 끌어 올려진 치마, 찢겨진 팬티, 갈기갈기 조각난 브래지어, 툭 튀어나온 엉덩이가 줄을 잇더니 이윽고 아무것도 떠오르지 않았다.

개리는 엄마처럼 완벽한 침묵 속에서 잠을 자고 있었다. 저녁 식사 후 감옥을 보겠다는 아버지의 암묵적 약속을 잊지 않았으리라. 개리는 어떤 것도 절대 잊지 않았다.

그래도 난 최선을 다하고 있어, 하고 앨프리드는 생각했다.

식당으로 돌아간 그는 치퍼의 접시에 변화가 있었다는 것을 눈치챘다. 튀김옷은 물론이고 간의 갈색 가장자리가 조심스레 뜯겨 나가 있었다. 순무 역시 먹은 것이 분명했다. 남아 있던 작은 조각이 아주 작은 점으로 변해 있었다. 근대도 해부되어 부드러운 잎은 뜯기고 없고 나무 같은 붉은 줄기만 남아 있었다. 의무로 주어진 각 음식을 결국 치퍼가 아마도 엄청난 희생 속에서 한 입 한 입 먹었는데도, 약속된 디저트를 받지 못하고 잠이 든 모양이었다.

35년 전 어느 11월 아침, 앨프리드는 강철 덫에 뜯긴 채 남겨진 코요테의 피투성이 앞발을 발견했다. 전날 밤 얼마나 절망적인 시간을 보냈을지 생생히 느껴졌다.

고통이 어찌나 강렬히 솟구치는지 그는 이를 악물고는 고통이 눈물로 화하지 않도록 철학 구절을 되새겼다.

(쇼펜하우어: 동물의 고통을 설명할 방법은 오직 하나뿐이다. 현상세계 전체의 기조를 이루고 있는 생존 의지는 자기 자신을 먹이로 삼음으로써 그 갈망을 만족시키는 것임에 틀림없다.)

그는 1층의 마지막 전등을 끄고는 화장실에 들러 새 잠옷으로 갈아입었다. 치약을 꺼내려면 여행 가방을 열어야 했다.

쓰임새는 사라지고 박물관에 전시되어 허울만 남은 기차나 다름없는 침대에 든 그는 이니드를 피해 되도록 침대 가장자리에 몸을 누였다. 그녀는 자는 척할 때처럼 깊이 잠들어 있었다. 그는 두 바늘 끝에 라듐 장식을 붙인 자명종을 힐끗 보고는 11시보다 12시에 더 가까운 시간임을 확인한 다음 눈을 감았다.

한낮에 말하는 듯한 목소리로 질문이 날아왔다. "척과 무슨 이야기 한 거예요?"

그의 피로가 또다시 두 배가 되었다. 눈을 감은 채 비커와 탐침과 전류계의 떨리는 바늘을 떠올렸다.

"이리 벨트 이야기 같던데요. 척이 그 일을 알고 있나요? 당신이 말했어요?"

"이니드, 난 지금 정말 피곤해."

"그냥 놀라서 그래요. 그뿐이에요. 당신답지 않으니까."

"그건 사고였고, 지금 후회하고 있어."

"그냥 흥미로워서요. 우리는 할 수 없는 투자를 척은 할 수 있다니."

"척이 다른 투자자들을 이용해먹기로 선택했다면 그건 그의 문제야."

"수많은 이리 벨트 주주들이 내일 5달러 75센트를 벌고는 어지간히 좋아하겠군요. 그건 불공평하지 않아요?"

그녀의 말은 몇 시간이나 연습한 논쟁과 어둠 속에서 갈고닦은 불만의 어조를 띠었다.

"3주 후면 9달러 50센트쯤 되겠지. 나는 그걸 알지만 대부분 사람들은 몰라. 그것이야말로 불공평한 거지."

"당신은 다른 사람들보다 영리하잖아요. 학교 성적도 좋았고, 지금은 좋은 직업을 갖고 있고. 그것 역시 불공평해요. 안 그래요? 공평에 목숨 거느라 자신을 바보로 만들다니, 그게 말이 돼요?"

자기 발을 씹어 뜯는 것은 가볍게 할 수 있는 짓도 아니고, 반쯤 하고 포기할 짓도 아니었다. 어느 지점에서 어떤 과정을 걸쳐 코요테는 자기 발에 자기 이빨을 박기로 결심했을까? 아마도 처음에는 기다림과 저울질의 시간이 있었으리라. 하지만 그다음엔?

앨프리드가 말했다. "당신과 말다툼하기 싫어. 하지만 이왕 깨어 있으니 말인데, 왜 칩을 침대에 눕히지 않았는지 알고 싶군."

"당신이 그렇게 말했잖아요."

"나보다 한참 전에 1층으로 갔잖아. 다섯 시간이나 아이를 거기 앉혀두는 것은 내 생각이 아니었어. 당신은 그 아이를 이용해 나한테 화를 내고 있어. 그리고 난 그걸 조금도 개의치 않아 하고. 8시에 아이를 침대에 눕혔어야 했어."

이니드는 자신의 실수에 부글부글 속이 끓었다.

앨프리드가 말했다. "다시는 이런 일이 없도록 약속할 수 있지?"

"그래요."

"그럼 됐어. 이만 자자고."

집 안이 아주아주 어두웠을 때, 태어나지 않은 아이는 여느 사람처럼 또렷이 볼 수 있었다. 아이는 눈과 귀와 손가락과 전뇌와 소뇌를 갖고 있었고, 중앙에 둥둥 떠다녔다. 이미 주요한 갈망을 알고 있었다. 어머니는 매일매일 열망과 죄책감의 바다 속을 서성였고, 이제 어머니의 열망의 대상은 채 1미터도 떨어져 있지 않았다. 어머니의 모든 것이 그 어디에라도 좋으니 다정한 접촉 한 번으로 녹아내릴 태세였다.

오랫동안 숨이 들고 났다. 하지만 숨만 쉴 뿐 접촉은 없었다.

앨프리드까지 잠이 달아나버렸다. 그가 잠이 들려고 할 때마다 이니드가 코로 들이쉬고 내쉬는 숨 하나하나가 그의 귀를 찌르며 다시 정신을 맑아지게 했다.

20분쯤 지나 침대가 들썩이며 고삐 풀린 흐느낌이 터졌다.

그는 침묵을 깨고 거의 투덜거리듯이 물었다. "대체 왜 이래?"

"아무것도 아녜요."

"이니드, 지금은 아주아주 늦었어. 자명종은 6시에 맞춰져 있고, 나는 죽을 만큼 피곤해."

그녀는 폭풍처럼 울었다. "나한테 작별 키스도 안 했잖아요!"

"나도 알고 있어."

"그럼, 나는 아무 권리도 없나요? 2주나 부인을 홀로 집에 방치해 두다니."

"다 지난 일을 갖고 왜 그래? 고생으로 치면 솔직히 내가 더 했어."

"그래서 집에 돌아와서는 인사도 안 해요? 그냥 나를 야단치기만 하고?"

"이니드, 나는 정말 끔찍한 한 주를 보냈어."

"그리고 식사가 끝나기도 전에 식탁에서 일어나요?"

"끔찍한 1주일을 보낸 덕에 죽고 싶을 만큼 피곤해……."

"다섯 시간이나 혼자 지하실에 박혀 있어요? 그렇게 피곤하다는 사람이?"

"만약 당신이 나 대신 그런 1주일을 보냈다면……."

"나한테 작별 키스도 안 했어요."

"철 좀 들어! 하느님 맙소사! 철 좀 들라고!"

"목소리 낮춰요!"

(목소리 낮춰요, 아기가 듣겠어요.)

(사실상 아기는 **정말** 단어 하나하나 다 듣고 흡수하고 있었다.)

"내가 신나게 여행이라도 즐기다 온 것 같아?" 앨프리드는 나직하되 단호히 물었다.

"내가 한 모든 일은 당신과 아이들을 위한 거야. 2주 만에 나를 위한 시간을 가진 거라고. 실험실에서 몇 시간 정도 보낼 권리는 있다고 생각하는데. 당신은 이해하지 못하겠지만, 설령 이해한다 해도 나를 믿지 않겠지만, 오늘 아주 흥미로운 발견을 했어."

"아, 참으로 흥미롭기도 하네요."

이니드는 그런 말을 들은 것이 이미 한두 번이 아니었다.

"그래, **정말** 흥미로워."

"상업적으로 쓸모있는 건가요?"

"그야 모르지. 잭 캘러핸을 봐. 이번 발명으로 아이들 학비를 댈 수 있을지도 몰라."

"잭 캘러핸의 발명은 아주 우연히 일어난 거라면서요."

"세상에, 당신 좀 봐. 당신은 **나**더러 부정적이라지만, **나**한테 중요한 일에 있어서 부정적으로 구는 건 누구지?"

"당신이 왜 그런 걸 고려조차 않는지 모르겠어요."

"그만 좀 해."

"만약 목적이 돈을 버는 거라면……."

"됐어, 됐다고! 다른 사람이 무슨 짓을 하든 내가 **무슨** 상관이야. 나는 그런 사람이 아니라고."

지난 일요일에 교회에서 이니드는 고개를 돌렸다가 척 마이스너와 두 번이나 시선이 마주쳤다. 그녀는 평소보다 가슴이 약간 더 커져 있었는데, 아마 그 때문이리라. 하지만 척은 두 번 다 얼굴이 붉어졌었다.

"당신은 대체 왜 그렇게 나한테 차갑죠?"

"이유야 많지만, 말하지 않겠어."

"당신은 왜 그렇게 불행해하죠? 왜 말하지 않겠다는 거예요?"

"그런 말을 하느니 차라리 죽지. 죽는 게 낫다고."

"아, 아, 아!"

그녀가 택한 남자는 **나쁜** 남편이었다. 그녀가 원하는 것을 결코 그녀에게 주지 않는, 나쁘고, 나쁘고, 나쁜 남편이었다. 그녀가 행복해할 만한 모든 것에서 그는 금지 이유를 찾아냈다.

그리하여 탄탈루스가 된 그녀는 축제의 무기력한 환영 곁에 누워 있었다. 그 어디든 손가락 하나만 스쳤더라도 충분했을 터였다. 그의 자두 같은 입술은 말할 것도 없고. 하지만 그는 쓸모없었다. 매트리스에 처박혀 썩어가며 가치를 잃고 있는 돈뭉치가 바로 그였다. 그녀의 어머니가 그러했듯 그 역시 마음의 우울로 쪼그라들어 있었다. 그녀의 어머니는 은행예금이 이제 정부의 보호를 받고 있다거나, 블루칩 주식을 장기간 보유해 배당금을 재투자하는 것이 행복한 노후를 보장해주리라는 것을 전혀 이해하지 못했다. 그녀의 남편 역시 형편없는 투자자였다.

하지만 그녀는 아니었다. 방이 매우 어두울 때는 심지어 한두 가지 위험을 기꺼이 감수하는 것으로 유명한 그녀이기에 지금 기꺼이 위험 하나를 감수했다. 몸을 굴려, 특정 이웃이 그토록 찬미한 젖가슴으로 그의 허벅지를 간질였다. 그녀의 뺨을 남편의 가슴에 얹었다. 그녀가 저쪽으로 떨어지기를 남편이 바라고 있다는 것이 느껴졌지만, 그녀는 먼저 남편의 근육질 배 위를 미끄러지듯 맴돌며 피부가 아닌 털만 살며시 쓰다듬었다. 손가락의 접촉에 따라 그의 그의 그의 성기가 점점 살아나는 것을 느끼고 그녀는 살짝 놀랐다. 그가 사타구니를 틀어 그녀를 피하려고 했지만 손가락은 더욱 날렵했다. 파자마 아래로 그가 남성이 되어가고 있는 것이 느껴졌다. 억눌린 갈망 탓에 그녀는 그가 전에는 결코 허락하지 않은 짓을 감행했다. 옆으로 몸을 숙여 그것을 입에 물었다. 그것을, 급격히 커져가고 있는 소년을, 희미하게 오줌 냄새를 풍기는 경단을. 그녀의 노련한 손과 부풀어 오르는 젖가슴 덕분에 그녀는 어떤 것이든 욕망할 수 있고, 행할 수 있는 듯 느꼈다.

아래에서 남편이 저항하며 몸을 흔들었다. 그녀는 잠시 입을 떼고 물었다. "앨? 여보?"

"이니드. 대체 무슨······?"

다시 그녀의 벌린 입은 원통형 살을 향해 내려갔다. 그녀는 잠시 멈추고는, 살이 그녀의 입천장에 고동치며 점점 단단해져가는 것을 음미했다. 그런 다음 고개를 들었다. "은행에 여유 자금을 저축할 수도 있잖아요? 아이들을 디즈니랜드에 데려갈 수도 있고. 안 그래요?"

그녀는 다시 내려갔다. 혀와 페니스가 합의를 향해 다가가고 있었다. 그에게는 이제 그녀의 입 안쪽 같은 맛이 났다. 따분한 일거리와 암시된 모든 말들처럼. 아마도 자기도 모르게 그는 무릎으로 그녀의 가슴을 쳤지만, 그녀는 여전히 자신을 섹시하게 여기며 몸을 움직였다. 입안과 목구멍 입구까지 가득 찼다. 잠시 고개를 들어 숨을 쉰 뒤 다시 크게 한 입 물었다.

"2천만 투자해도. 4달러만 올라도 — 악!"

앨프리드는 정신을 차리고는 악령을 몸에서 떼어냈다.

(쇼펜하우어: 돈을 버는 사람은 남자이지 여자가 아니다. 이를 통해 여자는 돈을 무조건적으로 소유할 권리도 없으며, 돈을 관리하기에 적합한 사람도 아님을 알 수 있다.)

악령이 다시 손을 뻗었지만 그는 그녀의 손목을 움켜쥐고는 다른 손으로 그녀의 잠옷을 끌어 올렸다.

아마도 그네와 미끄럼틀의 재미와, 스카이다이빙과 스쿠버다이빙의 즐거움은 태아 시절 엎치락뒤치락으로부터 보호받던 자궁에서 비롯된 취향일지도 몰랐다. 역학이라고는 몰라 어지럼증조차 느끼지 않으며 따뜻한 내해(內海)에서 안전하고도 즐겁게 지내던 시기에 말이다.

오직 **이런** 내팽개쳐짐만이, 어머니가 고통스러워함에 따라 혈액을 타고 아드레날린이 솟구치는 **이런** 내팽개쳐짐만이 무서웠다.

"앨, 이건 좋은 생각 같지가 않아요. 아무래도 이건……."

"책에 이렇게 해도 괜찮다고 나와 있잖아."

"하지만 불편해요. 아유. 정말이에요. 여보?"

그는 합법적인 아내와 합법적인 섹스를 하는 남자였다.

"앨, 하지만, 이건 아닌 것 같아요. 아무래도 아네요."

타이츠 차림의 십대의 **썹**을 머릿속에서 몰아냈다. 그래도 남자가 **썹**하고 싶어 할 다른 **썹**과 **젖꼭지**와 **엉덩이**가 줄줄이 이어져 애써 몰아냈지만 방은 매우 어두웠고, 어둠 속에서는 많은 것이 허용되었다.

"아, 정말 싫다고요!" 이니드는 나직이 울부짖었다.

가장 최악은 그녀의 뱃속에 웅크리고 있는 작은 여자아이의 이미지였다. 커다란 벌레보다 조금 더 큰 정도이지만 이미 이 같은 고통을 목격해버린 것이다. 단단히 충혈된 작은 머리가 자궁경관으로 불쑥 들어왔다 나가더니 적절한 경고도 없이 두 배로 경련하며 그녀의 내밀한 방에 걸쭉한 알칼리성 정액을 내뱉는 광경을 보아버린 것이다. 심지어 태어나기도 전에 이런 끈적한 지식을 흠뻑 뒤집어쓰다니.

앨프리드는 누워 숨을 고르며, 아기를 이토록 더럽힌 것을 크게 후회했다. 막내 아이는 앞선 실수로부터 교훈을 얻어 실수를 바로잡을 마지막 기회였고, 그는 이 기회를 단단히 붙잡으리라 굳은 결심을 했다. 아기가 태어나는 그날부터 개리나 치퍼 때보다 더욱 상냥하게 대할 터였다. 아이를 위해 규칙을 완화하고, 심지어 아이의 응석을 다 받아주고, 모두가 간 후에도 식탁에 홀로 앉아 있게 하는 일은 결단코 없을 터였다.

하지만 아기가 이토록 무력할 때 아버지라는 인간이 이런 더러움을 내뿜지 않았는가. 아이는 결혼의 그러한 광경을 목격했기에, 당연히 나이가 든 후 그를 배신했다.

잘못을 바로잡고자 한 것이 오히려 저주가 된 것이다.

붉은 지역을 맴돌던 예민한 탐침이 이제 제로에 이르러 있었다. 그는 아내에게서 떨어져 나와 그녀와 어깨를 나란히 했다. 성적 본능의 마법(아르투어 쇼펜하우어는 이를 그렇게 불렀다) 때문에 그는 잔혹하게도 조금만 있으면 면도를 하고 기차를 타야 한다는 사실을 망각하고 있었지만 이제 본능이 방출된 지금, 남은 밤의 짧음이 그의 가슴을 140번 궤도처럼 짓눌렀다. 미친 듯이 늦은 시간이라 자명종이 더 이상 쓸모없게 되었을 때 아내들이 그러하듯, 이니드는 다시 울기 시작했다. 수년 전 그들이 처음 결혼했을 때 그녀는 때때로 새

벽에 울곤 했지만, 당시 앨프리드는 자신이 훔친 즐거움과 그녀가 감내한 찌르기에 너무나도 깊이 감사했기에 왜 우는지 꼬박꼬박 물어봤었다.

하지만 오늘 밤 그는 감사함도, 아내에게 질문을 해야 한다는 미약하디미약한 의무감도 눈곱만큼조차 느끼지 않았다. 그저 잠이 올 뿐이었다.

왜 아내들은 밤에 우는 것일까? 네 시간 후 통근 열차를 타야 하지 않는다면, 지금은 너무나 하잘것없이 느껴지는 만족을 찾아 바로 몇 분 전 더러운 짓을 하지 않았다면 밤에 우는 것은 아무 문제 없었다.

형편없는 모텔에서 불면의 열흘을 지새운 끝에 감정적인 롤러코스터를 타며 하루 저녁을 보낸 후, 마침내 가냘프게 신음하고 성기를 빨아대다 제대로 한 방 먹은 마누라가 망할 새벽 2시에 울면서 잠이 들려고 하는 이 모든 일을 겪은 덕에, 아마도 그는 다음의 두 가지 사실에 눈을 뜨게 된 것인지도 몰랐다. (a) 잠은 여자이다. (b) 잠은 그가 거부할 이유가 전혀 없는 위로이다.

다른 불건전한 기쁨과 마찬가지로 여분의 낮잠을 평생 멀리한 남자에게 이러한 발견은 삶을 완전히 바꾸는 것이었다. 이는 몇 시간 전, 망 조직의 초산철 젤에서 전자 이방성을 발견한 것만큼이나 중대한 발견이었다. 지하실에서의 발명은 경제적 결실을 맺기까지 30년 이상이 걸렸지만, 침실에서의 발견은 램버트가에서 지내는 것을 그 즉시 더 견딜 수 있는 일로 만들었다.

잠의 평화가 온 집에 내려앉았다. 앨프리드의 새 연인은 그 안에 있는 어떤 짐승이든 다정하게 다독여주었다. 분노하거나 부루퉁해

하는 것보다 그저 눈을 감는 것이 얼마나 편한가. 미드팩에서 하루하루를 보낸 후 토요일 오후가 되면 그가 거실에서 보이지 않는 정부를 만난다는 것을, 모든 출장 때마다 이 정부를 데리고 가 더 이상 불편하지 않고 더 이상 시끄럽지 않은 모텔의 침대에서 그녀의 품에 안긴다는 것을 이내 모두들 이해하게 되었다. 정부는 저녁의 서류 작업 중에 빠짐없이 찾아왔고, 여름 가족여행에서 점심 식사 후 이니드가 비틀비틀 차를 몰고 뒷좌석의 아이들이 조용히 입을 다물고 있는 동안 그는 정부와 여행 베개를 공유했다. 잠은 일과 양립될 수 있는 이상적인 여자였다. 애당초 그는 잠과 결혼했어야 했다. 완벽하게 순종적이고, 무한하게 관대하며, 교회든 교향악단이든 세인트주드 레퍼토리 극장이든 어디에나 데려갈 수 있을 만큼 점잖았다. 그녀는 결코 눈물로 그를 잠 못 들게 괴롭히지 않았다. 그녀는 아무것도 요구하지 않았고, 그 대가로 그가 긴 하루를 마치고 필요로 하는 모든 것을 주었다. 그들의 사랑에는 어떤 어수선함도, 어떤 낭만적인 접촉도, 어떤 비밀이나 기밀 유출도, 어떤 수치스러움도 없었다. 그는 법적 증거 하나 남기지 않고 이니드의 침대에서 이니드를 속일 수 있었다. 그가 디너파티에서 졸지 않을 만큼 이 외도를 비밀로 유지하는 한, 이니드는 현명한 아내가 그러하듯 기꺼이 참아줄 터였다. 따라서 이는 수십 년이 지나는 내내 결코 심판받을 일이 없을 듯……

"쉿! 머저리!"

앨프리드는 상하좌우로 살며시 떨어대는 **군나르 미르달**에서 화들짝 놀라 깨어났다. 객실에 다른 누가 있다니?

"머저리!"

"거기 누구요?" 그는 반쯤은 도전적으로, 반쯤은 겁에 질려 물었다.

일어나 앉아 어스름을 응시하며 자아 너머의 소리를 들으려고 끙 끙대는 동안, 얇은 스칸디나비아 담요가 미끄러져 떨어졌다. 반쯤 귀 가 먼 사람들에게, 머리를 울려대는 주파수는 감방 동료 같은 존재였 다. 그의 가장 오랜 동료는 파이프오르간의 중간 A음과 비슷한 알토 음으로, 왼쪽 귀에서 희미하나마 낭랑히 울렸다. 이 음은 지난 30년 간 점점 커지고 있었다. 심지어 그가 죽고 나서도 이 음만은 살아 있 지 않을까 싶었다. 영원하거나 무한한 것들의 순수한 무의미함을 지 니고 있었다. 앨프리드의 외부에 있는 그 어떤 실재에도 반응하지 않 지만 심장박동처럼 실재했다. 그 어떤 것에 의해서도 만들어지지 않 은 소리였다.

그 소리 아래에 더 희미하고 더 일시적인 음이 존재했다. 그의 귀 뒤 성층권 높은 곳에서 권운(卷雲)처럼 뭉쳐 아주 높은 고주파를 발 사했다. 멀리 떨어진 증기 오르간의 연주처럼, 거의 유령처럼 희미하 게 오르락내리락거렸다. 중간 음들이 그의 두개골 한가운데에서 귀 뚜라미처럼 땡땡 소리를 높였다 내렸다. 귀가 완전히 멀어버릴 것 같 은 디젤엔진의 굉음을 희석한 듯한 우르릉대는 저음은 무척이나 비 실재적인 소리였다. 미드팩에서 은퇴하여 기관차에 손을 놓은 이후, 실제로 듣게 되기 전까지만 해도 그런 음이 존재하리라고는 상상도 못 했던 것이다. 이들 음은 그의 뇌가 창조한 동시에 감상하고 있는 친근한 존재들이었다.

하지만 웟웟 소리는 그의 밖에서 나고 있었다. 두 손을 저으며 시트를 살짝 바스락대는 소리였다.

그리고 **군나르 미르달**의 비밀 모세혈관을 타고 사방에서 물이 신비로이 콸콸 흘러갔다.

그리고 누군가가 침대 아래 불확실한 공간에서 숨죽여 웃고 있었다.

그리고 자명종 시계가 째깍째깍 돌아갔다. 새벽 3시였고, 그의 정부는 그를 떠나고 없었다. 그 어느 때보다도 그녀의 위로를 필요로 하는 때에 잠든 젊은 남자와 놀아나버린 것이다. 그녀는 30년이나 순종하며 매일 밤 10시 30분에 두 팔과 두 다리를 활짝 벌렸다. 그녀는 그가 찾는 안식처이자 자궁이었다. 지금도 여전히 오후나 초저녁에는 그녀와 함께할 수 있었지만 밤에는 아니었다. 침대에 눕자마자 시트를 더듬어도 그녀의 앙상한 손발을 움켜쥐게 될 때까지 때때로 두어 시간이 걸리기도 했다. 하지만 1시나 2시나 3시면 그녀는 더 이상 그의 것인 양 굴지 않고 어딘가로 사라져버렸다.

붉은색과 주황색 카펫 너머로 그는 북유럽 금발 미녀처럼 각선미가 잘 빠진 이니드의 나무 침대를 겁에 질려 응시했다. 이니드는 죽은 듯 보였다.

백만 개의 파이프에서 물이 콸콸 흘러갔다.

그리고 진동, 그는 이 진동에 대해 추측했다. 엔진에서 나는 소리라고, 호화 크루즈선을 지을 때 엔진의 모든 소리를 하나씩 하나씩 줄이거나 감춘 끝에 가장 낮은 가청 주파수까지 낮추었지만 제로 수준에 이를 수는 없었으리라고. 그 결과 가청치(可聽値) 이하인 2헤르츠 진동만이 남아, 강력한 뭔가에 부과된 침묵의 암시자이자 더 이상 줄일 수 없는 잔류자가 된 것이리라.

생쥐처럼 작은 동물이 이니드의 침대 발치에 층층이 쌓인 그림자 속을 조르르 달려갔다. 갑자기, 바닥 전체가 달음질치는 혈구처럼 보였다. 이윽고 생쥐들이 뭉쳐 하나의 끔찍한 생쥐가 되어 진군하며 끈적끈적한 똥 덩어리를 누고, 아무렇게나 오줌을 싸고, 마구잡이로 갉아대며…….

"머저리, 머저리!" 방문객이 어둠 속에서 침대 곁 어스름으로 걸어 나오며 비웃었다.

앨프리드는 경악하며 방문객이 누구인지 살폈다. 처음에는 뚝 떨어진 똥 덩어리가 보이더니 이윽고 세균으로 썩어빠진 냄새가 훅 끼쳤다. 쥐가 아니었다. 똥이었다.

"오줌도 못 싸는 얼간이!" 똥이 말했다.

반사회적 인격장애똥이자 물똥이자 떠버리똥이었다. 어젯밤 앨프리드에게 나타나 어찌나 괴롭히던지 이니드가 전등을 켜고 그의 어깨를 다독여주지 않았더라면 지옥 같은 밤이 되었을 터였다.

"나가!" 앨프리드가 단호히 명령했다.

하지만 똥은 깨끗한 북유럽 침대 옆으로 쪼르르 올라와 브리 치즈나 잎으로 싼, 거름 냄새 풍기는 카브랄레스 치즈인 양 이불 위에 편안히 누웠다. "철퍼덕 시간이 되었군, 친구." 그러더니 우스꽝스러운 방귀 소리가 우레처럼 터지며 문자 그대로 녹아내렸다.

베개에 똥이 묻으면 어쩌나 하는 걱정은 똥더러 베개로 오라고 초대한 것이나 다름없었다. 똥은 빛나는 행복인 양 베개 위에 철퍼덕 누워 있었다.

"저리 가, 저리 가라고." 앨프리드는 카펫에 한쪽 무릎을 내려놓고는 침대에서 곤두박질치듯 내려왔다.

"웃기지 마, 호세. 먼저 네 옷부터 입을 거야." 똥이 말했다.

"안 돼!"

"되고말고, 친구. 네 옷을 입고 네 이불을 만질 거야. 온 데에다 똥칠을 해놓을 거야. 사방에서 악취가 푹푹 풍기겠지."

"왜? 왜? 왜 그런 짓을 한다는 거냐?"

똥이 거친 목소리로 대꾸했다. "그렇게 하는 게 옳으니깐. 나는 똥이잖아. 나보다 다른 사람의 편의를 더 위하라고? 다른 사람의 기분을 고려해 화장실로 뛰어가라고? 그런 건 **너나** 하는 짓이지, 친구. 그러고는 온갖 불편이란 불편은 다 감수하지. 그래서 네 꼴이 어떻게됐는지 보라고."

"다른 사람들도 더 배려하며 살아야 해."

"너는 덜 배려하며 살아야 하고. 개인적으로 난 모든 구속에 반대해. 그러고 싶으면 찢으면 그만이야. 갖고 싶은 게 있으면 확 가지라고. 사내란 자기 이익을 가장 먼저 챙겨야지."

"문명은 절제를 통해 이루어져."

"문명? 그게 뭐 그리 대단한 거라고. 문명이 날 위해 뭘 했는데? 변기 아래로 쓸어버리기나 했지! 나를 똥 취급했어!"

"하지만 넌 똥**이잖아**. 변기는 **그러라고** 있는 거라고." 앨프리드는 똥이 합리성을 이해할지도 모른다는 생각에 희망을 걸었다.

"지금 누구더러 똥이래, 머저리 주제에. 나도 다른 사람들과 똑같은 권리가 있어. 안 그래? 생명, 자유, 화끈함을 추구할 권리가 있다고. 너희 잘난 헌법에 그렇게 나와 있어."

"그렇지 않아. 너는 지금 독립선언문과 헌법을 착각하고 있어."

"아무튼 오래된 노란 종잇장에 그렇게 적혀 있잖아. 정확히 이름이 뭔지 뉘 집 똥개가 무슨 상관이래? 너처럼 딱딱해빠진 인간은 내가 이만큼 자란 이후로 내 주둥이에서 나오는 말이란 말은 다 씨팔 아니라고 하지. 너랑 변비에 걸린 온갖 파시스트 교사랑 나치 경찰들. 단어가 씨팔 휴지 쪼가리에 인쇄된다는 것 말고는 난 아무 관심 없어. 여기는 자유국가고, 나는 다수이고, 친구, 너는 소수야. 그러니 주둥이 닥쳐."

똥의 태도와 어조는 앨프리드에게 섬뜩할 만큼 친숙했지만 어디서 그런 사람을 만났는지 기억이 나지 않았다. 똥이 그의 베개 위에서 데굴데굴 구르자 부스러기와 섬유질이 박힌, 초록빛 도는 갈색 막이 반짝반짝 퍼졌다. 이불이 접힌 곳만 하얗게 남아 있었다. 앨프리드는 침대 옆 바닥에서 코와 입을 손으로 막고는 악취와 공포를 내쫓으려 했다.

이윽고 똥이 그의 잠옷 바지 자락 속으로 스르르 들어왔다. 똥의 쥐 같은 발이 간질간질댔다.

"이니드!" 그는 온 힘을 다해 소리쳤다.

똥은 그의 허벅지 주위에 있었다. 그는 뻣뻣한 두 다리를 굽혀 말 안 듣는 두 엄지를 허리 밴드에 걸어 잠옷 바지를 내려 똥을 옷 안에 가두려고 했다. 똥이 감옥에 속하기를 거부하여 탈출한 죄수라는 사실이 불현듯 떠올랐다. 감옥은 바로 이들을 위해 존재했다. 사회가 아니라 자신이 규칙을 정한다고 믿는 것들은 가두어야 했다. 만약 감옥으로도 그딴 버릇이 고쳐지지 않는다면 사형선고를 받아 마땅했다! 사형선고를! 분노에서 힘을 끌어낸 앨프리드는 잠옷 바지 뭉치에서 발을 빼내는 데 성공했다. 벌벌 떨어대는 팔로 옷 뭉치를 카펫에 짓뭉개고 손목으로 두들긴 뒤 단단한 북유럽 매트리스와 북유럽 침대 스프링 사이에 깊이 쑤셔 넣었다.

그는 잠옷 상의와 어른용 기저귀 차림으로 무릎 꿇은 채 숨을 가다듬었다.

이니드는 계속 자고 있었다. 오늘 밤 그녀의 태도에는 확실히 동화 같은 면이 있었다.

"짜잔!" 똥이 조롱해댔다. 똥은 앨프리드의 베개 위쪽 벽에서 다시 나타나, 그곳에 내던져진 것처럼 오슬로 해변의 동판화 액자 옆에 위태위태하게 매달려 있었다.

"이런 망할 자식! 너 같은 놈은 감옥에 갇혀야 해!" 앨프리드가 말했다.

똥이 벽을 따라 천천히 미끄러져 내리며 나직이 깔깔거렸다. 아메바처럼 끈적대는 덩어리가 바로 아래 시트에 뚝뚝 떨어질 것만 같았다. "너 같은 항문보유적 성격은 **전부** 감옥에 처박길 원하지. 어린애든, 골치 아픈 녀석이든, 남자든, 너희 집 선반에서 골동품을 훔쳐 간 인간이든, 카펫에 음식을 떨어뜨린 놈이든, 극장에서 우는 머저리든, 도자기를 떨어뜨린 얼간이든. 전부 감방에 처넣어! **폴리네시아** 인간들이 집에 모래 자국을 남기고, 생선즙을 가구에 묻히고, 꺅꺅대는 온갖 닭 새끼들을 풀어놓는다고? 감옥에 처넣어! 열 살부터 스무 살까지의 기운 충만한 사춘기 아이들은 어떻고. 시건방진 데다 무절제하기까지 하지. 그리고 제멋대로 고함치고 문법도 안 맞게 엉터리로 떠드는 흑인들은(민감한 주제지, 프레드?) 온갖 몰트위스키에, 독한 머리 냄새 저리 가라 하는 땀 냄새를 풍기며 춤추고, 환호성 쳐대고, 침과 특수 젤리로 온몸이 젖어든 것처럼 달콤한 사랑 노래를 불러대지. 흑인을 안 처넣는다면 감방은 뭐 하러 있겠어? 그리고 올챙이배를 한 어린애하며, 마리화나 담배에, 매일 바비큐에, 한타바이러스 쥐에, 돼지 피를 바닥에 깐 달콤한 음료나 처마시는 카리브해 인간들은? 감방 문을 처닫고 열쇠를 삼켜버려야 해. 그리고 친구, 중국인들은 어떻고. 오싹한 몰골에 기괴한 이름의 야채는 집에서 만든 인공 남근을 쓰고서는 씻는 걸 깜박 잊어버린 꼬락서니지. 1달러, 1달러. 끈적끈적한 잉어랑 껍질이 벗겨져서도 살아 있는 명금 새, 어이쿠, 개고기 수프랑 성기 만두, 국가적 여아 살해. **돼지 똥구멍**은 아마 질기고 까칠까칠하겠지. 그런데 되놈들은 그걸 돈 주고 사 먹는다지? 그딴 12억 인구는 모조리 핵무기로 쓸어버려야 해, 안 그래? 세계의 그 부분을 **깨끗이** 치우는 거지. 그리고 여자들도 잊지 말아야지. 클리넥스랑 탐폰을 사방에 흘리고 다니는 머저리들. 병원 윤활유를 처바른 호모들이랑, 구레나룻을 기르고 마늘을 처먹는 지중해 놈들이랑, 가터벨트며 더러운 치즈에 환장하는 프랑스 연놈들이랑, 개조한 자동차를 몰고 맥주를 처먹고 트림이나 하고 불알이나 긁는 육체노동자들이랑, 식초에 절인 똥 같은 괴상한 생선 요리나 해 먹고 할례를 하는 유태인들이랑, 보트를 타고 폴로를 하고 망할 시가를 피우는 부자 백인 연놈들은? 이봐, 재밌는 건 말야, 프레드, 네 감옥에 속하지 않는 유일한 사람은 북유럽 상류층 남자뿐이라는 거야. 그리고 넌 세상이 **자기** 식대로 돌아가기를 바란다는 점에서 **나랑** 똑같은 종자야. 안 그래?"

"어떻게 하면 이 방에서 나갈 거냐?" 앨프리드가 물었다.

"늙은 항문 괄약근을 느슨하게 풀어, 친구. 활짝 풀라고."

"그럴 일은 절대 없어!"

"그렇다면 네 면도 용품을 한번 찾아봐야겠어. 네 칫솔에다 설사 기념품을 찍 남기고 말야. 네 면도 크림에 똥 두어 알 떨어뜨리면 내일 아침에 갈색 거품 칠을 즐길 수 있을⋯⋯."

앨프리드는 교활한 똥에서 시선을 떼지 않은 채 긴장된 목소리로 말했다. "이니드, 문제가 좀 생겼어. 도와주면 정말 고맙겠어."

이 정도 목청이면 깨야 마땅할 터인데 그녀는 백설공주인 양 깊이 잠들어 있었다.

"이니드, 자~기. 혹시 짬이 있으면 나를 좀 도와주면 **한없이** 고맙겠어." 똥이 데이비드 니븐*의 억양을 흉내 내며 놀려댔다.

앨프리드의 허리와 무릎 뒤의 신경이 보내는 미확인 보고에 따르면 또 다른 똥이 근처에 얼쩡대는 듯했다. 똥 같은 반역자들이 몰래 코를 킁킁대며 악취를 찾아 헤매고 있었다.

"친구, 음식과 음부야말로 모든 것의 핵심이야. 다른 나머지는, 좋게 말해서 순 똥 덩어리일 뿐이지." 똥 무리의 대장이 똥 크림 한 가닥으로 벽에 겨우 매달린 채 말했다.

이윽고 똥 크림이 부서지면서 똥 무리의 대장이 부패의 작은 찌꺼기들을 벽에 남긴 채 환호성을 지르며 **노르딕 플레저라인 소속** 침대에

---

* 잉글랜드의 배우.

뛰어내렸다. 겨우 몇 시간 후면 사랑스러운 젊은 핀란드 여자가 정리하기로 되어 있는 침대에 말이다. 그 깨끗하고 유쾌한 청소부가 침대에 흩뿌려져 있는 대변 덩어리를 발견하리라는 생각에 앨프리드는 도저히 견딜 수가 없었다.

곁눈으로 보니 대변이 온몸을 비틀고 있었다. 조치를 취해야 했다, 조치를 취해야 했다. 변기가 새는 것이 문제의 원인일지 모른다는 생각에 그는 손과 무릎으로 기어 화장실로 들어가 문을 쾅 닫았다. 부드러운 타일 위에서 상대적으로 쉽게 몸을 돌렸다. 등을 문에 대고 발로 맞은편 세면대를 힘껏 밀었다. 그는 이 같은 부조리한 상황에 잠시 웃음을 터뜨렸다. 미국인 고위 간부가 똥 부대에 포위당한 채 크루즈선의 화장실 바닥에 기저귀 차림으로 앉아 있다니. 이 야밤에 별 희한한 생각에 사로잡히다니.

화장실은 훨씬 밝았다. 청결의 과학과 외관의 과학과 심지어, 섬세하게 구부러진 손잡이와 웅장한 발판이 달린 거대한 스위스 자기 변기로 증명되는 배설의 과학까지 이곳에 있었다. 이처럼 좀 더 마음에 드는 환경에서, 앨프리드는 똥 같은 반항자들이 허구의 존재이며, 자신이 어느 정도는 꿈을 꾸고 있으며, 그 불안의 근거는 그저 배수관 문제라는 지점까지 정신을 수습할 수 있었다.

불행히도 수리 팀은 밤에 일하지 않았다. 파이프가 부서진 것을 직접 보거나 배관공용 길쭉한 카메라를 저 아래로 내려 보낼 방법이 없었다. 이런 상황에 수리 업자가 장치를 여기로 가져올 수 있을지도 대단히 미심쩍었다. 앨프리드는 심지어 자신이 어디에 있는지조차 정확히 알 수 없었다.

그러니 아침이 될 때까지 기다리는 수밖에 없었다. 완전한 해결책은 없다 해도 반쯤 되는 해결책이 둘 있는 것이 아예 없는 것보다는 나았다. 일단 눈앞에 있는 것으로 문제와 맞설 수 있었다.

새 기저귀 두 개면 몇 시간은 버틸 수 있으리라. 그리고 여기에, 바로 변기 옆 봉지에 기저귀가 여럿 들어 있었다.

곧 4시였다. 지역 감독관이 7시에도 일을 시작하지 않는다면 혼쭐을 내주리라. 그 남자의 정확한 이름이 기억나지 않지만, 그것은 중요하지 않았다. 그저 사무실로 전화를 걸었을 때 누구든 받기만 하면 되었다.

기저귀의 테이프가 씨팔 미끈대는 것이야말로 참으로 현대사회답지 않은가.

"이거 좀 보게." 그는 기만적인 현대사회에 대한 분노를 철학적인 조롱으로 웃어넘기길 빌면서 말했다. 접착테이프에다 차라리 테플론을 칠하는 편이 나을 듯했다. 덜덜 떠는 메마른 손으로 접착테이프에서 보호막을 떼어내는 것은 공작 깃털 두 개로 대리석을 집어 올리는 것과 같았다.

"어이쿠, 하느님 아버지."

그는 굽히지 않고 5분간 분투한 후 다시 5분간 분투했다. 아무리 해도 보호막을 벗길 수가 없었다.

"어이쿠, 하느님 아버지."

스스로의 무능함에 껄껄 웃었다. 누군가 지켜보고 있다는 압도적인 느낌과 좌절 속에서 껄껄 웃었다.

"어이쿠, 하느님 아버지."

그는 한 번 더 말했다. 이 표현은 작은 실패의 수치심을 제거하는 데 종종 효과가 있었다.

밤이 되면 방은 얼마나 확 달라질 수 있는가! 접착테이프를 포기하고 세 번째 기저귀를 가능한 한 바짝 잡아당겼지만 안타깝게도 썩 많이 올라가지 않았다. 화장실은 더 이상 아까의 화장실이 아니었다. 전등이 병원처럼 강렬한 빛을 새로이 퍼부었다. 그는 극도로 늦은 시간의 묵직한 손길을 느꼈다.

"이니드! 나 좀 도와주겠소?" 그가 소리쳤다.

엔지니어로서의 50년 경험 덕분에 그는 비상 상태에서 하청 업자가 오히려 일을 더욱 악화시킨 것을 척 알아볼 수 있었다. 기저귀 하나는 거의 안팎이 뒤집힐 정도로 비틀려 있었고, 다른 하나는 살짝 마비된 다리 하나가 두 다리 구멍을 꿰뚫은 덕분에 가장 흡수력이 뛰어났을 부위가 접힌 채 실력 발휘를 못 하고 있었고 접착테이프가 덜렁대고 있었다. 앨프리드는 고개를 저었다. 하청 업자를 비난할 수 없었다. 바로 자기 잘못이었다. 이 같은 상황에서 이 같은 일을 절대 맡아서는 안 되었다. 그가 잘못 판단한 것이었다. 피해를 줄이려다 어둠 속에서 실수만 저지른 탓에 해결은커녕 오히려 문젯거리만 늘리기 일쑤이건만.

"그래, 지금 우리는 엄청난 진창에 빠져 있군." 그는 쓴웃음을 지으며 말했다.

바닥에 액체인 듯한 것이 있었다. 오 하느님, 바닥에 아무래도 액체가 있는 듯했다.

또한 액체가 **군나르 미르달**의 무수한 파이프를 따라 흐르고 있었다.

"이니드, 제발, 하느님 아버지. 제발 좀 도와줘."

지역 감독관에게서는 아무 대꾸가 없었다. 모두들 일종의 휴가를 받은 것이다. 가을 빛깔이 어쩌고저쩌고.

바닥에 액체가! 바닥에 액체가!

하지만 문제없었다. 모든 권한은 그에게 일임되어 있었다. 힘든 결정을 내려야 했다.

그는 깊이 숨을 쉬며 기운을 북돋웠다.

이 같은 위기 상황에서 제일 먼저 할 일은 유거수(流去水)가 흘러갈 길을 터주는 것이었다. 선로 보수는 잊어라. 먼저 경사로를 만들지 않으면 선로가 완전히 유실될 수 있었다.

그는 측량사용 장비나 간단한 파이프조차 하나 없다는 냉혹한 현실을 직면했다. 눈대중으로 모두 해결해야 했다.

그런데 어쩌다 이런 오도 가도 못하는 상황에 처했단 말인가? 아직 새벽 5시도 채 안 되었을 텐데.

"7시에 지역 감독관한테 전화하라고 꼭 말해." 그가 말했다.

물론 어딘가에서 조차원이 일하고 있을 터였다. 하지만 문제는 전화기를 찾아내야 한다는 것이었다. 그런데 그는 변기보다 높이 시선을 드는 것이 묘하게 꺼려졌다. 이러한 상황을 해결하기란 불가능했다. 전화기를 찾았을 때는 해가 중천에 뜬 뒤일 수도 있었다. 그렇다면.

"아! 정말 할 일이 태산이군."

샤워 부스에 약간 움푹한 곳이 있는 듯했다. 그래, 사실상 이미 지하 배수로가 존재하고 있는 것이다. 제대로 시작도 못 했던 옛날

DOT 도로 건설 프로젝트 때 만든 것이거나, 군대에서 건설한 것일 수도 있었다. 한밤에 얻은 뜻밖의 수확이었다. 진짜 배수로라니. 이 배수로를 이용하려면 여전히 수많은 기술적 난관이 기다리고 있었다.

"하지만 다른 선택의 여지가 없으니 문제지."

어쨌든 시작해보는 것이다. 그는 조금도 피곤하지 않았다. 네덜란드인들의 델타 프로젝트에 비하면 아무것도 아니었다. 그 사람들은 바다와 40년을 씨름하지 않았는가. 생각만 좀 바꾸면 이는 하룻밤 고생에 지나지 않았다. 그는 더한 것도 견뎌냈더랬다.

추가 배수로를 건설하는 것이 계획이었다. 작은 배수로 하나로 유거수를 전부 처리하기란 불가능했다. 하지만 배수로에 또 다른 배수로를 덧붙일 수는 있었다.

"그렇다면 문제가 심각하군. 정말 심각해." 그는 말했다.

사실상 상황은 한결 더 나쁠 수도 있었다. 물이 새는 곳에 바로 엔지니어가 있다니 대단한 행운이었다. 만약 엔지니어가 여기 없었다면 얼마나 난감하기 짝이 없었을까.

"엄청난 재앙이 될 수도 있었어."

제일 먼저 할 일은 물이 새는 곳에 임시 패치를 붙이는 것이었다. 그러고는 배수로 주위에 새로 물길을 내는 대공사라는 병참의 악몽을 감내하며 태양이 뜰 때까지 모두 해결되기를 빌어야 했다.

"쓸 만한 게 있는지 찾아보자."

불완전한 빛 속에서 그는 액체가 바닥을 가로질러 한쪽으로 흘러가다가, 수평선이 미쳐버린 양 서서히 물이 길을 되짚어 돌아오는 것을 보았다.

"이니드!" 새는 곳을 막고 다시 침실로 돌아가기 위해 구역질 나는 일을 시작하던 그는 작은 희망에서 그녀를 불렀지만 배는 그저 나아가기만 했다.

뛰어난 재능과 실력을 갖춘 젊은 의사, 닥터 히바드가 처방해준 아슬란 덕택에 이니드는 몇 달 만에 처음으로 푹 자고 있었다.

그녀가 인생에서 **원하는** 것은 천 가지가 있었지만, 앨프리드와 함께 사는 세인트주드 집에서는 거의 대부분을 이룰 수 없기에 모든 소망을 어쩔 수 없이 몇몇 날들에다 집중했다. 럭셔리 크루즈를 타는 동안만 누릴 수 있는 하루살이 인생이었다. 몇 달간 크루즈는 그녀 마음의 안전한 주차 공간이자 그녀의 현재를 견디게 해주는 미래였다. 뉴욕에서 보낸 오후가 재미라고는 없는 것으로 판명 난 후에는 갈망이 두 배로 늘어난 채 **군나르 미르달**에 올랐다.

노년을 즐기는 은퇴자들 덕에 갑판마다 활기가 넘쳐났다. 그녀는 앨프리드도 이렇게 삶을 좀 즐겼으면 싶었다. 노르딕 플레저라인은 단체 할인이 전혀 없는데도 배에는 로드아일랜드주 대학 동창회, 미국 하닷에셀 체비 체이스 의사협회, 85 공수부대 전우회("스카이 데빌"), 플로리다주 데이드 카운티 듀플리킷 브리지 동호회 시니어 팀 등 단체 관광객이 거의 전부를 차지하고 있었다. 기운 넘치는 미망인들이 서로서로 팔짱을 낀 채 이름표와 안내 책자가 배부되는 집합소로 가서는 서로를 알아본 표시로 유리가 깨져나갈 듯한 비명을 질러댔다. 크루즈에서의 소중한 시간을 매분 매초 향유하기로 결심한 노인들은 이미 오늘의 특별 칵테일인 링곤베리 라프 프라페를 마시며 긴 잔을 두 손으로 조심스레 쥐고 있었다. 다른 이들은 비가 들이치지 않는 아래쪽 갑판 난간에 모여, 작별 인사를 하고 있는 얼굴을 찾아 맨해튼을 쭉 훑었다. 아바 쇼 라운지에서는 악단이 헤비메탈 폴카를 연주했다.

앨프리드가 저녁 전에 마지막이자 세 번째로 화장실에 가서는 한 시간이나 틀어박혀 있는 동안 이니드는 B 갑판 라운지에 앉아, 바로 위쪽 A 갑판 라운지에서 누군가 보행기를 끌고서 느릿느릿 걸어가는 소리에 귀 기울였다.

늙은 브리지 선수는 결코 죽지 않는다. 그저 수완이 사라질 뿐이다. 이 문구가 적힌 티셔츠는 보나 마나 듀플리킷 브리지 동호회의 단체복이리라. 이니드는 그 농담이 전혀 진부하게 느껴지지 않았다.

은퇴자들이 정말로 발을 땅에서 떼면서, 링곤베리 라프 프라페를 향해 **달려가는** 모습이 시야에 들어왔다.

그녀는 어쩜 이리 노인네뿐일까 하고 생각하다 중얼거렸다. "하긴 젊은 것들이 무슨 수로 크루즈 비용을 대겠어."

어떤 남자가 가죽끈으로 당겨대고 있는 닥스훈트가 알고 보니 애완견용 스웨터를 입혀 바퀴 달린 장치에 올려놓은 산소 탱크였다.

아주 뚱뚱한 남자가 **타이타닉한 바디**라고 적힌 티셔츠를 입고 걸어갔다. 평생을 조바심 내며 기다렸건만, 이제는 참을성 없는 남편이라는 작자가 화장실에 들어갔다 하면 최소 15분이라니. **늙은 비뇨기과 의사는 결코 죽지 않는다. 다만 흐지부지될 뿐이다.** 심지어 오늘처럼 평상복 차림으로 보내는 밤에도 티셔츠를 입는 것은 공식적으로 바람직하지 않았다. 이니드는 모직 수트를 입었고, 앨프리드에게 넥타이를 매라고 했다. 최근 들어 그가 수프를 떠먹다 식탁 전선에서 넥타이들이 총알받이가 되는 운명을 맞곤 했지만 상관없었다. 가방에 미리 넥타이 열두 개를 챙겨 왔으니. 그녀는 노르딕 플레저라인이 고급스럽다는 사실을 명확히 의식했다. 그녀는 **우아함**을 기대했고, 그것을 위해 많은 돈을 지불했다. 그러므로 티셔츠를 볼 때마다 환상이 조금씩 부서졌고, 덩달아 재미까지 줄어들었다.

자기보다 부자인 사람들이 오히려 매력이나 자격이 부족할 때가 종종 있다는 사실에 그녀는 마음이 괴로웠다. 저런 게으름뱅이에 막돼먹은 인간이. 하지만 세련되고 아름다운 부자들을 볼 때면 마음의 위안을 얻었다. 그래도 티셔츠를 입고 농담이나 뱉어대는 뚱보들보다 가난하다는 것은……

"준비됐어." 앨프리드가 라운지에 나타나 말했다. 그는 엘리베이터를 타고 쇠렌 키르케고르 다이닝룸으로 향하며 이니드의 손을 잡았다. 남편의 손을 쥐고 있자니 그녀는 결혼했다는 느낌이 들며, 심지어 노년과 화해하고 안전감을 느낄 정도였다. 하지만 어디를 가든 그가 그녀보다 한두 걸음 앞서가던 수십 년 동안 그녀가 얼마나 간절히 그의 손을 잡고 싶어 했는지 하는 생각이 안 들 수가 없었다. 이제 그의 손은 기운을 잃고 도움을 원하고 있었다. 심지어 격렬하게 떨리는 그의 손이 깃털처럼 느껴졌다. 하지만 그녀의 손에서 풀려나자마자 그의 손이 혼자 앞서가버릴 태세라는 것을 그녀는 감지할 수 있었다.

단체 손님이 아닌 승객들인 '플로터'를 위해 별도의 탁자들이 준비되어 있었다. 국제적 기업이 속물성을 드러내지 않고 노르웨이인 커플과 스웨덴인 커플을 자신과 같은 탁자에 앉혔다는 사실에 이니드는 무척 신이 났다. 그녀는 작은 유럽 국가들을 좋아했다. 독일 음악이나 프랑스 문학이나 이탈리아 예술에 대한 무지를 들키지 않고서도 흥미로운 스웨덴 풍습이나 노르웨이 사회에 대해 배울 수 있었다. 'skoal'*의 용법이 그 좋은 예였다. 오슬로 출신인 뉘그렌 부부가 탁자의 다른 승객들에게 노르웨이가 유럽의 가장 큰 원유 수출국이라는 사실을 말해주고 있을 때 램버트 부부는 남은 두 자리에 앉았다.

이니드는 신뢰감을 주는 애스컷 넥타이와 푸른색 블레이저 차림에다 나이가 많은 왼쪽 이웃인 쇠데르블라드 씨에게 먼저 말을 걸었다. "이 배가 어떤 것 같나요? 정말 **꼭** 진짜 같죠?"

"바다가 거칠긴 하지만 잘 떠 있는 것 같군요." 쇠데르블라드 씨가 웃으며 대답했다.

이니드는 그의 이해를 돕기 위해 목소리를 높였다. "제 말은, **진짜 스칸디나비아 배** 같지 않나요?"

"아, 네, 그럼요. 동시에 세상 모든 것이 점점 미국화 되어가고 있죠. 그렇게 생각지 않으세요?"

"하지만 **진짜 스칸디나비아 배**를 느끼게 한다는 점에서 **정말 탁월한** 것 같아요."

"사실상 이 배는 스칸디나비아의 대부분 배보다 훨씬 좋습니다. 그래서 아내도 그렇고, 저도 그렇고 무척 기쁘답니다."

이니드는 쇠데르블라드 씨가 그녀의 말을 제대로 이해했는지 확신하지 못한 채 질문을 포기했다. 유럽이 유럽적이어야 한다는 것은

---

* 북유럽어에서 유래된 '건배'라는 단어.

그녀에게 중요한 문제였다. 그녀는 유럽 대륙을 휴가 때 다섯 번 여행한 것 외에도 앨프리드의 출장 때 두 번 따라간 적이 있었다. 이렇게 열 번쯤 유럽에 갔다 왔으니 누가 스페인이나 프랑스에 여행 간다고 하면 그녀는 한숨을 쉬며 그곳은 질리도록 보았다고 말하고는 내심 좋아했다. 하지만 친구인 베아 마이스너가 바로 그렇게 무관심한 태도를 보일 때면 이니드는 미칠 것만 같았다. "손자들 생일 때마다 키츠뷔엘행 비행기를 탈 때면 어찌나 지겨운지" 등등. 베아의 딸인, 머리는 깡통이지만 불공평하게도 외모는 아리따운 신디는 오스트리아의 스포츠 전문의이자 스키로 올림픽 동메달을 딴 모 귀족과 결혼했다. 재력의 차이에도 불구하고 베아가 여전히 이니드와 친하게 지내는 것은 그야말로 우정의 승리였다. 하지만 미드팩이 이리 벨트를 인수하기 바로 전날, 척 마이스너가 이리 벨트 주식에 대량 투자한 덕분에 파라다이스 밸리의 대저택을 구입할 수 있었다는 사실을 이니드는 결코 잊지 않았다. 척은 자신이 일하던 은행의 이사장이 된 반면에, 앨프리드는 미드팩의 차상위 간부로 머문 채 인플레이션에 약한 연금에 몽땅 저축했다. 그 결과 심지어 지금 램버트 부부는 이니드의 비자금 없이는 노르딕 플레저라인도 마음껏 즐길 수 없는 처지가 되었다. 그나마 그런 비자금 덕분에 이니드는 질투로 미치지 않을 수 있었다.

"가장 친한 고향 친구는 지금 오스트리아 알프스의 키츠뷔엘에서 휴가를 보내고 있답니다." 그녀는 쇠데르블라드 씨의 어여쁜 아내를 향해 느닷없이 소리쳤다. "사위가 오스트리아 사람인데, 크게 성공해서 그곳의 멋진 목조 주택을 샀거든요!"

쇠데르블라드 부인은 남편의 손길에 흠이 나고 변색된 값비싼 금속 장신구 같았다. 그녀의 립글로스, 머리색, 아이섀도, 매니큐어는 백금 빛깔로 변했고, 햇볕에 잘 그을린 어깨와 실리콘으로 부푼 가슴은 은빛 라메 드레스 덕분에 멋지게 살아났다.

"키츠뷔엘은 매우 아름다운 곳이죠. 여러 번 그곳에서 공연했지요." 그녀가 말했다.

"예술가세요?" 이니드가 소리쳤다.

"시네는 뛰어난 연예인이죠." 쇠데르블라드 씨가 서둘러 말했다.

"알프스의 휴양지들은 어찌나 바가지가 심한지." 노르웨이인인 뉘그렌 부인이 파르르 몸을 떨며 말했다. 커다란 둥근 안경을 쓴 데다 극단적일 만큼 자잘한 얼굴 주름 탓에 사마귀 같은 인상을 주었다. 외모적으로 봤을 때 뉘그렌 부인과 번쩍이는 쇠데르블라드 부인은 서로에게 모욕이었다.

뉘그렌 부인이 말을 이었다. "반면에 노르웨이에서는 얼마든지 까다롭게 선택할 수 있어요. 심지어 도시의 공원에도 '최고'의 스키장이 마련돼 있으니. 세계 그 어디를 가도 그런 곳은 없죠."

키가 크고 귀가 송아지 생고기 조각처럼 생긴 뉘그렌 씨가 말했다. "물론 알프스식 스키는 크로스컨트리나 북유럽식 스키와 엄연히 다릅니다. 노르웨이는 뛰어난 알프스식 스키 선수를 배출했지만, 세틸 안드레 아모트라는 이름은 물론 들어보셨겠죠, 사실 그쪽에서 항상 최고의 성적을 거두는 건 아닙니다. 하지만 크로스컨트리나 북유럽식 스키에서는 상황이 전혀 다르죠. 우리가 지나칠 만큼 우수한 성적을 계속 거두고 있다고 말해도 과언이 아니죠."

"노르웨이 사람들은 기가 막힐 만큼 지루하죠." 쇠데르블라드 부인이 이니드의 귀에 대고 쉰 목소리로 말했다.

또 다른 '플로터' 두 명은 펜실베이니아주 채즈포드 출신의 멋진 노부부로, 성이 로스였다. 그들은 앨프리드를 대화에 유도함으로써 본능적으로 이니드에게 호의를 베풀었다. 앨프리드의 얼굴은 수프의 열기와 스푼의 아슬아슬한 놀림으로 붉어져 있었다. 어쩌면 원양 정기선을 안정화하는 메커니즘에 대해 설명하는 동안 매혹적인 쇠데르블라드의 어깨를 힐긋거리지 않기 위한 노력도 얼굴이 붉어지는 데 한몫했으리라. 나비넥타이를 매고 눈이 커다랗게 보이는 뿔테 안경을 쓴 로스 씨는 지적으로 보였다. 무척이나 열중하는 태도로 예리한 질문과 이해력 깊은 대답을 하며 앨프리드를 격려하는 그의 모습에 앨프리드는 거의 깜짝 놀란 듯했다.

로스 부인은 앨프리드보다 이니드에게 더 관심이 많았다. 육십대 중반인 그녀는 체구가 자그마해서 그런지 잘생긴 아이 같았다. 팔꿈치가 탁자 위로 겨우 올라왔다. 드문드문 하얀 서리가 앉은 검은 단발 머리에 장밋빛 뺨을 가진 그녀는, 매우 영리하거나 매우 멍청한 사람이 그러하듯 커다란 푸른 눈으로 이니드를 빤히 응시했다. 강렬한 눈길은 갈망을 암시했다. 이니드는 로스 부인이 이 배에서 멋진 친구가 되거나 강력한 경쟁자가 되리라는 점을 즉각 감지했다. 따라서 연애를 할 때처럼 부러 말을 않거나 아니면 그녀의 관심에 대해 알은척해야 했다. 스테이크가 새로 탁자에 올라오고, 그녀가 몇 번이나 찔러댄 끝에 완전히 파괴된 랍스터는 치워졌다. 쇠데르블라드 씨가 직업에 관한 질문을 계속 은근슬쩍 피하는 것으로 보아 아무래도 무기거래와 관련된 일인 듯했다. 그녀는 로스 부인의 푸른 눈이 보내는 눈길을 마음껏 즐기며 다른 탁자의 사람들이 '플로터'들을 얼마나 부러워할까 상상했다. 티셔츠 차림의 일반 대중에게 '플로터'는 대단히 유럽적으로 보일 터였다. 차이는 분명히 존재했다. 미인, 넥타이, 애스컷 타이. 이들만의 특징.

"아침에 마실 커피 생각을 하면 너무 흥분이 돼서 밤에 잠을 못 이루곤 하죠." 쇠데르블라드 씨가 말했다.

앨프리드가 일어나 그만 잠자리에 들겠다고 선언했을 때 남편과 함께 삐삐 롱스타킹 무도회장에서 춤을 추리라는 이니드의 희망은 산산이 부서졌다. 아직 7시도 채 안 된 시각이었다. 세상에 다 큰 어른이 누가 저녁 7시에 잠자리에 든단 말인가?

"앉아서 디저트 기다려요. 여기 디저트가 아주 **환상적**이래요." 그녀가 말했다.

앨프리드의 보기 흉한 냅킨이 허벅지에서 바닥으로 떨어졌다. 그는 자기 때문에 그녀가 얼마나 당황하고 실망했는지 조금도 모르는 듯했다. "당신은 여기 있어. 나는 그만 됐어."

그리고 그는 뉴욕항을 떠난 이후 더욱 요동치는 배와 씨름하며 쇠렌 키르케고르 다이닝룸의 융단을 비틀비틀 가로질렀다.

남편과 함께할 수 없는 즐거움에 대한 친숙한 슬픔이 이니드의 영혼을 촉촉이 적시던 중 문득 그녀는 깨달았다. 이제 재미를 망칠 앨프리드 없이 혼자서 저녁 내내 마음껏 즐길 수 있게 된 것이다.

그녀는 기쁨으로 환해졌다. 로스 씨가 아내를 탁자에 홀로 둔 채 크누트 함순 도서관으로 가버리자 이니드의 기쁨은 더더욱 커졌다.

로스 부인이 이니드 가까이 있는 의자로 옮겨 앉았다.

"우리 노르웨이 사람들은 독서를 무척 즐기죠." 뉘그렌 씨가 기회를 잡고서 말했다.

"그리고 대단히 수다스럽고요." 쇠데르블라드 부인이 중얼거렸다.

뉘그렌 부인이 거들고 나섰다. "오슬로에는 공공 도서관과 서점이 번창한답니다. 다른 나라도 다 그렇지는 **않은** 걸로 아는데요. 전 세계적으로 독서 인구가 줄고 있죠. 하지만 노르웨이에서는 아니랍니다, 음. 우리 남편은 이번 가을에 존 골즈워디의 전작을 두 번째로 읽고 있죠. 그것도 영어로요."

"아냐아, 잉아, 아냐아." 페르 뉘르겐이 징징거렸다. "세 번째라고!"

"이런." 쇠데르블라드 씨가 말했다.

"정말이에요." 뉘르겐 부인이 감탄하길 기대하듯 이니드와 로스 부인을 바라보았다.

"이이는 해마다 역대 노벨 문학상 수상 작가들의 작품을 하나씩 읽지요. 게다가 전해에 읽은 작가 중 가장 마음에 드는 사람을 골라 전작을 읽고요. 매년 도전 과제가 조금씩 어려워진답니다. 알다시피 해마다 새 수상자가 뽑히니까요."

"막대 높이뛰기에서 막대를 높이는 것과 비슷하죠. 해마다 도전의 난이도가 조금씩 높아지는 거죠." 페르가 설명했다.

이니드가 헤아린 바로는 커피를 여덟 잔째 마시던 쇠데르블라드 씨가 그녀에게 상체를 숙여 말했다. "세상에, 정말 지루한 인간들이에요!"

"특히 헨리크 폰토피단을 깊이 읽고 있다고 말해도 과언이 아니죠."

페르 뉘그렌이 말했다.

쇠데르블라드 부인이 꿈꾸듯 웃으며 고개를 갸웃했다. 그러고는 이니드에게인지 로스 부인에게인지 말했다. "100년 전 노르웨이가 스웨덴 식민지였다는 것 아세요?"

노르웨이 사람들이 벌떼처럼 폭발했다. "식민지라니!? 식민지라니??"

"아, 아. 여기 우리 미국 친구들이 알아둬야 할 역사가 있습니다." 잉아 뉘그렌이 야유하듯 말했다.

"그건 전략적 동맹이었소!" 페르가 단호하게 말했다.

"당신네 스웨덴어에 '식민지' 말고 동맹을 의미하는 **정확한** 단어가 뭐죠, 쇠데르블라드 부인? 제가 당신보다 영어를 훨씬 잘하니 우리 미국 친구들에게 정확한 번역을 해줄 수 있을 듯싶군요. **통합된 반도 왕국의 동등한 파트너**처럼 말예요."

"시네, 아픈 곳을 건드리면 쓰나." 쇠데르블라드 씨가 짓궂은 어조로 아내에게 말했다. 그리고 손을 들었다. "웨이터, 여기 커피 더."

페르 뉘그렌이 말했다. "전략적 시점으로 9세기 말을 선택한다면 심지어 우리 스웨덴 친구들조차 금발 왕 하랄드의 즉위가 두 경쟁적 강국의 시소 같은 관계를 시험한 '첫 단추'라는 데는 동의할 겁니다. 아니면 경쟁적 세 강국이라고 말해야 할까요? 덴마크인들 역시 우리의 역사에서 상당히 큰 비중을 차지하고 있으니……."

"정말 듣고 싶지만 다음 기회로 미루는 게 좋겠어요." 로스 부인이 말을 자르며 몸을 숙여 이니드의 손을 잡았다.

"아까 7시에 가기로 했죠?" 이니드는 아주 잠시만 당황했다. 그러고는 이내 양해를 구한 다음 로스 부인을 따라 메인홀로 들어갔다. 그곳에는 노인들과, 위(胃) 냄새와 소독제 냄새가 가득했다.

"이니드, 난 실비아예요. 슬롯머신 어때요? 오늘 그걸 당기고 싶어 몸이 내내 근질거렸거든요." 로스 부인이 말했다.

"아, 저도요! 스트링버드실(室)에 슬롯머신이 있을 거예요." 이니드가 말했다.

"맞아요, 스트린드베리."

이니드는 순발력 있는 재치를 찬양했지만 좀처럼 그런 재주가 없었다. "고마웠어요. 그러니깐 제 말은……." 그녀는 노인들과, 위 냄새와 소독제 냄새를 가르며 실비아 로스를 따라가다 말했다.

"아까 그 일은 그냥 잊어요."

스트린드베리실은 훈수꾼과 몇 푼 없는 블랙잭 참가자와 슬롯머신 마니아로 빽빽했다. 이니드는 언제 이렇게 재미있었는지 기억도 할 수 없었다. 다섯 번째로 25센트를 넣었을 때 자두 세 개가 나왔다. 너무 많은 과일에 기계가 당황한 나머지 아랫구멍으로 금화를 콸콸 쏟아내는 듯했다. 열한 번째로 25센트를 넣었을 때도 같은 일이 벌어졌다. 체리 세 개에 은화가 쏟아졌다. 옆의 슬롯머신에서 꾸준히 잃고 있던 백발의 도박꾼들은 그녀에게 화난 표정을 보냈다. 그녀는 이런 황망할 데가, 라고 중얼거렸지만 실은 전혀 그렇지 않았다.

수십 년을 재화의 부족 속에서 산 그녀는 절제 있는 투자자가 되었다. 상금에서 초기 투자 금액만큼 빼냈다. 그리고 남은 금액의 반 역시 같이 챙겨두었다.

하지만 그녀의 도박 친구는 탈진의 징후를 전혀 보이지 않았다.

거의 한 시간이 지난 후 실비아 로스가 이니드의 어깨를 두드리며
말했다. "정말 재밌네요. 그럼, 이제 현악 4중주 들으러 안 갈래요?"

"좋아요! 좋아요! 그리드실에서 할 거예요."

"그리그예요." 실비아가 깔깔 웃었다.

"아, 이렇게 우스울 데가! 그리그. 오늘 밤 난 너무 바보 같아요."

"얼마나 땄어요? 아주 잘나가는 것 같던데."

"글쎄요. 세어보지를 않아서……."

실비아가 다 안다는 미소를 지어 보였다. "설마요. 세어본 것 다 알
아요."

"그래요. 130달러 땄어요." 이니드는 실비아가 너무나 마음에 들었
기에 얼굴이 붉어졌다.

18세기 스웨덴 궁정의 화려함을 모방해 진짜 금박으로 장식한 방
에는 에드바르 그리그의 초상화가 걸려 있었다. 텅 비어 있는 수많은
의자들은 크루즈 승객들 중 다수가 천박하다는 이니드의 의심에 확
신을 주었다. 지금껏 그녀가 탔던 크루즈에서는 늘 클래식 연주회가
사람들로 북적댔다.

실비아는 음악에 그리 큰 인상을 못 받은 듯했지만 이니드는 훌륭
한 연주라고 생각했다. 그녀의 **기억에 따르면** '스웨덴 광시곡' 같은 널
리 알려진 클래식곡 외에도 '핀란디아'와 '페르 귄트'에서 몇 곡을 발
췌해 연주했다. '페르 귄트' 중간에 두 번째 바이올리니스트가 새파
래지더니 잠시 방에서 나갔다가(바다가 다소 거칠긴 했지만 이니드
는 멀미하고는 거리가 멀었고, 실비아는 멀미약 패치를 붙이고 있
었다) 다시 돌아와서는 박자를 놓치지도 않고 음악에 맞추어 단번에

436

연주에 합류했다. 청중 스무 명이 "브라보!"를 외쳤다.

우아한 리셉션 파티에서 이니드는 도박으로 번 돈의 7.7퍼센트를 그 악단의 연주가 녹음된 카세트테이프를 사는 데 썼다. 그리고 마케팅에 1천5백만 달러를 쏟아붓고 있는 스웨덴 양조 회사가 무료 제공 중인 스푀그를 맛보았다. 보드카, 설탕, 서양고추냉이 맛이 났는데, 사실상 그것들이 바로 술의 재료였다. 다른 손님들이 스푀그를 맛보고는 놀람과 비난의 표정으로 반응했다. 이니드와 실비아는 낄낄거렸다.

"특별히 준비했어요. 무료 스푀그. 좀 마셔보아요!" 실비아가 말했다.

"냠냠! 스푀그!" 이니드는 배꼽을 쥐고 웃으며 숨을 쉬느라 컥컥거렸다.

이윽고 일정표를 보고 10시 아이스크림 모임에 참석하기 위해 입센 산책로로 향했다. 엘리베이터에서 이니드는 배가 시소처럼 흔들릴 뿐만 아니라 한쪽으로 기우뚱해진 것 같다고 느꼈다. 마치 뱃머리가 반감을 느끼고 있는 사람의 얼굴이라도 된 듯했다. 엘리베이터에서 내린 그녀는 친구와 밀치고 장난치다 넘어진 양 팔다리로 기고 있던 남자한테 발이 걸려 비틀거렸다. 그의 티셔츠 등에는 기막힌 문장이 새겨져 있었다. **그들은 그저 균형을 잃는다.**

이니드는 요리사 모자를 쓴 승무원에게 아이스크림 소다를 받아 들었다. 그리고는 실비아와 가족사를 주고받기 시작했다. 이내 대답보다 질문이 늘어갔다. 가족이 적당한 주제가 아니라는 것을 감지했을 때 그 상처에 대해 끈질기게 캐묻는 것은 이니드의 습관이었다.

자식들 때문에 실망했다는 사실을 인정하느니 차라리 죽기를 택할 그녀였지만 다른 사람들의 실망스러운 자녀 이야기(지저분한 이혼, 약물 중독, 어리석은 투자)를 듣다 보면 기분이 한결 좋아졌다.

표면적으로 실비아 로스는 아무것도 부끄러워할 것이 없었다. 아들은 둘 다 캘리포니아에서 살았는데, 하나는 의사이고 다른 하나는 컴퓨터 일을 했고, 둘 다 결혼했다. 하지만 아들 이야기는 피해야 하거나 재빨리 건너뛰어야 할 뜨거운 감자인 듯했다.

"따님이 스와스모어 대학에 다녔다고요." 그녀가 말했다.

"네, 잠시요. 그럼, 손자가 **다섯**이군요. 세상에나. 막내는 몇 살이죠?" 이니드는 반문했다.

"지난달에 두 살이 되었죠. 참, 손자가 있으신가요?" 실비아가 물었다.

"장남 개리는 아들이 셋이죠. 그런데 흥미롭네요. 넷째와 다섯째 사이에 나이 차이가 다섯 살이나 되다니."

"거의 여섯 살 차이 나요. 뉴욕에 있는 아드님 이야기 좀 해주세요. 오늘 뉴욕에서 아들을 만났나요?"

"네. 멋진 점심을 직접 요리해주었죠. 하지만 〈월 스트리트 저널〉의 그 애 사무실 구경을 못 했어요. 바로 얼마 전 거기 취직했거든요. 하지만 날씨가 그 모양인 걸 어쩌겠어요. 참, 캘리포니아에는 자주 가세요? 손자들을 보러?"

게임을 하고자 하는 의지가 실비아를 떠났다. 그녀는 빈 소다 잔을 응시하며 가만히 앉아 있었다. 그러다 마침내 말했다. "이니드, 부탁 좀 들어줄래요? 자기 전에 위층에 가서 술이나 한잔해요."

이니드는 세인트주드에서 새벽 5시에 하루를 시작했더랬다. 하지만 이런 매혹적인 초대를 거절할 그녀가 아니었다. 위층 라게르크비스트 바에서는 뿔이 돋은 헬멧을 쓰고 가죽조끼를 입은 난쟁이가 서빙을 했다. 그는 호로딸기 아크바비트를 권했다.

실비아가 말했다. "할 말이 있어요. 이 배에 있는 누군가에게 꼭 말해야만 하지만, 절대 소문이 나면 안 돼요. 비밀 지켜줄 수 있죠?"

"그거야 내 특기죠."

"그럼, 좋아요. 지금으로부터 사흘 후에 펜실베이니아에서 처형이 있을 거예요. 그리고 다시 이틀 후인 목요일에 테드와 나는 40번째 결혼기념일을 맞고요. 테드한테 물어보면 결혼기념일 때문에 이 크루즈에 탔다고 말할 거예요. 그렇게 말하겠지만, 그건 사실이 아니에요. 아니면 테드한테만 사실이고 나한테는 아니죠."

이니드는 겁이 났다.

실비아 로스가 말을 이었다. "처형당하는 그 남자는 우리 딸을 죽였어요."

"저런."

실비아의 투명하고 푸른 눈은 아름답고 사랑스러운 동물의 눈 같았다. 하지만 사람의 눈 같지는 않았다. "테드와 난 그 처형 때문에 문제가 있어서 이 크루즈에 오른 거예요. 서로에게 문제가 있죠."

"저런! 그게 무슨 말이에요. 아, 더 들을 수 없어요! 더 들을 수 없어요!" 이니드는 몸이 벌벌 떨렸다.

실비아는 이 알레르기 반응을 조용히 접수했다. "미안해요. 아무 잘못도 없는 당신을 이렇게 놀라게 하다니. 이만 잠자리에 들도록 해요."

하지만 이니드는 재빨리 평정을 되찾았다. 그녀는 실비아의 절친이 될 기회를 놓치고 싶지 않았다. "하고 싶은 말은 뭐든 해요. 나는 들을 테니." 그녀는 이야기를 잘 들어주는 사람처럼 두 손을 무릎에 포갰다. "얘기해요. 어떤 이야기라도 좋아요."

"그럼 한 가지 더 말할 게 있어요. 나는 총을 그리는 예술가예요. 정말 이 이야기 듣고 싶어요?"

"네." 이니드는 간절하면서도 희미하게 고개를 끄덕였다. 난쟁이가 작은 사다리를 이용해 술병을 내리는 것을 보며 말을 이었다. "흥미롭네요."

실비아의 말에 따르면, 그녀는 오랫동안 아마추어 판화가였다. 채즈포드의 집에는 햇살이 환한 스튜디오가 있어서 크림처럼 부드러운 석판과 독일제 목판용 끌 20개들이 세트가 갖추어져 있었다. 그녀는 윌밍턴 예술인 조합에 소속되어, 막내 조던이 말괄량이에서 독립적인 어른으로 자라는 동안 1년에 두 번씩 전시회를 열어 40달러 정도에 장식용 판화를 팔았다. 그리고 조던이 살해되자 실비아는 5년 동안 총 이외에는 그 어떤 것도 새기지 않았다. 해가 가고 또 갔지만 오직 총만을 그리고 찍어냈다.

"끔찍해요. 끔찍해." 이니드는 대놓고 반대하며 말했다.

실비아의 스튜디오 밖에 있던, 바람에 부러진 튤립나무 줄기는 개머리판과 총신처럼 보였다. 모든 인간의 형태가 공이치기, 방아쇠, 탄창, 손잡이처럼 보였다. 무엇을 보든 예광탄 불빛이나 검은 화약 연기나 산산이 부서지는 총알이 떠올랐다. 몸은 가능성으로 가득한 세계 같았으나, 그 작은 세계의 어느 부분도 총알의 관통에서 안전하지 않았고, 큰 세계의 그 어떤 형태도 총의 메아리를 품고 있었다. 심지어 강낭콩조차 데린저식 권총 같았고, 심지어 눈송이조차 삼각대 위의 기관총 같았다. 실비아가 미친 것은 아니었다. 억지로나마 하려고 들면 원이나 장미를 그릴 수는 있었다. 하지만 그녀가 진정 그리기를 갈망하는 것은 무기였다. 총, 총격, 대포, 발사용 무기. 그녀는 연필로 니켈 판에 번득이는 빛을 새기느라 몇 시간씩을 보냈다. 때로는 50구경 데저트 이글이나 9밀리 글록이나 접이식 알루미늄 개머리판이 달린 자동소총 M16이나, 그것도 아니면 햇살 가득한 스튜디오의 갈색 봉투에 넣어둔 카탈로그에서 본 각종 신기한 무기들을 쥐었을 때 취할 법한 자세로 자신의 손과 손목과 팔뚝을 그리기도 했다. 지옥 같은 천직에 영혼을 바친 사람처럼 그녀는 그 습관을 위해 자신의 모든 것을 버렸다(고운 휘파람새가 브랜디와인 계곡에서 솟아오르고, 근처 골짜기에서 발효 중인 감과 따스한 부들개지 냄새가 10월 바람을 타고 퍼져나가며 채즈포드를 지옥에서 확고히 멀리 떨어뜨려놓아도 아무 소용 없었다). 그녀는 밤마다 자신의 창조물을 파괴하는 시시포스였다. 모조리 찢거나 희석제로 지웠다. 거실 벽난로에 즐거이 불을 지폈다.

"끔찍해요. 어머니한테 이보다 더 끔찍한 일이 어디 있겠어요." 이니드는 다시 중얼거렸다. 그러고는 호로딸기 아크바비트를 더 달라고 난쟁이한테 손짓했다.

이 같은 기묘한 강박관념이 생긴 것은 실비아가 퀘이커 교도로 자란 데다 지금도 여전히 케닛 스퀘어의 예배당에 다니고 있다는 점도 한몫했다고 그녀는 말했다. 조던을 고문하고 살해할 때 쓴 도구는 나일론이 덧입혀진 "강화" 테이프 하나, 행주 하나, 철사 옷걸이 두 개, 제너럴 일렉트릭 전기다리미 하나, 그리고 윌리엄스 소노마에서 구입한, 30센티미터 길이에 톱니 모양 날의 WMF 빵칼 하나였다. 즉, 총은 없었다. 그리고 살인자인 열아홉 살 켈리 위더스는 경찰이 (이번에도) 총을 빼 들 필요도 없이 알아서 필라델피아 경찰서에 자수했다. 남편은 듀퐁사의 법률 부문 부사장으로 인생 말년에 고액 연봉을 받고 있고, 폭스바겐 컨버터블과 정면충돌을 한다 해도 흠집 하나나지 않을 거대한 SUV를 몰고 있고, 앤 여왕 시대 스타일의 침실 여섯 개짜리 저택의 부엌과 식료품 저장실은 조던의 필라델피아 아파트가 통째로 들어갈 만큼 넓었다. 실비아는 거의 무분별할 만큼 편안하고 안락한 인생을 누리고 있었다. 테드의 음식을 요리하는 것 이외에 그녀의 유일한 임무라고는, 문자 그대로 유일한 임무였다, 조던의 죽음을 극복하는 것뿐이었다. 하지만 그녀는 종종 권총 손잡이나 그녀의 팔을 지나는 정맥을 세공하는 데 너무 정신이 팔려 있다가, 1주일에 세 번 윌밍턴의 의사이자 박사한테 심리 치료를 받으러 갈 때마다 미친 듯이 차를 몰곤 했다. 이렇게 정신과 전문의와 상담하고, 폭행 사건 희생자 부모들의 수요일 밤 그룹 치료에 참여하고, 실버 여성들의 목요일 밤 그룹 모임에 참석하고, 친구가 추천해준 시, 소설, 회고록, 자기계발서를 읽고, 아동 병원에서 물리치료사의 조수로 자원봉사 하고, 요가와 승마로 긴장을 풂으로써 그녀는 슬픔을 어렵사리 헤쳐나갔지만 총을 그리고자 하는 충동은 더더욱 강렬해졌다. 그녀는 이러한 충동에 대해 그 누구에게도 말하지 않았다. 심지어 윌밍턴의 의사에게조차도. 그녀의 친구와 조언자들은 한결같이 그녀가 "예술"을 통해 스스로를 "치유"해야 한다고 격려했다. 그들이 말한 "예술"이란 장식용 목판화와 석판화를 의미했다. 하지만 친구네 손님방이나 화장실에 걸린 자신의 옛 목판화를 볼 때면 그녀는 사기를 친 듯한 수치심에 온몸이 비틀렸다. TV나 영화에서 권총을 보면 비슷한 이유로 비슷한 동작으로 온몸이 비틀렸다. 다시 말해, 그녀는 비밀리에 확신했다, 자신이 진짜 예술가가 되었다고, 총을 전문으로 하는 참으로 뛰어난 예술가가 되었다고. 하루가 끝날 때마다 모든 작품을 파괴하는 것이 그 증거였다. 조던은 그림으로 학사 학위를 받고, 예술 치료로 석사 학위를 받고, 20년간 예술 장학금과 장려금을 받긴 했지만 뛰어난 예술가는 아니었다. 이처럼 실비아는 죽은 딸에 대한 객관적 평가를 하게 된 후에 계속해서 총과 탄약을 그렸다. 이러한 강박감이 분명 내포하고 있을 복수에 대한 갈망과 분노에도 불구하고 지난 6년간 그녀는 단 한 번도 켈리 위더스의 얼굴을 그리지 않았다.

어느 10월 아침 이러한 기묘한 강박관념이 물밀듯 밀려오자 실비아는 식사를 마치고서 계단을 뛰다시피 올라가 스튜디오로 들어갔다. 상앗빛 켄트지 위에다 거울을 이용해 그녀의 왼손을 오른손처럼 그렸다. 엄지가 들려 있고, 다른 손가락은 접혀 있는 손이 옆얼굴 뒤쪽 60도 각도로 후경(後景)을 채우다시피 해서 그려졌다. 이윽고 그녀는 총신이 짧은 38구경 권총을 훌륭하게 축소해 그 손에 쥐여주었다. 히죽히죽 웃는 입술이 총신 끝을 물고 있었다. 그 입술 위로 그녀는 기억에 의존해 켈리 위더스가 얼마 전 항소 재판에서 눈물 한 방울 없이 비웃어대던 눈을 정확히 그려냈다. 그렇게 입술과 눈을 그린 후 그녀는 연필을 내려놓았다.

실비아는 이니드에게 말했다. "이제 앞으로 나아가야 할 때가 된 거였죠. 불현듯 그런 깨달음이 찾아왔어요. 싫든 좋든 살아남아 예술가가 된 사람은 나였지, 내 딸이 아니었죠. 아시겠지만, 우리 모두 자식을 자기 자신보다 중시하고, 자녀를 통해 대리 만족을 얻게 마련이죠. 그런데 느닷없이 이런 것이 진절머리 났어요. 나는 나 자신에게 말했죠, 내일 죽을지도 모르지만 지금 살아 있다. 그리고 계획적으로 살 수 있다. 대가를 치렀고, 할 일을 다 했으니 아무것도 부끄러워할 필요가 없다.

인생의 큰 변화가 그저 통찰 하나로 이루어지다니 신기하지 않아요? 세상을 다르게 보고 두려움과 걱정을 줄이는 대신, 결과적으로 더 강해진 것 외에는 사실상 아무것도 바뀐 게 없죠. 전혀 보이지 않는 머릿속의 생각이 과거의 그 어떤 경험보다도 현실적으로 느껴지다니 놀랍지 않나요? 세상을 보다 분명하게 보게 되고, 자신이 보다 분명하게 보고 있다는 걸 **알게** 되다니. 삶을 사랑한다는 것이 이런 의미로구나, 교인들이 신에 대해 하는 말이 이런 뜻이로구나, 이것이 바로 그런 순간이구나 하고 알게 되죠."

"한 잔 더?" 이니드는 난쟁이를 향해 잔을 들어 올렸다. 실비아의 이야기를 대충 들으며 고개를 젓거나 "아!" "오!"라고 중얼거리는 동안 이니드의 의식은 알코올의 구름 사이에서 휘청대다, 난쟁이가 그녀를 껴안는다면 그녀의 엉덩이와 배에 그의 머리가 닿겠구나 하는 우스꽝스러운 생각에 빠져들었다. 실비아는 **매우** 지적인 사람인 것으로 드러났다. 이니드는 다소 가식적인 우정을 느끼며 그녀의 이야기를 대충 듣는 동시에 주의 깊게 들어야 했다. 켈리 위더스가 흑인이었는지, 조던이 잔혹하게 강간당했는지 등 주요 사항을 아직 듣지 못했기 때문이다.

실비아는 스튜디오에서 곧장 와와푸드마켓으로 가서 판매 중인 온갖 도색 잡지들을 한 권씩 샀다. 하지만 그 어디에도 충분히 노골적인 것은 없었다. 실제 삽입 행위를 있는 그대로 보아야 했다. 그녀는 채즈포드로 돌아가 컴퓨터를 켰다. 상실의 시기 동안에 작은아들이 친밀감을 다지고자 선물한 컴퓨터였다. 그녀의 이메일에는 아들의 한 달 치 안부 인사가 방치된 채 쌓여 있었다. 5분도 안 돼 그녀는 원하는 것들을 찾아냈다. 신용카드만 있으면 되었다. 그녀는 섬네일을 마우스로 훑다가 딱 맞는 배우들이 딱 맞는 행위를 딱 맞는 각도로 하고 있는 것을 발견했다. 흑인 남자가 백인 남자에게 오럴 섹스를 해주고 있고, 카메라는 옆얼굴 뒤쪽 60도 각도에 있는 왼쪽 엉덩이 너머를 비추고 있었다. 초승달처럼 멋들어지게 굽이치는 엉덩이, 달의 어두운 면을 탐사하고 있는 어슴푸레한 검은 손마디. 그녀는 그 동영상을 다운로드 한 뒤 고화질 화면으로 감상했다.

65세인 그녀는 그런 장면을 생전 처음 보았다. 평생 이미지를 만들어왔지만 그들의 미스터리는 그녀의 이해 밖이었다. 그런데 지금 그것이 눈앞에 있었다. 섹스 장면 하나하나가 0과 1의 비트와 바이트로 화하여 어느 중서부 대학의 서버를 통해 흘러나오고 있었다. 그 어떤 분명한 흔적도 남기지 않고 분명한 밀매가 이루어지고 있었다. 온갖 사람들이 모니터와 잡지에서 눈을 떼지 못했다.

그녀는 궁금했다. 사람들이 이런 이미지에 열광하는 것은 이미지들이 실재와 같은 지위를 비밀리에 누리기 때문이 아닐까? 이미지가 그토록 강한 것이 아니라 이 세계가 그토록 약한 것이리라. 과수원에 떨어진 사과가 햇볕에 굳어가며 계곡에서 사과주 냄새가 풍기던 날들과, 조던이 저녁을 먹으러 채즈포드로 차를 몰고 와 카브리올레의 타이어가 자갈 진입로를 다가닥다가닥 오르던 추운 밤들은 약함 속에서도 특히 생생했다. 하지만 이 세계는 오직 이미지로만 **대체 가능**했다. 그림이 되지 않고는 그 어떤 것도 머릿속에 들어가지 않았다.

그러나 온라인 포르노와 그녀의 미완성 위더스 그림은 여전히 차이가 있었다. 그림이나 순수한 상상력으로 채워질 수 있는 평범한 욕정과는 달리 복수를 향한 갈망은 속임수로 채워질 수 없었다. 그나마 가장 유사한 동영상조차 복수욕을 만족시키지 못했다. 이 욕망은 특별한 개인의 죽음을, 즉 특별한 역사의 종말을 요구했다. 메뉴판에 흔히 적혀 있듯 **대체 불가**였다. 그녀는 자신의 욕망을 그릴 수는 있었지만 충족할 수는 없었다. 마침내 그녀는 스스로 진실을 말했다. 그녀는 켈리 위더스가 죽기를 원했다.

최근에 〈필라델피아 인콰이어러〉와의 인터뷰에서 다른 사람의 자식을 죽인다고 해서 내 자식이 살아 돌아오지 않는다고 단언했음에도 불구하고 그녀는 그가 죽기를 바랐다. 상담의가 조던의 죽음을 종교적으로 해석해서는(예를 들어, 그녀의 자유주의적 정치관이나 자유로운 양육이나 무분별한 풍요 때문에 신이 벌을 내린 것이다) 안 된다고 권고했을 정도로 깊은 신앙심에도 불구하고 그녀는 그가 죽기를 바랐다. 조던의 죽음이 우연한 비극이고 구원은 복수에 있는 것이 아니라 전 국가적으로 그러한 비극을 줄이는 데 있다는 믿음에도 불구하고 그녀는 그가 죽기를 바랐다. 그 같은 젊은이에게 적절한 임금의 일자리를 제공하고(그랬더라면 그자가 옛 미술치료사의 손목과 발목을 묶고는 현금카드와 신용카드의 비밀번호를 대라고 협박하지 않았을 것이다), 도시에 불법 약물이 흘러들지 않게 막고(그랬더라면 위더스가 훔친 돈을 마약을 사는 데 쓰지 않고 비교적 맑은 정신으로 옛 미술치료사의 아파트로 돌아갔을 것이고, 따라서 코카인을 피우고는 30시간 동안이나 반복해서 그녀를 고문하는 일이 없었을 것이다), 젊은이들이 유행상품보다는 다른 것에 더욱 의지하도록 이끌고(그랬더라면 위더스가 옛 미술치료사의 카브리올레에 병적으로 집착하지 않았을 것이고, 그 차를 주말 동안 친구에게 빌려주었다는 그녀의 말을 믿었을 것이고, 열쇠 두 벌이 집에 있다는 사실을 중요하게 여기지 않았을 것이고(부분적으로는 강제적이긴 했으나 여전히 법적으로 인정 가능한 자백에서 그는 말했다. "그렇게 뺑을 치면 안 되죠. 열쇠가 전부 부엌 탁자에 놓여 있는데. 내 말 뜻 알죠? 그렇게 나를 병신 취급하면 안 되죠"), 그녀의 전기다리미를 그녀의 맨살에 반복적으로 대며 차를 어디에 주차했는지 물으면서 온도를 레이온에서 면/리넨으로 높이지 않았을 것이고, 친구가 차와 세 번째 열쇠를 돌려주러 일요일 저녁에 들렀을 때 당황한 나머지 그녀의 목을 따지 않았을 것이다), 아동학대를 영원히 근절하는(그랬더라면 유죄 선고를 받은 살인자가 형량 결정 재판에서 어렸을 때 의붓아버지한테서 전기다리미로 학대받았다는 주장이 터무니없는 헛소리가 되었을 것이다 — 다만 위더스의 경우 몸에 어떤 흉터도 남아 있지 않아 그러한 진술이 거짓말쟁이로서의 상상력 부족만 드러내는 것으로 끝났다) 그런 사회를 희망하고 있음에도 그 녀는 그가 죽기를 바랐다. 심지어 그의 히죽대는 웃음이 자신을 싫어하는 사람들에 둘러싸인 채 고독하게 자라며 쓰게 된 보호용 가면이고, 그녀가 자애로운 어머니처럼 그에게 웃어주기만 했다면 그가 가면을 벗고 진정으로 회개하며 울었을지도 모른다는 사실을 심리 치료 도중 깨달았음에도 그녀는 그가 죽기를 바랐다. 사회 불평등을 무시하기 위한 핑계로 '개인 책임'이라는 표현을 이용하는 보수주의자들이 그녀의 복수심에 좋아 날뛰리라는 것을 잘 알고 있음에도 그녀는 그가 죽기를 바랐다. 이러한 정치적 이유로 사형식에 참석해 그 어떤 이미지로도 대체할 수 없는 장면을 직접 볼 수 없음에도 그녀는 그가 죽기를 바랐다.

"하지만 이런 것들은 우리가 이 크루즈에 오른 이유가 아니에요." 그녀가 말했다.

"네?" 이니드는 정신이 번쩍 든 듯 되물었다.

"네. 우리가 여기 있는 건 조던이 살해당했다는 사실을 테드가 인정하지 않기 때문이에요."

"그럼……?"

"아, 그이도 알고 있어요. 그저 그 일에 대해 이야기하지 않으려 할 뿐이죠. 그이는 조던과 무척 가까웠죠. 많은 면에서 나보다도 조던과 더 친했어요. 그이가 그토록 슬퍼한 것도 당연하죠. 정말 비통해했죠. 너무 운 나머지 거의 움직일 수도 없었어요. 그러더니 어느 날 아침 그이가 그 일을 극복했죠. 조던은 이 세상을 떠났으며, 이제 더 이상 과거에 살지 않겠다고 말하더군요. 딸이 범죄 사건의 피해자라는 사실을 노동절부터 잊겠다고 했어요. 8월이 하루하루 지남에 따라 그는 매일 내게 다짐했어요. 노동절부터는 딸이 살해당했다는 사실을 인정하지 않겠다고요. 테드는 매우 합리적인 사람이에요. 인간은 언제나 자식을 잃어왔고, 너무 슬퍼하는 것은 어리석은 응석이라고 생각했죠. 위더스가 어찌 될지 역시 상관하지 않더군요. 재판을 쫓아다니다가는 그 일을 극복하지 못하게 될 거라고 했죠.

그리고 노동절이 되자 그이는 말했어요. '당신한테는 이상하게 보이겠지만, 이제 나는 다시는 그 애의 죽음에 대해 이야기하지 않겠어. 내가 이 말을 했다는 점을 꼭 명심하길 바라. 명심할 거지, 실비아? 그러니 나중에 내가 미쳤다고 오해하지 마.' 그래서 나는 말했죠. '나는 그러고 싶지 않아요, 테드. 나는 그걸 받아들일 수 없어요.' 그러니깐 그이는 미안하지만 꼭 그래야 한다고 했죠. 그리고 다음 날 밤 그이가 퇴근했을 때 내가 말했죠, 위더스가 강제로 자백했으며 진범은 여전히 자유로이 돌아다니고 있다고 위더스의 변호사가 주장하는 모양이라고요. 그랬더니 테드가 장난칠 때의 표정처럼 씩 웃으며 말했죠. '지금 무슨 이야기를 하는 것인지 모르겠군.' 그래서 난 말했죠. '우리 딸을 죽인 사람 이야기를 하고 있는 거예요.' 그이가 말했죠. '아무도 우리 딸을 죽이지 않았어. 다시는 그런 소리 마.' 나는 말했죠. '테드, 이런 식으로는 해결되지 않아요.' 그이가 말했죠. '뭐가 해결된다는 거야?' 나는 말했죠. '당신은 조던이 죽지 않은 척하고 있어요.' 그이가 말했죠. '딸이 하나 있었지만 지금은 없어. 아마 죽었겠지. 하지만 실비아, 내가 경고하는데 그 애가 살해당했다는 말은 나한테 **하지 마.** 내 말 알겠어?' 이니드, 그 후로 내가 아무리 설득해도 그이는 생각을 바꾸지 않았어요. 그리고 솔직히 말해서, 나는 지금 이혼 결심을 바로 목전에 두고 있어요. 언제나 그렇죠. 다만, 이것 하나만 빼면 그이는 내게 소중하기 그지없다는 거예요. 내가 위더스에 대해 이야기해도 그이는 결코 화내지 않아요. 허세를 부리며 웃어 넘기죠. 마치 내가 무슨 괴이한 강박증을 갖고 있다는 듯이요. 그이는 죽은 휘파람새를 물고 다니는 고양이 같아요. **고양이**는 주인이 죽은 휘파람새를 싫어한다는 걸 모르죠. 테드는 나도 그이처럼 합리적이기를 바라요. 그이는 나를 위해 온갖 여행이며 크루즈에 데리고 가죠. 모든 것이 좋아요. 그이에게는 우리 생애 가장 끔찍한 일이 일어나지 않았지만 나에게는 일어났다는 점만 빼고는요."

"그럼 정말 일어난 일인가요?" 이니드가 물었다.

실비아는 충격받은 듯 고개를 뒤로 빼더니 말했다. "고마워요." 이니드는 실비아를 도와주고 싶어서가 아니라 일시적으로 혼란에 빠져 그렇게 물었던 것이었다. "그렇게 솔직하게 물어주어 정말 고마워요. 때로는 내가 미쳐버린 것 같아요. 모든 건 내 머릿속에 있죠. 존재하지 않는 것이나 다름없는 생각과 감정과 기억의 백만 가지 작은 조각들을 몇 날 며칠이고, 심지어 해를 거듭하며 머릿속에서 이리저리 움직이고 있죠. 거대한 비계와 설계도가 있어서 머릿속에다 이쑤시개로 성을 쌓는 것 같아요. 일기를 써도 도움이 되지 않아요. 종이에 적힌 단어는 내 뇌에 그 어떤 영향도 주지 않으니까요. 뭔가를 쓰자마자 그냥 내던져버려요. 보트 옆에 동전을 떨어뜨리는 것과 같죠. 그리고 이 모든 정신 작업을 외부 도움 없이 다 하고 있죠. 다만 수요일과 목요일의 그룹 치료에서 만나는, 살짝 촌스러운 사람들만 빼고는 아무도 나를 돕지 않죠. 남편이라는 사람은 이 거대한 내부 작업의 **핵심**이, 즉 살해당한 딸이 진짜가 아닌 척하고 있고요. 그러니 점점 더 문자 그대로 내가 내 삶에서 여전히 가지고 있는 유일한 신호등이자 유일한 나침반은 내 감정밖에 없게 되죠.

그런데 테드는 감정을 자기 발아래에 두고 있어요. 우리 문화가 감정에 너무 큰 중요성을 부여하고 있다고 그이는 생각해요. 정말 통제 불능이라며, 모든 것을 가상화하는 건 컴퓨터가 아니라 정신 건강이라고 하죠. 모두들 생각을 바로잡고 감정을 개선하고 올바른 대인 관계와 양육 방법을 익히려고 노력하면서도 정작 결혼을 하고 아이를 낳지는 않는다면서요. 시간과 돈이 남아돌아 우리 모두 관념주의의 다음 단계에 들어섰지만 자기는 거기에 끼기 싫다고 하죠. 그이는 '진짜' 음식을 먹고 '진짜' 장소에 가고 사업이나 과학 같은 '진짜'에 대해 이야기하고 싶어 해요. 그래서 그이와 나는 인생에서 무엇이 중요한가에 대해 더 이상 생각이 같지 않죠.

그이는 내 상담의를 속였어요, 이니드. 그이를 관찰할 수 있도록 그녀를 저녁 식사에 초대했거든요. 왜 잡지에서 그러잖아요, 코스 음식이 나올 때마다 20분간 부엌에 들어가 있어야 하는 음식은 친구 접대에 좋지 않다고요. 그런데 내가 그런 음식을 준비한 거예요. 리조토 밀라네제와 2단계에 걸쳐 불을 줄여야 하는 팬 구이 스테이크를요. 그 시간 내내 상담의는 식당에 남아 테드를 테스트했죠. 그리고 다음 날 상담의가 말하길, 그이가 아주 평범한 보통 사람이고, 슬픔을 아주 잘 극복한 듯 보이며, 앞으로 변할 것 같지 않으니 나더러 있는 그대로 받아들이라고 권하지 뭐예요.

알다시피, 나는 마술적이거나 종교적인 생각에 그리 빠지는 편이 아니에요. 하지만 한 가지 생각만은 도저히 버릴 수가 없어요. 지금껏 나를 사로잡은 복수에 대한 미칠 듯한 갈망이 사실은 내 것이 아니라는 생각 말예요. 그건 테드의 갈망인 거죠. 그런데 스스로 그 갈망을 다루지 않고 다른 사람한테 떠넘겨버린 거죠. 마치 내가 대리모가 된 것 같아요. 아기를 대신 임신한 게 아니라 감정을 대신 품고 있는 거죠. 만약 테드가 자기 감정에 더 책임을 다하고, 서둘러 듀퐁의 업무에 복귀하지 않았더라면 나는 원래의 나인 채로 남아 크리스마스마다 예술인 조합에 목판화를 팔았을 거예요. 하지만 테드가 너무나 합리적이고 사무적인 나머지 나를 경계 너머로 밀어낸 거죠. 어쩌면 이니드가 이토록 열심히 듣고 있는 이 긴 이야기의 교훈은, 아무리 안 그러려고 해도 이 이야기에서 교훈을 찾아내는 걸 멈출 수 없다는 거예요."

그 순간 이니드에게 비 내리는 광경이 떠올랐다. 비를 피하려고 벽 없는 집 안에 들어갔지만 그녀가 가진 것이라고는 휴지뿐이었다. 동쪽에서 비가 들이치자 휴지를 빚어 기자라는 멋진 새 직업을 갖게 된 칩을 만들어냈다. 서쪽에서 비가 들이치자 휴지는 잘생겼고 지적이며 사랑스러운, 게리의 아들들이 되었다. 그리고 바람의 방향이 바뀌자 그녀는 집의 북쪽으로 **달아나며** 데니즈가 된 휴지 조각을 들고 있었다. 딸애는 너무 어려서 결혼했지만 이제는 나이 들어 지혜를 얻어 레스토랑 셰프로서 성공을 거두고는 자기한테 어울리는 젊은 남자를 만나기를 빌고 있었다! 그런데 비가 남쪽에서 양동이로 퍼붓듯 쏟아지자 휴지가 녹기 시작했다. 그런 와중에도 그녀는 앨의 장애가 매우 미미하며, 태도를 고치고 약만 잘 먹는다면 곧 좋아지리라는 고집을 꺾지 않았다. 비가 점점 더 세차게 내리고 그녀는 너무나 피곤한데 가진 것은 휴지뿐이고…….

"실비아?" 그녀는 말했다.

"네?"

"할 말이 있어요. 우리 남편 이야기예요."

이야기를 들어준 보답을 하고 싶은 마음이 간절했는지 실비아가 격려하듯 고개를 끄덕였다. 하지만 느닷없이 이니드의 머릿속에 캐서린 헵번이 떠올랐다. 무의식적으로 특권 의식이 배어 있는 헵번의 눈을 보노라면 이니드처럼 한때 가난했던 여자는 저절로 그녀의 정강이를 있는 힘껏 걷어차고 싶어지게 마련이었다. 이런 여자한테 뭔가를 고백한다는 것은 아무래도 실수 같았다.

"뭔데요?" 실비아가 재촉했다.

"아무것도 아니에요. 미안해요."

"아니, 얘기해요."

"정말 아무것도 아니에요. 그냥 이만 자야 할 것 같아요. 내일도 할 일이 많잖아요!"

실비아가 계산서에 사인하도록 내버려둔 채 이니드는 비틀비틀 일어났다. 그들은 침묵 속에서 엘리베이터를 탔다. 너무 급작스러웠던 친밀감은 적의 어린 거북함만 남기고 사라졌다. 하지만 실비아가 상갑판에서 내리자 이니드는 뒤를 따랐다. 자기가 'B' 갑판 승객이라는 사실을 실비아에게 들킬 수는 없었다.

실비아가 현창이 달린 넓은 객실 문 앞에서 멈추었다. "몇 호실에서 지내나요?"

"여기서 좀 내려가면 돼요." 이니드는 대꾸했다. 하지만 이런 식의 거짓말을 계속할 수는 없었다. 내일 그녀는 착각한 척해야 될 터였다.

"그럼 잘 자요. 이야기 들어주어서 고마워요." 실비아가 말했다.

그리고 상냥한 미소를 지으며 이니드가 움직이길 기다렸다. 하지만 이니드는 움직이지 않았다. 그녀는 혼란스러운 듯 주위를 둘러보았다.

"미안한데, 여기가 어느 갑판이죠?"

"상갑판이에요."

"오 이런, 엉뚱한 데서 내렸군요. 미안해요."

"미안할 것 없어요. 내가 바래다줄까요?"

"아니, 잠시 헷갈린 것뿐이에요. 여기가 상갑판이면 나는 아래쪽으로 가면 돼요. 훨씬 아래죠. 그럼, 미안해요."

그녀는 돌아섰지만 여전히 떠나지 않았다. "우리 남편은……." 그녀는 고개를 저었다. "아니, 사실은 우리 아들 이야기예요. 우린 오늘 함께 점심을 먹지 않았어요. 그 말을 하고 싶었던 거예요. 아들이 공항으로 우리를 마중 나왔죠. 그러고는 아들과 아들의 친구와 함께 점심을 먹기로 했는데 두 사람이 그냥 **떠나**버렸어요. 이해가 안 돼요. 아들은 계속 돌아오지 않았죠. 지금 어디에 있는지도 몰라요. 그럼 이만."

"거참 이상하네요." 실비아가 맞장구쳤다.

"괜히 지루하게 붙잡고 싶지 않아……."

"아니, 아니, 아니에요, 이니드. 그런 말 말아요."

"그냥 그 일을 털어놓고 싶었던 것뿐이에요. 이제 그만 자야겠어요. 오늘 만나서 **정말** 기뻐요! 내일 할 게 많아요. 그럼, 내일 아침에 봐요!"

실비아가 말리기 전에 이니드는 복도에서 옆걸음 쳐 멀어지며(그녀는 엉덩이 수술을 받아야 했지만 입원해 있는 동안 앨을 혼자 집에 남겨둘 생각을 하니 도저히 수술을 받을 수 없었다) 엉뚱한 층에 내리고 아들에 대한 부끄러운 헛소리를 늘어놓은 자신을 탓했다. 쿠션이 달린 의자로 방향을 틀어 털썩 앉고는 이제, 눈물을 터뜨렸다. 호화 크루즈선의 가장 싸구려 방인 'B' 갑판의 현창 없는 객실을 예약한 슬픈 분투자들을 위해 눈물을 흘릴 만한 상상력을 하느님은 그녀에게 선사했다. 가난한 어린 시절을 보낸 그녀로서는 한 단계 뛰어오르기 위해 1인당 300달러를 쓸 배짱이 없었다. 그래서 그녀는 자기 자신을 위해 울었다. 그녀와 앨이 그녀 세대에서 부자가 되지 못한 유일한 지적인 사람들인 것처럼 느껴졌다.

축제와 석조물을 발명한 그리스인들이 그들의 하데스에서 빠뜨린 고문이 여기 있었다. 자기기만의 담요. 고통 속의 영혼을 포근히 덮어주는 멋진 담요이지만, **모든 것을 덮을 수는 없다**. 그리고 밤은 점점 더 추워진다.

그녀는 실비아의 방으로 돌아가 마음의 짐을 모두 덜어낼까 생각했다.

하지만 그때 눈물 사이로 옆 벤치 아래에 멋진 것이 놓여 있는 모습이 보였다.

10달러짜리 지폐였다. 한 번 접혀져 있었다. 아주 멋졌다.

그녀는 복도를 힐긋 살피고는 손을 뻗었다. 오들오들한 촉감이 달콤했다.

기운을 차린 그녀는 'B' 갑판으로 내려갔다. 라운지에서 나직이 흐르는 배경음악은 활기찬 아코디언 연주였다. 그녀는 누가 자신의 이름을 아스라이 부르는 듯하다고 생각하며 카드 키를 자물쇠에 넣고 문을 밀었다.

뭔가가 막고 있기에 더 세게 밀었다.

"이니드." 앨프리드가 맞은편에서 그녀의 이름을 꺅꺅거렸다.

"쉿, 앨, 이게 대체?"

반쯤 열린 문 사이로 손을 뻗어 쥐는 순간 삶이 끝장났다는 것을 그녀는 깨달았다. 낮[日]은 시간의 원초적 연속성에 무릎 꿇었다. 앨프리드는 세인트주드에서 가져온 조간신문 위에 시트를 깔고 벌거벗은 채 앉아 문에 등을 기대고 있었다. 그가 벗어버린 코트와 넥타이는 침대 매트리스 위에 놓여 있었다. 남은 침구는 다른 침대 위에 쌓아 올려져 있었다. 그녀가 전등을 켜고 그의 시야에 들어온 후에도 그는 계속 아내의 이름을 불렀다. 그녀의 가장 시급한 목표는 그를 조용히 시키고 잠옷을 입히는 것이었지만, 그가 심한 불안에 시달리며 말을 그칠 생각을 않기에 시간이 걸렸다. 심지어 인칭이나 복수, 단수형도 맞지 않는 동사와 명사를 중얼거렸다. 그는 지금이 아침이라 목욕하고 옷을 입어야 하고, 문가의 바닥이 욕조이고, 문손잡이가 수도꼭지이고, 전부 다 고장 나 있다고 믿었다. 그는 여전히 모든 것을 자기 식대로 하기를 고집했다. 밀치고 당기다가 그만 그녀의 어깨를 꽉 치고 말았다. 그는 분노했고, 그녀는 울면서 욕을 퍼부었다. 그녀가 잠옷 상의 단추를 채우기 무섭게 그는 제멋대로 미친 듯이 움직이는 손으로 어떻게든 다시 단추를 풀어댔다. 그가 'X 덩어리'나 'X 같은'이라는 말을 쓰는 것을 이니드는 이날 처음 들었다. 지금 이렇게 유창하게 잘 쓰는 것으로 보아 긴 세월 머릿속에서 소리 없이 많이 써본 것이 분명했다. 그녀가 그의 침대를 정돈하는 동안, 그는 그녀의 침대를 엉망으로 만들었다. 그녀는 남편에게 제발 가만히 앉아 있으라고 간청했다. 그는 너무 늦었고, 너무 혼란스럽다며 징징거렸다. 심지어 이런 순간에도 그녀는 그를 사랑하지 않을 수 없었다. 아마도 지금 더욱더 사랑스러운 듯했다. 그 안에 이런 작은 꼬맹이가 있다는 것을 지난 50년간 내내 어쩌면 알고 있었던 것이리라. 치퍼와 개리에게 주고도 거의 보답받지 못했던 모든 사랑은 그저 이 가장 다루기 힘든 아이를 위한 연습이었던 것이리라. 그녀는 그를 달래고 꾸중한 뒤 한 시간 넘게 혼란을 야기하는 그의 약물을 향해 소리 없이 욕을 퍼부었다. 마침내 그는 잠이 들었고 그녀의 여행용 시계가 5시 10분을 가리키다 7시 30분이 되자 남편이 전기면도기로 얼굴을 밀고 있었다. 그녀는 푹 쉬지는 못했지만 일어나 옷을 입는 데는 아무 문제 없었다. 그러나 아침을 먹으러 간 것은 대재앙이었다. 혀는 밀대 걸레 같았고, 머리는 꼬챙이에 꿰인 듯했다.

이날 아침 바다는 이토록 큰 배조차 뒤흔들고 있었다. 키르케고르 다이닝룸 바깥을 반복적으로 쳐대는 파도는 거의 리드미컬해 일종의 우연성 음악 같았다. 뉘그렌 부인은 카페인의 문제점과 노르웨이 국회의 유사 양원제에 대해 시끄럽게 떠들어댔다. 그리고 쇠데르블라드 부부가 내밀한 스웨덴식 운동 덕분에 푹 젖은 채 도착했다. 앨은 어떻게 했는지 테드 로스와 동등한 입장에서 대화할 자격을 입증해냈다. 이니드와 실비아는 다시 어색하게 관계를 재개했다. 그들의 감정 근육이 어젯밤 지나치게 혹사당한 탓에 당기고 아팠다. 그들은 날씨에 대해 이야기했다. 특별활동 담당자 수지 고시가 로드아일랜드주 뉴포트에서의 오후 견학 신청서와 현재 위치에 대한 소식을 갖고 왔다. 이니드는 활짝 웃으며 정말 기대된다는 듯 중얼거리고는 뉴포트의 유서 깊은 저택 견학에 이름을 올렸다. 그리고 노르웨이 왕따 커플을 제외한 모든 사람이 클립보드를 그냥 넘기는 것을 당혹감 속에서 바라보았다.

그녀는 떨리는 목소리로 책망했다. "실비아! 견학 안 갈 거예요?"

실비아는 안경을 쓴 남편을 힐긋 보았다. 그는 베트남에 지상부대 파견을 승인하는 맥조지 번디처럼 고개를 끄덕였다. 일순 그녀의 푸른 눈이 내면으로 향하는 듯했다. 확실히 그녀는 사회적 기대나 도덕적 강요에 관계없이 원하는 바를 얻는 능력을 가지고 있었다. 중서부 사람은 도저히 흉내 낼 수 없는, 돈 있는 자만이 가질 수 있는 부러운 능력이었다.

그녀는 말했다. "좋아요, 그래요. 가보는 것도 좋겠네요."

자비를 베푼다는 듯한 이러한 어조에 평소 이니드라면 질색했을 테지만 오늘은 호의를 거절할 여유가 없었다. 받을 수 있는 자비란 자비는 다 받아야 했다. 하루해가 가파르게 기우는 동안 그녀는 스웨덴식 무료 마사지 반(半)코스를 받고, 입센 산책로에서 해변의 잎들이 물드는 것을 구경하고, 매혹적이고도 역사적인 뉴포트에서의 오후에 대비해 이부프로펜 여섯 알과 커피 1리터를 마시며 힘겹게 분투했다. 비에 깨끗이 씻긴 기항지에서 앨프리드가 발이 너무 아파 육지에 내릴 수 없다고 선언하자 이니드는 밤에 잠을 못 잘 수 있으니 절대 낮잠을 자지 말라는 다짐을 받아낸 뒤 깔깔 웃으며(이것이 생사가 걸린 문제라는 것을 어찌 고백할 수 있겠는가?) 테드 로스에게 그가 잠들지 않게 지켜봐달라고 부탁했다. 테드는 뉘그렌 부부가 배에서 내리는 것만으로도 큰 도움이 될 거라고 대꾸했다.

　관광버스를 타려고 배의 트랩을 절뚝절뚝 내려가는데 태양에 데워진 크레오소트, 차가운 홍합, 선박 연료, 축구장, 말라가는 다시마 등의 냄새에, 바다와 가을에 대한 유전적인 향수가 폭발하듯 이니드를 휩쓸었다. 그날은 위험하도록 아름다웠다. 세찬 돌풍과, 끼리끼리 모인 구름과, 사나운 사자 같은 태양이 눈을 찌르는 동시에 뉴포트의 하얀 물막이 판자와 손질된 초목이 뒤흔들려 앞이 제대로 보이지 않았다. 가이드가 재촉했다. "여러분, 자리에 앉아서 마음껏 음미하세요." 하지만 음미하다가는 사로잡힐 수도 있는 법이었다. 이니드는 지난 55시간 동안 겨우 6시간 잤을 뿐이었다. 실비아가 안 왔으면 후회할 뻔했다고까지 말했지만 이니드는 견학을 즐길 기운이 전혀 남아 있지 않았다. 애스터가와 밴더빌트가의 호화 저택과 돈. 이니드는 진절머리가 났다. 시기심도, 자기 자신도. 그녀는 앤티크나 건축을 이해하지 못했고, 실비아처럼 그림을 그리지도 못했고, 테드처럼 독서를 하지도 못했고, 별다른 관심사도 없고, 전문 지식도 없었다. 사랑만이 그녀가 가진 유일한 참된 장점이었다. 따라서 그녀는 가이드의 설명을 무시한 채 10월의 노란 빛깔과 가슴 아린 강렬함에 마음을 기울였다. 만을 가로질러 파도를 밀어내는 바람 속에서 밤이 다가오는 냄새가 어른거렸다. 밤이 빠르게 찾아들고 있었다. **가능성**을 향한 기묘한 갈망과 고통과 신비는 마치 비통함이야말로 반드시 찾아내 쟁취해야 할 것이라는 듯했다. 로즈클리프를 떠나 등대로 향하던 중 버스에서 실비아가 핸드폰을 빌려주며 칩에게 전화를 걸어보라고 했다. 이니드는 거절했다. 핸드폰 요금으로 몇 달러는 먹어치울 텐 데다, 핸드폰에 손을 대기만 해도 요금이 빠져나갈 듯했지만 말로는 이렇게 대꾸했다.

"실비아, 그 애랑 오랫동안 격조하게 지냈어요. 전화를 한다고 해서 지금 무슨 일을 겪고 있는지 솔직히 말할 것 같지가 않아요. 언젠가 〈월 스트리트 저널〉에서 일하고 있다고 말했는데, 아무래도 내가 잘못 듣지 않았나 싶어요. 하지만 그 애는 분명 그렇게 말했어요. 그런데 사실 거기서 일하는 것 같지가 않아요. 정말 어떻게 먹고사는지 모르겠어요. 그렇게 힘든 일을 많이 겪은 당신한테 이런 불평을 하는 게 당치 않겠지만요."

전혀 문제가 안 된다고 실비아가 주장하자 이니드는 심지어 더욱 수치스러운 고백을 한두 가지 더 하면 싶었다. 이러한 공개적 폭로는 고통과 위로를 동시에 선사할 터였다. 하지만 적란운, 화산 폭발, 항성과 행성처럼 멀리서 보면 아름다운 것들이 가까이에서 보면 매혹적이되 비인간적일 만큼 거대한 고통인 것으로 드러나는 경우가 수두룩했다. 뉴포트에서 **군나르 미르달**은 동쪽으로 항해해 사파이어빛 안개 속으로 들어섰다. 오후에 대형 트럭처럼 넓은 초호화 아기 침대와 푸른 하늘을 보고 난 후 배에 있자니 이니드는 속이 갑갑했다. 스트링버드에서 60달러 넘게 땄건만, 기계적인 깜빡임과 삐리삐리 소리 속에서 손잡이를 당겨대는 다른 동물들과 함께 울타리에 갇힌 실험실 동물이 된 것만 같았다. 잠자리에 들 시간이 일찌감치 찾아왔다. 앨프리드가 휘젓기 시작했을 때 그녀는 이미 깨어나, 침대가 들썩대고 이불이 서걱댈 만큼 강력히 울리는 위험 경보를 듣고 있었다. 앨프리드는 전등을 켜고 고함을 쳐댔고, 옆방 사람들은 벽을 두드리며 맞받아 고함쳤다. 앨프리드는 정신병적 편집증으로 비틀린 얼굴로 꼼짝도 않고 가만히 듣더니 X 덩어리가 침대 사이로 달려간다며 음모론자처럼 중얼거린 뒤 문제의 침대들을 정돈했다 헤집었다가, 환각 속의 긴급 사태를 처리하고자 기저귀를 차고 또 찬 다음 신경이 손상된 다리가 마비되어 거의 지쳐 떨어질 때까지 "이니드"라는 단어를 연발했다. 생살이 뜯긴 이름을 지닌 여인은 최악의 절망과 걱정에 파묻혀 어둠 속에서 흐느끼다 마침내 결정을 내렸다. 이는 밤차로 역에 도착한 승객이, 앞서 지나친 다른 역들의 음울함과는 전혀 다른, 오직 여명 덕분에 되살아나 작은 기적을 선사받은 풍경을 목도하는 것과 비슷했다. 자갈 주차장의 하얀 웅덩이, 판금 굴뚝에서 굽이치는 증기가 이루는 풍경.

배의 안내 지도에는 도움을 필요로 하는 이들을 위한 범세계적 상징이 'D' 갑판의 선미 끝에 그려져 있었다. 아침 식사 후 남편이 로스 씨와 이야기하는 동안 이니드는 그 붉은 십자가를 향해 나아갔다. 이 상징에 상응하는 물리적 존재는 세 단어가 황금 잎에 새겨져 있는 불투명 유리문이었다. "알프레드"가 첫 번째 단어였고, "의무실"이 세 번째 단어였다. 가운데 단어는 "알프레드"라는 단어가 던진 그림자로 인해 눈에 들어오지 않았다. 그녀는 헛되이 가운데 단어를 살폈다.

노. 벨. 놉-엘. 노 벨(No. Bel. Nob-Ell. No Bell).

세 단어가 획 물러나며 문이 당겨졌다. 근육질의 젊은 남자가 입은 하얀 옷의 목깃에 이름표가 붙어 있었다. 닥터 매더 히바드. 그의 얼굴은 사람들이 좋아하는 이탈리아계 미국 배우처럼 크고 거칠었다. 한 번은 천사 역을 맡았고, 다음 번에는 디스코 댄서 역을 맡았더랬지. "안녕하세요?" 그가 진주 같은 이를 드러내며 인사했다. 이니드는 그를 따라 대기실을 지나 진찰실로 들어갔다. 그가 책상 옆의 의자에 앉으라고 손으로 권했다.

"저는 램버트 부인이에요. B11호실의 이니드 램버트. 도움을 받았으면 하는데요."

"도움을 드릴 수 있다면 영광이죠. 무엇이 필요하십니까?"

"그게 좀 문제가 있어서요."

"정신 문제요? 감정 문제요?"

"그게, 제 남편이……."

"잠시만요. 네? 네?" 닥터 히바드가 살짝 고개를 숙이고는 장난스럽게 웃었다. "본인 문제가 아닌가요?"

그의 미소는 매혹 그 자체였다. 아기물개나 고양이를 볼 때처럼 이니드의 마음 한쪽이 사르르 녹아내려, 다소 내키지 않으면서도 마주 웃어줄 수밖에 없었다.

그녀가 말했다. "제 문제는 바로 남편과 자식들이라서……."

"또 죄송합니다만, 이디스. 잠깐 멈춰주시겠요?" 닥터 히바드가 고개를 푹 숙이며 두 손을 머리에 얹더니 팔 사이로 위를 쳐다보았다. "여기서 분명히 해야 합니다. 문제가 있는 건 본인이세요?"

"아뇨. **저는** 좋아요. 하지만 다른 사람들이……."

"걱정되세요?"

"네. 하지만……."

"잠을 못 주무시나요?"

"바로 그거예요. 있죠, 제 남편이……."

"이디스? 성함이 이디스랬죠?"

"이니드 램버트예요. L, A, M, B……."

"이니스, 4 곱하기 7 빼기 3은 뭔가요?"

"네? 아, 그게, 25요."

"그리고 오늘 무슨 요일이죠?"

"월요일요."

"그리고 어제 방문했던 로드아일랜드주의 역사적 휴양도시의 이름이 뭐였죠?"

"뉴포트요."

"그리고 우울증, 불안증, 조울증, 정신분열증, 간질, 파킨슨병이나 다른 정신 혹은 신경 장애 때문에 현재 약을 드시고 계십니까?"

"아뇨."

닥터 히바드가 고개를 끄덕이고 바로 앉더니 뒤쪽 수납장에서 서랍을 빼내 플라스틱과 포일로 포장되어 바스락대는 알약 팩을 한 움큼 꺼냈다. 팩 여덟 개를 헤아려 책상 위에 늘어놓았다. 고급스러워 보이는 광택이 이니드의 마음에 들지 않았다.

"이건 새로 나온 아주 효과적인 약으로, 큰 도움이 될 겁니다." 히바드가 단조로운 목소리로 읊조렸다. 그리고 그녀에게 윙크했다.

"네에?"

"제가 오해한 건가요? '문제가 있다'고 하신 것 같은데요. 걱정이 되고 잠을 못 이룬다고요?"

"네, 하지만 제가 하고자 한 말은 제 남편이…….."

"남편이라, 그렇죠. 아니면 부인이거나요. 둘 중에 덜 꺼려 하는 쪽이 저를 찾아오곤 하죠. 사실 아슬란을 달라고 하지 못할 만큼 극심한 불안은 아슬란을 먹어야 하는 가장 일반적 증상입니다. '깊은' 혹은 '병적인' 수치심을 막아주는 데 뛰어난 효과를 보이거든요." 히바드의 미소는 막 베어 문 신선한 과일 같았다. 그는 강아지처럼 무성한 속눈썹과 쓰다듬고 싶은 머리칼을 가지고 있었다. "관심 있으세요? 진정으로요?" 그가 물었다.

이니드는 눈을 내리뜨고는 수면 부족으로 사람이 죽기도 하는지 궁금해했다. 그녀의 침묵을 인정으로 받아들인 히바드가 말을 이었다. "'수치심'이나 '억압'을 없애고 싶을 때는 술과 같은 전형적인 중추신경계 억제제를 흔히 생각하죠. 하지만 마티니 세 잔을 마시고 마음껏 발산한 '수치스러운' 행동은 사실 여전히 수치스럽게 마련이죠. 술기운이 사라지고 나면 깊은 후회가 뒤따르죠. 에드나, 부인이 마티니를 마실 때 분자계에 실제 일어나는 현상은 '깊은' 혹은 '병적인' 수치심을 일으키는 과도한 제28A인자의 수용에 에탄올이 간섭하는 겁니다. 하지만 28A가 수용체에 적절히 재흡수되거나 대사 작용으로 사라지는 것은 아니죠. 남은 28A는 불완전한 상태에서 임시로 이동 공간에 여전히 쌓여 있죠. 그래서 에탄올이 사라지면 수용체로 28A가 **봇물 터지듯** 밀려들죠. 굴욕에 대한 두려움은 굴욕에 대한 갈망과 밀접하게 연관되어있습니다. 심리학자들은 그걸 알죠. 러시아 소설가들도 잘 알고요. 이것은 '사실'일 뿐만 아니라 진짜 '사실'로 증명되었죠. 분자계에서 말입니다. 어쨌든 수치심의 화학작용에 아슬란이 미치는 효과는 마티니와는 완전히 다릅니다. 28A 분자를 완전히 소멸시키죠. 아슬란이 남김없이 먹어치우는 겁니다."

확실히 지금 이 순간은 이니드가 끼어들 차례였지만 어쩌다가 그만 요점을 놓쳐버렸다. "선생님, 죄송하지만 저는 잠을 못 자는 것뿐인데요. 좀 혼란스럽네요."

의사가 사랑스럽게 이마를 찌푸렸다. "혼란스럽다고요? 아니면 모호한 건가요?"

"네?"

"'문제가 있다'고 하셨지요. 현금이나 여행자수표 150달러를 가지고 왔고요. 의학적 반응으로 보건대 저는 치매 현상이 없는 기분 부전 장애로 진단했습니다. 따라서 '크루즈용' 아슬란 샘플 여덟 팩을 무료로 드리겠습니다. 각 팩에는 30밀리그램들이 캡슐 세 개가 들어 있죠. 그러니 남은 여행을 편안하게 보내실 수 있을 겁니다. 다 드시고 난 후에는 30-20-10순으로 양을 줄이라고 권하는 바입니다. 하지만 엘리너, 만약 그저 모호한 것이 아니라 혼란스러운 것이라면 제가 진단을 바꾸는 수밖에 없습니다. 아슬란을 드시는 게 위험할 수도 있으니깐요."

이 대목에서 히바드가 눈썹을 추켜올리고는 휘파람으로 두세 소절을 불렀지만 순진해 보이는 거짓 미소를 짓느라 음이 엉망진창이었다.

"혼란스럽지 않아요. 우리 남편이 혼란스러워하죠." 이니드가 말했다.

"그런 경우라면 아슬란은 부인만 드시고 남편분께는 절대 주지 말라고 강력히 권하겠습니다. 치매 상태일 때 아슬란은 절대 사용 금지입니다. 따라서 공식적으로 저는 이 약을 저의 엄격한 감독하에 지시받은 대로만 복용하라고 주장하겠습니다. 하지만 실질적으로 저는 순진한 얼뜨기가 아닙니다. 본토에서는 아직 사용할 수 없지만 평화를 가져다주는 이 강력한 약이 종종 엉뚱한 손에 들어가기도 한다는 걸 잘 알고 있으니까요."

히바드가 자기 일에 열심인 만화 속 인물처럼 엉망으로 휘파람을 불며 이니드가 기뻐하는지를 유심히 살폈다.

그녀는 시선을 피하며 대꾸했다. "남편이 밤이면 때로 이상하게 굴어요. 무척 불안해하고 고집을 부려 내가 잘 수가 없어요. 덕분에 낮에는 종일 시체처럼 피곤하고요. 그래서 화가 나요. **하고** 싶은 게 너무나 많은데 말예요."

히바드가 더욱 진지한 목소리로 장담했다. "아슬란이 도움이 될 겁니다. 이 약을 취소 보험보다도 더욱 중요시하는 승객이 많죠. 이니스, 여기에 오는 특권을 누리기 위해 그 많은 돈을 썼으니 매 순간 최고의 기분을 만끽할 권리가 있습니다. 부부 싸움이나 집에 남겨둔 반려동물에 대한 걱정이나 부지불식중의 모욕 같은 것을 느낄 여유가 없습니다. 이런 식으로 생각해보세요. 이미 돈을 지불한 플레저라인 서비스를 준(準)임상적인 기분 부전 장애 때문에 즐기지 못하는 일이 없도록 아슬란이 막아준다면 그 값을 이미 톡톡히 하는 겁니다. 제 말은 저와의 상담비 말입니다. 30밀리그램 캡슐이 든 샘플 여덟 팩을 받는 것만으로도 상담비의 본전은 충분히 뽑는 거죠."

"아슬란드가 뭐죠?"

밖에서 누가 문을 노크하자 히바드는 머릿속을 비우려는 듯 몸을 떨었다. "이디, 이든, 에드나, 이니드, 잠시만 실례하겠습니다. 플레저 라인이 근심 많은 고객을 위해 자랑스레 준비한 세계적 최첨단 정신 약물에 대해 정말 **혼란스러워**하고 계시다는 걸 이제야 알겠습니다. 다른 승객들보다 더 자세한 설명을 드릴 필요가 있겠군요. 잠시만 실례하죠……."

히바드가 아슬란 샘플 여덟 팩을 수납장에서 꺼내고 번거롭게 수납장을 잠그고는 열쇠를 주머니에 넣더니 대기실로 나갔다. 이니드는 의사가 중얼거리고 늙은 남자가 쉰 목소리로 대꾸하는 소리를 들었다. "25", "월요일", "뉴포트". 2분도 안 돼 의사가 여행자수표를 들고 돌아왔다.

"이거 정말 괜찮은 건가요? 제 말은 법적으로요." 이니드가 물었다.

"좋은 질문입니다, 이니드. 하지만 있죠, 환상적일 만큼 법적입니다." 그가 수표들 중 한 장을 뽑아 다소 무심코 검사하더니 셔츠 주머니에 모두 집어넣었다. "그래도 예리한 질문이군요. 최고의 질문이죠. 직업윤리상 제가 약을 처방하면서 동시에 그 약을 팔 수는 없습니다. 그저 샘플을 무료로 드릴 수 있을 뿐이죠. 다행히 이는 플레저라인의 자체 내부 규정에도 부합됩니다. 안타깝게도 아슬란이 미국 식약청의 완전한 승인을 아직 받지 못했고, 우리 고객들 대부분이 미국인이고, 아슬란의 제조사가 남아프리카공화국의 파르마코페아인지라 무료 샘플을 대거 나눠준다고 해서 제가 무슨 보너스를 받게 되는 것은 아닙니다. 사실상 이 무료 샘플을 저는 대량 구입 해야 하는 처지거든요. 그래서 제 상담비가 이렇게 높은 겁니다."

"이 여덟 팩을 살 경우 실제로는 얼마나 들지요?"

"무료 샘플이고 재판매를 엄격히 금지하고 있어서 실제 판매가라는 것이 없습니다, 어사. 이 샘플을 고객에게 무료로 나눠주기 위해 제가 쓰는 비용을 물으신다면 대답은 미화 88달러입니다."

"알약 하나에 4달러라니!"

"맞습니다. 보통의 민감성을 가진 환자가 하루에 복용해야 하는 양이 30밀리그램이죠. 다시 말해, 캡슐 하나입니다. 하루에 4달러로 즐거움을 만끽할 수 있는 거죠. 대부분의 승객들은 그 정도면 싸다고 여깁니다."

"그런데 이름이 뭐랬죠? 아스람?"

"아슬란. 고대 신화의 신비한 동물에게서 딴 이름이라고 들었습니다. 미트라교라고, 태양을 숭배한다죠. 제가 여기서 더 얘기하자면 지어내는 수밖에 없습니다만, 아슬란이 위대하고도 상냥한 사자라는 건 확실합니다."

이니드의 심장이 가슴 속에서 쿵쿵거렸다. 그녀는 책상에서 샘플약을 집어 단단한 플라스틱 거품 너머의 알약을 살펴보았다. 금빛이 도는 황갈색 캡슐은 쉽게 쪼개질 수 있고, 빛살을 한가득 내뿜는 태양이 새겨져 있다는 점에서 두 배로 마음에 들었다. 아니면 갈기가 무성히 자란 사자의 머리일까? 아슬란® 크루저™이 정식 상표명이었다.

"어떤 작용을 하지요?" 그녀가 물었다.

"아무것도요. 정신이 완벽히 건강한 상태라면요. 하지만 자기 자신을 솔직히 들여다봅시다."

"아, 정신 건강이 완벽하지 않다면요?"

"아슬란은 최고 상태의 정신을 만들어줍니다. 현재 미국인이 사용 가능한 최고의 약물은 말보로 두 갑과 럼콕 정도죠. 물론 비유하자면 그렇다는 겁니다."

"항우울제인가요?"

"그렇게도 말할 수는 있겠지만, 저는 '성격개선제'라는 표현을 선호합니다."

"그럼 '크루저'는 무슨 뜻이죠?"

히바드가 참을성 있게 대답했다. "아슬란은 화학적으로 16차원에서 최적화합니다. 하지만 생각해보세요. 호화 크루즈를 즐기는 사람과 직장에서 일하는 사람의 최적화 상태는 같을 수가 없습니다. 화학적 차이야 매우 미묘하지만, 그 차이를 일일이 미세하게 맞출 수 있다면 더욱 좋지 않겠어요? 아슬란 '베이직' 외에도 파르마코페아는 여덟 개의 상품을 팝니다. 아슬란 '스키', 아슬란 '해커', 아슬란 '공연', 아슬란 '십대', 아슬란 '클럽 메드', 아슬란 '황혼'. 그리고 뭐가 있더라? 아슬란 '캘리포니아'. 유럽에서 아주 인기 있죠. 회사는 앞으로 2년 이내에 상품을 스무 가지로 늘릴 계획을 세우고 있죠. 아슬란 '수험생', 아슬란 '구애', 아슬란 '백야', 아슬란 '독서', 아슬란 '전문직' 등등등. 미국에서 승인을 받으면 이 절차가 가속화될 겁니다만, 너무 기대는 않고 있죠. '크루저'가 구체적으로 무엇을 의미하느냐고 묻는 것이라면, 걱정을 완전히 없애주는 것이 핵심 작용입니다. 작은 다이얼을 돌려 제로로 만드는 거죠. 아슬란 '베이직'에는 그런 작용이 없지요. 일상 기능에는 적당한 수준의 걱정이 바람직하기 때문입니다. 예를 들어, 지금 저는 '베이직'을 복용하고 있습니다. 일을 해야 하니까요."

"얼마나……."

"한 시간도 채 안 되어 효과가 나오지요. 정말 대단한 약입니다. 사실상 약을 먹자마자 효험이 있는 거나 마찬가지죠. 여전히 미국 약을 먹는 구닥다리들은 4주는 기다려야 효과를 보는 것과 비교해보세요. 오늘 졸로프트를 먹어서 다음 주 금요일에 기분이 좋아지면 그나마 다행이죠."

"그렇죠. 그런데 미국에서는 어떻게 다시 처방전을 받지요?"

히바드가 손목시계를 보았다. "미국 어디에 사시죠, 앤디?"

"중서부예요. 세인트주드죠."

"좋습니다. 최고의 방법은 멕시코 아슬란을 구하는 겁니다. 아니면 아르헨티나나 우루과이에서 휴가를 보내는 친구분이 있다면 부탁을 하는 것도 좋고요. 이 약이 마음에 들고, 손쉽게 얻고 싶다면 플레저 라인의 또 다른 크루즈를 타시면 됩니다."

이니드는 얼굴을 찡그렸다. 닥터 히바드는 대단한 미남에 카리스마가 있었다. 크루즈를 즐기고 앨프리드도 잘 돌볼 수 있게 해주는 알약이라니 무척 기뻤다. 하지만 아무래도 그녀 눈에는 의사가 입만 산 사람 같았다. 또한 그녀의 이름은 이니드였다. 이, 니, 드.

"정말, 정말, 정말 이 약이 도움이 될까요? 이것이야말로 최선이라고 확신하세요?" 그녀가 물었다.

"'보장'합니다." 히바드가 윙크를 하며 대꾸했다.

"'최적화'라는 건 무슨 뜻이죠?"

"더욱 유쾌해지죠. 더 유연하고, 자신감 있고, 행복하게 됩니다. 걱정과 신경과민은 사라지고요. 다른 사람의 의견에 대한 병적인 염려도요. 지금 수치스러워하고 있는 것은 그 무엇이든……."

"네, 네."

"'정 피할 수 없으면 그때 말하면 되지. 아니라면 지금 뭐 하러 말해?' 이런 자세가 되는 거죠. 수치심의 격렬한 양극성인 폭로와 은폐 사이의 급속한 순환이 바로 불만이셨죠?"

"저를 잘 이해하셨군요."

"다 머릿속에서 일어나는 화학작용입니다, 일레인. 고백하고자 하는 강한 충동과 감추고자 하는 강한 충동. 이런 강한 충동이 뭘까요? 그저 화학작용일 뿐 아닌가요? 기억은요? 화학적 변화입니다! 아니면 구조적 변화일 수도 있겠죠. 하지만 이거 아세요? 구조는 바로 단백질로 만들어집니다! 그럼 단백질은 뭐로 만들어질까요? 아민으로요!"

이니드는 교회의 가르침과 다르다는 생각에 살짝 걱정이 되었다. 예수는 십자가에 매달린 인간인 동시에 하느님의 아들이었다. 하지만 교리에 대한 질문은 언제나 그녀로서는 범접할 수 없을 만큼 복잡해 보였다. 교회의 앤더슨 목사는 무척 친절하게 생겼고, 설교 중 농담을 던지거나 〈뉴요커〉의 만화나 존 업다이크 같은 세속적 작가를 종종 인용했고, 지옥과 같은 불쾌한 내용은 절대 언급하지 않았다.

하긴 교회의 모든 사람들이 상냥하고 착한데 뭐 하러 그런 소리를 하겠는가. 게다가 앨프리드는 늘 그녀의 신앙에 콧방귀를 뀌었다. 철학적 논쟁에서 앨프리드를 이기려고 드느니 차라리 신앙을 포기하는 편이 나을 터였다(그녀가 진정으로 신앙을 가지고 있다면 말이다). 이제 이니드는 사람이 죽으면 정말 죽는 것이라고 믿었다. 그리고 닥터 히바드의 설명은 그녀에게 합리적으로 들렸다.

하지만 호락호락하지 않은 쇼핑객인 그녀는 말했다. "나는 그저 촌스러운 중서부 할머니이긴 하지만, 성격을 바꾼다는 게 그리 좋은 것 같지가 않군요."

그녀는 자신의 반대 의견이 무시되지 않도록 시큰둥한 표정을 지어 보였다.

"성격을 바꾸는 게 뭐가 어때서요? 지금 현재 행복하십니까?"

"아뇨. 하지만 내가 약을 먹고 다른 사람이 된다면, 정말로 **달라진다면** 아무래도 옳지 않은 것 같아요. 그리고……."

"에드위나, 실로 공감합니다. 우리 모두 우리 성격과 기질의 특별한 화학적 상태에 비이성적 애착을 가지고 있죠. 일종의 죽음에 대한 공포와 비슷하죠. 맞지요? 더 이상 내가 아니라는 것이 어떤 것인지 저는 모릅니다. 하지만 이거 아세요? 만약 '내'가 어떤 차이가 있는지 모르다면 '내'가 뭐 하러 신경을 쓰겠습니까? 죽음은 자신이 죽었다는 것을 알 때만 문제가 됩니다. 하지만 자신이 죽은 것은 결코 알 수 없죠!"

"이 약 때문에 모두가 개성을 잃게 되는 것 아닌가요?"

"아뇨, 아뇨. 땡, 틀렸습니다. 이거 아세요? 두 사람이 같은 성격이라고 해도 여전히 서로 다른 개인입니다. 똑같은 IQ를 가지고 있다고 해도 두 사람의 지식과 기억은 완전히 다르죠. 그렇지 않나요? 사랑이 넘치는 두 사람이 있다고 해도 사랑의 대상이 완전히 다를 수 있습니다. 똑같이 위험회피형인 두 사람이 있다고 해도 싫어하는 위험의 종류는 완전히 다를 수 있습니다. 아슬란 때문에 우리가 서로 조금씩 비슷해지기는 하겠지만, 이거 아세요, 이니드. 우리는 여전히 서로 다른 개인입니다."

의사는 특별히 사랑스러운 미소를 머금었고, 그가 상담으로 62달러의 순이익을 얻는다는 것을 계산한 이니드는 그의 시간과 관심으로 충분히 본전을 뽑았다고 결론 내렸다. 따라서 이 태양 같기도 하고 사자 같기도 한 알약을 처음 본 순간 예상했던 대로 행동했다. 핸드백을 집어, 슬롯머신으로 딴 돈을 넣어둔 플레저라인 봉투를 꺼내 현금 150달러를 세었다.

"사자를 마음껏 즐기십시오. 봉투 필요하십니까?" 히바드가 윙크하며 샘플 약 더미를 책상 위로 밀었다.

그녀는 방망이질 치는 심장으로 'B' 갑판의 뱃머리로 돌아갔다. 전날 낮과 여러 밤들의 악몽을 겪은 뒤 다시금 의지할 확고한 수단을 찾아낸 것이다. 새로 구한 약 하나 때문에 낙관주의가 다시 피어오르다니 얼마나 멋진가. 이 약이 그녀의 머릿속을 바꾸어주리라. 자아의 한계를 벗어나고자 하는 욕망은 얼마나 보편적인가. 힘들게 노력할 필요 없이 손을 입으로 가져가기만 하면, 난폭하게 굴 필요 없이 약을 꿀꺽 삼키기만 하면, 종교나 신비에 의존할 필요 없이 과학적 인과관계를 믿기만 하면 약의 경이로운 축복을 받을 수 있었다. **한시라**

도 빨리 약을 먹고 싶었다. B11호로 가는 내내 그녀는 기쁨에 둥둥 떠오를 듯했다. 기쁘게도 방에는 앨프리드의 그림자도 보이지 않았다. 이 행위의 불법적 속성을 인정하기라도 하는 양 그녀는 출입문의 걸쇠를 걸었다. 그리고 욕실로 들어가 한 번 더 바깥을 차단했다. 의식(儀式)을 치르려는 충동으로 눈을 들어 거울에 비친 자신의 시선을 응시했다. 몇 달, 아니 몇 년 만이었다. 황금빛 아슬란 한 알을 샘플 팩 뒷면의 포일 사이로 밀어냈다. 약을 혀에 올려놓고 물과 함께 삼켰다.

그녀는 몇 분간 시간을 보낼 셈으로 구강 청결을 위해 칫솔질과 치실질을 했다. 그런 다음 솟구치는 피로에 몸서리치며 침대에 누워 기다렸다.

창문 없는 객실의 담요 위를 황금빛 햇살이 가로질렀다.

사자가 따뜻한 벨벳 주둥이를 그녀의 손바닥에 비볐다. 까칠하면서도 매끄러운 혀로 그녀의 눈꺼풀을 핥았다. 사자의 숨결은 달콤하고도 알알했다.

잠에서 깨어났을 때 객실의 차가운 할로겐 조명은 더 이상 인공적이지 않았다. 찰나의 구름 뒤에서 쏟아지는 차가운 햇살이었다.

나는 약을 먹었어, 나는 약을 먹었어, 나는 약을 먹었어, 하고 그녀는 스스로에게 말했다.

그녀의 새로운 감정적 유연성은 다음 날 아침 7시에 일어났을 때 커다란 도전과 마주했다. 앨프리드가 샤워 부스에 몸을 만 채 깊이 잠들어 있는 것이었다.

"앨, 샤워실에서 뭐 해요? 여기는 잠자는 곳이 아니에요."

그녀는 그를 깨우고는 이를 닦았다. 앨프리드가 멀쩡한 정신으로 눈을 뜨고 온몸을 살폈다. "어이쿠, 삭신이 쑤셔."

"거기에서 대체 뭘 하고 있었던 거예요?" 이니드는 불소 거품 사이로 깔깔대며 유쾌하게 이를 닦았다.

"엉망진창인 밤이었어. 이상한 꿈을 꿨거든."

아슬란의 품에 안긴 그녀는 치과 의사가 어금니 옆면에 추천한, 손목을 비트는 듯한 칫솔질에 기꺼이 인내심을 발휘했다. 앨프리드가 벽에 기대어 일어나 지지대를 잡고 조심조심 몸을 기울이는 다단계 과정을 통해 완전히 일어서는 모습을 그녀는 낮거나 중간 정도의 관심으로 바라보았다. 그의 엉덩이에는 찢긴 기저귀들이 더께더께 뭉쳐 미치광이 도티*를 이루고 있었다.

"이것 좀 봐. 이것 좀 봐." 그가 고개를 저으며 말했다.

"나는 푹 잘 잤어요." 그녀가 대꾸했다.

"우리 플로터분들은 밤새 안녕하셨나요?" 특별활동 담당자 수지 고시가 두리번거리며 샴푸 광고 속 머리카락 같은 목소리로 물었다.

"어젯밤 배가 가라앉지는 않았어요. 그걸 물은 거라면요." 실비아 로스가 대꾸했다.

노르웨이 부부는 재빨리 **군나르 미르달** 대형 수영장에서의 랩 스위밍에 대한 복잡한 질문으로 수지를 독점했다.

---

* 인도에서 남자들이 허리에 두르는 천.

"그래, 그래, 시네, 이거 정말 놀랍군. 뉘그렌 부부가 오늘 아침 고시 양에게 물은 긴 질문이 있다니." 쇠데르블라드 씨가 아내에게 조심성 없이 큰 목소리로 말했다.

"그러게요, 스티그, 하지만 저 두 사람이야 늘 긴 질문을 달고 살잖아요, 안 그래요? 정말 철저한 분들이죠."

테드 로스는 도공이 물레를 돌리듯 그레이프프루트를 180도로 획획 돌려 껍질을 깠다. "탄소 이야기는 우리 행성의 이야기입니다. 온실효과에 대해 잘 아시죠?"

"3중으로 면세가 되죠." 이니드가 말했다.

앨프리드가 고개를 끄덕였다. "온실효과야 잘 압니다."

"쿠폰을 꼭 잘라두어야 하는데, 나는 그만 종종 잊어버리죠." 이니드가 말했다.

"40억 년 전 지구는 매우 뜨거웠죠. 대기는 숨을 쉴 수 없었고요. 메탄, 이산화탄소, 황화수소." 로스 박사가 말했다.

"물론 우리 나이에는 수익이 성장보다 더 중요하죠."

"자연은 섬유소를 분해할 방법이 없었어요. 그래서 나무가 쓰러지면 옆 나무가 쓰러져 묻힐 때까지 그대로 땅에 놓여 있었죠. 이것이 석탄기가 된 거죠. 지구는 난장판이었어요. 수백만 년 동안 나무 위에 나무가 쓰러지고, 거의 모든 탄소가 공기에서 추출되어 지하에 묻혔죠. 지리학적으로 말하자면, 탄소는 어제까지만 해도 여전히 그 자리에 있었죠."

"랩 스위밍이라니, 시네. 랩 댄싱이란 비슷한 건가?"

"어떤 사람들은 정말 역겹기 짝이 없죠." 뉘르겐 부인이 말했다.

"하지만 현재는 나무가 쓰러지면 균류와 미생물이 모두 분해해 탄소가 전부 하늘로 돌아가죠. 다시는 석탄기가 생길 수 없습니다. 다시는. 자연에게 섬유소 분해법을 잊어버리라고 요구할 수는 없으니깐요."

"지금은 오픽 미들랜드라고 해요." 이니드가 말했다.

"세상이 식으면서 포유류가 나타났죠. 호박에 서리가 내리면 털북숭이들은 굴에서 살아갔죠. 하지만 이제 대단히 영리한 포유류가 나타나 지하에서 탄소를 전부 꺼내 다시 대기로 돌려보내고 있죠."

"오픽 미들랜드 주식을 좀 갖고 있어요." 실비아가 말했다.

"사실 우리 역시 오픽 미들랜드에 투자했죠." 페르 뉘그렌이 말했다.

"이이 말이 맞아요." 뉘그렌 부인이 말했다.

"어련하겠어요." 쇠데르블라드 씨가 말했다.

"석탄과 석유와 가스를 다 태우고 나면 옛날의 대기로 돌아갈 겁니다. 3억 년 만에 뜨겁고 끔찍한 대기를 보게 되는 거죠. 돌로 된 병에서 탄소 요정을 풀어주다니."

"노르웨이는 최고의 퇴직연금을 보장하지만, 국가에만 의지하기보다는 개인적으로도 준비를 했답니다. 페르가 아침마다 펀드에 포함된 모든 주식의 가격을 확인해요. 미국 주식이 꽤 많죠. 몇 개나 되지, 페르?"

"현재 46개지. 제가 착각한 것이 아니라면 '오픽'은 오크리지 신탁투자회사의 머리글자일 겁니다. 주가도 높은 수준에서 유지되고, 배당금도 짭짤하죠." 페르 뉘르겐이 대답했다.

"대단하군요. 커피는 언제나 주려나?" 쇠데르블라드 씨가 말했다.

"하지만 스티그, 우리도 오픽 미들랜드 주식을 가지고 있지 않나요?" 시네 쇠데르블라드가 물었다.

"주식이 워낙에 많아야지. 일일이 다 기억하지는 못해. 게다가 신문활자는 너무 작고."

"이 이야기의 교훈은 플라스틱을 재활용하지 말라는 겁니다. 플라스틱을 모두 쓰레기 매립지에 보내서 탄소를 지하에 묻어버려야 해요."

"앨 때문에 우리는 아직도 돈을 전부 은행에 넣어두고 있답니다."

"묻어요, 묻어. 지니를 병에 넣고 마개를 꽉 닫는 거죠."

"글자를 읽으면 눈이 아프거든요." 쇠데르블라드 씨가 말했다.

"아, 그래요. 병명이 뭔가요?" 뉘그렌 부인이 신랄하게 물었다.

"시원한 가을 날씨를 좋아한답니다." 로스 박사가 말했다.

"하긴 병명을 알려면 아픈 눈으로 글자를 읽어야겠군요." 뉘그렌 부인이 말했다.

"지구는 작은 행성이에요."

"물론 **약시**인데, 동시에 두 눈이 다 **약시**라서……."

"그런 건 사실상 없답니다. '약시' 증후군은 눈 하나가 다른 눈의 일을 맡는 것이죠. 따라서 한쪽 눈이 약시이면 다른 쪽 눈은 절대로……." 뉘그렌 씨가 말했다.

"페르, 그만해." 뉘그렌 부인이 말했다.

"잉아!"

"웨이터, 여기 커피 더."

"우즈베키스탄의 중산층을 상상해보세요. 그곳의 어느 가족이 우리와 똑같이 포드 스톰퍼를 몰더군요. 사실상 우리 나라와 그 나라의 중산층 사이에 차이점이라고는 그들 중 누구도, 심지어 도시에서 가장 부유한 집조차도 실내 수도관이 없다는 겁니다." 로스 박사가 말했다.

"책을 읽지 않는 저야 모든 노르웨이 사람들에게 도덕적으로 열등하겠죠. 인정합니다." 쇠데르블라드 씨가 말했다.

"나흘 전에 죽은 것 주위를 파리가 맴돌죠. 구덩이에는 재를 뿌리고요. 심지어 구멍을 들여다보면 원하는 것 이상으로 더 멀리 볼 수 있죠. 그런데 진입로에는 번쩍이는 포드 스톰퍼가 서 있는 겁니다. 그리고 그들을 비디오 촬영하는 우리를 그들도 비디오로 촬영하죠."

"장애가 있는데도 불구하고 나는 삶에서 한두 가지 즐거움을 누리고 있죠."

"스티그, 뉘그렌 부부에 비하면 우리의 즐거움은 얼마나 빈약해요." 시네가 말했다.

"그러게, 두 사람은 정말 깊고도 지속적인 정신적 즐거움을 경험하고 있는 것 같군. 동시에, 시네, 오늘 아침 정말 멋진 드레스를 입었군. 다른 곳에서 깊고도 지속적인 즐거움을 얻는 뉘그렌 씨조차 이웃을 찬미하는걸."

"페르, 세상에, 우리를 모욕하고 있어요." 뉘그렌 부인이 말했다.

"스티그, 들었어요? 뉘그렌 부부가 모욕당했다며 우리를 떠나려고 해요."

"거참 안타깝군. 같이 있으니 정말 재미있는데."

"우리 아이들은 지금 다 동부에 살아요. 하나같이 중서부를 질색하죠." 이니드가 말했다.

"때를 기다리고 있답니다, 친구." 친숙한 목소리가 말했다.

"듀퐁 간부 식당의 출납 직원이 우즈베키스탄 여자였죠. 플리머스 미팅의 이케아 상점에서 우즈베키스탄 사람들을 보곤 하죠. 지금 외계인 이야기를 하는 것이 아닙니다. 우즈베키스탄 사람들은 이중 초점 안경을 쓰고, 비행기도 타죠."

"귀향길에 필라델피아에 들러서 딸애의 새 레스토랑에서 식사를 할 거랍니다. 이름이 제너레이터랬던가?"

"이니드, 세상에나, 거기가 **따님** 레스토랑이에요? 2주 전 테드랑 거기에서 식사를 했는데."

"어머, 정말 세상 좁군요." 이니드가 말했다.

"아주 멋진 저녁을 먹었답니다. 기억에 남을 만큼 훌륭했어요."

"사실상 우리는 6천 달러를 들여서는 재래식 화장실 냄새의 추억을 되새겼죠."

"결코 못 잊을 겁니다." 앨프리드가 말했다.

"재래식 화장실이 얼마나 고마운지! 그런 게 해외여행의 고마운 점이죠. TV나 책으로는 경험할 수 없고, 오직 직접 겪어야만 하는 거죠. 재래식 화장실이 아니었다면 6천 달러를 낭비한 것만 같았을 겁니다."

"선탠 갑판으로 나가 너나 태울까?"

"아, 스티그, 그래요. 지적으로 너무 지쳤거든요."

"가난에 대해 하느님께 감사해요. 왼쪽 차선으로 차를 모는 것에 대해 하느님께 감사해요. 바벨에 대해 하느님께 감사해요. 이상한 볼트와 기묘한 모양의 플러그에 대해 하느님께 감사해요." 로스 박사가 안경을 내려 그 너머로 스웨덴 부부의 대탈출을 관찰했다. "말이 나온 김에 하는 말이지만, 저 여자 옷은 모두 쉽게 벗을 수 있게 디자인되어 있어요."

"테드가 이렇게 아침 식사를 즐기는 건 처음 봐요. 게다가 점심과 저녁까지요." 실비아가 말했다.

"매혹적인 북부 경치, 이것 때문에 이 배에 탄 것 아닙니까?" 로스가 말했다.

앨프리드는 거북하여 시선을 떨구었다. 이니드의 목에도 역시 내숭의 작은 생선 뼈가 걸렸다. "정말 눈에 문제가 있는 걸까요?" 그녀는 간신히 말했다.

"적어도 한 가지 면에서 그의 눈은 훌륭합니다."

"테드, 그만해요."

"스웨덴 폭탄이 한물갔다는 생각이야말로 한물갔죠."

"제발 그만해요."

은퇴한 법률 부문 부사장은 안경을 도로 밀어 올리고는 앨프리드를 돌아보았다. "우리가 우울한 것은 이제 더 이상 미개척지가 없기 때문이 아닐까 싶어요. 사람이 살지 않는 곳이 있는 척할 수가 없게 됐으니. 우울 총량이 전 세계적으로 상승세가 아닐까 싶군요."

"오늘 아침 기분이 정말 좋답니다. 푹 잘 잤거든요."

"실험실 쥐들을 한곳에 빽빽이 넣어놓으면 무기력해진다죠."

"그러게요, 이니드, 완전히 다른 사람 같아요. 'D' 갑판의 그 의사 덕분 아니에요? 저도 들은 이야기가 있거든요."

"이야기요?"

"소위 말하는 사이버 미개척지가 있다지만, 황야는 어디 있죠?" 로스 박사가 말했다.

"아슬란이라는 약 말예요." 실비아가 말했다.

"아슬란?"

"소위 말하는 우주 미개척지가 있다지만, 나는 지구가 좋아요. 멋진 행성이죠. 시안화물이나 황산이나 암모니아가 대기에 별로 없죠. 모든 행성이 그런 장점을 자랑하긴 힘들죠."

"할머니의 작은 도우미라고들 부른다죠."

"심지어 당신의 넓고 고요한 집조차 중간중간 반대와 대립이 끼어 있다면 혼잡스럽게 느껴지게 마련이죠."

"내가 원하는 것은 작은 프라이버시일 뿐입니다." 앨프리드가 말했다.

"그린란드와 포클랜드제도 사이에 있는 모든 해변이 개발로 위협받고 있어요. 개간되지 않은 땅은 한 뼘도 안 남아 있죠."

"오, 이런, 지금 몇 시죠? 강연회를 놓치면 안 되는데." 이니드가 말했다.

"실비아는 달라요. 실비아는 부두의 소음을 좋아하죠."

"나는 부두의 소리가 좋아요." 실비아가 말했다.

"트랩, 현창, 항만 노동자. 집사람은 배의 경적 소리도 좋아하죠. 나한테 이건 떠다니는 테마파크 같아요."

"어느 정도의 환상은 견뎌야 합니다. 어쩔 수가 없어요." 앨프리드가 말했다.

"우즈베키스탄 음식은 나랑 맞지 않아요." 실비아가 말했다.

"여기의 모든 쓰레기들을 좋아합니다. 이런 쓸모없는 기나긴 여행을 보는 것은 유익하죠." 로스 박사가 말했다.

"당신은 가난을 낭만화하고 있어요." 앨프리드가 끼어들었다.

"뭐라고요?"

"불가리아를 여행한 적이 있죠. 우즈베키스탄은 모르지만, 중국에는 가보았답니다. 모든 것을, 철도에서 보이는 모든 것을, 그럴 수만 있다면 모조리 해체해 다시 세우고 싶더군요. 집이 굳이 예쁠 필요는 없지만 튼튼하기는 해야 합니다. 실내에 수도 배관도 설치하고요. 단단한 콘크리트 벽을 세우고, 물이 새지 않는 지붕을 얹고요. 그 사람들이 필요로 하는 것은 그것입니다. 하수도하고요. 독일을 보세요. 그들이 어떻게 다시 재건했는지. 다른 나라의 귀감이 될 만합니다."

"하지만 라인강에서 낚은 생선은 먹기 싫군요. 거기에 물고기가 살기라도 한다면 말이에요."

"그건 환경론자들의 헛소리예요."

"앨프리드, 당신처럼 현명하신 분이 그걸 헛소리라고 하다니요."

"잠시 실례 좀 하겠습니다."

"앨, 가는 김에 볼일 끝나고 밖에서 잠시 책을 읽으면 어때요? 실비아와 나는 투자 강연회에 갈 거예요. 당신은 그냥 앉아 있어요. 햇볕을 쬐면서요. 푸우우욱 쉬어요."

그에게는 좋은 날도 있었고, 나쁜 날도 있었다. 밤에 침대에 누워 있을 때 안심 스테이크의 양념장처럼 특정 인자가 적절하거나 잘못된 곳에 고이게 되고, 그에 따라 아침에 그의 신경 말단이 필요로 하는 것을 충분히 갖거나 갖지 못하는 듯했다. 전날 밤 옆으로 누워 잤는지 반듯이 누워 잤는지와 같은 단순한 것에 그의 맑은 정신이 좌우되는 듯했다. 그것도 아니면 더욱 불안하게도 그는 세차게 흔든 후 소리가 크고 분명해지거나, 단절된 구절이나 가락이 간간이 섞인 잡음만 뱉는 고장 난 라디오가 된 것이었다.

최악의 아침조차도 여전히 최고의 밤보다는 나았다. 아침에는 약이 보다 **신속히** 목적지로 운반되었다. 요실금을 위한 카나리아 같은 노란 캡슐, 떨리는 몸을 위한 위(胃)처럼 생긴 자그마한 분홍 약, 메스꺼움을 막아줄 하얀 직사각형, 위처럼 생긴 분홍 약의 환각 작용을 진압할 창백한 푸른색 정제. 아침이 되면 피는 통근자, 포도당 일꾼, 젖산과 요소의 위생관리국 직원, 흠집 난 트럭에 신선한 산소를 무더기로 실은 헤모글로빈 배달인, 깐깐한 인슐린 감독관, 효소 중간 간부, 에피네프린 행정관, 백혈구 경찰과 구급 대원, 분홍색과 하얀색과 샛노란색 리무진을 타고 도착한 값비싼 컨설턴트, 대동맥 엘리베이터를 타고 동맥으로 뿔뿔이 흩어지는 모든 이들로 북적였다. 정오 전에는 작업 중 사고가 생기는 비율이 미미했다. 새로 태어난 세계였던 것이다.

그는 기운이 넘쳤다. 키르케고르 다이닝룸에서 나와 붉은 카펫이 깔린 복도를 휘청휘청 달렸다. 카펫은 예전에 그를 공중 화장실로 이끌었지만, 이날 아침은 남자 화장실이든 여자 화장실이든 전혀 보이지 않고 미용실과 부티크와 잉마르 베리만 극장만 나올 뿐이었다. 문제는 그의 신경계가 욕구를 더 이상 정확히 측정할 수 없다는 데 있었다. 밤에는 기저귀를 차면 되었다. 낮에는 매시간 화장실에 들르고, 혹시 사고가 생길 경우에 대비해 낡은 검은 레인코트를 항상 들고 다녔다. 레인코트는 이니드의 낭만주의에 반한다는 장점도 있었다. 또한 매시간 화장실에 들르는 것은 그의 삶에 구조를 제공해주었다. 그저 일관성을 유지함으로써 밤바다의 공포가 마지막 보호벽마저 허물지 못하게 막는 것만이 현재 그의 목표였다.

여자들이 롱스타킹 무도회장으로 와글와글 줄지어 들어가고 있었다. 그 강한 회오리에 밀려 앨프리드는 강연자와 공연자의 객실이 늘어선 복도로 접어들고 말았다. 복도 끝에서 남자 화장실이 손짓하고 있었다.

견장을 단 장교가 소변기 두 개 중 하나를 사용하고 있었다. 앨프리드는 정확히 조준하지 못할까 봐 두려워 칸막이로 들어가 걸쇠를 건 다음 똥 폭격을 당한 변기와 마주했다. 다행히 똥은 아무 말도 없이 그저 악취만 풍길 뿐이었다. 그는 밖으로 나가 다음 칸으로 갔지만 그곳에는 무엇인가가 바닥에서 종종걸음 쳤다. 움직이는 똥이 부랴부랴 도망가고 있었다. 차마 안으로 들어갈 수 없었다. 그러는 사이 장교가 소변기 물을 내리고 돌아섰는데, 그 푸른 뺨과 장밋빛 안경과 음부 같은 분홍 입술을 앨프리드는 알아보았다. 열려 있는 지퍼 사이로 30센티미터도 넘는 황갈색 성기가 축 늘어져 있었다. 푸른 뺨 사이로 노란 미소가 떠올랐다. 그가 말했다. "램버트 씨, 당신 침대에 작은 보물을 남겨두었습니다. 내가 가져간 것을 대신해서요."

앨프리드는 화장실 밖으로 비틀비틀 나와 계단을 계속 올라 층계참을 일곱 번 지난 끝에 스포츠 갑판의 신선한 공기로 들어섰다. 그곳에서 벤치가 뜨거운 햇볕을 받고 있었다. 그는 레인코트 주머니에서 캐나다 해변 지역 지도를 꺼내 격자 칸에 정신을 집중해 주요 장소를 하나하나 살폈다.

고어텍스 파카를 입은 늙은 남자 셋이 난간에 서 있었다. 그들의 목소리는 한 순간 안 들리다가 다음 순간 또렷이 들렸다. 바람의 부드러운 줄기에 주머니가 있어 고요의 작은 공간들 사이로 한두 문장이 새는 것이 분명했다.

"저기 저 사람한테 지도가 있군." 한 남자가 말했다. 그리고 앨프리드를 제외한 세상 모든 사람들처럼 행복한 얼굴로 벤치로 다가왔다. 실례합니다. 왼쪽에 보이는 저것이 뭔지 아십니까?"

"저건 가스페반도입니다. 굽이 주변에 큰 도시가 나올 겁니다." 앨프리드는 확고하게 대답했다.

"감사합니다."

남자는 친구들에게로 돌아갔다. 배의 위치가 그들에게 대단히 중요한 양, 이 정보를 묻기 위해 처음부터 스포츠 갑판으로 나온 양, 그들 셋은 즉각 아래 갑판으로 떠났고 앨프리드만이 세상 꼭대기에 홀로 남았다.

북쪽 바다의 이 지역에서 하늘의 보호막은 더욱 얇았다. 들판 고랑 같은 구름이 여러 무더기로 이어져, 유난히 낮은 하늘의 돔 아래에서 미끄러져 갔다. 개중 하나가 이곳 **최북단**으로 다가왔다. 빨간 빛을 두른 초록색 물체들이었다. 서쪽으로 끝없이 뻗은 숲에는 무심히 흘러가는 구름이나 맑은 하늘과 마찬가지로 지역적 특성이 전혀 보이지 않았다.

유한한 곡면에서 바로 무한을 엿보고, 계절에서 바로 영원성을 엿보다니 기이했다.

앨프리드는 화장실에서 본 푸른 뺨의 남자가 신호부의 그자이자 의인화된 배신임을 알아보았다. 하지만 푸른 뺨의 신호부 남자가 이런 호화 크루즈를 탈 만한 돈이 있을 리 없었고, 이 점이 그는 걱정되었다. 푸른 뺨의 남자는 먼 과거의 존재였지만 지금 이 순간 걸어 다니고 말을 했다. 그리고 똥은 밤의 존재였는데 이제는 백주에 돌아다니고 있었다. 그는 무척 염려스러웠다.

테드 로스에 따르면, 오존층은 극지방에서부터 구멍이 나기 시작했다. 기나긴 북극의 밤 동안 지구의 보호막이 약해졌고, 일단 구멍이 뚫리자 피해가 급속히 퍼져나가 심지어 햇살 가득한 열대 지방을 넘어 적도까지 다가갈 기세인지라 곧 지구상의 어느 곳도 안전하지 않게 될 터였다.

그사이 저 아래 지방의 한 관측소에서 해석하기 힘든 희미한 신호를 보내왔다.

신호를 받은 앨프리드는 이게 무슨 뜻일까 의아해했다. 화장실에 가기가 꺼려졌지만 그렇다고 훤히 트인 곳에서 바지를 내릴 수도 없었다. 세 남자가 언제 갑자기 돌아올지 몰랐다.

오른쪽 보호 난간 너머에 두껍게 칠해진 판과 원통 더미와, 항해용 구(球) 두 개와 뒤집힌 원뿔 하나가 있었다. 그는 고소공포증이 전혀 없기에 네 가지 언어로 엄중히 적힌 경고문을 무시하고 난간을 넘어 까칠까칠한 금속 표면에 발을 딛고는, 말하자면 숨어서 소변을 볼 만한 나무를 찾았다. 모든 것이 그의 발아래 있었기에 아무도 그를 볼 수 없었다.

　하지만 너무 늦었다.

　그의 양쪽 바짓가랑이가 축축해졌다. 왼쪽 가랑이는 거의 발목까지 젖어버렸다. 따뜻하고도 차가운 축축함이 온몸을 뒤덮었다.

　그리고 해변에 도시가 나타나야 마땅하건만 오히려 육지는 멀어지고 있었다. 회색 파도가 낯선 바다를 가로질러 행진하고, 엔진의 진동이 무시할 수 없을 정도로 더욱 세차졌다. 배는 가스페반도에 정박하지 않거나 이미 그곳을 지나친 것이 분명했다. 그가 파카 입은 남자들에게 준 정보는 잘못된 것이었다. 당혹스러웠다.

　즉각 바로 아래 갑판에서 바람을 타고 낄낄거리는 소리가 들렸다. 다시 북부의 종달새가 새된 소리로 꽤액꽤액거렸다.

　그는 구와 원통에서 서서히 멀어져 바깥 난간 너머로 상체를 내밀었다. 선미 쪽으로 몇 미터만 눈을 돌리면 삼나무 울타리로 격리된 작은 '노르딕' 선탠장이었는데, 승객 출입 금지 구역인 곳에 서 있자니 울타리 바로 너머로 시네 쇠데르블라드의, 추위가 점점이 어린 두 팔과 허벅지와 배가 보였다. 느닷없이 잿빛 겨울 하늘이 그녀의 젖꼭지에 토실토실한 쌍둥이 호로딸기를, 그녀의 다리 사이에 파르르 떠는 생강 빛깔 털을 그려 넣었다.

　낮 세계가 밤 세계 위에 떠 있고, 밤 세계가 낮 세계를 집어삼키려 들고 있었다. 그는 낮 세계가 물에 빠지지 않도록 노력하고 또 노력했지만 가슴 아프게도 구멍이 있었다.

　이윽고 더 크고 더 빽빽한 구름이 다시 나타나 아래쪽의 만을 초록 빛 도는 검은색으로 물들였다. 배와 그림자가 충돌했다.

그리고 수치심과 절망이…….

아니면 바람이 그의 레인코트를 돛처럼 잡아당기는 것일까?

아니면 배가 요동치는 것일까?

아니면 그의 다리가 떨리는 것일까?

아니면 엔진의 진동을 따르는 것일까?

아니면 기절하는 것일까?

아니면 언제나 찾아오는 현기증이 또 찾아온 것일까?

아니면 탁 트인 바다의 상대적인 따뜻함이 흠뻑 젖어 바람에 얼어 붙을 듯한 사람을 유혹하는 것일까?

아니면 생강빛 불두덩을 다시 보기 위해 그가 일부러 몸을 숙이는 것일까?

전 세계적으로 유명한 투자 카운슬러 짐 크롤리어스가 말했다. "노르딕 플레저라인의 럭셔리 가을 빛깔 크루즈에서, 투자야말로 강연하기에 참으로 적합한 주제라고 봅니다. 여러분, 정말 화창한 아름다운 아침이지요?"

크롤리어스는 자줏빛 잉크로 '시장 조정 시기에 살아남기'라는 강연 제목이 적힌 이젤 옆의 교탁에서 말하고 있었다. 좋은 자리를 잡으려고 일찍 온 앞쪽 사람들이 그의 질문에 중얼중얼 그렇다고 대꾸했다. 누군가는 심지어 이렇게 말했다. "네, **짐!**"

이니드는 오늘 아침 기분이 한결 좋았지만, 몇 가지 언짢은 점이 여전히 그녀의 머릿속을 맴돌았다. 예를 들어, (a) 가까울수록 짐 클로리어스의 조언에서 더 많은 것을 얻을 수 있다는 듯 어이없을 만큼 일찍 롱스타킹 무도회장에 들어온 여자들에 대한 분개, (b) 강연자와의 개인적 친분을 과시함으로써 모두의 기를 죽이는, 뉴요커인 듯한 뻔뻔한 특정 여자에 대한 분개(짐 크롤리어스라면 그들의 주제넘은 행동과 속 빈 아첨을 간파했겠지만, 너무 예의가 발라 그들을 무시하고 이니드처럼 훌륭하고 겸손한 중서부 여인들에게 더 집중하는 태도를 보이지 못하는 것이라고 그녀는 확신했다), (c) 아침을 먹으러 오면서 **두 번이나** 화장실에 들르는 바람에 그녀가 키르케고르 다이닝룸에서 일찍 나와 좋은 앞자리에 앉지 못하게 막은 앨프리드에 대한 강렬한 분개로 이루어진 돌풍이 머릿속을 휘저었다.

하지만 돌풍이 일기 무섭게 가라앉더니 햇볕이 다시 쨍쨍 내리쬐었다.

짐 크롤리어스가 말했다. "뒤쪽에 계신 분들께 이런 말씀 드리기는 싫지만, 제가 서 있는 곳에서는 창문으로 수평선의 구름이 보인답니다. 귀엽고 상냥한 흰 구름일 수도 있지만, 시커먼 비구름일 수도 있죠. 겉모습만 보고는 속기 쉽죠! 제가 보기에는 앞으로 안전한 항해가 계속될 듯하지만 저는 전문가가 아닙니다. 배를 곧장 암초로 몰고 갈 수도 있죠. 여러분 중 선장 없는 배에 타고 싶을 사람은 없을 겁니다. 안 그런가요? 지도와 항해 도구와 경적을 모두 갖춘 선장을 원하시겠죠. 안 그런가요? 이 배에는 레이더와 수중 음파 탐지기와 위성 위치 확인 시스템이 있습니다." 짐 크롤리어스는 각 도구를 말하며 손가락으로 세고 있었다. "우주 공간에는 인공위성이 떠 있고요! 대단한 첨단 기술이죠. 하지만 그 정보를 이해할 사람이 아무도 없다면 여러분은 큰 문제에 직면하게 될 겁니다. 안 그런가요? 여기는 **깊은**

바다입니다. 여러분의 **목숨**이 달려 있죠. 그러니깐 제 말은, 여러분이 온갖 첨단 기술 장치와 온갖 경적 장치 사용법을 직접 익히고 싶어 하지는 않을 거라는 뜻입니다. 거액을 들여 멋진 바다를 유람할 때면 좋은 선장을 고용하는 편이 훨씬 낫겠지요."

앞줄에서 박수가 터졌다.

"저 사람은 문자 그대로 우리를 여덟 살이라고 생각하는 게 분명해요." 실비아 로스가 이니드에게 속삭였다.

"이제 막 시작한 거잖아요." 이니드는 나직이 대꾸했다.

짐 크롤리어스가 말을 이었다. "물들어가는 잎을 보기 위해 여기 있다는 것은 또 다른 면에서 참으로 적절합니다. 한 해는 리듬을 갖고 있죠. 겨울, 봄, 여름, 가을. 모든 것이 순환하죠. 봄에 상승했다가 가을에 하락하죠. 주식시장도 마찬가지입니다. 순환하게 마련이죠. 5년, 10년, 심지어 15년 동안 상승세가 계속될 수 있습니다. 이걸 우리 모두 두 눈으로 보았지요. 하지만 또한 시장 조정 시기도 보았습니다. 여러분 눈에 제가 애송이처럼 보이겠지만, 저는 끔찍한 시장 **붕괴**를 제 눈으로 직접 보았지요. 정말 무시무시했습니다. 주식시장은 오르내리죠. 지금 여러분에게는 많은 재산이 있습니다. 길고도 영광스러운 여름이지요. 사실상 여기에서 직접 확인을 해봅시다. 여러분 중 투자 수익만으로, 혹은 투자 수익을 일부 보태어 이 크루즈 비용을 댄 경우가 몇 분이나 계십니까?"

손이 숲속 나무들처럼 우르르 솟아올랐다.

짐 크롤리어스가 만족스레 고개를 끄덕였다. "네, 여러분, 이런 말씀 드리기는 싫지만, 계절이 변하고 있습니다. 지금 아무리 풍요롭다 해도 겨울을 살아남을 수 있다는 보장은 안 됩니다. 물론 매년이 다르듯 경기순환도 매번 다릅니다. 정확히 언제 초록 잎이 물들지는 알 수 없지요. 하지만 우리가 여기 있는 것은 모두 선견지명이 있었기 때문입니다. 이 방에 있는 모든 사람은 이 방에 있다는 점 하나만으로도 영리한 투자자임을 알 수 있습니다. 왜인지 아세요? **여전히 여름일 때 집을 떠났기 때문입니다.** 이 방에 있는 모든 사람은 이 크루즈에서 뭔가가 변하리라는 것을 미리 알고 있었던 겁니다. 은유적으로 말씀드리자면, 우리 모두에게는 의문이 있습니다. 그 의문이란 다름 아닌, 이 아름다운 초록 잎이 과연 아름다운 황금빛으로 물들 것인가? 아니면 그저 불만의 겨울 속에서 가지에 들러붙은 채 시들어갈 것인가?"

롱스타킹 무도회장은 이제 흥분으로 달아올랐다. "대단해! 대단해!"라는 중얼거림이 퍼져나갔다.

"예술성이라고는 없이 물질적이기만 하군요." 실비아 로스가 냉담하게 말했다.

죽음, 하고 이니드는 생각했다. 그는 죽음에 대해 말하고 있어. 그래서 박수치는 사람들이 전부 **늙은이**인 거야.

하지만 이러한 깨달음의 쓰라림은 어떻게 됐을까? 아슬란이 몽땅 가져가버렸다.

짐 크롤리어스는 이제 이젤을 향해 몸을 돌려 커다란 신문의 첫 번째 장을 넘겼다. 두 번째 페이지에는 **기후가 변화할 때**라는 헤드라인이 박혀 있었고, 펀드, 채권, 주식 등에 대한 별다를 것 없는 언급에 앞줄의 사람들이 어울리지 않는 탄성을 뱉어냈다. 이니드는 문득 세인트주드의 주식중개업자가 결코 신경 쓰지 말라고 권했던 기술적 시장 분석을 짐 크롤리어스가 하고 있다고 느꼈다. 낮은 속도에서의 공기저항의 미미한 값을 무시할 경우, '추락'(소중한 것이 '자유낙하' 하며 '곤두박질'치는 것)하는 물체는 9.8m/s2의 중력가속도 덕분에 속도가 더욱 가속화되는데, 이러한 가속화는 제2계도함수로 계산되므로 분석가는 물체가 떨어지는 거리(약 9미터)를 먼저 적분하여 높이 2.4미터의 창문의 중앙을 통과할 때의 속도를(초속 12미터) 계산할 수 있었다. 물체의 길이가 1.8미터이고, 단순화를 위해 속도가 항상 일정하다고 가정할 경우 떨어지는 물체를 완전히 혹은 부분적으로 인식하는 데 걸리는 시간은 약 0.4초라는 수치가 나온다. 0.4초는 그다지 긴 시간이 아니었다. 젊은 살인자의 사형 집행일까지 남은 시간을 속으로 세며 한눈을 팔았다면 뭔가 시커먼 형체가 획 지나가는 것만 겨우 볼 수 있었으리라. 하지만 전례 없이 차분한 마음으로 문제의 창문을 응시하고 있다면 떨어지는 물체가 47년을 함께한 남편의 머리라는 것을 알아보기에 0.4초는 충분한 시간이었다. 모양이 망가져 사람들 앞에서는 결코 입어선 안 될 옷이건만 일부러 여행 가방에 집어넣고 일부러 사방에 가지고 다니던 **끔찍한** 검은 레인코트를 입고 있다는 것까지 알아보기에 충분한 시간이었다. 또한 뭔가 끔찍한 일이 일어났다는 확실성만이 아니라, 운석의 파괴력이나 고래의 교미와 같이 보아서는 안 될 것을 본 듯한 기묘한 모욕감을 느끼기에도 충분한 시간이었다. 심지어 남편의 얼굴 표정을 보고, 거의 젊은이와 같은 아름다움과 기묘한 고요를 인식하기에도 충분한 시간이었다. 남자가 격렬히 분노하며 떨어지면서도 그토록 고요할 수 있다고 그 누가 상상이나 했겠는가?

　그는 2층에서 아들이나 딸을 품에 안고 앉아 있던 밤들을 기억하고 있었다. 그가 《블랙 뷰티》나 《나니아 연대기》를 읽어주는 동안 아이들은 비누 냄새를 풍기는 축축한 머리를 그의 가슴에 푹 기대곤 했다. 그의 낭랑한 목소리만으로도 아이들은 잠이 들었다. 흉터를 남길 만큼 충격적인 사건이 이 핵가족에게 벌어지지 않은 저녁은 수백, 아니 어쩌면 수천 번은 되었다. 그의 검은 가죽 의자에서 꾸밈없는 친밀감을 누리던 저녁들, 암울한 확실성의 저녁들 사이에 낀 달콤한 불확실성의 저녁들. 마침내 바닷속으로 떨어지는 순간 자식들 이외에는 붙잡을 단단한 것이 전혀 없었기에 이와 같은 잊어버린 반증들이 그제야 떠올랐다.

제너레이터

로빈 파사파로는 필라델피아의 독실한 신앙인이자 말썽꾼 집안에서 태어났다. 로빈의 할아버지와, 지미와 조니 삼촌은 모두 팀스터스 골수 노조원이었다. 할아버지 파시오는 전국 부대표로 활약하며 팀스터스 대장인 프랭크 피츠티먼스를 모시는 한편, 20년간 가장 큰 필라델피아 지부를 운영하며 3천2백 명의 노조회비를 멋대로 다루었다. 파시오는 두 번의 협박성 기소, 한 번의 관상동맥 치료와 후두절제술, 9개월의 화학 치료를 받고도 살아남아 뉴저지 해변의 시아일 시티에서 은퇴 생활을 즐기고 있었다. 지금도 아침마다 여전히 부두로 절뚝절뚝 나가 생닭으로 게잡이 통발 미끼를 썼다.

할아버지의 첫째 아들인 조니 삼촌은 두 종류의 장애에도(진단서에는 "극심한 만성 요통"이라고 적혀 있었다) 불구하고 잘 살아갔다. 계절을 타긴 해도 현금만 받는 주택 페인트칠 사업을 하면서 온라인 데이 트레이더로도 활약했는데, 운이 좋았는지 능력이 좋았는지 수입이 두둑했다. 조니는 아내와 막내딸과 함께 베테랑스 스타디움 근방의 주택에 살았다. 그들 가족은 비닐사이딩 외장 집을 계속 확장해 인도에서부터 뒤쪽 경계까지 좁은 땅을 가득 채우고는, 지붕 위를 인조 잔디와 꽃으로 장식해 정원으로 만들었다.

지미 삼촌("막내 지미")은 독신으로, 국제 팀스터스 조합이 더 낙관적이었던 시기에 델라웨어의 산업 지구에 세운 콘크리트 무덤인 IBT 서류 창고에서 현장감독으로 일했다. 오직 세 명의 충성스러운 팀스터스 회원만이 방화 시설된 천 개의 보관실에서 매장물(埋藏物)을 위해 일하기로 신청한 덕분이었다. 그곳은 이제 기업 서류나 법률 서류를 위한 장기 보관소로 전환되었다. 막내 지미는 헤로인을 복용한 적도 없으면서 메타돈*에 중독된 것으로 그 고장의 NA** 모임에서 유명했다.

로빈의 아버지인 닉은 파시오의 둘째 아들이자 팀스터스 프로그램과 얽히지 않은 그 세대의 유일한 파사파로였다. 집안에서 가장 두뇌가 출중했던 닉은 헌신적인 사회주의자가 되었다. 닉슨주의자이자 시나트라의 팬인 팀스터스 회원들은 그를 적대시했다. 닉은 아일랜드 여자와 결혼한 뒤 인종 통합적인 마운트 에어리로 노골적으로 이사하더니 도심지의 고등학교에서 사회학을 가르치는 일을 시작해서는 열렬한 트로츠키주의를 표방함으로써 해고를 부추겼다.

닉과 아내 콜린은 불임 진단을 받았다. 그래서 한 살배기 빌리를 입양했는데, 몇 달 후 콜린이 로빈을 임신한 것이었다. 세 딸 중 첫째

---

*   헤로인 중독 치료에 쓰이는 약물.
**   익명의 마약중독 치료 모임.

인 로빈은 십대가 되어서야 빌리가 양자라는 것을 알게 되었지만, 아주 어릴 적부터도 어쩔 수 없는 정서적 **특권**을 느꼈다고 데니즈에게 털어놓았다.

비정상적인 뇌전도 파형, CT 촬영된 걱정스러운 붉은 혹이나 검은 틈, 입양 전 유아기에 겪은 무관심이나 정신적외상 같은 가설적 원인과 잘 맞는 빌리의 병명이 십중팔구 있으리라. 하지만 그의 누이들은, 특히 로빈은 그를 그저 공포의 대상으로 여겼다. 빌리는 아무리 잔인하게 굴어도 로빈이 제 탓만 한다는 것을 이내 알아차렸다. 5달러를 빌려놓고는 그걸 갚을 것이라고 믿다니 어이없다며 로빈을 놀려댔다(만약 그녀가 아버지에게 불평하면 닉은 5달러를 주면 그만이었다). 빌리는 다리 끝을 떼어낸 메뚜기나 표백제에 목욕시킨 개구리를 들고 로빈을 쫓아다니며 농담으로 말했다. "너 때문에 이렇게 한 거야." 그는 로빈의 인형 팬티 안에 똥 같은 진흙을 넣어두었다. 그리고 그녀를 머저리 암소나 절벽 가슴이라고 놀려댔다. 로빈의 팔뚝에 연필을 깊이 찌른 채 심을 부러뜨리기도 했다. 그녀의 새 자전거가 차고에서 사라진 다음 날 그는 저먼타운 거리에서 주웠다며 멋진 검은색 롤러스케이트를 들고 나타났다. 그녀가 새 자전거를 사주기를 기다리는 몇 달 동안 그는 롤러스케이트를 타고서 온 동네를 신나게 돌아다녔다.

그들의 아버지인 닉은 제1세계와 제3세계의 모든 불의에 주의를 기울였지만 빌리가 저지르는 만행에는 눈을 돌렸다. 고등학생이 된 로빈은 빌리의 만행 때문에 옷장에 자물쇠를 달고, 화장실 열쇠 구멍을 휴지로 막고, 지갑을 베개 아래에 깔고 잠을 자야 했다. 그러면서도 그녀는 화를 내기보다는 슬퍼했다. 그녀는 불평할 만한 것이 거의 없었고, 그 점을 잘 알고 있었다. 그녀와 여동생들은 필엘레나 거리의 쓰러져가는 커다란 집에서 가난하고도 행복했다. 그녀는 좋은 퀘이커 고등학교에 입학한 뒤 뛰어난 퀘이커 대학에 들어갔고, 두 학교에서 모두 전액 장학금을 받았다. 그리고 대학 동창과 결혼한 뒤 예쁜 두 딸을 낳았다. 그러는 내내 빌리는 몰락해가고 있었다.

닉은 빌리에게 정치를 사랑하도록 가르쳤고, 빌리는 **부르주아 자유주의자, 부르주아 자유주의자**라고 부르며 놀리는 것으로 이에 보답했다. 그래도 닉이 그다지 화를 내지 않자 빌리는 다른 파사파로들과 친하게 지냈다. 그들은 가족의 배신자의 배신자를 기꺼이 사랑했다. 빌리가 두 번째 흉악 범죄를 저질러 체포되자 콜린은 그를 내쫓았고, 팀스터스 친척들은 영웅을 맞듯 그를 환대했다. 하지만 오래지 않아 그러한 환영도 잦아들었다.

그는 지미 삼촌과 1년을 같이 살았는데, 오십대의 나이에도 삼촌은 총, 칼, 체이시 레인의 포르노 비디오, 워로드 III와 던전 마스터 용품 등을 잔뜩 모아놓고는 정신연령이 비슷한 사춘기 아이들과 같이 갖고 놀며 최고의 행복을 느꼈다. 하지만 지미는 또한 침실 한쪽 모서리의 성지에 엘비스 프레슬리를 모셔두고 경배했다. 지미가 엘비스에 대해서는 절대 농담하지 않는다는 사실을 그다지 명심하지 않았던 빌리는 급기야 지미가 훗날 언급하고 싶어 하지 않을 만큼 통탄스럽고 복구 불가능한 방식으로 성지를 훼손하고는 거리로 쫓겨났다.

그러자 빌리는 필라델피아의 극단적인 지하활동으로 떠돌아 들어갔다. 붉은 초승달 폭탄 제조 모임, 불법 복제자, SF 잡지 마니아, 평크록 팬, 무정부주의자, 비주류 채식주의 선도자, 오르곤* 담요 제작자, 아프리카라는 이름의 여자들, 아마추어 엥겔스 전기 작가들, 북쪽의 피시타운과 켄싱턴에서부터 저먼타운과 웨스트 필라델피아(이곳에서 구드 시장은 선량한 시민인 MOVE 회원들에게 화염병을 던졌다)를 걸쳐 황폐화된 포인트 브리즈까지 온통 퍼져 있는 붉은 군대 출신 이주자들. 프랭크 리조가 처음 시장이 된 후로 아무도 도시의 경찰이 깨끗하거나 공정한 척할 수 없었다. 붉은 초승달 회원들의 판단에 따르면, 모든 경찰은 살인자이거나 적어도 살인 방조자이기 때문에(MOVE를 보라!) 경찰이 반대할 폭력범죄나 부의 재분배는 장기간 이어진 더러운 전쟁에서 합법적 행동으로 정당화될 수 있었다. 하지만 이러한 논리는 판사들에게 대체로 먹히지 않았다. 젊은 무정부주의자인 빌리 파사파로는 세월이 지나며 점점 더 중한 형을 언도받았다. 보호관찰, 사회봉사, 실험적 범죄자 캠프를 걸쳐 급기야 그레이터포드의 주립 교도소에 수감되었다. 로빈과 그녀의 아버지는 이러한 형벌의 정당성에 대해 종종 논쟁했는데, 닉은 자신이 폭력적인 사람은 아니지만 이상을 지키기 위해 폭력을 쓰는 데는 반대하지 않는다고 레닌 같은 염소수염을 쓰다듬으며 단언했고, 이에 바로 로빈은 빌리가 부러진 당구대로 펜실베이니아 대학생을 찌름으로써 제시한 정치적 이상을 구체적으로 설명함으로써 그에게 맞섰다.

데니즈가 로빈을 만나기 전해에 가석방된 빌리는 나이스타운의

---

* 우주에 충만한 비물질적인 생명력.

거의 북쪽 끝 가난한 동네에 세워진 주민 컴퓨터 회관의 개관식에 참석했다. 구드가 시장을 두 번 연임하며 일군 많은 정책적 성과 중 하나가 바로 도시의 공립학교를 상업적으로 이용하는 것이었다. 시장은 개탄스러울 만큼 방치되어 있는 이들 학교를 교활하게도 사업적 기회로 파악하였고("희망의 메시지에 동참하여 빠르게 전진하자"라고 그는 사방에 떠들었다) N— 기업이 심각한 재정난에 시달리는 공립학교의 운동 프로그램을 책임짐으로써 그의 요란한 설득에 반응했다. 이어서 시장은 필라델피아의 컴퓨터 시장을 꽉 잡고 있는 W— 기업을 이와 유사한 일을 맡도록 설득해 그 유명한 글로벌 데스크톱이 필라델피아의 모든 교실에 "기부"되었을 뿐만 아니라 황폐화된 북부와 서부 지역 다섯 군데에 주민 컴퓨터 회관이 건립됐다. 대신에 W—는 필라델피아의 학교에서 이루어지는 모든 학급 활동을 (컴퓨터와 관련이 있든 없든) 독점적으로 광고에 이용할 권리를 얻었다. 시장의 비판자들은 이러한 "계약"을 번갈아 맹렬히 비난하며 W—가 느린 데다 고장 나기 일쑤인 데스크톱 4.0 버전을 학교에 기부하고, 주민 컴퓨터 센터에는 거의 쓸모없는 3.2 버전을 갖다 놓았다고 불평해댔다. 하지만 그날 9월 오후 나이스타운의 분위기는 들떠 있었다. 시장과 W—의 기업 이미지 담당 부사장인 28세 릭 플램버그는 커다란 가위를 들고 리본을 잘랐다. 유색인 지역 정치가들은 **어린이**와 **내일**에 대해 이야기했다. 그리고 **디지털**과 **민주주의**와 **역사**에 대해 이야기했다.

하얀 천막 밖에서는 늘 그렇듯 무정부주의자 무리가 공개적으로는 현수막과 피켓을 들고, 비공개적으로는 카고 팬츠 주머니에 강력한 막대자석을 품고 있었다. 경찰 특무대가 이들을 주의 깊게 감시했는데, 나중에 특무대 규모가 너무 작았다는 비난을 받아야 했다. 무정부주의자들은 케이크를 먹고 펀치를 마시는 혼란을 틈타 회관의 새 글로벌 데스크톱의 모든 데이터를 막대자석으로 지울 계획을 세우고 있었다. 그들의 현수막에는 **너나 가져라, 컴퓨터는 개혁의 적이다, 여기 천국에서 나는 편두통만 얻는다**라고 적혀 있었다. 빌리 파사파로는 깔끔하게 면도하고 하얀 반소매 와이셔츠 차림으로 **필라델피아에 오신 것을 환영합니다!!**라고 적힌 피켓에 1.2미터짜리 각목을 붙여 들고 있었다. 공식 행사가 끝나고 더욱 매력적인 무정부 상태가 되자 빌리는 선의가 담긴 메시지를 높이 쳐든 채 웃으며 군중 속으로 들어가 고위 관리들에게 충분히 다가가자 피켓의 각목 손잡이를 야구 방망이처럼 휘둘러 릭 플램버그의 두개골을 박살 냈다. 세 번을 더 휘둘러 플램버그의 코와 턱과 쇄골과 이빨 대부분이 부서진 후에야 시장의 경호원이 빌리를 막았고 경찰 10여 명이 달려들었다.

빌리에게는 다행스럽게도 텐트에 사람이 너무 북적여 경찰은 총을 쏠 수 없었다. 역시나 빌리에게는 다행스럽게도, 그의 명백한 사전 모의나, 사형수 수감 건물에 백인 재소자가 부족하다는 정치적 곤란에도 불구하고 릭 플램버그는 죽지 않았다(다트머스 대학 출신의 미혼인 플램버그가 기형과 마비와 언어장애와 한쪽 눈의 실명과 정상적인 생활이 불가능한 두통만 얻고 죽지 않은 것을 다행으로 여겼는지는 다소 불확실하다). 빌리는 살인 미수와 1급 폭행과 흉기 사용 폭행으로 기소되었다. 그는 그 어떤 감형 거래도 단호히 거절했고, 법정에서 직접 자신을 변호하겠다고 고집했으며, 법원에서 선임

해준 무료 변호사와 그의 가족이 시간당 50달러를 지불한 늙은 팀스터스 변호사를 모두 "화해파"라며 해고했다.

오빠의 지성을 결코 의심하지 않은 로빈을 제외하고는 거의 모든 사람들이 빌리의 뛰어난 변론에 충격을 받았다. 그는 시장이 필라델피아의 아동을 W— 기업의 "첨단 기술 노예"로 "판매"했으며, 이는 "명백한 공공의 위험"이 되는 행위이므로 폭력적 대응이 정당화된다고 주장했다. 또한 미국 기업과 미국 정부 사이의 "위태로운 유착"을 비난했다. 그는 자신을 렉싱턴과 콩코드의 옛 독립투사에 비교했다. 한참 나중에 로빈이 변론 원고를 보여주자 데니즈는 빌리와 칩 오빠를 함께 저녁에 초대해 '관료 체제'에 대해 토론하는 것을 들으면 어떨까 상상했지만, 이것이 현실로 이루어지려면 빌리가 그레이터포드의 주립 교도소에서 12~18년 형의 70퍼센트를 채울 때까지 기다려야 했다.

닉 파사파로는 휴가를 내 아들의 재판에 꼬박꼬박 참석했다. 그리고 TV 카메라 앞에 서서 늙은 공산당이 할 만한 모든 말을 했다. "하루에 한 명의 흑인 피해자가 생기고 침묵만이 따릅니다. 일 년에 한 명의 백인 피해자가 생기고 격렬한 항의가 따릅니다." "내 아들은 자신의 죄에 대해 비싼 대가를 치르겠지만, W—는 자신의 죄에 대해 아무 대가도 치르지 않을 것입니다." "이 세계의 릭 플램버그들은 미국 아동들에게 사이버 폭력을 팖으로써 수십억을 벌어들입니다." 닉은 빌리의 변론에 대부분 동의했고, 이처럼 뛰어난 아들을 자랑스러워했다. 하지만 플램버그의 부상 사진이 법원에 공개되자 그는 통제력을 잃고 말았다. 플램버그의 두개골과 코와 턱과 쇄골에 V자로 깊이 파인 자국은 이상주의와 어울리지 않는 야만성과 광기를 보여주었다. 닉은 재판이 진행되는 동안 잠을 이룰 수 없었다. 면도도 하지 않았고, 입맛도 잃었다. 콜린의 강요에 따라 그는 정신과 의사와 상담해 약을 처방받아 왔지만 그때부터는 심지어 밤에 그녀를 깨우기 시작했다. 그는 고함쳤다. "사과하지 않을 거야!" "이건 전쟁이야!" 결국 그는 약의 양을 늘렸고, 4월에 교육청은 그를 퇴직시켰다.

릭 플램버그가 W— 기업을 위해 일했기 때문에 로빈은 이 모든 것에 대해 책임감을 느꼈다.

로빈은 파사파로 집안의 대표로 릭 플램버그의 가족을 방문했다. 열심히 병원에 드나든 끝에 플램버그의 부모는 분노와 의심을 버리고 그녀를 빌리의 보호자가 아니라고 인식하게 되었다. 그녀는 플램버그 곁에 앉아 〈스포츠 일러스트레이티드〉를 읽어주었다. 그가 비틀비틀 복도로 나아갈 때면 보행기 곁에서 함께 걸어갔다. 그가 두 번째 재건 성형수술을 받은 날 밤에는 그의 부모를 저녁 식사에 초대해 그들의 (솔직히 지루하기 짝이 없는) 아들 이야기를 열심히 들어주었다. 그리고 그들에게 말했다, 빌리가 얼마나 영리했으며, 4학년 때 이미 결석 신청서를 위조할 만큼 글쓰기에 능란했으며, 지저분한 농담과 중요한 성 관련 지식을 풍부히 꿰고 있었는지를. 자기만큼이나 영리한 오빠가 자기와 똑같은 사람이 되기 싫다는 듯 해가 갈수록 어리석음에 빠져드는 모습을 보는 것이 어떤 느낌이었으며, 그가 릭에게 그런 짓을 하다니 너무나 안타깝고, 어쩌다 이렇게 되었는지 알 수 없다고.

빌리의 재판 전날, 로빈은 어머니에게 함께 성당에 가자고 했다. 콜린은 견진성사를 받은 가톨릭교도였지만 40년 동안 성찬식을 하지 않았고, 로빈의 성당 경험은 결혼식과 장례식에 국한되어 었다. 그럼에도 3주 동안 일요일마다 콜린은 마운트 에어리까지 온 딸의 차를 타고 어릴 적 다녔던 노스 필라델피아의 성 딤프나 성당으로 갔다. 세 번째 일요일에 성소에서 나오며 그녀는 평생 버리지 못한 희미한 아일랜드 억양으로 로빈에게 말했다. "큰 힘이 되었다. 고맙구나." 그 후 로빈은 혼자서 성 딤프나로 미사를 들으러 갔고, 점점 확고한 신도가 되어갔다.

로빈이 이처럼 선하고 헌신적인 행동을 할 시간을 낼 수 있었던 것은 W— 기업 덕분이었다. 그녀의 남편인 브라이언 캘러핸은 지방의 중소 제조업자의 아들로 발라 – 킨위드에서 편안하게 자라며 아버지의 작은 정밀 화학 공장을 물려받으리라는(아버지 캘러핸은 젊은 시절 세라믹 벽을 베세머 전로(轉爐)에 달구어 금과 흠집을 메울 수 있는 혼합물질이라는 고수익 개발을 해냈다) 기대 속에서 세련된 취향을 기르고 라크로스를 즐겼다. 브라이언은 대학 동창 중 최고의 미인과(그의 견해로 그 사람은 바로 로빈이었다) 결혼했고, 졸업 직후 하이 템프 프로덕츠의 사장이 되었다. 회사는 타코니 – 팔미라 다리 근처 산업 지구의 노란색 벽돌 건물에 자리했다. 우연히도 가장 가까운 이웃 건물은 IBT 서류 창고였다. 하이 템프 프로덕츠를 운영하기란 지적으로 그리 어려운 일이 아니었기에 브라이언은 오후 시간에 컴퓨터 코드나 푸리에 해석에 빠져 빈둥대며 사장다운 대형 카세트 플레이어에 좋아하는 캘리포니아 컬트 밴드들의 음악을(피뷸레이터, 싱킹 펠러스 유니언, 미닛맨, 노마틱스) 쾅쾅 틀어놓고는 남아도는 시간에 소프트웨어를 하나 만들어 조용히 특허권을 얻은 뒤, 조용히 벤처캐피탈에 도움을 구했고, 어느 날 그 캐피탈의 충고에 따라 특허를 W— 기업에 1950만 달러를 받고 조용히 팔아넘겼다.

아이건멜로디라고 이름 붙여진 브라이언의 소프트웨어는 그 어떤 녹음된 음악도 고유 벡터로 프로세싱해 음과 선율의 요소들을 제각 각 조작 가능한 좌표로 분해해냈다. 아이건멜로디 사용자들은 좋아하는 모비의 노래를 골라 아이건멜로디로 스펙트럼을 분석해서 유사 고유 벡터를 가진 노래를 데이터베이스에서 찾아내, 오페어스, 로라 니로, 토머스 맵퓨모, 포크롭스키의 매혹적인 'Les Noces' 등 아이건멜로디가 아니었더라면 전혀 몰랐을 비슷한 음악 목록을 만들 수 있었다. 아이건멜로디는 실내 게임, 음악학 연구, 음반 마케팅이 하나로 합쳐진 것이었다. 뒤늦게 온라인 음악 판매 사업에 뛰어든 거대기업 W—는 브라이언의 변덕에 시달린 끝에 독점 사용권을 사고 자 거액의 돈 뭉치를 기꺼이 내밀었다.

곧 닥쳐올 계약에 대해 로빈에게 아무 언급도 않고 있다가 매매가 성사된 날 저녁에 미술관 근처 여피 스타일의 수수한 주택에서 아내와 딸들이 잠자리에 들었을 때, 침대에서 브라이언이 태양의 흑점을 설명하는 〈노바〉를 보던 중 "참, 그런데, 이제 우리 둘 다 더 이상 일할 필요가 없어"라고 말한 것은 그다운 행동이었다.

그 소식을 듣고 깔깔대며 웃다가 딸꾹질까지 한 것은 로빈다운 행동이었다.

아, 그 옛날 빌리가 로빈을 머저리 암소라고 놀린 것은 정당했다. 로빈은 자신이 이미 브라이언과 행복하게 잘 살고 있다고 생각했다. 주택의 작은 뒤뜰에 채소와 허브를 기르고, 웨스트 필라델피아의 대안 학교에서 열 살, 열한 살짜리 아이들에게 '영어'를 가르치고, 딸 시네이드를 페어마운트 거리의 훌륭한 사립 초등학교에 입학시키고, 딸 에린을 프렌즈 셀렉트의 유치원에 보내고, 리딩 터미널 시장에서 껍질이 부드러운 게와 저지 토마토를 사고, 주말과 8월은 시댁의 케이프 메이 별장에서 지내고, 자식이 있는 오랜 친구들과 만나고, 적당히 차분하게 지낼 수 있을 만큼 성적 에너지를 브라이언과 태워 없앴다(그녀는 이상적으로 **매일** 하는 것이 좋다고 데니즈에게 말했다).

따라서 머저리 암소는 브라이언의 다음 질문에 충격을 받았다. 그는 어디에서 살고 싶냐고 물었다. 그는 노던 캘리포니아를 염두에 두고 있다고 했다. 또한 프로방스나 뉴욕이나 런던도 생각 중이라고 했다.

로빈은 말했다. "우리는 여기에서 행복하게 잘 지내고 있어. 아무도 모르고, 모두가 백만장자인 곳에 우리가 뭐 하러 가?"

브라이언이 대꾸했다. "기후, 풍경, 안전, 문화. 그리고 스타일. 필라델피아에는 이 중 하나도 없잖아. 이사하자는 얘기가 아니야. 그냥 가고 싶은 곳이 있으면 말하라는 거지. 특히 여름에 가고 싶은 곳 말야."

"난 여기가 좋아."

"그럼 여기서 지내자. 다른 곳에 가고 싶은 마음이 생길 때까지 말야."

그녀는 이것으로 토론이 끝났다고 생각할 정도로 순진했다고 데니즈에게 말했다. 양육, 식사, 섹스라는 안정적 기반을 갖춘 행복한 결혼 생활을 하고 있었다. 그녀와 브라이언이 다른 계층 출신이라는 것은 사실이지만, 하이 템프 프로덕츠가 듀퐁 같은 거대 기업은 아니었고, 로빈은 두 명문대에서 학위를 받았으며 전형적인 프롤레타리아는 아니었다. 그들의 몇 안 되는 진짜 차이는 스타일에서 드러났지만 로빈은 거의 감지하지 못했다. 브라이언은 좋은 남편에 착한 사람이었고, 소처럼 순진한 로빈은 스타일이 행복과 무슨 관련이 있으리라고는 전혀 상상도 못 하고 있었다. 그녀의 음악적 취향은 존 프라인과 에타 제임스였기에 브라이언은 집에서 그 둘의 음악을 틀고 바르토크, 디펑크트, 플레이밍 립스, 미션 오브 버마는 하이 템프 붐박스에서 요란하게 틀어놓았다. 로빈이 대학생처럼 하얀 스니커즈에 자줏빛 나일론 옷을 걸치고 1978년에나 유행했을 커다란 둥근 철사 안경을 써도 브라이언은 실망하지 않았다. 남자들 중 그녀의 나체를 보는 유일한 사람이 자기였으니. 로빈이 신경이 예민하고 쇳소리처럼 날카로운 목소리로 말하고 기이하게 웃는 것은 따뜻한 마음과 놀라운 정욕과 영화배우처럼 날씬한 몸매를 유지하는 높은 신진대사에 비하면 작은 대가에 불과했다. 로빈이 겨드랑이 털을 밀지 않고 안경을 좀처럼 닦지 않아도, 어쨌든 그녀는 브라이언의 아이들의 어머니가 아닌가. 그는 마음껏 음악을 듣고 벡터를 조정할 수 있는 한, 특정 시대의 자유주의 여자들이 페미니스트로서의 정체성을 드러내기 위해 반(反)스타일을 추구하는 것에 전혀 개의치 않았다. 아마도 W—에서 돈이 굴러 들어오기 전까지는 이런 식으로 브라이언이 스타일 문제를 해결했을 거라고 데니즈는 상상했다.

(비록 데니즈가 로빈보다 세 살 어리긴 해도 자줏빛 나일론 파카를 입거나 겨드랑이 털을 밀지 않는 것은 상상도 할 수 없었다. 심지어

하얀 스니커즈도 **없었다**.)

새로운 부에 관련한 로빈의 첫 양보는 브라이언과 함께 여름 별장을 둘러보러 다니는 것이었다. 그녀는 커다란 집에서 자랐기에 딸들도 그런 큰 집에서 자라기를 바랐다. 브라이언이 3.5미터 높이의 천장과 욕실 네 개와 마호가니 가구와 장식을 원한다면 그녀는 기꺼이 감수할 수 있었다. 9월 6일에 그들은 리튼하우스 광장 근처 파나마 거리의 웅장한 브라운스톤 저택을 구입했다.

이틀 후 빌리 파사파로는 감옥에서 다진 강한 어깨를 힘껏 휘둘러, 필라델피아를 방문한 W─의 기업 이미지 담당 부사장을 환영했다.

폭행 사건 후 몇 주 동안 로빈이 알아야 했으나 알 수 없었던 것은 빌리가 피켓에 환영 인사를 적었을 무렵 브라이언이 어느 회사를 통해 횡재하게 되었는지를 알았느냐 여부였다. 그 답은 대단히, 대단히 중요했다. 하지만 빌리에게 물어봐야 소용없었다. 진실을 말할 리 없었다. 그는 그녀의 마음을 가장 아프게 하리라고 생각되는 쪽으로 대답할 것이 뻔했다. 그는 로빈이 자기처럼 인생을 완전히 망쳐 비참해지기 전까지는 영원히 비웃을 것이고, 결코 동료로 받아들이지 않을 것임을 이미 분명히 했다. 그녀는 그에게 토템과 같은 역할을 하는 듯했다. 그는 자신이 가질 수 없었던 행복한 보통 인생을 누리는 전형으로 그녀를 지목했으며, 릭 플램버그의 머리를 갈겼을 때 그가 실제로 노린 것은 **그녀의 머리**가 아니었을까 싶었다.

재판 전 그녀는 아버지에게 브라이언이 아이건멜로디를 W─에 팔았다는 사실을 빌리에게 말했는지 물었다. 묻고 싶지 않았지만 묻지 않을 수 없었다. 닉은 빌리에게 돈을 주기에, 가족 중 유일하게, 그와 여전히 정상적인 대화를 나누는 사람이었다. (지미 삼촌은 성지의 파괴자인 머저리 조카가 엘비스를 혐오하는 낯짝을 다시 들이댄다면 반드시 쏘아 죽이겠다고 공언했고, 빌리는 다른 모두에게서 너무 자주 도둑질을 했다. 심지어 닉의 부모인 파시오와 캐럴라이나는 빌리가 그저 "주의력 결핍 장애"일 뿐 아무 문제도 없다고 오랫동안 주장해왔지만 이제는 그들의 시아일시티 집에 발도 못 들이게 했다.)

닉은 불행히도 로빈이 던진 질문의 중요성을 즉각 알아챘다. 그는 조심스럽게 말을 고르며 아니라고 대답했지만, 빌리에게 무슨 말을 했는지는 전혀 말해주지 않았다.

"사실대로 말해주세요, 아빠." 로빈이 말했다.

"그게…… 나는…… 나는…… 둘 사이에 무슨 관련이 있는 것 같지 않구나…… 응, 로빈."

"관련이 있다고 해서 죄책감이 들지는 않을 거예요. 그냥 화가 날 뿐이죠."

"그게…… 로빈…… 그런…… 그런 기분은 종종 피차일반일 경우가 많단다. 죄책감이나 분노나 다 같은 것…… 아니냐? 하지만 빌리 걱정은 말아라."

로빈은 닉이 그녀를 죄책감으로부터 보호하려는 것인지, 빌리를 그녀의 분노로부터 보호하려는 것인지, 아니면 그저 스트레스 때문에 멍해져 있었던 것인지 의아해하며 전화를 끊었다. 아마 셋 다가 아닐까 싶었다. 여름 동안에 아버지는 브라이언의 횡재를 빌리에게 말했을 것이고, 부자는 그때 W— 기업과 부르주아인 로빈과 여유를 즐기는 브라이언을 같이 헐뜯고 욕했을 터였다. 브라이언과 닉이 얼마나 사이가 나쁜지 생각만 해봐도 뻔했다. 브라이언은 데니즈와 있을 때와는 달리("장인은 최악의 겁쟁이야"라고 언젠가 그는 말했다) 아내와 있을 때는 결코 노골적으로 말하지는 않았지만 닉의 폭력 사용에 대한 반사회적 주장과, 소위 말하는 사회주의에 대한 혐오스러운 만족에 반대한다는 점을 분명히 했다. 브라이언은 콜린은 좋아했지만("저 결혼 생활에서 장모님은 부당한 대우를 받고 있어"라고 그는 데니즈에게 말했다) 닉이 장황하게 말을 늘어놓기만 하면 고개를 절레절레 저으며 방에서 나갔다. 로빈은 아버지와 빌리가 자기네 부부를 두고 무슨 말을 했을지 상상하지 않았다. 하지만 어떤 말이 오갔을지는 뻔했고, 릭 플램버그가 그 대가를 치른 것 역시 분명했다. 플램버그의 재판 사진에 대한 닉의 반응은 이러한 견해에 더욱 신빙성을 주었다.

재판이 진행되며 아버지가 폐인이 되어가는 동안 로빈은 성 딤프나의 교리문답서를 열심히 읽고는 브라이언의 새 돈에 대한 또 다른 두 가지 의견이 생겼다. 첫째로, 그녀는 대안 학교 일을 관두었다. 아이 하나에 연간 2만 3천 달러를 내는 부모들을 위해 일하는 것이 더 이상 행복하지 않았다(물론 그녀와 브라이언 역시 시네이드와 에린의 학비에 거의 그만큼 돈을 쓰긴 했다). 곧 그녀는 자선 프로젝트를 시작했다. 그들의 새집에서 1.5킬로미터도 채 안 떨어진 포인트 브리즈의 심하게 황폐화된 지역의 블록 하나를 통째로 샀다. 블록은 모퉁이의 버려진 연립주택 한 채 외에는 텅 비어 있었다. 그녀는 또한 부엽토 다섯 트럭분을 사고, 좋은 책임보험에 들었다. 그녀의 계획은 그 동네의 십대들을 최저임금으로 고용해 유기농법의 기초원리를 가르쳐 야채 판매 수입을 그들과 함께 공유하는 것이었다. 로빈은 심지어 스스로 생각해도 섬뜩할 만큼 미친 듯이 가든 프로젝트에 헌신했다. 브라이언은 로빈이 새벽 4시에 글로벌 데스크톱 앞에 앉아 두 발을 떨며 순무의 종류를 비교하는 광경을 목격했다.

매주 파나마 거리에 새로운 건축업자가 와서 집을 더 보기 좋게 꾸몄고, 로빈은 유토피아 건설에 모든 시간과 기운을 쓰느라 보이지 않았기에, 브라이언은 어린 시절이라는 음울한 도시에 머무르는 것으로 자신을 달랬다. 그는 스스로 재미를 좀 보기로 했다. 필라델피아의 고급 레스토랑을 하나하나 찾아가 점심을 먹으며 각 식당을 그가 현재 가장 좋아하는 곳인 마레 스쿠로와 비교했다. 여전히 마레 스쿠로가 최고라는 확신이 들자 그는 주방장을 불러 제안을 했다.

"여긴 필라델피아 최초의 진짜 레스토랑입니다. 이런 곳에 오면 사람들은 말하게 되죠. '어이, 필라델피아에서 살 수도 있을 것 같아. 꼭 그래야 한다면 말이야.' 다른 사람들이 정말 그렇게 느끼는지 아닌지는 상관없어요. **내가** 그렇게 느끼도록 해주기만 하면 되니까요. 그러니 여기서 얼마를 받든 두 배를 주겠소. 내가 비용을 댈 테니 유럽으로 가서 두어 달간 그곳의 음식을 먹어봐요. 그리고 돌아와 진짜 멋진 레스토랑을 구상해 직접 운영해보도록 해요."

데니즈는 대답했다. "그러다 거액을 잃기 십상이에요. 경험이 풍부한 파트너나 대단히 뛰어난 매니저를 구하지 못한다면요."

"뭘 해야 하는지 말만 해요. 그렇게 할 테니."

"'두 배'라고요?"

"필라델피아 최고의 레스토랑을 얻게 될 거요."

"'두 배'라니 매우 흥미롭군요."

"그럼 하겠다고 해요."

"제대로 될 수도 있지만 거액을 날릴 수도 있다는 점을 명심해야 해요. 일단 주방장 연봉부터가 지나치게 높으니까요."

데니즈는 누군가가 자신을 간절히 원할 때면 늘 쉽게 거절을 못 했다. 세인트주드 교외 지역에서 자란 덕분에 이런 식으로 자신을 원할 만한 사람에게서 안전거리를 유지할 수 있었지만, 고등학교를 졸업하고 여름 동안 미들랜드 퍼시픽 철도의 신호부에서 일할 때 제도대가 두 개씩 주르르 늘어선, 햇볕 잘 드는 커다란 방에서 그녀는 나이 많은 남자들 10여 명의 갈망에 친숙해졌다.

미들랜드 퍼시픽의 머리이자, 영혼의 신전은 대공황 시절 지은 석회석 건물이었는데 원형 옥상 외벽은 너무 인색한 와플의 가장자리처럼 들쭉날쭉했다. 고차원 두뇌들은 중역 회의실의 가죽 의자를 하나씩 차지하고, 16층의 간부 식당에서 밥을 먹었다. 더욱 추상적인 부서(운영, 법률, 홍보)를 담당하는 부사장의 사무실은 15층에 있었다. 건물 바닥의 파충류 두뇌들은 청구서를 보내고, 급여를 지불하고, 인사를 관리하고, 데이터를 저장했다. 그 중간에는 엔지니어링과 같은 중간층 기능직이 자리해 다리와 철도와 건물과 신호 체계를 망라했다.

총 길이가 2만 킬로미터에 달하는 미들랜드 퍼시픽의 철로를 따라 이어져 있는 모든 신호기와 전선, 붉고 노란 모든 신호등과 자갈 바닥에 묻힌 모든 동작 감지기와 번뜩이는 모든 차단기와 통풍구 없는 알루미늄 창고에 설치된 모든 타이머와 계전기의 집합체를 위해 본사 건물 12층 탱크실에는 묵직한 뚜껑이 달린 서류 탱크 여섯 개 중 하나에 최신 회로도가 보관되어 있었다. 가장 오래된 회로도는 손에 쥔 연필로 피지에 그린 것이었고, 가장 최신의 회로도는 미리 인쇄된 마일러 필름에 라피도그래프 펜으로 그린 것이었다.

이들 회로도를 담당하는 한편, 철도의 신경계를 건강하고 체계적으로 유지하는 현장 엔지니어를 돕는 제도사들은 텍사스와 캔자스와 미주리 토박이들이었다. 지적이나 세련되지 못하고 비음 섞인 억양으로 말하는 이들은 신호 관련 비숙련공으로 일하며 잡초를 뽑고 울타리 구멍을 파고 전선을 잇던 중 회로에 대한 적성 덕분에 (그리고 나중에 데니즈가 깨달은 바로는 백인인 덕분에) 선발되어 수련을 받고서 힘들게 여기까지 올라온 사람들이었다. 대학을 1, 2년 이상 다닌 사람은 아무도 없었고, 대부분이 고졸이었다. 하늘이 더 하얗고, 풀이 더 갈색이고, 옛 동료들이 들판에서 열사병과 씨름하는 여름날, 제도사들은 개인 서랍에 카디건을 구비해두어야 할 만큼 시원한 방에서 쿠션과 바퀴가 달린 의자에 앉아 정말로 행복해했다.

그녀가 처음 출근하던 날, 일출의 분홍빛 속에서 시내로 차를 몰며 앨프리드가 말했다. "그중 몇 명은 커피 타임이라며 쉴 거다. 그렇게 쉬라고 월급을 주는 게 아니라는 점을 명심해라. 네가 커피 타임이라며 쉬는 일은 없기를 바란다. 너를 고용해주는 친절을 베푼 철도 회사는 여덟 시간 일하는 대가로 봉급을 주는 것이다. 그걸 꼭 명심해. 학교 공부를 하고 트럼펫을 불듯이 열심히만 하면 좋은 일꾼으로 기억될 거다."

데니즈는 고개를 끄덕였다. 그녀는 좋게 말하자면 경쟁심이 강한 성격이었다. 고등학교 밴드부의 트럼펫 파트에는 여학생 둘에 남학생 열두 명이 있었다. 그녀는 첫 번째 의자에 앉았고, 남자애들은 바로 옆 열두 자리에 주르르 앉았다(마지막 의자에는 체로키 인디언의 피가 일부 섞인, 남부 출신의 여자애가 앉았는데, 높은 E 대신에 중간 C를 연주하여 모든 고등학교 밴드에 그림자를 드리우기 마련인 불협화음의 먹구름 형성에 일조했다). 데니즈는 음악에 특별한 열정이 있었던 것은 아니었지만 뭐든지 뛰어나고 싶어 했고, 그녀의 어머니는 밴드가 어린이에게 좋다고 믿었다. 이니드는 밴드의 규율과 긍정적 분위기와 강한 소속감을 좋아했다. 학창 시절 개리는 뛰어난 트럼펫 연주자였고, 칩은 (잠시나마 요란하게) 바순을 불어댔다. 데니즈는 자신의 차례가 오자 개리의 전철을 따르고 싶어했지만 이니드는 여자애와 트럼펫은 어울리지 않는다고 생각했다. 여자애한테는 플루트가 제격이라고. 하지만 데니즈는 여자애와 경쟁해서 별다른 만족감을 얻은 적이 없었다. 그래서 트럼펫을 고집했고, 앨프리드가 그녀 편을 들어주었고, 데니즈가 개리가 쓰던 트럼펫을 분다면 악기 대여료를 내지 않아도 된다는 생각이 최종적으로 이니드의 마음을 돌려놓았다.

불행히도 그해 여름 데니즈가 복사하고 서류함에 정리해야 할 신호도는 악보와는 달리 전혀 이해할 수 없었다. 제도사들과 경쟁할 수 없었기에 그녀는 지난 두 번의 여름 동안 신호부에서 근무했던, 기업 법률 자문관의 아들 앨런 잼버리츠와 경쟁했다. 그녀는 잼버리츠의 업무 능력이 어느 정도였는지 알 길이 없었기에 그 **누구도** 흉내 낼 수 없을 만큼 열심히 일했다.

"데니즈, 와, 세상에, 이런." 그녀가 신호도를 자르고 순서를 맞추고 있는데 땀투성이 텍사스인 러레이도 밥이 말했다.

"네?"

"그렇게 빨리 일하다가는 온몸이 불타겠다."

"사실, 재미있어요. 일단 리듬을 타면 일이 술술 되거든요."

"하지만 내일 해도 늦지 않아."

"**그러면** 재미없을 것 같아요."

"정 그렇다면야. 그럼 커피라도 한잔하렴. 어때?"

제도사들이 복도로 우르르 나가며 소리쳤다.

"커피 타임이다!"

"어서 간식 가져와!"

"커피 타임이다!"

그녀는 여전히 **빠른** 속도로 일했다.

러레이도 밥은 여름 아르바이트생이 없을 때면 그 지루한 일을 맡아야 할 하급 제도사였다. 그가 스위셔 스위트 시가를 씹으며 아침 내내 하던 사무 노동을 상사가 보는 앞에서 데니즈가 30분 만에 해치우니 러레이도로서는 원통하기 짝이 없었다. 데니즈의 근무 태도는 그녀가 그 아버지에 그 딸이며, 얼마 안 가 아버지처럼 간부가 될 것이라는 증거였다. 하지만 그때에도 러레이도 밥은 여전히 억지로 그 일을 해야 하는 사람이 할 법한 속도로 사무 노동을 하고 있을 터였다. 러레이도 밥은 여자는 천사이고, 남자는 가엾은 죄인이라고 믿었다. 그가 결혼한 천사는 그가 담배 피우는 것을 용서해주고, 쥐꼬리만 한 월급으로 네 아이를 먹이고 입힘으로써 자애롭고도 상냥한 품성을 드러냈다. 하지만 산더미처럼 쌓인 마이크로폼 박스 수천 개에 라벨을 붙이고 알파벳순으로 정리하는 분야에서 **영원한 여성**께서 초능력을 발휘했을 때 그는 전혀 놀라지 않았다. 러레이도 밥에게 데니즈는 아름다운 만능의 생명체 같았다. 얼마 안 가, 데니즈가 출근하거나 거리 건너 나무 하나 없는 작은 공원에서 점심을 먹고 돌아오면 그는 로커빌리를 부르기 시작했다("데니즈, 아, 왜 그랬니? 뭘 한 거니?").

제도실 실장인 샘 보이얼라인은 데니즈에게 말했다, 올해에 두 명 몫을 했으니 내년 여름에는 여기 오지 않아도 월급을 주겠다고.

어마어마하게 두꺼운 안경을 쓰고 이마에 전암병변이 생겼지만 언제나 방실방실 웃는 아칸소 사람 라마 파커는 그녀에게 물었다, 혹시 아버지가 신호부 직원들이 야비하고 쓸모없는 인간이라고 비난하지 않더냐고.

"쓸모없다고는 했지만 야비하다고는 안 했어요." 데니즈가 대꾸했다.

라마는 타레이턴 담배 연기를 뻐끔뻐끔 내뿜으며 낄낄 웃더니, 그녀의 말을 혹시 못 들은 사람이 있을까 봐 되뇌었다.

"허-허-허." 돈 아머라는 제도사가 비꼬듯 불쾌하게 중얼거렸다.

돈 아머는 신호부에서 데니즈를 싫어하는 유일한 사람이었다. 그는 다리는 짧지만 탄탄한 체격의 베트남 참전 용사로, 수염을 깨끗이 깎은 뺨은 거의 서양자두처럼 푸르스름했다. 거대한 팔뚝 주위로 상의 소매가 팽팽했고, 손에 든 제도 도구는 마치 장난감 같았다. 그는 초등학교 1학년 책상에 앉은 십대처럼 보였다. 다른 사람들처럼 높다란 바퀴 의자의 발판에 발을 놓는 것이 아니라 그대로 늘어뜨려 발끝이 바닥에 질질 끌렸다. 제도대 위로 상체를 푹 숙여 라피도그래프 펜에서 얼굴이 겨우 몇 센티미터 떨어진 채 한 시간을 일한 뒤 그는 절뚝절뚝 걸어가 코를 마일러 필름에 박거나 얼굴을 두 손에 묻고 신음했다. 커피 타임에는 살해당한 사람처럼 이마를 제도대에 박고서 고꾸라지며 손에는 플라스틱 조종사용 안경을 쥐고 있었다.

데니즈가 처음 돈 아머와 인사했을 때 그는 시선을 피한 채 하는 둥 마는 둥 악수를 했다. 그녀가 제도실의 가장 구석에서 일할 때면 그가 뭐라뭐라 중얼대고 그 주변 사람들이 낄낄대는 소리가 들렸다. 하지만 그녀가 다가가면 그는 입을 다물고는 제도대를 향해 험악하게 히죽거렸다. 그는 교실 뒷줄에서 죽치는 시건방진 학생과 비슷했다.

7월의 어느 날 아침, 그녀가 화장실에 있는데 아머와 라마가 화장실 출입구 앞에서 이야기 나누는 소리가 들렸다. 라마는 화장실 옆의 식수대에서 커피 잔을 헹구고 있었다. 그녀는 문가에 서서 귀를 바짝 곤두세웠다.

"앨런이 일중독자라고 생각했던 거 기억나?" 라마가 말했다.

"그 잼버리츠 녀석 참 곱상하게 생겼었지." 돈 아머가 대꾸했다.

"히히."

"앨런 잼버리츠만큼 예쁜 애가 짧은 치마를 입고 종일 돌아다니니 어떻게 일을 하겠어."

"앨런 고놈 참 예뻤지."

신음이 들렸다. "라마, 하느님께 맹세코, 노동안전위생국에 불만을 접수하고 싶은 마음이 굴뚝같아. 이건 잔인하고 비정상적인 고문이야. 그 치마 봤어?"

"봤지. 하지만 그냥 그러려니 해."

"이러다 내가 미치겠어."

"여름만 잘 넘기면 돼. 두 달 후면 알아서 해결될 거야."

"로스 형제가 날 자르지 않는다면 말야."

"설마 그 인간들이 우리 회사를 인수하겠어?"

"여기까지 오르려고 현장에서 8년이나 땀을 흘렸어. 그런데 완전 개판이 되는 것이 이제 시간문제라니."

데니즈는 금속 느낌이 나는 청색의 짧은 중고 치마를 입고 있었다. 사실 그 옷은 데니즈로서는 놀랍게도 어머니의 이슬람스러운 여성복 기준에 부합되는 차림이었다. 라마와 돈 아머가 **그녀** 이야기를 했다는 생각에 그녀의 뇌에 피할 수 없는 기묘한 두통이 완전히 뿌리내렸다. 그녀는 돈에게 깊은 모욕감을 느꼈다. 마치 그가 **그녀 집에서** 파티를 열면서 그녀를 초대도 하지 않은 듯한 기분이었다.

그녀가 제도실로 돌아가자 그가 방을 휘둘러보며 그녀 이외의 모든 사람에게 회의적인 눈길을 보냈다. 그의 시선이 그녀를 그냥 스쳐 가자 데니즈는 손톱을 꾹 누르거나 자신의 젖꼭지를 확 꼬집고 싶은 기묘한 욕망을 느꼈다.

여름은 세인트주드에 천둥번개가 찾아드는 계절이었다. 대기에는 허리케인이나 쿠데타 같은 멕시코의 폭력적 기운이 감돌았다. 가늠할 수 없이 소용돌이치는 하늘에서 아침 천둥이 울리고, 이름을 들도 보도 못한 남부의 작은 고장에서 불길하고도 칙칙한 소식이 들렸다. 점심시간이면 어느 정도 갠 하늘을 떠돌던 고독한 모루가 천둥을 내뿜었다. 오후에는 견고한 바다 색깔의 구름 파도가 남서쪽에 층층이 쌓인 틈으로, 시간이 없다는 양 더욱 강렬한 기둥으로 쏟아지는 햇살과 더욱 다급히 짓누르는 열기가 더 큰 천둥을 만들어냈다. 저녁이면 위대한 하늘 극장이 풍성한 만찬을 선보이며 우글우글 폭풍을 내보내 반경 8만 킬로미터를 비추는 레이더가 마치 커다란 거미들이 들어찬 작은 병처럼 보이게 하고, 동서남북에서 구름 더미가 서로에게 제각각 고함을 쳐대고, 동전만 한 빗방울이 전염병처럼 연이어 덮쳐오고, 창문 너머 경치가 모호한 흑백으로 변하고, 나무와 집이 번갯불에 휘청이고, 수영복과 흠뻑 젖은 수건 차림의 꼬맹이들이 피난민처럼 집으로 황급히 달려갔다. 밤이면 비가 지붕을 북 치듯이 두들기고, 여름의 탄약 수송 차량이 행군을 했다.

세인트주드 신문은 임박한 합병에 대한 소문을 매일 떠들어댔다. 미드팩의 성가신 쌍둥이 구혼자인 힐러드와 촌시 로스가 직접 찾아와 세 노조와 이야기를 나누었다. 그리고 상원의 분과위원회에서의 미드팩 관련 증언에 맞서느라 워싱턴으로 갔다. 소문에 따르면 미드팩은 퍼시픽 노조에게 백기사가 되어주기를 요청했다. 로스 형제는 아칸소 서던의 인수 후 구조 조정에 대해 변호했다. 미드팩 대변인은 염려하는 모든 세인트주드 시민들에게 국회의원에게 편지를 쓰거나 전화를 하라고 촉구했다…….

군데군데 구름 낀 하늘 아래에서 점심을 먹으려고 데니즈가 미드팩 건물에서 나오는데 한 블록 떨어진 전신주 꼭대기가 폭발했다. 환한 분홍색이 그녀의 두 눈을 뒤덮었고 천둥의 진동이 피부로 느껴졌다. 비서들이 비명을 지르며 작은 공원을 뛰어다녔다. 데니즈는 몸을 획 돌려 책과 샌드위치와 서양자두를 가지고 12층으로 돌아갔다. 그곳에서는 매일 두 팀이 피너클 게임을 했다. 그녀는 창가에 앉았지만, 《전쟁과 평화》를 읽기에는 너무 어색하거나 가식적으로 느껴졌다. 그녀는 바깥의 미친 듯한 하늘과 자기와 가까운 쪽의 카드 게임에 두루두루 관심을 기울였다.

돈 아머가 샌드위치의 포장지를 벗기자 노란 머스터드소스가 박힌 빵 위에 볼로냐소시지가 놓여 있었다. 그의 어깨가 축 늘어졌다. 그는 다시 포일로 대충 샌드위치를 싸더니, 마치 그날의 마지막 고문을 보는 듯이 데니즈를 바라보았다.

"16으로 내가 이겼어."

"누가 그따위 짓을 하래?"

돈 아머가 카드를 부채꼴로 펼치며 말했다. "에드, 바나나 먹다 골로 가는 수가 있어요."

가장 고참 제도사인 에드 앨버딩은 볼링 핀처럼 생긴 몸매에 회색 머리는 할머니 파마를 한 양 곱슬거렸다. 그는 바나나를 우물거리며 카드 패를 살피더니 재빨리 눈을 깜빡였다. 껍질을 벗긴 바나나가 그 앞 탁자에 놓여 있었다. 그가 바나나를 맛있게 한 입 베어 물었다.

"바나나에는 칼륨이 엄청 많아요." 돈 아머가 말했다.

"칼륨은 몸에 좋은 거야." 탁자 맞은편에서 라마가 말했다.

돈 아머가 카드를 내려놓고는 진지하게 라마를 응시했다. "농담해? 의사들은 심장마비를 유도할 때 칼륨을 써."

"우리 에디 형님은 매일 바나나를 두세 개씩 드시잖아. 형님, 심장이 좀 어때요?" 라마가 물었다.

"이보게들, 어서 게임이나 하자고." 에드가 말했다.

"하지만 형님 건강이 정말 염려되어서 그래요." 돈 아머가 말했다.

"자네 뻥이 어디 한두 번인가."

"매일매일 독성 물질인 칼륨을 드시니. 경고를 해주는 것이 친구의 임무죠."

"자네 차례야, 돈."

"카드 내, 돈."

"그런데도 나를 의심하며 믿지 않다니." 아머가 상처받은 어조로 말했다.

"도널드, 게임을 할 건가, 아니면 의자만 차지하고 앉아 있을 건가?"

"물론 에드 형님이 장기간의 칼륨 중독 때문에 심장마비로 죽게 되면 내가 서열 네 번째가 되니깐 아칸소주 남부 리틀록에서 동강 난 미들랜드 퍼시픽의 한 자리는 분명히 내 차지가 되겠죠. 그런데 내가 뭐 하러 알려주겠어요? 에드 형님, 내 바나나도 드세요."

"히히, 입조심해." 라마가 말했다.

"여러분, 아무래도 이 판은 내 차지인 것 같군요."

"이 망할 자식!"

쓰륵, 쓰륵. 탁, 탁.

"에드 형님, 리틀록에서는 컴퓨터를 쓴다죠." 돈 아머가 데니즈는 쳐다도 보지 않고 말했다.

"어이쿠, 컴퓨터라고?" 에드가 말했다.

"제가 미리 경고하는데, 거기 가시면 컴퓨터 사용법을 배우지 않고 는 못 배길걸요."

"에디 형님은 눈에 흙이 들어가기 전에는 절대 컴퓨터를 배우지 않을 텐데." 라마가 말했다.

"내 생각은 달라. 에드 형님은 리틀록으로 가서 컴퓨터 제도법을 배울 거야. 그리고 자신의 바나나로 다른 사람을 아프게 만들겠지." 돈이 말했다.

"이봐, 도널드, 자네는 리틀록으로 가지 않을 거라고 어찌 그리 장담하나?"

돈이 고개를 저었다. "리틀록에서 살려면 1년에 2, 3천 달러 이상 써야겠죠. 그런데 내 연봉은 겨우 2천 달러예요. 여기는 물가가 싸죠. 패티가 반나절 일을 하고 다시 딸내미들 엄마 노릇을 할 수 있고요. 딸애들이 너무 크기 전에 오자크스에 땅도 좀 사고요. 연못이 있는 데로요. 그런데 이제는 불가능한 꿈이 된 거죠."

에드는 신경질적인 얼룩다람쥐처럼 카드의 패를 나누다 말했다. "컴퓨터는 대체 뭐 하러 쓴대?"

"쓸모없는 노인네를 교체하려고요." 대꾸하는 돈의 서양자둣빛 얼굴이 냉랭한 미소로 쪼개졌다.

"우리를 교체한다고?"

"로스 형제가 왜 하필이면 **우리**를 사려고 하겠어요?"

쓰륵, 쓰륵. 탁, 탁. 데니즈는 일리노이주 지평선의 나무 샐러드에 번개 포크를 꽂아대는 하늘을 바라보았다. 그녀가 고개를 돌리는데 탁자에서 폭발했다.

"하느님 맙소사, 에드 형님. 카드에 침이라도 발라야 내려놓을래요?" 돈 아머가 말했다.

"진정해, 돈." 제도실 실장인 샘 보이얼라인이 말렸다.

"나만 속이 뒤집히냐고!"

"진정해, 진정하라고."

돈이 카드를 내던지고는 바퀴 의자에서 어찌나 벌컥 일어나던지 사마귀 같은 제도실 조명이 삐걱삐걱 흔들렸다.

"러레이도, 나 대신 해. 나는 바나나 없는 공기 좀 쐬어야겠어."

"진정해."

돈이 고개를 저었다. "지금 말해줘요, 샘. 아니면 그 새끼들이 우리 회사를 차지할 때쯤에는 내가 미쳐버릴 것 같아요."

"자네는 영리하잖아, 돈. 어찌 되든 잘 살 수 있을 거야." 보이얼라인이 말했다.

"영리하기는 무슨. 에드 형님의 반도 못 따라가는데. 안 그래요, 형님?"

에드의 코가 실룩거렸다. 그는 불안한 듯 카드로 탁자를 두드렸다.

돈이 말을 이었다. "한국에 가기에는 너무 어리고, 내 전쟁에 끼기에는 너무 늙었다고요. 그게 바로 영리한 거겠죠. 25년 동안 매일 아침 버스에서 내려 차에 치이지도 않고 올리브 거리를 건널 만큼 영리하죠. 매일 밤 다시 버스에 탈 만큼 영리하고요. 이 세계에서는 그걸 영리하다고 하죠."

샘 보이얼라인이 목소리를 높였다. "돈, 내 말 잘 듣게. 나가서 산책 좀 하고 돌아와. 내 말 알겠지? 밖으로 나가서 마음 가라앉혀. 돌아오면 에디에게 사과해야겠다는 생각이 들 거야."

"18로 내가 이겼어." 에드가 카드를 두드리며 말했다.

돈은 허리에 한 손을 얹은 채 고개를 절레절레 저으며 절뚝절뚝 복도를 걸어갔다. 러레이도 밥이 콧수염에 달걀 샐러드를 묻힌 채로 탁자로 와 돈의 카드를 대신 집어 들었다.

"사과는 필요 없어. 그냥 게임이나 하자고." 에드가 말했다.

데니즈가 점심을 다 먹고 화장실에서 나오는데 돈 아머가 엘리베이터에서 내렸다. 숄을 두른 듯 어깨가 비에 젖어 있었다. 그는 데니즈의 등장이 새로운 박해라도 된다는 양 눈알을 굴렸다.

"왜 그래요?" 그녀가 물었다.

그는 고개를 저으며 가버렸다.

"왜 그래요? 왜 그러는 거예요?"

"점심시간은 끝났어. 지금 일하고 있어야 하는 것 아냐?"

각 배선도에는 노선 이름과 이정표 번호가 적혀 있었다. 신호 담당 엔지니어가 수정 계획을 세우면 제도사들은 노란색으로 추가 사항을, 붉은색으로 제거 사항을 강조한 배선도의 종이 복사본을 현장에 보냈다. 현장 엔지니어들은 이에 맞추어 작업을 하며 종종 직접 수정하거나 정리한 뒤, 너덜너덜 찢기고 바래고 기름 지문으로 얼룩진 복사본을 아칸소주의 붉은 먼지나 캔자스주의 잡초 씨앗이 낀 폴더에 넣어 본사로 보냈다. 그러면 제도사들은 수정 사항을 원본 마일러 필름과 피지에 검은색 잉크로 기록했다.

농어 배처럼 하얀 하늘이 물고기의 옆구리와 등 빛깔로 변해가는 기나긴 오후 동안, 데니즈는 아침에 잘라둔 인쇄본 수천 장을 정리해 현장 엔지니어의 바인더 크기에 맞게 규격화된 폴더에 복사본을 각각 여섯 장씩 넣었다. 16.2, 17.4, 20.1, 20.8, 22.0 등 이정표는 노선 끝 뉴샤르트르의 74.35 이정표까지 이어져 있었다.

그날 밤 교외로 돌아가는 길에 그녀는 로스 형제가 아칸소 서던과 미들랜드를 합병할 것인지 아버지에게 물었다.

"모르겠구나. 안 그래야 할 텐데." 앨프리드가 대답했다.

회사가 리틀록으로 옮겨지나요?

"그자들이 회사를 집어삼키면 그럴 모양인가 보더구나."

신호부의 직원들은 어찌 되나요?

"상급 직원들은 그리로 가겠지. 젊은 사람들은 아마 해고될 거야. 이 얘기는 그만하자."

"네."

지난 35년 동안 격주마다 목요일 밤이면 늘 그랬듯 이니드는 만찬을 차려놓고 기다렸다. 속을 채운 피망 요리를 내놓고는 다가올 주말에 대한 열광으로 입에 거품을 물었다.

"내일은 버스를 타고 집으로 와야 해. 아빠랑 나는 슈퍼트 부부랑 같이 레이크 퐁뒤라크 지구에 갈 거란다."

"레이크 퐁뒤라크 지구가 뭐예요?"

"별 쓸데 없는 곳이지. 어쩌다 간다고 했는지 모르겠구나. 네 엄마 성화를 견딜 수 있어야지." 앨프리드가 대꾸했다.

"앨, 꼭 가야 하는 건 아니에요. 세미나를 들으라고 아무도 **강요**하지 않아요. 주말 내내 우리 마음대로 할 수 있어요." 이니드가 말했다.

"강요가 없기는. 개발 업자가 땅을 팔려고도 않고 공짜로 주말여행을 잘도 시켜주겠군."

"안내서에는 그 어떤 압력도, 기대도, 강요도 **없다**고 적혀 있어요."

"어련할까."

"메리 베스 말로는, 보든타운 근처에 견학하기 좋은 기막힌 와인 양조장이 있대요. 그리고 레이크 퐁뒤라크에서 수영도 할 수 있고요! 안내서에 보니 거기에서 외륜선이랑 고급 레스토랑을 즐길 수 있다네요."

"7월 중순에 미주리의 와인 양조장이 뭐 그리 대단하겠어."

"그냥 그곳 **분위기**를 즐겨봐요. 드리블릿 부부가 지난 10월에 거기 갔는데 엄청 재밌었대요. 데일 말이, 압력은 전혀 없었고요. 자유로운 분위기였죠, 라고 했어요."

"그 사람이라면 그랬겠지."

"무슨 뜻이에요?"

"먹고살려고 관을 팔잖아."

"데일도 다른 사람과 다를 거 없어요."

"내 말은 의심스럽다는 거야. 하지만 가기는 하겠어." 앨프리드가 데니즈를 향해 덧붙였다. "버스를 타고 귀가하거라. 차는 여기 두고 갈 테니 네가 쓰고."

"케니 크레이크마이어가 오늘 아침 전화했단다. 토요일 밤에 네가 시간이 되는지 묻던데." 이니드가 데니즈에게 말했다.

데니즈는 한쪽 눈을 감고, 다른 쪽 눈을 크게 떴다. "뭐라고 했어요?"

"시간이 있을 거라고 했지."

"뭐라고 했다고요?"

"미안하다. 다른 계획이 있는지 몰랐어."

데니즈는 깔깔 웃었다. "토요일의 내 유일한 계획은 케니 크레이크마이어를 안 보는 거라고요."

"매우 공손하던데. 힘들게 말을 꺼냈는데 한 번 정도는 같이 데이트를 해본다고 해서 뭐가 그리 손해겠니. 재미가 없으면 다시 안 하면 되지. 하지만 너도 이제 **누군가를** 택해야 해. 이러다가는 사람들이 네 눈이 너무 높다고 흉볼 거야."

데니즈는 포크를 내려놓았다. "케니 크레이크마이어는 생각만 해도 문자 그대로 속이 뒤집혀요."

"데니즈." 앨프리드가 말했다.

"옳지 않아. 그런 말을 하다니." 이니드가 떨리는 목소리로 말했다.

"좋아요, 그런 말 해서 미안해요. 하지만 토요일에 시간 없어요. 케니 크레이크마이어하고는 싫어요. 데이트를 원하면 **나한테** 직접 물었어야죠."

문득 데니즈는 그런 생각이 들었다, 이니드가 케니 크레이크마이어와 레이크 퐁뒤라크에 간다면 즐거운 주말을 보낼 수 있을 거라고, 케니가 앨프리드보다 그곳에서 더 즐거워할 것이라고.

저녁 후 그녀는 동네에서 가장 오래된 집으로 자전거를 타고 갔다. 판자로 막힌 통근 열차 역 맞은편에, 남북전쟁 전에 지은 천장 높은 벽돌 건물이 있었다. 그 집에는 고등학교 연극 선생님인 헨리 듀진버리가 살았는데, 뉴올리언스에서 어머니와 한 달을 지내는 동안, 가장 아끼는 학생에게 우스꽝스러운 아비시니안 바나나와 화려한 파두와 경멸스러운 종려나무를 돌봐달라고 부탁해두었다. 듀진버리의 응접실을 장식한 매음굴 같은 앤티크 가구 중에는 휘황찬란한 샴페인 잔 열두 개가 있었는데, 줄줄이 올라가는 공기 방울들이 각진 크리스털 잔의 손잡이마다 갇혀 있었다. 그는 토요일 밤의 음주에 초대된 모든 연기자와 문학도 중에 오직 데니즈에게만 그 잔으로 마시는 것을 허락했다.("작은 짐승들더러는 플라스틱 컵을 쓰라고 하자." 그는 송아지 가죽 안락의자에 쇠약한 팔다리를 걸치며 말하곤 했다. 공식적으로는 재발한 암과의 싸움에서 이기고 있다지만, 번들대는 피부와 툭 튀어나온 눈으로 보아 종양이 잘 치료되기만 하는 것은 아닌 듯했다. "램버트, 자네는 비범한 학생이야. 내가 옆모습을 볼 수 있게 여기 앉아. 일본인이라면 자네 목덜미를 숭배하리라는 걸 자네는 알고 있나? **숭배**하고말고.") 그녀가 생애 처음으로 생굴과 메추라기 알과 그라파주(酒)를 맛본 곳이 바로 듀진버리의 집이었다. 그는 그 어떤 (그의 표현을 빌자면) "여드름투성이 사춘기"의 매력에도 굴복하지 않으려는 그녀의 결심을 더욱 굳건하게 만들었다. 듀진버리는 앤티크 상점에서 드레스와 재킷을 반품 가능한 조건으로 사서는 데니즈에게 잘 맞으면 선물로 주었다. 다행히도 이니드는 데니즈가 슈퍼트나 루트처럼 입기를 바라기만 하고 빈티지 옷을 하찮게 여겼기에 호안석과 마노 단추가 달린 흠 하나 없는 노란색 자수 새틴 파티복을 (데니즈의 주장대로) 구세군 회관에서 10달러에 샀으리라 믿어 의심치 않았다. 데니즈는 이니드의 격렬한 반대를 무릅쓰고 그 드레스를 입은 채 피터 힉스와 함께 졸업반 무도회에 갔다. 그녀가 어맨다 역을 맡았던 〈유리 동물원〉에서 톰을 연기했던 여드름투성이 배우 피터 힉스는 무도회 밤에 그녀와 함께 선생님의 집에 초대받았다. 듀진버리는 로코코 양식의 샴페인 잔에 술을 마셨지만 피터는 차를 몰아야 했는지라 플라스틱 컵으로 콜라를 마셨다.

그녀는 식물에 물을 준 후 듀진버리의 송아지 가죽 의자에 앉아 뉴오더의 곡을 들었다. 그녀도 누군가와 데이트하는 기분을 느껴보고 싶었지만 **피터 힉스처럼 그녀가 존중하는 남자애들은 그녀에게 낭만을 불러일으키지 못했고**, 다른 남자애들은 하나같이 케니 크레이크마이어 같았다. 하지만 케니는 해군사관학교에 합격해 앞으로 핵 과학을 공부할 예정이었고, 스스로를 정보통으로 여기고, 모형 잠수함을 만들 때의 신들린 듯한 열정으로 크림과 지미 헨드릭스의 "레코드판"을 수집했다. 데니즈는 자신이 지닌 혐오감의 정도에 살짝 걱정이 되었다. 무엇 때문에 **그토록** 야비하게 구는지 알 수 없었다. 그런 야비함 때문에 그녀는 불행했다. 그녀가 자신이나 다른 사람에 대해 생각하는 방식에 무언가 잘못된 것이 있는 듯했다.

하지만 어머니가 이 점을 지적할 때마다 데니즈는 격렬히 반격할 수밖에 없었다.

다음 날 그녀가 어머니 몰래 스웨터 아래에 입고 온 자그마한 민소매 상의 차림으로 공원 벤치에서 햇살을 받으며 점심을 먹고 있는데 돈 아머가 난데없이 나타나 그녀 옆에 털썩 앉았다.

"카드 게임 안 하나 봐요." 그녀가 말했다.

"미칠 것 같아." 그가 말했다.

그녀는 다시 책을 바라보았다. 그가 그녀의 몸을 날카롭게 응시하는 것이 느껴졌다. 대기는 더웠지만 그녀의 옆얼굴에 느껴지는 열기를 야기할 만큼은 아니었다.

그가 안경을 벗고 눈을 문질렀다. "매일 여기서 점심 먹나 보군."

"네."

그는 미남은 아니었다. 머리는 너무 컸고, 머리카락은 가늘어지고 있고, 얼굴은 턱수염을 깎은 자리가 푸르스름할 때를 제외하고는 프랑크푸르트소시지나 볼로냐소시지처럼 탁한 아질산염 붉은빛이었다. 하지만 그녀는 그의 표정에서 즐거움과 총기와 동물의 슬픔을 인식했고, 안장처럼 굽이치는 그의 입술은 매혹적이었다.

그는 그녀가 읽고 있는 책의 등을 살폈다. "톨스토이라니." 그가 절레절레 고개를 저으며 소리 없이 웃었다.

"왜요?"

"아니다. 너 같은 사람이 되는 게 어떤 것인지 그냥 상상해본 것뿐이야."

"그게 무슨 뜻이에요?"

"내 말은 아름답고, 영리하고, 절제력이 있고, 부유하고, 대학에 가고. 그런 건 어떤 거지?"

그녀는 그를 만짐으로써 그것이 어떤 것인지 느끼게 해주고픈 우스꽝스러운 충동이 일었다. 사실 달리 대답할 방법이 없었다.

그녀는 어깨를 으쓱하고는 모르겠다고 했다.

"네 남자 친구는 정말 좋겠다." 돈 아머가 말했다.

"남자 친구 없어요."

그는 충격적인 뉴스라도 들은 양 움찔했다. "놀랍고도 어이없구나."

데니즈는 다시 어깨를 으쓱했다.

"나는 열일곱 살 때 여름 아르바이트를 했어. 메노파 노부부가 운영하는 커다란 앤티크 상점이었는데, 페인트 희석제, 메틸알코올, 아세톤, 동유(桐油)로 **마법의 혼합물**을 만들었지. 그걸로 가구에 흠집을 내지 않고 깨끗하게 닦을 수 있었어. 하루 종일 그 냄새를 맡고는 마약에 취한 듯 황홀해져 집에 돌아갔지. 그러다 자정쯤 되면 엄청난 두통이 찾아왔어."

"어디에서 자랐나요?"

"일리노이주 카본데일에서. 공짜로 마약을 즐기긴 했지만 메노파가 월급을 너무 짜게 주는 것 같았지. 그래서 밤에 그 사람들 픽업트럭을 몰래 빌리기 시작했어. 여자 친구를 태워줘야 했거든. 그러다 차를 박았고, 덕분에 메노파 노인네들한테 들켰지. 당시 의붓아버지가 나한테 해병대에 입대하면 메노파와 보험회사 문제를 처리해주겠지만, 안 그러면 내가 직접 경찰을 상대해야 할 거라고 하더군. 그래서 60년대 중반에 해병대에 들어갔지. 그렇게 하는 게 맞는 것 같았거든. 타이밍 한번 기가 막혔지."

"베트남에 파병되었군요."

돈 아머가 고개를 끄덕였다. "합병이 되면 나는 제대했을 때의 상태로 돌아가게 돼. 게다가 덤으로 자식이 셋이고, 아무도 원치 않는 기술만 가지고 있지."

"아이들이 몇 살이에요?"

"열 살, 여덟 살, 그리고 네 살이야."

"아내분도 일하나요?"

"보건교사야. 인디애나주의 처갓집에 가 있지. 땅이 2헥타르나 되고 연못도 있어. 여자애들이 자라기 좋은 곳이지."

"휴가 받을 거예요?"

"다음 달에 2주간."

데니즈는 질문이 바닥났다. 돈 아머는 두 손을 무릎 사이에 끼운 채 구부정히 앉아 있었다. 오랫동안 이 자세로 앉아 있었다. 옆에서 보면 무표정 사이로 그의 트레이드 마크인 히죽대는 웃음이 자리했다. 그를 진지하게 대해주거나 염려하는 티를 냈다가는 반드시 대가를 치러야 할 것만 같았다. 데니즈는 일어나서 들어가봐야겠다고 했고, 그는 기대하고 있던 말인 양 고개를 끄덕였다.

돈 아머가 그녀의 동정을 구하려는 자신의 뻔한 행동과 진부하기 짝이 없는 픽업트럭 이야기 때문에 당혹스러워서 웃는 줄은 데니즈는 짐작도 못 했다. 전날 카드 게임에서 그녀 때문에 그렇게 행동했을 줄은 짐작도 못 했다. 그녀가 화장실에서 엿듣는다는 것을 알고 일부러 그렇게 말했을 줄은 짐작도 못 했다. 돈 아머가 기본적으로 늘 자기 연민에 빠져 있고, 그것을 이용해 얼마나 많은 여자들을 쓰러뜨렸을 줄은 짐작도 못 했다. 그가 이미 그녀의 치마 속으로 들어갈 방법을 궁리하고 있었다는 것을, 처음 그녀와 악수했을 때부터 그랬다는 것을 짐작도 못 했다. 그녀의 아름다움이 그에게 고통을 야기하기 때문이 아니라 남성 잡지 뒷면에 광고된 모든 비법의("그녀를 항상 당신에게 빠지게 하는 법!") 규칙 1번이 **그녀를 무시하라**였다는 것 때문이었을 줄은 짐작도 못 했다. 그녀를 불편하게 만드는 계급과 환경의 차이가 돈 아머에게는 도발이 되었을 줄은 짐작도 못 했다. 그녀를 통해 그가 열망하던 상류계급을 맛보거나, 기본적으로 늘 자기 연민에 빠져 있는 남자가 일자리까지 위기에 처하자 상사의 상사의 상사의 딸을 호림으로써 다양한 만족을 얻을 수 있었던 것이다. 하지만 당시에나 그 후에나 그런 생각은 전혀 데니즈에게 들지 않았다. 그녀는 10년 후에도 여전히 책임감을 느끼고 있었다.

그날 오후 그녀가 인식한 것은 문제들이었다. 돈 아머가 그녀를 만지고 싶어 하는 것은 문제가 아니었다. 태생으로 인해 그녀가 **모든 것**을 가진 반면에 그녀를 원하는 남자는 가진 것이 적어 대등할 수가 없다는 것은 **큰** 문제였다. 모든 것을 가진 사람은 그녀였으니 이 문제를 풀어야 할 사람은 확실히 그녀였다. 하지만 그녀가 그에게 줄 수 있는 어떤 위로나 유대감도 거들먹거리는 짓으로 여겨졌다.

그녀는 몸 안에서 그 문제를 강렬히 경험했다. 돈 아머와 비교했을 때 그녀가 너무나 많이 가진 재능과 기회는 육체적 불만으로 화했다. 자신의 민감한 부분을 꼬집으면 좀 낫긴 하겠지만 그렇다고 완전히 해결될 수는 없었다.

점심 후에 그녀는 탱크실로 갔다. 그곳에는 우아한 대형 쓰레기통을 닮은 강철 탱크 여섯 개가 묵직한 뚜껑이 덮인 채 모든 신호도 원본을 품고 있었다. 세월이 흐르며 탱크 안의 커다란 판지 폴더가 미어터져서 삐져나온 투사도들이 볼록한 탱크 아랫부분에 쌓이게 되었다. 데니즈는 이곳을 다시 체계화하라는 만족스러운 임무를 배당받았다. 탱크실을 방문한 제도사들은 그녀가 폴더에 다시 라벨을 붙이고 오래전 사라진 피지를 발굴하는 동안 데니즈를 피해 일했다. 가장 큰 탱크는 너무나 깊어서 그녀가 옆 탱크에 배를 깔고 누워 맨다리를 차가운 금속에 놓은 채 두 팔을 쭉 뻗어야 바닥에 닿았다. 그렇게 구한 투사도를 바닥에 놓고는 다시 손을 뻗었다. 그녀가 숨을 쉬려 고개를 쳐든 순간 돈 아머가 탱크 옆에 무릎 꿇고 있는 것을 발견했다.

그의 어깨는 노 젓는 사람처럼 근육이 탄탄했고, 상의가 팽팽히 당겨져 있었다. 그가 얼마나 오래 여기 있었는지, 뭘 찾고 있는 것인지 그녀는 몰랐다. 그는 아코디언처럼 주름진 피지를 검사하고 있었다. 맥쿡 노선의 101.35 이정표의 신호소 배선도로, 1956년에 에드 앨버딩이 손으로 그린 것이었다.

"에드 형님이 이걸 그렸을 때는 애송이였지. 정말 아름다워."

데니즈는 탱크에서 내려와 치마를 바로 하고 먼지를 털어냈다.

"형님한테 그렇게 구는 게 아니었는데. 형님한테는 내게 없는 재능이 있지." 돈이 말했다.

그녀가 그에 대해 생각하는 것보다 그는 데니즈에 대해 덜 생각하는 듯했다. 그는 또 다른 투사도를 바로 폈고, 그녀는 그의 연필심 같은 회색 머리에 있는 어린애 같은 가마를 내려다보며 서 있었다. 그러다 한 걸음 다가가 살짝 몸을 숙여 가슴으로 그를 가렸다.

"네가 빛을 막고 있구나." 그가 말했다.

"나랑 같이 저녁 먹을래요?"

그는 무거운 한숨을 쉬었다. 그의 어깨가 축 늘어졌다. "주말에 인디애나로 가야 해."

"알아요."

"하지만 한번 생각해보마."

"좋아요. 생각해봐요."

그녀는 쿨하게 대답했지만 화장실로 걸어가는 동안 무릎이 벌벌 떨렸다. 칸으로 들어가 문을 잠그고 걱정에 휩싸여 앉아 있는 동안 밖에서 엘리베이터 소리가 희미하게 울렸고, 오후 간식 수레가 나왔다. 그녀의 걱정에는 아무런 구체적 내용이 없었다. 화장실 문의 크롬 걸쇠나 바닥의 사각형 휴지 같은 무엇인가에 그저 눈이 머물더니 어느 순간 자신이 5분이나 그것을 응시한 채 아무 생각도, 문자 그대로 아무 생각도 하지 않았다는 것을 깨달았다.

근무시간이 끝나기 5분 전, 그녀가 탱크실을 치우고 있는데 돈 아머의 넓적한 얼굴이 그녀의 어깨 너머로 어렴풋이 나타났다. 안경 뒤에 그의 눈꺼풀이 피곤에 지쳐 늘어져 있었다. "데니즈, 같이 저녁 먹자꾸나."

그녀는 재빨리 고개를 끄덕였다. "좋아요."

시내 바로 북쪽, 가난뱅이와 흑인이 대부분인 거친 동네에 헨리 듀진버리와 학생 배우들이 자주 가는 구식 소다 가게 겸 식당이 있었다. 데니즈는 아이스티와 포테이토칩이면 족했지만 돈 아머는 햄버거와 밀크셰이크를 주문했다. 그녀는 그의 자세가 개구리와 비슷하다는 것을 문득 깨달았다. 그는 머리를 어깨에 파묻듯이 하고 음식을 먹었다. 그리고 비꼬기라도 하듯 천천히 음식을 씹었다. 그러다 비꼬기라도 하듯 건조한 웃음을 날리며 식당을 쭉 둘러보았다. 그가 안경을 콧등 위로 밀어 올리는데 살이 드러날 정도로 손톱이 씹혀 있었다.

"이 동네는 처음이야." 그가 말했다.

"이 일대는 꽤 안전해요."

"그래, 너한테야 그렇겠지. 네가 겪을 곤경을 아는지 모르는지 장소도 너를 보고 감지하거든. 네가 모르고 있으면 장소도 너를 건드리지 않지. 내 문제는 나는 안다는 거야. 네 나이 때 내가 이런 거리에 왔다가는 험한 꼴을 보고 말았을 거야."

"어째서 그런지 모르겠네요."

"그냥 그렇게 돼. 고개를 들면 느닷없이 낯선 사람 세 명이 나타나 내 낯짝이 맘에 안 든다고 하지. 나 역시 그놈들 낯짝이 맘에 안 들고. 그건 능력 있고 행복한 사람이라면 볼 수조차 없는 세계지. 너 같은 사람은 그냥 슬슬 걸어서 지나가버리면 돼. 하지만 나 같은 사람이 다가오면 작살나게 터지는 거지. 1킬로미터 떨어져서도 나를 알아보고 골라낸단다."

돈 아머는 데니즈의 어머니가 모는 차와 비슷하되 무척 낡은 커다란 미제 세단을 가지고 있었다. 서쪽의 간선도로를 향해 천천히 차를 몰던 그는 다른 운전자들이 좌우에서 고함쳐대는 동안 일부러 우스꽝스럽게 핸들 위로 상체를 푹 숙였다("내 차는 후져서 느리다고.").

데니즈는 헨리 듀진버리의 집으로 그를 안내했다. 그들이 듀진버리의 현관 계단에 오를 때 합판으로 창문이 막힌 기차역 위 서쪽 하늘에 나직이 걸린 태양이 여전히 빛나고 있었다. 돈 아머는 이곳 교외 지역에서는 심지어 나무조차 더 비싸고 좋은 것이라는 양 주변의 나무들을 올려다보았다. 데니즈는 방충문을 연 다음에야 현관문이 열려 있다는 것을 깨달았다.

"램버트? 너니?" 헨리 듀진버리가 어두운 응접실에서 나왔다. 그의 피부는 전보다 더 창백했고, 눈은 불룩 나와 있고, 이는 더 커진 듯했다. "어머니의 의사가 날 돌려보냈어. 나한테서 손 떼고 싶었던 거지. **죽음**에 신물 났나 봐."

돈 아머는 고개를 숙이고서 차로 돌아가고 있었다.

"저 대단한 덩치는 누구냐?" 듀진버리가 물었다.

"회사 친구예요." 데니즈가 말했다.

"그럼 이 집에 들일 수 없다. 미안하구나. 하지만 저런 덩치를 들일 수는 없어. 다른 데를 찾아보렴."

"음식은 충분한가요? 뭐 필요한 것 없나요?"

"그래, 가봐라. 돌아오기만 했는데 벌써부터 기분이 좋구나. 그 의사도 나도 내 건강 상태 때문에 서로 당혹스러워했거든. 얘야, 아무래도 나는 백혈구가 다 사라졌나 보다. 의사가 두려움으로 벌벌 떨면서 내가 **자기 병원에서 바로** 죽을 거라고 확신하지 뭐냐. 램버트, 내가 보기가 다 안쓰러울 정도였단다!" 병자의 얼굴에 검은 웃음 구멍이 열렸다. "나는 백혈구가 필요 없다고 설명하려고 했지만, 의사는 나를 의학적 기현상으로 여기기로 결심한 모양이더라. 어머니랑 점심을 먹고는 택시를 타고 공항으로 갔지."

"정말 괜찮으세요?"

"그래. 가봐라. 내가 축복해줄 테니. 어리석은 짓을 마음껏 하고 놀렴. 다만 내 집에서는 안 된다. 어서 가봐라."

어둠이 내리기 전에 돈 아머를 데리고 그녀의 집에 가는 것은 어리석은 짓이었다. 관찰력이 뛰어난 루트 가족과 호기심 많은 드리블릿 가족이 거리를 오가고 있을 터였다. 그래서 그녀는 그를 초등학교로 안내해 학교 뒤편 풀밭으로 갔다. 그들은 벌레 소리 가득한 전기 동물원과 향기로운 덤불의 강렬한 성욕과 화창한 7월의 사그라지는 열기 가운데에 앉아 있었다. 돈 아머는 그녀의 배를 두 팔로 껴안고 턱을 그녀의 어깨에 얹었다. 그들은 별 볼 일 없는 폭죽이 터지는 둔한 소리를 가만히 들었다.

해 진 후, 에어컨 탓에 성에가 앉은 집에서 그녀는 그를 데리고 재빨리 2층으로 가려고 했지만 그는 부엌과 식당에서 꾸물거렸다. 그녀는 이 집의 이미지에서 그가 느낄 불공평함에 가슴이 아팠다. 그녀의 부모는 부자가 아니었지만 그녀의 어머니는 일종의 우아함을 너무나 갈망하여 힘들게 노력한 끝에 뜻을 이루었다. 따라서 돈 아머에게 이 집은 부자나 사는 저택처럼 **보였다**. 그는 카펫을 밟는 것이 망설여지는 듯했다. 걸음을 멈추고는, 이니드가 우아한 식기장에 전시해두었으나 지금껏 누구도 주의해 보지 않았던 워터퍼드 유리잔과 사탕 접시를 가만히 바라보았다. 오르골, 파리의 거리 풍경, 아름다운 덮개를 씌워 조화를 이룬 가구 등 물체 하나하나에 붙박이는 그의 시선은 아까 데니즈의 몸을 바라볼 때와 비슷했다. 그게 정말 오늘 일일까? 오늘 점심때?

그녀는 큰 손으로 그의 더 큰 손을 쥐고는 손가락과 손가락을 단단히 깍지 끼고서 계단으로 이끌었다.

그녀의 침실에서 그는 무릎 꿇은 채 엄지를 그녀의 엉덩이뼈에 박고는 입을 그녀의 허벅지에 이어 그곳에 눌렀다. 그녀는 손길 하나에 모든 것이 바뀌는 그림 형제와 C. S. 루이스의 어릴 적 세계로 돌아가는 듯했다. 그의 손은 그녀의 엉덩이를 여자의 엉덩이로 만들었고, 그의 입은 그녀의 허벅지를 여자의 허벅지로, 그녀의 그곳을 여자의 음부로 만들었다. 나이 많은 누군가가 자신을 원하는 데는 이점이 있었다. 더 이상 무성의 인형처럼 느껴지지 않았고, 능숙한 가이드의 안내에 따라 자신의 몸을 여행하며 그 유용함을 익힐 수 있었다. 그에게는 그녀의 몸 자체가 티켓이었다.

그녀 또래의 남자애들은 **뭔가**를 원했지만 그것이 무엇인지는 모르는 듯했다. 그녀 또래의 남자애들은 대략 뭔가를 원했다. 엉망진창의 데이트에서 그녀가 맡은 역할은 그들이 구체적으로 무엇을 원하는지 배우도록 돕고 셔츠 단추를 풀고 제안을 하고, (말하자면) 엉성한 계획에 살을 붙여주는 것이었다.

돈 아머는 그녀를 지극히 정확하고도 구석구석 원했다. 그는 그녀를 완전히 이해한 듯했다. 그저 몸을 가지는 것은 결코 그녀에게 도움이 되지 않았지만, 그것을 그녀 자신이 원하는 그 무엇으로 보는 것은—자기 자신을 자기 무릎 위의 돈 아머라고 상상하며 자기의 몸 구석구석을 열망하였다—섹스를 더욱 용서할 만한 것으로 만들었다. 그녀는 남자들이 바라는 것을 가지고 있었다. 그가 어떻게 하든 전혀 걱정하지 않고 하나하나의 행위에 감탄했다.

그녀가 브래지어를 벗자 돈은 머리를 숙이고 눈을 감았다.

"왜 그래요?"

"너처럼 아름다운 여자를 위해서라면 기꺼이 죽을 수도 있어."

그래, 그녀는 그 말이 좋았다.

그녀가 그를 두 손으로 감쌌을 때의 느낌은 몇 년 후 젊은 요리사로서 자신의 첫 번째 트뤼플과 첫 번째 푸아그라와 첫 번째 생선알 요리를 다룰 때의 느낌과 비슷했다.

열여덟 번째 생일에 그녀의 연극반 친구들은 성경의 속을 파내어 시그램 위스키 작은 병과 사탕 빛깔 콘돔 세 개를 넣어 선물했는데, 이제 유용하게 쓰일 터였다.

그녀의 위로 불쑥 솟은 돈 아머의 머리는 사자 머리이자 할로윈의 호박 등이었다. 그가 절정에 이르며 포효했다. 가라앉는 한숨이 거의 겹치듯이 이어졌다. 아, 아, 아, 아. 그녀는 그런 소리를 생애 처음으로 들었다.

피에 비례한 고통은 꽤 나빴지만, 피에 반비례한 기쁨은 주로 그녀의 머릿속에서 생겨났다.

복도 벽장의 세탁 바구니에서 더러운 수건을 집어 든 그녀는 대학 입학 전에 처녀성을 잃은 것을 기뻐하며 어둠 속에서 주먹을 흔들었다.

그녀의 침대 위에 놓인 덩치 크고 피에 물든 남자의 존재는 썩 멋지지 않았다. 1인용 침대였고, 그녀가 잠을 잔 유일한 침대였으며, 그녀는 지금 매우 피곤했다. 수건으로 몸을 감싼 채 방 한가운데 서서 어이없이 흐느껴 자신을 바보로 만든 것은 아마도 그 때문이리라.

돈 아머가 일어나 그녀가 어린애라는 것을 전혀 개의치 않고 꼭 안아주는 모습은 더없이 사랑스러웠다. 그는 그녀를 침대에 누이고는 잠옷 상의를 찾아내 입혀주었다. 침대 곁에 무릎 꿇고는 그녀의 어깨까지 시트를 끌어 올려주고 그녀의 머리를 쓰다듬어주었다. 데니즈는 아마 그가 딸애 머리를 종종 쓰다듬어 주었으리라는 생각을 하지 않을 수 없었다. 그는 그녀가 거의 잠들 때까지 계속 머리를 쓰다듬어주었다. 그러다 쓰다듬는 손길이 딸이라면 절대 가지 않을 곳으로 옮겨 갔다. 그녀는 반쯤 잠든 채로 머물려고 했지만 그가 더욱 고집스럽고 강하게 쓰다듬었다. 그는 간질이기도 하고 아프게도 하는 등 온갖 짓을 다했다. 그녀가 대담하게 흐느끼자 그녀는 남자의 두 손이 그녀의 머리를 누르고 남쪽으로 밀치는 첫 경험을 했다.

감사하게도 일을 마치자 그는 밤을 함께 보내려고 하지 않았다. 그는 방에서 나갔고, 그녀는 꼼짝도 않고 누워, 그가 무엇을 하는지, 돌아오지는 않는지 촉각을 곤두세웠다. 그녀가 깜빡 잠이 든 듯할 때 마침내 현관문 자물쇠가 딸깍하고 닫히고, 그의 커다란 차에 부릉 하고 시동이 걸렸다.

그녀는 정오까지 잔 뒤 1층 욕실에서 샤워를 하며 자신이 무슨 짓을 했는지 이해하려고 애쓰고 있던 중 다시 현관문 소리를 들었다. 목소리들도.

그녀는 미친 듯이 머리를 헹구고 미친 듯이 수건으로 닦고는 욕실에서 벌컥 나갔다. 아버지는 서재에 누워 있었다. 어머니는 부엌 싱크대에서 보온보냉용 피크닉 바구니를 씻고 있었다.

"데니즈, 내가 해둔 저녁을 **하나도** 안 먹었구나! 손도 안 댔어." 이니드가 소리쳤다.

"내일 돌아오시는 줄 알았어요."

"레이크 퐁뒤라크가 우리 생각과는 다르더구나. 데일과 허니 머리에 대체 뭐가 든 건지. 완전 꽝이었어." 이니드가 말했다.

계단 아래에는 작은 여행 가방 두 개가 놓여 있었다. 데니즈는 가방을 지나쳐 침실로 달려갔다. 콘돔 포장지와 피 묻은 속옷이 문가에서 훤히 보였다. 그녀는 문을 꼭 닫았다.

그녀는 남은 여름을 형편없이 보냈다. 직장에서도 집에서도 절대적으로 고독했다. 피 묻은 시트와 피 묻은 수건을 벽장에 감추고는 어떻게 처리할지 절망스러워했다. 이니드는 천성적인 감시자였는지라 남아도는 온 신경을 딸의 생리 기간을 파악하는 것 따위의 임무에 투자했다. 데니즈는 엉망이 된 수건과 시트를 적절한 때에, 그러니깐 2주 후에 미안해하며 내밀 수 있기를 희망했다. 하지만 이니드는 수건과 시트의 수를 헤아리는 데 자신의 지력을 다했다.

"이니셜이 새겨진 **좋은** 목욕 수건 한 장이 사라졌어."

"아, 이런, 수영장에 남겨두고 왔어요."

"데니즈, 다른 수건들 다 놔두고 왜 하필 이니셜이 새겨진 **좋은** 목욕 수건을 가져간 거니? ……걸핏하면 수건을 잃어버리고! 수영장에 전화해봤니?"

"돌아가서 찾아봤어요."

"아주 비싼 고급 수건이었는데."

데니즈는 결코 수건을 잃어버린 적이 없었다. 더 큰 기쁨을 누릴 수만 있었다면 불공평한 처사에 덜 괴로웠을 터였다. 만약 돈 아머에게 가서 깔깔대며 이 이야기를 하고는 그의 위로를 받을 수 있었더라면. 하지만 그녀는 그를 사랑하지 않았고, 그도 그녀를 사랑하지 않았다.

이제는 직장에서 다른 제도사들이 친절하게 구는 저의가 의심스러웠다. 전부 섹스를 위한 전초전인 것만 같았다. 돈 아머는 너무 당황했거나 너무 신중했기 때문인지 그녀와 눈조차 마주치지 않았다. 그는 로스 형제가 야기한 불행의 무기력과 주변 모든 사람을 향한 불친절 속에서 하루하루 살아갔다. 직장에서 데니즈에게 남은 것이라고는 일뿐이었고, 이제는 그 지루함이 짐이 되어 증오스럽기까지 했다. 하루가 끝날 때면 오직 즐겁게 일하는 사람만이 불편 없이 유지할 속도로 일하면서 눈물을 참아내느라 그녀의 얼굴과 목이 아파왔다.

충동적으로 행동한 대가를 치르는 거야, 하고 그녀는 자신에게 말했다. 겨우 두 시간 생각해보고 결정을 내렸다니 어이가 없었다. 돈 아머의 눈과 입이 맘에 들었고, 그가 원하는 것을 자신이 가지고 있다고 확신했다. 그녀가 기억해낼 수 있는 것은 이것뿐이었다. 지저분하고도 매력적인 가능성이 떠오르자(오늘 밤 **처녀성**을 버릴 수 있어) 그녀는 기회를 덜컥 잡아버렸던 것이다.

자존심 때문에라도 그녀는 그가 자신이 원하던 사람이 아니었음을 돈 아머에게는 물론이고 자기 자신에게조차 인정할 수 없었다. 그저 "미안해요. 큰 실수였어요"라고 말할 수도 있다는 것을 알 만큼 경험이 풍부하지도 않았다. 그녀는 힘들게 시작한 만큼 그들의 연애가 한동안 계속되리라 기대했다.

속으로는 꺼려졌다. 특히나, 금요일 밤에 다시 만나자고 돈 아머에게 용기를 내 제안했던 첫 주에는 몇 시간이나 계속 목이 아팠다. 하지만 그녀는 노련한 배우였다. 부모에게는 케니 크레이크마이어를 만난다고 거짓말하고는 돈 아머와 금요일 데이트를 세 번 더 했다. 그는 번화가 패밀리 레스토랑에서 저녁 식사를 한 뒤 그녀를 허름하고 작은 자기 집으로 데려갔다. 그의 집은 토네이도가 자주 지나는 준교외 지역에 있었는데, 그곳은 무한히 확장해가는 세인트주드에 집어삼켜지고 있는 소도시 50개 중 하나였다. 그는 자기 집의 꼬락서니에 당황하다 못해 혐오감까지 드러냈다. 데니즈가 사는 동네의 그 어떤 집도 그렇게 낮은 천장이나 싸구려 자재나 너무 가벼워서 쿵 닫히지도 못하는 문이나 플라스틱 창틀을 갖고 있지 않았다. 연인을 달래고 자신이 질색하는 주제에 대해("너의 삶 대 나의 삶") 입 다물게 하기 위해, 또한 어색하게 흘러갈지도 모를 몇 시간을 채우기 위해 데니즈는 고물로 넘쳐나는 지하실의 침대 소파에 그를 눕히고는 새로운 세계의 기술을 익히는 데 완벽을 기했다.

돈 아머는 주말에 인디애나로 가겠다는 계획을 아내에게 무슨 핑계를 대고 취소했는지 한 번도 말하지 않았다. 데니즈는 그의 아내에 대해 감히 질문할 수 없었다.

그녀는 자신이 결코 하지 않은 실수 때문에 또 어머니의 비판을 감수했다. 피 묻은 시트를 당장 찬물에 담그지 않았다는 것 말이다.

8월 첫 번째 금요일, 돈 아머의 2주 휴가가 시작되고 몇 분 후 그와 데니즈는 회사로 되돌아가 탱크실 문을 잠갔다. 그녀는 그에게 키스한 뒤 그의 손을 자신의 가슴에 얹고는 그의 손가락이 쾌락을 추구하도록 이끌려고 했으나 그의 손은 그녀의 어깨에 단호히 놓였다. 그리고 그녀를 내리눌러 무릎 꿇게 했다.

그의 물건이 그녀의 콧구멍을 향해 벌컥 일어났다.

"감기 때문에 몸이 안 좋니?" 몇 분 후 차가 도시 경계를 지나는 동안 아버지가 물었다.

집에서 이니드는 헨리 듀진버리가("네 친구") 수요일 밤에 세인트 루크 병원에서 죽었다는 소식을 전해주었다.

데니즈가 일요일에 듀진버리의 집을 찾아가지 않았더라면 더 큰 죄책감을 느꼈으리라. 그는 옆집 아기 때문에 무척 화가 나 있었다. "나는 백혈구 없이 살아야 해. 그런데 저 인간들은 망할 창문을 닫지도 않다니. 세상에, 저 집 아기 울음소리가 어찌나 우렁찬지! 부모들은 그래서 참 뿌듯한 모양이지. 머플러를 떼어낸 폭주족들처럼 말야. 남성성의 야만적인 가짜 상징이지." 듀진버리의 두개골과 뼈가 피부를 뚫고 튀어나올 듯했다. 그는 85그램짜리 소포를 부치는 비용에 대해 논의했다. 그가 잠시 약혼했었던 "흑백 혼혈아"에 대한 이야기를 앞뒤도 맞지 않게 늘어놓았다. ("그녀가 겨우 8분의 7만 백인이라서 내가 놀랐다면 내가 겨우 8분의 1만 이성애자라서 그녀가 얼마나 놀랐을지 상상해봐라.") 그는 50와트 전구 옹호 운동을 평생 벌인 이야기를 했다. ("60은 너무 밝아. 40은 너무 어둡고.") 몇 년간 죽음과 함께 산 그는 죽음을 사소한 것으로 만듦으로써 죽음이 가까이 오지 못하게 했다. 여전히 그는 상당히 짓궂게 웃어댔지만, 고집스레 죽음을 하찮게 여기는 것은 결국 다른 방법이나 마찬가지로 절망적인 방법이었다. 데니즈가 작별 인사를 하고 그의 뺨에 뽀뽀를 했지만 그는 그녀를 알아보지 못하는 듯했다. 그는 자신이 찬양해야 할 아름다움과 연민해야 할 비극을 지닌 특별한 아이인 양 눈을 내리뜨며 미소를 지었다.

그녀는 돈 아머 역시 두 번 다시 보지 못했다.

쌍방 타협의 여름이 지나고 8월 6일 월요일, 힐러드와 촌시 로스는 주요 철도 노조와 협상을 타결했다. 덜 가족적인 대신 더 혁신적인 경영과 더불어, 미들랜드 퍼시픽 주식을 1주당 26달러로 공개 매입하여 곧 2억 달러를 풀겠다는 달콤한 약속에 노조는 대대적 양보를 감행했다. 미드팩 이사회는 다음 2주 동안 공식적 의결을 하지 않았지만 결론은 뻔했다. 서서히 대혼란이 시작될 무렵 사장실에서 편지가 왔다. 모든 여름 아르바이트생들의 사직서가 8월 17일 금요일부터 유효화된다는 내용이었다.

제도실에는(데니즈를 제외하고는) 여직원이 전혀 없었기에 그녀의 동료들은 신호 엔지니어 부서의 비서에게 작별 케이크를 구워달라고 설득했다. 케이크는 그녀의 마지막 근무일 오후에 나왔다.

"마침내 자네도 커피 타임을 갖게 만들었으니 큰 승리라고 생각하네." 라마가 케이크를 우적우적 씹으며 말했다.

러레이도 밥이 베갯잇만 한 손수건으로 눈가를 문질렀다.

그날 밤 차에서 앨프리드가 칭찬을 전해주었다.

"샘 보이얼라인이 여태껏 너처럼 뛰어난 직원은 처음이라고 하더구나."

데니즈는 아무 말도 안 했다.

"그 사람들한테 깊은 인상을 심어주었어. 여자가 무엇을 할 수 있는지 그들의 눈을 뜨게 해준 거지. 전에는 이런 말 안 했지만, 사실 직원들이 여름 동안 여자 아르바이트생을 고용하는 걸 꺼려 했거든. 하라는 일은 안 하고 수다만 떨 거라고 여겼던 모양이야."

그녀는 아버지의 칭찬을 듣고 기뻤다. 하지만 돈 아머 이외의 다른 제도사의 친절과 마찬가지로 그의 친절은 그녀에게 닿을 수 없었다. 마치 그녀의 몸을 칭찬하는 것 같았고, 그 점에서 그녀의 몸은 저항했다.

데니즈―아―무슨―짓을―한―거니, 왜―그랬니?

"어쨌든 이제 너도 진짜 세계에서 삶을 맛보았구나." 아버지가 말했다.

필라델피아에 도착하기 전까지만 해도 그녀는 개리와 캐럴라인과 가까운 곳의 대학에 어서 빨리 가고 싶었다. 세미놀 거리의 큰 집에는 고향집의 슬픔이 없을 것 같았다. 아름다운 캐럴라인과 대화를 나누는 특권을 누린다는 생각만 해도 가슴이 벅차오르는 한편, 자신이 어머니 때문에 미치도록 화가 나는 것도 당연한 듯했다. 하지만 대학에서의 첫 학기가 끝날 무렵 데니즈는 개리가 전화 메시지를 세 번 남기면 자신은 겨우 한 번 남긴다는 사실을 발견했다(한 번, 딱 한 번, 돈 아머가 메시지를 남겼지만 그녀는 역시나 대꾸하지 않았다). 개리가 기숙사로 와서 그녀를 데리고 갔다가 저녁을 먹은 후 다시 데려다주겠다고 제의하자 데니즈는 거절했다. 공부해야 된다고 핑계를 대고는 공부 대신 줄리아 브라이스와 TV를 봤다. 이는 죄책감의 화수분이었다. 개리한테 거짓말을 한 것이 속상했고, 공부를 하지 않고 농땡이 친 것은 더욱 속상했고, 줄리아까지 방해한 것은 더더욱 속상했다. 데니즈는 언제나 밤을 새워도 끄떡없었지만 줄리아는 10시만 넘어가면 비실거렸다. 줄리아는 어쩌다 가을 학기가 이탈리아어 초급, 러시아어 초급, 동양 종교, 음악 이론으로 채워졌는지 기막혀했다. 그러고는 데니즈가 외부의 부당한 도움을 받아서 영어와 역사와 철학과 생물학을 균형 잡히게 수강했을 거라며 비난했다.

데니즈 입장에서는 줄리아의 생활에 들어와 있는 '남자' 대학생들에게 질투가 났다. 처음에는 그녀와 줄리아 둘 다 남자들로 **둘러싸여** 있었다. 식당에서 그들 곁에 쟁반을 내려놓은 수많은 '남자' 선배들은 뉴저지 출신이었다. 아저씨처럼 보이는 그들은 확성기라도 든 것 같은 큰 목소리로 수학 커리큘럼을 비교하거나 레호보트 비치에 가

서 미친 듯이 퍼마신 일을 회상했다. 그들은 줄리아와 데니즈에게 딱
세 가지만 물었다. (1) **이름이 뭐니?** (2) **어느 기숙사에서 지내니?** (3) **금
요일에 우리 파티에 올래?** 데니즈는 이러한 약식 절차의 무례함에 놀란
만큼이나, 괴물 같은 디지털 손목시계를 차고 일자 눈썹을 한 뉴저지
주 티넥 토박이들에게 줄리아가 열광한다는 사실에 충격 받았다. 줄
리아는 누군가 주머니에 오래된 밤을 넣어가지고 왔을 것이라고 확신
하는 다람쥐처럼 민첩한 표정을 지었다. 그리고 파티를 떠나며 어깨
를 으쓱하면서 데니즈에게 말하곤 했다. "그 애한테 약이 있어. 그러니
같이 어울릴 거야." 데니즈는 주말 밤을 혼자 공부하며 보내기 시작했
다. 그 결과 얼음 여왕과 잠재된 레즈비언의 대표로 자리매김했다. 새
벽 3시에 대학 축구팀이 단체로 그녀의 이름을 외치면 창가에서 스
르르 마음이 녹아내리는 줄리아의 능력이 데니즈에게는 없었다. 줄
리아는 "정말 당황스러워"하고 행복한 고통 속에서 신음하며, 내려진
커튼 사이로 남자들을 내려다보았다. 창문 밖의 '남자들'은 그들이
그녀를 얼마나 행복하게 만들고 있는지 전혀 몰랐고, 따라서 데니즈
의 엄격한 대학생 평가에 따르면 줄리아를 가질 자격이 없었다.

데니즈는 다음 여름을 방종한 대학 친구 네 명과 함께 햄프턴스에
서 보내며, 현 상황에 대해 부모에게 모조리 거짓말했다. 그녀는 거
실 바닥에서 자며 콰그의 호텔에서 접시 닦이와 주방 보조로 일해 짭
짤한 수입을 올렸다. 스카스데일 출신의 예쁘장한 여자애 수지 스털
링과 나란히 일하던 그녀는 요리사의 삶에 폭 빠져들었다. 미칠 듯한
시간, 엄청난 노동량, 생산물의 아름다움은 지극히 사랑스러웠다. 소
음 아래 고여 있는 깊은 정적 역시 사랑스러웠다. 좋은 주방 팀은 선

택적인 가족 같았다. 주방이라는 작고도 뜨거운 세계에서 모든 사람은 똑같은 입장에 서 있었고, 모든 요리사는 과거나 성격에 숨겨진 기묘함이 있었다. 심지어 다 같이 일하며 땀을 한없이 뻘뻘 흘리는 와중에도 각 구성원은 **사생활**과 **자주성**을 보장받았다. 그녀는 이것이 너무나 좋았다.

수지 스털링의 아버지인 에드는 수지와 데니즈를 여러 번 맨해튼에 차로 데려다주었다. 그러던 어느 8월 밤, 데니즈가 자전거를 타고 집으로 돌아가다 거의 그와 부딪칠 뻔했다. 그녀가 홀로 오기를 빌며 BMW 곁에서 던힐을 피우고 있던 에드 스털링은 연예계 전문 변호사였다. 그는 데니즈 없이는 살 수 없다고 간청했다. 그녀는 (빌린) 자전거를 길가 덤불에 감추었다. 다음 날 그녀가 다시 찾으러 갔을 때는 자전거가 사라지고 없었고, 그녀는 늘 두는 곳에 분명히 사슬로 매어두었다고 자전거 주인에게 단언했다. 이는 그녀가 들어서고 있는 영역의 위험성을 알리는 좋은 경고가 되어 마땅했다. 하지만 자신이 스털링의 열망에 야기한 극적이고도 압도적인 생리학에 신이 났다. 9월에 학교로 돌아간 그녀는 교양과목이나 가르치는 대학은 주방과 비교가 되지 않는다고 결론 내렸다. 오직 교수만 볼 논문 때문에 피 터지게 노력할 필요는 없었다. 그녀는 관중을 원했다. 또한 어떤 운 좋은 정체성 그룹은 죄책감 없이 무조건적인 자유를 누리는 반면에, 그녀는 자신이 누린 특권으로 인해 죄책감을 느껴야 한다는 점에서 데니즈는 대학에 분개했다. 이미 죄책감은 충분했다. 거의 매주 일요일 그녀는 SEPTA 철도와 뉴저지 트랜짓 철도라는 느리고 싼 프롤레타리아 운송 수단을 이용해 뉴욕으로 갔다. 에드 스털링의 편집증적이고 일방적인 전화 통화와, 마지막 순간의 변덕과, 만성적인 산만함과, 어깨를 짓누르는 성과에 대한 걱정과, 아는 사람을 마주치지 않기 위해(그가 밍크처럼 무성한 머리를 두 손으로 넘기며 자주 말하기를, 맨해튼의 **모든 사람**을 알고 있다고 했다) 우드사이드와 엘름허스트와 잭슨 하이츠의 싸구려 소수민족 식당에 가야 한다는 수치심을 그녀는 견뎠다. 그녀의 연인이 완전한 현실도피와 더 이상 그녀를 만날 수 없다는 무능력을 향해 비틀비틀대는 동안, 데니즈는 우루과이 티본스테이크와 중국계 콜롬비아인의 타말과 붉은 태국식 카레로 요리한 엄지손톱만 한 가재와, 오리나무로 훈제한 러시아 장어를 먹었다. 아름다움이나 탁월함이라면—그녀에게는 뛰어난 음식이야말로 이에 해당되었다—거의 모든 굴욕을 만회할 수 있었다. 하지만 자전거에 대한 죄책감은 결코 떨칠 수 없었다. 늘 두는 곳에 사슬로 매어두었다고 거짓말하다니.

그녀보다 두 배는 나이가 많은 남자와 세 번째로 엮였을 때 그녀는 그와 결혼했다. 그녀는 감상적인 자유주의자가 되지 않겠노라고 결심했다. 학교를 그만두고 1년 동안 일을 해서 돈을 모은 뒤 프랑스와 이탈리아에서 6개월을 보내고는 필라델피아로 돌아와 캐서린 거리의 잘나가는 생선 및 파스타 식당에서 요리를 했다. 어느 정도 기술을 익히자마자 그녀는 당시 필라델피아에서 잘나가는 곳이었던 카페 루체에 지원했다. 에밀 버거는 칼 솜씨와 외모를 보고 그 자리에서 그녀를 고용했다. 1주일도 안 돼 그는 그녀와 자신을 제외한 모든 주방 직원의 어중간한 능력에 대해 불평해댔다.

오만하고 냉소적이고 헌신적인 에밀은 그녀의 피신처가 되었다.

그녀는 그와 함께 있으면 무한한 성숙함을 느꼈다. 그는 첫 결혼 때 이미 신물이 날 만큼 났다고 말했지만 친절하게도 데니즈를 애틀랜틱시티로 데려가(그녀는 바르베라 달바 와인에 취해 그에게 청혼했다) **정식 부인**으로 만들었다. 카페 루체에서 그들은 파트너처럼 일했고 그의 머리에서 그녀의 머리로 노하우가 흘러들어 갔다. 그들은 가식적인 오랜 라이벌 르베팽을 비웃었다. 그리고 이탈리안 마켓 근방의, 흑인과 백인과 베트남인이 뒤섞여 사는 페더럴 거리의 3층 타운하우스를 충동적으로 구매했다. 그들은 마르크스주의자들이 혁명에 대해 말하듯 맛에 대해 말했다.

에밀이 가르쳐야 할 모든 것을 마침내 다 가르쳐주자 그녀는 그에게 한두 가지를 가르치려고 했다. 예를 들어, 메뉴를 새로 업데이트하자거나, 채소 육수와 약간의 커민을 쓰면 어떻겠냐고 권했다. 그 결과, 행복하게 같은 편에 있는 한 사랑해 마지않았던 냉소와 강철고집과 정면으로 충돌했다. 그녀는 백발의 남편보다 자신이 더욱 능력 있고 야심 있고 **허기졌다**고 생각했다. 일하고 잠자고 일하고 잠자는 동안에 급속히 나이를 먹어 에밀을 능가해 부모까지도 따라잡은 듯 느껴졌다. 일과 가정이 24시간 동안 하나로 돌아가는 제한적인 세계는 그녀에게 부모의 세계나 다를 바 없었다. 그녀의 젊은 엉덩이와 무릎과 발은 늙은이의 통증을 느꼈다. 늙은이처럼 손에 흉터가 생기고, 질이 마르고, 낡은 편견과 정치관으로 가득하고, 젊은이의 소비와 어휘가 싫었다. 그녀는 자신에게 말했다. "그렇게 늙기에는 아직 너무 젊어." 그 결과 추방되었던 죄책감이 복수의 날개를 달고 비명을 지르며 다시 동굴에서 튀어나왔다. 에밀은 변함없이 그녀에게 헌신적이었고, 옛 모습 그대로 충실히 유지했고, 결혼하자고 주장한 사람은 그녀였다.

우호적인 합의 후 그녀는 그의 주방을 떠나 경쟁 업체인 아르덴과 부주방장 계약을 맺었다. 그녀의 견해로는 아르덴이 모든 면에서 카페 루체보다 뛰어났지만 단 하나, 탁월해지기 위해 노력하는 티를 너무 내는 경향이 있었다(여유로운 태도는 확실히 에밀의 위대한 재능이었다).

아르덴에서 그녀는 식재료 준비와 냉동실 관리를 맡은 젊은 여자를 목 조르고 싶은 열망을 품었다. 베키 헤머링은 요리 학원 출신으로, 물결치는 금발과 작고 납작한 몸과 주방의 열기에 붉게 물드는 하얀 피부를 갖고 있었다. 베키 헤머링에 대한 모든 것이 역겹기 짝이 없었다. 요리 학원에서의 교육(데니즈는 독학을 했다는 우월 의식을 갖고 있었다), 상급 요리사들에 대한 지나친 친근함(특히 데니즈에게 더 심했다), 조디 포스터에 대한 요란한 경배, 티셔츠에 적힌 어리석은 문구인 '물고기와 자전거', 강조어로 시도 때도 없이 쓰는 "씨팔", 주방에서 "라틴계"와 "아시아계"와 "연대"하는 레즈비언의 자의식, "우파"와 "캔자스"와 "피오리아"에 대한 일반화, "유색인 남녀"같이 애용하는 어휘, 그녀처럼 소수자로서 소외와 피해를 겪고 죄책감에서 벗어나고자 하는 선생들의 총애를 받는 특권층의 눈부신 아우라. **이 사람이 내 주방에서 무엇을 하고 있는 거지?** 데니즈는 의아했다. 요리사는 정치적이어서는 안 되었다. 요리사는 인류의 미토콘드리아로서 각각의 DNA를 가지고 세포 속을 떠다니며 힘을 제공하지만 세포 그 자체는 아니었다. 데니즈는 베키 헤머링이 정치적 주장을 하기 위해 요리사가 된 것이 아닐까 싶었다. 강한 여자가 되어 남자들과 어깨를 겨루기 위해. 데니즈 역시도 그런 생각이 조금은 있었기에 더더욱 화가 났다. 헤머링은 데니즈 자신보다 그녀가 데니즈를 더 잘 알고 있다는 듯한 표정으로 그녀를 보았다. 정말 노여운 동시에 부인하기가 불가능한 암시였다. 데니즈는 밤에 에밀 곁에서 잠들지 못한 채 누워 헤머링의 푸르디푸른 눈이 툭 튀어나올 때까지 그녀의 목을 조르는 상상을 했다. 엄지로 헤머링의 기도를 쿡 눌러 완전히 막아버리는 상상을.

그러던 어느 날 밤 잠이 든 그녀는 자신이 베키를 목 조르는데도 베키가 전혀 개의치 않는 꿈을 꾸었다. 베키의 푸른 눈은 사실상 더 큰 자유를 향해 손짓했다. 데니즈의 손이 힘을 풀더니 베키의 턱선을 따라 귀로 올라가 부드러운 관자놀이에 다다랐다. 더없는 희열에 빠진 듯 베키의 입술이 열리고 눈이 닫히자 데니즈의 다리가 그녀의 다리와 얽히고, 데니즈의 팔이 그녀의 팔에 얽혀…….

꿈에서 깨어난 데니즈는 한없이 유감스러웠다.

"꿈에서 이런 느낌을 가질 수 있다면 현실에서도 가능할 것이 분명해." 그녀는 자기 자신에게 말했다.

그녀의 결혼이 비틀대는 것은 — 에밀의 눈에 그녀는 화려한 유행이나 쫓는 대중적 식당인 아르덴의 직원으로 보였고, 그녀의 눈에 에밀은 온갖 말과 비밀로 배신한 부모로 보였다 — 에밀의 성(性) 때문이라고 생각하자 마음이 편했다. 죄책감의 날이 둔해진 것이다. 덕분에 끔찍한 **발표**를 할 수 있었고, 에밀을 집에서 내보낼 수 있었고, 베키 헤머링과 너무나도 어색한 첫 데이트를 할 수 있었다. 그녀는 자신이 동성애자라는 믿음을 단단히 고수함으로써 죄책감 없이 에밀의 권리를 사들여 그를 집에서 내보내고 자신은 집에 머물 수 있었을 뿐만 아니라 그에게 도덕적 이점까지 제공했다.

불행히도 그가 떠나자마자 데니즈는 생각을 고쳐야 했다. 그녀와 베키는 환상적이고 유익한 신혼여행을 즐긴 후 바로 싸움을 시작했다. 싸우고, 싸우고, 또 싸웠다. 그들의 싸움 생활은 그 전에 잠시 이어졌던 섹스 생활과 마찬가지로 일종의 의례였다. 그들은 왜 그렇게 싸우는가, 누구 잘못인가를 놓고 싸웠다. 그들은 성욕 같은 뜻밖의 저장고에서 힘을 끌어내 밤늦게까지 침대에서 싸웠고 아침이면 싸움의 숙취에 시달렸다. 그들은 머리가 터지도록 싸웠다. 싸우고, 싸우고, 또 싸웠다. 계단에서 싸우고, 사람들 앞에서 싸우고, 자동차에서 싸웠다. 정기적으로 휴전했지만—붉은 얼굴로 발작하듯 고함을 지르고, 문을 쾅 닫고, 벽을 걷어차고, 눈물에 젖어 발작적으로 쓰러짐으로써 클라이맥스를 맞이한 후였다—전투를 향한 욕망은 금세 돌아왔다. 이는 서로를 하나로 묶었고, 서로에 대한 반감을 넘어서게 했다. 연인의 목소리나 머리카락이나 둥근 엉덩이가 모든 것을 멈추고 섹스를 하게 만드는 만큼이나, 베키의 도발은 데니즈의 심장을 정말로 터지게 했다. 그 무엇보다 최악은 데니즈가 속으로는 진보적 집단주의자이자 순수한 레즈비언인데 그것을 그저 의식하지 못하고 있다고 베키가 주장한다는 점이었다.

"너는 너 자신으로부터 믿을 수 없을 만큼 소외되어 있어. 너는 **분명** 레즈비언이야. 너는 과거에도 현재에도 **분명** 레즈비언이야." 베키가 말했다.

"나는 아무것도 아냐. 그저 나일 뿐이지." 데니즈가 말했다.

그녀는 무엇보다도 사적이고 독립적인 개인이 되고 싶었다. 형편없는 헤어스타일을 하고는 의상 문제에 기묘한 분노를 표출하는 그룹은 물론이고 그 어떤 그룹에도 끼고 싶지 않았다. 그녀는 이름표나 라이프 스타일을 원하지 않았다. 그래서 그녀는 처음으로 돌아갔다. 다시금 베키 헤머링을 목 조르고 싶어진 것이다.

베키와의 전혀 만족스럽지 않은 마지막 싸움 전에 다행히도(죄책감 관리의 관점에서 보자면 말이다) 그녀의 이혼 절차가 마무리되었다. 에밀은 워싱턴으로 옮겨 가 거액을 받고 호텔 벨린저의 주방을 맡았다. 그가 트럭을 가지고 필라델피아로 돌아와 속세의 물건을 나누어 짐을 싸던 **눈물의 주말**이 지나고 한참 뒤, 데니즈는 베키의 의견에 반발하며 자신이 절대 레즈비언이 아니라고 결론 내렸다.

그녀는 아르덴을 떠나 아드리아해(海) 해산물 요리 전문점인 마레 스쿠로의 셰프가 되었다. 그리고 1년 동안 모든 데이트 신청을 거절했다. 관심이 없었을 뿐만 아니라(그들은 웨이터나 납품 업자나 이웃이었다) 남자와 함께 있는 것이 다른 사람 눈에 띄는 것이 두려웠기 때문이었다. 그녀가 다른 남자와 사랑에 빠졌다는 것을 에밀이 알게 될까 봐 (혹은 그가 우연히 알기 전에 그녀가 고백해야 하는 상황에 놓일까 봐) 두려웠다. 아무도 만나지 않고 열심히 일하는 편이 나았다. 자신의 경험으로 볼 때 삶은 일종의 반드르르한 벨벳이었다. 한쪽에서 들여다보면 자신이 온통 기괴하게만 보였다. 하지만 살짝 고개를 들면 모든 것이 너무나 정상적으로 보였다. 그녀는 일만 하는 한 그 누구에게도 상처를 주지 않을 수 있다고 믿었다.

5월의 어느 화창한 아침, 브라이언 캘러핸이 피스타치오 아이스크림 빛깔의 오래된 볼보 스테이션왜건을 타고 페더럴 거리의 그녀 집으로 왔다. 오래된 볼보를 살 것이라면 연녹색이야말로 제격이었고, 브라이언은 최고의 색깔이 아니라면 절대 빈티지 자동차를 살 사람이 아니었다. 물론 지금 그는 부자이니 그 어떤 색이든 마음대로 칠할 수 있었다. 하지만 데니즈처럼 브라이언도 그것을 속임수로 여겼다.

그녀가 차에 오르자 그는 눈을 가려도 되겠냐고 물었다. 그녀는 그가 들고 있는 검은 스카프를 바라보았다. 그리고 그의 결혼반지를 바라보았다.

"날 믿어요. 놀랄 만한 가치가 있을 테니."

그는 아이건멜로디를 1950만 달러에 팔기 전부터도 골든리트리버처럼 세상을 돌아다녔다. 얼굴이 두툼하고, 그다지 미남은 아니었지만, 매혹적인 푸른 눈과 모래 빛깔 머리카락과 개구쟁이 같은 주근깨가 있었다. 그는 그답게 생겼다. 즉 과거 해버퍼드 대학의 라크로스 선수였으며, 아무 나쁜 일도 겪은 적 없는 기본적으로 선량한 남자이며, 그러므로 실망시키기 싫은 사람답게 생겼다는 뜻이었다.

데니즈는 그가 자신의 얼굴을 만지도록 두었다. 그의 커다란 손이 그녀의 머리카락 속으로 들어와 매듭을 묶고 그녀를 꼼짝 못 하게 만들도록 내버려두었다.

왜건의 엔진 소리와 함께 금속 덩어리가 도로를 달렸다. 브라이언이 어느 걸그룹 음반을 스테레오로 틀었다. 데니즈는 그 음악을 좋아했지만, 이것은 전혀 놀라운 일이 아니었다. 브라이언은 그녀가 싫어하는 그 어떤 말도, 행동도 하지 않기로 결심한 듯했다. 3주 동안 그는 그녀에게 전화를 해 저음의 메시지를 남겼다("헤이, 나예요"). 그녀는 그의 사랑이 기차처럼 달려오는 것이 보였고, 그래서 좋았다. 이를 통해 대리 만족을 느꼈다. 이것을 사랑으로 착각하지는 않았지만(그녀가 안 그러려고 해도 헤머링 덕분에 자신의 감정을 의심할 수밖에 없었다), 브라이언이 계속 구애하기를 바라 마지않았다. 그리고 이날 아침 그녀는 이에 맞추어 차려입었다. 심지어 적당하다고 할 수 없을 정도로 말이다.

브라이언이 노래가 마음에 드냐고 물었다.

"음." 그녀는 어깨를 으쓱하며 그의 간절함이 어느 정도일지 가늠했다. "괜찮아요."

"아찔할 정도로 맘에 들더군요. 당신도 좋아하리라 확신했죠."

"사실은 좋아하는 음악이에요."

그녀는 생각했다. **나는 대체 왜 이 모양이지?**

그들은 자갈 깔린 거친 도로를 달려갔다. 철도와 울퉁불퉁한 자갈밭을 건넜다. 브라이언이 차를 세웠다. "1달러에 이곳의 구입 옵션을 샀죠. 당신이 싫다면 1달러만 날리면 됩니다."

그녀는 손을 눈가리개로 올렸다. "벗을게요."

"아니. 조금만 기다려요."

그가 적당한 힘으로 그녀의 팔을 잡고는 따뜻한 자갈밭을 가로질러 그림자 속으로 이끌었다. 강 냄새가 나고, 소리를 삼키는 물의 품에 안겨 있는 강변의 고요함이 느껴졌다. 열쇠와 자물쇠 소리에 이어 묵직한 경첩이 삐걱거렸다. 갇힌 저수지의 차가운 산업적 공기가 그녀의 맨어깨와 맨다리 사이로 흘러갔다. 그 어떤 유기물도 살지 않는 동굴의 냄새였다.

브라이언이 그녀를 이끌고 금속 계단참을 네 번 지나 또 다른 문의 자물쇠를 연 뒤 더 따뜻한 곳으로 들어갔다. 기차역이나 웅장한 대성당에서처럼 소리가 울렸다. 공기에서는 마른 곰팡이를 먹고 사는 마른 곰팡이를 먹고 사는 마른 곰팡이의 맛이 느껴졌다.

브라이언이 눈가리개를 풀자 그녀는 이곳이 어디인지 즉각 깨달았다. 70년대에 필라델피아 전기회사(PECO)는 대기를 오염하는 석탄 발전소를 여럿 폐기했다. 센터 시티 바로 남쪽인 이곳을 비롯해 그 거대한 건물들을 지나칠 때면 데니즈는 차의 속도를 늦추고는 그 위용에 감탄했다. 방은 넓고 환했다. 천장 높이가 18미터에 달했고, 샤르트르 대성당처럼 창문들이 남쪽 벽과 북쪽 벽 높이 주르르 늘어서 있었다. 콘크리트 바닥은 콘크리트보다 더 단단한 물질로 홈이 깊게 파이고 더덕더덕 다시 발라져 있어 건물 바닥이라기보다는 야외의 땅처럼 보였다. 그 한가운데에, 다리와 더듬이가 뜯긴 집채만 한 귀뚜라미처럼 생긴 보일러와 터빈 장치 두 대가 골격만 남은 채 덩그러니 놓여 있었다. 힘을 잃고 퇴락해버린 검은 전동 사각 물체들. 강 끄트머리에는 석탄을 넣고 재를 빼내는 거대한 해치가 있었다. 사라진 활송 장치와 배관과 계단의 흔적이 그을린 벽에 하얗게 남아 있었다.

데니즈는 고개를 저었다. "여기다 레스토랑을 차릴 수는 없어요."

"그렇게 말할까 봐 걱정했죠."

"내가 어쩌기도 전에 돈을 다 쓰게 될 거예요."

"융자를 좀 받을 수 있어요."

"지금 우리 코로 들어오고 있을 폴리염화바이페닐이랑 석면은 말할 것도 없고요."

"그건 걱정 말아요. 이곳이 공해 방지 기금의 지원을 받을 수 있었다면 여기 이렇게 있지도 않았을 테니까요. PECO가 벌써 해체했을 테니. 그런데 여긴 너무 깨끗하거든요."

"PECO가 실망했겠네요."

그녀는 터빈으로 다가갔다. 이곳이 적절하든 아니든 상관없이 마음에 들었다. 필라델피아 산업의 쇠락, 무너져가는 **세계의 공장**, 마이크로 시대에 남은 거대 시대의 폐허. 지하실의 낡아빠진 상자에 쓰지 않는 모직물과 철물을 보관해두는 부모한테 태어난 덕분에 친숙한 느낌이었다. 그녀는 현대성으로 빛나는 학교에 갔다가 돌아와 매일 더 낡고 어두운 세계를 보아야 했다.

"난방도, 냉방도 어려워요. 전기 요금이 어마어마할 거예요."

골든리트리버 같은 브라이언이 그녀를 강렬한 눈빛으로 쳐다보았다. "건축가 말이, 창이 있는 남쪽 벽을 따라 바닥을 깔 수 있다더군요. 15미터 높이에요. 그리고 삼면은 유리로 막고요. 그 아래에 부엌을 설치하고. 터빈은 증기 소독하고, 약간의 장식을 건 뒤 나머지 전체 공간은 그대로 두면 돼요."

"돈을 무한정 쏟아부어야 할 거예요."

"비둘기도 없고, 물웅덩이도 없어요."

"하지만 허가받는 데 1년, 레스토랑으로 꾸미는 데 1년, 최종 검사받는 데 1년이 걸릴 거예요. 그동안 아무것도 안 하는 나한테 꼬박꼬박 봉급을 주어야 하고요."

브라이언은 2월에 오프닝을 할 계획이라고 했다. 건축가 친구와 건축 업자 친구가 있으며, 악명 높은 면허검사국과도 별문제 없다는 것이었다. "거기 국장이 우리 아버지 친구거든요. 목요일마다 같이 골프를 치시죠."

데니즈는 웃었다. 브라이언의 야망과 수완은, 어머니의 표현을 빌리자면 그녀를 "간질였다". 그녀는 고개를 들어 아치 모양의 창문을 바라보았다. "여기에서 어떤 음식을 팔려는 것인지 상상도 못 하겠어요."

"데카당하고도 웅장한 음식. 이건 당신이 풀어야 할 숙제예요."

텅 빈 자갈밭 주위에 돋은 잡초처럼 초록빛인 차로 돌아가며, 브라이언은 유럽에 갈 계획을 세워두었냐고 물었다. "적어도 두 달은 있어야 해요. 여기에는 숨은 동기가 있거든요."

"네?"

"당신이 간 후 나도 2주 정도 그곳에서 지낼 겁니다. 당신이 먹는 걸 나도 먹고 싶거든요. 당신 의견도 듣고 싶고."

그는 애교 있는 사심을 가지고 말했다. 음식과 와인을 잘 아는 아리따운 여자와 함께 하는 유럽여행을 누군들 마다하겠는가? 그가 아니라 이런 기회를 얻은 당신이야말로 행운아이고, 당신이 그로 인해 기쁜 만큼 그도 당신으로 인해 기뻐야 하지 않겠는가. 그런 어조였다.

데니즈의 마음 한쪽은 브라이언과의 섹스가 과연 다른 남자와의 섹스보다 나을까 싶었지만, 다른 마음 한쪽은 그에게서 자신의 야망을 인식하고는 유럽에서 6주를 보내고 파리에서 그와 만나는 데 동의했다.

하지만 더욱 의심이 많은 세 번째 마음이 말했다. "가족분들은 언제 소개해주실 거죠?"

"다음 주말 어떤가요? 케이프 메이의 우리 별장에서 만나요."

뉴저지의 케이프 메이는 상스러운 경제 호황 시절 새로 생긴 인쇄 회로 같은 주택단지에 둘러싸인 중심부에, 최신 유행인 낡은 방갈로와, 장식으로 넘쳐나는 빅토리아 저택 지구로 이뤄져 있었다. 브라이언의 부모인 캘러핸 부부는 당연히 최고급의 낡은 방갈로 중 하나를 소유하고 있었다. 별장 뒤편에는 여전히 바다가 차가운 초여름의 주말에 수영을 즐길 수 있는 수영장이 있었다. 일요일 오후 늦게 도착한 데니즈는, 브라이언과 그의 딸들이 빈둥대고 있는 동안 쥐색 머리의 여자가 땀과 녹으로 덮인 채 철 수세미로 연철 탁자를 공격하고 있는 것을 발견했다.

데니즈는 브라이언의 아내라면 냉소적이고 세련되고 대단히 멋진 사람이리라 기대했다. 로빈 파사파로는 노란색 트레이닝 바지와, MAB 페인트 모자와, 어울리지 않는 붉은색 필라델피아 저지 셔츠 차림에 끔찍한 안경을 쓰고 있었다. 그녀가 바지에 손을 문질러 닦더니 데니즈를 향해 내밀었다. 이어서 깩깩대는 목소리로 묘하게 격식을 차려 인사했다. "만나서 반갑습니다." 그리고 즉각 다시 일로 돌아갔다.

나도 당신이 맘에 안 들어요, 하고 데니즈는 생각했다.

시네이드는 열 살 먹은 예쁜 말라깽이 소녀로, 무릎에 책을 올려놓고 다이빙대에 앉아 있었다. 아이가 조심스레 데니즈에게 손을 흔들었다. 더 어리고 더 토실한 에린은 헤드폰을 쓴 채 뭔가에 집중하듯 얼굴을 찡그리고는 피크닉 탁자에 구부정히 앉아 있었다. 그러다 나직이 휘파람을 불었다.

"에린은 새 울음소리를 공부하고 있죠." 브라이언이 말했다.

"왜요?"

"솔직히 전혀 모르겠어요."

"까치는 까까깍 울죠?" 에린이 말했다.

"그만하기에 지금이 딱 좋은 때 같구나." 브라이언이 말했다.

에린이 헤드폰을 벗더니 다이빙대로 달려가 언니를 튕겨 떨어뜨리려고 했다. 시네이드의 책이 거의 빠질 뻔했다. 시네이드는 우아한 손길로 책을 붙잡았다. "아빠!"

"얘야, 거긴 다이빙대지 독서대가 아니야."

로빈은 마약에 취한 듯 전속력으로 수세미질을 했다. 신랄함과 분노가 담긴 듯한 동작에 데니즈는 신경이 곤두섰다. 브라이언 역시 한숨을 쉬고는 아내를 바라보았다. "다 끝나가?"

"그만했으면 해?"

"그래주면 고맙지."

"좋아." 로빈이 수세미를 내려놓더니 집으로 걸어가며 물었다. "데니즈, 마실 것 드릴까요?"

"물 한 잔 주시면 감사하겠어요."

"에린, 들어봐. 나는 블랙홀이 되고, 너는 적색 왜성이야." 시네이드가 말했다.

"내가 블랙홀 할래."

"아니, 내가 블랙홀이야. 적색 왜성은 원을 따라 돌다가 강력한 중력에 이끌려 점점 집어삼켜지게 돼. 블랙홀은 여기 가만히 앉아서 책을 읽고."

"우리가 충돌하는 거야?"

브라이언이 끼어들었다. "그래, 하지만 충돌에 대한 그 어떤 정보도 바깥 세계는 알 수 없지. 완전히 조용한 충돌이란다."

로빈이 검은색 원피스 수영복 차림으로 다시 나타났다. 그리고 무례함에서 아슬아슬 비껴난 태도로 데니즈에게 물잔을 건넸다.

"감사합니다." 데니즈가 말했다.

"천만에요!" 로빈이 말했다.

그리고 안경을 벗고 수영장 물이 깊은 쪽으로 다이빙했다. 그녀가 잠수를 하는 동안 에린은 풀장을 따라 돌며, 죽어가는 M형 혹은 S형 항성에 걸맞은 비명을 질러댔다. 로빈이 얕은 쪽에서 물 위로 나오자 벌거벗은 듯 보이는 몸매가 제법 눈부셨다. 데니즈가 상상하던 브라이언의 아내에 더욱 가까워 보였다. 머리와 어깨로 늘어뜨린 머리카락, 광대뼈와 빛나는 검은 눈썹. 그녀가 수영장에서 나오자 수영복 가장자리에서 물방울이 뚝뚝 떨어지고, 비키니라인의 깎지 않은 털 사이로 물이 줄줄 흘러내렸다.

오래도록 해결되지 않은 혼란이 천식처럼 데니즈 안에서 뭉치고 있었다. 이곳을 떠나 요리를 해야만 했다.

"일용품 시장에 들렀어요." 그녀는 브라이언에게 말했다.

"손님에게 일을 시키는 건 옳지 않아요."

"다시 말하자면, 나는 요리를 하겠다고 자청한 거고, 지금 봉급을 받고 있어요."

"그렇다면야."

"에린, 이제 너는 병원균이고, 나는 백혈구야."

시네이드가 물속으로 미끄러지며 말했다.

데니즈는 붉고 노란 방울토마토로 간단한 샐러드를 만들었다. 버터와 사프란을 곁들여 퀴노아를 요리하고, 홍합과 구운 고추로 장식한 넙치구이를 준비했다. 거의 다 마쳤을 무렵, 냉장고 안에 포일로 덮어놓은 상자들을 한번 들여다보았다. 토스트 샐러드, 과일 샐러드, 다듬은 옥수수 더미가 놓인 접시, 팬에 든 것은 (이건 설마) 담요로 덮인 돼지?

브라이언이 덱에서 홀로 맥주를 마시고 있었다.

"냉장고에 저녁이 있어요. 이미 다 만들어두었던걸요." 데니즈가 말했다.

"이크, 로빈이 벌써 했군요. 아마 나랑 애들이 낚시할 때 요리했나 봐요."

"아주 진수성찬이던데요. 그런데 또 성찬을 준비하다니." 데니즈는 정말로 화가 난 채 깔깔거렸다. "두 사람은 서로 이야기도 안 하나요?"

"사실 그래요. 오늘은 그리 소통이 잘되는 날이 아니었어요. 로빈은 가든 프로젝트에 할 일이 있어서 남아 있고 싶어 했죠. 그런데 나는 아내를 끌다시피 하고 데려왔어요."

"저런, 젠장."

"이봐요, 당신 요리는 오늘 먹고, 집사람 요리는 내일 먹으면 돼요. 모두 내 잘못이에요."

"그런 것 같네요!"

로빈은 현관 베란다에서 에린의 손톱을 깎아주고 있었다. 데니즈는 말했다. "이미 저녁이 준비되어 있는데 제가 또 저녁을 만들었다는 걸 방금 알았지 뭐예요. 브라이언 씨가 그런 말을 안 했거든요."

로빈은 어깨를 으쓱했다. "아무려나."

"아뇨, 정말 죄송해요."

"아무려면 어떻겠어요. 아이들은 당신 요리를 먹는다고 신나 하고 있어요."

"죄송해요."

"아무려나."

저녁 식사 동안 브라이언은 수줍어하는 딸들에게 데니즈의 질문에 대답하라고 재촉했다. 아이들은 데니즈를 응시하고 있다가 그녀와 눈을 마주치면 매번 시선을 내리깔고는 얼굴을 붉혔다. 특히 시네이드는 그녀를 원하는 방법을 제대로 알고 있는 듯했다. 로빈은 고개를 숙인 채 재빨리 먹고는 음식이 "맛있다"고 평했다. 그녀의 불쾌함중 얼마만큼이 브라이언을 향한 것이고, 얼마만큼이 데니즈를 향한 것인지 불확실했다. 로빈은 아이들을 따라 이내 잠자리에 들었고, 데니즈가 깨어났을 때 그녀는 이미 미사에 참석하러 떠나고 없었다.

브라이언이 커피를 따르며 말했다. "간단한 질문 하나 하죠. 나와애들을 오늘 밤 필라델피아까지 태워줄 수 있나요? 로빈이 가든 프로젝트 일 때문에 일찍 돌아가고 싶어 해서요."

데니즈는 망설였다. 로빈이 그녀를 브라이언의 품으로 떠민다는느낌이 강하게 들었다.

"싫다면 상관없어요. 우리가 차를 쓸 수 있게 집사람이 버스를 타고 가면 된다고 했거든요."

버스? 버스라고?

데니즈는 깔깔 웃었다. "그럼요, 아무 문제 없어요. 태워드리죠."

그러고는 로빈을 흉내 내며 덧붙였다. "아무려나!"

해변에서 태양이 아침의 금속성 바다 구름을 태워 없애는 동안 그녀와 브라이언은 에린이 파도 사이로 방향을 바꾸는 모습을 바라보았다. 시네이드는 야트막한 무덤을 파고 있었다.

"나는 지미 호파이고, 두 사람은 깡패예요."

그들은 아이를 모래에 묻고는 시원한 무덤을 둥글고 매끈하게 다듬으며, 그 아래 살아 있는 몸의 빈 곳에 모래를 토닥토닥 채워 넣었다. 무덤이 지질학적으로 활발해지더니 작은 지진과 함께 여기저기 금이 가며 시네이드의 배가 불쑥 솟았다 떨어졌다.

"에밀 버거와 결혼했었다는 것을 바로 얼마 전에 들었어요." 브라이언이 말했다.

"그이를 아나요?"

"개인적으로는 아니요. 하지만 카페 루체는 알죠. 종종 갔었거든요."

"우리의 작품이었죠."

"그 좁은 주방에서 지독한 에고가 둘이나 버티고 있었다니."

"네."

"그가 그립나요?"

"이혼은 내 인생에서 크나큰 불행이에요."

"대답이긴 하지만 내 질문에 대한 대답은 아니군요."

시네이드는 안에서부터 자신의 관을 서서히 파괴하고 있었다. 발가락이 햇살을 향해 꼼지락거리고, 무릎이 솟구치고, 분홍 손가락이 축축한 모래에서 튀어나왔다. 에린이 물웅덩이로 첨벙 뛰어들었다가 일어나 다시 뛰어들었다.

이 애들이 좋아질 것 같아, 하고 데니즈는 생각했다.

그날 밤 집에 돌아간 그녀는 어머니에게 전화해 일요일이면 늘 그렇듯, 건강한 태도와 건강한 생활 방식과 의사의 권고와 전통적 생체 리듬과 확고한 주간 활동과 사다리와 계단에 대한 상식적 규칙과 이니드의 낙천적이고 유쾌한 성격에 반하여 저지르는 앨프리드의 죄악에 대한 장황한 이야기를 들어야 했다. 15분간의 고문 후에야 이니드는 물었다. "그래, 너는 어떻게 지내니?"

이혼 이후 데니즈는 어머니에게 되도록 거짓말을 않기로 결심했기에 시샘을 살 만한 여행 계획을 솔직히 털어놓았다. 누군가의 남편과 함께 프랑스를 여행할 것이라는 점만 빼고는. 하지만 이는 벌써 문제를 일으켰다.

"아, 나도 같이 가면 좋을 텐데! 오스트리아가 정말 좋거든." 이니드가 말했다.

데니즈는 대담하게 제안했다. "한 달 동안 함께 여행하면 어때요?"

"데니즈, 아빠 혼자 둘 수는 없어."

"그럼 아빠도 같이 가죠, 뭐."

"너희 아빠가 어떤지 너도 알잖니. 육상 여행이라면 질색. 게다가 다리에 문제도 있고. 그러니 너나 가서 내 **몫**까지 즐겁게 지내. 내가 사랑하는 도시에 안부 인사 전해주고! 그리고 참, 신디 마이스너를 꼭 만나. 걔네 부부는 키츠뷔엘의 목조 주택에 살고 있단다. 빈에도 크고 우아한 아파트가 있고."

이니드에게 오스트리아는 '푸른 다뉴브강'과 '에델바이스'를 의미했다. 그녀의 거실에 놓인, 꽃과 알프스가 새겨진 오르골은 모두 빈에서 산 것이었다. 이니드는 그녀의 어머니의 어머니가 "빈 사람"이라고 말하는 걸 좋아했다. 그녀의 마음속에서 빈은 오스트리아와 동의어였고, 이는 곧 오스트리아-헝가리 제국을 의미했다. 그녀의 외할머니가 살던 당시 제국은 프라하 북쪽에서부터 사라예보 남쪽까지 드넓은 영토를 차지하고 있었다. 소녀 시절 영화 〈옌틀〉에 나온 바브라 스트라이샌드에 흠뻑 반하고, 십대 시절 I. B. 싱어와 숄렘 알레이헴에 열광했던 데니즈는 한때 이니드를 마구 졸라 문제의 할머니가 사실은 유대인일지도 모른다는 인정을 받아냈다. 그 결과 그들 모녀가 모계 혈통으로 직계 유대인이 되는 거라고 데니즈는 기쁨에 차서 지적했다. 하지만 이니드는 재빨리 말을 바꾸어 아니, 아니라고, 외할머니는 **가톨릭교도**였다고 주장했다.

데니즈는 할머니의 요리에서 느껴지던 특정 맛에 직업적인 흥미가 있었다. 시골식 갈비와 갓 만든 자우어크라우트*, 구스베리와 산앵두나무 열매, 경단, 송어, 소시지. 요리상의 문제는 중부 유럽의 풍성한 음식을 날씬한 여자들의 입맛에 맞추는 것이었다. 티타늄 카드 소지자들은 자우어브라텐**의 거대한 조각이나 제멜크뇌델***의 공 같은 덩어리나 크림으로 이루어진 알프스산을 좋아하지 않았다. 이 쑤시개처럼 가느다란 다리를 가진 여자들을 위한 음식이라는 것이 있다면 그것은 저지방에 맛이 좋아야 하고, 돼지나 거위나 닭이나 견

---

* 독일식 김치.
** 절인 쇠고기를 볶은 다음 지진 요리.
*** 야채를 넣은 고기 경단.

과류와 마음껏 섞일 수 있고 고등어 회나 훈제한 등 푸른 생선 요리에 날것으로 넣을 수 있는 다재다능함을 갖추어야 했다.

데니즈는 마레 스쿠로와의 마지막 끈을 자르고는, 무제한으로 쓸 수 있는 아메리칸 익스프레스 카드를 소지한 채 브라이언 캘러핸의 직원으로서 프랑크푸르트로 날아갔다. 독일에서 시속 160킬로미터로 차를 몰며 상향등을 번뜩이는 차들의 뒤를 바짝 따라붙었다. 빈에서는 존재하지 않는 빈을 찾아다녔다. 아무리 먹어봐도 그녀의 것보다 뛰어난 음식은 없었다. 어느 날 밤 비너슈니첼****을 먹고는 그래, 이게 빈의 슈니첼이로구나, 그래, 그래, 라고 생각했다. 오스트리아에 대한 그녀의 생각은 오스트리아 그 자체보다 한결 생생했다. 그녀는 미술사 박물관을 구경하고 교향악단의 연주를 들었지만, 그녀 자신이 형편없는 관광객이라는 사실에 자책했다. 너무 지루하고 외로운 나머지 결국에는 신디 뮐러-카를트로이(한때는 성이 마이스너였다)에게 전화해 황궁의 미하엘러 문이 내려다보이는, 휑뎅그렁한 '누보 펜트하우스'에서의 저녁 초대를 받아들였다.

신디는 중년 아줌마처럼 뚱뚱했고, 예상보다 훨씬 안 좋아 보였다. 파운데이션과 루즈와 립스틱에 가려 이목구비가 보이지 않았다. 검은 실크 바지의 엉덩이는 헐렁하고 발목은 꽉 조였다. 서로 뺨을 비비며 최루가스 공격 같은 신디의 향수 냄새를 견딘 후 데니즈는 박테리아를 품은 듯한 입냄새에 화들짝 놀랐다.

신디의 남편인 클라우스는 떡 벌어진 어깨에 허리가 가늘고 매력

**** 송아지 고기로 만든 튀김 요리.

적일 만큼 작은 엉덩이를 가지고 있었다. 뮐러-카를트로이의 거실에는 바로크 양식 안락의자와 비더마이어 양식 의자가 사교를 단절하는 배치로 놓여 있었다. 더없이 거대한 샹들리에 아래의 벽에는 클라우스의 올림픽 동메달과 더불어, 모조품인지 진품인지는 몰라도 부드러운 부그로의 작품들이 주르르 걸려 있었다.

"이건 그저 모조품입니다. 진짜 메달은 안전한 곳에 보관되어 있죠." 클라우스가 데니즈에게 말했다.

살짝 아르누보적인 보조 탁자 위에는 둥근 빵과, 통조림 참치처럼 짓이겨진 훈제 생선과, 그다지 크지 않은 에멘탈 치즈가 놓여 있었다.

클라우스는 은빛 버킷에서 병을 꺼내 과장된 동작으로 젝트 와인을 따랐다. 그리고 잔을 들어 올리며 말했다. "우리의 맛의 순례를 위하여. 신성한 도시 빈에 오신 것을 환영합니다."

젝트는 달콤하고 탄산이 지나치게 많아 술이 아니라 꼭 스프라이트 같았다.

"네가 오다니 너무 좋구나!" 신디가 외쳤다. 그리고 흥분해가지고는 손가락을 튕기자 하녀가 옆문으로 부랴부랴 들어왔다. 신디가 아기 같은 목소리로 말했다. "미르하나, 흠, 흰 빵이 아니라 흑빵을 쓰라고 한 것 기억 안 나?"

"니에, 마님." 중년의 미르하나가 말했다.

"지금은 너무 늦어버렸군. 이 흰 빵은 나중에 쓸 생각이니 도로 가지고 들어가고 대신에 흑빵을 가져와! 그리고 사람을 보내서 나중에 쓸 흰 빵을 더 구해 오고!" 신디는 데니즈에게 설명했다. "정말 사람은 좋은데 너무 멍청해. 안 그래, 미르하나? 당신 정말 바보지?"

"니에, 마님."

"너도 주방장이니 이게 어떤 건지 잘 알겠지. 아마 너한테 있어서, 데리고 있는 사람이 멍청한 건 정말 더 심각한 문제겠지." 미르하나가 식당에서 나가는데 신디가 데니즈에게 말했다.

"**오만**과 어리석음." 클라우스가 말했다.

"뭘 하라고 시켜도 엉뚱한 짓만 하니 어찌나 속이 터지는지! 정말 속 터져 죽겠어!"

"우리 엄마가 안부 전해달래." 데니즈는 말했다.

"너희 어머니는 어쩜 그리 다정하신지. 늘 내게 친절하셨지. 클라우스, 우리 가족이 살던 그 쬐그만 집 알죠(옛날옛날에 내가 쬐그마할 때 살던 집 말예요). 그때 데니즈의 부모님은 우리 옆집에 살았죠. 우리 엄마와 데니즈 엄마는 여전히 좋은 친구로 지내요. 너희 가족은 여전히 그 낡고 작은 집에 살고 있지?"

클라우스가 귀에 거슬리게 웃더니 데니즈에게 고개를 돌렸다. "세인트주드의 어떤 점이 정말 **끔찍한지** 아세요?"

"글쎄요, 어떤 점이 끔찍한데요?"

"가짜 민주주의요. 세인트주드 사람들은 자기네들이 다 같은 척하죠. 참 **좋죠**. 좋아요, 좋아. 하지만 사람들은 전혀 같지 않아요. 전혀요. 계층이 다르고, 인종이 다르고, 무엇보다도 경제적 차이가 어마어마하죠. 하지만 아무도 그런 점에 솔직하지 못해요. 모두들 같은 척하죠! 그걸 아셨나요?"

"그러니깐 우리 어머니와 신디 어머니의 차이점 같은 것 말인가요?"

"아뇨, 저는 당신 어머니를 모릅니다."

"클라우스, 알잖아! 전에 만났잖아. 3년 전 추수감사절에 우리 집에서 열린 파티에서. 기억 안 나?"

"있죠, 모두가 같아요. 그게 바로 제가 하려는 말입니다. 모두가 같은 척하는데 내가 어떻게 사람들을 구분하겠어요?"

미르하나가 예의 그 형편없는 접시에 다른 빵을 담아 돌아왔다.

신디가 데니즈에게 권했다. "여기, 이 생선 좀 먹어봐. 샴페인 맛있지 않니? 정말 다르지! 우리는 전에 더 드라이한 걸 좋아했었거든. 그런데 이걸 발견하고는 완전히 반했지 뭐니."

"드라이한 걸 밝히면 아무래도 **속물** 같아요. 하지만 젝트를 정말 잘 아는 사람은 이 엑스트라-트로켄이야말로 최고의 맛이라는 걸 알지요."

데니즈는 다리를 꼬고는 대꾸했다. "어머니한테 듣기론 의사시라더군요."

"네, 스포츠 전문의사죠." 클라우스가 대답했다.

"최고의 스키 선수들이 모두 우리 남편을 찾는단다!" 신디가 말했다.

"저는 그렇게 사회에 대한 빚을 갚는답니다." 클라우스가 말했다.

신디가 좀 더 있으라고 간청했지만 데니즈는 9시 전에 뮐러-카를트로이 부부에게서 탈출한 뒤 다음 날 아침 바로 빈을 떠나 도나우강 중류의 안개 빛깔 계곡을 가로질러 동쪽으로 향했다. 브라이언의 돈으로 여행 중인 만큼 부다페스트를 구석구석 걸어 다니며 모든 음식에 대해 메모하고, 제과점과 가판대를 살피고, 방치를 가까스로 면한 듯한 휑뎅그렁한 레스토랑에서 맛을 보는 등 종일 열심히 일했다. 이니드의 아버지의 부모가 태어났다던 루테니아까지 동쪽으로 나아갔다. 그곳은 이제 우크라이나 트란스카르파티아의 아주 조그마한 일부가 되어 있었다. 그녀가 지나친 그 어디에도 유대인 촌락은 없었다. 대도시들을 제외한 그 어디에도 유대인은 없었다. 그녀는 자신이 유대인이 아니라는 정체성을 어쩔 수 없이 받아들였었다. 그런데 이곳 역시 도처에 튼튼히 뿌리내린 지루한, 그녀 같은 비유대인들뿐이었다. 음식은 대체로 거칠었다. 카르파티아산맥의 고지대는 석탄과 역청우라늄석 광산으로 곳곳이 깊은 자상을 입은 탓에, 석회 뿌린 시신들을 단체로 파묻기에 적절할 듯했다. 데니즈는 자신을 닮은 얼굴들을 보았지만, 그들은 폐쇄적인 데다 너무 이른 나이에 찌들어 있었고, 눈에는 영어 단어 하나도 담겨 있지 않았다. 그곳에는 그녀의 뿌리가 없었다. 그곳은 그녀의 나라가 아니었다.

그녀는 파리로 날아가 오텔 데 되질의 로비에서 브라이언을 만났다. 6월에는 가족 전체를 데려올 듯 말하더니 막상 온 것은 혼자뿐이었다. 카키색 미국식 옷과 주름이 자글자글한 하얀 셔츠 차림이었다. 데니즈는 너무나 고독해 거의 그의 품으로 뛰어들 뻔했다.

세상에 얼마나 머저리이기에 자기 남편을 나 같은 여자와 파리 여행을 하게 내버려두는 거지? 그녀는 의아했다.

그들은 미슐랭 가이드가 별 두 개를 매긴 라 퀴이예르 퀴리외즈에서 저녁을 먹었는데, 데니즈의 견해로는 애쓰는 티가 너무 역력했다. 프랑스에 와서 방어회나 파파야 잼을 먹고 싶지는 않다. 반면 굴라시*라면 신물이 났다.

* 헝가리식 스튜 요리.

브라이언은 그녀의 판단을 절대적으로 따르며, 그녀 좋을 대로 와 인과 그의 식사까지 고르게 했다. 커피가 나오자 그녀는 왜 로빈은 오지 않았는지 물었다.

"가든 프로젝트에서 도토리 호박을 처음으로 수확한다더군요." 브라이언이 그답지 않은 씁쓸한 어조로 말했다.

"어떤 사람은 여행을 질색하기도 하죠." 데니즈는 말했다.

"전에는 로빈도 여행을 좋아했죠. 둘이서 같이 서부를 구석구석 여행했어요. 그런데 이제는 마음껏 여행할 재력이 있는데도 갈 생각을 않다니. 돈에 저항하며 파업이라도 벌이는 것 같아요."

"갑자기 거부가 되었으니 충격일 만도 하죠."

"이봐요, 난 그저 즐기고 싶은 거예요. 다른 사람이 되고 싶은 건 아니지만, 그렇다고 우울에 빠져 살고 싶은 것도 아니에요."

"로빈이 우울해하나요?"

"내가 회사를 판 이후로 행복한 얼굴을 못 봤죠."

저 결혼이 깨지는 건 시간문제라고 데니즈는 생각했다.

식사 후 강변을 따라 산책하며 브라이언의 손이 그녀의 손을 스치기를 데니즈는 헛되이 기다렸다. 그는 걸음을 멈추고 이 진열창을 구경하거나 저 옆길로 빠지는 데 그녀가 찬성하는지 여부를 희망에 찬 표정으로 살폈다. 자신만만하게 주인의 허락을 기다리는 행복한 개 같았다. 그는 제너레이터* 계획이 마치 그녀가 즐겁게 참석할 파티라도 되는 듯이 이야기했다. 이와 마찬가지로, 그들이 오텔 데 되질

---

*   레스토랑 이름으로 '발전소'라는 뜻이다.

의 로비에서 깔끔하게 작별 인사하고 돌아설 때 그는 자신이 그녀가 원하는 대로 **좋은 일**을 하고 있다고 확신했다.

그녀는 열흘간 그의 상냥함을 견뎌냈다. 그가 떠나갈 날이 거의 다 되자 그녀는 거울 속 자신을 차마 볼 수 없었다. 얼굴은 초췌하고, 젖가슴은 축 늘어지고, 머리는 너무 곱슬거리고, 옷은 여행에 닳아빠져 있었다. 남편으로서 그토록 불행해하면서도 그녀를 마다한다는 점에 사실상 **충격**받은 상태였다. 물론 그에게 그럴 만한 이유가 있기는 했다! 사랑스러운 두 딸의 아버지가 아니던가! 결국 그녀는 그가 고용한 직원이 아니던가! 그녀는 그의 저항을 존중했고, 이것이야말로 어른다운 행동이라고 믿었지만 한없이 불행했다.

자신이 뚱뚱하다는 생각에 음식을 거부하는 것만큼은 결사적으로 막아냈다. 오찬과 만찬에 질려 소풍 가고 싶은 생각밖에 없다는 점이 큰 장애였다. 바게트와 하얀 복숭아와 건조한 염소 치즈와 커피면 충분했다. 브라이언이 맛있게 식사하는 모습을 보는 것도 신물이 났다. 이토록 충실한 남편을 둔 로빈이 미웠다. 케이프 메이에서 그토록 무례했던 것 역시 미웠다. 그녀는 머릿속으로 로빈을 저주하며 망할 년이라고 부르고, 네 남편을 따먹겠다고 위협했다. 저녁 식사 후 자신의 비틀린 도덕관을 위반하고 브라이언에게 작업을 걸어볼까 며칠 밤이나 고민했다(그는 그녀의 판단력을 존중하는 만큼 허락만 해주면 바로 그녀의 침대로 뛰어올라 헐떡이고 방긋대며 그녀의 손을 핥을 터였다). 하지만 자신의 꼬락서니에 너무나 기가 꺾였다. 어서 집으로 돌아가고 싶었다.

그들이 떠나기 이틀 전 그녀는 저녁 식사를 앞두고 브라이언의 방문을 노크했고, 그는 그녀를 방으로 끌어당겨 키스했다.

그의 마음이 변했다는 기색은 전혀 없었다. 그녀는 머릿속으로 고해신부를 만나 말할 수 있었다. "나는 아무 짓도, 아무 짓도 안 했어요! 그냥 문을 노크했는데 정신을 차려보니 그가 무릎 꿇고 있었어요."

그는 무릎 꿇은 채 그녀의 손을 자기 얼굴에 꼭 댔다. 그녀는 오래전 돈 아머를 바라볼 때처럼 그를 바라보았다. 그의 열망은 건조하고 갈라지고 고통에 잠긴 그녀의 인격에 총체적이고 쿨한 안도감을 선사했다. 그녀는 그를 따라 침대로 갔다.

타고나길 다재다능한 브라이언은 키스하는 법을 알았다. 그는 그녀가 좋아하는 완곡한 스타일을 추구했다. 그녀는 모호하게 중얼거렸다. "당신의 맛이 좋아요." 그는 그녀가 기대하는 바로 그 자리에 그의 손을 놓았다. 그녀는 특정 시점에서 여느 여자가 그러듯 그의 셔츠 단추를 풀었다. 그리고 털을 손질하는 고양이처럼 단호히 고개를 끄덕이며 그의 젖꼭지를 핥았다. 그의 바지의 덩어리 위에 숙련된 둥근 손을 얹었다. 그녀는 아름답고도 열정적인 간통녀였고, 스스로 그런 사실을 잘 알고 있었다. 이윽고 버클 작업에 들어가 훅과 단추 프로젝트에 이어 고무 밴드 업무에 들어갔다. 그것이 그녀 안에서 거의 느껴지지 않을 만큼 부풀어 느닷없이 확 커지더니, 이윽고 그저 커지는 정도가 아니라 복막과 안구와 동맥과 뇌수막에 압력이 느껴질 만큼 거대한 고통이 일었다. 로빈의 얼굴을 한, **죄악**의 풍선이 사람만 한 크기로 부풀었다.

브라이언의 목소리가 그녀에게 들렸다. 그는 보호 장비에 대해 묻고 있었다. 그녀의 불편을 도취로, 그녀의 꿈틀거림을 초대로 착각한 것이다. 그녀는 침대에서 몸을 굴려 호텔 방 구석에 웅크림으로써 의사를 분명히 했다. 그녀는 할 수 없다고 말했다.

브라이언은 침대에서 일어나 앉아 아무 대꾸도 안 했다. 그를 힐긋 본 그녀는 그의 선천적 탁월함은 모든 것을 가진 남자에게 있어 당연한 것이라고 확신했다. 그처럼 거대한 성기는 결코 잊지 못할 듯했다. 전혀 엉뚱한 상황에서 부적절한 때에 눈을 감으면 떠오를 듯했다.

그녀는 그에게 사과했다.

"아니, 괜찮아요. 내가 미안해요. 그런 짓을 하는 게 아닌데." 브라이언은 그녀의 판단을 존중하며 대답했다.

"있죠, 처음은 아니에요. 사실 여러 번 있었죠. 하지만 더 이상은 하고 싶지 않아요." 그녀는 그가 자신을 소심녀라고 여길까봐 걱정이 되어 말했다.

"아니, 물론 당신 말이 맞아요."

"당신이 결혼하지 않았다면……. 내가 당신의 직원이 아니라면……."

"이봐요, 내가 알아서 할게요. 지금 바로 화장실로 가서 알아서 할게요."

"고마워요."

그녀의 일부는 생각했다. **대체 나는 왜 이 모양이지?**

그녀의 다른 일부는 생각했다. **생애 처음으로 옳은 일을 하고 있어.**

그녀는 알자스에서 나흘 밤을 홀로 보낸 뒤 프랑크푸르트에서 미국행 비행기에 올랐다. 브라이언의 팀이 그녀가 없는 동안 제너레이터에 해낸 성과를 보고는 못내 놀랐다. 건물 내 건축은 이미 골격이 완성되었고, 바닥에 콘크리트가 부어져 있었다. 그녀는 그것이 어떤 효과를 낼지 알 수 있었다. 기념비적인 산업 시대의 황혼에 빛나는 거품 같은 현대성. 그녀는 자신의 요리 솜씨에 자신이 있었지만 웅장한 공간을 보니 초조해지고 말았다. 자신의 음식만이 빛날 수 있는 평범한 장소를 고집했더라면 싶었다. 유혹에 넘어가 속임수를 당한 느낌이었다. 그녀 모르게 브라이언이 세상의 관심을 두고 그녀와 경쟁이라도 하고 있는 양. 지금껏 내내 상냥하게 굴면서 속으로는 이 레스토랑이 그녀의 것이 아니라 그의 것임을 분명히 하고자 한 양.

그녀는 그의 성기의 잔상에 두려울 정도로 사로잡혔다. 그를 자기 안에 들이지 않은 것이 점점 더 기쁘게 여겨졌다. 브라이언은 그녀가 가진 모든 이점 외에도, 그만의 장점까지 가지고 있었다. 그는 남자였고, 부자였고, 타고난 주류였다. 그는 램버트 집안의 별스러움이나 고집에 구속당하지 않았다. 그는 버릴 것이라고는 돈뿐인 **아마추어**였고, 성공하기 위해 필요한 것은 좋은 아이디어와 힘든 일을 대신 해줄 다른 사람(즉 그녀)뿐이었다. 호텔 방에서 그가 적임을 알아보았다니 얼마나 다행인가! 2분만 늦었더라도 그녀는 사라져버렸을 터였다. 즐겁기 그지없는 그의 인생의 또 다른 일부가 되어, 그녀의 아름다움은 그의 매력을 반영하고, 그녀의 재능은 그의 레스토랑의 영광을 높이는 데 바쳐졌을 터였다. 얼마나 다행이란 말인가, 얼마나.

만약 제너레이터가 문을 연다면 비평가들은 음식보다 공간에 더 많은 관심을 기울일 것이고, 그 결과 그녀는 **패하고** 브라이언은 **승리할** 것이었다. 따라서 그녀는 뼈 빠지게 노력했다. 대류식 오븐으로 시골식 돼지갈비를 요리해 잘게 썬 뒤 곡물로 아름답게 장식하고, 갈비

육즙을 독일식으로 진하게 졸여 견과류와 양배추와 돼지고기와 흙의 향취를 더하고, 고환 모양의 신선한 감자 두 개, 방울양배추, 구운 마늘을 살짝 넣은 흰콩 수프 한 스푼을 첨가해 예술성을 가미했다. 또한 고급스러운 하얀 소시지를 새로 개발했다. 회향 렐리시 소스, 구운 감자와 쓰지만 건강에 좋은 순무를 곁들이고, 돼지갈비는 인증받은 육십대의 유기농 농부가 직접 도살해 배달해주는 최고급품을 직접 구입했다. 그녀는 농부를 점심에 초대한 뒤 랭커스터 카운티에 위치한 그의 농장을 방문해 문제의 돼지들을 직접 보고, 돼지가 먹는 절충식 식단(삶은 참마와 닭 날개, 도토리와 밤)을 확인하고 방음 처리된 도살장을 둘러보았다. 또한 마레 스쿠로의 옛 동료들한테 도움을 이끌어냈다. 그들에게 브라이언의 아메리칸 익스프레스 카드를 준 뒤 작은 대회를 열어(다행히도 대부분이 그저 그랬다) 누구의 디저트 담당 요리사를 빼내야 할지 디저트의 맛을 보았다. 그리고 늦은 밤에 혼자만의 포스미트* 축제를 벌였다. 지하실에 19리터들이 양동이에 자우어크라우트를 담았다. 붉은 양배추로도 만들고, 양배추 즙을 부은 케일 조각으로도 만들고, 향나무 열매와 검은 후추를 쓰기도 했다. 100와트 전구들을 켜놓아 발효를 촉진했다.

브라이언은 여전히 매일 그녀에게 전화했지만, 더 이상 볼보에 태워 드라이브를 하거나 그녀가 좋아하는 음악을 틀지 않았다. 그의 공손한 질문들 뒤에서 그녀는 시들어가는 관심을 감지했다. 제너레이터의 매니저로 오랜 친구인 롭 지토를 추천하자 브라이언은 두 사람을

---

* 고기나 야채를 잘게 다져 혼합한 것

점심에 초대해서는 30분간 머물렀다. 그는 뉴욕에서 약속이 있었다.

어느 날 밤 데니즈가 그의 집으로 전화했다가 브라이언 대신 로빈 파사파로와 이야기하게 되었다. 로빈의 짧은 대꾸에 —"그래요", "아무려나", "네", "전하죠", "그래요"— 너무나 짜증이 난 데니즈는 일부러 통화를 질질 끌었다. 가든 프로젝트는 어찌 되어가고 있는지 물었다.

"잘되고 있어요. 전화 왔더라고 브라이언한테 전할게요."

"언제 한번 구경 가도 될까요?"

로빈은 대놓고 무례하게 대꾸했다. "왜요?"

"그게, 남편분께 이야기를 많이 들었거든요."(거짓말이었다. 그는 그 이야기를 거의 입에 담지 않았다.) "매우 흥미로운 프로젝트 같아요."(사실 지나치게 유토피아적이고 괴팍하게 들렸다.) "그리고 아시겠지만, 저는 채소를 무척 좋아해요."

"아, 네."

"토요일 오후 어떨까요?"

"아무려나요."

1분 후 데니즈는 수화기를 쾅 내려놓았다. 다른 것은 그렇다 치고 너무나 가식적이었던 자기 목소리 때문에 화가 솟구쳤다. "네 남편을 호릴 수도 있었어! 그런데 그러지 않기로 했지! 나한테 조금은 친절해야 하는 것 아냐?"

아마도 그녀가 더 나은 사람이었더라면 로빈을 내버려두었으리라. 아마도 데니즈가 로빈의 호감을 사고 싶어 한 것은 로빈이 그녀를 혐오함으로써 만족감을 누리지 못하게 하고, 존경의 시합에서 승리하기 위해서였으리라. 하지만 호감을 사고 싶다는 열망만큼은 진심이었다. 그녀는 로빈이 그녀와 브라이언과 함께 그 호텔 방에 있었다는 느낌에 사로잡혔다. 그녀의 몸 안으로 로빈의 존재가 강렬하게 물밀듯 밀려왔다.

야구 시즌의 마지막 토요일에 그녀는 집에서 여덟 시간 동안 요리하며 송어를 진공포장 하고, 저글링을 하듯이 크라우트 샐러드를 대여섯 개 만들고, 살짝 튀긴 신장의 육즙에 매력적인 화주를 더했다. 그날 늦게 산책을 나갔다가, 서쪽으로 브로드 거리를 가로질러 포인트 브리즈의 빈민가에 들어서는 자신을 발견했다. 바로 로빈이 프로젝트를 벌이고 있는 곳이었다.

날씨가 좋았다. 필라델피아의 초가을이 되면 신선한 바다와 조수의 냄새가 났고, 기온이 점차적으로 떨어졌으며, 여름 내내 만으로 해풍을 불어낸 축축한 대기가 조용히 퇴장했다. 흙투성이 남자 둘이서 애크미 체인의 식료품을 녹슨 포드 핀토의 트렁크에서 꺼내 나르고 있었고, 데니즈는 그 모습을 감시하는 실내복 차림의 늙은 여자를 지나쳐 갔다. 이 동네에서는 콘크리트 블록이 창틀을 막는 데 쓰는 재료 중 하나였다. 불길에 휩쓸린 LUNC ONETTE들과 P ZER A들. 침대용 시트를 커튼 삼아 달아놓은 약해빠진 집들. 새로이 확장된 아스팔트는 재개발을 약속하기보다는 동네의 운명을 감추려는 듯 보였다.

데니즈는 로빈을 만날 수 있을지 여부에 신경 쓰지 않았다. 어떤 면에서는, 미묘하게 점수를 내는 편이 한결 나았다. 그녀가 프로젝트를 보러 일부러 걸어갔다는 것을 브라이언이 로빈에게 전하게 만드는 것이다.

그녀는 뿌리 덮개의 작은 무더기와 시든 풀의 거대한 무더기가 사슬에 둘러싸여 있는 블록에 이르렀다. 블록 맞은편 모서리에 덩그러니 서 있는 집 뒤편에서 누군가가 삽으로 돌투성이 흙을 푸고 있었다.

고독한 집의 현관문이 열려 있었다. 대학생 또래의 흑인여자가 책상에 앉아 있었는데, 그 책상 역시 그야말로 끔찍한 격자무늬 소파와 바퀴 달린 칠판에 둘러싸여 있었다. 책상에는 이름이(라티샤, 라토야, 티렐) 주르르 늘어서 있고, 그 옆에 **누적 시간**과 **누적 금액**이 적혀 있었다.

"로빈을 찾아왔는데요." 데니즈가 말했다.

여자가 열려 있는 뒷문을 향해 턱짓했다. "뒤에 계세요."

텃밭은 다듬어지지는 않았지만 평화로웠다. 호박과 그 사촌 외에는 거의 제대로 자란 것이 없었지만, 호박 덩굴은 드넓게 펼쳐져 있었고, 뿌리 덮개와 흙냄새와 해변의 가을바람에 어릴 적 기억이 뭉게뭉게 되살아났다.

로빈은 돌 더미를 임시 체에 퍼넣고 있었다. 가느다란 팔과, 벌새 같은 신진대사를 이용해 한 번에 많이 뜨기보다는 조금씩 자주 뜨고 있었다. 검은 반다나 스카프를 두르고, **최고의 탁아소: 선불 또는 후불**이라고 적힌, 대단히 지저분한 티셔츠를 입고 있었다. 데니즈를 보고도 놀라지도, 기뻐하지도 않았다.

"대규모 프로젝트네요." 데니즈가 말했다.

로빈은 방해받았음을 강조하려는 듯 양손으로 삽을 쥔 채 어깨를 으쓱했다.

"도와드릴까요?" 데니즈가 말했다.

"아뇨. 아이들이 하기로 되어 있었는데 강에서 시합이 벌어졌어요.

나는 그냥 치우는 중이에요."

로빈은 돌 더미를 체에 걸러 흙을 골라냈다. 벽돌과 회반죽 조각, 지붕용 타르 덩어리, 가죽나무 가지, 석화된 고양이 똥, 깨진 유리가 붙어 있는 바카디 럼과 잉링 맥주 라벨이 그물망에 걸렸다.

"뭘 재배했나요?" 데니즈가 물었다.

로빈은 다시 어깨를 으쓱했다. "별거 없어요."

"뭔데요?"

"도토리 호박이랑 호박요."

"둘 다 제가 요리하기 좋아하는 거네요."

"네."

"안에 여자애는 누구죠?"

"파트타임 조수 두 명을 고용했어요. 세라는 템플 대학 2학년이에요."

"이 일을 하기로 한 아이들은 누구예요?"

"열두 살에서 열여섯 살 사이의 이 동네 아이들요." 로빈이 안경을 벗고 지저분한 소맷자락으로 얼굴의 땀을 훔쳤다. 그녀의 입이 얼마나 아름다운지 데니즈는 깜빡 잊어버렸거나, 처음 만났을 때 미처 알아차리지 못했던 것이 분명했다. "최저임금을 받고 일한 뒤 채소와 판매 수입도 가져가죠."

"비용은 제하고요?"

"그러면 아이들이 낙담할 거예요."

"하긴 그렇군요."

로빈은 고개를 돌려 거리 맞은편에 늘어선, 녹슨 금속판 처마를 얹은 버려진 건물들을 바라보았다. "브라이언 말이, 당신은 지고는 못사는 성격이라더군요."

"아, 그래요?"

"당신이랑 절대 팔씨름은 않겠다고 하던데요."

데니즈는 움찔했다.

"당신이랑 같이 주방에서 일하는 건 절대 사양이래요."

"나쁠 것 없죠."

"당신이랑 같이 스크래블 게임을 하는 것도 절대 사양이라고 하더군요."

"아, 네."

"당신이랑 같이 스무고개를 하는 것도 사양이래요."

그래, 그래, 데니즈는 생각했다.

로빈은 무겁게 숨을 쉬고 있었다. "어쨌건 간에."

"그래요, 뭐 어쨌건 간에."

"내가 파리에 안 간 건 에린이 너무 어리고, 시네이드가 예술 캠프를 너무 재밌어하고, 나도 할 일이 너무 많아서예요."

"이해해요."

"게다가 두 사람은 종일 음식 이야기만 할 거고요. 브라이언 말이, 여행이 아니라 출장이라고 하더군요. 그래서 안 갔어요."

데니즈는 바닥을 보던 시선을 들었지만 로빈의 눈을 똑바로 응시할 수는 없었다. "네, 출장이었어요."

로빈이 떨리는 입술로 말했다. "아무렴, 무슨 상관이겠어요!"

빈민가 위로, 구리 바닥을 댄 리비어 웨어* 구름 함대가 북서쪽으로 물러나 있었다. 일순 하늘의 푸른 배경이 층층이 쌓인 구름만큼이나 잿빛으로 변하며 밤의 빛과 낮의 빛이 균형을 이루었다.

"있죠, 사실 난 남자를 그리 좋아하지 않아요." 데니즈는 말했다.

"뭐라고요?"

"더 이상 남자랑 잘 수 없어요. 이혼한 후로는요."

로빈은 말도 안 되는 소리라는 듯 얼굴을 찌푸렸다. "브라이언이 그걸 아나요?"

"모르겠어요. 나는 말 안 했지만요."

로빈이 곰곰이 그 말에 대해 생각하더니 웃기 시작했다. "히히히!" "하하하!" 목청껏 웃어대는 웃음소리는 당황스러운 동시에 사랑스러웠다. 녹슨 처마에 부딪혀 웃음소리가 메아리쳤다. "가엾은 브라이언! 가엾은 브라이언!"

로빈은 즉각 더욱 다정해졌다. 삽을 내려놓고는 데니즈에게 텃밭을 안내했다. "내 작은 마법의 왕국이죠." 데니즈가 흥미를 보이자 로빈은 심지어 열광하기까지 했다. 여기는 새로 심은 아스파라거스고, 여기 두 줄은 배와 사과 묘목인데 가지 시렁을 만들어줄 계획이고, 이건 얼마 전 수확한 해바라기와 도토리 호박과 케일이었다. 그녀는 이번 여름에 확실하게 성공할 수 있는 작물만을 심음으로써 지역 십대들의 핵심 무리를 끌어들여 묘판 준비, 배관 설치, 배수 시설 조정, 지붕 빗물받이 연결 등 생색 안 나는 기초 작업에 대한 대가를 줄 수 있기를 희망했다.

---

*   미국의 부엌 용품 브랜드.

"이건 기본적으로 이기적인 프로젝트예요. 나는 언제나 커다란 텃밭을 원했고, 지금은 전체 도심 지역이 농지로 되돌아가고 있죠. 하지만 정말 손으로 일하고, 신선한 음식 맛을 배워야 할 아이들은 전혀 그러지 못하고 있어요. 부모의 보살핌을 제대로 못 받은 채 마약과 섹스에 빠지거나 6시까지 교실에 남아 컴퓨터를 붙잡고 있죠. 하지만 그 나이 때는 여전히 흙에서 놀며 즐거움을 느낄 수 있어요."

"섹스와 마약만큼 재밌지는 않을걸요."

"90퍼센트의 아이들에게는 그렇겠죠. 나는 그저 나머지 10퍼센트를 위해 뭔가를 하고 싶어요. 컴퓨터와 관계없는 대체 놀이를 제공해주고 싶어요. 시네이드와 에린이 자기와는 다른 아이들과 어울렸으면 해요. 일하는 법도 배우고요. 일은 마우스로 가리켜서 클릭만 한다고 되는 게 아니라는 걸 그 애들이 알았으면 해요."

"정말 감탄스러워요."

로빈이 그녀의 어조를 오해하고는 대꾸했다. "아무려나."

비닐 포대에 담긴 초탄 더미에 데니즈가 앉아 있는 동안 로빈은 세수를 하고 옷을 갈아입었다. 스무 살 이후로 부엌이 아닌 곳에서 지낸 토요일 가을밤이 손에 꼽힐 정도이기 때문일 수도 있고, 아니면 클라우스 밀러-카를트로이가 세인트주드에서 너무나 가식적이라고 느꼈던 평등주의에 그녀의 감성이 감동했기 때문일 수도 있겠지만, 어쨌든 그녀는 평생을 필라델피아 교외에서 산 로빈 파사파로가 '중서부적'이라는 생각이 들었다. 희망에 차 있거나 **열광**하고 있거나 **공동체 의식**이 충만하기 때문이리라.

그녀는 결국 로빈의 호감을 사는 것에 그다지 개의치 않게 되었다.

자기 자신이 호감을 갖고 있었던 것이다. 로빈이 나와 문을 잠그자 데니즈는 같이 저녁 먹겠느냐고 물었다.

"브라이언과 시아버님이 필리스 시합을 보여주겠다며 애들을 데리고 갔어요. 다들 야구장 음식으로 배를 가득 채워올걸요. 뻔하죠. 그러니 우리 같이 저녁 먹어요." 로빈이 말했다.

"부엌에 요리해둔 게 있는데, 좋아요?"

"뭐든지요. 아무려나."

일반적으로 셰프의 저녁 초대를 받으면 대단한 행운이라고 여기며 서둘러 그 내색을 하게 마련이었다. 하지만 로빈은 감동한 티를 내기 않기로 결심한 듯했다.

밤이 찾아왔다. 캐서린 거리의 대기는 야구 시즌의 마지막 주말다운 냄새를 풍겼다. 동쪽으로 걸어가며 로빈이 오빠 빌리 이야기를 했다. 데니즈는 이미 그 이야기를 브라이언에게서 들었지만, 로빈의 이야기 일부는 처음 듣는 내용이었다.

"잠깐만요. 브라이언이 회사를 W—에 팔았는데, 빌리가 W—의 부사장을 공격했고, 그 둘 사이에 아무래도 연관 관계가 있다는 건가요?"

"바로 그거예요. 그래서 너무나 끔찍한 거죠."

"브라이언은 그런 얘기 안 했어요."

새된 외침이 로빈에게서 터져 나왔다. "말도 안 돼! 어쩜 **핵심**을 빠뜨리다니. 세상에! 그걸 얘기 안 하다니 정말 그이답네요. 사실상 그 부분이야말로 그이를 힘들게 하고, 나를 힘들게 하는 것이니 말예요. 파리에서의 즐거운 시간과 하비 케이틀인지 뭔지와의 점심 데이트를 방해할까 봐 싫었겠죠. 세상에, 그걸 빠뜨리다니 기가 막혀."

"뭐가 문제인지 자세히 이야기해줄래요?"

"릭 플램버그는 평생 불구로 살아야 해요. 우리 오빠는 10년이나 15년 더 감옥에 갇혀 있어야 하고요. 그리고 그 끔찍한 기업은 공립학교를 타락시키고 있고, 우리 아버지는 정신병 주장에 반대하고 있고, 브라이언은, 이봐요, W─가 우리한테 무슨 짓을 했는지 보라고요, 세상에, 캘리포니아 멘도시노로 이사를 가자고 해요!"

"하지만 당신은 전혀 잘못 없어요. 그 일들 중 그 무엇도 당신 책임이 아니에요."

로빈이 돌아서서 그녀의 눈을 똑바로 응시했다. "인생이란 게 뭐라고 생각해요?"

"잘 모르겠어요."

"나도 몰라요. 하지만 이기는 것이 다는 아니라고 봐요."

그들은 침묵 속에서 걸어갔다. 이기는 것을 중요시하는 데니즈로서는 브라이언의 행운 중에서도 최고의 행운은 원칙과 신념을 가진 여자와 결혼한 것이라는 사실을 뼈아프게 깨달았다.

하지만 데니즈는 로빈이 그다지 정절을 중요시하지 않는 듯하다는 점도 파악했다.

데니즈의 거실은 에밀이 3년 전 자기 물건을 모두 가져간 이후로 늘어난 것이 거의 없었다. **눈물의 주말** 때 자기 절제의 경쟁에서 데니즈는 에밀보다 더 큰 죄책감을 갖고 있었고, 이미 집을 그녀가 가지기로 동의했다는 점에서 이중의 이점을 누렸더랬다. 결국 에밀은 그녀가 좋아하거나 소중히 여기던, 사실상 모든 공동 소유물을 가져갔고, 그녀가 좋아하지는 않더라도 쓸모는 있는 소유물도 상당수 가져갔다.

텅 빈 집에 베키 헤머링은 경악했다. **자기혐오**와 **냉담**으로 범벅된 **수도원** 같다고 했다.

"널찍하니 좋네요." 로빈이 말했다.

데니즈는 식탁으로 쓰는 반쪽짜리 탁구대 앞에 그녀를 앉히고는 50달러짜리 와인을 따고 식사를 차렸다. 데니즈는 몸무게 때문에 걱정할 필요가 평생 없었지만, 로빈처럼 먹다가는 한 달 만에 풍선처럼 부풀 터였다. 손님이 팔을 휘저으며 신장 두 개와 수제 소시지를 걸신들린 듯 먹고, 크라우트 샐러드를 종류별로 맛보고, 몸에 좋을뿐더러 장인의 숨결까지 느껴지는 흑빵의 세 번째 조각에 버터를 바르는 것을 데니즈는 경외감으로 바라보았다.

정작 요리를 한 본인은 마음이 요동쳐 거의 먹지 못했다.

"세인트 주드는 내가 가장 좋아하는 성인 중 하나예요. 내가 성당에 다닌다는 이야기를 브라이언이 했나요?" 로빈이 물었다.

"네, 들었어요."

"그랬겠죠. 분명 대단한 이해심과 인내심을 보였겠죠!" 로빈의 목소리는 컸고, 얼굴은 와인 덕에 발그레해져 있었다. 데니즈는 가슴이 옥죄는 것 같았다. "어쨌든 가톨릭교도라서 좋은 점 하나는 세인트 주드 같은 성인을 가질 수 있다는 거예요."

"가망 없는 희망의 수호자 아닌가요?"

"맞아요. 희망이 있다면 뭐 하러 성당에 가겠어요?"

"스포츠 팀도 그렇죠. 이기는 팀은 내 도움이 필요 없죠."

데니즈의 말에 로빈이 고개를 끄덕였다. "내 말뜻을 **당신**은 아는군요. 하지만 브라이언과 살다 보면 패자에게는 뭔가 문제가 있어서 그리된 것처럼 느끼게 돼요. 그이가 대놓고 비난하는 건 아니에요. 언제나 이해심 많고 인내하고 사랑이 넘치죠. 대단한 사람이죠! 흠이라고는 없어요! 그저 승자를 편들 뿐이죠. 하지만 나는 사실상 그런 승자가 아니에요. 그리고 승자이고 싶지도 않고요."

데니즈는 에밀에 대해 결코 그런 식으로 말하지 않았다. 심지어 지금도 그렇게 말할 수 없었다.

"있죠, 하지만 당신은 일종의 승자가 **맞아요**. 당신을 내 자리를 꿰어찰 후보로 여겼던 것도 그 때문이고요. 당신이 나를 밀어낼 거라고 생각했죠." 로빈이 말했다.

"전혀요."

로빈은 의식적으로 밝게 웃었다. "히히히!"

"브라이언을 변호하자면, 브룩 애스터* 같은 아내를 원하지 않을 뿐이에요. 부르주아적 삶에 만족하고 있는 거죠."

"부르주아와 같이 살 수는 있어요. 하지만 난 이런 집이 좋아요. 반쪽짜리 탁구대를 식탁으로 삼다니 정말 멋져요."

"20달러만 주시면 기꺼이 팔죠."

"브라이언은 멋진 사람이죠. 평생을 함께하고 싶을 만큼. 그리고 내 아이들의 아버지이기도 하고요. **내가** 문제죠. 내가 문제를 일으키죠. 내가 세상사를 모르는 풋내기죠. 저기, 재킷 있어요? 춥네요."

10월의 찬바람에 나지막한 양초들의 촛농이 흘러내렸다. 데니즈는 울 안감을 댄 리바이스 청재킷을 가지고 왔다. 그녀가 가장 아끼

---

* 미국의 유명 자선사업가.

는 재킷으로, 세일 때 산 것이었다. 청재킷은 로빈의 자그마한 팔에 비해 너무나 커보였다. 운동선수의 여자 친구가 입은 운동 재킷처럼 로빈의 가느다란 어깨를 완전히 집어삼킨 듯했다.

다음 날 그 재킷을 걸친 데니즈는 재킷이 기억보다 훨씬 부드럽고 가볍게 느껴졌다. 그녀는 목깃을 당겨 재킷으로 몸을 꼭 감쌌다.

그해 가을, 아무리 열심히 일해도 지난 수년과는 비교도 안 되게 시간이 남아돌고 일과가 자유로웠다. 그녀는 부엌에서 요리한 음식을 가지고 가든 프로젝트에 들르기 시작했다. 파나마 거리의 브라이언과 로빈의 집에 갔더니 브라이언은 여행 가고 없었지만 그래도 저녁 시간을 그곳에서 보냈다. 며칠 후 집에 돌아온 브라이언은 그녀가 딸들과 함께 마들렌을 굽고 있는 것을 보고는, 자신의 집 주방에서 그녀를 백번은 본 듯이 행동했다.

넷으로 이루어진 가족에 뒤늦게 끼어들어 모두에게 사랑받는 연습을 데니즈는 평생 해왔다. 그녀가 파나마 거리에서 정복할 다음 대상은 진지한 독서가이자 유행 패션에 민감한 시네이드였다. 데니즈는 토요일마다 그녀를 데리고 쇼핑을 갔다. 모조 보석, 앤티크 토스카나 보석 상자, 70년대 중반의 디스코와 프로토디스코 앨범, 의상과 남극대륙과 재키 케네디와 배 건조에 관한 오래된 그림책을 사주었다. 시네이드가 에린에게 줄 더 크고 더 화려하면서도 가격은 싼 선물을 고르는 것도 도왔다. 아버지처럼 시네이드 역시 흠잡을 데 없는 취향을 가지고 있었다. 블랙진과 코듀로이 미니스커트와 점퍼와 은 팔찌에다 자기 머리카락보다 더 긴 플라스틱 구슬을 칭칭 감고 있었다. 쇼핑 후 데니즈의 부엌에서 시네이드는 감자 껍질을 완벽하게 벗기거나 간단한 반죽을 빚었다. 그동안 요리사는 어린이의 입맛에 맞을 팁을 준비했다. 쐐기 모양으로 자른 배, 집에서 만든 이탈리아 소시지, 인형만 한 엘더베리 수프 그릇에 담긴 엘더베리 셔벗, 민트가 가미된 올리브 오일을 친 새끼 양 고기 라비올리.

로빈과 브라이언이 여전히 함께 가는 결혼식 같은 드문 일이 있으면 데니즈는 파나마 거리의 아이들을 봐주었다. 시금치 파스타 요리법과 탱고를 아이들에게 가르쳐주었다. 그리고 에린이 미국 대통령을 순서대로 외우는 것을 들어주었다. 시네이드가 옷을 고르느라 서랍을 뒤질 때면 곁에서 동참했다.

"이모와 나는 민족학자예요. 그리고 에린은 몽족이고요."

시네이드가 몽족 여자의 행동거지를 에린에게 가르쳐주거나, 도나 서머의 음악에 맞추어 반쯤 따분한 것처럼 발꿈치를 바닥에서 거의 떼지 않고 슬쩍슬쩍 어깨를 흔들어 미니멀리즘적인 춤을 게으르게 추며 머리카락이 등 뒤에서 찰랑대는 것을(그동안 에린은 간질 발작처럼 몸을 흔들어댔다) 볼 때면 데니즈는 그 소녀만이 아니라 그 소녀의 부모까지도 사랑하게 되었다. 아이를 마법처럼 훌륭히 키워내다니.

로빈은 그닥 감동받지 않았다. "물론 애들은 **당신**을 좋아하겠죠. 시네이드의 엉킨 머리를 빗으로 빗어줄 필요가 없으니. '침대 정리'에 무엇이 포함되는지를 두고 20분간 논쟁할 필요가 없으니. 시네이드의 수학 점수를 볼 일이 없으니."

"성적이 안 좋나요?" 아이에게 홀딱 반한 베이비시터가 물었다.

"끔찍하죠. 성적이 오르지 않으면 다시는 당신을 못 보게 하겠다고 위협하면 되겠네요."

"아, 그러지 말아요."

"그 애한테 나눗셈을 가르쳐준다면 그러죠."

"뭐든 할게요."

11월의 어느 일요일, 다섯 가족이 페어마운트 공원을 걷고 있는 동안 브라이언이 데니즈에게 말했다. "로빈이 정말로 당신에게 마음의 문을 열었어요. 그럴 거라고는 예상 못 했는데."

"나도 로빈이 좋아요."

"처음에는 집사람이 당신을 약간 경계하는 것 같았어요."

"그럴 만한 이유가 있었잖아요. 안 그래요?"

"나는 집사람한테 아무 말도 안 했어요."

"그랬다니 고맙네요."

자신의 행위는 무조건 **우리 모두가 원하는 좋은 것**이라는 리트리버 같은 믿음과 권리 덕분에 브라이언이 쉽게 바람을 피울 수 있듯, 로빈 역시 쉽게 바람을 피울 수 있다는 것을 데니즈는 놓치지 않고 간파했다. 그녀는 자신이 브라이언의 마음속에서 또 하나의 '로빈'이 되어가고 있는 것을 감지했다. '로빈'은 브라이언에게 영원히 '최고'로 자리하고 있기에 그녀도 '데니즈'도 그에 대해 더 이상 걱정하거나 고민할 필요가 없었다.

브라이언은 데니즈의 친구인 롭 지토에게 거의 절대적 믿음을 보이며 기꺼이 제너레이터를 맡긴 듯했다. 레스토랑에 대한 정보는 빠짐없이 듣고 있었지만 날씨가 추워짐에 따라 그의 얼굴은 점점 보이지 않았다. 데니즈는 그가 다른 여자와 사랑에 빠진 것이 아닐까 싶었지만, 새로운 연인은 독립 영화 제작자인 제리 슈워츠인 것으로 드러났다. 그는 사운드트랙을 섬세하게 선택할 줄 알며, 적자인 예술 극장에 반복적으로 기금을 마련해주는 놀라운 재주가 있는 것으로 유명했다(〈엔터테인먼트 위클리〉는 슈워츠의 나른하고도 잔혹한 슬래셔 영화 〈변덕스러운 과일〉을 두고 "눈을 감은 채 가장 잘 즐길 수 있는 영화"라고 평했다). 슈워츠 사운드트랙의 열렬한 예찬자인 브라이언은 슈워츠가 현대화한 《죄와 벌》의 촬영을 시작하자 5만 달러를 천사처럼 쾌척해 큰 도움을 주었다. 조반니 리비시가 맡은 라스 콜리니코프 역은 노스 필라델피아의 지하에 사는 젊은 무정부주의자이자 광적인 오디오 애호가였다. 데니즈와 롭 지토가 제너레이터의 장비와 조명에 대한 의사를 결정하는 동안, 브라이언은 나이스타운의 감성적 폐허에 자리 잡은 촬영장에 슈워츠와 리비시 등과 같이 가 있었다. 서로 똑같은, 지퍼 달린 CD 보관함을 가지고 있던 브라이언과 슈워츠는 CD를 교환했고, 뉴욕의 파스티스에서 그레일 마커스인지 스티븐 모크머스인지와 함께 저녁을 먹었다.

데니즈는 자기도 모르게 브라이언과 로빈이 더 이상 섹스를 않는다는 상상에 빠져버렸다. 그래서 새해 전날 그녀와 네 커플과 아이들 한 무리가 파나마 거리의 저택에 모였을 때 브라이언과 로빈이 자정 후 부엌에서 엉겨 있는 것을 목격한 데니즈는 코트 더미 맨 아래에서 자기 코트를 꺼내 그 집에서 달아났다. 상처가 너무나 커 1주일 넘게 로빈에게 전화하거나 아이들을 보러 갈 수 없었다. 그녀가 결혼하고 싶었을 법한 남자와 결혼한 이성애자 여자를 좋아하게 되었다니. 이는 확실히 가망 없는 희망이었다. 세인트 주드가 주고 세인트 주드가 앗아 간 희망.

로빈이 전화를 걸어 데니즈의 은둔을 끝냈다. 그녀는 미친 듯이 소리를 질러댔다. "제리 슈워츠의 영화가 무슨 내용인지 알고 있었나요?"

"아, 저먼타운의 도스토옙스키 아닌가요?"

"당신은 알았군요. 그런데 어떻게 내가 모를 수 있죠? 그이가 내게 숨긴 거예요. 내가 어찌 생각할지 잘 아니깐!"

"성긴 턱수염을 기른 라스콜리니코프 역을 조반니 리비시가 맡는 모양이던데요."

"남편은 여기에 5만 달러를 퍼부었죠. 바로 W—기업에서 받은 돈으로 노스 필라델피아의 무정부주의자가 두 여자의 두개골을 박살내고 감옥에 갇히는 영화에 투자한 거예요! 조반니 리비시며 제리 슈워츠며 이언 머시기며 스티븐 거시기랑 브라이언이 쿨하게 어울리는 동안 노스 필라델피아의 무정부주의자로 다른 사람 두개골을 진짜로 조각낸 우리 오빠는……."

"아, 알겠어요. 확실히 민감한 사안이네요."

"그렇지 않아요. 그이는 나한테 완전히 진절머리 나 있는데, 그 사실을 심지어 깨닫지도 못하고 있어요."

그날 이후로 데니즈는 부정한 배우자의 비밀스러운 옹호자가 되었다. 브라이언의 사소한 둔감함을 그녀가 감싸주면 로빈이 더욱 분개하여 비난해댔고, 그러면 데니즈는 마지못해 동의했다. 그녀는 귀 기울여 듣고 또 들었다. 그 누구보다도 로빈을 잘 이해하기 위해 노력했다. 그녀는 브라이언이 묻지 않는 것들을 로빈에게 열심히 물었다. 빌리에 대해, 그녀의 아버지에 대해, 성당에 대해, 가든 프로젝트에 대해, 텃밭 가꾸기에 재미가 붙어 다음 여름에도 다시 일하고자 하는 대여섯 명의 십대들에 대해, 어린 조수들의 낭만이나 학업에 대해. 그녀는 가든 프로젝트에서 연 씨앗 축제의 밤에 참석해 로빈이 아끼는 아이들의 얼굴을 직접 보았다. 시네이드에게 나눗셈을 가르쳐주고, 영화 스타나 팝 음악이나 하이패션에 대해 이야기 나누며 로빈의 결혼 생활에 어린 쓰라린 상처를 은근슬쩍 알아냈다. 어리숙한 사람은 데니즈가 그저 우정을 다지고 있다고 생각했으리라. 하지만 그녀는 로빈이 음식을 먹는 모습을 보고는 그것이 여자의 허기임을 간파했다.

하수 시설 문제로 제너레이터의 개업이 미루어지자 브라이언은 그 기회를 이용해 제리 슈워츠와 함께 캘러머주 필름 페스티벌에 갔고, 데니즈는 그 기회를 이용해 닷새 내내 로빈과 딸애들과 어울렸다. 마지막 밤, 그녀는 비디오 가게에서 한참을 고민했다. 마침내 〈어두워질 때까지〉(마침 데니즈 램버트와 여러 면에서 많이 닮았으며 지략이 뛰어난 여주인공 오드리 헵번을 혐오스러운 남성이 위협한다)와 〈섬싱 와일드〉(변태적이면서도 매력적인 멜라니 그리피스가 제프 대니얼스를 형편없는 결혼 생활에서 해방한다)를 골랐다. 파나마 거리에 도착하자 로빈은 비디오 제목만 보고도 얼굴이 달아올랐다.

자정이 지나고 영화 한 편을 다 본 뒤 거실 소파에 앉아 위스키를 마시다가 로빈이 평소보다 더 깩깩대는 목소리로 사적인 질문을 해도 되겠느냐고 물었다.

"전남편이랑 1주일에 몇 번이나 잠자리를 같이 했나요?"

"뭐가 정상인지 답할 만한 처지에 있지 않아요. 보통 사람과는 입장이 다르잖아요." 데니즈가 대답했다.

"알아요. 알아." 로빈이 푸른 TV 화면을 강렬하게 응시했다. "하지만 정상에 대한 어떤 **생각**은 있을 거잖아요?"

데니즈는 **많이, 아주 많이** 라고 대답해야 된다고 스스로 다짐했다. "당시 생각으로는, 1주일에 세 번이 정상이 아닐까 싶긴 했어요."

로빈이 요란하게 한숨 쉬었다. 그녀의 왼쪽 무릎이 1제곱센티미터 혹은 2제곱센티미터 가량 데니즈의 오른쪽 무릎에 맞닿았다. "사실대로 말해줘요." 로빈이 말했다.

"어떤 사람들은 하루에 한 번씩 하기도 하더군요."

로빈이 어금니에 바스러지는 얼음 조각 같은 목소리로 대꾸했다. "나도 동감이에요. 아주 바람직한 거죠."

데니즈는 로빈의 무릎이 맞닿은 자리가 마비되는 동시에 까끌대며 불타는 듯했다.

"다 그런 건 아닐 거예요."

"**한 달**에 두 번이라니. **한 달**에 두 번." 로빈이 잇새로 말했다.

"브라이언한테 따로 만나는 여자가 있는 건가요?"

"나도 몰라요. 하지만 상관없어요. 그저 내가 괴물 같아요."

"그렇지 않아요. 그 정반대예요."

"참, 다른 영화는 뭐예요?"

"〈섬싱 와일드〉예요."

"좋아요, 아무려나. 어서 봐요."

다음 두 시간 동안 데니즈는 로빈의 손에 쉽게 닿을 수 있도록 소파에 내려놓은 자신의 손에 온 신경을 집중했다. 자세가 불편해 손을 빼고 싶었지만 힘들게 얻은 영토를 포기하고 싶지 않았다.

영화가 끝나자 그들은 TV를 봤고, 그런 다음 불가능할 만큼 긴 시간 동안, 5분 혹은 1년 동안 침묵에 빠졌지만 로빈은 여전히 그 따스한 다섯 손가락의 미끼를 물지 않았다. 데니즈는 강하게 밀어붙이는 남성적 성 정체성을 기꺼이 환영했을 터였다. 이제야 깨달은 사실은, 브라이언의 손길을 기다리던 열흘은 눈 깜짝할 새에 흘러갔다는 점이었다.

새벽 4시, 지루함과 초조함에 지쳐버린 그녀는 자리에서 일어났다. 로빈이 신발을 신고 자줏빛 나일론 파카를 걸치고는 차까지 바래다주었다. 마침내 이곳에서 그녀는 데니즈의 두 손을 꼭 잡았다. 데니즈의 손바닥을 성인 여성의 건조한 엄지로 문질렀다. 그리고 데니즈가 친구여서 너무나 기쁘다고 말했다.

계속 이렇게 가야 해. 여동생처럼. 데니즈는 스스로에게 명령했다.

"동감이에요." 그녀는 말했다.

로빈은 순수하게 증류된 자의식이라고 데니즈가 인식하게 된 특유의 소리로 웃었다. "히히히!" 로빈은 초조하게 주무르고 있던 데니즈의 손을 내려다보았다. "바람을 피우는 게 브라이언이 아니라 나라면 정말 아이러니하지 않겠어요?"

"아, 세상에." 데니즈는 자기도 모르게 말했다.

"걱정 말아요." 로빈이 데니즈의 검지를 주먹으로 감싸고서 경련하듯 꽉 쥐며 말을 이었다. "완전 농담이니깐."

데니즈는 그녀를 응시했다. **지금 자기가 무슨 말을 하고 있는지 알기는 해요? 내 손가락에 무슨 짓을 하고 있는지 의식하고는 있어요?**

로빈은 이제 그 손을 자기 입에 꼭 대고는 입술로 감싸인 이로 살며시 깨물더니 손을 놓고 재빨리 달려갔다. 한 발 한 발 경중경중 뛰어가며 인사했다. "다음에 봐요."

다음 날 브라이언이 미시간에서 돌아오자 하우스 파티는 끝이 났다.

데니즈는 기나긴 부활절 주말 동안 세인트주드로 날아갔고, 한 음만 나는 장난감 피아노 같은 이니드는 오랜 친구인 노마 그린이 유부남과 비극적인 관계에 빠졌다는 이야기를 매일매일 해댔다. 데니즈는 대화의 주제를 바꾸기 위해, 이니드가 편지나 일요일 통화에서 묘사한 것보다 앨프리드가 훨씬 생기 있고 정신이 맑다는 점에 주목했다.

"네가 있을 때는 아버지가 정신을 바짝 차리는 거야. 하지만 우리 둘만 있을 때는 완전히 구제불능이야." 이니드가 반박했다.

"두 분만 있을 때 엄마가 너무 아빠한테 집중하는 건 아니고요."

"데니즈, 너도 종일 의자에서 잠자는 남자랑 살아보면……."

"엄마, 바가지를 긁으면 긁을수록 아빠는 더 버틸 거예요."

"너는 겨우 며칠만 여기 있으니깐 그걸 모르는 거야. 하지만 나는 알아. 문제는 어찌해야 할지 모르겠다는 거지."

히스테릭하게 비난해대는 사람과 같이 산다면 나 역시 의자에서 종일 잘 거예요, 라고 데니즈는 생각했다.

필라델피아로 돌아오자 제너레이터의 주방이 마침내 사용 가능해져 있었다. 주방 직원을 뽑고 훈련하고, 디저트 담당 최종 후보들을 초대해 그녀가 직접 보는 자리에서 경합을 벌이게 하고, 배달과 일정과 제품과 가격에 대한 천 가지 문제를 해결했다. 거의 정상 수준에 가까운, 미친 듯이 바쁜 생활로 다시 돌아간 것이었다. 건축의 일부로서 레스토랑은 그녀가 걱정했던 것만큼 매혹적이었으나, 그녀는 생애 처음으로 적절한 메뉴 그리고 제대로 요리를 할 20명의 승자들을 갖추고 있었다. 그곳의 음식은 파리와 볼로냐와 빈 사이의 3방향 대화이자 그녀 특유의, 순간을 넘어서는 맛에 대한 강조점을 찾는 유럽 전화 회담이었다. 브라이언을 로빈의 눈을 통해 보는 것이 아니라 다시 직접 보게 되자 그녀는 자신이 그를 얼마나 좋아하는지 기억해냈다. 심지어 정복의 꿈에서 깨어날 정도였다. 갈런드 오븐에 불을 붙이고, 직원들을 훈련하고, 칼을 날카롭게 갈며 그녀는 생각했다. **게으른 뇌는 악마의 작업장이야.** 하느님이 의도하신 만큼 그녀가 열심히 일했더라면 남의 마누라한테 한눈파는 일은 결코 없었을 터였다.

그녀는 오전 6시부터 자정까지 일하며 완전한 은둔 모드에 들어갔다. 로빈의 몸과 체열과 허기가 그녀에게 던지는 주문에서 벗어나는 시간이 길어지면 질수록, 로빈의 예민함과 형편없는 헤어스타일과 더 형편없는 옷차림과 녹슨 경첩 같은 목소리와 억지웃음과 너무나도 깊이 밴 **촌스러움**이 더없이 끔찍하게 느껴졌다. 브라이언의 아내에 대한 상냥한 방치와 "그래요, 로빈은 대단한 여자죠"라는 제3자적 태도가 이제는 충분히 이해가 되었다. 로빈은 대단**했다.** 하지만 그녀와 결혼한다면 그 넘치는 기운에서 떨어져 뉴욕이나 파리나 선댄스에서 며칠 홀로 지낼 필요가 있었다.

하지만 피해는 이미 발생했다. 데니즈와의 외도는 확실히 매혹적이었다. 그녀가 만나기를 피하며 사과를 하면 할수록 로빈은 더욱 자극을 받아 끈질기게 만나고자 했다. 로빈이 제너레이터로 찾아왔다. 데니즈를 점심 식사에 초대했다. 한밤중에 전화해 데니즈가 오랫동안 대단히 관심 있는 척했지만 사실은 약간만 관심 있던 주제에 대해 수다를 떨었다. 일요일 오후에 데니즈의 집에 들러 반쪽짜리 탁구대에서 차를 마시며 얼굴을 붉히고 히히히 웃어댔다.

차가 식는 동안 데니즈의 일부는 생각했다. **젠장, 저 여자가 정말 나한테 반했군.** 이 일부는 그것이 실제적 위협이자 피곤한 상황이라는 듯 분석했다. **그녀는 매일 섹스하고 싶어 해.** 하지만 바로 그녀의 그런 일부가 또한 이렇게 생각했다. **세상에, 먹는 꼴 좀 봐.** 그리고 생각했다. **나는 '레즈비언'이 아냐.**

동시에 그녀의 다른 부분은 문자 그대로 열망에 휩쓸렸다. 지금 로빈에게 빠져 있는 것만큼 미칠 듯이 빠져본 경험이 없었기에, 그녀는 병적 섹스가 무엇인지, 어떤 신체적 증상을 보이는지 이제야 알 것 같았다.

잠시 대화가 멎었을 때 탁구대 모퉁이 아래에서 세련된 신발을 걸친 데니즈의 발을 로빈의 자주색과 주황색 포인트를 준 하얗고 울퉁불퉁한 스니커즈 두 개가 꽉 잡았다. 잠시 후 그녀가 몸을 숙이고 데니즈의 손을 쥐었다. 로빈은 죽을 만큼 얼굴이 빨개진 채로 말했다.

"그래서, 생각을 해봤는데요."

제너레이터는 브라이언이 데니즈에게 과도한 연봉을 주기 시작한 지 딱 1년 후인 5월 23일에 문을 열었다. 개업식은 브라이언이 제리 슈워츠와 칸 영화제에 갈 수 있도록 마지막 주로 미루어졌다. 그가 없는 동안 매일 밤 데니즈는 파나마 거리로 가서 브라이언의 아내와 잠으로써 그의 관대함과 신의에 보답했다. 그녀의 두뇌는 9번 거리의 '할인' 정육점에 걸린 의문스러운 송아지 머리의 뇌처럼 느껴졌지만, 예상과는 달리 별로 피곤하지 않았다. 한 번의 키스, 무릎 위의 한 손이 그녀의 몸을 활활 깨어나게 했다. 그녀는 결혼 생활 당시 완강히 금했던 온갖 성적 유희의 유령에 사로잡히고, 불타오르고, 활성화되었다. 그녀는 로빈의 등에 대고 눈을 꼭 감은 채 뺨을 그녀의 어깻죽지 사이에 누이고, 두 손으로 로빈의 둥글고 납작하고 묘하게 가벼운 젖가슴을 받쳤다. 마치 분첩 두 개를 갖고 노는 고양이 같았다. 그러고는 두어 시간 잔 뒤 간신히 침대에서 일어나, 에린이나 시네이드의 갑작스러운 방문을 막고자 로빈이 잠가둔 문을 열고 살금살금 걸어가 축축한 필라델피아의 새벽으로 나가 파르르 몸을 떨었다.

브라이언은 지역 주간지와 월간지에 제너레이터에 대해 신비하고도 강력한 광고를 싣고 연줄을 총동원해 입소문을 냈지만 첫날 점심 손님은 26명, 저녁 손님은 45명에 불과해 주방이 그다지 분주하지 않았다. 푸른 체렌코프 빛깔 속에 매달린 통유리 식당에는 140개의 좌석이 있었고, 그녀는 저녁으로 300인분을 준비해두었다. 브라이언과 로빈과 딸들이 토요일에 저녁을 먹으러 왔다가 잠시 주방에 들렀다. 데니즈는 딸애들이랑 잘 어울리는 듯 능란한 연기를 해냈고, 붉은 립스틱과 검은 미니드레스 차림의 로빈은 브라이언의 좋은 아내인 듯 능란한 연기를 해냈다.

데니즈는 머릿속에서 온갖 합리화를 이끌어냈다. 브라이언이 파리에서 무릎 꿇었고, 그녀는 그저 그의 규칙대로 따를 뿐이었고, 로빈이 먼저 유혹하기 전까지 그녀 자신은 아무것도 안 했다는 점을 자신에게 상기시켰다. 하지만 도덕적인 갑론을박만으로는 그녀 안에서 후회가 완전히 사라져버린 것을 설명할 수 없었다. 브라이언과 대화를 나누는 동안 그녀는 멍하니 정신이 나가 있었다. 마치 그가 프랑스어로 이야기하듯 마지막 순간에야 말뜻이 이해되었다. 물론 기진맥진해 보일 이유야 충분했다. 밤에 네 시간만 자는 것이 일상이었고, 오래전부터 주방이 풀가동되고 있었다. 또한 브라이언은 영화제에 정신이 팔려 있어서 그녀가 무척 기대하고 있는 듯이 속이기도 쉬웠다. 하지만 '속이다'는 적당한 단어가 아니었다. '분리하다'가 더욱 적합한 표현이었다. 그녀의 연애는 방음 및 잠금 장치가 된 뇌의 공간에서만 펼쳐지는 꿈속 생활 같았다. 그 안에 욕망을 감추는 법을 그녀는 세인트주드에서 자라며 충분히 연습했다.

6월 말 비평가들이 제너레이터로 찾아와 행복해하며 떠났다. 〈인콰이어러〉는 결혼을 암시하는 듯한 표현을 사용했다. "완벽주의자" 데니즈 램버트의 "진지하고도 매혹적인 음식"과 "비할 데 없이 독특한" 인테리어와의 "결합"으로 누구나 "반드시" 경험해봐야 하는 장소가 탄생했으며, 이 "하나"만으로도 필라델피아는 "세련의 지도"에 오를 수 있게 되었다는 것이다. 데니즈는 이런 표현들이 레스토랑을 그저 그런 하찮은 곳처럼 보이게 만드는 듯했다. 헤아려보니 건축과 장식에 대한 문단이 네 개이고, 헛소리로 채워진 문단이 세 개이고, 서비스에 대한 문단이 두 개이고, 와인에 대한 문단이 한 개이고, 디저트에 대한 문단이 두 개이고, 그녀의 음식에 대한 문단은 겨우 일곱 개였다.

"내 자우어크라우트에 대해서는 아무 얘기도 없군." 그녀는 화가 난 나머지 눈물이 쏟아질 듯했다.

예약 전화가 밤낮으로 울렸다. 그녀는 **일**하고 또 **일**해야 했다. 하지만 로빈은 아침이나 오후에 셰프 직통 전화로 연락해 수줍음으로 깩깩대는 목소리와 당혹감으로 비틀대는 억양으로 말했다. "그래서―잠시 얼굴 좀―볼 수 있을까―해서." 데니즈는 안 된다고 말하는 대신 계속 좋다고 했다. 중요한 식재료 작업과 까다로운 준비 작업과 납품 업자와의 꼭 필요한 통화를 미루거나 다른 사람에게 맡기고는 스쿨킬강 변의 가장 가까운 공원에서 로빈을 만났다. 때로는 그저 벤치에 앉아 조심스레 손을 잡기만 했다. 작업 시간에 일과 무관한 대화를 하는 것은 데니즈를 **극도로 초조하게** 만들었지만, 그들은 로빈의 죄책감과 데니즈의 무(無)죄책감에 대해 논의하고, 그들이 지금 하고 있는 짓이 무엇을 의미하고, 어쩌다 이리되었는지에 대해 이야기했다. 하지만 이내 대화는 점점 줄어들었다. 셰프 직통 전화에서 로빈의 목소리는 **혀**를 의미하게 되었다. 그녀가 한두 마디만 해도 데니즈는 밖으로 나갔다. 로빈의 혀와 입술은 긴급사태로 인한 지시를 계속 내뱉었지만, 데니즈의 귓속에서는 사실 오르락내리락 엎치락뒤치락의 언어가 되어 그녀의 몸이 직관적으로 이해하고 자동적으로 복종했다. 때때로 그녀는 그 목소리에 너무나 녹아든 나머지 배가 갈가리 찢겨나간 듯 몸을 구부렸다. 다음 한 시간 남짓 동안 세상에 혀 외에는 아무것도 없었다. 식재료도, 꿩 버터구이도, 외상 대금도. 그녀는 윙윙대는 최면 상태에서 반사적으로 제너레이터를 떠났다. 세상의 소음은 거의 제로에 가깝게 잦아들었고, 다른 운전사들은 다행히도 기본적인 교통 법규를 준수했다. 그녀의 자동차는 녹아내리는 아스팔트 거리 위를 미끄러지는 혀와 같았고, 그녀의 발은 인도를 핥는 쌍둥이 혀와 같았고, 파나마 거리의 현관문은 그녀를 집어삼키는 입과 같았고, 안방 바깥 복도의 페르시아 카펫은 유혹하는 혀와 같았고, 두툼한 이불과 베개로 뒤덮인 침대는 쓰러지기를 간청하는 부드러운 커다란 혀와 같았다.

이는 완전히 새로운 세계라고 말해도 무방했다. 데니즈는 지금껏 무엇인가를 이토록 간절히 원한 적이 없었다. 특히나 섹스는 더더욱 아니었다. 결혼 생활 당시 오르가슴은 그저 힘들지만 이따금 필요한 주방의 잡일처럼 여겨졌다. 열네 시간을 요리하고 옷도 갈아입지 않은 채 잠들기가 다반사였다. 밤늦게 복잡하고 긴 시간이 걸리는 요리는 전혀 하고 싶지 않았다. 준비 시간만 최소 15분이었다. 게다가 바로 요리할 수 있는 때는 좀처럼 없었다. 팬이 과열되었거나, 오븐이 너무 뜨겁거나 차갑거나, 양파가 아무리 해도 갈색이 되지 않거나 너무 빨리 타거나 팬에 들러붙었다. 그러면 팬을 꺼내 식히고, 화가 나고 고뇌에 찬 부주방장과 고통스러운 논의를 한 후에 다시금 시작하지만 아니나 다를까 고기는 질기고 힘줄투성이이고, 소스는 반복된 희석과 혼합 탓에 오묘한 맛이 사라지고, **씨팔 늦어버리고**, 눈은 화끈거리고, 좋아, 풋내기를 속일 만큼 충분한 시간과 노력을 들이지만, 그때는 홀 직원에게 넘기기를 주저하게 되었다. 그러면 그저 단언하고는("좋아, 오르가슴이 왔어") 두통과 함께 잠이 들었다. 그런 노력을 기울일 가치는 **전혀** 없었다. 하지만 에밀이 그녀의 오르가슴을 중요시했고, 그녀는 죄책감을 느꼈기에 1주일이나 2주일에 한 번은 꼭 그런 노력을 기울였다. 콩소메*를 만들어냄으로써 그녀는 실패 없이 노련하게 (그리고 오래지 않아 자동으로) 그를 기쁘게 만들 수 있었다. 자부심과 기쁨을 만끽하며 기술을 연마했다! 하지만 에밀은 그녀가 약간의 전율과 반(半)의지적인 한숨을 보이지 않는다면 결혼 생

---

*   육수로 만든 맑은 수프.

활이 문제에 처할 것이라고 믿는 듯했다. 훗날의 사건으로 인해 그가 100퍼센트 옳았던 것으로 입증되었지만, 그녀는 베키 헤머링과 눈 맞기 전 긴 세월 동안 섹스에 대해 커다란 죄책감과 부담감과 분노를 느끼지 않을 수 없었다.

로빈은 프레타망제*였다. 요리법을 익히거나 식재료를 준비할 필요 없이 바로 복숭아를 먹을 수 있었다. 바로 눈앞에 복숭아, 절정이 있고, 클라이맥스가 있었다. 데니즈는 헤머링을 통해 이와 같은 편안함을 살짝 맛보았더랬다. 하지만 서른두 살이 된 지금에야 그 모든 난리법석이 무엇 때문인지 확실히 **깨닫게** 되었다. 일단 이것을 알게 되자 문제가 생겼다. 8월에 아이들은 캠프에 가고, 브라이언은 런던에 가고, 이 도시에서 가장 잘나가는 새 레스토랑의 셰프는 침대에서 일어나기만 하면 어떤 카펫 위에 누워 있고, 옷을 입기만 하면 벌거벗고 있고, 홀에서 벗어나기만 하면 현관문으로 돌아가고 있었다. 그리고 45분 후 돌아오겠다고 약속한 주방으로 눈을 감다시피 한 채 후들대는 무릎을 질질 끌고 돌아갔다. 이것은 좋지 않았다. 레스토랑은 고통받고 있었다. 음식이 제때 나가지 않고, 손님이 제때 빠지지 않았다. 그녀 없이는 식재료 준비 시간이 모자라는 바람에 두 번이나 레스토랑 문을 닫아야 했다. 그런데도 여전히 이틀 후 한창 바쁜 저녁 중간에 그녀는 무단이탈했다. 크랙 헤이븐을 가로질러 정크 로와 블런트 앨리를 지나, 로빈이 담요와 함께 기다리고 있을 가든 프로젝트로 달려갔다. 텃밭의 대부분은 뿌리 덮개로 덮이고, 석회가 뿌려

* 영국의 샌드위치 체인점.

지고, 작물이 심겨 있었다. 토마토는 원통형 배수로 가림막을 설치한 낡은 타이어 안에서 쑥쑥 자라나 있었다. 착륙하는 제트 비행기의 날개등과 탐조등, 스모그에 희미해진 별자리, 베테랑스 스타디움의 시계 유리에서 번쩍이는 라듐, 티니컴시(市)를 소리 없이 내리치는 번개, 지저분한 캠던 지역 탓에 하늘에 떠오르며 간염에 걸린 달 등 모든 위태로운 도시의 불빛들이 사춘기의 가지와 멜론, 어린 고추와 오이와 옥수수의 표면에 반사되었다. 도시 한가운데에서 벌거벗은 데니즈는 담요에서 몸을 굴려 시원한 밤의 흙으로 들어갔다. 막 뒤집어엎은 모래 섞인 양질토에 뺨을 대고는 로빈을 위한 손가락을 흙 속으로 꾹 질렀다.

"이런, 그만해, 그만해. 거기는 새로 상추를 심은 자리란 말야." 로빈이 깩깩거렸다.

그리고 브라이언이 돌아오자 그들은 어리석은 모험을 감행하기 시작했다. 로빈은 에린에게 데니즈가 몸이 좋지 않아 침대에 누워 있어야 한다고 설명했다. 식료품 저장실에서 뜨거운 에피소드가 벌어지는 동안 6미터도 채 안 떨어진 곳에서 브라이언이 E. B. 화이트를 소리 내 읽었다. 마침내 노동절 전주 아침에 가든 프로젝트 이사실에서 두 몸의 무게가 로빈의 앤티크 목조 의자 등받이를 부러뜨려 둘이서 깔깔 웃는데 브라이언의 목소리가 들렸다.

로빈이 벌떡 일어나 자물쇠를 풀고 얼른 문을 젖혀 문이 잠겨 있었다는 사실을 숨기려고 했다. 브라이언의 손에는 얼룩진 초록색 성기 같은 것이 담긴 바구니가 들려 있었다. 그는 데니즈를 보고 놀라면서도—늘 그러하듯—기뻐했다. "무슨 일인가요?"

데니즈는 셔츠 자락을 풀어헤친 채 로빈의 책상 옆에 무릎 꿇고 있었다. "로빈의 의자가 부러졌어요. 그래서 한번 보고 있었죠."

"고칠 수 있는지 좀 봐달라고 부탁했어!" 로빈이 깩깩거렸다.

"여기는 어쩐 일로 왔나요?" 브라이언이 호기심에 가득 차서 물었다.

"사장님과 같은 이유로 왔지요. 도토리 호박 가지러요."

"세라는 여기 아무도 없다고 했는데."

로빈은 서서히 밖으로 나가고 있었다. "그 애한테 말해두어야겠네요. 내가 여기 있는지 정도는 알아야 마땅한데."

"로빈이 어쩌다 그걸 부러뜨렸죠?" 브라이언이 데니즈에게 물었다.

"모르겠는데요." 그녀는 현장에서 붙들린 악동처럼 마구 울고 싶었다.

브라이언이 의자 등받이를 집어 들었다. 데니즈는 그를 보고 특별히 아버지를 떠올린 적이 한 번도 없었지만 부러진 물체에 대한 지적인 연민에서 그와 앨프리드가 닮았음을 간파해냈다. "이건 좋은 참나무인데. 갑자기 부러지다니 희한하기도 하지."

데니즈는 자리에서 일어나 복도로 걸어가며 셔츠 자락을 바지 속에 밀어 넣었다. 계속 걸어가 밖으로 나가 차에 올랐다. 베인브리지 거리를 타고 강에 다다랐다. 아연도금 가드레일 앞에 차를 세우고 클러치에서 발을 뗄 때 시동을 끈 자 차가 가드레일로 비틀비틀 내려가 쿵 하고 다시 튕겨 나왔다. 그리고 마침내 그녀는 무너져 내렸고 부러진 의자를 떠올리며 울었다.

제너레이터로 돌아갔을 때 그녀의 머리는 한결 맑아져 있었다. 일

손이 모자라 어디나 쩔쩔매고 있었다. 〈타임스〉의 음식 전문 기자, 〈고메〉의 편집자, 브라이언의 셰프를 훔치고자 하는 레스토랑 운영 자들이 전화 메시지를 남긴 채 답을 기다리고 있었다. 1천 달러어치의 오리 가슴살과 송아지 고기가 빛을 보지 못하고 식료품실에서 상해버렸다. 직원 화장실에서 신경전이 오가고 있다는 것을 주방의 모든 사람이 알고 있었지만 아무도 데니즈에게 말하지 않았다. 디저트 담당 요리사는 데니즈에게 메모 두 개―아마도 연봉에 관련된 것이리라―를 남겼다고 주장했으나 데니즈는 도통 본 기억이 없었다.

"왜 아무도 시골식 갈비를 주문하지 않지? 왜 웨이터는 경이적으로 맛있고 비범하기 그지없는 나의 시골식 갈비를 추천하지 않지?" 데니즈는 롭 지토에게 물었다.

"미국인은 자우어크라우트를 좋아하지 않아." 지토가 말했다.

"어련히도 그럴까. 주문 나가서 되돌아오는 접시를 보면 반질반질 얼굴이 비칠 정도이던데. 속눈썹까지도 셀 수 있겠던걸."

"독일인 손님이 있으니깐 그렇지. 깨끗하게 비워진 접시들은 독일 여권 소지자 덕분일 거야."

"네가 자우어크라우트를 안 좋아하는 건 아니고?"

"흥미로운 음식이라고 생각해." 지토가 대꾸했다.

로빈은 연락하지 않았고, 데니즈도 그녀에게 연락하지 않았다. 〈타임스〉와 인터뷰를 하고 사진을 찍고, 디저트 담당 요리사의 자존심을 달래주고, 늦게 남아 상한 고기를 몰래 처리하고, 화장실에서 딸딸이를 친 설거지 담당을 해고하고, 점심 저녁마다 직원들을 채찍질하고 중재했다.

노동절 날: 탈진. 그녀는 사무실에서 나와 텅 빈 뜨거운 도시를 고독에 찌들어 걸어가다 파나마 거리로 걸음을 옮겼다. 집을 보는 순간 조건반사적 액체 반응이 일어났다. 브라운스톤 현관은 여전히 얼굴이었고, 문은 여전히 혀였다. 로빈의 차가 거리에 세워져 있었지만 브라이언의 차는 없었다. 케이프 메이에 간 것이리라. 데니즈는 초인종을 눌렀지만 어둑한 현관 주위를 보고 집이 비어 있음을 이미 알고 있었다. 자신이 직접 "R/B"라고 새긴 열쇠로 집 안으로 들어갔다. 계단 두 줄을 올라 안방으로 향했다. 집의 값비싼 새 중앙 냉방장치가 작동되고 있어 통조림 냄새를 풍기는 시원한 공기가 노동절의 햇살과 겨루고 있었다. 정돈되지 않은 안방 침대에 누운 데니즈는 세인트주드의 집에 홀로 남겨져 두어 시간 기괴한 짓을 할 때의 여름 오후 냄새와 고요를 회상했다. 그녀는 자기 자신을 구했다. 바스락대는 시트 위에 누워 있으니 햇빛 조각이 그녀의 가슴 위로 떨어졌다. 그녀는 두 번째로 자기 자신을 구하고는 두 팔을 분방하게 뻗었다. 베개 아래에 손을 집어넣자 콘돔 포장지 같은 포일 모서리가 잡혔다.

콘돔 포장지였다. 찢겨지고 비어진. 이것으로 증명된 삽입 행위를 상상하며 그녀는 정말로 흐느꼈다. 그리고 정말로 머리를 움켜쥐었다.

침대에서 허둥지둥 나와 옷을 엉덩이 아래로 내려 매만졌다. 또 다른 뼈아픈 충격을 찾아 시트를 훑었다. 물론 부부는 섹스를 한다. 당연하다. 하지만 로빈은 피임약을 먹지 않는다고, 브라이언과 더 이상 섹스를 않는데 귀찮게 먹을 필요가 없다고 말했더랬다. 여름 내내 데니즈는 연인의 육체에서 남편의 흔적은 보지도, 냄새 맡지도, 맛보지도 못했기에 그만 그 분명한 사실을 잊어버리고 말았던 것이다.

그녀는 브라이언의 옷장 옆에 놓인 휴지통 앞에 무릎 꿇었다. 클리넥스와 찢겨진 표와 치실 동강을 뒤적이자 또 다른 콘돔 포장지가 나왔다. 로빈에 대한 증오가, 증오와 질투가 편두통처럼 스멀스멀 다가왔다. 안방에 딸린 화장실에 들어가니 세면대 아래 휴지통에 콘돔 포장지 두 개와 울퉁불퉁한 콘돔 하나가 있었다.

그녀는 두 주먹으로 자기 관자놀이를 치다시피 했다. 계단을 달려 내려가 늦은 오후로 접어드는데 자신의 씩씩대는 숨소리가 들렸다. 기온은 섭씨 32도에 달했지만 그녀의 몸은 파르르 떨렸다. 말도 안돼, 말도 안돼. 한참을 걸어 제너레이터로 돌아가 식재료 하역장으로 들어갔다. 오일과 치즈와 밀가루와 양념의 재고를 확인하고, 꼼꼼히 주문서를 작성하고, 냉소적이고 또렷하고 세련된 목소리로 음성 메시지 스무 개를 남기고, 잡다한 이메일을 처리하고, 갈런드에서 자신이 먹을 신장을 튀기고, 그라파 한 잔을 곁들이고, 자정에 택시를 불렀다.

다음 날 아침 로빈이 연락도 없이 주방에 나타났다. 브라이언의 것으로 보이는 커다란 하얀 셔츠 차림이었다. 그녀를 보는 순간 데니즈의 배가 요동쳤다. 그녀는 로빈을 셰프 사무실로 안내하고는 문을 닫았다.

"더 이상 계속할 수 없어." 로빈이 말했다.

"좋아, 나 역시 마찬가지야."

로빈의 얼굴은 온통 얼룩투성이였다. 그녀는 틱 증세를 보이듯이 쉴 새 없이 코를 찡그리고 머리를 긁고 안경을 올렸다. "6월 이후로 성당에 안 갔어. 내가 한 거짓말 열 가지를 시네이드한테 걸렸어. 요즘 가든 프로젝트에 나오는 아이들을 반조차 모르겠어. 모든 게 엉망이야. 더 이상은 할 수 없어."

데니즈는 간신히 질문을 뱉어냈다. "브라이언은?"

로빈의 얼굴이 붉어졌다. "그이는 아무것도 몰라. 여전해. 너도 알잖아. 그이는 너도 좋아하고, 나도 좋아해."

"어련하겠어."

"일이 묘하게 됐어."

"그래, 여기 할 일이 많아서 말야."

"브라이언은 나한테 나쁜 짓을 하나도 안 했어. 이런 대우를 받아선 안 돼."

전화가 울렸지만 데니즈는 울리게 내버려두었다. 머리가 쩍 갈라질 것만 같았다. 로빈이 브라이언의 이름을 입에 담는 것을 견딜 수가 없었다.

로빈이 천장을 올려다보자 진주 같은 눈물방울이 속눈썹에 맺혔다. "뭐 때문에 여기 왔는지 모르겠어. 내가 지금 무슨 말을 하는지도 모르겠어. 그저 정말정말 끔찍하고, 믿을 수 없이 고독해."

"잊을 수 있어. 나도 그럴 거고." 데니즈는 대꾸했다.

"왜 그렇게 차가워?"

"나야 차가운 사람이니깐."

"네가 나한테 전화하거나 사랑한다고 말했더라면……."

"잊어! 하느님 맙소사! 잊으라고! 잊어!"

로빈이 애원하는 얼굴로 바라보았다. 하지만 사실 설령 콘돔 문제가 어떻게든 해결된다 하더라도 데니즈가 뭘 어떻게 할 수 있단 말인가? 자신을 스타로 만들어주고 있는 레스토랑 일을 관둬? 빈민가에

서 살며 시네이드와 에린의 두 엄마 중 한 명이 돼? 커다란 스니커즈
를 신고 채식주의 요리를 해?

그녀는 자신이 거짓말을 하고 있다는 것은 알았지만, 머릿속에 있
는 어느 것이 거짓이고 어느 것이 진실인지는 몰랐다. 로빈이 문을
획 열고 달려 나갈 때까지 데니즈는 그저 책상만 바라보았다.

다음 날 아침 제너레이터가 〈뉴욕타임스〉의 음식 섹션 1면 하단을
차지했다. 헤드라인("메가와트로 몰려드는 제너레이터") 아래에 **데
니즈의 사진**이 박혀 있고, 레스토랑 내외부 사진은 **그녀의 시골식 갈비
와 자우어크라우트** 사진과 함께 6쪽으로 밀려나 있었다. 잘된 일이었
다. 마음에 들었다. 정오에는 음식 채널의 게스트 출연과 〈필라델피
아〉의 월간 칼럼 저자 요청을 받았다. 그녀는 저녁에 40석을 초과 예
약하라는 지시를 롭 지토를 거치지 않고 예약 담당자에게 하달했다.
개리와 캐럴라인이 제각각 전화해 축하를 했다. NBC와 제휴한 지역
방송사 앵커우먼의 주말 예약을 거절한 일로 지토를 나무라며 살짝
욕설을 퍼부으니 기분이 통쾌했다.

필라델피아에서 예전에는 보기 드물었던 VIP들이 삼중으로 바를
둘러싸고 있을 때, 브라이언이 장미 10여 송이를 들고 나타났다. 그
가 꼭 껴안자 데니즈는 가만히 있었다. 그리고 남자들이 좋아할 만한
것을 살짝 그에게 해주었다.

"테이블을 더 놓아야 해요. 최소한 4인석 세 개와 6인석 한 개를 추
가해요. 손님을 가릴 줄 아는 전문 예약 담당자도 고용하고요. 주차
장 보안도 강화하고요. 상상력은 풍부하되 고집은 덜한 디저트 담당
자로 갈아치우고요. 또 롭을 해고하고, 앞으로 찾아올 고객들을 다룰

수 있을 만한 뉴욕 출신을 고용하도록 해요.”

데니즈의 말에 브라이언은 놀라워했다. “롭한테 정말 그럴 생각이오?”

“그는 내 갈비와 자우어크라우트를 밀지 않아요. 〈타임스〉는 내 갈비와 자우어크라우트를 좋아하는데요. 자기 일을 제대로 못 하겠다면 꺼지라고 하는 수밖에요.”

그녀의 목소리에 담긴 단호함에 브라이언의 눈에 불꽃이 일었다. 그는 이런 그녀를 좋아하는 듯했다.

“원하는 대로 해요.” 그가 말했다.

브라이언이 제너레이터의 지붕 위에 설치해놓은 난간의 작은 요새에서, 데니즈는 그와 제리 슈워츠와 두 명의 광대뼈 높은 금발 미인과 그녀가 좋아하는 밴드의 리드 싱어와 리드 기타리스트와 함께 토요일 밤 늦게 술을 마셨다. 밤은 따뜻했고, 강가의 벌레들은 스쿨킬 고속도로만큼이나 요란했다. 금발 여자 두 명 모두 핸드폰에 대고 떠들고 있었다. 데니즈는 공연 탓에 목이 쉰 기타리스트에게서 담배를 건네받은 뒤, 그가 그녀의 흉터를 살펴도록 내버려두었다.

“세상에나, 당신 손은 내 손보다 더하군요.”

“이 일은 고통을 참아야만 해낼 수 있죠.”

“요리사는 자기 몸을 학대하기로 악명 높죠.”

“자정의 술을 좋아해요. 6시에 일어날 때는 타이레놀 두 알을 먹고요.”

“데니즈보다 더 독한 사람은 없다니깐요.” 브라이언이 금발들의 안테나 너머로 보기 좋지 않게 자랑했다.

기타리스트는 혀를 쑥 내밀고 담배를 점안기처럼 쥐더니, 담뱃불을 반짝이는 혓바닥에 대는 것으로 대답을 대신했다. 지글지글 소리가 어찌나 큰지 금발들이 통화를 하다 말고 쳐다보았다. 키 큰 여자가 꽥꽥대며 기타리스트의 이름을 부르고는 정신이 나갔다고 말했다.

"글쎄요, 하지만 나는 당신이 뭘 먹었는지가 궁금한데요." 데니즈가 말했다.

기타리스트가 차가운 보드카를 곧장 불에 덴 곳에 부었다. 키 큰 금발이 그의 행위에 기분이 상해 대꾸했다.

"클로노핀*이랑 제임슨 뭐라더라."

"글쎄요, 혀는 축축하잖아요." 데니즈는 자신의 담배를 귀 뒤의 부드러운 피부에 비벼 끄며 말했다. 머리에 총알이 박히는 듯했지만 불 꺼진 꽁초를 아무렇지도 않게 강으로 던졌다.

요새에 침묵이 내려앉았다. 그녀는 감추고 있던 기괴함을 드러내고 있었다. 그럴 필요가 없었기에 ─ 양고기의 갈빗살을 발라내거나 어머니와 대화할 수도 있었기에 ─ 그녀는 목이 졸린 듯한 우스꽝스러운 비명을 지르며 관객들을 안심시켰다.

"괜찮아요?" 브라이언이 나중에 주차장에서 물었다.

"사고로 이보다 더 심하게 덴 적도 있어요."

"아니, 내 말은, 괜찮냐고요? 아까 살짝 섬뜩했어요."

"내가 독하다고 자랑한 사람은 사장님이에요, 고맙게도."

"그 일 때문에 마음이 아프다고 말하려던 거였어요."

---

* 　정신병 치료제.

그녀는 밤새 고통 속에 깨어 있었다.

1주일 후 그녀와 브라이언은 유니언 스퀘어 카페의 전 매니저를 고용하고 롭 지토를 해고했다.

그리고 1주일 후 필라델피아의 시장, 뉴저지의 후임 상원위원, W— 주식회사의 CEO, 그리고 조디 포스터가 제너레이터에서 식사를 했다.

그리고 1주일 후 브라이언이 일을 마친 데니즈를 집으로 데려다주었고, 그녀는 그를 집 안으로 초대했다. 그의 아내가 마셨던 바로 그 50달러짜리 와인을 마시며 브라이언은 그녀에게 로빈과 싸웠냐고 물었다.

데니즈는 입술을 모으고는 고개를 저었다. "그냥 너무 바쁜 것뿐이에요."

"그럴 줄 알았죠. 당신 때문이 아니라고 생각했어요. 요즘 로빈이 온갖 일에 짜증을 내요. 특히 나와 관련된 일에는 더하죠."

"아이들이랑 같이 놀던 때가 그리워요."

"아이들도 마찬가지예요. 아무렴요." 브라이언이 살짝 더듬으며 덧붙였다. "아무래도— 집을 나갈까 생각 중이에요."

데니즈는 정말 유감이라고 말했다.

그는 쏟아내듯 말했다. "완전히 통제 불능일 정도로 슬퍼해요. 지난 3주 동안 **야간** 미사에 가지 뭐예요. 세상에 그런 게 있는지도 난 몰랐건만. 제너레이터에 대해 한마디라도 했다가는 아내가 문자 그대로 폭발해버려요. 그런데 아이들한테 홈스쿨을 시키자고 하지 뭐예요. 우리 집이 너무 크니 가든 프로젝트 건물로 이사해서 딸애들을 프로젝트 참가생 두 명이랑 같이 홈스쿨을 시키자나. '라시드'라나 '마릴로'라나. 시네이드와 에런이 자라기에 참 좋기도 하겠죠. 포인트 브리즈의 재개발 지역이라니. 로빈은 대단한 사람이에요. 나보다 희망을 훨씬 강하게 품고 있죠. 하지만 내가 그녀를 여전히 사랑하는지는 모르겠어요. 닉 파사파로와 논쟁하고 있는 듯한 느낌이니. 속편 '증오 2 수업'을 듣는 것 같아요."

"로빈은 죄책감에 차 있어요." 데니즈는 말했다.

"그렇다고 무책임한 부모가 되려고 하다니."

데니즈는 용기를 내어 물었다. "그럼, 아이들을 맡을 생각이에요?"

브라이언은 고개를 저었다. "모르겠어요. 갈라서게 되면 로빈이 양육권을 원할 텐데. 아이들을 위해서라면 모든 걸 포기할 거예요."

"설마요."

데니즈는 시네이드의 머리카락을 빗질하는 로빈을 떠올리자 느닷없이 ― 격렬하고도 끔찍하게 ― 미칠 듯한 갈망이, 발작과 무절제가, 순수가 사라져버렸다. 스위치가 딸깍하며 데니즈의 뇌가 스크린이 되어 옛 연인의 특징이 하이라이트 영상으로 주르르 펼쳐졌다. 그녀는 로빈의 습관과 몸짓과 특이점 중 최소량만 재평가해보았다. 커피에 타는 데운 우유, 오빠가 돌멩이로 부러뜨린 앞니에 씌운 칙칙한 보철물, 염소처럼 머리를 숙이고는 사랑에 겨워 데니즈를 들이받는 동작.

데니즈는 피곤을 핑계로 브라이언을 그만 내보냈다. 다음 날 아침 일찍 열대성 저기압이 해안지방으로 미끄러져 들어와 허리케인 같은 습한 바람에 나무가 변덕스레 몸부림치고, 물이 인도 위로 넘쳐났다. 데니즈는 부주방장들에게 제너레이터를 맡기고는, 무책임한 오빠를 구하고 부모님을 즐겁게 해주기 위해 뉴욕행 기차를 탔다. 이니드가 노마 그린 이야기를 한 글자도 안 바꾸고 되풀이하는 점심의 압박 속에서 데니즈는 자신에 대한 어떤 변화도 눈치채지 못했다. 이니드의 개탄을 개탄하고 앨프리드의 사랑을 사랑하는 버전 3.2 혹은 버전 4.0의 옛 자아가 여전히 작동하고 있었다. 하지만 항구에서 어머니에게 뽀뽀를 받자 버전 5.0의 전혀 다른 데니즈가 나타나 늙은 여인의 입속에 혀를 거의 밀어넣고 이니드의 엉덩이와 허벅지를 손으로 거의 쓰다듬을 뻔하고 이니드가 원하는 대로 크리스마스에 가겠다고 거의 약속할 뻔하는 등 그녀가 겪고 있는 변화의 정도가 훤히 드러났다.

남행 열차에 앉아 있는 동안 비에 덮인 기차역 플랫폼이 도시 간 열차의 속도에 번득였다. 점심 식사 때 아버지는 제정신이 아닌 듯했다. 그의 머리가 흐려지고 있다면 이니드가 고생을 과장한 것이 아니고, 앨프리드가 자식들 앞에서는 애써 정신을 차리긴 해도 사실은 심각한 상태이고, 데니즈가 20년간 생각한 것과는 달리 이니드가 성가신 잔소리쟁이나 역병 같은 사람이 아니고, 앨프리드의 문제는 아내를 잘못 만난 것보다 더 심각한 것이고, 이니드의 문제는 남편을 잘못 만난 정도에 불과하고, 데니즈는 자신이 바라는 것보다 더욱 이니드를 닮았을 가능성이 컸다. 그녀는 기차 바퀴가 철도 위를 덜컹덜컹 굴러가는 소리를 들으며 어두워져가는 10월 하늘을 바라보았다. 기차에 그대로 머물 수 있다면 아직 희망이 있을 수도 있겠지만, 필라델피아까지는 짧은 여행이었다. 직장으로 돌아가 정신없이 일하다 개리와 함께 액슨 설명회에 참석했다가 끝난 후 논쟁에서 앨프리드만이 아니라 이니드까지 편드는 자신을 보고 그녀는 깜짝 놀랐다.

데니즈는 어머니를 사랑한 기억이 전혀 없었다.

그날 밤 9시경 욕조에 몸을 담그고 있는데 브라이언이 전화해 제리 슈워츠와 미라 소비노와 스탠리 투치와 유명 미국 감독과 유명 영국 저자와 여러 전문가들과 함께 저녁을 먹자고 초대했다. 브라이언과 슈워츠는 캠던에서의 영화 촬영을 막 마친 유명 감독을 〈죄와 벌과 로큰롤〉의 VIP 시사회에 참석하도록 꾀어냈다.

"오늘 밤은 쉬는 날이에요." 데니즈는 말했다.

"마틴이 차를 보내줄 거예요. 온다면 무척 기쁘겠어요. 내 결혼이 끝장났거든요." 브라이언이 말했다.

검은 캐시미어 드레스를 차려입은 그녀는 식탁에서 허기져 보이지 않도록 바나나 하나를 먹은 뒤 감독의 차를 타고 켄싱턴의 피자 전문점 타코넬리로 향했다. 10여 명의 유명인사와 반(半)유명인사들과 더불어 브라이언과, 원숭이처럼 생기고 어깨가 둥근 제리 슈워츠가 뒤쪽 세 테이블을 차지하고 있었다. 데니즈는 브라이언의 입에 키스하고는 그와 유명 영국 작가 사이에 앉았다. 작가는 다트 바늘만큼이나 예리한 재치로 즐거운 하룻밤을 보내게 해줄 수 있을 듯했지만, 그는 자기 재능을 미라 소비노를 즐겁게 하는 데 쓰고자 했다. 유명 감독이 데니즈에게 그녀의 시골식 갈비와 자우어크라우트를 먹고서 완전히 반했다고 했지만, 데니즈는 되도록 빨리 화제를 바꾸었다. 그녀는 브라이언의 파트너로서 그 자리에 있는 것이 분명했다. 영화계 사람들은 둘 모두에게 별 관심이 없었다. 그녀는 위로하듯 브라이언의 무릎에 손을 얹었다.

"헤드폰을 쓴 라스콜리니코프가 늙은 여자를 후려치는 동안 트렌트 레즈너*를 듣다니 너무 완벽해요." 식탁에 앉아 있던 전혀 유명하지 않은, 대학생 또래의 감독 인턴이 제리 슈워츠에게 마구 떠들어댔다.

"사실 노마틱스였네." 슈워츠가 겸손이라고는 없이 단호히 정정했다.

"나인 인치 네일스가 아니고요?"

슈워츠가 눈을 내리깔고서 아주 살짝 고개를 저었다. "노마틱스, 1980년, 'Held in Trust'. 자네가 방금 언급한 사람이 권리도 없이 자기 곡으로 만들어버렸지."

"모두들 노마틱스의 곡을 훔쳐대니." 브라이언이 말했다.

"그들은 무명의 십자가를 지고 고통스러워하는데 다른 작자들은 영원한 명성을 즐기죠." 슈워츠가 말했다.

"가장 유명한 음반이 뭔데요?"

"주소를 알려주게. CD를 구워줄 테니." 브라이언이 말했다.

"〈Thorazine Sunrise〉 때까지만 해도 하나같이 대단했는데. 그런데 톰 파케트가 그만둬버렸고, 밴드는 앨범을 두 장 더 낸 뒤에야 이미 끝장났다는 걸 깨달았지. 누군가는 그 소식을 전해주어야 했어."

유명 영국 작가가 미라 소비노에게 이야기했다. "천지창조설을 학교에서 가르치는 나라는 야구가 크리켓에서 파생하지 않았다는 것을 믿어도 용서받을 수 있을 겁니다."

그녀가 가장 좋아하는 레스토랑 영화를 스탠리 투치가 감독하고 직접 출연했다는 사실이 데니즈에게 떠올랐다. 그녀는 기쁜 마음으

---

* 미국의 싱어송라이터로, 록밴드 '나인 인치 네일스'의 리더.

로 그와 일 이야기를 하며, 아름다운 소비노에게 덜 분개하고, 동등하지는 않다 해도 위축되지는 않은 자신을 자랑스러워했다.

브라이언이 타코넬리에서 자신의 볼보로 그녀를 집까지 데려다주었다. 데니즈는 명예롭고, 매력적이고, 흥분되고, 생기 넘치는 사람이 된 듯했다. 하지만 브라이언은 화가 나 있었다.

"로빈이 원래 같이 가기로 했죠. 이건 최후 통첩이에요. 같이 저녁 먹기로 약속해놓고는. 내 인생에는 눈곱만큼도 관심이 없죠. 그러면서 나를 불편하게 하고, 자기주장을 고집하느라 일부러 대학원생처럼 입고 다니니. 그런데도 나는 다음 주 토요일을 프로젝트에서 보내야 하고. 그렇게 서로 약속했거든요. 그런데 오늘 아침 갑자기 사형 집행 반대 시위에 가겠다지 뭐예요. 나도 사형 집행에 찬성하지는 않아요. 하지만 켈리 위더스는 관용을 베풀기에 적당한 사람이 아녜요. 그리고 약속은 약속이고. 촛불 시위에서 촛불 몇 개 준다고 해서 무슨 큰 차이가 있다고. 나를 위해 시위 하나 빠지지도 못하다니. 로빈이 원하는 만큼 ACLU에 기부해주겠다고 했지만 씨도 안 먹히더군요."

"돈으로 때우는 건 전혀 바람직하지 않아요." 데니즈는 말했다.

"나도 알고 있어요. 하지만 이미 뱉은 말을 취소하기란 어렵잖아요. 솔직히 별로 취소하고 싶지도 않고."

"앞일이야 모르죠."

월요일 밤 11시, 강과 브로드 거리 사이의 워싱턴 거리는 쓸쓸했다. 브라이언은 인생에서 처음으로 진짜 실망을 경험한 듯했고, 쉴 새 없이 말을 쏟아냈다. "내가 유부남이 아니고, 당신이 내 직원이 아니라면 좋겠다고 말했던 것 기억나나요?"

"기억해요."

"여전히 유효한가요?"

"들어가서 한잔해요."

이렇게 해서 브라이언은 다음 날 아침 9시 30분, 그녀의 집 초인종
이 울릴 때까지 그녀의 침대에서 잠들게 되었다.

그녀 인생이 접어들고 있는 도덕적 혼란과 기괴함의 그림이 완성
되도록 기름을 퍼부은 술의 기운에 데니즈는 여전히 해롱대고 있었
다. 하지만 그 취기의 이면에는 유명 인사의 쾌활한 활기가 전날 밤
부터 계속 남아 있었다. 이는 브라이언에 대한 그 어떤 느낌보다도
강렬한 느낌이었다.

다시 초인종이 울렸다. 그녀는 일어나 고동빛 실크 잠옷을 걸치고
는 창밖을 내다보았다. 로빈 파사파로가 현관에 서 있었다. 브라이언
의 볼보는 길 맞은편에 세워져 있었다.

데니즈는 없는 척할까도 싶었지만 로빈이 먼저 제너레이터에 들
렀을 것이 분명했다.

"로빈이에요. 여기 조용히 있어요." 데니즈는 말했다.

아침 햇살 속의 브라이언은 여전히 전날 밤 화난 표정 그대로였다.
"내가 여기 있는 걸 그녀가 알든 말든 상관없어요."

"그래요. 하지만 나는 상관해요."

"내 차가 바로 거리 맞은편에 있는데."

"나도 알고 있어요."

그녀 역시 묘하게 로빈에게 화가 나 있었다. 여름 내내 브라이언을
배신할 때는 그 아내에게 전혀 느끼지 못했던 경멸감이 지금 계단을

내려가며 치솟았다. 짜증스러운 로빈, 고집쟁이 로빈, 깩깩대는 로빈, 요란하게 웃어대는 로빈, 촌스러운 로빈, 머저리 로빈.

하지만 문을 여는 순간 그녀의 육체는 무엇을 원하는지 분명히 인식했다. 거리에 브라이언이 있고, 침대에 로빈이 있기를 갈망하고 있었다.

그다지 추운 날씨도 아닌데 로빈의 이가 달달달 맞부딪치고 있었다. "안에 들어가도 돼?"

"일하러 나갈 참이야."

"5분이면 돼."

그녀가 거리 맞은편의 피스타치오 빛깔 볼보를 보지 않기란 불가능해 보였다. 데니즈는 그녀를 현관으로 들이고 문을 닫았다.

"내 결혼이 끝장났어. 지난밤에 그 인간이 집에 들어오지도 않았어."

"유감이네."

"내 결혼 생활을 위해 간절히 기도하고 있지만 자꾸 네 생각이 나서 집중이 안 돼. 교회에서 무릎 꿇고 앉아서는 네 몸을 생각하고 있어."

공포가 데니즈를 엄습했다. 정확히 죄책감이 드는 것은 아니었지만─결혼의 붕괴를 가리키는 모래시계의 모래는 이미 다 떨어져 내렸고, 최악의 경우라 해도 그녀는 그저 모래를 빨리 흐르게 했을 뿐이었다─로빈을 부당하게 모욕하고 그녀와 겨룬 것은 미안했다. 그녀는 로빈의 손을 쥐고 말했다. "정말로 같이 이야기 나누고 싶어. 일이 이렇게 되어 정말 유감이야. 하지만 지금은 일하러 가야 해."

전화가 거실에서 울렸다. 로빈은 입술을 깨물더니 고개를 끄덕였다. "알았어."

"2시에 만날 수 있을까?"

"좋아."

"레스토랑에서 전화할게."

로빈은 다시 고개를 끄덕였다. 데니즈는 그녀를 내보내고 문을 닫은 뒤 다섯 숨은 될 만한 공기를 내뿜었다.

"데니즈, 개리야. 어디 있는지 모르겠다만 이 메시지를 들으면 전화해라. 사고가 생겼어. 아빠가 배에서 떨어졌어. 8층 높이에서 말야. 막 엄마랑 이야기했는데……."

그녀는 얼른 달려가 수화기를 집어 들었다. "오빠."

"레스토랑으로도 전화했어."

"아빠는 괜찮으셔?"

"괜찮을 리가 없는데 괜찮아."

개리는 위급 상황에서 최고의 역량을 발휘했다. 전날만 해도 그녀를 분노케 했던 그의 자질이 지금은 그녀를 안심시켰다. 그녀는 그가 이것을 알기를 원했다. 자신의 침착함에 기뻐하는 그의 목소리를 듣고 싶었다.

"45도 각도로 1.5킬로미터는 끌려간 후에야 배가 멈추었대. 헬기에 아버지를 태워 뉴브런즈윅으로 이송했어. 등이 부러지지도 않고, 심장도 멀쩡히 뛰고, 말도 할 수 있어. 정말 대단한 노인네야. 별문제 없을 거야."

"엄마는?"

"헬기가 오는 동안 크루즈가 멈춘 걸 염려해서. 다른 사람들한테 폐를 끼쳤다고."

데니즈는 안도하며 깔깔 웃었다. "가엾은 엄마. 이번 크루즈 여행을 간절히 바랐는데."

"아무래도 두 분이 함께하는 크루즈 여행은 더 이상 불가능할 것 같아."

초인종이 다시 울렸다. 즉각 문을 쿵쿵 두드리고, 쾅쾅 걷어차는 소리가 이어졌다.

"오빠, 잠시만."

"무슨 일이야?"

"금방 다시 전화할게."

초인종이 어찌나 길고도 세차게 울리는지 소리가 약간 쉰 듯하면서도 낮게 변했다. 문을 열자 떨리는 입과 증오로 빛나는 눈이 있었다.

"저리 비켜. 네 몸에는 손도 대기 싫어." 로빈이 말했다.

"지난밤에 정말 심각한 실수를 저질렀어."

"저리 비켜!"

데니즈가 비켜서자 로빈이 계단을 올랐다. 데니즈는 참회의 거실에 놓인 유일한 의자에 앉아 고함 소리에 귀를 기울였다. 그녀의 삶에서 마주친 또 하나의 상호 양립 불가능한 부부인 그녀의 부모가, 데니즈가 어릴 적 서로에게 좀처럼 고함치지 않았다는 사실에 그녀는 충격을 받았다. 그들은 평화를 유지했고, 대신에 딸의 머릿속에서 대리 전쟁이 벌어지게 했다.

그녀는 브라이언과 있을 때마다 로빈의 몸과 성실함과 선행을 갈망했고, 브라이언의 우쭐대는 쿨함을 역겨워했다. 그녀는 로빈과 있을 때마다 브라이언의 비슷한 사고방식과 취향을 갈망했고, 블랙 캐시미어를 입은 데니즈가 얼마나 세련되었는지 로빈이 알아주기를 바랐다.

이봐들, 진정해. 그러다 갈라서겠어, 하고 데니즈는 생각했다.

고함이 멈추었다. 로빈이 계단을 달려 내려와 그대로 현관문 밖으로 나갔다.

브라이언이 몇 분 후 뒤를 따랐다. 데니즈는 로빈의 반감을 예상했고, 이를 감당할 수 있다고 생각했지만 브라이언에게는 이해받고 싶었다.

"자넨 해고야." 그는 말했다.

보낸 사람: Denise3@cheapnet.com

받는 사람: exprof@gaddisfly.com

제목: 다음번에는 좀 더 노력하자

토요일에 만나서 반가웠어. 서둘러 돌아와서 나를 도와주려고 애쓰다니 정말 고마워.

그 이후 아빠가 크루즈 배에서 떨어져서 얼음장 같은 물속에서 끌려다니는 바람에 팔이 부러지고, 어깨가 탈구되고, 망막이 벗겨지고, 단기 기억상실증이 생기고, 아마도 가벼운 심장마비도 일어났던 것 같아. 아빠와 엄마는 헬기를 타고 뉴브런즈윅으로 이송됐고, 나는 지금껏 가진 최고의 직장에서 해고됐어. 개리 오빠랑 같이 최신 의학 기술에 대한 설명회를 들었는데, 작은오빠라면 이게 끔찍하고 디스토피아적이고 악랄한 기술이라는 내 생각에 동의할 거라고 믿어. 하지만 파킨슨병 치료에 유용하다니 아빠에게 도움이 될 거야.

그 외에는 딱히 보고할 것이 없네.

대체 어느 구석에 박혀 있는지 몰라도 무사히 잘 지내길 빌어. 줄리아 말이, 리투아니아에 갔다면서 나더러 그걸 믿으라고 하더군.

보낸 사람: exprof@gaddisfly.com
받는 사람: Denise3@cheapnet.com
제목: Re: 다음번에는 좀 더 노력하자

리투아니아에서 좋은 기회를 잡았어. 줄리아의 남편 지타나스가 수익 창출용 웹사이트를 만들라고 날 고용했어. 사실 무척 재밌고, 수입도 짭짤해.

네가 고등학교 시절 무척 좋아하던 그룹의 음악이 여기 라디오에서 나와. 스미스, 뉴 오더, 빌리 아이돌. 과거로부터의 광풍이지. 노인이 공항 근처 거리에서 산탄총으로 말을 쏴 죽이는 걸 봤어. 발트해의 흙을 약 15분간 밟아봤고. 리투아니아에 온 것을 환영합니다!

오늘 아침 엄마한테 이 이야기를 전부 하고, 사과를 했으니 그 일은 걱정 마.

해고되었다니 유감이다. 솔직히 충격받았어. 세상에 너를 해고할 사람이 있다니 상상 밖이야.

지금은 어디에서 일하고 있니?

보낸 사람: Denise3@cheapnet.com
받는 사람: exprof@gaddisfly.com
제목: 명절에 대한 책임

엄마 말이, 작은오빠가 크리스마스에 고향에 오지 않을 거라면서 나더러 그걸 믿으라고 하더군. 하지만 사고를 당해 즐거운 삶이 막 끝나버리고, 그 일이 없었다 해도 불구나 다름없는 남편과 개똥 같은 삶을 살아야 하고, 댄 퀘일이 부대통령 자리에서 물러나듯 크리스마스 이후 고향집을 떠나야 하고, 즐거움에 대한 기대로 삶을 '버티고', 다른 사람들이 섹스를 사랑하듯 크리스마스를 사랑하고, 3년 만에 달랑 45분간 오빠를 본 늙은 엄마에게 오빠가 그런 말을 했을 리는 절대 없다고 난 믿어. 아뇨, 죄송하지만 빌뉴스에 있겠어요, 라고 오빠가 말했을 리 없어.

(빌뉴스라니!)

엄마가 잘못 들은 게 분명해. 그러니 부디 엄마의 착각을 바로잡아줘.

오빠가 물었으니 말인데, 지금은 어디에서도 일하고 있지 않아. 마레 스쿠로에서 가끔 대타로 뛸 때 외에는 오후 2시까지 늘어지게 자. 이런 식으로 계속되면 오빠가 질색할 종류의 치료를 받아야 할지도 모르겠어. 쇼핑을 하고 돈을 쓰는 즐거움을 다시 누리려면 말야.

지타나스 미세비치우스에 대해 마지막으로 들은 정보라고는 그자가 줄리아의 두 눈을 멍들게 했다는 것뿐이야. 어쨌든 아무려나.

보낸 사람: exprof@gaddisfly.com
받는 사람: Denise3@cheapnet.com
제목: Re: 명절에 대한 책임

돈을 버는 즉시 세인트주드로 갈 생각이야. 잘하면 아빠 생일 때는 갈 수 있을 거야. 하지만 크리스마스는 어림도 없어. 너도 알잖아. 그보다 더 최악의 때가 어디 있겠어. 새해 초에 내가 방문할 거라고 엄마한테 전해줘.

형수님이랑 조카들이 크리스마스에 세인트주드로 올 거라고 엄마
가 그러던데, 진짜니?

항(抗)정신병약을 내 신용카드로 사지는 말아라.

보낸 사람: Denise3@cheapnet.com
받는 사람: exprof@gaddisfly.com
제목: "내가 잃은 것이라곤 내 존엄성뿐이야."

시도는 가상하지만 절대 안 돼. 크리스마스에 오빠가 꼭 와야 해.

액슨이랑 이야기해서 아빠가 새해 직후부터 6개월간 코렉탈 치료
를 받게 됐어. 그동안 아빠랑 엄마는 나랑 같이 지내게 될 거야. (다
행히도 내 삶이 엉망진창이 된 덕분에 시간을 내기가 쉬워졌어.)
이 시나리오대로 되지 않을 유일한 가능성은 액슨의 의료 전문 직원
이 아빠 상태가 약물과 무관한 치매라고 진단하는 것뿐이야. 아빠가
뉴욕에 계실 때 솔직히 무척 위태로워 보였지만 전화 통화할 때는
건강한 듯했어. "떨어지면서 내가 잃은 것이라곤 내 존엄성뿐이야"
라고 하시던걸. 팔의 깁스를 예정보다 1주일 빨리 벗었어.

어쨌든 아빠는 생신 때 나랑 같이 필라델피아에 계실 거야. 겨울이

지나고 봄이 지날 때도. 그러니 크리스마스야말로 오빠가 세인트 주드에 와야 할 때야. 논쟁은 그 정도 하고 그냥 와.

오빠가 꼭 오겠다 약속해주리라고 간절히 (하지만 확신을 가지고) 기다리겠어.

추신: 새언니와 아론과 케일럽은 가지 않아. 개리 오빠가 조나만 데리고 갔다가 25일 정오에 필라델피아로 돌아올 거래.

추신 2: 걱정 마. 약은 **사양**이니.

보낸 사람: exprof@gaddisfly.com
받는 사람: Denise3@cheapnet.com
제목: Re: "내가 잃은 것이라곤 내 존엄성뿐이야."

어젯밤에 어떤 남자가 배에 총을 여섯 발이나 맞는 것을 봤어. 무스 미리테라는 클럽에서 벌어진 청부살인이었지. 우리와는 관련 없는 일이었지만 그런 광경을 보니 유쾌하지는 않더군.

특정 날짜에 내가 꼭 세인트주드로 가야 하는 까닭을 모르겠어. 엄마와 아빠가 허락도 구하지 않고 내 마음대로 만들어낸 내 자식이라면야 내가 책임을 져야겠지. 부모란 본디 자녀의 행복에 대해 본능적이고 유전적인, 강력한 다윈주의적 책임을 지고 있으니. 하지만 자식이 부모에게 그 빚을 지불해야 하는 건 아니라고 봐.

기본적으로 나는 그 두 사람에게 할 말이 거의 없어. 그리고 그 두 사람도 특별히 내게 듣고 싶은 말이 없을 거고.

필라델피아에서 만나면 안 되는 이유가 뭐니? 그게 더 재밌을 것 같은데. 여섯 명 대신 아홉 식구 모두가 모일 수 있잖아.

보낸 사람: Denise3@cheapnet.com
받는 사람: exprof@gaddisfly.com
제목: 열받은 동생이 보내는 진지한 비난

세상에, 무슨 자기 연민이람.

날 위해 와달라는 거야. **날** 위해. 그리고 **오빠 본인**을 위해서도. 누군가 배에 총을 맞는 광경을 본다면 매우 멋지고 흥미롭고 어른이 된 듯한 느낌이 들겠지. 하지만 오빠한테 남은 건 두 부모님뿐이야. 때를 놓치면 다시는 함께할 수 없어.

인정할게, 나 엉망진창이야.

누군가에게는 말해야 하기 때문에 오빠한테 말할게. 왜 해고당했
냐고 한 번도 묻지 않았지만 말이야. 내가 해고당한 건 사장의 마누
라랑 잤기 때문이야.
그러니 "그분들"한테 **내가** 뭐라고 말해야겠어? 엄마와의 일요일 수
다가 요즘 어떨 거라고 생각해?

내가 2만 5백 달러를 빌려줬잖아. 그런데 나한테 **이 정도**도 못 해줘?

망할 티켓을 끊어. 비용은 내가 댈 테니.

사랑해, 오빠. 보고 싶어. 왜냐고는 묻지 마.

보낸 사람: Denise3@cheapnet.com
받는 사람: exprof@gaddisfly.com
제목: 후회

그렇게 열받아서 화냈던 것 정말 미안해. 마지막 문장만이 내 진심
이야. 나는 이메일 체질이 아닌가 봐. 제발 답장 줘. 제발 크리스마
스에 와.

제발, 제발, 제발 총에 맞은 사람 이야기를 한 뒤 이렇게 잠수 타지 마.

칩 오빠? 살아 있어? 제발 답장을 보내든 전화를 하든 해.

지구온난화가 리투아니아 주식회사의 가치를 높이다

전 세계적으로 해수면 수위가 매년 2.5센티미터 이상씩 상승하며
매일 수백만m³의 해변이 침식됨에 따라 2010년경 유럽이 "재앙과
같은" 모래 및 자갈 품귀 현상을 겪을 수 있다고 유럽 천연자원 위

원회(이하 ECNR)가 이번 주 경고했다.

ECNR 위원장인 자크 도르망은 단언했다. "역사적으로 인류는 모래와 자갈을 무한 자원으로 여겨왔다. 안타깝게도 온실가스를 배출하는 화석연료에 대한 지나친 의존 때문에 독일을 포함한 많은 중부 유럽 국가들이 기초적 도로 건설 및 건축을 계속하려면 모래와 자갈 수출국에 속수무책으로 휘둘리게 될 것이다. 특히 모래가 풍부한 리투아니아가 그 중심이 될 것이다."

리투아니아의 자유시장 정당회사의 설립자이자 CEO인 지타나스 R. 미세비치우스는 곧 닥칠 유럽의 모래 및 자갈 위기를 1973년의 오일쇼크와 비교했다. "당시에 바레인과 브루나이 같은 작은 산유국은 포효하는 쥐였다. 내일은 리투아니아가 그렇게 될 것이다."

도르망 위원장은 친서구적이고 친기업적인 자유시장 정당회사를 "현재 리투아니아에서 서구 자본시장을 자발적으로 정당하고 책임감 있게 대하려는 유일한 정치 세력"으로 묘사했다.

도르망은 다음과 같이 말했다. "우리의 불운은 유럽의 모래 및 자갈 보유량 대부분이 무아마르 알 카다피 옆의 드골 장군처럼 보이는, 발트해의 민족주의자들 손아귀에 들어있다는 것이다. 미래 유럽의 경제적 안정성이 미세비치우스와 같은 소수의 용감한 동부 자본주의자들 손에 달려 있다고 해도 전혀 과언이 아니다."

—10월 30일, 빌뉴스

인터넷의 아름다움은 군이 철자를 확인할 필요도 없이 새빨간 거짓말을 올릴 수 있다는 점이었다. 웹의 신뢰성은 웹사이트가 얼마나 유려하고 쿨하게 보이느냐에 90퍼센트가 좌우되었다. 칩은 웹상에서 그리 달변가는 아니었지만 마흔 살 이하의 미국인이었고, 마흔 살 이하의 미국인이라면 유려하고 쿨하게 보이는지 아닌지 정도는 충분히 판단할 수 있었다. 지타나스와 함께 프리에 우니베르시테토라는 술집에 가서 피시와 R.E.M 티셔츠를 입은 리투아니아 젊은이 다섯을 일당 30달러에 무가치한 스톡옵션 수백만 달러를 덧붙여 고용했다. 칩은 은어로 넘쳐나는 이들 인터넷 중독자들을 한 달간 가차없이 몰아붙였다. nbci.com이나 오라클 같은 미국 웹사이트를 공부시켜서는 **이것**처럼 만들고, **이것**처럼 보이게 하라고 지시했다.

lithuania.com은 11월 5일 공식적으로 문을 열었다. **민주주의가 근사한 배당금을 주다**라는 고해상도 배너 아래 〈페트루슈카〉의 '마부의 춤'에 맞추어 16개의 신나는 항목이 주르르 늘어서 있었다. 배너 아래의 질푸른 그래픽 공간에는, 게디미노 거리의 산산이 조각난 가로수와 총알 구멍투성이 건물의 **Before**("사회주의 빌뉴스") 흑백사진과 달콤한 조명 속에 부티크와 레스토랑이 즐비한 항구(사실 덴마크였다)의 감미로운 **After**("자유시장 빌뉴스") 컬러사진이 나란히 놓여있었다. 1주일간 칩과 지타나스는 투자자가 받을 혜택을 설명하는 다른 페이지를 구성하느라 밤늦게까지 맥주를 마시며 머물렀다. 지타나스의 옛 조잡한 포스팅에서 약속했던 다양한 이름과 성(性)적인 특권을 가져오고, 또한 투자금의 수준에 따라 다음과 같은 특혜를 제공했다.

- 장관 소유의 팔랑가 해변 빌라의 공동 사용!
- 비례 광산 채굴권과 모든 국립대공원의 숙박권!
- 판사 지정권!
- 빌뉴스 구시가지의 영구적 24시간 주차 특혜!
- 리투아니아 군대와 무기의 대여 계약 시 50퍼센트 할인! (단, 전시 기간에는 불가)
- 리투아니아 여아의 간편한 입양!
- 빨간 불에서의 좌회전 금지 조항에 대한 자유재량적 면제!
- 기념우표, 수집용 주화, 소형 맥주 양조장 라벨, 돈을새김 초콜릿 장식 리투아니아 쿠키, 수집용 영웅적 지도자 카드, 홀리데이 클레멘타인 양초의 인쇄 포장지 등!
- 1578년 설립된 빌뉴스 대학의 명예 인문학 박사 학위!
- 도청 장치와 기타 국가 보안 기관에 대한 "무조건적" 접근!
- "주인님", "마님", "각하"와 같은 존칭을 리투아니아 영토 내에서 합법적으로 요구하고, 불이행자에게 공개 태형 혹은 최대 6일의 구금형을 군대를 통해 집행할 권리!
- 기차와 비행기와 각종 문화 행사와 최고급 레스토랑과 나이트클럽의 예약 좌석을 마감 직전에 자유로이 확보할 권리!
- 빌뉴스의 유명 병원 안타칼니스의 간, 심장, 각막 이식 대기자 명단에서 '최고 순위'에 등록될 권리!
- 무제한적 사냥 및 낚시 허가와 국립 사냥터에서의 비시즌 특혜!
- 대형 선박에 활자체로 이름이 적힐 권리!
- 기타 등등!

지타나스가 이미 배웠고, 칩이 이제 배우고 있는 교훈은 약속이 대놓고 풍자적이면 풍자적일수록 미국 자본이 더욱 콸콸 흘러들어 온다는 점이었다. 매일매일 칩은 노골적인 상업 정치의 헤겔적 불가피함을 주장하고, 현재 진행 중인 리투아니아의 경제 호황을 생생히 증언하는 진지한 팸플릿과 언론 기사, 가짜 재무제표를 마구 만들어내고, 온라인 투자 채팅방에 느릿느릿 던져지는 질문에 홈런과 같은 대답을 날렸다. 거짓말이나 무지로 비난을 받으면 그저 다른 채팅방으로 옮겨 가면 그만이었다. 그는 주권과 동봉 안내문을 작성하고는("축하합니다. 귀하는 이제 리투아니아의 자유시장 애국자가 되셨습니다") 면이 풍부히 들어간 증서에 화려하게 인쇄했다. 그는 마침내 이곳 순수한 날조의 세계에서 천직을 찾은 듯했다. 멜리사 파케트가 오래전 장담한 대로, 회사를 설립하고 돈이 밀려오게 하는 것은 정말 신나는 일이었다.

〈USA 투데이〉의 기자가 이메일로 질문을 했다. "모두 진짜입니까?"

칩은 답장을 보냈다. "모두 진짜입니다. 전 세계적으로 주주 시민이 분산되어 있는 이익 추구 국가는 정치 경제 진화의 다음 단계가 될 것입니다. '계몽된 신기술봉건주의'가 리투아니아에서 꽃피고 있습니다. 직접 와서 보십시오. G. 미세비치우스와 최소 90분간 직접 면담할 수 있도록 제가 보장하겠습니다."

〈USA 투데이〉에서는 반응이 없었다. 칩은 자신의 손을 너무 과대평가했나 걱정했지만 주간 총 수령액은 4만 달러가 넘고 있었다. 결제는 은행 환어음이나 신용카드나 전자화폐의 암호 키나 크레딧 스위스로의 전신송금이나 항공우편 속의 100달러 지폐들로 이루어졌다. 지타나스는 그의 다른 사업체에도 많은 돈을 퍼넣었지만 약속에 따라 이익 상승에 맞추어 칩의 봉급을 두 배로 올려주었다.

소련 주둔군 사령관이 한때 꿩고기를 먹고 게뷔어츠트라미너 와인을 마시고 보안 전화선으로 모스크바와 수다를 떨던, 회벽 빌라에서 칩은 무료로 지냈다. 빌라는 VIPPPAKJRIINPB17이 선거에서 패배하고 지타나스가 UN에 불려 올 때까지 돌에 맞고, 약탈당하고, 1990년 가을 승리의 그라피티 낙서로 뒤덮인 채 버려져 있었다. 지타나스는 그 집의 놀라운 가격(공짜였다)과 뛰어난 보안 장치(무장용 탑과 미국 대사관 수준의 담 등)와 바로 옆의 옛 소련 병영에서 자신을 6개월이나 고문했던 바로 그 지휘관의 침대에서 잘 수 있다는 점 등에 완전히 매혹되었다. 지타나스와 다른 당원들이 주말마다 흙손과 긁개로 빌라를 복원했지만 당은 그 일이 마무리되기 전 해체되어버렸다. 현재 방들 중 반은 비어 있고, 바닥은 깨진 유리로 어수선했다. 구시가지 전 지역과 마찬가지로, 난방과 온수는 매머드처럼 거대한 중앙난방 회사에서 시작되어 매장된 파이프와 구멍 난 수직 도관을 지나 샤워기와 난방기에 이르는 기나긴 여행 끝에 열기를 상당량 잃어버렸다. 지타나스는 옛 웅장한 무도회장에다 자유시장 정당회사의 사무실을 차리고는 안방은 자기가 차지하고, 칩에게는 3층의 전 부관 숙소를 할당한 뒤 젊은 인터넷 중독자들더러는 아무 데나 맘에 드는 곳을 쓰라고 했다.

칩은 여전히 뉴욕 아파트의 집세와 비자 카드의 매달 최소 상환액을 지불하고 있었지만 빌뉴스에서의 생활은 만족스러울 만큼 풍요로웠다. 최고급 메뉴를 주문하고, 운을 누리지 못한 이들과 술과 담배를 나누고, 대학 근처 자연식품 판매점에서 식료품을 사면서 결코 가격표를 보지 않았다.

지타나스의 말대로 술집과 피자 가게에는 두껍게 화장한 미성년 여자애들이 넘쳐났지만, 뉴욕을 떠나며 〈아카데미 퍼플〉에서 벗어나고 보니 낯선 사춘기 아이들과 사랑에 빠져야 할 필요성이 사라져버린 듯했다. 1주일에 두 번 지타나스와 함께 클럽 메트로폴을 방문해 마사지를 받은 뒤 사우나를 하기 전 메트로폴의 그저 그런 하얀 거품 쿠션 위에서 효율적으로 욕구를 만족시켰다. 메트로폴의 여자 임상의 대부분은 삼십대였고, 낮에는 아이나 부모를 돌보거나 대학의 국제 저널리즘 프로그램을 듣거나, 아무도 사지 않을 정치적 예술작품을 만들었다. 칩은 이들이 옷을 입고 머리를 매만지는 동안 기꺼이 인간처럼 그와 대화하려고 한다는 점에 무척 놀랐다. 그들이 낮의 생활에서 얼마나 큰 기쁨을 누리고, 반대로 밤의 일을 얼마나 지루해하는지 알고는 충격을 받았다. 한편, 칩은 낮의 일에서 즐거움을 얻기 시작하면서 마사지 매트 위에서 치료를 받음에 따라 몸을 어떻게 놓아야 할지, 성기를 어디에 두어야 할지, 무엇이 사랑이고 아닌지 어떻게 구분하는지 점점 조금씩 능숙해져갔다. 돈을 미리 지불해놓은 사정을 할 때마다, 지속적으로 퍼부은 이론적 공격에도 15년이나 저항했던 세습된 수치심이 한 움큼씩 사라져갔다. 남아 있는 것은 200퍼센트의 팁으로 표현된 고마움이었다. 새벽 두세 시, 몇 주 전부터 그랬던 양 도시가 암흑에 짓눌려 있을 때 그와 지타나스는 유황이 가득한 연기와, 눈이나 안개나 보슬비를 뚫고 빌라로 돌아갔다.

빌뉴스에서 지타나스는 칩의 진짜 사랑이었다. 칩은 지타나스가 자신을 너무나 좋아해준다는 점이 특히 좋았다. 그 둘은 어디를 가든 형제냐는 질문을 받았지만, 사실 칩은 지타나스의 동생이라기보다는 여자 친구처럼 느껴졌다. 마치 줄리아가 된 듯했다. 계속되는 파티와 호화로운 대접을 즐기고, 호의와 안내와 기본 필수품을 지타나스에게 거의 전적으로 의지했다. 그는 줄리아처럼 지타나스의 저녁을 위해 노래했다. 그는 소중한 직원이었고, 연약하고 유쾌한 미국인이었고, 재미와 도락과 심지어 신비의 대상이었다. 여느 때와는 달리, 숭배받는 것 즉 다른 누군가가 간절히 원하는 자질과 재능을 가지고 있는 것은 대단한 기쁨이었다.

대체로 빌뉴스는 푹 삶은 쇠고기와 양배추와 감자 팬케이크, 혹은 맥주와 보드카와 담배, 혹은 동지애와 체제 전복적인 기업과 섭으로 이루어진 멋진 세계였다. 햇살을 상당량 제공해주는 위도와 기후가 맘에 들었다. 아무리 늦잠을 자도 여전히 해가 떠 있고, 아침 식사를 마치기 무섭게 커피와 담배로 이루어진 저녁 휴식 시간이 왔다. 그는 부분적으로는 학생 같은 삶을 살았고(그는 늘 이런 삶을 사랑했다) 부분적으로는 닷컴 스타트업의 정신없는 속도 속에서 살았다. 6천 킬로미터 너머 미국에 남겨둔 모든 것이 감당할 수 있을 만큼 작게 느껴졌다. 부모, 빚, 실패, 줄리아와의 이별. 일과 섹스와 우정 전선에서 전보다 더 큰 즐거움을 누리며 불행이 어떤 맛인지를 잊어갔다. 그는 데니즈의 빚과 신용카드 연체금을 모두 갚을 때까지 빌뉴스에 머무르기로 마음을 굳혔다. 6개월이면 충분할 듯했다.

하지만 그러면 그렇지, 빌뉴스에서의 멋진 시간을 보내며 두 달이 채 가기도 전에 아버지와 리투아니아가 둘 다 추락해버렸다.

이메일에서 데니즈는 앨프리드의 건강을 가지고 위협해대며 크리스마스에 세인트주드로 꼭 오라고 했지만 12월에 고향으로 가는 것은 전혀 재미없었다. 만약 칩이 1주일이라도 빌라를 비운다면 뭔가 머저리 같은 일이 벌어져 돌아오지 못할 것만 같았다. 주문이 깨어져 마법이 사라지리라. 하지만 그가 아는 가장 안정된 사람인 데니즈가 마침내 절망 어린 이메일을 보내왔다. 칩은 결코 봐서는 안 된다는 것을 깨닫기도 전에 이메일을 쓱 훑어보았다. 그가 동생에게 진 빚의 금액이 떡하니 나와 있었다. 잊었다고만 생각했던 비참함의 맛과 멀리서 사소하게만 보이던 골칫덩이가 다시 그의 머리를 채웠다.

그는 이메일을 삭제하고는 즉각 후회했다. **해고당한 건 사장의 마누라랑 잤기 때문이야**라는 구절이 꿈에서 본 듯 어렴풋이 떠올랐다. 하지만 데니즈가 그런 글을 썼을 리 만무했고, 그가 워낙 대충 훑었기에 그 기억을 완전히 믿을 수 없었다. 누이가 레즈비언이 되었다면(그렇다면야 그를 늘 당혹시켰던 데니즈의 여러 면이 이해가 되었다) 이제 푸코주의자인 오빠의 지지를 확실히 받을 수 있을 테지만, 칩은 아직 집에 갈 준비가 되어 있지 않았다. 그래서 그는 기억이 잘못된 것이라고, 그 글은 뭔가 다른 내용이었다고 생각했다.

담배 세 대를 피우며 합리화와 반론으로 걱정을 녹여버린 뒤 동생에게 진 빚 2만 5백 달러를 갚을 수 있을 때까지 리투아니아에 머물러야 한다고 새로이 결의를 다졌다. 앨프리드가 6월까지 데니즈와 지낸다면 칩이 6개월 더 리투아니아에 머물면서도 필라델피아에서 온 가족이 모이자는 약속을 지킬 수 있다는 것을 의미했다.

불행히도 리투아니아는 무정부주의로 향하는 도로를 덜컹덜컹 달려가고 있었다.

10월과 11월 내내 전 세계적 경제 위기에도 불구하고 정상(正常)의 베니어판이 빌뉴스에 단단히 부착되어 있었다. 농부들은 여전히 시장에 가금류와 가축을 가져가 리타스를 받아 그 돈으로 러시아 가솔린과 국산 맥주와 보드카와 스톤워시 데님과 '스파이스 걸스' 스웨터와 리투아니아보다도 더 심각한 경제 상황에 처한 나라에서 수입된 〈X 파일〉 해적판 비디오를 샀다. 가솔린을 운송하는 트럭 운전사들과, 보드카를 증류하는 일꾼들과, '스파이스 걸스' 스웨터를 나무 수레에서 파는 스카프 두른 늙은 여자들은 모두 농부의 쇠고기와 닭고기를 샀다. 땅에서 먹거리가 생겨나고, 리타스가 돌고, 빌뉴스에서는 적어도 술집과 클럽이 늦게까지 문을 열었다.

하지만 경제는 단순히 나라 안에 국한된 것이 아니었다. 러시아 석유 수출업자에게 가솔린을 사기 위해 리타스를 줄 수는 있었지만, 그 수출업자는 리타스를 기꺼이 쓸 만한 리투아니아의 상품이나 서비스가 뭐가 있는지 물을 권리가 있었다. 공식 환율에 따라 1달러를 주고 4리타스를 사기는 쉬웠다. 하지만 4리타스를 주고 1달러를 사기란 어려웠다! 불황의 친숙한 역설대로, 구매자가 없기 **때문에** 상품이 희귀해졌다. 알루미늄포일이나 다진 쇠고기나 엔진오일을 구하기가 어려워질수록 이들 상품을 트럭째로 훔치거나 유통에 압력을 행사하는 것이 더욱 매력적인 일이 되었다. 그동안 공무원들은(특히나 경찰은) 가치가 떨어진 리타스를 원래 책정된 금액만큼만 받았다. 곧 지하경제에서는 전구 한 상자의 가격을 매기듯 지서장(支署長)의 가격을 정확히 매기게 되었다.

칩은 암시장이 판치는 리투아니아와 자유시장을 추구하는 미국 사이의 커다란 유사성에 충격을 받았다. 두 나라 모두 부(富)는 소수의 손에 집중되어 있었고, 사적 부문과 공적 부문 사이의 의미 있는 차이는 모두 사라졌고, 산업계 지도자들은 끊임없는 불안 속에서 사느라 자신의 제국을 가차 없이 확장했고, 보통 시민은 특정일에 옛 공기업이 어느 강력한 사기업에 먹혔는가 하는 끊임없는 혼란과 끊임없는 해고 불안에 시달렸고, 경제는 사치품에 대한 엘리트의 만족이라고는 모르는 수요에 의해 크게 좌우되었다(그 음울한 11월의 가을에 빌뉴스에서는 다섯 개의 범죄적 군벌이 수천 명의 목수와 벽돌공과 장인과 요리사와 매춘부와 바텐더와 자동차 정비공과 경호원을 고용했다). 칩이 보기에 미국과 리투아니아 사이의 중요한 차이점은 미국에서 부유한 소수가 영혼을 빼앗고 정신을 멍하게 하는 연예계와 가정용 기구와 의약품으로 가난한 다수를 다스리는 반면, 리투아니아에서는 힘 있는 소수가 폭력으로 위협하면서 힘없는 다수를 다스린다는 것이었다.

누가 권총을 가지고 있냐에 자산 소유와 언론 통제가 전적으로 달려 있는 나라에서 사는 것은 어떤 면에서 그의 푸코주의적 심장을 따뜻하게 했다.

대부분의 총을 장악한 리투아니아인은 러시아계인 빅토르 리첸케프였다. 그는 헤로인과 엑스터시를 거의 독점하다시피 하여 확보한 현금 유동성을 이용해 리투아니아 은행을 완전히 통제했다. 은행의 전 소유주인 프렌드리트러스트 오브 애틀랜타는 딜버트 마스터카드에 대한 소비자 취향을 잘못 판단하는 재앙 탓에 리투아니아 은행을 팔아버렸다. 빅토르 리첸케프는 막대한 현금 보유량 덕분에 500명의 '사병'을 무장시켰고, 10월에는 빌뉴스 120킬로미터 북동쪽의 이그날리나에서 나라의 전력량 4분의 3을 생산하는 체르노빌 형태의 핵발전소를 대담하게 에워쌌다. 이 포위 덕분에 리첸케프는 라이벌 군벌이 대대적 민영화 동안 싸게 사들인 리투아니아의 가장 큰 공기업을 대단히 유리한 협상을 통해 구입했다. 그 결과 이 나라의 모든 전기계량기에서 흘러나온 모든 리타스를 하룻밤 새 통제하게 되었다. 하지만 자신의 러시아계 혈통이 민족주의자의 적대감을 유발할지도 모른다는 두려움에 그는 새로 얻은 힘을 함부로 남용하지 않도록 주의했다. 선의의 제스처로, 옛 군벌 주인이 과대 책정했던 전기 요금을 15퍼센트 내렸다. 그리하여 얻은 대대적 인기에 그는 새로운 정당(국민을 위한 값싼 전력당)을 설립하고는 12월 중순의 전국 국회의원 선거에 출마할 후보 명단을 제출했다.

여전히 땅에서 먹거리가 생겨나고, 리타스가 돌았다. 〈침울한 과일〉이라는 슬래셔 영화가 리에투바와 빙기스에서 개봉되었다. 〈프렌즈〉에서 제니퍼 애니스턴이 리투아니아 농담을 입에 올렸다. 도시노동자들은 성 캐서린 성당 바깥 광장에다 콘크리트를 씌운 쓰레기통을 비웠다. 하지만 하루하루 날이 어두워지고 짧아졌다.

세계적 강국으로서의 리투아니아는 1430년 위대한 비타우투스의 죽음 이후로 점점 사위어들고 있었다. 600년간 이 나라는 재활용되는 결혼 선물(인조가죽 얼음 통이나 샐러드용 집게)처럼 폴란드와 프로이센과 러시아 사이를 몇 번이나 오갔다. 이 나라의 언어와 한창 시절의 기억은 살아남았지만 리투아니아의 가장 중요한 사실은 영토가 그리 크지 않다는 것이었다. 20세기에 게슈타포와 SS는 20만 리투아니아계 유태인을 제거했고, 소련은 국제적 관심을 그다지 끌지도 않고 25만 리투아니아인을 시베리아로 강제 추방했다.

지타나스 미세비치우스는 벨라루스 국경 근처의 성직자와 군인과 관료 집안 출신이었다. 지방 판사였던 할아버지는 1940년에 새로 들어선 공산주의 행정부와의 면담에 실패해 아내와 함께 강제노동 수용소로 보내져 다시는 소식을 들을 수 없었다. 지타나스의 아버지는 비디스케스에서 술집을 운영하며 1953년 전투가 끝날 때까지 게릴라 저항운동(소위 숲의 형제라고 불렸다)에 도움을 주고 편의를 봐주었다.

지타나스가 태어난 다음 해에 비디스케스와 주변의 여덟 개 지방 자치도시 주민들이 두 개의 핵발전소 중 첫 번째를 건설하고자 하는 괴뢰정부에 의해 모두 쫓겨났다. ("안전을 위해") 재배치된 1만 5천 명의 사람들은 이그날리나의 서쪽 호수 지역에 급하게 현대적으로 지은 소규모 신도시 흐루시체바이의 집을 제공받았다.

"나무라고는 없이 콘크리트뿐인 삭막한 광경이었지." 지타나스가 칩에게 말했다. "아버지의 새 술집은 콘크리트 바와 콘크리트 부스와 콘크리트 선반으로 꾸며졌네. 사회주의 계획경제하의 벨라루스가 콘크리트를 너무 많이 생산한 바람에 공짜로 막 나누어주었거든. 우리가 듣기로는 그랬어. 어쨌든 우리는 모두 이사했네. 콘크리트 침대와 콘크리트 놀이 기구와 콘크리트 공원 벤치를 얻었지. 세월이 흘러 내가 열 살이 되자 느닷없이 모든 사람의 엄마나 아빠가 폐암에 걸렸어. **모두**가 말야. 그리고 우리 아버지는 폐종양이 생겼고. 마침내 전문가들이 와서 흐루시체바이를 둘러보았고, 하, 이것 좀 봐라, 라돈 문제가 발견된 거야. 아주 심각한 라돈 문제가. 사실상 씨팔 재앙 같은 라돈 문제였지. 콘크리트에서 약한 방사능이 배출되고 있었던 거야! 라돈은 흐루시체바이의 모든 폐쇄된 방에 고이고 있었어. 특히 술집처럼 환기가 잘 안 되고, 주인이 종일 앉아 담배를 피우는 곳은 더했지. 바로 아버지의 일터처럼 말이야. 글쎄, 우리의 자매 사회주의 공화국이자 우리가 **신세**를 졌던 벨라루스는 정말 미안하다고 했어. 콘크리트 안에 어쩌다가 역청 우라늄광이 좀 섞였나 보다고 했지. 큰 실수였다고. 미안, 미안, 미안. 그래서 우리 모두 흐루시체바이를 떠났어. 아버지는 끔찍하게도 결혼기념일이 막 지난, 밤 12시 10분에 숨을 거뒀어. 아버지는 엄마가 결혼기념일에 당신의 죽음을 기억하게 하고 싶어 하지 않으셨던 거야. 그리고 30년이 흘러 고르바초프가 물러나자 우리는 마침내 옛 기록을 살펴보았지. 그런데 어찌 되었는지 아나? 계획 착오에 따른 콘크리트 과잉 같은 것은 없었어. 5개년 계획에 대혼란 같은 것도 없었지. 최저 등급 핵폐기물을 건축 재료로 재활용하자는 의도적 전략이 있었을 뿐이야. 콘크리트의 시멘트가 방사성동위원소를 무해하게 만들 거라는 이론하에 말이지! 하지만 벨라루스는 가이거 계측기를 갖고 있었고, 그것으로 무해함에 대한 행복한 꿈은 끝났어. 그래서 천 대의 트럭에 콘크리트를 실어 우리에게 보냈고, 우리는 추호의 의심도 없이 그걸 덥석 받아들였지."

"저런." 칩이 대꾸했다.

"저런 정도가 아니야. 내가 열한 살 때 아버지가 돌아가셨어. 내 단짝 친구의 아버지도. 세월이 흐르며 수백 명의 사람들이 죽어갔지. 그리고 만사 아무 문제 없었지. 등에 커다란 붉은 과녁을 단 적이 언제나 눈앞에 있으니. 우리 모두가 미워할 수 있는 사악하고 거대한 아버지 소련이 90년대까지 버티고 있었어."

독립 후 VIPPPAKJRIINPB17은 지타나스의 도움을 받아 공약을 작성했는데, 이는 하나의 광범위하고도 묵직한 항목으로 구성되어 있었다. 소련은 리투아니아를 약탈한 대가를 치러야 한다는 것이었다. 90년대에 한동안은 순수한 증오만으로 나라를 운영하는 것이 가능했다. 하지만 이내 다른 정당들이 보복 정책을 존중하면서도 이를 넘어 나아갈 길을 지향하는 공약을 들고 나왔다. 90년대 말, VIPPPAKJRIINPB17이 의회에서 마지막 자리까지 잃자 남은 것이라고는 반쯤 수리된 빌라가 전부였다.

지타나스는 주변 세계를 정치적으로 이해하려고 노력했지만 할 수 없었다. 붉은 군대가 그를 불법적으로 구금하고, 대답을 거부할 수밖에 없는 질문을 하고, 그의 왼쪽 몸을 느릿느릿 3도 화상으로 채워가자 그제야 세상이 이해가 되었다. 하지만 독립 후 정치는 일관성을 잃고 말았다. 리투아니아에 대한 소련의 보상과 같은 단순하고도 중대한 사안마저 해결이 복잡해져버렸다. 2차 세계대전 때 리투아니아가 스스로 유태인 박해를 도왔고, 사실상 현재 크렘린을 운영하는 사람들은 과거 소련에 저항했던 애국자이기에 리투아니아 사람들만큼이나 보상받을 자격이 있다는 점 때문이었다.

지타나스가 칩에게 물었다. "침략군이 체제와 문화이지 적군이 아니라면 나는 이제 어떡해야 하겠나? 지금 나의 조국을 위해 바랄 수 있는 최고의 희망은 언젠가 우리 나라가 서구의 이류 국가처럼 보이게 되는 것이지. 다시 말해, 다른 모두와 비슷해지는 거야."

"항구 주변에 매력적인 레스토랑과 부티크를 갖춘 덴마크처럼 말이군요." 칩이 대꾸했다.

"아니, 우린 그렇지 않아라고 소련에게 똑 부러지게 말할 수 있었을 때 우리 모두는 리투아니아인답다고 느꼈지. 하지만 아니, 우리는 자유시장이 아니야. 아니, 우리는 세계화되지 않았어라고 말하면 전혀 리투아니아인답지 않아. 어리석은 석기시대 인간 같지. 그럼 이런 시대에 나는 어떻게 해야 애국자가 되는 것일까? 어떠한 긍정적인 것을 위해 싸워야 할까? 우리 나라의 긍정적 정의는 뭐지?"

지타나스는 반쯤 폐허나 다름없는 빌라에 계속 머물렀다. 부관 숙소를 어머니에게 권했지만, 그녀는 이그날리나 외곽의 아파트에서 그대로 지내고 싶어 했다. 당시 모든 리투아니아 관리에게 필요한 것은, 특히나 그와 같은 보복주의자에게 필요한 것은 옛 공산주의 재산—리투아니아에서 단일 현장 고용인 수가 두 번째로 많은 사탕무 설탕 정제 회사인 수크로사스의 지분 20퍼센트—을 확보하여 은퇴한 애국자로서 배당금으로 제법 안락하게 사는 삶이었다.

칩과 마찬가지로 지타나스도 한때 줄리아 브라이스라는 여자를 통해 구원을 엿보았다. 그녀의 아름다움에서, 그녀의 아무런 반감 없는 미국식 쾌락 추구에서. 그러다 줄리아가 베를린행 비행기에서 그를 버렸다. 가장 최근의 배신자인 그녀를 비롯해 그의 삶은 기가 막힌 배신의 퍼레이드였다. 소련에게 속고, 리투아니아 유권자에게 속고, 줄리아에게 속았다. IMF와 세계은행에도 속은 그는 40년 치의 쓰라림을 리투아니아 주식회사라는 농담으로 승화시켰다.

자유시장 정당회사를 운영하기 위해 칩을 고용한 것은 그가 오랜만에 내린 좋은 선택이었다. 지타나스는 뉴욕에 이혼 변호사를 구하러 간 김에 미국 배우를 싼 값에 고용할까 했다. 중년의 실패한 배우를 빌뉴스에 데려다가 리투아니아 주식회사에 끌린 전화 상담자나 방문객을 안심시키도록 할 셈이었다. 칩처럼 젊고 유능한 사람이 그런 일을 기꺼이 맡다니 상상 밖이었다. 칩이 그의 아내와 잤다는 사실에도 실망은 잠시뿐이었다. 경험으로 보아 결국은 **모두**가 그를 배신했다. 지타나스는 칩이 자신과 만나기도 전에 배신해버렸다고 이해했다.

리투아니아어나 러시아어를 전혀 못하고, 아버지가 젊은 나이에 폐암으로 죽지 않았고, 조부모가 시베리아로 끌려가지 않았고, 추운 영창에서 이상을 위해 고문당하지 않은 "애처로운 미국인"으로서 칩이 빌뉴스에서 느끼는 열등감은 직원으로서의 유능함과, 줄리아가 남편과 그를 비교하며 대단히 알랑댔던 기억 덕분에 상쇄되었다. 술집과 클럽에서 종종 그들이 형제가 아님을 굳이 밝히지 않을 때면 칩은 둘이기에 더욱 성공할 수 있다는 느낌이 들었다.

"나는 부총리로는 쓸 만했지만 범죄자 군벌로는 별로야." 지타나스가 침울하게 말했다.

사실상 군벌은 지타나스의 업계에서 다소 영광스러운 명칭이었다. 그는 칩에게 너무나도 친숙한 실패의 징후를 보이고 있었다. 그는 내내 걱정한다는 사실 때문에 내내 걱정했다. 전 세계의 투자자들이 보낸 천박한 돈을 금요일 오후마다 크레딧 스위스 계좌에 입금했지만, 그 돈을 "정직하게" 쓸지(예를 들어, 자유시장 정당회사를 위해 의회의 자리를 살지), 아니면 뻔뻔하게 사기를 쳐 부당하게 얻은 달러를 덜 합법적인 사업에 쏟아부을지 결정할 수가 없었다. 한동안 그는 둘 다 하면서 둘 다 하지 않았다. 마침내 시장조사 결과(바에서 어리둥절해하는 술 취한 낯선 이들에게 그가 직접 실시했다) 현재의 경제 상황에서는 "자유시장"이라는 이름의 당보다는 심지어 볼셰비키가 더 유권자의 마음을 살 것이라고 결론 내렸다.

합법의 길을 모두 포기한 지타나스는 경호원을 고용했다. 곧 빅토르 리첸케프가 첩자에게 물었다. 옛 애국자 미세비치우스에게 왜 굳이 보호 장치가 필요하지? 지타나스는 칼라시니코프 자동소총을 휴대한 건장한 젊은이 열 명의 대장일 때보다 차라리 무장하지 않은 옛 애국자일 때 훨씬 안전했다. 따라서 부득이하게 더 많은 경호원을 고용해야 했고, 칩은 저격당할 두려움 때문에 보호자 없이 빌라를 나서지 못하게 되었다.

지타나스는 장담했다. "자네는 위험하지 않아. 리첸케프가 나를 죽이고 우리 회사를 집어삼키고 싶어 할지는 모르지. 하지만 자네는 황금 알을 낳는 거위야."

하지만 칩은 공공장소의 취약성 때문에 목덜미에 소름이 돋았다. 미국의 추수감사절 밤에 리첸케프의 부하 둘이 무스미리테 클럽의 끈적끈적한 바닥에서 군중을 밀치고 다가가 붉은 머리 '주류 수입업자'의 복부에 총알 구멍을 여섯 개 내는 것을 목격했다. 바로 그 리첸케프의 부하들이 칩을 해치지 않고 그냥 지나쳐 간 것은 지타나스가

옳았음을 입증했다. 그럼에도 칩의 오랜 두려움대로 '주류 수입업자'
의 몸은 총알에 비해 너무나 물렁해 보였다. 죽어가는 사람의 신경계
에 나쁜 화학물질들이 콸콸 흘러넘쳤다. 고통스러운 전기화학적 변
화로 난폭한 경련을 야기한 전기들은 그의 생애 내내 창고에 무더기
로 숨어 있었던 것이 분명했다.

30분 후 지타나스가 무스미리테에 나타났다. 그는 핏자국을 보며
중얼거렸다. "내 문제는 총을 쏘기보다 총에 맞기 더 쉽다는 거지."

"또 시작이군요. 그만 좀 자기를 깎아내리려요." 칩이 대꾸했다.

"나는 고통을 참는 건 잘하는데 고통을 가하는 건 영 서툴러."

"진지하게 하는 말이에요. 자신에게 관대해져요."

"죽느냐 죽이느냐. 쉬운 주제가 아니야."

지타나스는 공격적으로 변하고자 했다. 군벌로서의 커다란 이점
이 딱 하나 있었다. 자유시장 정당회사로 벌어들인 현금이 바로 그것
이었다. 리첸케프의 부하들이 이그날리나 핵발전소를 포위하여 리
투아니아 전력 회사의 판매를 강요하자 지타나스는 수익성 높은 수
크로사스의 지분을 팔고, 자유시장 정당회사의 금고를 비워 리투아
니아 주요 이동통신사의 지배 지분을 사들였다. 트랜스발틱 와이어
리스는 그의 재력으로 구입 가능한 유일한 공공사업이었다. 그는 경
호원들에게 매달 1천 분의 국내 통화와 음성 메시지와 발신인 번호
표시 서비스를 무료로 제공하고는, 리첸케프의 수많은 트랜스발틱
휴대전화를 도청케 했다. 리첸케프가 국립 가죽 및 가축 상품 및 부
산물 주식회사의 주식을 완전히 팔 계획이라는 정보에 지타나스는
그 회사의 주식을 공매도했다. 덕분에 거액을 벌어들였지만 장기적

관점에서는 치명적 선택이었음이 드러났다. 도청 사실을 알게 된 리첸케프는 보안이 더욱 철저한 리가의 지역 이동통신사로 갈아탔다.

12월 20일의 전국 선거 전날 밤, 변전소 '사고'로 트랜스발틱 와이어리스의 전화 교환국과 여섯 개 기지국이 선택적으로 정전이 되었다. 머리를 빡빡 밀고 염소수염을 기른, 화가 난 젊은 빌뉴스 휴대전화 사용자들이 트랜스발틱 사무실에 난입하려고 들었다. 트랜스발틱 관리자는 유선전화로 도움을 청했고, 전화를 받은 '경찰'은 폭도들과 합류해 사무실을 약탈하고 금고를 포위했다. 지타나스가 뇌물을 바친 유일한 지역 '경찰'이 세 대의 밴을 타고 도착했다. 치열한 전투 후 첫 번째 '경찰'이 후퇴했고, 남은 '경찰'이 폭도를 해산했다.

금요일 밤과 토요일 아침 내내 이통사의 기술자들은 브레즈네프 시절의 비상 발전기를 허둥지둥 수리해 전화 교환국에 전기를 공급하고자 했다. 발전기의 주요 절환 모선이 심하게 부식되어 있었다. 수석 기술자가 상태를 점검하려고 절환 모선을 흔들자 아래쪽이 툭 부러졌다. 촛불과 손전등 빛에 의지해 다시 붙이려고 작업하다 그만 용접기로 주요 유도 코일에 구멍을 냈다. 선거로 인한 정치적 불안정 때문에 빌뉴스에서는 천금을 주더라도 가스연료 교류발전기를 살 수 없었고(싸다는 이유만으로 브레즈네프 시대의 낡은 3단계 발전기를 전화 교환국에 설치했건만 그런 발전기는 더더욱 찾을 수 없었다), 폴란드와 핀란드의 전기 부품 공급 업자들은 정치적 불안정을 이유로 달러나 유로화의 선지급 없이는 리투아니아에 그 어떤 물건도 보내기를 꺼려 했다. 서구 세계에서 그러했듯이 휴대폰이 저렴해지고 널리 보급되자 유선전화를 끊어버린 리투아니아 시민들은

19세기와 같은 소통의 단절로 거꾸러졌다.

지극히 우울한 일요일 아침에 리첸케프와 그의 밀수업자와 청부 살인자들은 '국민을 위한 값싼 전력당'이 141개 의회 의석 중 38개를 가져야 한다고 주장했다. 하지만 엄청난 카리스마와 지독한 편집증의 소유자이며 러시아와 서구를 똑같이 증오하는 최고 애국자인 아우드리우스 비트쿠나스 대통령은 선거 결과를 인준하길 거부했다.

"미친개 같은 리첸케프와 입에 거품을 문 지옥의 개떼에 결코 겁 먹지 않을 것입니다!" 비트쿠나스는 일요일 저녁 텔레비전 연설에서 소리쳤다. "부분적 정전과 수도권 통신망의 거의 완전한 붕괴 사태에 더불어 리첸케프에게 돈을 받고 중무장한 채 돌아다니는, 입에 거품을 문 아첨꾼 개떼로 미루어 보아, 어제의 선거가 진정 위대하고 영광스러운 불멸의 리투아니아 국민들의 강력한 의지와 드넓은 선의를 반영한다는 **믿음**을 가질 수 없습니다! 이처럼 쓰레기와 구더기와 매독이 판치는 국회의원 선거 결과를 나는 인준하지도 않을 것이며, 할 수도 없으며, 해서도 안 되기에 결코 인준하는 일은 없을 것입니다!"

지타나스와 칩은 빌라의 옛 무도장에서 텔레비전으로 그 연설을 시청했다. 경호원 두 명이 구석에서 조용히 온라인 롤플레잉 게임을 하는 동안, 지타나스가 비트쿠나스의 화려한 수사를 칩에게 해석해주었다. 그해에 가장 짧은 낮의 토탄질 빛이 여닫이창 속에서 사위어갔다.

지타나스가 말했다. "정말 느낌이 안 좋아. 리첸케프가 일단 비트쿠나스를 무력화하고, 누가 차기 대통령이 되든 간에 그 자리를 차지할 것 같아."

크리스마스가 나흘 남았다는 것을 잊고자 최선을 다하던 칩은 괜히 빌뉴스에 머물다가 명절 후 1주일 만에 총에 맞아 죽고 싶은 마음이 전혀 없었다. 그래서 지타나스에게 크레딧 스위스 계좌의 돈을 모두 찾아 이 나라를 뜰 생각은 없냐고 물었다.

"아, 물론 있지." 붉은 모터크로스 가죽 재킷 차림의 지타나스가 팔로 자기 몸을 감쌌다. "매일 블루밍데일 백화점에서 쇼핑하고 싶어. 록펠러센터의 큰 나무도 보고."

"그럼 왜 미국으로 안 돌아가나요?"

지타나스가 머리를 긁고서 손톱을 코에 가져가 머리 냄새와 코 주위의 스킨 오일 냄새를 뒤섞으며 피지에서 커다란 위안을 구했다. "여길 떠나면 문제야 사라지겠지만 그다음엔? 빌어먹을 세 개의 장애물이 있어. 나는 미국에서 일자리를 얻을 수 없어. 다음 달이면 더 이상 미국인 아내도 없고. 우리 어머니는 이그날리나에 계시고. 뉴욕에서 내가 뭘 할 수 있겠나?"

"이 사업을 뉴욕에서 할 수 있죠."

"거기 법에 걸릴 거야. 1주일도 안 되어 문을 닫아야 하겠지. 빌어먹을 세 개의 장애물이지."

자정이 다가오자 칩은 위층으로 올라가 얇고 차가운 동유럽 공산권의 시트를 덮었다. 방에서는 축축한 회반죽과 담배와, 발트인들의 코를 기쁘게 하는 강한 합성 샴푸 냄새가 감돌았다. 그의 정신은 제멋대로 달음질쳤고, 그는 이를 분명히 인식했다. 잠이 들지는 않았지만 돌이 물에 가라앉다 떠오르듯 자꾸만 비몽사몽간을 헤맸다. 창문에 비친 가로등 불빛이 햇빛처럼 느껴졌다. 아래층으로 내려가서야 벌써 크리스마스이브의 늦은 오후라는 사실을 깨달았다. 뒤처져 아무것도 알 수 없게 된 늦잠꾸러기의 공포가 찾아왔다. 어머니는 부엌에서 크리스마스이브 만찬을 준비 중이었다. 가죽 재킷 덕분에 젊어 보이는 아버지는 어스레한 햇살 속에서 무도장에 앉아 〈댄 랜더의 CBS 이브닝 뉴스〉를 시청하고 있었다. 칩은 상냥하게 무슨 뉴스냐고 물었다.

앨프리드는 칩이 누군지도 모른 채 그에게 말했다. "동유럽에 문제가 생겼다고 칩에게 전해라."

진짜 햇살이 8시에 깃들었다. 거리의 고함이 그를 깨웠다.

방은 차가웠지만 얼어 죽을 정도는 아니었다. 따뜻한 먼지 냄새가 난방기에서 풍겨왔다. 도시의 중앙난방 회사는 여전히 기능하고 있었고, 사회적 질서는 여전히 온전했다.

창밖의 가문비나무 가지 사이로 내다보니 두툼한 외투 차림의 남녀 수십 명이 담 앞에 몰려와 있었다. 밤새 살짝 내린 눈이 쌓여 있었다. 지타나스의 경호원으로 반자동소총을 끈으로 매고 있는 덩치 큰 두 금발, 조나스와 아이다리스 형제가 대문의 창살을 사이에 두고 중년 여자 둘과 교섭하고 있었다. 샛노란 금발과 붉은 얼굴은 칩의 난방기 온기와 마찬가지로 평범한 삶이 계속되고 있다는 증거였다.

아래층 무도장의 텔레비전에서 단호한 리투아니아어 연설이 메아리쳤다. 지타나스는 칩이 전날 밤 떠났을 때와 똑같은 자세로 앉아 있었지만, 옷이 달라졌고, 잠이 든 듯했다.

잿빛 여명과 나무에 쌓인 눈과, 혼란과 붕괴의 희미한 느낌이 마치 대학의 가을 학기 말, 크리스마스 휴가 직전의 마지막 시험 날을 떠올리게 했다. 칩은 주방으로 가서 '바버라의 자연 분쇄 한 입 크기 시리얼'에 '비타소이 델리트 바닐라 두유'를 부었다. 그리고 최근 들어 즐기게 된, 끈적거리는 독일 유기농 블랙체리 주스를 마셨다. 인스턴트 커피 두 잔을 타서 무도장으로 가져갔다. 지타나스는 TV를 끄고 다시 손톱 냄새를 맡고 있었다.

칩은 무슨 뉴스냐고 물었다.

"조나스와 아이다리스를 제외한 모든 경호원이 달아났어. 폭스바겐과 라다를 타고 갔는데, 돌아오지 않을 것 같아."

"이렇게 보안이 잘되어 있는데 누가 감히 들어오겠어요?"

"스톰퍼만 남겨져 있는데, 그 차는 범죄를 부르는 자석과 같지."

"언제 그랬죠?"

"비트쿠나스 대통령이 군대에 비상 명령을 내린 직후였을 거야."

칩은 껄껄 웃었다. "그건 언제 그랬는데요?"

"오늘 아침에. 도시의 모든 것이 여전히 기능하고 있기는 해. 물론 트랜스발틱 와이어리스만 빼고."

거리의 군중이 불어나 있었다. 아마도 백 명은 될 법한 사람들의 높이 쳐든 휴대폰에서 요괴 같기도 하고 천사 같기도 한 소리가 집단으로 나오고 있었다. **통신 불가**를 알리는 목소리가.

"자네를 뉴욕으로 돌려보내야겠어. 여기 일이 어찌 될지 두고 보자고. 어쩌면 내가 갈 수도 있겠지만, 아마도 안 그럴 거야. 크리스마스에는 어머니를 뵈러 가야 해. 어쨌든 이제 자네는 해고야."

빌라의 외벽을 쿵쿵 울리는 소리가 들리는 가운데, 그는 칩에게 두툼한 갈색 봉투를 던졌다. 칩은 봉투를 놓쳤다. 돌멩이가 유리창을 깨더니 텔레비전 옆으로 튕겨 나갔다. 삼각뿔같이 생긴 돌멩이는 화강암 포석의 깨진 모퉁이였다. 그 모습에는 신선한 적대감과 희미한 당혹감이 어려 있었다.

지타나스가 유선전화로 '경찰'에 전화를 걸어 걱정스레 말했다. 조나스와 아이다리스 형제가 방아쇠에 손가락을 건 채 현관문으로 들어오자 크리스마스의 가문비나무 향기와 함께 차가운 바람이 뒤를 이었다. 형제는 지타나스의 사촌이었다. 아마도 그래서 다른 사람들과 떠나지 않았던 것이리라. 지타나스가 전화를 내려놓고 그들과 리투아니아어로 논의했다.

갈색 봉투에는 50달러와 100달러 지폐가 가득 들어 있었다.

칩은 꿈에서의 느낌이, 크리스마스가 시작되었다는 뒤늦은 깨달음이 햇살 속에서도 계속되었다. 젊은 인터넷 중독자들은 한 명도 보이지 않고, 지타나스는 그에게 선물을 주고, 눈이 가문비나무 가지에 엉겨 있고, 두툼한 코트 차림의 캐럴 합창단이 대문에 있고…….

"짐을 싸게. 조나스가 자네를 공항으로 데려다 줄 걸세." 지타나스가 말했다.

칩은 텅 빈 머리와 마음으로 위층에 올라갔다. 현관에서 총성이 울리고, 탄피가 챙강챙강 떨어지고, 조나스와 아이다리스가 (그의 희망 사항이었지만) 하늘에 대고 쏘고 있었다. 징글벨, 징글벨.

그는 가죽 바지와 가죽 코트를 입었다. 가방을 다시 싸자니 10월 초 가방을 풀던 순간이 떠오르며 시간이 완전히 되돌아가 중간의 12주가 오롯이 사라져버린 듯했다. 또다시 짐을 싸고 있다니.

무도장으로 돌아가자 지타나스는 코로 손가락 냄새를 맡으며 눈으로는 뉴스를 보고 있었다. 빅토르 리첸케프의 콧수염이 TV 화면에 오르내렸다. "뭐라는 거죠?"

지타나스는 어깨를 으쓱했다. "비트쿠나스가 정신이 나갔다는 둥 어쨌다는 둥. 비트쿠나스가 리투아니아 국민의 합법적 의지를 거스르기 위해 쿠데타를 시도하고 있다는 둥 어쨌다는 둥."

"저랑 같이 가요."

"어머니를 뵈어야 해. 다음 주에 전화하지."

칩은 친구에게 팔을 두르고 꼭 안았다. 지타나스가 불안 속에서 맡던 머릿기름 냄새가 풍겼다. 마치 자기 자신을 안고서 자기의 영장류 어깻죽지와 자기의 까칠한 울 스웨터를 만지는 듯했다. 또한 친구의 어둠을 느끼고는―정신이 딴 데 있는지 아예 닫혀버렸는지 그는 그곳에 없었다―칩 역시 공허감에 빠졌다.

조나스가 현관문 앞 자갈 진입로에서 경적을 울렸다.

"뉴욕에서 꼭 만나요." 칩이 말했다.

"그래, 아마도." 지타나스는 그에게 떨어져 텔레비전 쪽으로 돌아갔다.

여전히 남아 있던 몇몇이 열린 대문으로 질주하는 조나스와 칩에게 돌멩이를 던졌다. 차가 시내 남쪽으로 달려가자 으스스한 주유소와, 차량이 남긴 흉터로 얼룩진 갈색 건물들이 거리를 따라 늘어서 있었다. 이처럼 춥고 어두울 때면 가장 행복하고 자기답게 보이는 그런 건물들이었다. 조나스는 영어를 거의 못했지만 친절까지는 아니더라도 드넓은 인내심을 칩에게 보이며 백미러를 주시했다. 이날 아침 차량은 대단히 드물었다. 군벌 계층의 애마인 SUV는 이런 불안정한 시기에 불온한 관심을 끌 수 있었다.

작은 공항은 서구 언어를 말하는 젊은 사람들로 미어터졌다. 쾌드 시티즈 펀드가 리에투보스 아비알리니조스를 팔아버린 후 다른 항공사들이 노선 일부를 인수하긴 했지만 축소된 운항 스케줄로는(유럽 수도로 떠나는 비행기는 하루에 열네 대에 불과했다) 오늘과 같은 대규모 고객을 전부 감당할 수 없었다. 칩이 지타나스와 술집에 다니며 상당수 얼굴을 익힌 수백 명의 영국인, 독일인, 미국인 학생과 기업가가 핀에어와 루프트한자와 아에로플로트와 LOT 폴란드 항공의 예약 창구에 바글바글 모여 있었다.

용맹한 시내버스들이 새로운 외국인들을 싣고 속속 도착했다. 칩이 보기에는 창구 앞의 줄이 조금도 줄어들지 않았다. 그는 국제선 편수를 세어보고는 가장 많은 핀에어를 골랐다.

기나긴 핀에어 항공사의 줄 끝에는 나팔 청바지 등 60년대 복고풍으로 차려입은 미국 여대생 둘이 있었다. 여행 가방에 적힌 이름은 티파니와 셰릴이었다.

"예약을 했나요?" 칩이 물었다.

"내일 거로요. 하지만 분위기가 아무래도 험악해져서요." 티파니가 대꾸했다.

"줄이 줄어들고는 있나요?"

"모르겠어요. 겨우 10분 전에 왔거든요."

"10분 동안 줄지 않았나요?"

"창구 직원이 달랑 한 명이에요. 하지만 다른 곳에 핀에어 창구가 있을 것 같지 않고, 있다 해도 여기랑 마찬가지 아니겠어요."

당혹감에 빠진 칩은 택시를 타고 지타나스에게 돌아가고 싶은 마음을 다독였다.

셰릴이 티파니에게 말했다. "그래서 아빠 말이, 유럽에 갈 거면 집을 세주라지 뭐야. 그래서 내가 말했지, 홈경기 주말에 우리 집에서 제이슨과 지내도 된다고 애나한테 이미 약속했어요. 이제 와서 **취소**할 수 없어요. 안 그래요? 그런데 우리 아빠는 손익을 막 따지지 뭐야. 그래서 내가 말했지. 아빠, 그건 **내** 콘도예요. **나한테** 사주신 거잖아요. 괜히 낯선 사람을 집에 들여 스토브 위에 **튀김 기름**이나 처바르고 내 침대에서 잠들게 하지는 않겠어요."

티파니가 말했다. "아유, 끔찍해."

셰릴이 말했다. "게다가 내 베개를 쓸 거 아냐?"

비(非)리투아니아 사람 둘이 칩 뒤에 합류했다. 벨기에인이었다. 칩은 더 이상 줄 끝이 아니라는 사실만으로도 안심이 되었다. 칩은 벨기에인에게 가방과 자리를 봐달라고 프랑스어로 부탁했다. 그리고 화장실로 가서 칸에 들어가 지타나스에게 받은 돈을 헤아렸다.

2만 9250달러였다.

좀 당황스러웠다. 또한 두려웠다.

화장실 스피커에서 방송이 나왔다. 리투아니아어와 러시아어에 이어 영어로, 바르샤바발 LOT 폴란드 항공 331편이 취소되었다고 했다.

칩은 2천 달러를 티셔츠 주머니에 넣고, 2천 달러를 왼쪽 부츠에 넣고, 나머지는 봉투에 다시 담아 티셔츠 안쪽 배 위에 숨겼다. 지타나스가 돈을 주지 않았더라면 좋았을 텐데 싶었다. 돈이 없다면 빌뉴스에 머물 좋은 이유가 될 테니. 이제 그럴싸한 이유가 없기에, 지난 12주 동안 숨겨져 있던 단순한 사실이 똥오줌 범벅의 화장실에서 적나라하게 드러났다. 그가 고향에 가기를 두려워한다는 사실이.

지금의 칩처럼 자기 자신의 비겁함을 분명하게 보는 것을 그 누가 좋아하겠는가. 칩은 돈에 화가 났고, 그 돈을 준 지타나스에게 화가 났고, 무너져가는 리투아니아에 화가 났지만, 집에 돌아가기를 두려워한다는 사실은 여전했고, 이는 그 누구도 아닌 그 자신의 잘못이었다.

핀에어 항공의 창구로 돌아가니 줄은 그대로였다. 공항 스피커는 헬싱키발 1048편이 취소되었다고 발표하고 있었다. 단체로 탄식이 터져 나오더니 사람들이 앞으로 밀려들어 앞줄이 삼각주인 양 창구에 눌렸다.

셰릴과 티파니가 가방을 앞으로 걷어찼다. 칩 역시 가방을 앞으로 걷어찼다. 세상으로 돌아가는 듯한 느낌이 싫었다. 회피 불가능과 심각함의 빛이, 마치 병원 불빛 같은 빛이 여대생들과 가방과 유니폼 차림의 핀에어 직원에게 떨어졌다. 칩은 숨을 곳이 없었다. 주위 모든 사람들이 소설을 읽고 있었다. 그는 적어도 1년간 소설을 읽지 않았다. 이는 세인트주드의 크리스마스에 대한 전망만큼이나 그를 겁에 질리게 했다. 밖으로 나가 택시를 부르고 싶었지만 지타나스가 이미 도시를 빠져나갔을 것 같았다.

그는 2시까지 강렬한 빛 속에 서 있었고, 이윽고 세인트주드에서는 이른 아침일 2시 30분이 되었다. 벨기에인들에게 다시 가방을 맡긴 그는 다른 줄에서 기다린 뒤 신용카드로 전화를 걸었다.

이니드가 낮고 불분명하게 말했다. "여보세요?"

"엄마, 나예요."

그녀의 목소리가 즉각 높고 요란해졌다. "칩? 아, 칩! 여보, 칩이에요! 칩이라고요! 칩, 어디니?"

"빌뉴스의 공항이에요. 집에 가려고요."

"와, 잘됐어! 잘됐어! 잘됐어! 언제 도착하니?"

"아직 표를 못 끊었어요. 여기가 온통 엉망진창이거든요. 하지만 내일 오후쯤엔 도착할 거예요. 늦어도 수요일에는 볼 수 있고요."

"잘됐구나!"

그는 어머니의 이토록 기쁜 목소리를 들을 줄은 전혀 몰랐다. 그가 다른 사람에게 기쁨을 줄 수 있다는 것을 한때는 알았다 해도 오랫동안 잊고 지냈던 것이다. 그는 안정된 목소리로 짧게 말하기 위해 주의했다. 여기보다 좋은 공항에 도착하는 대로 다시 전화하겠다고 했다.

"정말 멋진 소식이야. 너무 행복하구나!" 이니드가 말했다.

"좋아요, 그럼 곧 봬어요."

이미 위대한 발트해의 겨울밤이 북쪽에서부터 밀려들고 있었다. 핀에어 항공의 앞줄에서 온 전문가들이 당일 좌석이 매진되었으며, 게다가 그나마 있는 비행기 중 적어도 한 대가 취소될 것 같다고 했지만, 칩은 이삼백 달러를 슬쩍 보이면 lithuania.com에서 풍자했던 그런 '자리 뺏기 특권'을 확보할 수 있지 않을까 희망했다. 그것도 안되면 다른 사람의 표를 거액을 주고 사면 될 터였다.

셰릴이 말했다.

"아, 세상에, 티파니, 스테어마스터를 하면 **엉덩이가 끝내주게 예뻐져.**"

티파니가 말했다. "엉덩이를 내밀기만 하면 말야."

셰릴이 말했다. "누구나 다 엉덩이를 내밀어. 어쩔 수 없잖아. 다리가 피곤하니."

티파니가 말했다. "쯧쯧! 스테어마스터잖아! **당연히** 다리가 피곤하지."

창밖을 내다보던 셰릴은 대학생 특유의 시건방진 어조가 가신 채로 물었다. "실례합니다만, 저기 활주로 한가운데에서 **탱크**가 뭐 하는 거죠?"

1분 후 불이 꺼지고, 전화가 먹통이 되었다.

마지막 크리스마스

스웨스트 미지아

지하실 탁구대 동쪽의 메이커스 마크 위스키 상자에서 앨프리드는 크리스마스 전등을 꺼내고 있었다. 처방 약과 관장 도구는 이미 탁구대에 갖다 놓았다. 이니드가 순록 모양을 추구하다 테리어 비슷하게 만들어버린 갓 구운 설탕 쿠키 하나도. 예전에 정원의 주목 나무에 걸렸던 커다란 색 전등은 롱 캐빈 시럽 상자에 들어 있었다. 지퍼로 잠긴 캔버스 가방에는 펌프 연사식 산탄총과 20번 총알 한 상자가 들어있었다. 그는 정신이 맑을 때가 드물었고, 그나마 맑을 때도 그 총을 쏠 의지가 별로 없었다.

늦은 오후 그림자 가득한 빛이 창문이라는 우물에 붙잡혀 있었다. 보일러가 종종 돌아갔지만 집에서는 열기가 빠져나갔다. 앨프리드가 통나무나 의자라도 되는 듯이, 그가 걸친 붉은 스웨터가 비스듬히 접히고 불룩해져 있었다. 회색 모직 바지는 얼룩투성이였지만 견디는 수밖에 없었다. 그 외에 다른 방법은 정신이 흐려지는 것뿐이었는데, 그는 그럴 준비가 되어 있지 않았다.

메이커스 마크 상자의 맨 위에는 너무 길어서, 길쭉한 판지에 더부룩이 감아놓은 하얀 크리스마스 전등이 자리했다. 전등 뭉치에서 베란다 아래 창고의 흰곰팡이 냄새가 풍겼다. 플러그를 꽂으니 일부의 상태가 좋지 않다는 것이 바로 보였다. 전구 대부분이 환하게 빛났지만, 꾸러미 가운데 근처의 안쪽 등은 불이 들어오지 않는 암흑 상태였다. 그는 손의 방향을 바꾸어가며 전등 꾸러미를 풀어 탁구대에 펼쳐놓았다. 긴 전깃줄 끝에 죽은 전등이 보기 흉하게 늘어서 있었다.

앨프리드는 현대성이 지금 그에게 무엇을 기대하는지 이해했다. 현대성은 그가 대형 할인점으로 차를 몰고 가 새 크리스마스 전등을 사기를 기대하고 있었다. 하지만 할인점은 이 시기에 사람들로 미어터지니 20분은 줄을 서야 할 터였다. 기다리는 것은 괜찮지만 그가 차를 몰게 이니드가 내버려둘 리 없는 데다 기다리는 것을 질색했다. 그녀는 위층에서 막바지 단계에 이른 크리스마스 준비를 하느라 자기 자신을 몰아붙이고 있었다.

지하실에서 눈에 띄지 않게 할 일을 하는 편이 훨씬 낫다고 앨프리드는 생각했다. 90퍼센트는 멀쩡한 장식등을 버리는 것은 그의 균형 감각이나 경제 감각에 반하는 짓이었다. 그는 개인주의 시대의 개인이었고, 장식등도 그와 같은 개인주의적 존재였다. 이것이 아무리 싸다 해도 내버리는 것은 그 가치를 부인하는 짓이고, 크게 보면 일반적 개인의 가치를 부인하는 짓이었다. 쓰레기가 아닌 물체를 고의로 쓰레기로 분류하다니.

현대성은 그러한 분류를 기대했고, 앨프리드는 이를 거부했다.

불행히도 그는 전구 고치는 법을 몰랐다. 전구 열다섯 알에 왜 불이 안 들어오는지 알 수 없었다. 변환기를 살펴보았지만 멀쩡한 이웃 전구와 불이 나간 전구 사이에 아무 차이도 없었다. 이리저리 배배 꼬인 선들 사이에서 핵심적인 세 회로를 찾아낼 수 없었다. 쓸데없이 복잡한 그 무엇인가를 보는 듯했다.

옛 시절의 크리스마스 전등은 전깃줄이 짧은 데다 연달아 연결되어 있었다. 하나의 전구가 고장 나거나 소켓에서 헐거워지면 회로도에 문제가 생겨 전체 전구에 불이 나갔다. 개리와 칩이 크리스마스 시즌에 하는 의식 중 하나가 불이 켜지지 않는 장식등에서 작은 황동 베이스가 달린 전구를 하나하나 단단히 조인 뒤, 그래도 작동하지 않으면 전구 하나하나를 차례로 바꾸어 고장 난 것을 찾아내는 일이었다. (장식등에 다시 불이 들어올 때 아이들이 얼마나 기뻐했던가!) 데니즈가 그 일을 거들 만큼 나이가 들자 기술이 발전했다. 평행 배선이 되고, 전구는 플라스틱 베이스 덕에 쉽게 끼워졌다. 전구 한 알이 나가도 나머지 전구에 영향을 주지 않았고, 즉각적 대체를 즉각적으로 요구하기만 하여…….

앨프리드의 두 손이 거품기 머리처럼 손목 위에서 빙빙 돌아가고 있었다. 그는 최선을 다해 전선을 따라 손가락으로 더듬고, 꼭 쥐고, 비틀었다. 불이 나간 전구가 재점화되었다! 장식등이 완전해진 것이다!

대체 뭘 했기에?

그는 장식등을 탁구대에 가만히 놓았다. 문제였던 부분이 거의 즉각 다시 꺼졌다. 그는 전선을 움켜쥐고 더듬어 다시 살려내려고 했지만 이번에는 운이 없었다.

(산탄총 총구를 입에 대고 스위치를 향해 손을 뻗었다.)

그는 칙칙한 올리브 빛깔의 전선을 다시 점검했다. 지금 극도의 고통 속에서도 연필과 종이를 가지고 앉아 고민하기만 하면 전기 회로망의 기초 법칙을 파악해낼 수 있을 듯했다. 그러한 자신의 능력을 일순 확신했지만, 병행 회로의 비밀을 푸는 것은 말하자면, 할인점에 차를 몰고 가 줄을 서는 것보다 훨씬 더 거대한 임무였다. 정신노동은 기초 법칙의 귀납적 재발견을 요구했고, 이는 그 자신의 뇌 회로망을 재정비하는 것을 요구했다. 생각만 해보아도 참으로 어마어마한 작업이었다. 지하실에 산탄총과 설탕 쿠키와 커다란 푸른 의자를 갖고 있는, 건망증 심한 노인 혼자서 전기의 특성을 모조리 이해해야 할 만큼 복잡한 유기적 전기 회로망을 즉흥적으로 재생시키다니. 하지만 엔트로피의 전환은 설탕 쿠키 하나가 그에게 줄 수 있는 것보다 훨씬 많은 에너지를 필요로 할 터였다. 설탕 쿠키 한 상자를 한 번에 먹는다면 병행 회로를 다시 배워 이 지긋지긋한 전구의 배배 꼬인 기이한 세 전선을 이해할 수 있을 터였다. 하지만 오호통재라, 너무도 피곤했다.

전깃줄을 흔들자 불이 나간 전구가 다시 켜졌다. 흔들고 또 흔들었지만 불이 나가지 않았다. 전깃줄을 다시 감아 그럭저럭 꾸러미를 만들자 안쪽이 도로 캄캄해졌다. 200개의 전구가 환하게 타올랐지만, 현대성은 그에게 모조리 버릴 것을 고집했다.

왠지, 어떤 면에서, 이러한 새 기술은 어리석거나 게으른 것이 아닐까 싶었다. 젊은 엔지니어가 지름길을 택했다가 이와 같은 문제점을 예상 못 한 것이다. 하지만 그는 이 기술을 이해하지 못했기에 실패의 원인을 분석하거나 바로잡을 방법이 없었다.

그래서 망할 전구는 그를 희생자로 만들었다. 나가서 **돈을 쓰는** 것

외에는 망할 다른 방법이 없었다.

고장 난 물건을 직접 고치고자 하는 의지와, 각 물건에 대한 존경심을 갖고 있는 소년이었다고 해도 결국에 그의 내적 하드웨어의 일부는(이러한 의지와 존경심 같은 정신 하드웨어를 포함해) 쇠퇴하게 되고, 그 결과 나머지 부분은 여전히 잘 기능한다 해도 인간 기계 전체를 폐기해야 한다는 논쟁이 벌어질 수도 있었다.

이는 그가 피곤하다는 다른 표현이었다.

그는 설탕 쿠키를 입에 집어넣었다. 조심스레 씹고 삼켰다. 나이 든다는 것은 지옥이었다.

다행히 메이커스 마크 상자에는 수천 개의 다른 전구가 있었다. 앨프리드는 꾸러미의 플러그를 체계적으로 하나하나 꽂아보았다. 짧은 세 개는 제대로 작동했지만, 나머지는 까닭 없이 불이 들어오지 않거나 너무 오래되어 불빛이 희미하고 노랬다. 짧은 세 줄의 장식등으로는 나무 전체를 감쌀 수 없었다.

상자 아래에 주의 깊게 라벨을 붙인 교체용 전구 꾸러미들이 있었다. 고장 난 부분을 잘라 다시 이어 붙인 전깃줄도 여럿 있었다. 깨진 소켓을 납땜해 붙인 오래된 연속 회로 장식등도 있었다. 그처럼 많은 책임을 진 와중에 이런 것까지 수리할 시간이 있었다니, 그는 놀라워하며 회상했다.

아, 수리에 대한 신화와 어린애 같은 낙관주의란! 물체가 절대 닳아버리지 않을지도 모른다는 희망. 미래의 어느 날까지도 그가 살아남아 수리를 할 충분한 기운이 있으리라는 어리석은 믿음. 근검절약과 자원 보호의 열정이 나중에 빛을 볼 것이라는 조용한 확신. 어느 날 눈을 떠보면, 보관해둔 모든 물건을 수리하고 유지 보수할 무한한 시간과 기운을 가진 완전히 새 사람으로 변해 있으리라고 생각했다니.

"저 망할 것들을 전부 내버려야 해." 그는 큰 소리로 말했다.

손이 떨렸다. 언제나 떨렸다.

그는 산탄총을 들고 작업실로 가서 실험대에 기대 세웠다.

문제는 해결할 수 없는 것이었다. 무척 차가운 바닷물에 빠진 그의 폐는 반쯤 차 있고, 묵직한 다리는 경련하고, 어깨 하나가 꿈적도 않는 상태에서 그가 할 수 있는 일이라고는 아무것도 안 하는 것이었다. 그냥 빠져 죽자. 하지만 그의 발이 휙휙 움직였다. 반사작용이었다. 깊은 바다가 싫었기에 발이 움직였고, 저 위에서 오렌지색 구명 장비들이 비처럼 쏟아졌다. 파도와 저층 역류의 ─ **군나르 미르달**이 지나가며 남긴 항적이었다 ─ 참으로 심각한 결합에 마구 휘둘리는 와중에도 그는 구명 장비 하나에 성한 팔을 끼웠다. 이제 그가 할 일이라고는 그냥 두고 보는 것이었다. 심지어 북대서양에서 거의 익사할 지경이긴 해도 **저세상**에는 그 어떤 물건도 없을 터였다. 그가 팔을 끼운 이 가엾은 오렌지색 구명 장비는 근본적으로 불가해하며 포기라고는 모르는, 직물로 뒤덮인 발포 고무 덩어리였지만, 그가 향하고 있는 물건 없는 저승에서는 **신**이 될 터였다. 무존재의 우주에서 **위대한 나**가 되는 것이다. 몇 분간 오렌지색 구명 장비는 그가 가진 유일한 물건이었다. 그것은 그의 마지막 물건이었고, 따라서 본능적으로 그는 그것을 사랑했고, 단단히 당겼다.

이윽고 사람들이 그를 물에서 끌어내 물기를 닦아내고 옷을 덮어주었다. 그를 마치 아이처럼 대했고, 그는 생존의 지혜를 재고했다.

한쪽 눈이 보이지 않고, 한쪽 어깨가 움직이지 않고, 몇 가지 사소한 상처 외에 그에게는 아무 문제도 없었다. 하지만 사람들은 그가 바보 천치이고 정신이상자라는 듯 그에게 말했다. 그들의 거짓 배려와 얇은 베일을 쓴 경멸 속에서 그는 자신이 물속에서 선택한 미래를 보았다. 양로원이라는 미래에 그는 흐느꼈다. 그냥 빠져 죽었어야 했다.

그는 작업실 문을 닫고 걸어 잠갔다. 한마디로 핵심은 사생활이었다. 그렇지 않은가? 사생활 없는 개인은 아무 의미가 없었다. 그리고 양로원에서는 전혀 사생활을 누릴 수 없을 터였다. 헬기에 탔던 사람들처럼 그를 홀로 두지 않을 터였다.

그는 바지를 벗고 속옷 안에 접어둔 넝마를 꺼낸 뒤 유반 커피 통에 오줌을 누었다.

은퇴하기 1년 전 산탄총을 샀더랬다. 은퇴로 인해 극적 변화가 일어나리라 상상했다. 사냥과 낚시를 즐기고, 새벽에 작은 보트를 타고 캔자스와 네브래스카를 여행하고, 혼자서 우스꽝스럽고 별난 유희의 시간을 보내리라 상상했다.

총은 벨벳처럼 부드럽고 매혹적이었지만, 구입 직후 그가 점심을 먹고 있는데 찌르레기 한 마리가 부엌 유리창에 부딪혀 목이 부러졌다. 그는 점심을 마저 먹을 수 없었고, 결코 총을 쏠 수 없었다.

인류는 다른 종을 몰살하고, 대기를 온난화하고, 인간과 닮은 것들을 전반적으로 파괴할 기회와 지구를 지배할 권리를 가졌지만, 그 대가를 지불해야 했다. 유한하고 구체적인 동물의 몸을 지녔으면서 무한을 인식하고 스스로 무한하기를 바라는 뇌를 가지고 있는 것이다.

하지만 죽음이 유한성의 집행자이기를 멈추고, 극단적 변화의 마지막 기회이자 무한성으로 들어가는 유일한 논리적 입구처럼 보이게 되는 시기가 왔다.

피와 뼈 조각과 회백질의 바다에서 유한한 시체처럼 보이는 것은—다른 사람들 눈에 비친 그의 모습이다—너무나 큰 사생활 침해라 그 자신보다도 더 오래 남을 듯했다.

또한 아플까 봐 두려웠다.

게다가 여전히 답을 찾고자 하는 대단히 중요한 질문이 있었다. 자식들이 올 터였다. 개리와 데니즈와, 어쩌면 지적인 아들인 칩까지. 칩이라면 그 대단히 중요한 질문에 답을 줄 수도 있었다.

그리고 그 질문은.

그 질문은.

군나르 미르달이 경고용 경적을 울리며 반동추진 엔진으로 방향을 바꾸느라 요동치고, 실비아 로스가 사람들로 북적대는 삐삐 롱스타킹 무도회장에서 그녀를 잡아끌며 "이분이 바로 그 사람 부인이에요. 비켜주세요!"라고 외쳐도 이니드는 전혀, 티끌만큼도 부끄럽지 않았다. 셔플보드 갑판에서 무릎 꿇고 앉아 앙증맞은 외과용 가위로 남편의 젖은 옷을 잘라내고 있는 닥터 히바드를 다시 마주쳐도 이니드는 조금도 당혹스럽지 않았다. 심지어 그녀가 앨프리드의 짐을 싸는 것을 돕던 크루즈 부디렉터가 얼음통에서 노랗게 변한 기저귀를 발견했을 때도, 앨프리드가 육지에서 간호사와 잡역부에게 욕을 퍼부었을 때도, 앨프리드의 병실 TV에서 켈리 위더스를 보고는 위더스의 처형 전날 실비아에게 위로의 말 한마디도 하지 않았다는 것을 깨달았을 때도 그녀는 전혀 부끄럽지 않았다.

그렇게 유쾌한 기분으로 세인트주드로 돌아온 그녀는 개리에게 전화해 앨프리드의 공증받은 특허권 매매계약서를 액슨 주식회사에 보내는 대신 세탁실에 숨겨두었다고 고백했다. 5천 달러가 아마도 적정가인 것 같다는 실망스러운 소식을 개리가 전하자 그녀는 지하실로 가서 공증받은 계약서를 찾으려 했지만 어디에 숨겼는지 알 수 없었다. 기묘하게 태연한 태도로 스벤크스빌의 액슨에 전화를 걸어 계약서를 다시 보내달라고 부탁했다. 새 계약서를 내밀자 어리둥절해하는 앨프리드에게 그녀는 손을 저으며 배달 중 분실 사고가 일어나게 마련이라고 말했다. 데이브 슈퍼트는 다시 공증을 해주었고, 그녀는 기분이 꽤 좋았다. 그러다 아슬란이 떨어지자 수치심에 거의 죽을 것만 같았다.

그녀의 수치심은 끔찍하고 절망스러웠다. 천 명의 행복한 여행자들이 **군나르 미르달**에서 이니드와 앨프리드가 얼마나 괴짜인지 목격한 지 1주일도 채 안 되었다는 사실이 이제야 중요하게 여겨졌다. 배에 있는 모든 사람은 역사적인 가스페반도 도착이 연기되고, 아름다운 보나벤처섬 방문이 취소된 까닭을 명백히 알고 있었다. 그것은 끔찍한 레인코트를 입은 중풍 걸린 남자가 아무도 가서는 안 되는 곳에 갔기 때문이었고, 이기적이게도 그의 마누라라는 여자는 재미난 투자 강연을 듣고 있었기 때문이었고, 게다가 그 여자가 미국의 그 어느 의사도 합법적으로 처방하지 않을 나쁜 약을 먹었기 때문이었고, 그 여자가 신을 믿지 않고 법을 존중하지 않기 때문이었고, 그 여자가 말도 할 수 없이 끔찍하게 다른 사람들과 **다르기** 때문이었다.

밤이면 밤마다 그녀는 깬 채로 누워 수치심에 고통받으며 황금빛 알약을 떠올렸다. 그 알약을 향한 욕망이 부끄러웠지만, 오직 그것만이 안식을 가져다주리라는 것은 분명했다.

11월 초 그녀는 두 달마다 하는 신경계 검사를 위해 앨프리드를 우즈 의학 단지 주식회사로 데려갔다. 액슨의 코렉탈 2단계 임상 실험에 앨프리드를 등록한 데니즈가 이니드에게 혹시 아버지가 "정신 이상"처럼 보이냐고 여러 번 물었더랬다. 닥터 헤지퍼스와 개인 면담 중 이니드가 그 질문을 하자, 의사는 앨프리드의 주기적 혼란이 초기 알츠하이머나 루이소체 치매로 보인다고 했다. 그 대목에서 이니드는 의사의 말을 자르고는, 앨프리드의 도파민 촉진제가 "환영"을 일으키는 것 아니냐고 물었다. 헤지퍼스는 그렇지 않다고 부인할 수 없었다. 치매 여부를 확인하는 유일한 확실한 방법은 앨프리드를 열흘 간 병원에 입원시켜 "약의 휴가"를 보내게 하는 것뿐이라고 말했다.

수치심에 휩싸인 이니드는 이제 병원을 무조건 신뢰하기가 조심스럽다는 말을 헤지퍼스에게 하지 않았다. 캐나다 병원에서 앨프리드가 발작을 일으켜 분노와 몸부림과 욕설이 들끓었고, 스티로폼 물병과 바퀴 달린 링겔대가 뒤집혔다는 말 역시 하지 않았다. 다시 그런 곳에 가두느니 차라리 쏴 죽여달라고 앨프리드가 부탁했다는 말역시 하지 않았다.

헤지퍼스가 힘들지 않냐고 물었을 때도 그녀는 별것 아닌 아슬란 문제를 말하지 않았다. 헤지퍼스가 그녀를 의지박약하고 무모한 약물중독자로 여길까 두려워 아슬란 대신 '수면제'를 달라는 말조차 하지 않았다. 하지만 잘 자지 못한다는 말은 했다. 사실상 강조해서 말했다. **전혀 자지를 못해요.** 하지만 헤지퍼스는 그저 침대를 바꾸어보라고 권했다. 그리고 타이레놀 PM을 추천했다.

드렁드렁 코를 골아대는 남편 옆에서 암흑 속에 누워 있다 보면, 다른 수많은 나라에서는 합법적으로 살 수 있는 약이 유독 미국에서만 불법이라니 너무나 부당하다는 생각이 들었다. 그녀의 많은 친구들이 헤지퍼스가 처방해주지 않는 종류의 '수면제'를 복용하는 것 역시 너무나 부당했다. 헤지퍼스는 얼마나 잔인할 만큼 양심적인가! 물론 다른 의사에게 가서 '수면제'를 처방해달라고 부탁할 수도 있었지만, 그 다른 의사는 왜 주치의가 그 약을 처방하지 않았는지 의아해할 것이 분명했다.

베아와 척 마이스너가 6주 동안 오스트리아에서 온 가족이 모여 즐거운 시간을 보내기 위해 출발했을 때 이니드의 상황은 바로 이와 같았다. 마이스너가 떠나기 전날 이니드는 딥마이어에서 베아와 점심을 먹던 중 빈에 가면 자기 부탁을 하나 들어달라고 했다. 비어버린 '크루즈용' 아슬란 샘플 약 팩에서 정보를 베낀 뒤**(순수 구연산염 88%, 3-메틸-순수 염화물 12%) 미국에서는 아직 구입할 수 없어서 6개월 치가 필요해**라고 주석을 단 종이를 베아의 손에 꼭 쥐여주었다.

"혹시 너무 폐가 되면 굳이 살 것 없어. 하지만 사위한테 처방전을 써달라고 하면 내 주치의가 외국을 통해 구입하는 것보다 훨씬 쉬울 거야. 어쨌든, 내가 가장 좋아하는 나라에서 멋진 시간을 보내길 빌어!"

이니드는 그런 부끄러운 부탁을 베아 말고 다른 사람에게는 할 수 없었다. 그나마 베아에게 그럴 수 있었던 것은 (a) 베아가 살짝 멍청하고, (b) 베아의 남편이 옛날옛날에 부끄럽게도 내부 정보를 이용해 이리 벨트 주식을 구입한 적이 있고, (c) 앨프리드가 그런 내부 정보를 알려준 데 대해 척이 적절히 감사해하거나 보상하지 않았다고 이니드가 느꼈기 때문이었다.

하지만 마이스너 부부가 비행기에 오르자마자 이니드의 수치심은 묘하게도 줄어들었다. 마치 사악한 주문이 깨어진 양 잘 자게 되었고, 그 약에 대해 덜 생각하게 되었다. 베아에게 부탁한 일에 대해서는 선택적 망각이라는 그녀의 능력을 발휘했다. 다시 자기 자신이 된 듯했다. 다시 말해, 낙천주의가 되돌아왔다.

그녀는 1월 15일 자 필라델피아행 비행기 티켓 두 장을 끊었다. 친구들에게는 액슨 주식회사가 코렉탈이라는 새롭고도 흥미로운 두뇌 치료법을 임상 실험 중인데, 앨프리드가 액슨에 특허권을 판 덕분에 실험에 참가할 수 있게 되었다고 말했다. 데니즈가 입안의 혀같이 예쁘게 굴면서 임상 실험 내내 자기 집에서 같이 지내자고 했다고 말했다. 아니, 코렉탈은 완하제가 아니고, 파킨슨병의 새로운 혁명적 치료법이라고 말했다. 그래, 이름이 헷갈리긴 하지만 완하제가 아니라고 말했다.

그녀가 데니즈에게 말했다. "주치의 말에 따르면 아버지가 **십중팔구 약물로 인한** 약한 환각 증세를 보인다고 액슨에 말해두렴. 코렉탈 덕분에 상태가 좋아지면 약을 끊는 거야. 그럼 환각도 사라지겠지."

그녀는 명절에 손자 조나가 온다고 친구만이 아니라 세인트주드의 아는 모든 사람에게 말했다. 정육점 주인, 주식중개인, 우편배달부. 개리와 조나가 사흘만 머물다 크리스마스 정오에 떠난다니 그녀로서는 당연히 실망했지만, 그만큼 사흘 동안 알차게 즐거움을 누리면 되었다. 크리스마스랜드 조명 쇼와 〈호두까기 인형〉 표를 끊었다. 가지 치기와 썰매와 캐롤과 크리스마스이브 미사 역시 예약했다. 20년이나 쓰지 않은 쿠키 요리법들을 뒤져 찾아냈다. 에그노그도 잔뜩 사두었다.

크리스마스를 앞둔 일요일에 그녀는 새벽 3시 5분에 잠에서 깨어 생각했다. **36시간.** 네 시간 후 그녀는 자리에서 일어나며 생각했다. **32시간.** 그날 늦게 데일과 허니 드리블릿의 집에서 열리는 크리스마스 파티에 가서 남편을 커비 루트 옆에 안전하게 앉히고는, 가장 아끼는 손자가 세인트주드에서의 크리스마스를 **1년 내내 고대하더니** 드디어 내일 오후 도착할 거라고 모든 이웃들에게 말하러 다녔다. 드리블릿의 지하 화장실에서 앨프리드를 찾아내자 그녀는 그가 늘 겪는 변비 문제를 가지고 느닷없이 논쟁을 벌였다. 그리고 그를 집으로 데려가 침대에 누인 뒤 기억 속에서 그 논쟁을 지우고는 식당에 앉아 크리스마스 카드 수십 장을 또 해치웠다.

배달된 카드를 담아놓은 고리버들 바구니는 노마 그린 같은 옛 친구와 실비아 로스 같은 새 친구가 보낸 카드로 이미 10센티미터는 쌓여 있었다. 점점 더 많은 사람들이 팩스나 워드프로세서를 이용해 크리스마스 인사말을 했지만, 이니드는 둘 다 없었다. 설령 늦어진다 해도 100개의 인사를 손으로 쓰고, 거의 200개의 주소를 봉투에 손으로 쓰기로 다짐했다. 표준형 2문단 인사와 충실형 4문단 인사 외에도 압축형 1문단 인사가 있었다.

크루즈에서 뉴잉글랜드의 가을 빛깔과 캐나다의 해안을 보며 너무나 즐거웠어. 앨은 세인트로렌스 바다에서 예상치 못한 '수영'을 했지만, 지금은 아주 '말끔한' 기분이야! 데니즈는 필라델피아에 최고급 레스토랑을 열었어. 〈뉴욕타임스〉에도 실렸지. 칩은 뉴욕의 로펌에서 계속 일하면서 동유럽 투자를 하고 있어. 우리의 '조숙한' 막내 손자 조나가 개리와 함께 방문해서 즐거운 시간을 보냈어. 크리스마스에는 세인트주드에 온 가족이 모이기를 빌고 있어. 그러면 **천국** 같은 시간이 될 텐데! 사랑을 보내며.

10시가 되어 글을 쓰던 손이 경련하듯 떨리는데 필라델피아에서 개리의 전화가 왔다.

"열일곱 시간 후 너희 둘을 볼 생각을 하니 정말 좋구나!" 이니드는 전화기에 대고 노래했다.

"나쁜 소식이 있어요. 조나가 토하고 열이 나요. 아무래도 그 애가 비행기에 타기는 무리 같아요." 개리가 말했다.

실망의 낙타가 상황을 이해하고자 하는 이니드의 의지라는 바늘구멍 앞에서 멈칫거렸다.

"내일 아침 상태를 보고 이야기하자꾸나. 아이들은 24시간이면 낫기 마련이니 조나도 괜찮을 거야. 좀 안 좋다 해도 비행기에서 쉬면 되고. 그리고 일찍 잠자리에 든 뒤 화요일에 늦게까지 자면 돼!"

"어머니."

"심하게 아프다면야 할 수 없지만 말야. 하지만 열이 내리면……."

"진심이에요. 우리 모두 실망하고 있어요. 특히 조나가요."

"벌써부터 결정할 것 없어. 내일은 완전히 새로운 날이니."

"아무래도 나 혼자만 갈 것 같아요."

"글쎄, 개리, 내일 아침에는 완전히 다를 수 있어. 우선은 시간을 두고 보자꾸나. 그러고는 깜짝 소식을 알려줘. 분명 모두 잘될 거야!"

기쁨과 기적의 계절인 만큼 이니드는 희망에 가득 차 침대에 들었다.

다음 날 새벽에 **고마운** 전화벨 소리에 잠이 깼다. 칩의 목소리가 들리더니 48시간 이내에 리투아니아에서 고향으로 돌아와 가족과 함께 크리스마스이브를 보낼 것이라고 했다. 아래층으로 가 현관문에 걸린 재림절 달력에 새 장식을 꽂으며 그녀는 콧노래를 불렀다.

기억도 못 할 만큼 오랜 옛날부터 교회의 화요일 여성회는 재림절 달력을 만들어 기금을 모았다. 이니드가 부리나케 알려주겠지만, 이 달력은 5달러면 살 수 있는, 비닐 포장된 싸구려 판지 구멍 달력이 아니었다. 손으로 아름답게 꿰매어 만들었고, 재사용도 가능했다. 초록색 펠트 크리스마스트리가 꿰매어진 사각의 표백 캔버스 천 위쪽에는 12까지의 숫자가 적힌 주머니가, 아래쪽에는 나머지 24까지의 숫자가 적힌 주머니가 주르르 늘어서 있었다. 재림절 아침마다 아이들은 주머니에서 장식을 꺼내―펠트와 스팽글로 된 자그마한 흔들 목마 혹은 노란색 펠트 멧비둘기 혹은 스팽글로 덮인 장난감 병정―크리스마스트리에 꽂았다. 자식이 다 장성한 지금도 이니드는 11월 30일마다 장식을 이리저리 섞어 주머니에 넣었다. 단, 스물네 번째 주머니의 장식만은 매년 똑같았다. 금색 스프레이로 칠한 호두 껍데기에 든 자그마한 플라스틱 아기 예수. 종교적 열정과는 상당히 거리가 먼 그녀였지만 이 장식에 대해서만큼은 독실했다. 그녀에게 이것은 그저 주님의 상징이 아니라 그녀의 세 아기와 달콤한 향기를 풍기는 이 세상 모든 아기의 상징이었다. 30년째 스물네 번째 주머니를 채워본 만큼 그 안에 무엇이 들어 있는지 너무나 잘 알지만, 그럼에도 장식을 꺼낼 생각을 하면 여전히 기대감에 숨이 멎었다.

"칩이 온다니 정말 멋진 소식이에요. 안 그래요?" 그녀는 아침을 먹으며 앨프리드에게 물었다.

앨프리드는 햄스터처럼 달아나는 올브랜 시리얼을 떠먹고, 뜨거운 우유와 물을 마셨다. 그의 표정은 비참함의 소실점을 향한 원근법적 퇴행 같았다.

이니드는 다시 말했다. "칩이 **내일** 여기 온대요. 정말 멋진 소식이죠? 당신도 기쁘죠?"

앨프리드는 바르르 떨어대는 숟가락 위의 질척한 올브랜 알갱이와 상담했다.

"글쎄, 온다면야."

"내일 오후에는 여기 있을 거라고 했어요. 너무 피곤하지 않으면 우리랑 같이 〈호두까기 인형〉을 보러 갈 수도 있을 거예요. 티켓을 여섯 장 사두었거든요."

"나는 회의적이야."

앨프리드의 말은 사실상 그녀의 질문에 대한 것이었다는 점에―그의 눈에 비친 무한성에도 불구하고 그는 유한한 대화에 참여하고 있었다―그의 얼굴이 찡그려졌다.

이니드는 호두 껍데기 속 아기 예수를 달력에 걸듯 마음속 희망을 코렉탈에 걸었다. 앨프리드가 정신이 너무 흐려 임상 실험에 참가

할 수 없게 될 경우 어떻게 해야 할지 전혀 몰랐다. 따라서 그녀의 삶은 친구들의 삶과, 특히 투자 관리에 '중독'된 척 마이스너와 조 퍼슨의 삶과 묘하게 닮아 있었다. 베아에 따르면, 척은 불안 때문에 한 시간에 두세 번씩 컴퓨터로 주가를 확인했다. 지난번 이니드와 앨프리드가 퍼슨 부부와 함께 외출했을 때, 조가 레스토랑에서 중개업자 세 명에게 휴대폰으로 전화하는 바람에 이니드는 **미칠** 뻔했다. 하지만 그녀 역시 앨프리드에 대해 비슷한 태도를 취하고 있었다. 모든 희망적 상승에 고통스레 대응하며, 급락을 영원히 두려워했다.

그녀에게 하루 중 가장 자유로운 시간은 아침 식사 후였다. 아침마다 앨프리드는 뜨거운 희뿌연 물을 마시자마자 지하실로 내려가 배변에 집중했다. 그가 가장 큰 불안을 느끼는 이때에 이니드가 말을 거는 것을 남편이 질색했기에 그녀는 알아서 하게 앨프리드를 홀로 두었다. 장에 대한 그의 집착은 광기와 같았지만, 코렉탈 실험에 불합격될 만한 광기는 아니었다.

부엌 창 너머로 으스스한 푸른 구름에서 떨어진 눈송이가 척 마이스너가 심은 층층나무(실로 옛 시대를 보여주는 존재였다)의 빈약한 잔가지 사이로 표류했다. 이니드는 햄 한 덩어리를 만들어 나중에 구우려고 냉장고에 넣은 뒤 바나나와 청포도와 캔 파인애플과 마시멜로와 레몬 젤리로 샐러드를 만들었다. 이 샐러드와 두 번 구운 감자는 조나가 세인트주드에서 공식적으로 가장 좋아하는 음식이었고, 오늘 밤 먹을 메뉴였다.

그녀는 조나가 스물네 번째 아침에 아기 예수를 재림절 달력에 꽂는 상상을 몇 달 전부터 해왔다.

두 번째 커피에 신이 난 그녀는 위층으로 올라가 선물과 파티용 기념품을 넣어둔, 개리의 낡은 체리 나무 옷장 앞에 무릎을 꿇었다. 몇 주 전 크리스마스 쇼핑을 마쳤지만, 그녀가 칩을 위해 산 것이라고는 세일 중인 갈색과 붉은색의 펜들턴 목욕 가운이 다였다. 칩은 몇 해 전 크리스마스에 그녀에게 중고로 보이는 요리책《모로코의 요리》를 알루미늄포일에 포장해 붉은 사선 무늬 옷걸이 그림 스티커를 붙여 보내는 바람에 그녀의 마음을 잃고 말았다. 하지만 이제 아들이 리투아니아에서 돌아온다고 하니 선물 예산의 최대 범위에서 보상해주고 싶었다. 예산은 이러했다.

앨프리드: 정해진 금액 없음.

칩, 데니즈: 각 100달러 + 그레이프프루트

개리, 캐럴라인: 각 최대 60달러 + 그레이프프루트

아론, 케일럽: 각 최대 30달러

조나(올해만): 정해진 금액 없음.

목욕 가운에 55달러를 썼으니 칩에게 45달러어치 선물을 더 주어야 했다. 그녀는 옷장 서랍을 이리저리 뒤졌다. 빛바랜 상자에 담긴 홍콩제 꽃병, 여러 브리지용 카드와 점수판 세트, 테마에 따라 다양한 칵테일 냅킨, 참으로 말쑥하지만 참으로 쓸모가 없는 펜과 연필 세트, 특이하게 접히거나 소리가 나는 여러 여행용 자명종, 손잡이가 늘었다 줄었다 하는 구둣주걱, 이상하게 안 썰리는 한국제 스테이크 나이프, 앞면에 증기기관차가 새겨져 있고 뒷면에 코르크가 깔린 청동 컵 받침, 빛나는 라벤더빛 글자로 "Memories"라고 적힌 5×7 크기의 도자기 액자, 멕시코제 줄마노 거북이 조각, **선물의 비결**이라고 불리는 포장지와 리본 세트가 절묘하게 담긴 상자는 모두 퇴짜 놓았다. 백랍 양초 끄개와, 루사이트 소금 통과 후추 통 세트를 두고 고민했다. 칩의 집에 가구가 거의 없던 것을 떠올리니 양초 끄개와 소금 통/후추 통이 안성맞춤일 듯했다.

기쁨과 기적의 계절에 포장을 하는 동안 지린내 풍기는 실험실과 유해한 귀뚜라미에 대해 까맣게 잊었다. 앨프리드가 크리스마스트리를 20도쯤 비스듬히 세웠다는 것 역시 개의치 않았다. 조나의 건강이 지금쯤 도로 회복되었으리라 확신했다.

포장을 마쳤을 무렵, 갈매기 깃털 같은 겨울 하늘에서 드리운 빛이 정오의 각도를 보여주며 강렬한 분위기를 풍겼다. 지하실로 내려가 보니 탁구대 탁자가 칡에 뒤덮인 자동차처럼 초록색 장식등 아래 묻혀 있고, 앨프리드는 전기 테이프와 펜치와 연장 코드와 함께 바닥에 앉아 있었다.

"젠장할 전구 같으니!" 그가 말했다.

"여보, 바닥에서 뭐 하고 있어요?"

"망할 싸구려 새 전등!"

"**걱정** 말아요. 그냥 내버려둬요. 개리와 조나더러 고치라고 해요. 위층에 올라가서 점심 먹어요."

필라델피아발 비행기는 1시 30분 도착 예정이었다. 개리는 차를 렌트해 3시쯤 집에 올 테니 이니드는 그동안 앨프리드를 재울 계획이었다. 오늘 밤에는 도와줄 사람이 있으니 문제없었다. 그가 일어나

이리저리 돌아다녀도 그녀 혼자 그를 돌보지 않아도 되었다.

점심 식사 후 집 안에는 시계가 멈출 정도로 고요가 짙게 드리웠다. 마지막 기다림의 순간들은 크리스마스카드를 쓰기에 확실히 완벽한 때였다. 시간이 빨리 지나갈 것이고, 할 일을 상당량 마칠 수 있다는 점에서 윈윈 전략이었다. 하지만 이런 식으로 시간을 속일 수는 없었다. 압축형 인사를 쓰자니 당밀에 대고 볼펜을 누르는 느낌이었다. 쓸 말을 헷갈려 **예상치 못한 '수영을' 예상치 못한 '수영을'**이라고 반복해 쓰는 바람에 카드를 버려야 했다. 의자에서 일어나 부엌 시계를 확인했지만 아까 확인한 이후로 5분이 지났을 뿐이었다. 광택제를 바른 명절용 나무 접시에 쿠키를 여러 종류 늘어놓았다. 도마에 칼과 커다란 배를 올려놓았다. 에그노그 한 팩을 흔들었다. 개리가 커피를 마시고 싶어 할까 봐 커피 메이커로 커피를 내렸다. 그리고 앉아서 압축형 인사를 쓰려다 하얀 백지 상태의 카드에서 그녀 자신의 내면을 보았다. 그녀는 창가로 가서 탈색된 잔디밭을 내다보았다. 우편배달부가 크리스마스의 무게에 휘청대며 커다란 꾸러미를 들고 정원 길을 올라와 우편물을 세 번에 나누어 우편물 투입구에 넣었다. 그녀는 달려들다시피 우편물을 집어 중요한 편지를 가려냈지만 너무 정신이 팔려 카드를 열어볼 수 없었다. 그래서 지하실의 푸른 의자로 내려갔다.

"여보, 그만 일어나요." 그녀가 고함쳤다.

그가 부스스한 머리와 텅 빈 눈을 한 채 허리를 폈다. "아이들이 왔나?"

"곧 올 거예요. 몸단장을 좀 해요."

"누가 오는데?"

"개리랑 조나요. 조나가 너무 아프지만 않으면요."

"개리. 그리고 조나라."

"**샤워**를 하지 그래요?"

그는 고개를 저었다. "샤워 안 해."

"아이들이 여기 왔을 때 욕조에 앉아 있고 싶다면야……."

"내가 한 일을 생각하면 욕조에서 목욕을 할 권리 정도는 있어."

지하실 화장실에는 멋진 샤워 시설을 장치해놓았지만, 앨프리드는 서서 몸을 씻는 것을 언제나 싫어했다. 그가 위층 욕조에서 일어날 때 돕는 것을 이니드가 거부하는 바람에, 앨프리드는 때때로 비누 때로 잿빛이 된 차가운 물에 엉덩이를 담근 채 한 시간씩 욕조에 앉아 있은 후에야 간신히 몸을 일으키곤 했다. 그는 그 정도로 고집스러웠다.

위층 욕조에 물이 콸콸 쏟아지는데 오래도록 기다리던 노크 소리가 마침내 들렸다.

이니드가 현관문으로 달려가 벌컥 열자 잘생긴 첫째 아들이 혼자 현관 계단에 서 있었다. 송아지 가죽 재킷 차림에 기내 반입용 여행 가방과 종이 쇼핑백을 들고 있었다. 겨울 낮이 끝에 다다를 무렵 종종 그러하듯 햇살이 구름을 피해 편광으로 낮게 드리웠다. 터무니없이 강렬한 황금빛 실내조명이 거리에 물결치는 것이 마치 삼류 화가가 그린 홍해의 기적 같았다. 퍼슨네 집의 벽돌과 푸른빛 혹은 자줏빛 도는 겨울 구름과 짙은 초록색의 플라스틱 관목이 너무나 거짓되게 생생해 예쁘기는커녕 이질적이고 불길했다.

"조나는?" 이니드가 외쳤다.

개리가 안으로 들어와 가방을 내려놓았다. "여전히 열이 나요."

이니드는 아들의 뽀뽀를 받았다. 정신을 추스를 시간을 벌려고 그녀는 개리에게 들어오는 김에 다른 가방도 가져오라고 말했다.

"이게 다예요." 그는 법정 검사 같은 어조로 말했다.

그녀는 자그마한 가방을 응시했다. "이게 다라고?"

"조나 때문에 실망이 크겠지만……."

"열이 얼마나 됐는데?"

"오늘 아침에 37.8도였어요."

"37.8도가 뭐가 높다고!"

개리는 한숨을 내쉬고 고개를 돌리다가, 크리스마스트리가 기우뚱한 것을 보고 덩달아 고개를 갸웃했다. "어머니, 조나도 실망했어요. 나도 실망했고요. 어머니도 실망했고요. 그러니 그만하면 안 될까요? 우리 모두 실망했어요."

"그저 조나를 위해 준비를 다 해두었다는 것뿐이야. 그 애가 가장 좋아하는 음식을 만들고……."

"어제 분명히 말했잖아요."

"오늘 밤 웨인델 공원 입장권도 사뒀어!"

개리는 고개를 저으며 부엌으로 걸어갔다. "그럼 공원에 가요. 데니즈는 내일 올 거예요."

"칩도!"

개리는 껄껄 웃었다. "리투아니아에서요?"

"오늘 아침에 전화가 왔단다."

"직접 보면 믿을게요."

창문에 비친 세계는 이니드가 바라는 것보다 덜 실제적이었다. 구름장을 뚫고 쏟아지는 햇살 기둥은 낮의 그 어느 시간과도 이질적인 꿈의 빛이었다. 그녀가 하나로 모으려는 가족은 더 이상 그녀가 기억하는 가족이 아니고, 이번 크리스마스는 옛 크리스마스와 전혀 다를 것임을 어렴풋이 알고 있었다. 하지만 그녀는 이 새 현실에 적응하기 위해 최선을 다하고 있었다. 칩이 온다는 사실에 느닷없이 **무척** 신이 났다. 개리가 조나의 선물을 포장지째로 필라델피아로 가지고 갈 것이기에 그녀는 케일럽과 아론에게 줄 여행용 자명종과 문구 세트를 포장해 선물 간의 차이를 줄여야 했다. 데니즈와 칩을 기다리는 동안 포장을 하면 될 터였다.

"쿠키를 잔뜩 구워놨단다." 그녀는 싱크대에서 세심하게 손을 씻고 있는 개리에게 말했다.

"바로 깎아 먹을 수 있게 배도 준비해두었고, 너네 아이들이 좋아하는 그 진한 커피도 있어."

개리는 킁킁거리며 행주 냄새를 맡은 뒤 그것으로 손을 닦았다. 앨프리드가 위층에서 그녀의 이름을 소리쳐 부르기 시작했다.

"이런, 개리. 아빠가 또 욕조에 갇혔구나. 좀 거들어드리렴. 나는 이제 더 이상 하기 싫어."

개리는 손을 대단히 꼼꼼하게 닦았다. "전에도 말했지만, 왜 샤워기를 쓰지 않죠?"

"앉아서 목욕하는 게 좋대."

"거참, 대단한 행운아네요. 아버지 신조가 자기 자신을 책임지는 사람 아니었나요."

앨프리드가 다시 그녀의 이름을 불렀다.

"가봐라, 개리. 도와드리렴."

개리는 행주 걸이에 건 행주를 불길할 만큼 차분한 태도로 똑바로 폈다.

"기본 원칙을 정하도록 해요, 어머니." 그가 법정 검사 같은 어조로 말했다. "내 말 듣고 계세요? 기본 원칙을 정해요. 다음 사흘간 어머니가 원하는 그 어떤 일이든 하겠어요. 단, 처해서는 안 될 상황에 처한 아버지 문제를 해결하는 일만 빼고요. 만약 아버지가 사다리를 오르려다가 떨어진다면 나는 아버지를 땅바닥에 그대로 내버려둘 거예요. 만약 아버지가 죽을 만큼 피를 흘린다면 죽을 만큼 피를 흘리게 두겠어요. 내 도움 없이 욕조에서 나오지 못한다면 크리스마스를 욕조에서 보내게 두겠어요. 내 말뜻 아시겠죠? 그 외에는 어머니가 하라는 건 뭐든지 할게요. 그리고 크리스마스 아침에 어머니랑 아버지랑 나랑 다 함께 앉아 이야기를 나누⋯⋯."

"이니드, 집에 누가 왔어!" 앨프리드의 목소리는 경이로울 만큼 우렁찼다.

이니드는 무겁게 한숨 쉬고는 계단으로 갔다. "앨, **개리**예요."

"나 좀 도와줘." 그가 고함쳤다.

"개리, 올라가서 무슨 일인지 좀 살펴보렴."

개리는 팔짱을 낀 채 식당에 서 있었다. "원칙이 이해가 안 되세요?"

이니드는 장남이 없을 때면 일부러 잊어버렸던 그의 특징에 대한 기억을 되살려냈다. 그리고 천천히 계단을 오르며 엉덩이를 죄어오는 고통을 보란 듯 드러내려 했다.

"여보, 나는 당신을 욕조에서 일으킬 수 없어요. 그러니 알아서 나와요."

그는 5센티미터쯤 되는 물속에 앉아 한 팔을 쭉 뻗고서 손가락을 흔들었다. "저것 좀 줘."

"뭐 말예요?"

"저 병."

스노이 메인 표백 샴푸가 그의 뒤쪽 바닥에 떨어져 있었다. 이니드는 엉덩이를 조심하며 욕조 매트에 서서히 무릎 꿇고는 그의 손에 병을 쥐여주었다. 그가 살짝 병을 주무르는 것이 마치 사볼까 고민하거나 여는 법을 떠올리려고 애쓰는 듯했다. 그의 다리는 털 하나 없이 밋밋했고, 손은 저승꽃투성이였지만 어깨만큼은 여전히 건장했다.

"세상에 망할." 그가 병을 보고 씩 웃으며 말했다.

처음에 물이 얼마나 뜨거웠든 지금은 12월의 추운 욕실 안에서 열기가 모두 사라지고 없었다. 다이얼 비누 향 사이로 희미하게 노인의 냄새가 풍겼다. 이니드는 부엌에서 가져온 1.5리터짜리 냄비로 뜨거운 물을 부어, 아이들의 머리를 수천 번은 감기고 헹구어주었던 바로 그 자리에 무릎 꿇고 있었다. 남편이 샴푸병을 뒤집는 모습을 가만히 바라보았다.

"오, 여보, 우리 이제 어떡해요?"

"나 좀 도와줘."

"그래요. 도울게요."

초인종이 울렸다.

"또 누가 왔어."

이니드는 소리쳤다. "개리, 누가 왔는지 좀 보렴."

그녀는 샴푸를 손바닥에 짰다.

"이제부터는 욕조 대신 샤워기를 써야 해요."

"가만히 서 있기가 힘들어."

"자, 머리에 물을 적셔요."

그녀는 미지근한 물을 손으로 첨벙거리며 앨프리드에게 힌트를 주었다. 그는 머리에 물을 끼얹었다. 개리가 그녀의 친구와 이야기하는 소리가 들렸다. 여자이고, 쾌활하고, 세인트주드 사람인 것으로 보아 아마도 에스더 루트 같았다.

그녀는 앨프리드의 머리카락에 거품을 내며 말했다. "샤워기에 의자를 놓으면 돼요. 아니면 닥터 헤지퍼스가 권한 대로 단단한 손잡이를 달아서 잡고 서 있으면 돼요. 어쩜 개리가 내일 해줄 수 있을 거예요."

앨프리드의 목소리가 두개골을 타고 진동해 그녀의 손가락으로 올라왔다. "개리와 조나는 잘 도착했소?"

"아니, 개리만 왔어요. 조나는 열이 엄청엄청 높은 데다 심하게 토한대요. 가엾은 것, 너무 아파서 비행기도 못 탈 정도라니."

앨프리드는 동정심에 움찔했다.

"여기 기대요. 헹궈줄게요."

앨프리드는 몸을 숙이려는 것인지 아닌지 모를 만큼 꿈쩍도 안 했지만 그의 발이 떨리는 것으로 보아 숙이려고 애쓰는 듯했다.

"스트레칭을 **더 자주** 해야 해요. 닥터 헤지퍼스가 준 안내서 봤어요?"

앨프리드는 고개를 저었다. "봐도 별거 없더군."

"아마 데니즈가 스트레칭법을 가르쳐줄 거예요. 그럼 당신도 좋겠죠."

그녀는 뒤로 손을 뻗어 세면대에서 물컵을 집었다. 욕조 수도꼭지에 대고 물을 채우고 또 채워 남편의 머리에 뜨거운 물을 부었다. 눈을 꼭 감은 그는 어린아이 같았다.

"이제 당신 힘으로 일어나야 해요. 나는 돕지 않을 거예요."

"나만의 방법이 있지."

아래층 거실에서 개리는 비뚤어진 트리를 똑바로 세우느라 무릎 꿇고 있었다.

"누구였니?" 이니드가 물었다.

"베아 마이스너요. 벽난로 선반에 선물이 있어요." 그가 고개도 들지 않고 대꾸했다.

"베아 마이스너?" 뒤늦게 수치심의 불꽃이 이니드의 얼굴에 너울거렸다.

"크리스마스 휴일 내내 오스트리아에 있을 줄 알았는데."

"아뇨, 오늘은 여기서 지내고, 내일 라호이아로 간대요."

"거기 케이티와 스튜가 살지. 베아가 뭘 가지고 왔던?"

"벽난로 선반에 뒀어요."

베아의 선물은 오스트리아산으로 추정되는 뭔가의 병을 크리스마스 스타일로 포장한 것이었다.

"다른 건 없고?"

개리는 손에서 가느다란 나뭇잎을 털어내며 재밌다는 표정으로 그녀를 보았다. "뭔가 다른 걸 기대했나 봐요?"

"아니, 아니. 빈에 가면 뭘 좀 사달라고 부탁했는데, 별거 아니라서 잊었나 보다."

개리의 눈이 가늘어졌다. "별거 아니라니 뭔데요?"

"아, 아무것도 아냐, 아무것도." 이니드는 뭔가 다른 것이 붙어 있지는 않은지 병을 살폈다. 아슬란에 대한 열병을 극복하고, 그것을 잊기 위해 필요한 조치는 다 취했으며, 다시 사자를 보고 싶은 마음은 결단코 없었다. 하지만 사자는 여전히 그녀에게 영향력을 행사했다. 연인이 돌아오지 않을까 하는 즐거운 염려와 흥분이 오랜만에 느껴졌다. 덕분에 그 옛날 앨프리드를 그리워하던 마음이 그리워졌다.

그녀가 책망했다. "왜 안으로 들어오라고 하지 않았니?"

"척 아저씨가 재규어에서 기다리고 있었어요. 동네를 쭉 돌고 있는 것 같던데요."

"그래." 이니드는 혹시 숨겨진 꾸러미가 있지는 않을까 하고 포장을 풀었지만, 할프트로켄 오스트리아 샴페인뿐이었다.

"굉장히 달아 보이는데요." 개리가 말했다.

그녀는 아들에게 불을 피워달라고 부탁했다. 잿빛 머리의 유능한 아들이 장작더미로 척척 걸어가 한 팔 가득 장작을 안고 돌아와서는, 난로에 능숙하게 쌓아 성냥으로 한 번에 불을 붙이는 동안 그녀는 가만히 서서 경탄했다. 전체 작업이 5분 만에 끝났다. 개리는 목표 달성에 꼭 필요한 만큼만 움직이고 있었지만, 그녀가 같이 산 남자에 비하면 개리의 능력은 하느님과 같았다. 그의 절제된 몸짓을 바라보노라니 영광스러웠다.

하지만 아들과 집에 함께 있다는 안도감과 동시에 그가 곧 다시 떠날 것이라는 자각이 찾아왔다.

스포츠 코트를 걸친 앨프리드가 거실에 들러 잠시 개리와 이야기 나누고는 서재로 가더니 지역 뉴스를 요란하게 틀어놓았다. 그의 나이와 굽은 등 때문에 얼마 전까지만 해도 개리와 비슷했던 키가 5~7센티미터 줄어 있었다.

개리가 정교하게 근육을 움직여 장식등을 트리에 거는 동안 이니드는 난롯가에 앉아 장식을 넣어둔 주류 상자를 열었다. 그녀는 어디를 여행하든 용돈을 들여 장식을 샀다. 개리가 그 장식들을 거는 동안 밀짚 순록과 작은 붉은 말들로 북적대는 스웨덴, 사람들이 진짜 라플란드 순록 가죽 부츠를 신고 있는 노르웨이, 온갖 동물이 유리로 만들어지는 베네치아, 에나멜을 칠한 나무 산타와 천사가 사는 독일의 인형의 집, 나무 병정과 자그마한 알프스 교회가 늘어선 오스트리아로 그녀는 마음속 여행을 떠났다. 벨기에에서는 초콜릿으로 만들어 포일로 아름답게 싼 평화의 비둘기를, 프랑스에서는 흠잡을 데 없이 차려입은 경찰관 인형과 연예인 인형을, 스위스에서는 종교적인 냄새를 다분히 풍기는 미니 탁아소 위에서 딸랑대는 청동 종을 샀다. 안달루시아는 화려한 새들로 떠들썩했고, 멕시코는 페인트칠한 깡통 조각 인형으로 쟁그랑거렸다. 중국의 높은 고원지대에서는 비단 말 떼가 소리 없이 뜀박질 쳤다. 일본에서는 옻칠한 추상적 관념이 선(禪)의 침묵으로 감돌았다.

개리는 이니드의 지시에 따라 각 장식을 걸었다. 그는 전혀 다른 사람처럼 보였다. 더욱 차분하고, 더욱 성숙하고, 더욱 신중한 사람이 된 듯했다. 하지만 그녀가 내일 작은 부탁을 들어달라고 청하자 완전히 달라졌다.

"샤워실에 손잡이를 설치하는 건 '작은 부탁'이 아니에요. 1년 전이라면 타당한 조치였겠지만 지금은 아니잖아요. 이 집을 처분할 때까지 며칠 더 아빠가 욕조를 써도 문제없을 거예요."

"우리가 필라델피아로 떠나려면 아직 4주나 남았어. 아버지도 샤워기를 쓰는 습관을 미리 들이면 좋고. 내일 의자를 사고, 손잡이를 달다오. 그것만 하면 돼."

개리는 한숨을 쉬었다. "이 집에서 계속 살 수 있을 것 같아요?"

"코렉탈 덕분에 좋아지면……."

"어머니, 치매 진단을 받았잖아요. 정말 좋아질 거라고……."

"**약물과 무관한** 치매만 아니면 돼."

"저기요, 희망을 깨뜨리고 싶지는 않지만……."

"데니즈가 다 준비해두었어. 우리는 그저 해보기만 하면 돼."

"그래서, 그런 다음에는요? 기적적으로 치료가 되면 두 분이 영원히 여기에서 행복하게 살 거예요?"

창문의 빛이 완전히 사그라져 있었다. 그녀의 달콤하고 책임감 있는 장남이, 갓난아기 때부터 줄곧 강한 유대감을 느꼈던 아들이 왜 지금, 그녀가 그의 도움을 필요로 하는 지금 이리도 **화가 난** 것인지 이니드는 영문을 알 수 없었다. 그녀는 그가 아홉 살, 열 살 무렵에 천과 스팽글로 직접 장식했던 스티로폼 공의 포장지를 벗겼다. "이거 기억나니?"

개리가 공을 받아 들었다. "오스트리커 선생님 수업 시간에 만들었죠."

"이걸 네가 나한테 주었지."

"내가요?"

"아까 네가 그랬지, 내가 내일 부탁하는 건 뭐든 하겠다고. 이게 내가 부탁하는 거야."

"알았어요! 알았다고요! 의자를 살게요! 손잡이를 붙일게요!" 개리는 허공에 대고 손사래를 쳤다.

저녁 식사 후 그는 차고에서 올즈를 꺼냈고, 그들 셋은 크리스마스 랜드로 갔다.

뒷좌석에서 이니드는 구름 아랫면에 비치는 도시의 불빛을 바라보았다. 구름이 끼지 않은 하늘 조각들은 더 검고, 별이 송송 돋아 있었다. 개리는 좁은 교외 도로를 따라 차를 몰아 웨인델 공원의 석회석 정문에 이르렀다. 자동차와 트럭과 미니밴이 길게 줄을 지은 채 들어가기를 기다리고 있었다.

"저 차들 좀 봐." 예전의 인내심은 흔적조차 사라진 듯 앨프리드가 말했다.

군(郡) 정부는 크리스마스랜드 입장료로 거둔 수익으로 이처럼 매년 화려한 잔치를 열었다. 군립 공원 경찰관이 램버트 가족의 티켓을 받더니 주차 등을 제외한 모든 불을 끄라고 개리에게 일렀다. 자신을 낮추고 집단으로 행진하는 모습이 그 어느 때보다도 동물 떼처럼 보이는 시커먼 자동차 행렬을 향해 올즈는 서서히 기어갔다.

웨인델 공원은 1년 중 대부분을 타버린 풀과 갈색 연못과 야심 없는 석회석 공연장으로 이루어진 지루한 장소로 존재했다. 12월 낮에 보면 더더욱 형편없는 꼴이었다. 요란한 케이블과 실용주의적 전선이 잔디밭을 얼기설기 가로질렀다. 보강재와 비계가 임시변통의 조잡함과 금속성 관절을 그대로 드러냈다. 수백 그루의 나무와 관목이 전구로 뒤덮였고, 나뭇가지는 유리와 플라스틱의 차가운 비에 두들겨 맞은 듯 축 늘어졌다.

하지만 밤이면 공원은 크리스마스랜드로 변했다. 올즈가 빛의 언덕을 기어올라 빛의 풍경을 가로지르자 이니드는 헉하고 숨을 들이마셨다. 크리스마스이브에 동물이 사람의 말을 하듯 교외의 자연적 질서가 완전히 뒤집어진 듯했다. 평범한 암흑의 땅이 빛으로 살아나고, 평범하고 분주한 도로가 엉금엉금 기는 차량으로 시커멓게 물들어 있었다.

웨인델의 완만한 비탈과 친밀한 지평선은 중서부다웠다. 이니드가 보기에 운전자의 침묵과 인내 역시 그러했고, 변경에 고립된 오크나무와 단풍나무 공동체 역시 그러했다. 지난 여덟 번의 크리스마스를 이질적인 동부에 추방되어 지냈던 그녀로서는 마침내 집에 돌아온 듯했다. 이 풍경 속에 묻히는 것을 상상했다. 자신의 뼈가 이런 언덕에 안장된다는 생각에 행복했다.

번쩍이는 공연장, 빛나는 순록, 광자로 이루어진 목걸이와 펜던트, 전자 점묘화로 그려진 산타클로스 얼굴, 빈터에 탑처럼 솟은 눈부신 막대 사탕.

"이렇게 만들려면 정말 많은 일을 해야 하지." 앨프리드가 한마디 했다.

"조나가 여기 못 와서 정말 안타깝네요." 개리가 여태까지는 전혀 안타깝지 않았다는 듯 말했다.

이러한 장관은 사실 그저 어둠 속의 빛에 지나지 않았지만 이니드는 숨이 막혔다. 신뢰를 요구당하는 일이 너무 많은 나머지 좀처럼 절대적 신뢰를 할 수 없게 되었다 해도, 여기 웨인넬 공원에서는 기꺼이 믿어줄 수 있었다. 누군가가 모든 방문객을 기쁘게 하기 위해 노력했고, 이니드는 기뻤다. 내일 데니즈와 칩이 와서 함께 〈호두까기 인형〉을 보고, 수요일에는 아기 예수를 주머니에서 꺼내 호두 요람을 트리에 꽂을 일이 너무나도 기대되었다.

아침에 개리는 세인트주드의 대형 병원이 집중되어 있는 가까운 교외 지구, 호스피털 시티로 차를 몰았다. 휠체어에 앉은 35킬로그램짜리 남자들과 텐트 같은 옷을 입고서 센트럴 의료 용품 할인점의 복도를 막고 있는 200킬로그램짜리 여자들 사이에서 그는 숨을 참았다. 자신을 이곳에 보낸 어머니가 미웠지만, 그녀에 비하면 자신이 너무나 행운아이고, 자유롭고, 유리하다는 점을 인식했다. 그래서 그는 주사기와 고무장갑, 협탁 위 스카치 캔디, 상상할 수 있는 온갖 크기와 형태의 흡수 패드, 병문안 카드 특대형 144팩과 플롯 음악 CD와 시각화 연습 비디오, 생살에 박혀 있는 더 단단한 플라스틱 인터페이스에 연결해 쓸 일회용 플라스틱 호스와 봉투 등을 사고 있는 지역 주민들과 최대한 거리를 유지한 채 턱을 굳게 다물었다.

총체적으로 볼 때 개리가 질병에 대해 갖고 있는 문제에는 질병이 대량의 인간 육체와 관련되어 있다는 점과 그가 대량의 인간 육체를 좋아하지 않는다는 점 외에도, 질병이 저급해 보인다는 점도 한몫했다. 가난한 사람들은 담배를 피웠고, 가난한 사람들은 크리스피 크림 도넛을 열두 개씩 먹었다. 가난한 사람들은 가까운 친척에게 임신을 당했다. 가난한 사람들은 위생 상태가 엉망이고, 유독한 환경에서 살았다. 질병을 가진 가난한 사람들은 인류의 변종으로, 감사하게도 병원이나 센트럴 의료 용품 할인점 같은 장소 외에는 개리에게 보이지 않는 존재였다. 그들은 더 멍청하고, 더 슬프고, 더 뚱뚱하고, 체념 속에서 더 고통받는 종자였다. 병에 걸린 최하층 계급은 그가 정말로, 정말로 멀리하고 싶은 부류였다.

하지만 이니드에게 숨긴 여러 상황에 대한 죄책감 속에서 세인트 주드에 도착한 그는 사흘간 효자 노릇을 하겠다고 맹세했다. 그러니 당혹스럽더라도, 절룩대거나 멈춰 선 무리 사이로 헤치고 들어가 센트럴 의료 용품 할인점의 광대한 샤워실 용품 구역으로 가서는 아버지가 샤워를 하는 동안 앉아 있기 좋을 의자를 찾았다.

역사상 가장 지루한 크리스마스 노래인 '북 치는 소년'의 교향악 버전이 샤워실 구역의 숨겨진 스피커에서 뚝뚝 떨어져 내렸다. 판유리 창문 너머 세상은 밝고, 바람 불고, 추웠다. 신문지가 에로틱할 만큼 필사적으로 주차 미터기를 감싸고 있었다. 차양이 삐걱대고, 자동차 흙받이가 부르르 떨었다.

개리가 심미적 판단을 할 수 없었다면, 특정 고통을 줄일 수 있다고 주장하는 갖가지 의료용 의자들이 길게 늘어선 광경에 무척 당혹스러웠을 터였다.

예를 들어, 왜 베이지색인지 의아했다. 의료용 플라스틱은 대개 베이지색이었다. 아니면 기껏해야 역겨운 회색이었다. 왜 붉은색은 안 되지? 검은색은? 청록색은?

아마도 베이지색 플라스틱은 이 가구가 오직 의료용이라는 사실을 보장해주는 것이리라. 아마도 가구 제조업자는 의자가 너무 멋지면 사람들이 비의료용으로 구입할까 봐 걱정이 되었으리라.

하긴 절대 피해야 할 **문제**였다. 너무 많은 사람이 당신 제품을 구입하면 얼마나 큰일이겠는가!

개리는 고개를 저었다. 정말 백치 같은 인간들이었다.

그는 견고하고 나지막한 알루미늄 몸체에 넓은 베이지색 좌대가 붙은 의자를 골랐다. 샤워실용 튼튼한(베이지색이었다!) 손잡이를 집어 들었다. 바가지나 다름없는 가격에 놀라며 계산대로 갔다. 아마도 복음주의 교회 신도일 친절한 중서부 처녀가 바코드에 레이저 빔을 쏘고는 느릿한 남부 어조로 말했다, 이 알루미늄 의자는 정말 대단하다고. "이렇게 가벼우면서 부서지지도 않고 실용적이니. 어머니 아니면 아버지 드리려고요?"

개리는 사생활 침해에 분노하며 그녀에게 만족스러운 대답을 주길 거부했다. 하지만 고개를 끄덕이기는 했다.

"노친네들은 나이가 들면 샤워하다 휘청대죠. 결국 우리도 다 그렇게 되겠지만요." 젊은 철학자는 개리의 아멕스 카드를 홈에 긁으며 말을 이었다.

"크리스마스 때문에 고향에 와서 부모님을 돕나 보죠?"

"목을 맬 때 어느 의자가 좋을지 알고 계시죠. 그렇죠?"

여자의 미소에서 생기가 주르르 빠져나갔다. "모르겠는데요."

"가벼운 게 좋죠. 걷어차기 쉬우니."

"여기 서명해주세요, 손님."

그는 바람과 맞서 싸운 끝에 출구 문을 열었다. 오늘따라 바람이 이빨처럼 날카로워 그의 송아지 가죽 재킷을 물어뜯는 듯했다. 북극과 세인트주드 사이의 그 어떤 거대한 지형에도 가로막히지 않은 바람이었다.

나지막한 해를 다행히도 뒤로하고 공항을 향해 북쪽으로 달리며 개리는 여자에게 너무 잔인했던 것이 아닐까 생각했다. 아마도 그랬으리라. 하지만 그는 스트레스를 받고 있었고, 스트레스를 받는 사람은 스스로 설정한 경계를 엄격히 고수할 권리가 있었다. 도덕적 계산에 엄격하고, 무엇을 하고 무엇을 하지 말지에 엄격하고, 자신이 누구이고, 누구가 아니며, 누구와 이야기하고 싶고 누구와 이야기하기 싫은지에 엄격해야 했다. 활기차고 따뜻한 복음주의 처녀가 계속 대화를 고집한다면 그에게 주제를 정할 권리 정도는 있었다.

하지만 그녀가 더 매력적이었다면 자신이 덜 잔인하지 않았을까라는 생각이 들긴 했다.

세인트주드의 모든 것이 그를 잘못된 방향으로 몰고 갔다. 하지만 그가 캐럴라인에게 항복한 이후(그의 손은 감사하게도 흉터도 거의 없이 멋지게 치료되었다) 몇 달 동안 개리는 세인트주드에서 악당처럼 굴면 된다고 자신을 달랬다. 무슨 짓을 하든 어머니가 그를 악당으로 여기리라는 것을 미리 알면 어머니의 규칙을 따르려는 마음이 사라지게 마련이다. 자기 규칙을 고집하게 되는 것이다. 자신을 지킬 수 있는 것이라면 뭐든지 한다. 필요하다면 멀쩡한 아이도 아픈 척할 수 있다.

사실 조나는 본인 선택으로 세인트주드에 오지 않기로 했다. 이는 개리가 10월에 캐럴라인에게 항복했을 때와 비슷했다. 환불이 불가능한 세인트주드행 비행기 티켓 다섯 장을 들고서 개리는 다 함께 크리스마스를 보내러 가면 좋겠지만, **아무도 억지로 갈 필요는 없다**고 가족들에게 말했다. 캐럴라인과 케일럽과 아론은 즉각 큰 소리로 사양했다. 할머니의 열광이라는 주문에 여전히 걸려 있던 조나는 "몹시" 가고 싶다고 선언했다. 사실상 개리는 조나가 갈 거라는 약속을 이니드에게 결코 하지 않았지만, 가지 않을 수도 있다는 경고 또한 결코 하지 않았다.

11월에 캐럴라인은 마술사 알랭 그레가리우스 12월 22일 공연과 〈라이언 킹〉 12월 23일 뉴욕 공연 티켓을 각각 네 장씩 구입했다. 그러고는 이렇게 설명했다. "조나가 여기 남는다면 같이 가고, 안 그러면 아론이나 케일럽이 친구를 데려가도 되고." 개리는 왜 크리스마스 **이후**의 공연을 예매하지 않았는지 묻고 싶었다. 그랬더라면 조나가 어려운 선택을 할 필요도 없었으리라. 하지만 10월의 항복 이후 그들 부부는 두 번째 허니문을 즐기고 있었고, 개리가 아들 노릇을 하기 위해 사흘간 세인트주드에서 지내는 것은 당연하게 여겨졌지만, 그가 그 일을 언급할 때마다 가정의 행복에 그림자가 드리웠다. 이니드나 크리스마스에 대한 이야기 없이 하루하루가 흐를수록 캐럴라인은 더욱더 그를 원하고, 아론과 케일럽과 나누는 내밀한 농담에 더욱더 그를 끼워주고, 그도 덜 우울해했다. 사실 그의 우울증에 대한 이야기는 앨프리드가 떨어진 아침 이후 한 번도 언급되지 않았다. 크리스마스에 대한 침묵은 그러한 가정의 조화를 이루기 위해 지불해야 하는 작은 대가 같았다.

이니드가 조나에게 약속한 맛있는 음식과 사랑이 한동안은 알랭 그레가리우스와 〈라이언 킹〉의 매력을 능가하는 듯했다. 저녁 식탁에서 조나는 할머니한테 들은 크리스마스랜드와 재림절 달력 이야기를 혼자서 떠들었다. 아이는 케일럽과 아론이 주고받는 윙크와 미소를 보지 못했거나 아니면 그냥 무시해버렸다. 하지만 캐럴라인은 장남과 둘째가 조부모를 비웃고, 앨프리드의 어리석음과("세상에 그걸 인텐도라고 부르지 뭐야!") 이니드의 청교도주의와("그 공연은 몇 **등급**인지 묻더라니까!") 이니드의 인색함을("콩깍지가 두 개밖에 없었는데 포일로 싸 가더라니까!") 하나하나 늘어놓도록 장려했다. 개리는 항복 이후 그러한 비웃음에 동참하기 시작했다("할머니는 정말 별난 분이지, 안 그래?"). 마침내 조나는 자신의 계획에 대한 다른 이들의 생각을 의식하게 되었다. 여덟 살배기 아이는 **쿨함**의 압제에 무릎 꿇고 말았다. 처음에는 저녁 식탁에서 크리스마스 이야기를 더 이상 꺼내지 않더니, 케일럽이 특유의 반쯤 비꼬는 어조로 **크리스마스랜드**가 얼마나 기대되냐고 묻자 조나는 애써 짓궂은 목소리로 대꾸했다. "정말 **머저리** 같지 않을까."

"뚱보들이 커다란 차를 타고 어둠 속을 와글와글 돌아다니다니." 아론이 끼어들었다.

"서로서로 **워매 멋져라**, 하고 감탄해대겠지." 캐럴라인이 말했다.

"**워매, 워매.**"

"할머니를 그렇게 놀리면 못써." 개리가 한마디 했다.

"**할머니**를 놀리는 것 아냐." 캐럴라인이 말했다.

"그래요, 아니에요. 그냥 세인트주드 사람들이 우스워서 그런 거예요. 그렇지, 조나?"

케일럽의 질문에 조나는 대꾸했다. "확실히 거기 사람들은 엄청 커."

여행을 사흘 앞둔 토요일 밤, 조나가 저녁 식사 후 토하더니 미열이 나는 채로 침대에 들었다. 일요일 저녁, 아이의 안색과 입맛은 정상으로 돌아왔고, 캐럴라인은 마지막 패를 펼쳤다. 그달 초 그녀는 아론의 생일 선물로 주려고 값비싼 컴퓨터 게임인 '조물주 프로젝트 II'를 샀다. 게임 플레이어들이 생태계에서 경쟁할 생물체를 직접 만들어 조종하는 게임이었다. 그녀는 학기가 끝날 때까지 아론과 케일럽이 게임을 시작하지 못하게 하다가 마침내 학기가 끝나자 조나가 미생물을 맡아야 한다고 주장했다. 왜냐하면 미생물은 어떤 생태계에서든 가장 재밌고, 결코 지지 않기 때문이었다.

일요일 취침 시간에 조나는 킬러 박테리아와 함께 입장해서는 다음 날 전투에 이들을 보내기를 고대했다. 월요일 아침, 개리가 아이를 깨워 세인트주드에 가겠냐고 묻자 조나는 그냥 집에 있겠다고 대답했다.

"네가 선택할 일이지만, 네가 간다면 할머니가 엄청 기뻐하실 거야." 개리가 말했다.

"하지만 재미없으면 어떡해요?"

"재미있으리라고 100퍼센트 보장할 수는 없지. 하지만 분명 할머니를 행복하게 해드릴 거야. 그것만은 보장하마."

조나의 얼굴이 흐려졌다. "한 시간만 생각해봐도 돼요?"

"좋아, 한 시간이다. 그런 다음 짐을 싸서 가야 해."

한 시간 후 조나는 '조물주 프로젝트 II'에 깊이 빠져 있었다. 막내의 박테리아 품종 하나에 아론의 발굽 달린 작은 포유류의 80퍼센트가 눈이 멀게 된 상태였다.

"가지 않아도 괜찮아. 중요한 것은 너의 선택이야. 이건 네 방학이니깐." 캐럴라인이 조나를 안심시켰다.

아무도 억지로 갈 필요 없어.

개리는 말했다. "한 번만 더 말하마. 할머니가 너를 보기를 정말 고대하고 계신단다."

9월의 갈등을 회상하기라도 하는지 캐럴라인의 눈에 눈물이 어리더니 깊고 적막한 눈빛이 되었다. 그녀는 말 한마디 없이 일어나 오락실에서 나갔다.

조나는 속삭이듯 나직이 대답했다. "여기 남는 게 좋을 것 같아요."

여전히 9월이었다면 개리는 조나의 선택을 소비자 선택의 문화가 직면한 도덕적 의무감의 위기를 보여주는 한 예로 보았으리라. 그리고 우울해했으리라. 하지만 그 길에서 내려온 지금, 그 길 끝에 아무것도 없음을 알고 있었다.

그는 가방을 싸고는 캐럴라인에게 키스했다.

"어서 돌아오기를 기다리고 있을게." 그녀는 말했다.

엄격한 도덕적 의미에서 개리는 아무것도 잘못하지 않았다. 조나가 간다는 약속은 이니드에게 결코 한 적이 없었다. 조나가 열이 난다고 거짓말한 것은 그저 말다툼을 피하기 위해서였다.

이와 비슷하게 이니드의 감정을 상하게 하지 않기 위해 그는 6만 달러를 주고 산 액슨 5천 주가 신규 상장 후 엿새 만에 11만 8천 달러로 뛰었다는 사실을 이야기하지 않았다. 이것 역시 그는 아무것도 잘못하지 않았지만, 앨프리드가 액슨에게 특허권을 헐값에 판 것을 감안하면 숨기는 편이 현명한 정책일 듯했다.

개리가 재킷 안주머니에 넣어둔 작은 꾸러미 역시 마찬가지였다.

금속 피부의 제트기들이 맑은 하늘에서 행복하게 내려앉는 동안 그는 노인네들이 모는 차가 와글와글 모여드는 공항에서 힘겹게 앞으로 나아가야 했다. 크리스마스 전날은 세인트주드 공항에 있어 최고의 시간이었다. 사실상 공항의 존재 이유라 해도 과언이 아니었다. 모든 주차장이 가득 찼고, 모든 통로가 미어터졌다.

하지만 데니즈는 정시에 도착해 있었다. 심지어 항공사들조차 그녀가 연착으로 당황하거나 오빠에게 폐를 끼치지 않도록 다 같이 짠 듯했다. 그녀는 가족 풍습에 따라 출발 층의 덜 붐비는 입구에 서 있었다. 분홍색 벨벳 테두리를 두른 이상야릇한 암적색 모직 코트 차림이었고, 머리 스타일이 왠지 달라 보였다. 아마도 평소보다 화장을 더 짙게 한 듯했다. 립스틱 색깔이 더 짙었다. 지난 1년 동안 둘이 만날 때마다(가장 최근은 추수감사절이었다) 누이가 어떤 사람이 되리라는 그의 오랜 기대와 현실의 데니즈는 단연코 멀어져갔다.

누이의 볼에 뽀뽀를 하자 담배 냄새가 풍겼다.

"너 담배 피우는구나." 그는 트렁크에 그녀의 여행 가방과 쇼핑 가방을 넣을 자리를 만들며 말했다.

데니즈는 씩 웃었다. "얼른 문 열어. 이러다 얼어 죽겠어."

개리는 선글라스의 다리를 폈다. 해를 향해 남쪽으로 달리며 끼어

들다가 옆 차를 거의 박을 뻔했다. 도로의 공격성이 세인트주드를 잠식하고 있었다. 정체가 해소되면 동부의 운전사는 신이 나 질주하게 마련이었다.

"조나가 와서 엄마가 엄청 기뻐했겠네."

"사실 조나는 오지 않았어."

데니즈가 휙 고개를 돌렸다. "데려오지 않았어?"

"애 몸이 안 좋아서."

"어련하겠어. 데려오지 않다니!"

그녀는 그의 말이 진실인지 아닌지 1분도 고민하지 않는 듯했다.

"우리 식구는 다섯이야. 내가 아는 한 네 식구는 하나지. 다수의 책임을 맡게 되면 상황이 훨씬 복잡해져."

"엄마의 희망을 끝장내다니 정말 유감이야."

"엄마가 미래에서 살기로 선택한 건 내 잘못이 아냐."

"맞아. 오빠 잘못이 아니지. 그저 이렇게 되지 않았으면 하는 것뿐이야."

"엄마 말이 나와서 말인데, 굉장히 묘한 일이 있었어. 엄마한테 절대 말하지 않겠다고 약속해."

"무슨 묘한 일?"

"엄마한테 안 이를 거지?"

데니즈가 약속하자 개리는 재킷 안주머니를 열어, 베아 마이스너가 전날 준 꾸러미를 보여주었다. 전날, 무척이나 기묘한 순간이었다. 척 마이스너의 재규어가 겨울의 배기가스를 고래처럼 내뿜으며 거리에 서 있고, 베아 마이스너가 자수 장식의 녹색 모직 코트 차림

710

으로 현관 매트 위에 서서 핸드백을 뒤져 여러 사람들 손을 거친 불법적 꾸러미를 꺼내고, 개리는 포장한 샴페인과 밀수품을 받아 들었다. "어머니한테 전해주렴. 아주 조심해서 써야 한다고 클라우스가 주의를 줬다고 꼭 말씀드려. 사위가 안 주려고 했어. 중독성이 아주 강하다며. 그래서 이것밖에 못 받은 거야. 너희 어머니는 6개월 치를 부탁했는데, 클라우스가 한 달 치만 주지 뭐니. 그러니 어머니께 의사랑 꼭 상담해보라고 해라. 아니면 의사랑 상담할 때까지 네가 갖고 있는 게 나을지도 모르겠다. 어쨌든 즐거운 크리스마스 보내렴." 그때 재규어의 경적이 울렸다. "그리고 모두에게 인사 전하고."

개리는 포장을 풀고 있는 데니즈에게 그 이야기를 모두 했다. 베아는 독일 잡지에서 찢은 페이지로 약을 감싼 뒤 테이프를 붙여두었다. 페이지 바깥 면에는 안경을 쓴 젖소가 초저온살균 우유를 광고하고 있었다. 그 안쪽에 황금빛 알약 30정이 들어 있었다.

"세상에. 멕시칸 A야." 데니즈가 깔깔 웃었다.

"처음 듣는데." 개리가 말했다.

"클럽에서 흔히 쓰는 약물이지. 아주 젊은 사람들이 말이야."

"그런 걸 베아 마이스너가 우리 집 현관에서 엄마한테 전해주려고 했다니."

"오빠가 이걸 받았다는 걸 엄마가 알아?"

"아직은 몰라. 이게 뭔지도 몰라서 말을 못 했어."

데니즈가 담배 냄새가 밴 손가락으로 알약을 집어 그의 입 가까이에 댔다. "한번 먹어봐."

개리는 고개를 획 피했다. 여동생도 무슨 약을 먹은 듯했다. 니코

틴보다도 더 강한 뭔가를. 대단히 행복하거나, 대단히 불행하거나, 그것도 아니면 이 둘의 위험한 결합 상태였다. 세 손가락과 엄지에 은반지를 끼고 있었다.

"너도 먹어본 거야?" 개리가 물었다.

"아니, 난 술만 고수해."

그녀가 꾸러미를 접자 개리는 다시 약을 수중에 넣었다. "이 일에 관해 네가 내 편이라는 것을 분명히 했으면 해. 엄마가 베아 마이스 너를 통해 불법적인 중독성 물질을 받아서는 안 된다는 데 동의하지?"

"아니. 동의하지 않아. 엄마는 성인이야. 원하는 건 뭐든 할 수 있어. 그리고 엄마한테 알리지도 않고 약을 숨기는 건 정당하지 않다고 봐. 오빠가 말 안 하면 내가 할 거야."

"미안하지만, 아까 이르지 않겠다고 약속했잖아."

데니즈는 이 점에 대해 생각해보았다. 소금을 끼얹은 제방이 휘리릭 지나쳐 멀어져갔다.

"좋아, 약속은 약속이니. 하지만 왜 엄마 인생을 오빠 맘대로 좌지우지하려고 해?"

"엄마가 통제 불능 상황에 처했다는 걸 너도 알게 될 거야. 누군가 개입해서 도움을 주어야 할 때라는 걸 말야."

데니즈는 논쟁을 벌이지 않았다. 선글라스를 쓰고는, 잔혹한 남쪽 지평선 위에 솟은 호스피털 시티의 고층 건물들을 바라보았다. 개리는 그녀가 더욱 협조적이기를 희망했더랬다. 그에게는 이미 "반전통적" 형제가 하나 있는데, 그런 형제가 하나 더 생기기를 바라지 않았다. 사람들이 전통적 기대의 세상에 너무나 행복하게 등을 돌린다는 사실에 그는 깊이 좌절했다. 이러한 사실은 그가 가정과 일과 가족에게서 얻는 즐거움을 약화했다. 삶의 규칙이 그에게 불리하게, 일방적으로 다시 정해지는 듯했다. "반전통"으로 최근 변절한 자가 **다른** 집안이나 **다른** 계층의 어떤 괴짜가 아니라 자신의 세련되고 재능 넘치는 여동생이었기에 특히 더 마음이 쓰라렸다. 9월까지만 해도 그녀는 전통적 방식으로 뛰어난 성과를 보였고 그녀에 관해 쓰인 〈뉴욕 타임스〉 기사를 그의 친구들이 읽지 않았던가. 그런데 이제는 일을 관두고, 반지를 네 개나 끼고, 불타는 듯한 코트를 입고, 담배 냄새를 풍기고 있으니…….

그는 알루미늄 의자를 든 채 그녀를 따라 집 안으로 들어갔다. 이니드가 그녀를 반기는 정도를 전날 자신을 반기던 정도와 비교했다. 포옹의 지속 시간과 즉각적 비판의 결여와 넘쳐나는 웃음에 주목했다.

이니드가 소리쳤다. "공항에서 칩과 우연히 만나 너희 셋이 같이 오지 않을까 했단다!"

"그 시나리오는 여덟 가지 점에서 실현 불가능해요." 개리가 말했다.

"작은오빠가 오늘 온다고 했어요?" 데니즈가 물었다.

"오늘 오후에. 늦어도 내일은 온다고 했어." 이니드가 대답했다.

"오늘, 내일, 아니면 내년 4월에. 아무려나." 개리가 말했다.

"리투아니아에 무슨 문제가 있다더구나." 이니드가 말했다.

데니즈가 앨프리드를 찾으러 간 동안 개리는 서재에서 〈크로니클〉 조간을 가져왔다. 장황한 특집들("새 '페티큐어' 발톱 깎이에 개들이 '미쳐 날뛰다'"와 "안과 병원은 과다 청구했는가? 의사는 아니라고 하고, 검안사는 그렇다고 한다") 사이에 국제 뉴스란이 끼어 있었다. 그는 리투아니아에 관한 구절을 찾았다. **국회의원 선거에 대한 논란과 비트쿠나스 대통령의 암살 시도 이후 민간 폭동 일어나…… 나라의 4분의 3이 정전되고…… 경쟁적 당들이 빌뉴스 거리에서 충돌하고…… 공항이……**

"공항이 폐쇄됐어요. 어머니? 제 말 들었어요?" 개리는 만족스레 말했다.

"어제 이미 공항에 있었어. 무사히 빠져나왔을 거야."

"그럼 왜 전화가 없죠?"

"아마 비행기 타느라 정신없었나 보지."

이니드의 상상력이 특정 수준에 이르면 개리는 육체적 고통을 느꼈다. 그는 지갑을 열어 샤워용 의자와 안전 손잡이의 영수증을 주었다.

"나중에 수표를 써주마."

"잊어버리기 전에 지금 줘요."

중얼중얼대고 사각사각대며 이니드는 그의 말을 따랐다.

개리는 수표를 살펴보았다. "왜 12월 26일 자예요?"

"네가 필라델피아 은행에 가서 수표를 가장 빨리 맡길 수 있는 날짜니깐."

소규모의 충돌이 점심 후에도 계속되었다. 샤워실 작업을 어서 하라고 이니드가 세 번째에 이어 네 번째 재촉하는 동안, 개리는 천천히 맥주를 마신 뒤 두 번째 맥주 역시 천천히 마시며 자신이 그녀에게 야기하고 있는 고통을 즐겼다. 마침내 그가 탁자에서 일어났을 때, 이니드의 삶을 좌지우지하고자 하는 그의 욕구는 그의 삶을 좌지우지하고자 하는 그녀의 고집에 대한 논리적 반응이라는 사실을 번뜩 깨달았다.

안전 손잡이는 40센티미터쯤 되는 베이지색 에나멜 파이프로, 양끝에 L자형 받침이 달려 있었다. 상자 안에 들어 있던 뭉툭한 나사는 합판에는 충분할지 몰라도 도자기 타일에는 쓸모없는 것이었다. 손잡이를 확실히 고정하기 위해서는 작은 벽장에 접해 있는 샤워실 뒷벽에다 15센티미터짜리 볼트를 박아야 했다.

앨프리드의 작업실로 가서 전기드릴에 꽂을 석조용 날을 찾았지만, 유용한 철물의 보고로 기억하던 시가 상자에는 고아 신세나 다름없는 부식된 나사와 자물쇠용 걸림판과 변기 물탱크 용품 같은 것들만 들어 있을 뿐이었다. 15센티미터짜리 볼트는 확실히 없었다.

'내가 머저리지'라는 미소를 지은 채 철물점으로 출발하려던 개리는 이니드가 식당 창가에서 얇은 커튼 너머를 내다보고 있는 것을 발견했다.

"어머니, 칩에 대한 희망을 유지하는 게 무척 중요한가 보네요."

"거리에서 차 문 닫는 소리가 난 것 같았어."

좋아요, 계속 그렇게 해요. 여기 없는 사람한테 집중한 채 여기 있는 사람은 탄압하도록 해요라고 생각하며 그는 집을 나섰다.

슈퍼에서 식료품을 사 오던 데니즈와 집 앞에서 마주쳤다. "엄마한테 식료품값을 꼭 받아라."

누이는 대놓고 비웃었다. "그래서 오빠한테 무슨 득이 되는데?"

"어머니는 언제나 교묘히 돈을 안 내려고 해. 그 때문에 미치겠어."

"그럼 두 배로 조심하지 그래." 데니즈는 집을 향해 걸어갔다.

왜, 하필이면, 그가 죄책감을 느껴야 한단 말인가? 그는 조나를 데려가겠다고 약속한 적이 없었다. 그가 모든 위험을 감수하고 열심히 노력해 구입한 액슨 주식으로 현재 5만 8천 달러를 벌었고, 베아 마이스너 본인이 그더러 이니드에게 중독성 약물을 주지 말라고 권하지 않았는가. 그런데 왜 죄책감이 든단 말인가?

차를 몰며 그는 시계 방향으로 스멀스멀 돌아가는 두개골 압력 측정기의 바늘을 상상했다. 이니드의 부탁을 들어주다니 유감스러웠다. 그의 짧은 방문 일정을 감안한다면, 수리공을 고용해 해결하면 될 일에 오후를 바치는 것은 어리석은 짓이었다.

철물점 계산대에서 그는 미국 중부에서 가장 뚱뚱하고 느린 사람들 뒤에 섰다. 그들은 마시멜로 산타, 반짝이 트리 장식, 블라인드, 8달러짜리 헤어드라이어, 크리스마스 디자인의 주방 장갑 따위를 사러들 와 있었다. 그러고는 소시지 같은 손가락으로 자그마한 지갑을 뒤져 잔돈을 일일이 집어냈다. 만화에서처럼 개리의 귀에서 하얀 증기가 푹푹 솟구쳤다. 15센티미터짜리 볼트 여섯 개를 사느라 30분을 기다리는 대신 할 수 있는 온갖 재미난 일들이 그의 상상 속에서 황홀하게 그려졌다. 교통박물관 기념품 판매점의 수집 용품 코너에 들르거나, 아버지가 미들랜드 퍼시픽에서 처음 일할 때 그린 옛 다리와 철도 그림을 정리하거나, 오래전 잃어버린 O-게이지 모형 철도를 찾아 베란다 아래 창고를 뒤질 수도 있었다. '우울'이 잦아들면서 취미에 흥미를 느끼듯이, 조립과 수집이 가능한 철도 기념물에 대해 강렬하고도 새로운 흥미를 느꼈다. 모형 철도를 찾다 보면 하루 종일, 심지어 1주일 내내! 즐겁게 지낼 수 있을 텐데……

집으로 돌아가 정원을 가로지르는데 얇은 커튼을 가르고 어머니가 또 밖을 내다보는 것이었다. 집 안은 데니즈가 굽고 끓이고 볶는 음식 냄새와 수증기로 빽빽했다. 개리는 이니드에게 볼트 영수증을 주었고, 그녀는 그것을 적대감의 상징으로 간주했다.

"4달러 96센트도 네가 못 내니?"

"어머니, 나는 약속한 대로 일하고 있어요. 하지만 이건 내 욕실이 아니에요. 내 안전 손잡이가 아니라고요."

"나중에 주마."

"그러다 또 잊으려고요."

"개리, **나중에** 준다니깐."

앞치마를 두른 데니즈가 부엌 문가에서 웃는 얼굴로 이 대화를 듣고 있었다.

개리가 두 번째로 지하실에 내려가니 앨프리드가 커다란 푸른 의자에서 코를 골고 있었다. 작업실로 들어간 그는 새로운 발견에 걸음을 멈추었다. 캔버스 가방에 담긴 산탄총이 실험대에 기대어 세워져 있었다. 아까 이것을 본 기억이 없었다. 우연히 못 본 것일까? 보통 그 총은 베란다 아래 창고에 보관되어 있었다. 다른 장소에 놓인 총을 보다니 심히 유감스러웠다.

자살하도록 내버려두어야 하나?

질문이 머릿속에서 너무 명료하게 떠오르는 바람에 그는 거의 소리 내 말할 뻔했다. 고민스러웠다. 이니드의 안전을 위해 간섭을 하고 약물을 몰수하는 것과는 상황이 전혀 달랐다. 이니드에게는 구할 가치가 있는 삶과 희망과 기쁨이 있었다. 하지만 저 노인네는 이미 끝장나 있었다.

동시에 개리는 총성을 듣고 아래로 내려와 핏덩이 위를 걷고 싶은
마음이 눈곱만큼도 없었다. 어머니가 그런 일을 겪게 할 수는 없었다.

그러나 아주 끔찍한 광경이긴 해도 덕분에 어머니의 삶의 질이 퀀
텀 펀드만큼이나 껑충 뛰어오를 터였다.

개리는 실험대 위의 총알 상자를 열어 가득 차 있는 것을 확인했
다. 앨프리드가 총을 여기에 가져다 둔 것을 그가 아닌 다른 사람이 보
았더라면 좋았을 텐데 싶었다. 하지만 일단 결정을 내리자 머릿속에
서 너무나 명료해 입 밖으로 소리가 되어 나왔다. 먼지투성이에 오줌
냄새 풍기는 실험실의, 메아리라고는 없는 침묵을 깨고 그는 말했다.
"정 하고 싶다면 마음대로 해요. 나는 안 말릴 테니."

샤워실에 드릴로 구멍을 내기 전에 작은 욕실 벽장을 치워야 했다.
이것만 해도 이미 상당한 일이었다. 이니드는 아스피린이나 처방 약
의 병에서 빼낸 솜뭉치를 신발 상자에 전부 보관해두었다. 오백 개나
천 개는 될 듯했다. 반쯤 눌러진 채 그대로 석화된 연고들. 발 수술이
나 무릎 수술이나 정맥염 때문에 이니드가 입원했을 때 쓴 플라스틱
주전자와 용품들(그런 게 가능할진 모르겠지만 베이지색보다도 더
끔찍한 색이었다). 1960년대의 어느 순간에 말라버린 머큐로크롬과
안베솔. 케케묵은 생리용 벨트와 생리대가 담겨 있는 것 같아 마음의
평정을 위해 재빨리 위쪽 선반 뒤로 던져버린 종이봉투.

벽장을 다 비우고 구멍 여섯 개를 낼 준비가 되자 햇살이 기울고
있었다. 그제야 그는 오래된 석조용 드릴 날이 나사만큼이나 뭉뚝하
다는 것을 발견했다. 온 힘을 다해 드릴을 눌렀지만 날 끝이 푸르스

름한 검은 빛깔로 변하며 기세를 잃더니만 낡은 드릴에서 연기가 피어올랐다. 얼굴과 가슴에 땀이 방울져 흘렀다.

바로 그 순간에 앨프리드가 욕실로 들어왔다. "이런, 이것 좀 보게."

"석조용 날이 뭉뚝해져 있어요. 아까 상점에 갔을 때 새 날을 사올 것 그랬네요." 개리는 무겁게 숨 쉬며 말했다.

"어디 좀 보자."

노인과, 그의 선발 부대이자 부르르 떨어대는 손가락 짐승들의 관심을 끄는 것은 개리의 의도가 아니었다. 그는 무능력하면서도 탐욕스럽게 펼쳐진 저 손들에게 뒷걸음쳤지만, 앨프리드의 눈은 드릴에 고정되어 있었고, 얼굴은 문제 해결의 가능성에 환해져 있었다. 개리는 드릴을 내주었다. 자신이 든 것이 무엇인지 아버지가 알고는 있는지 의심스러웠다. 드릴이 바들바들 흔들리고 있었다. 노인의 손가락이 눈 없는 벌레처럼 더듬더듬 변색된 표면을 따라 움직였다.

"**후진**으로 해놓았구나."

앨프리드가 말했다. 그리고 울퉁불퉁한 노란 엄지손톱으로 회전 방향 스위치를 **전진**으로 누른 뒤 드릴을 돌려주는 순간, 개리가 집에 온 이후 처음으로 두 사람의 눈이 마주쳤다. 개리가 한기를 느낀 것은 땀이 식어가는 스웨터 때문만은 아니었다. 노인에게는 여전히 저 위에 몇 개의 불이 들어오고 있었다. 그는 정말 오롯이 행복해 보였다. 문제를 해결했기에 행복하며, 작은 예를 통해 자신이 아들보다 뛰어남을 증명했기에 더욱 행복한 것이리라 개리는 짐작했다.

"내가 왜 엔지니어가 안 됐는지 알겠네요." 개리는 말했다.

"뭘 하고 있는 거냐?"

"잡고 서 있을 수 있게 손잡이를 달려고요. 여기에 의자와 손잡이가 있으면 샤워기를 쓸 거죠?"

"앞날이야 아무도 모르지." 앨프리드는 대꾸하며 밖으로 나갔다.

그건 크리스마스 선물이었어요. 스위치 누르기가 바로 내가 아빠한테 준 선물인 거죠, 하고 개리는 소리 없이 그에게 말했다.

한 시간 후 온 가족이 욕실에 모이자 개리는 다시 한없이 끔찍한 기분에 사로잡혔다. 이니드는 손잡이의 위치를 두고 뒤늦게 타박했고, 앨프리드는 새 의자에 앉아보라는 개리의 권유에 욕조가 더 좋다고 선언했다.

"내 할 일은 다 했으니 이걸로 끝이에요. 내일은 내가 하고 싶은 것을 할 거예요." 개리는 부엌에서 술을 따르며 말했다.

"욕실이 한결 좋아졌더구나." 이니드가 말했다.

개리는 술을 콸콸 부었다. 콸콸, 콸콸.

"아, 개리. 베아가 가져온 샴페인을 따는 게 좋겠구나."

"아, 그러지 말아요." 데니즈가 말했다. 달콤한 빵과 커피 케이크와 치즈 빵 두 덩이를 구운 뒤, 개리가 오해한 것이 아니라면, 폴렌타*와 삶은 토끼 요리를 저녁으로 준비하고 있었다. 이 집 부엌에서 토끼를 보는 것은 처음이라고 해도 과언이 아니었다.

이니드는 다시금 식당 창가에서 서성거리기 시작했다. "왜 전화가 없는지 걱정이구나."

---

* 이탈리아식 옥수수 수프.

720

개리는 달콤한 첫 술잔에 교질 세포가 신이 난 채로 창가에 합류했다. 그러고는 오캄의 면도날 원리를 아느냐고 물었다.

그는 술김에 무게를 잡으며 말했다. "오캄의 면도날 원리는 어떤 현상을 설명하는 두 가지 방법이 있다면 둘 중 더 간단한 것을 택해야 한다는 거죠."

"무슨 뜻으로 하는 말이냐?" 이니드가 물었다.

"내 말은, 칩이 전화를 못 하는 것은 우리가 알지 못하는 복잡한 사정 때문일 수도 있고, 아니면 우리 모두가 알고 있는 아주 간단한 이유 때문일 수도 있다는 거죠. 말하자면, 기가 막힐 정도로 무책임하기 때문이라는 거죠."

"칩이 올 거라고 **말했어**. 전화하겠다고 **말했다고. 집으로** 오겠다고 분명히 말했어."

"그래요. 좋아요. 창가에 계속 서 있어요. 그야 어머니 마음이죠."

〈호두까기 인형〉을 보러 갈 때 차를 몰 예정이라 개리는 저녁 전에 마음껏 술을 마실 수 없었다. 그래서 발레 공연이 끝나고 집으로 돌아오자마자 그는 술을 더 마셨고, 앨프리드는 위층으로 사실상 달리다시피 하여 올라갔고, 이니드는 밤에 발생할 문제를 아이들이 알아서 처리하게 할 셈으로 서재에 잠자리를 꾸몄다. 개리는 스카치를 마시며 캐럴라인과 통화했다. 그리고 스카치를 마시며 데니즈를 찾았지만 흔적도 보이지 않았다. 그는 자기 방에서 크리스마스 선물을 가져와 트리 아래에 놓았다. 모두에게 똑같은 선물을 줄 계획이었다. 가죽 장정 한 〈램버트 200년 가족사〉 앨범. 앨범 작업을 크리스마스에 맞춰 끝내기 위해 대단히 노력했더랬다. 이제 앨범이 완성됐으니 암실을 해체하고 액슨 주식의 수익을 일부 사용하여 차고 2층에 모형 철도 세트를 놓아야겠다 싶었다. 그것은 누군가가 그에게 골라준 것이 아니라 그가 직접 고른 취미였다. 스카치에 취한 머리를 차가운 베개에 누이고 세인트주드의 오래된 침실 불을 끄자 기차가 종이 반죽 산맥 사이로 달리고, 높다란 아이스크림 막대 다리를 건너는 광경이 떠오르며 어릴 적 흥분이 되살아나⋯⋯.

고향집에서의 크리스마스가 열 번이나 꿈이 되어 나타났다. 방과 사람들, 방과 사람들. 데니즈는 누이가 아니라 그를 살해하려는 사람이었다. 유일한 희망은 지하실의 산탄총이었다. 작업실에서 산탄총이 장전되었는지 확인하는데 뒤쪽에서 사악한 기운이 느껴졌다. 돌아보았지만 데니즈를 알아보지 못했다. 그가 본 여자는 그가 죽여야 하거나, 그를 죽일 다른 여자였다. 주저 없이 산탄총의 방아쇠를 당겼다. 하지만 방아쇠는 축 늘어져 대롱댈 뿐 쓸모가 없었다. 총은 **후진**으로 설정되어 있었다. 그가 **전진**으로 바꾸었을 때 그녀가 그를 죽이려고⋯⋯.

그는 오줌이 마려워 일어났다.

어두컴컴한 방에는 디지털 라디오 시계에서 새어 나오는 불빛뿐이었다. 그는 여전히 이른 시간이라는 것을 알고 싶지 않았기에 시계를 확인하지 않았다. 반대쪽 벽에 놓인 칩의 옛 침대가 어스레히 보였다. 집의 침묵은 일시적이며 혼란을 머금은 듯이 느껴졌다. 이제 막 침묵이 시작된 듯했다.

그는 이러한 침묵을 존중하며 침대에서 나와 살금살금 문으로 걸어갔다. 바로 이때 공포가 그를 덮쳤다.

문을 열기 두려웠다.

밖에서 무슨 소리가 나는지 들으려고 신경을 곤두세웠다. 희미한 바스락거림과 조용한 발걸음과 멀리 떨어진 데서 나는 목소리가 들리는 듯했다.

그곳에서 무엇을 보게 될지 몰라 화장실 가기가 두려웠다. 방을 나섰다가 돌아왔을 때 엉뚱한 사람이, 그의 어머니나 누이나 아버지가 그의 침대에 누워 있을까 봐 겁이 났다.

사람들이 복도에서 움직이고 있는 것이 확실했다. 잠기 어린 멍한 정신으로 그는 전날 잠자리에 들기 전 사라진 데니즈를, 꿈에서 그를 죽이고자 했던 데니즈 같은 유령과 연관시켰다.

이 유령 살인마가 지금도 복도에 도사리고 있을 가능성은 겨우 90퍼센트만 헛된 공상 같았다.

방에 그대로 남아 서랍장 위 오스트리아제 장식용 맥주잔에 오줌을 누는 편이 훨씬 안전했다.

하지만 문밖을 살금살금 돌아다니고 있는 이가 누구든, 오줌 소리가 그자의 관심을 끌면 어떡하지?

그는 맥주잔을 들고 까치걸음으로 벽장을 향했다. 데니즈가 작은 침실을 쓰고, 두 아들이 한방을 쓰게 된 이후로 칩과 공유해온 바로 그 벽장이었다. 그는 안으로 들어가 벽장문을 닫았다. 이니드가 창고로 쓰기로 한 탓에 드라이클리닝한 옷과, 잡동사니로 미어터질 듯한 노드스트롬 백화점 쇼핑백이 빽빽이 들어찬 곳에서 그는 맥주잔에 대고 오줌을 누었다. 혹시나 넘칠 경우를 대비해 맥주잔 가장자리에 손가락 하나를 대었다. 오줌의 온기가 막 손끝에 닿는 순간 방광이 마침내 비었다. 그는 맥주잔을 벽장문 근처에 내려놓고는 노드스트롬 가방에서 봉투를 하나 집어 잔을 덮었다.

그리고 조용히, 조용히 벽장에서 나와 침대로 돌아갔다. 다리를 막 바닥에서 올리는데 데니즈의 목소리가 들렸다. 대화를 나누듯 너무도 또렷한 어조라 동생이 그와 함께 방 안에 있는 것은 아닐까 싶었다.

"오빠?"

그는 움직이지 않으려고 했지만 침대 스프링이 삐걱댔다.

"오빠? 귀찮게 해서 미안해. 일어났어?"

그는 일어나 문을 여는 것 외에 다른 도리가 없었다. 하얀 플란넬 잠옷 차림의 데니즈가 그녀 방에서 새어 나온 빛줄기에 휘감긴 채 바로 그의 문 앞에 서 있었다. "미안해. 아빠가 오빠를 찾고 있어."

"개리!" 앨프리드의 목소리가 그녀 방 옆 욕실에서 들렸다.

심장이 방망이질 쳤고 개리는 몇 시인지 물었다.

"모르겠어. 아빠가 칩 오빠를 부르는 소리에 깼어. 그러더니 아빠가 개리 오빠를 찾기 시작했어. 하지만 나는 안 부르네. 아무래도 오빠가 더 편한가 봐."

그녀의 숨결에서 다시 담배 냄새가 풍겼다.

"개리? 개리!" 욕실에서 고함이 울렸다.

"젠장할." 개리는 말했다.

"약 때문일 수도 있어."

"헛소리 마."

욕실에서 들려오는 고함 소리. "개리!"

"예, 아빠. 지금 가요."

이니드의 육체 없는 목소리가 계단 아래에서 흘러나왔다. "개리, 아버지를 도와드리렴."

"예, 엄마. 내가 알아서 할 테니 그만 자요."

"뭐 때문에 그러시는 거니?" 이니드가 물었다.

"그냥 자요."

복도로 나오자 크리스마스트리와 난로 냄새가 났다. 그는 욕실 문을 두드린 뒤 열었다. 아랫도리를 벌거벗은 채 욕조에 서 있는 아버지의 얼굴에는 정신병의 기미밖에 보이지 않았다. 지금껏 개리는 이런 얼굴을 주로 필라델피아 시내의 버거킹 화장실과 버스 정류장에서 보았더랬다.

"개리, 그놈들이 사방에 있다. 너도 보이지?" 노인이 떨리는 손가락으로 바닥을 가리켰다.

"아빠, 지금 환각 상태인 거예요."

"잡아라! 잡아!"

"다 환각이에요. 욕조에서 나와 침대로 돌아갈 시간이에요."

"보이지 않니?"

"다 환각이에요. 침대로 돌아가요."

10~15분간 이런 대화가 오간 후에야 개리는 앨프리드를 욕실 밖으로 끌어낼 수 있었다. 안방의 눈부신 조명은 바닥에 늘어져 있는 새 기저귀들을 비추고 있었다. 아버지는 깨어 있는 채로 꿈을 꾸는 듯했다. 개리의 데니즈 꿈만큼이나 생생한 꿈을. 개리는 0.5초 만에 정신이 들었지만 아버지는 30분은 걸리는 듯했다.

"'환각'이라니?" 아버지가 마침내 물었다.

"깨어 있는 채로 꿈을 꾸는 것과 비슷해요."

앨프리드가 움찔했다. "안 그래도 그걸 걱정하고 있었단다."

"네. 당연히 그래야죠."

"기저귀 좀 치워다오."

"네, 걱정 말아요."

"내 머리가 어딘가 잘못된 것 같아 걱정이야."

"아, 아빠."

"머리가 제대로 작동하지 않는 것 같아."

"알아요, 알아."

하지만 이 한밤중에 개리 역시 아버지의 병에 옮았다. 그들 둘은 기저귀 문제를 함께 처리했는데, 아버지는 기저귀를 몸에 걸치는 속옷이라기보다는 정신병적인 이야깃거리로 여기는 듯했고, 개리 역시 세상이 사라지고 살금살금 걸어가고 바스락대고 변신하는 밤이 온 듯한 묘한 기분이 들었다. 침실 문 너머에 그들 둘 말고 또 다른 이들이 바글대고 있는 듯했다. 오직 힐긋 보이기만 하는 유령들이.

앨프리드가 자리에 눕자 새하얀 머리카락이 얼굴로 쏟아졌다. 개리는 담요를 그의 어깨까지 덮어주었다. 석 달 전 이 사람을 적수라고 확고하게 믿으며 싸움을 벌였다니 믿기지 않았다.

방으로 돌아가자 라디오 시계가 2시 55분을 가리키고 있었다. 집은 다시 고요했고, 데니즈의 방문은 닫혀 있고, 800미터 너머 고속도로를 달리는 대형 트레일러 소리만이 감돌았다. 개리는 왜 그의 방에서 다른 사람의 담배 냄새가 ─ 희미하게 ─ 나는 것인지 의아했다.

아마도 담배 냄새가 아니리라. 아마도 그가 벽장 안에 남겨둔, 오줌으로 가득 찬 오스트리아제 맥주잔 냄새이리라!

그는 생각했다. **내일은 나를 위한 날이야. 내일은 개리의 휴식 시간이지. 그리고 목요일 아침에 우리는 이 집을 작살내버릴 거야. 가식을 모두 끝장내는 거야.**

브라이언 캘러핸에게 해고당한 이후 그녀는 자신을 조각해 탁자 위에 주르르 늘어놓았다. 그리고 달아나지 않으면 아이를 산 채로 잡아먹을 만큼 딸에 굶주려 있던 집안에서 태어난 딸의 이야기를 자기 자신에게 들려주었다. 달아나려는 절망 속에서 찾을 수 있는 임시 보호소라면 어디든―요리, 에밀 버거와의 결혼, 필라델피아에서의 노인 같은 삶, 로빈 파사파로와의 연애―몸을 맡긴 딸에 대한 이야기를 자신에게 들려주었다. 하지만 급하게 선택한 이들 보호소는 자연히 오래갈 수 없었다. 가족의 굶주림으로부터 자신을 보호하기 위해 노력했지만 딸은 오히려 정반대를 이루었다. 가족의 굶주림이 절정에 달했을 때 그녀의 삶이 갈기갈기 찢어져 배우자도, 자식도, 직업도, 책임감도, 그 어떤 종류의 방어책도 없이 그녀 혼자 남겨질 것이 분명했다. 지금껏 내내 부모를 돌보기 위해 스스로 음모를 짜고 있었던 것만 같았다.

반면 그녀의 오빠들은 부모를 돌볼 책임을 피하기 위해 음모를 짰다. 칩은 동유럽으로 달아났고, 개리는 캐럴라인의 지배 아래 들어갔다. 개리가 부모에 대한 "책임감을 갖고 있다"는 것은 사실이었지만, 책임감이라는 것을 그는 명령하고 겁주는 것으로 생각했다. 이니드와 앨프리드의 이야기를 귀 기울여 듣고 인내심을 갖고 이해해야 하는 짐은 모두 딸의 어깨에 떨어졌다. 이미 데니즈는 자신이 세인트 주드의 크리스마스 저녁 만찬에 참석할 유일한 자식이며, 그 이후 몇 주와 몇 달과 몇 년에 걸쳐 자식의 의무를 이행할 유일한 자식이라는 사실을 파악하고 있었다. 그녀의 부모는 고향으로 돌아와 함께 살자고 말할 만큼 뻔뻔한 사람들은 아니었지만, 그것을 원하고 있음이 분명했다. 그녀가 아버지를 코렉탈의 2단계 임상 실험에 등록하고 자기 집에 머물라고 권하자마자 이니드는 그녀에 대한 적대감을 일방적으로 거두었다. 유부남과 놀아난 노마 그린 이야기를 두 번 다시 입에 올리지 않았다. 제너레이터를 왜 "관두었는지"도 묻지 않았다. 곤란한 상황에 처해 있던 터에 데니즈가 도움을 제의한 만큼 이니드는 흠집을 찾는 사치를 누릴 수 없었다. 그리고 이제, 자신에 대해 데니즈 자신이 들려준 이야기에 따르면, 제 살을 깎아내 그 조각으로 굶주린 부모를 먹여야 하는 때가 온 것이다.

더 나은 이야기가 없기에 그녀는 이 이야기를 거의 살 뻔했다. 유일한 문제는 그 이야기 속에서 자기 모습을 알아볼 수 없다는 점이었다.

하얀 블라우스와 앤티크한 회색 정장과 붉은 립스틱과 검은 베일이 달린 챙 없는 자그마한 검은 모자로 치장할 때에야 그녀 자신을 알아볼 수 있었다. 민소매 흰 티셔츠와 남자용 청바지를 입고 두통이 생길 만큼 머리를 질끈 묶을 때에도 그녀 자신을 알아볼 수 있었다. 은으로 된 액세서리를 하고, 청록색 아이섀도와 서리 빛깔 매니큐어를 바르고, 오렌지색 스니커즈를 신을 때도 숨 가쁜 삶의 행복으로 생생한 자기 자신을 알아볼 수 있었다.

그녀는 푸드 채널에 출연하기 위해 뉴욕으로 가서는, 그녀처럼 **나를**

찾는 여행을 시작한 사람들을 위한 모임에 들렀다. 그동안 허드슨 거리의 멋진 아파트에서 줄리아 브라이스와 함께 지냈다. 줄리아는 지타나스 미세비치우스가 리투아니아 정부로부터 횡령한 돈으로 아파트 매입금을 치렀다는 사실을 이혼 과정에서 알게 되었다고 전했다.

"지타나스의 변호사는 그게 '실수'였다고 주장해. 하지만 도저히 믿을 수 없어."

"그럼 아파트를 뺏긴다는 거야?"

"아니. 그 덕분에 내가 합의금을 주지 않고 아파트를 그대로 가지게 될 가능성이 더욱 높아졌어. 하지만 정말 불쾌해! 내 아파트가 법적으로는 리투아니아 국민의 소유라니!"

줄리아의 손님용 침실 온도는 약 32도였다. 그녀는 데니즈에게 30센티미터 두께의 이불을 주고는 담요도 필요하냐고 물었다.

"고마워. 이것만으로도 충분할 것 같아." 데니즈가 말했다.

줄리아는 플란넬 시트와 플란넬 베갯잇을 씌운 베개 네 개를 주었다. 그러고는 칩이 빌뉴스에서 어찌 지내고 있는지 물었다.

"지타나스와 절친이 된 것 같더라."

"그 두 사람이 나에 대해 무슨 이야기를 할지 생각하면 끔찍해." 줄리아가 신이 나서 중얼거렸다.

데니즈는 칩과 지타나스 모두 그 주제를 피할 가능성이 높다고 말했다.

줄리아가 눈살을 찌푸렸다. "왜 내 이야기를 안 할 거라는 거야?"

"네가 그 둘을 냉정하게 찼으니깐."

"하지만 내가 얼마나 미운지 이야기할 거야!"

"세상에 그 누가 널 미워하겠니."

"사실, 내가 칩이랑 헤어져서 **네**가 날 미워하지 않을까 걱정했어."

"아니, 나와는 아무 상관 없는 일이야."

이 말을 듣고 확실히 안심한 줄리아는 지금 현재 멋지지만 대머리인 변호사와 데이트 중이며, 이든 프로쿠로가 소개해주었다는 사실을 고백했다. "그이와 함께 있으면 마음이 든든해. 레스토랑에서 정말 자신감에 넘쳐. 그리고 할 일이 태산 같아서 하루 종일 날 귀찮게하지도 않고."

"사실 네가 칩 오빠와의 이야기를 하지 않으면 않을수록 나는 더편할 것 같아."

줄리아가 현재 사귀는 사람이 있냐고 물었을 때 데니즈는 로빈 파사파로 이야기를 하는 것이 그리 어려울 까닭도 없건만 웬일인지 어려웠다. 데니즈는 친구가 거북해하기를 원하지 않았고, 그녀가 동정심으로 나직이 사근사근 말하는 소리를 듣고 싶지 않았다. 그녀가 익히 알고 있는 줄리아의 천진난만함을 한껏 만끽하고 싶었다. 그래서말했다. "아니, 없어."

그러나 다음 날 밤 그녀는 줄리아의 아파트에서 200걸음 떨어진레즈비언 사령관의 서재에 갔다가, 뉴욕주 플래츠버그에서 막 버스를 타고 온 과격한 헤어스타일의 열일곱 살짜리 소녀를 만났다. 최근의 SAT에서 두 번 다 800점대를 받은 그녀는 분별의 증명서인 양 혹은 광기의 가능성인 양 SAT 성적표를 가지고 다녔다. 또한 그다음 날밤, 아버지가 서던 캘리포니아에서 가장 큰 정자은행을 운영하고 있고(본인 말로는 그랬다) 자신은 컬럼비아 대학에서 종교학을 전공하고 있는 여자를 만났다.

모두 충족되자 데니즈는 미드타운의 스튜디오로 가서 〈신인류를 위한 팝푸드〉에 게스트로 출연해 양고기 라비올리 등 마레 스쿠로의 표준적 음식을 요리했다. 그녀를 브라이언에게서 빼 가려고 했던 뉴요커들을 몇 만났는데, 센트럴파크 웨스트의 재벌은 그녀와 봉건적 관계를 맺고자 했고, 뮌헨 출신의 은행가는 그녀가 독일 요리의 옛 영광을 맨해튼에서 재현할 메시아라고 믿고 있었고, 젊은 레스토랑 경영자 닉 라자는 그가 마레 스쿠로와 제너레이터에서 먹은 음식을 하나하나 분석함으로써 깊은 인상을 주었다. 라자는 뉴저지의 납품 업자 집안 출신으로, 이미 어퍼 이스트사이드의 유명한 중간급 해산 물 그릴 레스토랑을 소유하고 있었다. 지금 그는 가능하다면 데니즈를 스타로 내세워 브루클린의 식당 중심지인 스미스 거리에 레스토랑을 열고자 했다. 그녀는 1주일 정도 생각할 시간을 달라고 했다.

햇살 화창한 가을의 일요일 오후, 그녀는 지하철을 타고 브루클린으로 갔다. 브루클린은 맨해튼에 인접한 덕분에 구조된 필라델피아처럼 보였다. 반년 동안 사우스 필라델피아에서 본 여자들보다 훨씬 아름답고 매혹적인 여자들을 30분도 안 돼 발견했다. 그들은 부유한 분위기를 풍기며 멋진 부츠를 신고 있었다.

암트랙을 타고 돌아가던 그녀는 필라델피아에 그토록 오래 숨어 있었던 것을 후회했다. 시청 아래 자그마한 지하철역은 버려진 함대의 전함처럼 텅 비어 메아리치고 있었다. 모든 바닥과 벽과 기둥과 난간이 잿빛으로 칠해져 있었다. 15분 후 마침내 나타난, 애처로운 작은 지하철에 탄 승객들은 그 인내심과 고립감으로 봐서는 통근자라기보다 응급실에서 애원하는 사람들 같아 보였다. 페더럴 거리 역에서 내리자 브로드 거리의 인도를 휩쓴 바람을 타고 플라타너스 잎과 햄버거 포장지가 내달려 하찮은 건물과 창문 창살에 부딪혀 소용돌이치거나, 법을 위반하고 거리에 주차한 차량들 사이로 흩어졌다. 바람과 하늘이 패권을 휘어잡은 필라델피아의 텅 빈 도심은 마치 마법에 걸린 세계인 듯했다. 나니아처럼. 그녀는 로빈 파사파로를 사랑하듯 필라델피아를 사랑했다. 심장이 부풀고, 감각이 예리해졌다. 하지만 그녀의 머리는 고독의 진공상태에서 터질 것만 같았다.

데니즈는 자신의 벽돌 교도소 문을 열고는 바닥에 놓인 우편물을 집어 들었다. 자동 응답기에 메시지를 남긴 스무 명의 사람 중 로빈 파사파로가 있었다. 그녀는 긴 침묵을 깨고는 물었다, "잠시 수다"를 떨 수 있겠냐고. 또한 에밀 버거는 제너레이터의 셰프를 맡아달라는 브라이언 캘러핸의 제의를 받아들여 필라델피아로 돌아간다는 사실을 정중하게 알렸다.

에밀의 소식에 데니즈는 부엌의 남쪽 타일 벽을 마구 걸어차다가 발가락이 부러지진 않을까 하는 생각에 발을 멈추었다.

그녀는 말했다. "난 여길 벗어날 거야!"

탈출은 그리 쉽지 않았다. 로빈은 한 달간 머리를 식힌 후 결론을 내렸다, 브라이언과 잔 것이 죄라면 자기 역시 죄인이라고. 브라이언은 올드 시티에 공장을 개조한 아파트를 빌렸고, 데니즈가 짐작하기에 로빈은 시네이드와 에린의 양육권을 열렬히 주장하고 있었다. 그녀는 유리한 고지를 차지하기 위해 파나마 거리의 큰 집에 그대로 눌러앉아 딸들에게 헌신했다. 하지만 학교 수업 시간과, 브라이언이 딸들과 지내는 토요일에는 자유로웠다. 그래서 어른스럽게 숙고한 결과 이 자유 시간을 데니즈의 침대에서 보내는 것이 최선이라고 결론 내렸다.

데니즈는 여전히 로빈이라는 마약을 거절할 수 없었다. 여전히 로빈의 손이 자신에게, 자신의 온몸에, 자신의 몸 안에 닿기를 원했고, 다양한 뷔페를 즐기고 싶었다. 하지만 로빈에게는 배신과 학대를 끌어당기는 뭔가가 있었다. 아마도 다른 이들이 자신에게 가한 피해를 자기 탓으로 여기는 성향 때문이리라. 데니즈는 로빈이 담배 연기에 눈을 따가워한다는 사실을 알기에 일부러 침대에서 담배를 피웠다. 함께 점심 식사를 할 때는 철저하게 차려입어 로빈의 촌스러움을 최대한 두드러지게 했고, 남자든 여자든 자신을 돌아보는 모두와 눈을 맞추었다. 또한 로빈의 커다란 목소리에 대놓고 몸을 움찔거렸다. 그녀는 마치 부모와 함께 있는 사춘기 아이처럼 행동했다. 그러나 사춘기 아이가 다른 데로 눈을 돌리는 것은 어쩔 수 없는 본능 때문이지만, 데니즈의 경멸은 의도적이고 계산된 잔인함이었다. 침대에 있을 때 화가 나서 조용히 하라고 타박하자 로빈은 의식적인 웃음을 터뜨렸다. "목소리 좀 낮춰. 제발. **제발.**" 자신의 잔인함에 신이 난 그녀는 로빈의 고어텍스 레인코트를 뚫어져라 쳐다보았다. 결국 로빈이 왜 그러냐고 묻자 데니즈는 대꾸했다. "그냥, **조금이라도** 촌티를 벗으려고 노력한 적이 있는지 궁금해서." 로빈은 결코 세련되어지고 싶지 않고, 편안해지고 싶다고 대꾸했다. 데니즈는 입술을 일그러뜨렸다.

로빈은 연인이 다시 시네이드와 에린과 친밀한 관계를 맺기를 간절히 바랐지만, 데니즈는 자신조차도 반밖에 이해할 수 없는 이유를 들며 아이들 보기를 거절했다. 아이들의 눈을 똑바로 바라보다니 상상조차 할 수 없었다. 네 명의 여자가 가정을 이룬다는 생각만으로도 속이 뒤집혔다.

"아이들이 너를 얼마나 좋아하는데." 로빈이 말했다.

"못 할 것 같아."

"왜?"

"그러고 싶지 않으니깐. 그게 이유야."

"좋아. 아무려나."

"'아무려나'라는 말은 언제까지 써먹을 거야? 그만 은퇴시킬 생각 없어? 아니면 평생 함께할 거야?"

"데니즈, 아이들이 너를 **진심**으로 좋아해. 너를 보고 싶어 한다고. 전에는 애들을 무척 아꼈잖아." 로빈이 깩깩거렸다.

"지금 아이랑 놀 기분이 아니야. 솔직히 다시 그럴 수 있을지 모르겠어. 그러니 제발 그만 좀 해."

지금쯤이면 대부분의 사람들은 메시지를 알아들을 터였다. 대부분의 사람들은 관계를 정리하고 두 번 다시 돌아오지 않을 터였다. 하지만 알고 보니 로빈에게는 잔인한 학대를 즐기는 취향이 있었다. 브라이언이 먼저 떠나지 않았다면 결코 그와 헤어지지 않았을 거라고 로빈은 말했고, 데니즈는 그 말을 믿었다. 그녀가 한창 핥고 쓰다듬다가 절정을 100만분의 1미터 앞두고 멈춰서 구걸하게 만드는 것을 로빈은 좋아했다. 데니즈 역시 즐거웠다. 침대에서 나와 옷을 차려입고 아래층으로 가버려 로빈 혼자 절정을 기다리게 내버려두는 것이 고소했다. 로빈은 남의 손을 상상하며 자기 자신을 만지는 일이 결코 없었기 때문이다. 데니즈가 부엌에 앉아 책을 읽고 담배를 피우고 있으면 기가 꺾인 로빈이 바들바들 떨면서 아래층으로 내려와 사정했다. 그 순간 데니즈의 경멸은 너무도 순수하고 강렬해 섹스보다도 더 짜릿할 정도였다.

그리하여 두 사람의 관계는 계속되었다. 로빈이 학대당하는 데 동의하면 할수록 데니즈는 그녀를 학대하는 것을 즐겼다. 닉 라자의 전화 메시지는 무시했다. 오후 2시까지 침대에 머물렀다. 사교상의 목적이던 흡연 습관이 갈망으로 피어났다. 15년간 부리지 못하고 쌓였던 게으름을 한껏 탐닉하며, 저축해둔 돈으로 살아갔다. 그녀는 부모가 올 때를 대비해 해야 할 일을 매일 고민했다. 샤워실에 손잡이를 설치하고, 계단에 카펫을 깔고, 거실용 가구를 사고, 더 좋은 식탁을 마련하고, 그녀의 침대를 3층에서 빼내 손님방에 두어야 했다. 하지만 언제나 기운이 없었다. 그녀의 생활은 도끼가 떨어지기를 기다리는 일로 가득 채워졌다. 부모가 6개월간 머문다면 지금 다른 일을 시작해봤자 소용없었다. 할 수 있을 때 마음껏 게으름을 부려야 했다.

아버지가 코렉탈에 대해 어떻게 생각하고 있는지는 알기 어려웠다. 한번은 전화 통화할 때 직접적으로 물었지만 아버지는 대답하지 않았다.

이니드가 재촉했다. "앨? **당신이 코렉탈을 어떻게 여기는지** 데니즈가 알고 싶다잖아요."

앨프리드의 목소리는 뚱했다. "무슨 이름이 그따위인지 모르겠다."

이니드가 대꾸했다. "철자가 전혀 달라요. 데니즈가 궁금한 건 당신이 **치료를 받을 수 있어서 좋냐는** 거예요."

침묵.

"앨, 얼마나 좋은지 이야기해요."

"매주 고통이 조금씩 심해지고 있어. 다른 약을 먹는다고 해서 달라질 것 같지가 않아."

"앨, 그건 약이 아니에요. 당신 특허를 이용해 만든 획기적인 새 치료법이에요."

"낙관주의를 어느 정도는 견디는 법을 배워두었으니, 한번 계획대로 가보지 뭐."

이니드가 말했다. "데니즈, 내가 **열심히** 도와줄게. 요리며 빨래며 **전부** 내가 맡을게. 정말 멋진 모험이 될 거야! 함께 살자고 청해주어서 얼마나 좋은지 몰라."

데니즈는 이 넌더리 나는 도시와 집에서 부모와 함께 사는 6개월을 상상할 수 없었다. 착하고 책임감 있는 딸인 척하며 투명 인간이 되어 6개월을 살 수 없을 듯했다. 하지만 이미 약속을 한 터였다. 그래서 로빈에게 그 분노를 쏟았다.

크리스마스 전 토요일 밤, 그녀는 부엌에 앉아 로빈에게 담배 연기를 내뿜었다. 로빈은 그녀의 기운을 북돋우려고 애쓰다가 오히려 더 미치게 만들고 있었다.

"부모님께 정말 좋은 선물을 드리는 거야. 함께 지내자고 초대하다니." 로빈이 말했다.

"내가 영망진창이 아니라면야 좋은 선물이겠지. 하지만 감당도 못할 짓을 약속해버렸으니."

736

"감당할 수 있어. 내가 도울게. 아침에 내가 너희 아버지를 보살피면 어머니도 쉴 수 있고, 너도 마음대로 나가서 뭐든지 할 수 있을 거야. 1주일에 서너 번은 올 수 있어."

로빈의 제안은 아침을 더욱 황량하고 숨 막히게 만들 것만 같았다.

"이해 못 하겠니? 난 이 집이 싫어. 이 도시가 싫어. 이곳의 내 삶이 싫어. 내 가족이 싫어. 가정이 싫어. 난 **떠날** 준비가 되어 있어. **난 좋은 사람이 아니야.** 좋은 사람인 척해봐야 상황만 악화돼."

"너는 좋은 사람이야."

"나는 널 쓰레기 취급해! 그걸 여태 몰랐어?"

"그야 네가 너무나 불행하기 때문이지."

로빈이 탁자를 돌아와 그녀에게 손을 얹으려고 했다. 데니즈는 팔꿈치로 쳐 피했다. 로빈이 다시 시도하자 이번에 데니즈는 그녀의 뺨을 손가락 마디로 철썩 쳤다.

로빈이 얼굴이 빨개져 물러났다. 마치 내면에서 피를 흘리는 듯했다.

"나를 치다니."

"나도 알고 있어."

"그것도 세게 쳤어. 왜 그랬어?"

"네가 여기 있는 게 싫으니깐. 네 삶의 일부가 되기 싫어. 다른 누구 삶의 일부가 되는 것도 싫어. 너한테 잔인하게 구는 내 꼴을 보는 게 역겨워."

자존심과 사랑의 관성 바퀴 한 쌍이 서로 연결되어 로빈의 눈 뒤에서 돌고 있었다. 얼마 후 그녀가 말했다. "좋아, 그럼 혼자 있게 해줄게."

데니즈는 떠나는 그녀를 막기 위해 아무것도 하지 않았다. 하지만 현관문이 닫히는 소리를 듣는 순간, 부모가 필라델피아에 왔을 때 그녀를 도와줄 유일한 사람을 잃었다는 것을 깨달았다. 로빈의 우정과 위로를 잃었다. 1분 전 자신이 내다버린 모든 것을 다시 되찾고 싶었다.

그녀는 세인트주드로 날아갔다.

매년 세인트주드를 방문할 때 첫날 그러하듯이, 첫째 날에 데니즈는 부모의 따뜻함에 기뻐하며 어머니가 부탁하는 것은 무엇이든 했다. 이니드가 식료품값을 받으라며 돈을 내밀었지만 데니즈는 마다했다. 부엌에 있는 유일한 올리브 오일이 100그램들이 병 속에서 상하여 누런 풀이 된 것에 대해 언급을 자제했다. 연보라 합성 터틀넥을 입고 아줌마나 걸 만한 금도금 목걸이를 걸쳤다. 둘 다 최근에 어머니한테 받은 선물이었다. 또한 〈호두까기 인형〉의 사춘기 발레리나들에 대해 자발적으로 이야기하고, 지방 극장의 주차장을 가로질러 가는 동안 아버지의 장갑 낀 손을 꼭 잡았다. 그녀는 세상 그 무엇보다도 부모님을 사랑했다. 두 분이 잠자리에 드는 순간 그녀는 옷을 갈아입고 집에서 달아났다.

그녀는 입에 담배를 물고 떨리는 손가락으로 성냥갑(**딘&트리시·1987.06.13**)을 쥔 채 거리에 멈춰 섰다. 초등학교 뒤쪽 들판으로 들어갔다. 한때 그녀와 돈 아머가 앉아 부들과 버베나 같은 풀 냄새를 맡던 곳이었다. 그녀는 발을 구르고 손을 문지르다, 구름이 별을 뒤덮는 것을 바라보며 자아를 강화하는 깊은 숨을 들이쉬었다.

이후 밤이 되자, 어머니를 대신해 비밀 작전을 맡은 데니즈는 개리가 앨프리드를 돕는 동안 앨프리드의 방에 들어가 그의 가죽 재킷 안주머니를 열어 애드빌 한 움큼을 멕시칸 A와 바꿔치기했다. 이니드의 약을 더 안전한 장소에 옮기고는 마침내 좋은 딸로서 잠이 들었다.

모든 방문의 둘째 날에 그러하듯, 세인트주드에서의 둘째 날이 되자 그녀는 화가 난 채 잠에서 깨어났다. 분노는 신경화학의 독자적 현상으로, 그 무엇으로도 막을 수 없었다. 아침 식사 동안 어머니가 하는 한마디 한마디가 그녀에게는 고문 같았다. 제너레이터에서 개발한 현대적 스타일이 아니라 집안 풍습에 따라 갈비를 갈색으로 익히고 자우어크라우트를 담그다 보니 짜증이 났다(온통 기름투성이에다 식감이 엉망이었다). 이니드의 느릿느릿한 전기스토브는 전날까지만 해도 아무렇지 않았건만 지금은 성질이 났다. 백한 마리 강아지 냉장고 자석에서 풍기는 강아지 같은 감성과, 냉장고를 열라치면 조나의 사진이나 빈 엽서가 바닥에 떨어지기 일쑤인 약해빠진 부착력이 그녀를 분노로 가득 채웠다. 케케묵은 10리터짜리 압력솥을 가지러 지하로 내려갔다가 세탁실 수납장의 잡동사니를 보고는 격분했다. 차고에서 쓰레기통을 끌고 와 어머니의 잡동사니를 집어넣었다. 주장하건대, 이는 어머니를 돕기 위함이므로 폐기 작업을 계속했다. 매자 열매, 쓸모라고는 없는 플라스틱 화분 50개, 성게 조각들, 잎이 다 떨어진 녹태고 다발. 누군가가 산산조각 내놓은, 색칠한 솔방울 화환을 내던졌다. 콧물 같은 회녹색으로 변한 호박 잼을 내던졌다. 야자나무 열매와 아기 새우와 미니 중국 옥수수 속대가 든 신석기시대의 통조림, 코르크 마개가 썩어버린, 탁하고 시커먼 루마니아

와인, 내용물이 새어 나와 주둥이 주위에 더께 앉은 닉슨 시대의 마이타이주(酒), 바닥에서 거미의 일부와 나방 날개와 뒹굴고 있는 폴 마송 샤블리 유리병들, 풍경(風磬)은 오래전 사라지고 없는, 한없이 부식된 풍경 걸이를 내던졌다. 혈장 빛깔로 변해버린 1리터들이 베스 다이어트 콜라 유리병, 이제는 얼음사탕과 무정형의 갈색 덩어리의 환상곡이 되어버린 금귤 브랜디 장식용 단지, 흔들어보니 깨진 안쪽 유리가 쟁강대는 냄새나는 보온병, 포장용 바구니에 담긴 채 반쯤 쪼아 먹히고 흰곰팡이 범벅인 퀴퀴한 요구르트 상자들, 산화 작용으로 끈적끈적해져 잘린 나방 날개가 더덕더덕 붙어 있는 허리케인 랜턴, 부서지고 부식된 채 여전히 엉켜 있는 화훼용 오아시스와 테이프의 사라진 제국들…….

수납장의 가장 구석인 맨 아래 선반 뒤쪽 거미줄 속에 그다지 오래되지 않은 듯한 두꺼운 봉투가 우표도 없이 박혀 있었다. 봉투는 펜실베이니아 스벤크스빌 이스트 인더스트리얼 서펀티 24번지 액슨 주식회사 앞으로 보내는 것이었다. 발신인은 앨프리드 램버트였다. **등기 우편**이라고 봉투에 적혀 있었다.

아버지의 실험실 옆 작은 간이 욕실에서 물이 흐르고 있었다. 변기 탱크가 다시 차며 희미한 유황 냄새가 공기에 맴돌았다. 실험실 문이 약간 열려 있어 데니즈는 노크했다.

"네." 앨프리드가 대꾸했다.

그는 갈륨이나 비스무트 같은 이국적 금속들이 놓인 선반 옆에 서서 벨트의 버클을 잠그고 있었다. 그녀는 아버지에게 이걸 찾았다며 봉투를 내밀었다.

앨프리드는 갑자기 마법처럼 설명이 떠오를지도 모른다는 태도로, 손을 부르르 떨며 봉투를 뒤집어보았다. "정말 묘한 일이구나."

"제가 열어봐도 될까요?"

봉투에는 앨프리드가 서명하고 데이비드 슘퍼트가 공증한 9월 13일 자 특허 매매계약서 세 부가 들어 있었다.

"이게 왜 세탁실 수납장 바닥에 있는 거죠?"

앨프리드는 고개를 저었다. "엄마한테 물어보렴."

그녀는 계단 발치로 가 목소리를 높였다. "엄마? 잠시만 내려오실래요?"

이니드가 계단 위쪽에 나타나 행주로 손을 닦았다.

"왜 그러니? 솥이 없니?"

"압력솥은 찾았어요. 그런데 좀 내려오세요."

실험실에서 앨프리드는 액슨 계약서를 읽지도 않고 느슨하게 쥐고 있었다. 이니드가 죄책감 어린 얼굴로 문가에 나타났다. "왜 그러니?"

"이 봉투가 왜 세탁실 수납장에 있는지 아빠가 궁금하시대요."

"이리 줘봐요." 이니드는 앨프리드에게서 서류를 낚아채 확 구겼다. "이건 벌써 해결했어. 아버지가 새로 계약서를 받아서 서명해 보냈고, 액슨에서도 바로 수표를 보냈어. 걱정할 필요 없다."

데니즈는 눈을 가늘게 떴다. "벌써 보낸 줄 알았는데요. 10월 초 뉴욕에 있을 때요. 그때 보냈다고 하지 않았나요?"

"보냈는 줄 알았지. 그런데 배달 중 분실됐어."

"**배달** 중에요?"

이니드는 살짝 손사래를 쳤다. "아니, 그러니깐 나는 그런 줄 알았다고. 그런데 수납장에 있었구나. 우체국에 갔을 때 보낼 게 많았는데, 그만 이게 빠졌나 보다. 너도 알잖니, 내가 워낙 정신이 없어. 물건이 없어질 때가 종종 있단다, 데니즈. 이런 큰 집을 꾸리다 보면 이런 일이 생기게 마련이야."

데니즈는 앨프리드의 실험대에서 봉투를 집어 들었다. "여기에 **등기**로 보내라고 적혀 있잖아요. 우체국까지 가서 등기로 보내야 할 우편물을 어떻게 깜박할 수 있어요? **등기우편** 신청서를 쓰지 않았다는 걸 어떻게 잊을 수가 있냐고요?"

"데니즈. 그만하면 됐다." 앨프리드의 목소리는 노여움의 가장자리에 가 있었다.

"어쩌다 그리됐는지 나도 몰라. 정신없이 바쁘다 보니 그랬어. 나도 도통 모르겠구나. 그냥 그러려니 하고 넘어가자. **중요하지도 않은** 일인데. 5천 달러를 받았으니 됐지. **중요하지 않아.**"

이니드는 특허 계약서를 더욱 꽉 구기고는 실험실에서 나갔다.

내가 개리 오빠를 닮아가나 봐, 하고 데니즈는 생각했다.

"어머니한테 그렇게 모질게 대하다니." 앨프리드가 말했다.

"알아요. 죄송해요."

하지만 이니드는 세탁실에서 고함을 치고 탁구대실에서 고함을 치고는 실험실로 돌아왔다. "데니즈, 수납장을 전부 뒤엎어났구나! 대체 뭘 하는 거니?"

"음식을 내버리려고요. 음식이랑 썩은 잡동사니를요."

"좋아, 하지만 왜 지금이냐? 수납장 청소를 돕고 싶다면 주말도 아직 남았는데. 나를 돕고 싶다니 정말 고맙구나. 하지만 **오늘**은 아니야. **오늘**은 그러지 말자."

"엄마, 상한 음식이에요. 너무 오래 두면 독으로 변한다고요. 혐기성 세균 때문에 죽을 수도 있어요."

"그럼, 지금은 그만하고 주말에 마저 해. 오늘은 그럴 시간이 없어. 저녁 식사 준비를 도와주었으면 하는데, 나중에 고민 없이 단번에 요리할 수 있게 말이다. 그런 다음에는 아버지가 운동하는 걸 도와주면 **정말** 좋겠구나. 뭐든지 하겠다고 했잖니!"

"그렇게 할게요."

이니드가 데니즈를 지나쳐 상체를 숙이며 소리쳤다. "앨, 데니즈가 점심 후 운동하는 걸 도울 거예요."

그는 혐오스럽다는 듯 고개를 저었다. "정 그러고 싶다면야."

오랫동안 페인트받이 천으로 쓰던 낡은 이불 위에 쌓여 있는 고리버들 의자와 탁자는 긁어내기와 색칠하기 작업을 얼마 전 시작한 듯했다. 펼쳐진 신문지 위에 뚜껑 덮인 커피 통이 무리 지어 있고, 캔버스 가방에 담긴 총이 실험대 옆에 있었다.

"총이 왜 여기 있어요, 아빠?"

이니드가 대꾸했다. "아, 오랫동안 저걸 팔 계획이었어. **앨, 저 총을 팔기는 할 거예요?**"

앨프리드는 정확한 의미를 파악하기 위해 이 문장을 머릿속에서 여러 번 되돌려보는 듯했다. 아주 천천히 그가 고개를 끄덕였다. "그래, 총을 팔 거야."

"집 안에 총이 있는 게 싫어. 너도 알겠지만, 아버지는 한 번도 총을 안 썼어. 단 한 번도. 아예 발사된 적이 없을걸." 이니드가 돌아서서 나가며 말했다.

앨프리드가 미소를 지으며 말함으로써 데니즈를 문으로 보냈다. "나는 여기 일을 마무리 지으마."

위층은 크리스마스이브였다. 선물이 트리 아래에 쌓여 있었다. 앞뜰에는 늪지백참나무의 거의 벌거벗은 가지에 고인 눈이 방향 바뀐 바람에 시달리며 와르르 쏟아졌고, 죽은 풀이 죽은 잎을 잡아챘다.

이니드는 또 얇은 커튼 너머를 내다보고 있었다. "칩이 아무래도 걱정되지?"

"오지 않을까 봐 걱정이긴 하지만, 무슨 곤경에 처하지는 않았을 거예요."

"신문에 보니, 라이벌 파벌이 빌뉴스 시내의 지배권을 놓고 싸우고 있다던데."

"오빠는 자기 몸은 알아서 돌볼 거예요."

"아, 여기, 재림절 달력에 마지막 장식을 꽂으려무나." 이니드가 데니즈를 현관문으로 이끌며 말했다.

"엄마가 하지 그래요."

"아니, 네가 하는 걸 보고 싶다."

마지막 장식은 호두 껍데기 속의 아기 예수였다. 트리에 그것을 꽂는 것은 아이를 위한 일이었다. 쉽게 믿고 희망을 갖고 있는 그런 사람이 해야 할 일이었다. 데니즈는 이제 분명히 알 수 있었다, 이 집의 정서에 대항하도록, 포화 상태인 어릴 적 추억과 의미에 대항하도록 자신을 단련시켰다는 것을. 그녀는 이 일을 행할 아이가 **될 수 없었다.**

"엄마 달력이잖아요. 엄마가 해요."

이니드의 얼굴에서 실망의 빛이 불균형하게 커졌다. 그녀가 바라 마지않는 마법에 함께하는 것을 세상 전부가, 특히 자식들이 거부할 때면 찾아오는 오랜 실망이었다.

"개리한테 하라고 해야겠구나." 그녀가 노려보며 말했다.

"죄송해요."

"네가 어릴 때는 이 장식을 다는 걸 무척 좋아했는데. **정말** 좋아했지. 하지만 하기 싫으면 하기 싫은 거지 뭐."

"엄마, 제발 억지 쓰지 말아요." 데니즈의 목소리는 불안정했다.

"그게 그렇게 힘든 일처럼 보이는 줄 알았더라면 애초에 너한테 부탁도 안 했을 거다."

"그냥 엄마가 달아요!" 데니즈가 간청했다.

이니드는 고개를 젓고는 멀어져갔다.

"개리가 물건을 사서 돌아오면 달아달라고 할 거다."

"미안해요."

그녀는 밖으로 나가 현관 계단에 앉아 담배를 피웠다. 대기에서 동요하는 남쪽의 눈발이 느껴지는 듯했다. 거리 아래쪽에서 커비 루트가 가스등 기둥에 초록 장식을 감고 있었다. 그가 손을 흔들기에 그녀도 손을 흔들었다.

"언제부터 담배 피웠니?" 그녀가 안으로 들어가자 이니드가 물었다.

"15년쯤 전에요."

"비난할 생각은 없다만, 건강에 아주 나쁜 습관이야. 피부에도 안 좋고. 솔직히, 남들한테 불쾌한 냄새를 풍기거든."

데니즈는 한숨을 쉬며 손을 씻고는 자우어크라우트 그레이비소스에 쓸 밀가루를 갈색으로 만들었다. "우리 집에서 나랑 같이 지내려면 몇 가지 점을 분명히 해두는 게 좋겠어요."

"비난할 생각은 없다고 했잖니."

"분명히 해야 할 한 가지는 내가 지금 힘든 시간을 겪고 있다는 거예요. 예를 들어, 제너레이터를 관둔 것 아니에요. 해고당한 거예요."

"해고당했다고?"

"네. 불행히도요. 왜 그런지 알고 싶어요?"

"아니!"

"정말요?"

"그래!"

데니즈는 웃으며 압력솥 바닥의 베이컨 기름을 더욱 저었다.

"데니즈, 약속하마. 우리는 방해하지 않을 거다. 그냥 슈퍼마켓이 어디 있고, 세탁기를 어떻게 쓰는지만 가르쳐주면 돼. 그러면 너 좋을 대로 자유로이 지내. 너도 네 삶이 있다는 것 알고 있어. 방해할 생각은 전혀 없어. 아빠가 그 실험에 참가할 다른 방법이 있었다면 정말 그렇게 했을 거다. 하지만 개리는 우리를 초대하지 않았고, 어쨌든 캐럴라인이 우리랑 지낼 생각이 전혀 없을 테니."

베이컨 기름과 갈색 갈비와 끓고 있는 크라우트 냄새가 향긋했다. 부엌에서 요리되고 있는 음식은 그녀가 천 명의 낯선 이를 위해 요리한 고도의 예술적 음식과는 거리가 멀었다. 제너레이터의 갈비는 여기 집에서 만든 갈비보다는 제너레이터의 아귀 요리와 더 공통점이 많았다. 음식이 무엇인지 안다고, 음식이란 본질이라고 생각했다. 레스토랑 음식이 얼마나 레스토랑답고, 집에서 만든 음식이 얼마나 집다운지 잊고 있었던 것이다.

그녀는 어머니에게 말했다. "노마 그런 이야기는 왜 안 해요?"

"지난번에 그 이야기를 했을 때 네가 화냈잖니."

"개리 오빠한테 화가 났던 거예요."

"네가 노마처럼 인생을 망치게 될까 봐 걱정이 된 것뿐이야. 네가 행복하게 정착하는 모습을 보고 싶어."

"엄마, 나는 두 번 다시 결혼 안 해요."

"그야 모르지."

"아니, 사실상 잘 알아요."

"인생은 놀라움으로 가득 차 있어. 너는 여전히 젊고 예뻐."

데니즈는 압력솥에 베이컨 기름을 더 넣었다. 이제 와서 말하지 않을 까닭이 없었다. "내 말 듣고 있어요? 내가 다시는 결혼하지 않으리라는 건 상당히 확실해요."

하지만 차 문이 거리에서 쾅 닫혔고, 이니드는 식당으로 달려가 얇은 커튼을 젖혔다.

"아, 개리구나. 그냥 개리야." 그녀가 실망해서 말했다.

개리는 교통박물관에서 구입한 수집용 철도 모형을 들고 부엌으로 산들산들 들어왔다. 아침을 자기 마음대로 보낸 덕분에 생기와 행복을 확실히 되찾은 그는 이니드의 부탁대로 아기 예수를 재림절 달력에 꽂았다. 이니드의 마음은 삽시간에 딸에게서 아들에게로 옮겨 갔다. 그녀는 개리가 지하 샤워실에 한 멋진 작업을 찬양하며, 의자는 **거대한** 진보나 다름없다고 떠들어댔다. 데니즈가 비참한 기분 속에서 저녁 준비를 마치고 가벼운 점심 식사를 마련한 뒤 산더미같이 쌓인 접시를 씻는 동안, 창문의 하늘은 완연한 잿빛으로 변했다.

점심 식사 후 그녀는 이니드가 결국 거의 완벽한 무미건조함으로 뒤덮어버린, 예전의 자기 방으로 돌아가 선물을 포장했다(선물은 모두 옷이었다. 각자 무슨 옷을 좋아하는지 그녀는 잘 알고 있었다). 그녀는 햇살 같은 멕시칸 A 서른 알을 감싼 클리넥스를 펴고는, 이니드를 위한 선물로 포장할까 생각했지만 개리와의 약속을 존중해야 했다. 클리넥스를 다시 둥글게 뭉쳐서는 방에서 빠져나가 계단을 내려가 바로 조금 전 텅 비게 된 재림절 달력의 스물네 번째 주머니에다 약을 쑤셔 넣었다. 다른 사람은 모두 지하실에 있었다. 그녀는 다시 위층으로 조용히 올라가 결코 밖에 나간 적 없다는 듯 방에 틀어박혔다.

어릴 적 어머니가 부엌에서 갈비를 갈색으로 익히고, 개리와 칩이 믿기지 않을 만큼 아리따운 여자 친구를 집으로 데려오고, 데니즈에게 많은 선물을 사주는 것이야말로 기쁜 일이라고 모두들 생각하던 날은 1년 중 가장 기나긴 오후였다. 알 수 없는 자연의 법칙으로 인해 가족 모임은 늘 해가 떨어진 후에야 이루어졌다. 그때까지는 다들 각각 방에 흩어져 기다렸다. 십대였던 칩이 때때로 집안의 막내에게 자비를 베풀어 함께 체스나 모노폴리를 해주곤 했다. 그녀가 좀 더 자라자 칩은 그녀와 그의 여자친구를 데리고 쇼핑몰에 놀러 갔다. 10~12세의 데니즈에게 그렇게 끼워주는 것만큼 커다란 축복은 없었다. 후기 자본주의의 악랄함에 대해 칩에게서 배우고, 그의 여자친구를 통해 패션 정보를 수집하고 앞머리 길이와 하이힐 높이에 대해 공부하고, 서점에서 한 시간 동안 홀로 구경한 다음, 쇼핑몰이 내다보이는 언덕 꼭대기에 올라 사위어가는 황혼 속에서 자동차 불빛이 조용하고 느리게 춤을 추는 광경을 관람했다.

하지만 그날에 비해 오늘은 더더욱 기나긴 오후였다. 흰 눈 빛깔의 하늘보다 더 잿빛을 띤 눈송이가 펄펄 쏟아지기 시작했다. 눈을 쫓아온 한기가 덧창을 비집고 들어와서는, 난방장치에서 콸콸 쏟아진 용광로 같은 열기를 휘돌아 바로 사람의 목에 떨어졌다. 데니즈는 병이 날까 두려워 침대에 누워 담요를 목까지 덮었다.

꿈도 꾸지 않고 깊이 잠을 잔 뒤 깨어나―여기가 어디지? 몇 시지? 며칠이지?―화난 목소리를 들었다. 창문 모서리마다 눈이 엉겨 있고, 늪지백참나무는 하얗게 서리가 앉아 있었다. 하늘에 빛이 비치다가 이내 사라졌다.

앨, 개리가 그렇게 고생을 했는데…….

누가 그러라고 했대!

적어도 한 번은 써 봐요. 개리가 어제 그렇게 힘들게 작업했는데.

나는 욕조를 쓰고 싶으면 욕조를 쓸 권리가 있어.

아빠, 그러다 계단에서 넘어져 목이 부러지는 건 시간문제라고요!

누가 도와달랬냐?

누가 이기겠어요! 엄마, 욕조 근처에는 가지도 말아요. 내 말 어기기만 해봐요.

여보, 제발, 한 번만 샤워기를 써봐요.

엄마, 관둬요. 아빠 목이 부러지면 우리야 횡재한 거죠.

개리…….

목소리가 점점 가까워지며 싸움이 계단을 따라 올라왔다. 아버지의 묵직한 걸음이 그녀의 방문을 지나쳐 갔다. 그녀가 안경을 쓰고 문을 열자 이니드가 아픈 엉덩이 탓에 느릿느릿 걸으며 막 계단참에 이르렀다.

"데니즈, 뭐 하고 있니?"

"낮잠 잤어요."

"아버지한테 말 좀 해다오. 개리가 그렇게 고생했는데, 샤워기를 써보시라고 해. 네 말은 들으실 거야."

깊이 자다가 갑작스레 깨어난 탓에 데니즈는 외부 현실을 제대로 이해할 수 없었다. 복도의 광경과 복도 유리창의 광경이 희미한 반물질(反物質)의 그림자처럼 보였다. 소리는 너무 큰 동시에 거의 알아들을 수 없었다. "왜…… 왜 오늘 이런 이야기를 하는 거예요?"

"그야 개리가 내일 떠나니깐. 가기 전에 아버지가 샤워기를 쓰는 모습을 보아야 할 것 아니니."

"욕조에 무슨 문제가 있다고 했죠?"

"아버지가 욕조에서 잘 못 나오신다. 계단을 오르내리는 것도 위험하고."

데니즈는 눈을 감았지만, 이는 현실감각을 오히려 더욱 악화시켰다. 그녀는 눈을 떴다.

"아, 게다가 데니즈, 아버지 운동하는 걸 돕겠다던 약속을 안 지키면 어쩌니?"

"참, 할게요."

"지금 해라. 아버지 목욕하기 전에. 닥터 헤지퍼스가 준 안내서를 가져다주마."

이니드가 계단을 절뚝절뚝 내려가자 데니즈는 목소리를 높였다.
"아빠?"

대답이 없었다.

이니드가 계단을 반쯤 올라와 난간 사이로 보라색 종이를("움직일
수 있음은 금과 같다") 내밀었다. 종이 위에는 막대기 같은 몸의 사
람들이 일곱 가지 스트레칭 동작을 해 보이고 있었다. "잘 가르쳐드
리렴. 내가 하면 아버지가 성을 내지만, 네 말은 들으실 거다. 닥터 헤
지퍼스가 운동을 하고 있는지 계속 물어. 아버지가 스트레칭을 배우
는 건 정말 중요해. 네가 여태 자고 있는지 전혀 몰랐다."

데니즈가 안내서를 가지고 안방으로 들어가니 앨프리드는 아랫도
리를 벌거벗은 채 벽장 입구에 서 있었다.

"어이쿠, 아빠, 죄송해요." 그녀는 도로 나가며 말했다.

"무슨 일이냐?"

"운동하는 걸 도와드리려고요."

"벌써 옷을 벗었는걸."

"잠옷을 입으세요. 어차피 헐렁한 옷이 더 낫거든요."

모직 셔츠와 파자마 바지 차림의 아버지를 진정시키고는 침대에
등을 대고 누워 스트레칭 하게 만드는 데 5분이 걸렸다. 그리고 마침
내 진실이 쏟아져 나왔다.

첫 번째 운동은 앨프리드가 오른쪽 무릎을 손으로 쥐고 가슴으로
당긴 뒤 왼쪽 무릎으로 같은 동작을 하는 것이었다. 데니즈의 지도를
받으며 그는 말 안 듣는 손들을 오른쪽 무릎에 대었다. 너무나 뻣뻣

한 그의 몸에 그녀는 놀라고 말았지만, 그래도 그는 그녀의 도움으로 90도 정도 무릎을 세울 수 있었다.

"이제 왼쪽 무릎 차례예요."

그녀의 말에 앨프리드는 손을 또 오른쪽 무릎에 놓고는 가슴으로 당겼다.

"잘했어요. 그럼 이제 왼쪽 무릎을 해봐요."

그는 거칠게 숨을 쉬며 누워 아무것도 하지 않았다. 그의 얼굴은 재앙 같은 상황을 갑작스레 깨달은 사람 같았다.

"아빠? 왼쪽 무릎을 해보세요."

그녀는 그의 왼쪽 무릎을 만졌지만 아무 소용 없었다. 그의 눈은 설명과 지시를 간절히 바라고 있었다. 그녀가 그의 손을 그의 왼쪽 무릎으로 옮기기 무섭게 손이 툭 떨어졌다. 어쩌면 왼쪽이 더 뻣뻣한 것일까? 그녀는 그의 손을 다시 그의 무릎에 대고는 무릎을 세우도록 거들었다.

사실 그의 왼쪽은 더 유연했다.

"자, 다시 해보세요."

그는 잔뜩 겁먹은 사람처럼 숨 쉬며 그녀에게 빙긋 웃어 보였다. "뭘 말이냐?"

"왼쪽 무릎에 손을 얹고 당겨보세요."

"데니즈, 이만하면 됐다."

"조금 더 하면 훨씬 개운할 거예요. 방금 한 대로 하기만 하면 돼요. 왼쪽 무릎에 손을 얹고 당기세요."

그녀는 미소 지었지만 그는 혼란스러운 표정이었다. 소리 없이 두 사람의 눈이 마주쳤다.

"어느 쪽이 왼쪽이지?"

그녀는 그의 왼쪽 무릎을 만졌다. "여기요."

"그리고 뭘 하라고?"

"여기 손을 얹고 가슴을 향해 당기세요."

그의 눈이 천장에 쓰인 나쁜 소식이라도 읽는 양 초조하게 이리저리 움직였다.

"아빠, 그냥 집중하세요."

"다 헛짓이야."

"좋아요." 그녀는 깊이 숨을 쉬었다. "그럼, 1번은 그만하고 2번 동작을 해요. 괜찮죠?"

그는 자신의 유일한 희망인 딸의 얼굴에서 송곳니와 뿔이 자라기라도 하는 양 바라보았다.

그녀는 그의 표정을 무시하려고 애쓰며 말했다. "이번에는 오른쪽 다리를 왼쪽 다리 위에 걸친 뒤 두 다리를 오른쪽으로 최대한 눌러보세요. 저는 이 동작을 좋아해요. 엉덩이를 더 유연하게 만들거든요. 기분도 상쾌해지고요."

그녀는 두 번 더 설명한 다음 오른쪽 다리를 들라고 했다.

그는 두 다리 다 몇 센티미터씩 들어 올렸다.

그녀는 상냥하게 설명했다. "오른쪽만요. 그리고 무릎은 구부린 채로요."

"데니즈! 다 헛짓이야!" 그의 목소리는 긴장한 탓에 높아져 있었다.

"여기요. 여기요." 그녀는 그의 발을 밀어 무릎을 구부리게 했다.

그리고 종아리와 허벅지를 쥐고 그의 오른쪽 다리를 왼쪽 다리 위로 걸쳤다. 처음에는 아무 저항이 없었다. 그러다 갑자기 그가 대단히 고통스러워하는 듯했다.

"데니즈."

"아빠, 몸에 긴장을 풀면 돼요."

그녀는 그가 결코 필라델피아로 오지 않으리라는 것을 이미 알았다. 하지만 적도의 습기가 그에게서 솟아오르며 톡 쏘는 냄새 비슷한 것이 방출되었다. 그의 허벅지를 덮고 있는 잠옷 천이 그녀의 손안에서 뜨거운 물로 젖어들었고, 그의 온몸이 부들부들 떨렸다.

"오, 이런." 그녀는 그의 다리를 풀었다.

창문에 눈송이가 뱅글뱅글 맴돌고, 이웃집 불빛이 어른거렸다. 데니즈는 청바지 자락에 손을 닦고는 심장이 두방망이질 치는 동안 시선을 자기 무릎에 둔 채, 아버지의 힘겨운 숨소리와 팔다리의 리드미컬한 바스락 소리를 가만히 들었다. 그의 엉덩이 근처 침대가 둥글게 젖어 있고, 한쪽 잠옷 다리 아래로 습기가 모세혈관처럼 길게 뻗어 있었다. 신선한 오줌이 처음에 풍겼던, 냄새 비슷한 것이 추운 방에서 식어가며 꽤 뚜렷하고 유쾌한 냄새로 굳어갔다.

"미안해요, 아빠. 수건 가져올게요."

앨프리드가 천장을 향해 웃으며 덜 불안해하는 목소리로 말했다. "여기 누워 있으니 그게 보이는구나. 너도 보이니?"

"뭐가요?"

그가 한 손가락을 하늘을 향해 모호하게 가리켰다. "아랫면의 아랫면. 실험대 아랫면의 아랫면. 저기 적혀 있어. 보이지?"

이제 그녀는 혼란스러워했고, 그는 침착해졌다. 그가 눈썹 한쪽을 찡긋하더니 영리한 표정으로 바라보았다. "누가 저걸 썼는지 너도 알지? 그놈이야. 그놈. 네가 아는 그놈 말이다."

그는 그녀를 응시한 채 의미심장하게 고개를 끄덕였다.

"무슨 말인지 모르겠어요."

"네 친구. 푸른 뺨의 친구."

깨달음의 첫 1퍼센트가 그녀의 목덜미에서 시작되어 위아래로 점점 퍼져갔다.

"수건 가져올게요." 그녀는 그대로 얼어붙은 채 말했다.

아버지의 눈이 다시 천장으로 향했다. "그놈이 실험대 아랫면에 저걸 썼어. 시르르르. 실험대 아랫면. 저기 누우면 그게 보여."

"지금 누구를 말하는 건가요?"

"신호부의 네 친구. 푸른 뺨의 친구."

"헷갈리신 거예요, 아빠. 꿈을 꾸셨나 봐요. 수건 가져올게요."

"있지, 아무리 떠들어봐야 다 헛짓이었어."

"수건 가져올게요."

그녀는 침실을 가로질러 욕실로 들어갔다. 그녀의 머릿속은 여전히 아까의 낮잠으로 몽롱했고, 문제는 악화되고 있었다. 그녀는 부드러운 수건과 어두운 하늘과 딱딱한 바닥과 맑은 공기로 이루어진 현실의 파형을 더더욱 이해할 수 없었다. 왜 돈 아머 이야기를 하는 거지? 왜 하필 지금?

아버지는 침대에서 다리를 내려 잠옷 바지를 벗은 채였다. 그녀가 돌아오자 그는 수건을 달라며 손을 뻗었다. "내가 치울 테니 너는 엄마나 도와라."

"아뇨, 제가 치울게요. 아빠는 씻으세요."

"수건이나 다오. 네 할 일이 아니다."

"아빠, 씻으세요."

"너를 이런 일에 끌어들일 생각 없었다."

여전히 쭉 뻗은 그의 손이 허공에서 뚝 떨어졌다. 데니즈는 오줌을 뿜고 있는 불쾌한 성기를 보지 않으려고 일부러 시선을 피했다. "일어나요. 제가 침대 시트를 벗길게요."

앨프리드가 수건으로 성기를 가렸다. "엄마더러 하라고 해. 필라델피아에 가는 건 말도 안 되는 헛소리라고 이미 말해두었다. 너를 이런 일에 끌어들일 생각 전혀 없었어. 너는 네 인생이 있어. 즐겁게 지내라. 조심하고."

그는 고개를 숙이고는 두 손을 크고 두꺼운 빈 숟가락처럼 무릎 위에 놓은 채 침대 가장자리에 그대로 앉아 있었다.

"욕조에 물 틀까요?" 데니즈가 물었다.

"난난난 그놈한테 헛소리 작작하라고 했지만 뭘 어쩌겠니?" 앨프리드가 자명하다는 듯한 혹은 어쩔 수 없다는 듯한 몸짓을 했다. "리틀록으로 갈 거라고 생각했다지. 나는 말했어! 이봐, 연공서열대로 자르는 거야. 헛소리 작작해. 그놈더러 꺼지라고 했지." 그는 데니즈에게 미안하다는 표정을 지으며 어깨를 으쓱했다. "달리 내가 어쩌겠니?"

데니즈는 전에도 투명 인간처럼 느껴진 적이 있었지만, 이렇게까지는 아니었다. "무슨 말인지 모르겠어요."

앨프리드가 설명을 해주겠다는 희미한 몸짓을 했다. "그래. 그놈이 나더러 실험대 아래를 보라고 하더구나. 간단했지. 자길 못 믿겠으면 실험대 아래를 보라고."

"무슨 실험대요?"

"완전히 헛소리였어. 그냥 내가 그만두면 모두에게 더 간단했지. 있지, 그놈은 그 생각을 전혀 못 했어."

"철도 이야기인가요?"

앨프리드가 고개를 저었다. "네 알 바 아니다. 너를 이런 일에 끌어들일 생각 전혀 없었어. 나가서 재밌게 지내라. **조심**하고. 엄마더러 걸레 가지고 올라오라고 해라."

이 말을 끝으로 그는 카펫을 가로질러 욕실로 들어가 문을 닫았다. 데니즈는 뭔가를 하기 위해 침대 시트를 벗기고는, 아버지의 젖은 잠옷까지 함께 둘둘 뭉쳐 아래로 가져갔다.

"운동은 잘했니?" 이니드가 식당에서 크리스마스카드를 쓰다가 물었다.

"침대가 젖었어요." 데니즈가 대답했다.

"어이쿠, 저런."

"왼쪽 다리와 오른쪽 다리를 구분 못 하시던데요."

이니드의 얼굴이 어두워졌다. "네 말은 더 잘 들으리라 생각했는데."

"어머니, **왼쪽 다리와 오른쪽 다리를 구분 못 하신다고요.**"

"약 때문에 가끔씩……."

"네! 네! 약 때문이겠죠!" 데니즈의 목소리가 커졌다.

어머니를 침묵시킨 그녀는 세탁실로 가 빨랫감을 구분해 리넨류를 물에 담갔다. 바로 그때 개리가 싱글벙글 웃으며 두 손에 O-게이지 모형 철도를 들고 다가와 말을 걸었다.

"이걸 찾아냈어."

"뭘?"

개리는 그의 열망과 활동에 데니즈가 별 관심을 보이지 않아 상처받은 듯했다. 그는 어린 시절 갖고 놀던 모형 철도 세트의 반이 ―"그것도 하필 차량이랑 변압기를 포함한 중요한 것들이었지"― 수십 년간 안 보여 완전히 사라진 줄 알았다고 설명했다.

"창고 전체를 샅샅이 뒤졌지. 그런데 어디에서 찾았을 것 같니?"

"어딘데?"

"맞혀봐."

"밧줄 상자 맨 아래에서."

개리의 눈이 휘둥그레졌다. "그걸 어떻게 아니? 나는 **수십 년간** 찾아 헤맸는데."

"나한테 물었어야지. 커다란 밧줄 상자 안쪽에 든 작은 상자에 모형 철도가 들어 있었어."

개리는 대화의 중심을 그녀에게서 자기에게로 가져오기 위해 분투했다. "그래, 어쨌든 이걸 찾아서 무척 기뻐. 네가 말했더라면 더 좋았겠지만."

"오빠가 물어봤더라면 더 좋았겠지!"

"있지, 요즘 모형 철도를 하며 무척 즐겁게 지내고 있어. 새로 나온 것 중에 정말 괜찮은 게 많거든."

"그래! 잘됐네!"

개리는 손에 들고 있는 기차에 경탄했다. "이걸 다시는 못 볼 줄 알았어."

그가 가버리고 지하에 홀로 남은 그녀는 손전등을 들고 앨프리드의 실험실로 가서 유반 커피 통 사이에 무릎 꿇고는 실험대 아래를 확인했다. 그곳에 연필로 사람 심장만 한 크기의 하트가 비뚤비뚤 그려져 있었다.

털썩 주저앉으며 무릎이 돌처럼 차가운 바닥에 떨어졌다. **리틀록, 연공서열, 그냥 내가 그만두면 모두에게 더 간단했지.**

그녀는 멍하니 유반 커피 통 뚜껑을 들어올렸다. 가장자리까지 차 있는 것은 발효된 끔찍한 오렌지색 오줌이었다.

"오, 이런." 그녀는 산탄총을 향해 말했다.

자기 방으로 내달아 올라가 코트를 걸치고 장갑을 끼며 어머니를 한없이 가엾어했다. 이니드가 아무리 자주, 아무리 쓰라리게 불평했다 해도 세인트주드에서의 생활이 이토록 악몽일 줄은 데니즈는 상상도 못 했다. 다른 사람의 인생이 얼마나 힘겨울지 상상할 수 없다면 웃거나 잠자거나 먹는 것은 고사하고 숨 쉴 자격조차 없는 것은 아닐까?

이니드는 또 식당 커튼 앞에 서서 칩을 기다리고 있었다.

"산책 갔다 올게요!" 데니즈는 현관문을 닫으며 소리쳤다.

잔디밭에 눈이 5센티미터쯤 쌓여 있었다. 서쪽에서 구름장 사이가 갈라졌다. 강렬한 아이섀도 빛깔 같은 보라색과 청록색이 최근 생겨난 한랭전선의 가장자리를 표시하고 있었다. 데니즈는 바큇자국이 생겨난 황혼의 거리 한가운데로 걸어가며, 니코틴이 고통을 완화하고 보다 분명하게 생각할 수 있게 만들 때까지 담배를 피웠다.

로스 형제가 미들랜드 퍼시픽을 사들이고 인원 감축을 시작했을 때 돈 아머가 리틀록으로 옮겨 가는 데 실패하고는 앨프리드를 찾아가 불평을 했으리라. 아마도 그는 앨프리드의 딸을 정복한 것을 떠벌리겠다고 위협했거나, 램버트 가족의 준회원이 될 자격을 주장했으리라. 어쨌든 앨프리드는 그에게 꺼지라고 했다. 그리고 집으로 와서는 실험대 아랫면을 확인했던 것이다.

돈 아머와 아버지 사이에 어떤 일이 벌어졌느냐는 분명했지만 데니즈는 상상하기도 싫었다. 리틀록으로 이전되는 철도 회사에 남기 위해 상사의 상사의 상사에게 찾아가 간청하거나 협박하는 자기 자신을 돈 아머는 얼마나 혐오스러워했을까. 뛰어난 업무 능력으로 그토록 칭찬을 받았던 딸에게 앨프리드는 얼마나 큰 배신감을 느꼈을까. 이 모든 견딜 수 없는 상황으로 인해 돈 아머의 성기가 그녀의 이런저런 죄책감투성이의 재미없는 구멍에 들어가게 되었다니 얼마나 우울한가. 아버지가 실험대 아래에 무릎 꿇고는 연필로 그린 하트를 찾는 모습은 생각하기도 싫었다. 돈 아머가 아버지의 고상한 귀에 더러운 암시를 지껄이는 모습 역시 상상하고 싶지 않았다. 돈 아머가 그의 집을 제멋대로 휘젓고 다녔다는 사실을 알게 되었을 때 규율과 사생활을 그토록 중시하던 사내가 얼마나 가슴 쓰렸을지 감히 헤아리고 싶지 않았다.

너를 이런 일에 끌어들일 생각 전혀 없었어.

그래, 확실히 그랬다. 그녀의 아버지는 철도 회사를 사임했다. 딸의 사생활을 구했다. 데니즈에게 이에 대해 일언반구 안 했다. 심지어 섭섭해하는 기색조차 비치지 않았다. 15년간 그녀는 완벽하게 책임감 있고 신중한 딸인 척했지만, 그는 내내 그녀가 그렇지 않다는 것을 알고 있었다.

이것을 명심한다면 오히려 힘이 될 수도 있다고 그녀는 생각했다.

동네를 벗어나자 집들이 더 새롭고, 더 크고, 더 네모난 모양이었다. 창문에 중간 문설주나 가짜 플라스틱 중간 문설주라고는 없는 통유리 너머로 스크린이 선명히 빛났다. 어떤 것은 거대했고, 어떤 것은 미니어처처럼 작았다. 지금 이 시간을 포함해 한 해의 모든 시간은 확실히 스크린을 응시하기에 좋은 시간이었다. 데니즈는 코트 단추를 풀고는 뒤로 돌아, 옛 초등학교 뒤쪽 들판을 가로지르는 지름길로 들어섰다.

그녀는 사실상 아버지를 잘 몰랐다. 십중팔구 아무도 모르리라. 그는 수줍은 성격과 형식적 태도와 폭군적 분노로 자신의 내면을 너무도 맹렬히 보호하는 사람인지라 그녀처럼 그를 사랑한다면 그의 사생활을 존중함으로써 가장 큰 애정을 보일 수 있었다.

마찬가지로 앨프리드는 그녀를 액면가로 받아들임으로써, 즉 그녀가 보여주는 모습의 뒷면을 보기를 거부함으로써 그녀에 대한 자신의 믿음을 보여주었다. 그녀는 자신에 대한 아버지의 믿음을 공개적으로 입증했을 때 아버지에 대해 가장 행복해했다. 모든 과목에서 A를 받았을 때, 레스토랑이 성공했을 때, 비평가들의 찬사를 받았을 때.

그녀는 자기 앞에서 아버지가 침대에 실례를 한 것이 얼마나 큰 재앙이었는지, 자신이 원하는 바 이상으로 더 잘 이해했다. 빠르게 식어가는 오줌 얼룩 위에 누워 있는 꼴을 죽어도 딸에게 보여주기 싫었으리라. 그들이 함께 시간을 보내는 좋은 방법은 딱 하나 있었지만, 그것은 그리 오래가지 않을 터였다.

앨프리드에 대한 묘한 사실은, 그에게 있어 사랑은 가까이 있는 것이 아니라 멀찍이 거리를 두는 것이라는 점이었다. 그녀는 이 점을 칩이나 개리보다 더 잘 이해했다. 그런 만큼 아버지에 대해 특별한 책임감을 느꼈다.

불행히도 칩에게 이 사실은 앨프리드가 자식들을 성공 정도에 따라 아끼는 것처럼 보였다. 칩은 너무 바빠서 자신이 아버지를 얼마나 오해했는지를 전혀 눈치채지 못했다. 다정한 행위가 애초에 불가능한 앨프리드를 칩은 아들에 대해 잘 알지도 못하고, 관심도 없는 아버지라고 확신했다. 앨프리드가 순전히 자기 자신을 위해 사랑하는 이가 이 세상에 있다면 그것은 바로 칩이었다. 데니즈는 자신이 칩만큼 앨프리드를 기쁘게 하지 못한다는 것을 알고 있었다. 부녀는 형식적 태도와 뛰어난 성과 이외에는 공통점이 거의 없었다. 앨프리드가 심지어 아들이 집에 없다는 것을 잘 알면서도 한밤중에 애타게 부르는 사람은 바로 칩이었다.

나는 오빠에게 최선을 다해 이 점을 설명했어. 더 이상 잘할 수는 없을 거

야. 그녀는 눈 덮인 들판을 가로지르며 머릿속으로 바보 오빠에게 말했다.

집으로 돌아가니 온통 빛으로 환해져 있었다. 개리가 그랬는지 이니드가 그랬는지 정원 길 위의 눈이 깨끗이 쓸려 있었다. 데니즈가 대마 매트 위에 발을 문지르는데 문이 벌컥 열렸다.

"아, 너였구나. 칩인가 했다." 이니드가 말했다.

"아뇨, 저예요."

그녀는 안으로 들어가 부츠를 벗었다. 개리가 난롯불을 피워놓고는 벽난로에 가까운 안락의자에 앉아 있었고, 그의 발치에는 낡은 앨범이 한 무더기 쌓여 있었다.

"제 말 들어요. 칩은 안 와요." 그가 이니드에게 말했다.

"무슨 곤란한 상황에 처한 게 틀림없어. 안 그러면 전화라도 했을 텐데." 이니드가 말했다.

"어머니, 그 애는 반사회적 인격장애자예요. 그만 포기해요."

"오빠가 작은오빠에 대해 뭘 안다고 그래." 데니즈가 끼어들었다.

"열심히 살지 않는다는 것만큼은 알지."

"나는 그냥 가족이 다 함께 모이는 걸 보고 싶을 뿐이야!" 이니드가 말했다.

개리가 다정한 탄성을 내질렀다. "아, 데니즈. 아, 아. 이리 와서 이야기 좀 봐."

"나중에 볼게."

하지만 개리는 앨범을 가지고 거실을 가로질러 그녀에게 쓱 내밀더니 가족 크리스마스카드의 사진을 가리켰다. 셈족 혈통이 희미하게 엿보이는 토실토실하고 머리가 덥수룩한 여자 아기는 18개월의 데니즈였다. 그녀의 미소나 칩과 개리의 미소에는 그 어떤 그림자도 없었다. 가식이 생겨나기 전의 예를 보여주는 사진 속 거실 소파에서 그녀는 두 오빠 사이에 앉아 있었다. 오빠들은 각각 한 팔을 그녀의 어깨에 둘렀고, 깨끗한 피부의 얼굴이 그녀의 얼굴에 거의 닿을 듯했다.

"참 예쁘고 귀엽지?" 개리가 말했다.

"어머나, 정말 깜찍하구나." 이니드가 그들에게 합류하며 말했다.

앨범의 가운데 부분에서 등기우편 스티커가 붙은 봉투가 하나 떨어졌다. 이니드가 그것을 확 낚아채 벽난로로 가져가 바로 불 속에 던져 넣었다.

"그게 뭐예요?" 개리가 물었다.

"액슨에서 보낸 거야. 이미 다 처리된 거지."

"아빠가 돈의 반을 오픽 미들랜드에 보냈나요?"

"나한테 보내라고 했는데, 아직 못 보냈어. 보험 문제를 해결하느라 정신없었거든."

개리는 껄껄 웃으면서 2층으로 올라갔다. "2천5백 달러를 마구 써대지는 말아요."

데니즈는 코를 풀고는 감자 껍질을 벗기러 부엌으로 갔다.

이니드가 뒤따르며 말했다. "혹시 모르니 칩이 먹을 것까지 넉넉히 해라. 늦어도 오늘 오후에 온다고 했거든."

"지금은 공식적으로 저녁이라고 봐요." 데니즈는 대꾸했다.

"어쨌든 나도 감자가 **많이** 당기거든."

어머니의 부엌칼은 하나같이 버터 칼처럼 무뎠다. 데니즈는 어쩔 수 없이 감자 칼을 써야 했다. "오픽 미들랜드를 따라 리틀록으로 왜 가지 않았는지 아빠가 말한 적 있어요?"

"아니. 왜?" 이니드가 단호히 말했다.

"그냥 궁금해서요."

"처음에는 같이 가겠다고 했지. 그랬더라면 집안 형편이 **완전히** 달라졌을 거야. 2년만 더 참았으면 연금이 거의 두 배가 되었을 텐데. 지금처럼 어렵지 않았을 테지. 너희 아버지가 분명 그리로 갈 거라고, 그게 옳은 거라고 했어. 그런데 사흘 후 돌아와서는 마음을 바꾸고는 관두었다고 하지 뭐냐."

데니즈는 싱크대 위쪽 창문에 반사되어 반쯤 비치는 눈동자를 응시했다. "이유도 말하지 않고요?"

"로스 형제를 견딜 수 없었던 거지. 성격 차가 심했나 봐. 하지만 아무 이야기 않더구나. 너도 알잖니, 언제 너희 아버지가 나한테 무슨 이야기를 하더냐. 그냥 결정만 내리지. 재정적으로 어려움이 닥친다 해도 너희 아버지가 한번 결정하면 그것으로 끝이지."

씻어야 할 차례였다. 데니즈는 감자와 감자 칼을 개수대에 넣었다. 재림절 달력에 감춰둔 약에 대해 생각했다. 그것이라면 고향을 떠날 때까지 눈물을 흘리지 않도록 막아줄 것 같았다. 하지만 약은 너무 먼 곳에 숨겨져 있었다. 부엌에서는 무방비 상태였다.

"얘야, 왜 그러니?" 이니드가 물었다.

데니즈는 한동안 부엌에 없었다. 부엌에는 삶아지는 감자와 물기와 회환뿐이었다. 그녀는 싱크대 앞 부엌 깔개에 무릎 꿇고 있었다. 젖은 클리넥스 뭉치가 여럿 주위에 흩어져 있었다. 그녀는 눈을 들어 어머니를 보기가 꺼려졌다. 이니드는 그녀 곁 의자에 앉아 마른 휴지를 눈물로 적시고 있었다.

이니드가 새로이 진지하게 말했다. "그토록 중시하던 것들이 사실은 전혀 중요하지 않은 것으로 드러날 때가 많지."

"그래도 여전히 중요한 것들이 있어요." 데니즈가 말했다.

이니드는 싱크대 옆에 놔둔, 껍질을 벗기지 않은 감자들을 멍하니 응시했다. "아버지는 낫지 않을 거야, 그렇지?"

데니즈는 자신이 앨프리드의 건강 때문에 운다고 어머니가 생각해서 다행이었다. "아무래도 그럴 것 같아요."

"약 때문이 아니지, 그렇지?"

"그런 것 같아요."

"필라델피아에 가봐야 아무 소용 없겠지. 어차피 지시 사항을 따를 수 없을 테니."

"네, 그렇겠죠."

"데니즈, 이제 어떡해야 하니?"

"모르겠어요."

"오늘 아침에 뭔가 잘못됐다는 걸 알았어. 네가 석 달 전에 그 봉투를 찾았더라면 아버지는 분명 나한테 화를 냈을 거야. 그런데 오늘 봤잖니. 아무 말도 안 했어."

"아까 곤란하게 만들어서 죄송해요."

"그게 문제가 아니야. 심지어 아버지는 그게 뭔지도 몰랐어."

"어쨌든 죄송해요."

스토브 위에서 끓고 있는 흰콩 냄비의 뚜껑이 덜그럭대기 시작했다. 이니드가 일어나 불을 줄였다. 데니즈는 여전히 무릎을 꿇은 채 말했다. "재림절 달력에 어머니를 위한 선물이 있어요."

"아니, 개리가 마지막 장식을 꽂았어."

"'24번' 주머니에요. 뭐가 들어 있을 거예요."

"그래, 뭔데?"

"몰라요. 확인해보세요."

그녀는 어머니가 현관문으로 가서 돌아오는 소리를 들었다. 부엌 깔개 무늬는 복잡했지만, 가만히 바라보고 있노라면 이내 다 외울 수 있을 것 같았다.

"이거 어디서 난 거냐?"

"몰라요."

"네가 넣었니?"

"신기하게도 그게 들어 있었어요."

"네가 넣은 게 분명해."

"아니에요."

이니드는 알약을 싱크대 카운터에 놓고는 두 걸음 떨어져 잔뜩 얼굴을 찡그린 채 바라보았다. "이걸 거기에 넣은 사람은 선의로 그랬으리라 확신하지만, 이 집에서 이걸 먹을 생각은 없다."

"옳은 선택 같아요."

"나는 진짜가 아니라면 전부 사양하겠어."

이니드는 오른손으로 알약을 밀어 왼손에 모았다. 그리고 음식물 쓰레기 분쇄기에 넣고는 물을 틀어 모두 갈아버렸다.

"뭐가 진짜인데요?" 분쇄기 소음이 가라앉자 데니즈는 물었다.

"마지막 크리스마스 때 온 가족이 모이는 것."

샤워와 면도를 하고 귀족적으로 차려입은 개리가 때마침 부엌에 들어와 이 선언을 들었다.

"다섯 중 넷이 모인 걸로 만족하는 게 좋아요. 데니즈는 왜 저래요?" 그는 술장을 열며 물었다.

"아빠 때문에 속상해서 그런다."

"하긴 때가 됐죠. 속상해해야 할 게 한두 개가 아니에요." 개리가 말했다.

데니즈는 클리넥스 뭉치를 모아 들었다. "뭔지 몰라도 잔뜩 따라 줘."

"오늘 밤 베아가 준 샴페인을 마실까 했는데!" 이니드가 말했다.

"아뇨." 데니즈가 말했다.

"아뇨." 개리도 말했다.

"아껴두었다가 칩이 오면 먹자. 그런데 아버지는 위층에서 왜 이리 꾸물거리는 거지?"

"위층에 없어요." 개리가 말했다.

"확실하니?"

"네, 확실해요."

"앨? 앨?" 이니드가 소리쳤다.

거실에 방치된 난롯불에서 가스가 칙칙거렸다. 흰콩이 중간 불에서 부글부글대고, 난방장치가 따스한 공기를 토해냈다. 거리에서 누군가의 타이어가 눈 위에서 공회전했다.

"데니즈, 지하에 가봐라." 이니드가 말했다.

데니즈는 "왜 나예요?"라고 묻고 싶었지만 묻지 않았다. 그녀는 지하실 계단 앞에 가서 아버지를 불렀다. 지하실 불이 켜 있고, 작업실에서 바스락대는 모호한 소리가 희미하게 들렸다.

그녀는 다시 외쳤다. "아빠?"

대꾸가 없었다.

계단을 내려가며 생겨나는 두려움은 어린 시절 반려동물을 사달라고 졸랐다가 햄스터 두 마리가 든 우리를 받았을 때의 불행에서 빚어진 두려움과 비슷했다. 개나 고양이는 이니드의 가구를 손상할지도 모르지만, 드리블릿네 햄스터가 낳은 이 남매는 집 안에 두어도 좋다는 허락을 받았다. 아침마다 사료를 주고 물을 갈기 위해 지하실로 가야 했던 데니즈는 놈들이 그녀에게만 보여주기 위해 밤새 무슨 잔인무도한 짓을 해놓았을지 두려움에 떨었다. 어쩌면 근친상간으로 생겨나 꿈틀대는 눈먼 진홍색 새끼를 까놓았거나, 아니면 삼나무 톱밥을 절망과 무의미 속에서 거대한 더미로 쌓아놓고는 새끼를 다 잡아먹어 터질 듯한 배를 하고 있는 두 녀석이 시선을 피하며 우리의 금속 바닥에서 오들오들 떨고 있을 수도 있었다. 햄스터가 느끼기에도 제 자식을 잡아먹은 뒷맛이 개운하지는 않을 터였다.

앨프리드의 작업실 문은 닫혀 있었다. 그녀가 노크했다. "아빠?"

즉각 앨프리드의 대답이 긴장되고 목 졸린 듯한 외침으로 나왔다. "들어오지 마라!"

문 뒤에서 단단한 뭔가가 콘크리트에 긁혔다.

"아빠? 뭐 하세요?"

"들어오지 말랬다!"

아까 총을 본 터라 그녀는 생각했다. 물론 여기 내려온 건 나야. 그녀는 생각했다. 그런데 어떻게 해야 할지 전혀 모르겠어.

"아빠, 아무래도 들어가야겠어요."

"데니즈……"

"지금 들어갈게요."

문을 열자 눈부신 빛이 가득했다. 힐긋 보니 바닥에 페인트 범벅인 낡은 이불이 깔려 있고, 노인이 등을 대고 엉덩이를 든 채 누워 무릎이 바들바들 떨리는데도 그의 커다란 눈은 실험대 아랫면에 고정되어 있고, 그의 항문에는 커다란 플라스틱 관장 장치가 꽂혀 있었다.

"이런, 죄송해요!" 그녀는 돌아서며 두 손을 들었다.

앨프리드는 씩씩대며 숨을 쉴 뿐 아무 말도 없었다.

그녀는 문을 반쯤 닫고는 폐에 공기를 가득 채웠다. 위층에서 초인종이 울리고 있었다. 벽과 천장을 통해 발걸음이 집으로 다가오는 소리가 들렸다.

"그 애야, 그 애야!" 이니드가 외쳤다.

노래가 울려 퍼지며—'It's Beginning to Look a Lot Like Christmas'—그녀의 환상을 산산조각 냈다.

데니즈는 현관문의 어머니와 오빠에게 합류했다. 익숙한 얼굴이 눈 덮인 계단에 옹기종기 모여 있었다. 데일 드리블릿, 허니 드리블릿, 스티브와 애슐리 드리블릿, 여러 딸들과 머리를 짧게 깎은 사위들을 거느린 커비 루트, 퍼슨 집안 전체. 이니드는 데니즈와 개리를 잡아당겨 바짝 껴안고는 분위기에 취해 발끝으로 장단을 맞추었다. "어서 가서 아빠를 모셔와. 캐럴 합창단을 얼마나 좋아하는데."

"아빠는 바빠요." 데니즈는 말했다.

그녀의 사생활을 보호하고자 신경 쓰고, 소망이라고는 그의 사생활 역시 존중받는 것뿐인 아버지에게 홀로 고통을 감내하게 하고, 목격당하는 수치심으로 그 고통을 가중하지 않는 것이야말로 가장 큰 친절이 아닐까? 그가 그녀에게 차마 묻지 못했던 모든 질문들을 감안하면, 그녀가 지금 그에게 묻고자 하는 불편한 질문을 면제받을 권리 정도는 있지 않을까? 예를 들어, **관장 기구 갖고 뭐 해요, 아빠?** 같은 질문 말이다.

캐럴 합창단은 바로 그녀를 향해 노래 부르고 있는 듯했다. 이니드는 음악에 맞추어 몸을 흔들고, 개리는 눈에 헤픈 눈물을 머금고 있었지만, 데니즈는 그들이 의도한 관객이 바로 자신인 양 느껴졌다. 가족의 더 행복한 면에 집중하며 그곳에 머무르고 싶었다. 무엇이 그녀의 가족애를 그토록 강하게 반대하는 것인지 알 수 없었다. 하지만 칠츠빌 감리교회 성가대를 지휘하는 커비 루트가 'Hark, the Herald Angels Sing'으로 넘어가자 그녀는 앨프리드의 사생활을 존중하겠다는 것은 너무 쉬운 선택이 아닌가 하는 생각이 들었다. 그가 홀로 있기를 원한다고? 마침 잘됐군! 그녀는 필라델피아로 돌아가 자신의 삶을 살며, 그가 원하는 대로 하기만 하면 되었다. 그가 엉덩이에 플라스틱 장치를 단 꼴을 보이는 것을 당혹스러워한다고? 아, 얼마나 편리한가! 그녀 역시 우라지게 당혹스러워하지 않았는가!

그녀는 이웃들에게 손을 흔들고는 어머니에게서 떨어져 나와 지하로 돌아갔다.

작업실 문은 아까 그녀가 떠났던 그대로 약간 열려 있었다.

"아빠?"

"들어오지 마라!"

"죄송해요. 하지만 들어가야 해요."

"너를 이런 일에 끌어들일 생각 없다. 네가 걱정할 게 아니야."

"알아요. 하지만 어쨌든 들어가야 해요."

그는 여전히 아까와 같은 자세로 누워 있었지만 다리 사이에 낡은 비치 타월 뭉치가 놓여 있었다. 그녀는 똥 냄새와 오줌 냄새 사이에 꿇어앉고는 한 손을 그의 파르르 떨리는 어깨에 얹었다. "죄송해요."

그의 얼굴은 땀으로 뒤덮여 있었다. 그리고 눈은 광기로 번들거렸다. "전화를 찾아서 지역 감독관한테 연락해라."

위대한 계시가 칩에게 화요일 아침 6시경 찾아왔다. 그때 그는 폴란드 국경을 몇 킬로미터 앞둔 채 리투아니아의 네라바이와 미스키니아이의 작은 마을들 사이에 난 자갈길을 거의 완벽한 어둠 속에서 걷고 있었다.

열다섯 시간 전 공항에서 비틀비틀 나오던 그는 조나스와 아이다리스와 지타나스가 포드 스톰퍼를 인도를 향해 휙 트는 바람에 거의 차에 치일 뻔했다. 세 사람은 빌뉴스를 벗어나던 중 공항이 포위되었다는 소식을 들었다. 그러고는 이그날리나행 도로에서 유턴해 불쌍한 미국인을 구하러 돌아갔다. 스톰퍼 화물칸은 가방과 컴퓨터와 전화 설비로 완전히 차 있었지만, 여행 가방 두 개를 지붕에 고무 끈으로 묶어 칩과 그의 가방을 위한 자리를 마련했다.

"작은 검문소로 데려다주겠네. 큰길에는 온통 바리케이드가 쳐 있어. 스톰퍼를 보면 침을 줄줄 흘릴걸." 지타나스가 말했다.

조나스는 지에즈나스와 알리투스를 빙 돌아 빌뉴스 서쪽의 적당히 끔찍한 도로를 불안한 속도로 몰았다. 시간이 어둠 속에서 와글와글 지나갔다. 그 어디에도 경찰차나 불 켜진 가로등은 보이지 않았다. 조나스와 아이다리스가 앞좌석에서 메탈리카를 듣는 동안 지타나스는 전 국가적으로 정전되고 리투아니아 군대가 동원된 상황에서, 자신이 여전히 명목상 지배주주로 있는 트랜스발틱 와이어리스가 기지국에 전력을 다시 공급했을지도 모른다는 허망한 희망을 가지고 휴대전화의 버튼을 눌렀다.

지타나스가 말했다. "비트쿠나스에게 이건 재앙이야. 군대를 동원한 것만으로 그를 소련처럼 보이게 만들거든. 거리에는 군인이 깔려 있고, 전기는 안 들어오고. 이런 정부가 리투아니아 국민의 사랑을 받기는 힘들지."

"시민들한테 실제로 총격을 가하나요?" 칩이 물었다.

"아니, 대부분은 그냥 폼이야. 익살극으로 재탄생된 비극이지."

자정이 다 되어갈 무렵, 폴란드 국경에 인접한 마지막 꽤 큰 도시인 라즈디자이 근방에서 스톰퍼가 급커브를 돌자 지프 세 대로 이루어진 수송대가 반대 방향으로 달려갔다. 조나스는 코르덴 같은 도로 위에서 엑셀을 밟으며 지타나스와 리투아니아어로 상의했다. 빙하기에 이 일대에 남겨진 빙퇴석만이 굴러다닐 뿐 숲이라고는 없었다. 뒤돌아보면 지프 두 대가 유턴해 스톰퍼를 추격하고 있는 것이 보일 터였다. 마찬가지로, 지프에 있는 사람들은 조나스가 자갈 도로에서 급하게 우회전한 뒤 얼어붙은 새하얀 호수를 따라 속도를 높이는 광경을 보고 있을 터였다.

"따돌릴 수 있어." 지타나스가 칩에게 장담하고 약 2초 후 L자형 커브에 이른 조나스가 스톰퍼에서 도로로 굴러떨어졌다.

사고가 일어났군, 이라고 칩이 생각하는 동안 자동차가 하늘에 붕 떴다. 그는 강한 마찰력과 낮은 중력 중심과 가속도의 완만한 다양성에 대해 뒤늦게 커다란 애정을 느꼈다. 일순 차분히 반성하며 이를 가는데 삽시간에 충격에 충격이 이어지고, 소음에 소음이 이어졌다. 스톰퍼는 여러 각도로 직립하려다가—90도, 270도, 360도, 180도—마침내 엔진은 꺼지고 등은 여전히 들어온 채 왼쪽으로 쓰러졌다.

칩의 엉덩이와 가슴이 그의 무릎과 안전벨트 때문에 심하게 멍이 든 듯했다. 그 외에는 조나스와 아이다리스와 마찬가지로 온몸이 붙어 있긴 했다.

지타나스는 차 안에서 구르며 화물칸에 실린 짐들에 강타당했다. 턱과 이마의 상처에서 피가 흘렀다. 그가 조나스에게 뭐라고 급하게 말했다. 분명 등을 끄라고 했겠지만 너무 늦은 뒤였다. 뒤쪽 도로에서 저속 기어로 바뀌는 소리가 요란했다. 추격을 하던 지프가 L자형 커브에서 멈추더니 스키 마스크를 쓰고 제복을 입은 남자들이 줄줄이 내렸다.

"스키 마스크를 쓴 경찰이에요. 이 상황에 대해 긍정적 해석을 한번 해보도록 하죠." 칩이 말했다.

스톰퍼가 추락한 곳은 얼어붙은 습지였다. 상향으로 켜진 지프의 헤드라이트 빛줄기들이 교차하며 마스크를 쓴 '경찰' 여덟 내지 열

명이 스톰퍼를 에워싸더니 모두들 나오라고 명령했다. 칩이 상자에서 튀어나오는 깜짝 인형처럼 머리 위쪽의 문을 밀쳤다.

조나스와 아이다리스는 무기를 뺏겼다. 차량의 내용물이 땅을 뒤덮은 딱딱한 눈과 부러진 갈대 위에 차례차례 놓였다. 한 '경찰'이 소총의 총구를 칩의 뺨에 누르더니 한마디로 명령했고, 지타나스가 통역해주었다. "옷을 모두 벗으라는군."

해외에서 더러운 입냄새를 풍기며 게으르게 살아가던 죽음이 느닷없이 바로 옆에 와 있는 듯했다. 칩은 총이 상당히 두려웠다. 손이 떨리고 느낌이 없었다. 지퍼를 내리고, 단추를 푸는 임무에 손을 부리는 데 모든 의지를 총동원해야 했다. 그가 걸치고 있는 가죽 제품의 품질 덕분에 이러한 굴욕의 대상으로 지목된 것이 분명했다. 지타나스의 붉은 모터크로스 재킷이나 조나스의 데님에는 아무도 개의치 않는 듯했다. 하지만 스키 마스크를 쓴 '경찰'들은 둥글게 모여서 칩의 바지와 코트의 고운 촉감을 손으로 만져보았다. 기묘하게 외따로 떨어진 입술이 O자 모양의 입 구멍을 통해 하얀 김을 내뿜는 동안 그들은 칩의 왼쪽 부츠 밑창의 유연성을 시험했다.

부츠에서 미국 달러 뭉치가 떨어지자 고함이 터져 나왔다. 다시 총구가 칩의 뺨을 눌렀다. 차가운 손가락이 그의 티셔츠 아래에서 두꺼운 현금 봉투를 찾아냈다. '경찰'이 그의 지갑 역시 검사했지만, 리투아니아 화폐나 신용카드에는 손대지 않았다. 그들이 원하는 것은 달러였다.

얼굴 곳곳에 피가 엉긴 지타나스가 '경찰'의 대장에게 이의를 제기했다. 논쟁이 계속되며 지타나스와 대장이 반복적으로 칩을 가리키며 "달러"와 "미국인"이라는 말을 쓰더니, 대장이 지타나스의 피투성이 이마에 권총을 들이대자 지타나스가 두 손을 들어 대장이 옳다고 승복함으로써 의견 대립이 끝났다.

그동안 칩은 괄약근이 무조건적으로 항복할 지경에 이를 만큼 팽창했다. 하지만 자제심을 유지하는 것이 매우 중요해 보였기에 양말과 속옷 차림으로 선 채 떨리는 손으로 최대한 힘껏 엉덩이를 눌렀다. 경련을 손으로 누르고 또 누르며 맞서 싸웠다. 자기 꼴이 얼마나 우스워 보일지는 개의치 않았다.

'경찰'은 짐 가방에서도 훔칠 것을 많이 찾아내고 있었다. 칩의 가방이 눈밭에 비워지자 그의 소유물을 저마다 집어 갔다. '경찰'이 스톰퍼의 커버를 바닥까지 갈기갈기 찢어 지타나스가 현금과 담배를 숨긴 곳을 찾아내는 광경을 칩과 지타나스는 가만히 바라보았다.

"대체 무슨 핑계로 저러는 거죠?" 칩은 여전히 바들바들 떨면서도 사실상 중요한 전투에서 승리를 거두며 물었다.

"외화와 담배를 밀수했다고 기소당했다는군." 지타나스가 말했다.

"누가 기소하는 거죠?"

"안타깝게도 눈앞에 보이는 저들이지. 다시 말해, 스키 마스크를 쓴 경찰 말일세. 오늘 밤 이 나라에는 일종의 참회의 화요일* 같은 분위기가 돌고 있어. 뭐든지 해도 된다는 그런 분위기 말야."

'경찰'이 마침내 지프를 타고 요란하게 멀어져갔을 때는 새벽 1시였다. 칩과 지타나스와 조나스와 아이다리스는 얼어붙은 발과 박살

---

*   술과 고기를 마음껏 먹고 가장행렬을 벌이며 노는 사육제의 마지막 날.

난 스톰퍼와 축축한 옷과 파괴된 짐과 함께 남겨졌다.

그래도 똥을 싸지는 않았으니 다행이야, 하고 칩은 생각했다.

그는 여전히 여권과 2천 달러를 갖고 있었다. '경찰'이 티셔츠 주머니를 확인하지 않았던 것이다. 또한 운동화와 헐렁한 청바지와 좋은 트위드 코트와 가장 아끼는 스웨터가 있었다. 그는 서둘러 옷을 입었다.

"군벌로서의 내 경력은 이제 끝장난 것 같군. 그쪽으로는 더 이상 야심 없어." 지타나스가 견해를 밝혔다.

조나스와 아이다리스는 라이터를 켜 스톰퍼의 차대를 조사하고 있었다. 아이다리스가 칩을 위해 영어로 의견을 전했다. **"트럭 좆됐어."**

지타나스는 걸어서 15킬로미터 서쪽의 세즈니에 접한 국경까지 데려다주겠다고 했지만, 칩은 만약 친구들이 공항으로 되돌아오지 않았더라면 지금쯤 이그날리나에서 친척들과 안전하게 있을 것이고, 게다가 차량과 보물 창고도 무사했으리라는 것을 고통스레 인식했다.

지타나스는 어깨를 으쓱하며 말했다. "아, 이그날리나로 가던 중 총에 맞았을지도 모르지. 어쩌면 자네 때문에 목숨을 건진 것일 수도 있어."

"트럭 좆됐어." 아이다리스가 원한과 기쁨이 뒤섞인 어조로 반복했다.

"그럼 뉴욕에서 만나요." 칩이 말했다.

지타나스가 스크린이 박살 난 17인치 컴퓨터 모니터 위에 걸터앉았다. 그리고 피투성이 이마를 조심스레 더듬었다.

"그래, 그래. 뉴욕에서 보세."

"제 아파트에서 지내셔도 좋아요."

"생각해보겠네."

"그냥 그렇게 해요." 칩이 다소 절망적으로 말했다.

"나는 리투아니아인이야." 지타나스가 말했다.

칩은 필요 이상으로 마음 아프고, 실망하고, 외로웠다. 하지만 애써 자제했다. 도로 지도와 라이터와 사과 한 알과 리투아니아인의 진심 어린 인사와 염려를 받고는 어둠 속으로 출발했다.

혼자가 되자 오히려 홀가분했다. 걸으면 걸을수록 하이킹에는 부츠와 가죽 바지보다는 청바지와 운동화가 편하다는 사실에 감사했다. 발이 한결 가볍고, 보폭이 한결 자유로웠다. 심지어 도로 위에서 깡충깡충 뛰고 싶을 정도였다. 운동화를 신고 야외에서 걷기는 얼마나 즐거운 체험이란 말인가!

하지만 이것은 위대한 계시가 아니었다. 위대한 계시는 폴란드 국경을 2, 3킬로미터 앞두었을 때 그를 찾아왔다. 주변을 에워싼 어둠 속에서 사람 잡아먹는 농장 개가 제멋대로 돌아다니고 있지는 않은지 촉각을 곤두세운 채 두 팔을 쭉 뻗고 있자니 그는 자기 꼴이 꽤나 우스웠다. 바로 그때 지타나스의 말이 떠올랐다. **익살극으로 재탄생된 비극이지.** 느닷없이 그는 자신을 포함한 그 누구도 그의 시나리오를 좋아하지 않은 까닭을 이해했다. 익살극으로 써야 할 이야기를 스릴러로 썼던 것이다.

희미한 새벽빛이 그를 휘감고 있었다. 뉴욕에서 〈아카데미 퍼플〉의 첫 30페이지를 어찌나 가다듬고 고쳤던지 거의 직관적으로 모든 구절이 기억났다. 발트해의 하늘이 밝아져오는 이때 그는 마음속 붉은 연필로 이들 페이지를 맹렬히 뜯어고치기 시작했다. 여기를 살짝 다듬고, 저기에 강조나 과장법을 덧붙였다. 그의 머릿속에서 풍경은 원래 그래야 할 모습으로 바뀌었다. 우스꽝스럽게. 비극적인 **빌 퀘인 턴스**가 코믹한 바보가 되었다.

칩은 즉각 시나리오를 수정하기 위해 책상을 향해 부랴부랴 걷듯 발걸음을 재촉했다. 언덕을 오르자 빛이라고는 없는 리투아니아 소도시 아이시시케스와, 저 멀리 국경 너머 폴란드의 옥외등이 몇 개 보였다.

그는 소리 내어 말했다. "**우스꽝스럽게** 만들어. **우스꽝스럽게** 만들라고."

리투아니아 세관원 두 명과 '경찰' 두 명이 조그마한 국경 검문소를 지키고 있었다. 그들은 칩이 채워 넣은 두툼한 리타스 뭉치를 빼낸 뒤 여권을 돌려주었다. 하찮은 잔인성 외에는 별다른 이유도 없이 칩을 지나치게 뜨거운 방에 몇 시간이나 앉혀놓은 동안 레미콘 트럭과 자전거 탄 사람들이 오고 갔다. 정오가 다 되었을 때에야 칩은 폴란드로 걸어갈 수 있었다.

몇 킬로미터를 걸어 세즈니에 이르자 달러를 폴란드 화폐 즐로티로 바꾸어, 그 돈으로 점심을 해결했다. 상점에는 물건이 잘 구비되어 있었고, 크리스마스 시즌이었다. 그곳 사람들은 나이가 많았고, 교황과 무척 닮아 보였다.

트럭 세 대와 택시 한 대를 탄 끝에 수요일 오후에 바르샤바 공항에 도착했다. LOT 폴란드 항공의 창구 직원은 믿기지 않을 만큼 붉은 뺨에 미소를 머금고 반색했다. LOT는 서구에서 가족에게로 돌아오는 수만 명의 폴란드 이주 노동자들을 수용하기 위해 명절 동안 운항 편수를 추가로 늘린 반면, 서구행 비행기는 텅 비어 있었다. 붉은 뺨의 창구 여직원들은 고적대장처럼 작은 모자를 쓰고 있었다. 그들은 칩에게서 현금을 받고 티켓을 주더니 **달려요**라고 말했다.

그는 게이트까지 달려가 767편에 탑승한 뒤, 결함이 있을지도 모를 조종실 장비가 검사받고 결국 마지못해 교체되는 동안 활주로에서 네 시간을 기다려야 했다.

비행기는 위대한 폴란드의 도시에서 시카고까지 큰 원을 그리며 직항으로 날아갔다. 칩은 데니즈에게 2만 5백 달러를 빚졌고, 신용카드는 한도 초과이고, 현재 일자리가 없을 뿐만 아니라 새로 구할 가능성마저 없다는 사실을 잊기 위해 계속 잠만 잤다.

세관을 통과한 후 시카고에서 맞이한 좋은 소식은 렌털 회사 두 군데가 여전히 영업을 하고 있다는 것이었다. 30분간 줄을 선 후에야 듣게 된 나쁜 소식은 한도 초과 카드로는 차를 빌릴 수 없다는 것이었다.

전화번호부의 항공사 목록을 쭉 훑은 그는 들도 보도 못한 프레리 호퍼라는 항공사의 다음 날 아침 7시 출발 세인트주드행 비행기에 좌석이 하나 남아 있다는 것을 알아냈다.

세인트주드에 전화하기에는 너무 늦은 시간이었다. 공항의 외딴 구석 카펫을 골라 그곳에 누워 잠을 청했다. 그에게 무슨 일이 일어났는지 이해할 수 없었다. 한때 논리적인 글이 적혀 있었지만 세탁기에 들어갔다 나온 종이가 된 듯했다. 거칠거칠해지고, 색이 바래고, 접힌 선을 따라 찢겨진 듯했다. 설핏 잠이 들자 스키 마스크로 분리된 눈과 입이 보였다. 그는 자신이 무엇을 원하는지 알 수 없었다. 사람이란 무엇을 원하느냐에 따라 어떤 사람이 되기 마련이기에, 그는 자기 자신이 누구인지 알 수 없다고 해도 무방했다.

이런 판국에 다음 날 아침 9시 30분에 세인트주드에서 현관문을 연 노인이 그가 누구인지 정확히 알고 있는 듯 보이다니 얼마나 기묘하단 말인가.

문에는 호랑가시나무 화환이 걸려 있었다. 정원 길에는 비질 흔적이 골고루 남겨진 채 가장자리에 눈이 쌓여 있었다. 여행자에게 중서부 거리는 부(富)와 오크 나무와 뚜렷하게 쓸모없는 공간으로 넘쳐나는 이상한 나라처럼 보였다. 리투아니아와 폴란드의 세계에 어떻게 이런 장소가 존재할 수 있는지 여행자는 알 수 없었다. 이는 거미줄처럼 뻗어가는 경제 전압 사이의 차이를 가로지를 수 없는 정치적 국경의 절연 효과를 보여주는 증거였다. 오크 나무 냄새와 납작한 윗면에 눈 쌓인 산울타리와 고드름이 주르르 늘어선 처마로 이루어진 오래된 거리는 위태로워 보였다. 신기루 같았다. 사랑받았으나 죽어버린 무엇인가에 대한 이례적일 만큼 생생한 기억 같았다.

"세상에! 누가 왔는지 봐!" 앨프리드가 기쁨에 한껏 밝아진 얼굴로 말하며 두 손으로 칩의 손을 꼭 쥐었다.

이니드도 이 풍경에 동참하고자 비집고 나오려고 애쓰며 칩의 이름을 불렀지만 앨프리드는 손을 놓지 않았다. 그는 두 번 더 말했다. "누가 왔는지 봐! 누가 왔는지 봐!"

"앨, 그 애를 집 안으로 들이고 문을 닫아요." 이니드가 말했다.

칩은 현관에서 멈칫거렸다. 바깥세상은 흑색과 백색과 회색을 띤 채 신선하고 맑은 공기에 휩쓸리고 있었다. 마법에 걸린 듯한 집 안은 물건과 냄새와 색깔과 습기와 커다란 개성들로 빽빽했다. 그는 안으로 들어가기가 두려웠다.

"들어오렴, 들어오렴. 문 닫아." 이니드가 깩깩거렸다.

그는 마법으로부터 자신을 보호하기 위해 은밀히 주문을 외웠다. **사흘만 여기 머물다가 뉴욕으로 돌아가 일자리를 찾고, 한 달에 최고 500달러를 저금해 빚을 다 갚고, 밤마다 시나리오 작업을 하는 거야.**

주문을 외는 것만이 그가 지금 할 수 있는 전부였다. 보잘것없는 정체성만이 남은 그는 현관 복도로 나아갔다.

"세상에, 너 온통 상처투성이에 냄새까지 나는구나. 가방은 어디 있니?" 이니드가 그에게 뽀뽀하며 물었다.

"리투아니아 서쪽의 자갈 도로 옆에요."

"무사히 돌아온 것만으로도 기쁘구나."

리투아니아라는 나라 어디에도 램버트 집안의 거실 같은 방은 없었다. 오직 서반구에서만 이토록 호화로운 울 카펫과, 화려한 커버를 덮어쓴 크고 정교한 가구가 이토록 평범한 모양과 상황의 방에서 발견될 수 있었다. 목조 창틀을 댄 유리문으로 비치는 빛은 잿빛일지언정 대초원의 낙관주의를 품고 있었다. 천 킬로미터 이내에는 대기를 교란할 바다가 없었다. 하늘을 향해 가지를 뻗은 오래된 오크 나무의 자세는 돌발적이고, 야생적이고, 도도하여 영원을 내다보는 듯했다. 울타리 없는 세상에 대한 기억이 이들 가지에 필기체로 적혀 있었다.

칩은 한 번의 심장박동으로 이 모두를 이해했다. 미 대륙을, 그의 고향 땅을. 거실 주위에는 개봉된 선물과 상자를 감싸고 있던 리본

가닥과 포장지 조각과 상표가 여기저기 둥지를 지어 흩어져 있었다. 언제나 앨프리드의 자리였던 벽난로 쪽 의자의 발치에, 가장 큰 선물 둥지 앞에 데니즈가 꿇어앉아 있었다.

"데니즈, 누가 왔는지 보렴." 이니드가 말했다.

데니즈는 시선을 내려뜬 채 의무감에서 움직이듯 일어나 방을 가로질렀다. 하지만 칩에게 두 팔을 두르기에 그도 마주 껴안자(언제나처럼 그녀의 키에 그는 놀랐다) 그녀는 포옹을 풀지 않았다. 그에게 꼭 **매달려** 그의 목에 뽀뽀하고, 그를 가만히 응시하며 고맙다고 했다.

개리가 다가와 시선을 피한 채로 어색하게 칩을 포옹했다. "못 올 줄 알았다."

"나도 마찬가지야." 칩이 말했다.

"세상에!" 앨프리드가 경이에 차서 그를 응시하며 다시 말했다.

이니드가 설명했다. "개리는 11시에 떠나야 해. 하지만 우리 다 같이 아침을 먹을 수 있어. 너는 씻고 있으렴. 데니즈와 내가 아침을 차릴 테니. 아, **그저** 이게 바로 내가 원하던 거였어." 그녀는 부엌으로 서둘러 가며 말했다. "내 생애 최고의 크리스마스 선물이야!"

개리는 내가 머저리이지 하는 표정으로 칩을 돌아보았다. "어머니가 받은 최고의 선물이 바로 너란다."

"우리 다섯 식구가 모두 모인 것을 의미하는 거야." 데니즈가 말했다.

"그렇다면 서둘러 즐기셔야 할 거야. 나랑 논의하기로 한 것이 있는데, 꼭 해야 하거든." 개리가 말했다.

칩은 자신의 몸에서 분리된 채 몸을 따라가며, 몸이 무엇을 할지 궁금해했다. 그는 지하 욕실의 샤워기 아래 놓인 알루미늄 의자를 치웠다. 물줄기는 강하고 뜨거웠다. 그가 받은 인상이 너무나 신선해 평생 기억하거나 즉각 잊어버릴 듯했다. 뇌는 너무 많은 양의 자극을 흡수할 경우 그것을 해독해 일관성 있는 형태와 순서로 저장하는 능력을 잃고 만다. 예를 들어, 공항 바닥에서 거의 불면의 밤을 보내며 얻은 자극이 여전히 그 안에 너무나 많이 남아 있어 얼른 처리되기를 간청하고 있었다. 그리고 지금 크리스마스 아침에 그는 뜨거운 샤워 물 아래 서 있었다. 샤워실의 친숙한 갈색 타일이 보였다. 집의 다른 물리적 구성 요소와 마찬가지로 타일은 이니드와 앨프리드의 소유라는 사실에 물들어 이들 가족 물건 특유의 분위기를 풍겼다. 집은 건물이라기보다는—더욱 부드럽고, 비영구적이며, 유기적인—몸처럼 느껴졌다.

데니즈의 샴푸는 서구 자본주의 최신 모델의 유쾌하고 섬세한 향을 풍겼다. 머리에 순식간에 거품이 보글보글 일자 그는 자신이 어디에 있는지 잊었다. 이 대륙과 이해와 이 시간과 이 환경을 잊었다. 샤워를 하는 그의 뇌는 어류나 양서류처럼 자극을 인식하고 순간순간 반응했다. 그에게 공포는 멀리 있지 않았다. 동시에 안전하게도 느껴졌다. 어서 아침을 먹고 싶었고, 특히 커피를 마시고 싶었다.

허리에 수건을 두른 채 거실로 나가자 앨프리드가 벌떡 일어났다. 불현듯 나이를 먹은 듯한 아버지의 얼굴, 점차 풍화되어가고 있는 비대칭적인 불그스름한 얼굴을 보자 칩은 생가죽 채찍으로 얻어맞은 기분이 들었다.

"세상에! 빨리도 씻었구나." 앨프리드가 말했다.

"옷 좀 빌릴 수 있을까요?"

"너 좋을 대로 골라 입어라."

위층 아버지의 벽장에는 케케묵은 면도 용품과 구둣주걱과 전기 면도기와 구두 골과 넥타이 걸이가 모두 익숙한 자리에 놓여 있었다. 칩이 지난번 이 집에 들른 후 1천5백 일이 지나는 동안 매시간 이들은 여기에서 자신의 임무를 다했다. 일순 그는 부모가 한 번도 이사하지 않은 것에 화가 났다(어찌 화가 안 나겠는가?). 여기에서 그저 가만히 기다리고 있었다니.

그는 속옷과 양말과 모직 바지와 흰 셔츠와 회색 카디건을 골라서는, 데니즈가 태어난 후 개리가 대학으로 떠나기 전까지 형과 함께 쓰던 방으로 갔다. 개리는 '그의' 침대 위에 작은 여행 가방을 열어놓고 짐을 싸고 있었다.

"너도 눈치챘는지 모르겠다만, 아빠 상태가 안 좋아."

"응, 눈치챘어."

개리가 칩의 서랍장에 작은 상자를 놓았다. 총알 상자였다. 20번 총알 한 상자.

"아빠가 작업실에 총이랑 같이 갖다놓았더군. 오늘 아침 내려갔다가 생각했지, 뒤늦게 후회하는 것보다 안전한 게 낫다고."

칩은 총알 상자를 보고는 본능적으로 말했다. "이건 아빠가 알아서 결정할 일이 아닐까?"

"어제 나도 그렇게 생각했어. 하지만 정 그걸 원한다면 다른 방법을 찾겠지. 오늘 밤 거의 영하 17도까지 내려갈 거라지. 위스키 한 병을 들고 밖에 나가기만 하면 돼. 하지만 아빠 머리가 날아가 있는 꼴을 엄마가 보게 하고 싶지는 않아."

칩은 뭐라 말해야 할지 몰랐다. 그저 말없이 아버지의 옷을 걸쳤다. 셔츠와 바지는 경이로울 만큼 깨끗했고, 기대 이상으로 그에게 잘 맞았다. 카디건을 걸치자 손이 떨리지 않는다는 사실에, 거울 속에 너무도 젊은 얼굴이 있다는 사실에 화들짝 놀랐다.

"그래, 너는 그동안 어찌 지냈니?" 개리가 물었다.

"서구의 투자자들을 갈취하는 리투아니아 친구를 돕고 있었어."

"세상에, 칩. 네가 그런 일을 하다니."

세상의 다른 모든 것이 낯설게 느껴지는 와중에도 개리의 젠체하는 태도는 여전히 역겨웠다.

"엄격한 도덕적 관점에서 보자면, 미국 투자자들보다는 리투아니아가 더욱 가엾다고 생각해."

"볼셰비키라도 되려는 거냐? 그래, 마음대로 해. 다만 체포된 후에 **나**한테 전화하지는 마." 개리가 가방을 잠그며 비아냥거렸다.

"형한테 전화할 일은 절대 없을 테니 안심해."

"아침 먹을 준비 됐니?" 이니드가 계단을 반쯤 올라와 노래하듯 물었다.

명절용 리넨 식탁보가 식탁에 깔려 있었다. 그 중앙에는 솔방울과 하얀 호랑가시나무와 초록 호랑가시나무와 붉은 양초와 은빛 종이 장식되어 있었다. 데니즈가 음식을 내오는 중이었다 — 텍사스 그레이프프루트, 스크램블드에그, 베이컨, 그녀가 직접 구운 온갖 빵.

사방을 뒤덮은 눈 덕분에 대초원의 햇살이 한층 더 강렬하게 빛났다.

관습에 따라 개리는 식탁 한쪽에 홀로 앉았다. 다른 쪽에는 데니즈가 이니드 곁에 앉고, 칩이 앨프리드 곁에 앉았다.

"메리, 메리, 메리 크리스마스!" 이니드가 자식들의 눈을 차례로 들여다보며 인사했다.

앨프리드는 고개를 숙인 채 이미 먹고 있었다.

개리 역시 급하게 먹으며 손목시계를 힐긋거렸다.

칩은 이 땅에서 이렇게 맛있는 커피를 언제 또 마셔보았는지 기억이 나지 않았다.

데니즈가 그에게 어떻게 귀국했냐고 물었다. 그는 지금까지의 사정을 쭉 이야기하되, 무장 강도 사건은 일부러 뺐다.

이니드는 개리의 모든 동작을 하나하나 비판하듯 노려보았다. "천천히 **먹어라**. 11시에 출발해도 늦지 않아."

"사실상 11시 15분 전에 나가야 해요. 지금은 10시 30분이 넘은 데다 논의할 것도 있어요."

"마침내 우리 모두가 모였잖니. 긴장 풀고 마음 편히 즐겨라."

개리가 포크를 내려놓았다. "어머니, **나**는 월요일부터 지금껏 여기에서 우리 모두가 모이기를 기다렸어요. 데니즈는 화요일 아침부터 와 있었고요. 칩이 미국인 투자자들을 갈취하느라 너무 바빠서 제때 여기 오지 못한 것은 내 잘못이 아니에요."

"그냥 왜 늦었는지 설명했을 뿐이야. 내 말을 제대로 들었다면 알텐데." 칩이 말했다.

"그럼 좀 더 일찍 출발하지 그랬니?"

"갈취라니, 그게 무슨 말이냐? 무슨 컴퓨터 일을 한다며?"

"나중에 설명할게요, 엄마."

"아니, 지금 설명해." 개리가 말했다.

"개리 오빠." 데니즈가 끼어들었다.

"아니, 미안해." 개리는 냅킨을 장갑처럼 던지며 말을 이었다.

"이놈의 집구석이랑 할 만큼 했어! 내내 기다렸다고! **이제는** 대답을 하라고!"

"컴퓨터 일을 했어요. 하지만 형 말이 맞아요. 엄격히 말하자면, 그 의도는 미국인 투자자들을 등쳐먹는 거예요."

"옳은 일 같지 않구나." 이니드가 말했다.

"그러시겠죠. 하지만 여기에는 복잡한 사정이 있어……."

"법을 지키는 게 뭐가 그리 복잡한데?"

"개리 오빠, 세상에. 지금은 크리스마스야." 데니즈가 한숨을 쉬며 말했다.

"그리고 너는 도둑이고." 개리가 그녀를 획 돌아보며 말했다.

"뭐라고?"

"무슨 말인지 알 텐데. 다른 사람 방에 몰래 들어가 남의 물건을 가져갔잖아."

"실례지만, 나는 정당한 주인에게서 훔쳐진 것을 **도로 돌려놓았을** 뿐이야."

"헛소리, 헛소리, 헛소리!"

"아, 이런 꼴을 보자고 여기 앉아 있는 게 아냐. 크리스마스 아침에 이게 무슨 짓이냐!" 이니드가 부르짖었다.

"아니, 어머니, 죄송하지만 가만히 계세요. 여기 앉아서 **바로 지금** 이야기하도록 해요." 개리가 말했다.

앨프리드는 칩에게 복잡한 미소를 지으며 다른 이들을 가리켰다. "내가 어떤 꼴을 보고 사는지 알겠지?"

칩은 그의 얼굴에 이해와 동의의 표정을 팩스처럼 복사했다.

"칩, 너는 여기 얼마나 있을 거야?" 개리가 물었다.

"사흘."

"그리고 데니즈 너는 언제 떠나지?"

"일요일에, 오빠. 일요일에 떠나."

"그렇다면 엄마, 월요일에는 어떻게 될 것 같아요? 월요일에는 이 집에서 어떻게 살아갈 거냐고요?"

"그건 월요일이 되면 생각해보련다."

앨프리드는 여전히 웃으며, 개리가 무슨 이야기를 하는 거냐고 칩에게 물었다.

"모르겠어요, 아빠."

"정말 필라델피아로 갈 생각이에요? 코렉탈이 이 모든 걸 해결해줄 거라고 믿는 거예요?" 개리가 말했다.

"아니, 개리, 아니야." 이니드가 대꾸했다.

개리는 그녀의 대답을 듣지 못한 듯했다. "아빠, 부탁 좀 할게요. 오른손을 왼쪽 어깨에 얹어보세요."

"오빠, 그만해." 데니즈가 말했다.

앨프리드가 칩에게 바싹 몸을 숙여서는 은밀히 물었다. "저 애가 무슨 부탁을 한 거냐?"

"오른손을 왼쪽 어깨에 얹어보래요."

"별 웃긴 소리도 다 있구나."

"아빠? 어서요, 오른손을 왼쪽 어깨에요."

"**그만해.**" 데니즈가 말했다.

"해봐요, 아빠. 오른손을 왼쪽 어깨에. 할 수 있나요? 간단한 지시 사항을 따를 수 있는지 없는지 보여줘보세요. 어서요! **오른손을 왼쪽 어깨에.**"

앨프리드가 고개를 저었다. "우리가 필요한 건 침실 하나와 부엌 하나뿐이야."

"여보, 나는 그런 집이 **싫어요.**" 이니드가 말했다.

노인이 의자를 밀치며 칩을 돌아보았다. "내 말이 무슨 뜻인지 너도 알겠지?"

일어서던 다리가 휘어지더니 노인이 바닥으로 쓰러지며 접시와 식탁보와 커피잔과 받침이 우르르 떨어졌다. 마치 교향곡의 마지막 소절 같았다. 그는 부상당한 검투사나 쓰러진 말처럼 잔해 사이에 모로 누워 있었다.

칩이 무릎을 꿇어 그를 일으키는 동안 데니즈가 서둘러 부엌으로 갔다.

개리가 아무 일도 없었다는 양 말했다. "11시 15분 전이네요. 떠나기 전에 정리할게요. 아빠는 정신이상에 대소변도 못 가려요. 엄마가 아빠와 이 집에서 살려면 외부의 도움을 받아야 해요. 하지만 엄마는 그럴 돈이 있다고 해도 싫다고 하죠. 코렉탈은 확실히 현재로서는 선택 사항이 아니에요. 내가 알고 싶은 것은, 앞으로 어떻게 할 거냐는 거죠. **지금요**, 엄마. 나는 **지금** 알아야겠어요."

앨프리드가 떨리는 두 손을 칩의 어깨에 얹고는 식당의 가구들을 경이롭다는 듯 응시했다. 불안감에도 불구하고 그는 웃고 있었다.

"내 질문은요, 누가 이 집을 관리하죠? 이 모든 걸 누가 돌보느냐고요. 다 아빠 거잖아요."

앨프리드가 분명히 이해하고 있으면서도 동의하지 못하겠다는 양 고개를 저었다.

개리가 대답을 요구하고 있었다.

"한동안 병원에 입원해 약을 끊고서 상태를 살피면 어떨까 싶구나." 이니드가 말했다.

"좋아요, 그렇게 해요. 아빠를 병원에 집어넣고 퇴원을 시켜주는지 보자고요. 하는 김에 엄마도 약을 좀 끊고요."

"오빠, 엄마는 약을 끊었어. 전부 다 분쇄기로 갈아버렸다고. 다 버렸어." 데니즈가 스펀지로 바닥을 닦으며 말했다.

"덕분에 교훈을 얻었기를 빌어요, 어머니."

아버지의 옷을 입은 침은 이 대화를 이해할 수 없었다. 어깨에 놓인 아버지의 손은 무거웠다. 한 시간도 안 되어 두 번째로 누군가가 그에게 **매달려** 있었다. 마치 그가 중요한 사람이거나 그에게 무엇인가가 있는 양. 사실상 그는 너무나 가진 게 없어 그의 누이와 아버지가 자신을 오해하고 있는 것은 아니냐는 말조차 할 수 없었다. 마치 그의 모든 정체성이 의식에서 깎여나가고 대신에 듬직한 아들과 든든한 형제로 완전히 재탄생한 듯한 느낌이었다.

개리가 앨프리드 옆에 웅크리고 앉았다. "아빠, 이런 식으로 끝내서 미안해요. 사랑해요. 조만간 봐요."

"그래, 자르르가. 자르." 앨프리드가 대꾸했다. 그러고는 고개를 숙여 편집증 어린 시선으로 주위를 돌아보았다.

"그리고 내 무책임한 형제여." 개리가 애정 어린 몸짓을 보이겠다는 의도로 칩의 정수리에 대고 손가락을 갈고리 모양으로 쫙 폈다. "네가 여기에서 큰 도움을 주리라 믿으마."

"최선을 다할게." 칩의 어조는 자신이 바라던 것보다 덜 냉소적이었다.

개리가 일어났다. "아침 식사를 망쳐서 죄송해요, 엄마. 하지만 마음속에 쌓여 있던 말을 다 하니 저는 후련하네요."

"명절이 끝날 때까지 기다리지 그랬니." 이니드가 중얼거렸다.

개리는 그녀의 뺨에 뽀뽀했다. "내일 아침에 헤지퍼스한테 전화해요. 그리고 나한테 전화해서 앞으로 어떻게 할지 알려줘요. 계획을 면밀히 살펴볼게요."

앨프리드가 바닥에 쓰러져 있고, 이니드의 크리스마스 아침 식사가 엉망이 된 상태에서 개리가 유유히 집을 떠날 수 있다니 칩은 기가 막혔다. 하지만 필라델피아 식구에게 보내는 이니드의 선물 가방과 자신의 여행 가방을 챙겨 들고 코트를 입는 동안, 개리는 극도로 이성적인 상태로 시선을 피하며 형식적인 빈말을 뱉었다. 그는 두려웠던 것이다. 한랭전선과 같은 개리의 말 없는 출발 후에야 칩은 그점을 분명히 볼 수 있었다. 그의 형은 두려워하고 있었다.

현관문이 닫히기 무섭게 앨프리드가 화장실로 갔다.

"개리 오빠가 마음속에 쌓여 있던 말을 다 해서 후련하다니 축하할 일이네요." 데니즈가 말했다.

"아니, 그 애 말이 맞아. 무슨 조치든 취해야 해." 이니드가 호랑가

시나무 식탁 장식을 멍하니 바라보며 말했다.

식사 후의 시간은 중요한 명절을 앞둔 무력한 기다림과 메스꺼움 속에서 지나갔다. 기진맥진해진 칩은 상냥함을 계속 유지하기가 힘들었다. 온 집을 덮은 칠면조 굽는 냄새와 부엌의 열기에 얼굴이 붉게 달아올랐다. 칩이 환상 속에 들어설 때마다 아버지는 그를 알아보고는 기쁜 미소를 얼굴에 머금었다. 하지만 앨프리드가 칩의 이름을 감탄하듯 외치지 않았더라면 사람을 착각한 것이 아닐까 싶었다. 마치 칩이 **사랑받는** 아들이라도 된 듯했다. 칩은 앨프리드와 다투고, 앨프리드를 개탄하고, 인생사 대부분에 앨프리드의 날카로운 불만을 사고, 칩의 개인적 실패와 정치적 견해는 오히려 그 어느 때보다 지금 더욱더 극단적이었다. 하지만 노인네와 싸움을 벌인 사람은 개리였고, 노인네의 얼굴을 환하게 만든 사람은 칩이었다.

저녁 식탁에서 그는 리투아니아에서의 생활을 자세히 설명하느라 애를 먹었다. 세법을 단조로이 외는 편이 더 나을 듯했다. 대개 경청의 대가 역할을 하던 데니즈는 앨프리드의 식사 시중을 드느라 정신이 없었고, 이니드는 남편의 결함만 예의 주시 하고 있었다. 그가 음식물을 뱉거나 엉뚱한 말을 할 때마다 그녀는 움찔하거나 한숨을 쉬거나 고개를 저었다. 앨프리드로 인해 그녀의 인생은 눈에 띌 정도로 지옥이 되어가고 있었다.

이 식탁에서 그래도 가장 덜 불행한 사람이 나로군, 하고 칩은 생각했다.

그가 데니즈를 도와 설거지를 하는 동안 이니드는 전화로 손자들과 통화하고, 앨프리드는 잠자리에 들었다.

"아빠가 언제부터 저러셨지?" 칩이 데니즈에게 물었다.

"언제? 바로 어제부터. 하지만 그 전에도 좋지 않았어."

칩은 앨프리드의 묵직한 코트를 걸치고는 밖에서 담배를 피웠다. 빌뉴스의 추위와는 비교도 안 될 강렬한 추위였다. 오크 나무에 여전히 매달려 있는 두꺼운 갈색 나뭇잎이 바람에 바스락대고, 그의 발아래에서 눈이 사각거렸다. 개리가 말했었다. **오늘 밤 거의 영하 17도까지 내려갈 거라더군. 위스키 한 병을 들고 밖에 나가기만 하면 돼.** 칩은 담배로 사고력을 강화하는 동안 자살이라는 중요 문제를 탐구하고 싶었지만, 그의 기관지와 비강은 추위에 너무나도 큰 트라우마를 입은 탓에 연기의 트라우마는 명함도 못 내밀 수준이었다. 손가락과 귀의 통증이 —망할 리벳— 삽시간에 참을 수 없이 심해졌다. 그가 단념하고 재빨리 안으로 들어가는데 마침 데니즈가 나가려고 했다.

"어디 가니?" 칩이 물었다.

"돌아올 거야."

이니드는 거실의 난롯가에서 적나라한 적막감을 주며 입술을 물어뜯고 있었다. "아직 선물을 안 열어봤더구나."

"아침에 볼게요." 칩이 대꾸했다.

"마음에 들 만한 게 있을 것 같지 않네."

"뭘 주시든 감사해요."

이니드는 고개를 저었다. "이런 크리스마스를 바란 게 아니었어. 느닷없이 아버지가 아무것도 못하게 되다니. 그 무엇 하나도."

"약을 끊으면 어떻게 될지 한번 보자고요."

이니드는 난롯불에서 나쁜 점괘라도 읽는 모양이었다. "1주일간 여기서 지내면서 아버지를 병원에 데리고 가는 걸 도와줄래?"

리벳 귀걸이가 부적이라도 되는 듯 칩의 손이 귓바퀴의 리벳을 향해 올라갔다. 그는 그림 동화에 나오는 아이 같았다. 온기와 음식의 꼬임에 넘어가 마법의 집에 들어간 그를 마녀가 우리에 잡아 가두어 토실토실 살이 오르게 한 뒤 잡아먹으려고 드는 듯했다.

그는 현관문에서 외웠던 주문을 되뇌었다. "사흘 후에 떠나야 해요. 바로 일을 시작해야 하거든요. 데니즈한테 갚아야 할 빚이 있어요."

"1주일만. 1주일만 같이 병원에서 어찌 될지 보자구나." 마녀가 말했다.

"안 될 것 같아요, 엄마. 돌아가야 해요."

이니드의 적막감이 더욱 깊어졌지만, 그의 거절에 놀라는 것 같지는 않았다. "그럼 나 혼자 알아서 해야겠구나. 이렇게 되리라는 걸 늘 알았던 것 같아."

그녀는 서재로 들어갔고, 칩은 난로에 장작을 더 넣었다. 차가운 바람이 창문을 비집고 들어와 젖혀진 커튼이 살짝 들썩거렸다. 보일러가 쉴 새 없이 돌고 있었다. 세상은 칩이 깨달은 것보다 훨씬 더 춥고 황량했고, 어른들은 사라지고 없었다.

11시가 다 되어 몸의 3분의 2가 얼어붙은 듯한 몰골로 데니즈가 담배 냄새를 풍기며 들어왔다. 칩에게 손을 저어 보이고는 곧바로 2층으로 가려고 했지만, 그는 난로 옆에 앉으라고 고집스럽게 말했다. 그녀가 무릎 꿇고 앉아 고개를 숙이더니 계속 코를 훌쩍이며 잉걸불을 향해 두 손을 내밀었다. 그를 보지 않으려는 듯 불꽃만 주시하고 있었다. 그러다 젖은 클리넥스 조각에 대고 코를 풀었다.

"어디 갔던 거니?" 그가 물었다.

"그냥 산책."

"길게도 했네."

"응."

"네가 보낸 이메일을 읽기도 전에 그만 삭제하고 말았어."

"아."

"그래, 무슨 일이야?"

그녀는 고개를 저었다. "그냥 온갖 것 때문이야."

"월요일에 현금을 거의 3만 달러를 받았어. 그중 2만 4천 달러를 너에게 주려고 했지. 그런데 스키 마스크를 쓴 경찰들한테 털려버리고 말았어. 정말 있을 법하지 않은 일이지."

"그 빚은 그만 잊기로 해."

데니즈의 말에 칩의 손이 다시 리벳을 향했다. "원금과 이자를 다 상환할 때까지 매달 최소 400달러씩 갚을게. 최우선 순위에 둘 거야. 절대적 최우선 순위에."

누이가 몸을 돌리더니 고개를 들어 그를 바라보았다. "그만 잊으라고 했잖아. 이제 빚은 없어."

"고마워. 하지만 어쨌든 갚을 거야." 그는 시선을 피하며 재빨리 대꾸했다.

"아니, 오빠 돈은 안 받을 거야. 빚은 다 탕감해줄게. '탕감'이 무슨 뜻인지 알지?"

그녀의 별난 감정 상태와 뜻밖의 말 때문에 칩은 슬슬 걱정이 되었다. 그는 리벳을 당기며 말했다. "데니즈, 그러지 마. 제발. 적어도 빚을 갚는 정도의 자존심은 지키고 싶어. 내가 형편없는 놈이었다는 걸 알아. 하지만 평생 쓰레기로 살고 싶지는 않아."

"그 빚은 그만 잊기로 해."

"정말, 그러지 마. 내가 빚을 갚을 수 있게 해줘." 칩은 절망적으로 미소 지었다.

"탕감받는 게 그렇게 견디기 어려워?"

"그래. 절대로 안 돼. 그럴 수는 없어. 빚을 갚는 편이 어느 모로 보나 나아."

데니즈는 여전히 무릎 꿇은 채 상체를 숙이고 두 팔에 머리를 박아 자신을 올리브나 달걀이나 양파처럼 만들었다. 그렇게 둥글게 만 몸에서 나지막한 목소리가 들렸다. "오빠가 그 빚을 그냥 잊는 것이 나한테 얼마나 큰 친절을 베풀어주는 것인지 알기는 해? 내가 이런 부탁을 하기가 얼마나 힘든지 알기는 해? 크리스마스에 여기에 오라는 것 말고는 뭔가를 부탁하는 게 처음이라는 걸 알기는 해? 내가 오빠를 모욕하지 않으려고 애쓰고 있다는 걸? 오빠가 그 돈을 갖고 싶어 한다는 걸 내가 결코 의심하지 않고, 지금 오빠에게 정말 어려운 부탁을 하고 있다는 것을 알기는 해? 내가 정말, 정말, 정말 간절하지 않으면 이런 어려운 부탁을 하지 않으리라는 걸 알기는 하냐고?"

칩은 그의 발치에서 공처럼 몸을 만 채 떨고 있는 인간을 응시했다. "무슨 일인지 말해줘."

"곳곳에서 문제야."

"지금은 그 돈 이야기를 할 때가 아닌 것 같아. 한동안은 그냥 접어두자. 지금 뭐가 문제인지 알고 싶어."

여전히 몸을 만 채 데니즈가 단호히 딱 한 번 고개를 저었다. "지금 그렇게 하겠다고 확답을 들어야 해. '그래, 고마워'라고 말해줘."

칩은 너무나 당혹스럽다는 몸짓을 했다. 자정이 다 된 시간에 아버지가 위층에서 사방을 두드리기 시작했고, 여동생은 달걀처럼 몸을 만 채 그의 삶에 자리한 핵심 고통에서 그만 벗어나라고 간청하고 있었다.

"이 이야기는 내일 하자." 그가 말했다.

"내가 대신에 다른 걸 부탁하면 도움이 될까?"

"내일 하자, 괜찮지?"

"엄마는 누가 다음 주에 여기 남아 있으면 해. 오빠가 1주일간 머물면서 엄마를 좀 도와줘. 그러면 나한테 정말 큰 도움이 될 거야. 일요일이 지나서까지 여기에 머문다면 나는 죽고 말 거야. 문자 그대로 존재하기를 멈추게 될 거야."

칩은 거친 숨을 쉬었다. 우리의 문이 빠르게 닫히고 있었다. 그가 빌뉴스 공항의 화장실에서 느꼈던 자각이, 빚이 탕감되리라는 전망에 데니즈에게 진 빚이 짐이기는커녕 그의 마지막 방어책이라는 느낌이 공포의 형태로 다시 살아났다. 그는 빚의 고통이라는 힘으로 너무나 오래 살아온 나머지 그의 뇌에 복잡하게 얽히게 된 이 종양을 제거하고도 살아남을 수 있을지 의심스러운 지경에 이르고 말았다.

동유럽행 마지막 비행기가 공항을 떠났는지, 아니면 오늘 밤 여전히 탈출이 가능한지 궁금했다.

"빚을 반으로 나누는 건 어때? 그러면 1만 달러만 빚이 남고, 수요일까지 우리 둘 다 여기에 머무는 거야."

"싫어."

"내가 좋다고 하면, 이제 그만 괴상하게 굴고 조금은 밝아질 거야?"

"먼저 좋다고 말해."

앨프리드가 2층에서 칩의 이름을 외치고 있었다. "칩, 나 좀 도와다오."

"오빠가 여기 없을 때도 아빠는 오빠를 찾았어." 데니즈가 말했다.

창문이 바람에 흔들렸다. 그의 부모가 언제부터 일찍 침대에 들었다가 계단에서 도와달라고 외치는 어린애가 된 것일까? 대체 언제부터?

"칩, 이 담요를 어찌해야 할지 모르겠다. **나 좀 도와다오.**" 앨프리드가 외쳤다.

집이 흔들리고, 폭풍이 덜그럭대고, 칩 가까이의 창문으로 새어 들어온 외풍이 격렬해졌다. 기억의 돌풍 속에서 커튼이 떠올랐다. 그가 대학 입학을 위해 세인트주드를 떠나던 때였다. 고등학교 졸업 선물로 부모에게서 받은 오스트리아제 수제 체스 말 세트와, 열여덟 번째 생일 선물로 부모에게서 받은 샌드버그의 여섯 권짜리 링컨 전기와, 새 브룩스 브러더스 감청색 블레이저와("이걸 입으니 잘생긴 젊은 의사 같아!" 하고 이니드가 암시를 주었다), 하얀 티셔츠와 하얀 자키 팬티와 하얀 내복 따위의 높다란 더미와, 5학년인 데니즈의 사진이 담긴 투명 합성수지 액자와, 앨프리드가 40년 전 캔자스 대학 신입생으로 떠날 때 가져갔던 바로 그 허드슨 베이 담요와, 마찬가지로 앨프리드의 아득한 캔자스 시절부터 간직한 가죽으로 덮인 울 장갑과, 앨프리드가 그를 위해 시어스에서 산 묵직한 보온용 커튼을 짐 가방에 쌌다. 칩의 대학 입학 안내서를 읽던 앨프리드는 **뉴잉글랜드의 겨울은 매우 혹독할 때도 있습니다**라는 구절에 무척 놀랐다. 그가 시어스에서 산 커튼은 뒷면에 기포 고무가 덧대어져 있고, 플라스틱 같은 느낌을 주는 분홍빛 나는 갈색 천이었다. 무겁고, 뻣뻣하고, 부피가 컸다. "추운 밤에 이 커튼을 갖고 있는 걸 무척 다행으로 여기게 될 거다. 외풍을 얼마나 잘 막아주는지, 아마 깜짝 놀랄 거다." 앨프리드가 칩에게 말했다. 하지만 칩의 신입생 시절 룸메이트이자 오래지 않아 데니즈의 5학년 시절 사진 액자에다 바셀린 같은 것으로 엄지손가락 지문을 남긴, 사립학교 출신의 론 매코클이 커튼을 보고 비웃었다. 칩도 덩달아 같이 비웃었다. 그리고 상자에 넣어 기숙사 지하실에 4년 동안 처박아두어 곰팡이가 슬게 했다. 사실 그 커튼에 대해 그 어떤 반감도 없었다. 여느 커튼과 다를 바 없는 소망을 가진 평범한 커튼이었다. 평생을 지켜야 할 창문에 너무 크지도 작지도 않게 걸려 빛을 차단하고, 아침저녁으로 이리저리 당겨지고, 여름밤 비가 내리기 전에 산들바람에 흔들리고, 자주 사용되면서도 거의 눈에 띄지 않기를 바라는 그런 커튼이었다. 중서부만이 아니라 동부에도 이러한 고무가 덧대어진 갈색 커튼이 오래도록 유익하게 사용될 수많은 병원과 양로원과 저렴한 모텔이 있었다. 기숙사 방에 어울리지 않는 것은 그 커튼의 잘못이 아니었다. 자신의 지위를 상승시키겠다는 그 어떤 욕망도 내비친 적 없었다. 재질과 무늬는 보이지 않는 야망의 암시조차 담고 있지 않았다. 그저 커튼 그 자체였다. 오히려 졸업 전날 밤 그가 마침내 꺼냈을 때, 손을 안 탄 분홍빛 커튼은 기억하던 것보다 덜 뻣뻣하고, **덜** 촌스럽고, **덜** 시어스 제품 같았다. 그가 생각하던 것처럼 부끄러워해야 할 이유가 전혀 없었다.

"이 담요를 어찌해야 할지 모르겠다." 앨프리드가 말했다.

"좋아. 정 원한다면 갚지 않을게." 칩은 계단을 오르며 데니즈에게 말했다.

문제는 이것이었다. 어떻게 이 감옥에서 벗어나지?

거대한 검둥이 여인을, 비열하기 짝이 없는 사생아를 그는 예의 주시 했다. 여자는 그의 삶을 지옥으로 만들려 하고 있었다. 감옥 마당의 저쪽 끝에 서서 그에게 의미심장한 눈짓을 던지며, 그를 잊지 않았다는 것을, 피의 복수를 향한 욕망에 여전히 불타오른다는 것을 일깨워주었다. 그녀는 게으른 검둥이 사생아였기에 그는 그렇게 고함쳐 불렀다. 흑인이든 백인이든 주위의 모든 사생아를 저주했다. 머저리 같은 규정을 교활하게 이용해먹는 망할 사생들. 환경보호국 관리들, 직업안전위생관리국 직원들, 싸가지 없는 그렇고 그런 것들. 그들은 그가 자기네의 잘못을 알기에 멀찍이 물러나 있었지만, 그가 잠깐 졸아 경계를 늦추기를, 그래서 자기네 마음대로 할 수 있기를 기다리고 있었다. 그에게 별 볼 일 없는 인간이라고 말하고 싶어 그들의 입은 근질거렸다. 어서 멸시를 하고 싶어 안달했다. 저 뚱뚱한 검은 사생아가, 저 추잡한 검둥이 잡년이 저 너머에서 그와 눈을 마주치더니 다른 죄수들의 흰머리 너머로 고개를 끄덕여 보였다. **널 작살내버리겠어.** 고개를 끄덕인 것은 바로 그런 의미였다. 그녀가 그에게 무슨 짓을 하고 있는지 다른 사람은 아무도 볼 수 없었다. 다들 헛소리나 지껄여대는 쓸모없고 겁 많은 낯선 인간들이었다. 그는 개중한 명에게 인사를 하고는 간단한 질문을 했다. 그자는 심지어 영어를못 알아들었다. 간단한 질문에 간단히 대답하면 되는 지극히 간단한일이건만 전혀 간단하지 않은 것이 분명했다. 이제 그는 혼자였다. 모퉁이에 홀로 있었다. 그리고 사생아들이 그를 작살내러 나왔다.

그는 칩이 어디에 있는지 알 수 없었다. 칩은 지적이어서 이런 사람들에게 조리 있게 말할 수 있었다. 어제 칩은 그와는 비교도 안 될만큼 일을 참 잘했다. 간단한 질문을 하고, 간단한 대답을 들은 다음, 누구나 이해하기 쉽게 그것을 설명했다. 하지만 지금 칩은 흔적도 보이지 않았다. 재소자들이 서로에게 수기 신호를 보내며 교통경찰처럼 팔을 흔들어댔다. 이들한테 그저 간단한 명령을 한번 내려보라. 그저 시험 삼아 말이다. 그들은 당신이 존재하지 않는 듯 행동한다. 저 뚱뚱한 사생아 검둥이 여자가 이들을 모두 겁쟁이 바보로 만들었다. 그녀는 이들이 그의 편에 서서 어떤 식으로든 도우려고 한다면 반드시 대가를 치르게 만들 터였다. 아, 바로 그 표정을 지었다. **너를 고통스럽게 해주마**라는 표정. 그는 지금껏 살아오며 무례한 흑인 여자를 무수히 겪어보았건만 뾰족한 수가 없었다. 이곳은 감옥이었다. 공공기관이었다. 여기에는 누구나 갇힌다. 백발 여자들이 수기 신호를 보내고 있었다. 대머리 호모들이 발가락을 쓰다듬고 있었다. 하지만 하느님 아버지, 왜 **그**란 말인가? 왜? 이런 장소에 내던져지다니 기가 막혀 그는 흐느꼈다. 늙는 것만 해도 지옥 같은데 저런 뚱보 따위한테 괴롭힘까지 당해야 하다니.

그리고 다시 그녀가 왔다.

"앨프리드? 자, 다리가 스트레칭 되도록 당길게요." 건방지고. 무례한.

"망할 사생아!" 그는 말했다.

"나는 나예요, 앨프리드, 하지만 나는 내 부모가 누구인지 알아요. 그러니 얌전히 손 내려요. 다리를 스트레칭 하면 훨씬 개운해질 거예요."

그는 다가오는 그녀에게 돌진했지만, 벨트로 의자에 묶여 있었고, 어째서인지 의자에, 다시 또 의자에 묶여 있었다. 의자에 묶인 채 꼼짝도 할 수 없었다.

"그렇게 들고 있어요, 앨프리드. 다 끝나면 방으로 돌려보내드릴게요." 비열한 여자가 말했다.

"사생아! 사생아! 사생아!"

그녀는 무례한 표정을 짓고는 가버렸지만, 돌아올 것이 분명했다. 그들은 늘 돌아왔다. 그의 유일한 희망은 의자에서 벨트를 풀어내는 것이었다. 자유로워진 몸으로 달아나 이 모두를 끝장내는 것이었다. 감옥 마당을 이렇게 여러 층으로 짓다니 형편없는 설계였다. 일리노이주까지 또렷이 보였다. 저기에 커다란 창문이 있었다. 죄수를 가두기에는 형편없는 설계였다. 보아하니 창문은 단열 유리로 되어 있었다. 머리부터 온몸으로 돌진한다면 깰 수 있을 듯했다. 하지만 우선 이 망할 벨트부터 풀어야 했다.

그는 널따랗고 부드러운 나일론 끈을 끊으려고 같은 방식으로 몇 번이고 분투했다. 철학적 장애에 맞닥뜨린 적도 있었지만, 그 시기는 지났다. 벨트 아래로 손가락을 집어넣어 벗기려고 하자 그의 손가락이 풀잎처럼 나약했다. 부드러운 바나나인 양 구부러져버렸다. 벨트 아래에 손가락을 집어넣어봐야 **두말할 것 없이 명백한 헛짓**이었다. 벨트는 꽉 조이는 데다 대단히 질기다는 압도적인 이점을 가지고 있었다. 그의 노력은 이내 그저 원한과 분노와 무능의 소극(笑劇)이 되었다. 손톱으로 벨트를 잡아 뜯다가 두 팔을 쭉 **뻗자** 그를 사로잡고 있는 의자의 팔걸이에 손이 부딪혀 이리저리 고통스레 튕겨나갔고, 망할 화가 나서…….

"아빠, 아빠, 아빠, 와, 진정하세요." 목소리가 말했다.

"저 사생아를 잡아! 저 사생아를 잡아!"

"아빠, 와, 저예요. 칩이에요."

그러고 보니 친숙한 목소리였다. 그는 정말 둘째 아들이 맞는지 칩을 유심히 살폈다. 사생아들은 온갖 방식으로 속여먹기 마련이었다. 만약 저 사람이 칩이 아니라 다른 누구라면 절대 믿어서는 안 되었다. 너무 위험했다. 하지만 치퍼에게는 사생아가 흉내 낼 수 없는 뭔가가 있었다. 치퍼의 얼굴을 보면 결코 거짓말하지 않는다는 것을 알 수 있었다. 치퍼에게는 그 누구도 위조할 수 없는 상냥함이 있었다.

치퍼가 맞다는 판단이 확신으로 기울어지자 그의 거친 숨결이 가라앉으며 미소와 같은 것이 그의 얼굴에 있던 호전성을 밀치고 올라왔다.

"그래!" 그가 마침내 말했다.

칩이 다른 의자를 당겨 앉아 찬물이 담긴 잔을 내밀자 그제야 앨프리드는 자신이 목말랐다는 것을 깨달았다. 그는 빨대로 길게 한 모금 마신 뒤 물잔을 도로 칩에게 밀었다.

"엄마는 어디 있니?"

칩은 잔을 바닥에 내려놓았다. "아침에 일어나니 감기 기운이 있다네요. 그래서 그대로 누워 계시라고 했어요."

"지금 엄마는 어디에서 지내고 있지?"

"집에서요. 이틀 전처럼요."

그가 왜 여기에 있어야 하는지 이미 칩에게 설명을 들었지만, 칩의 얼굴이 보이고 칩의 목소리가 들리는 한 지극히 납득이 가던 설명이 칩이 사라지자마자 산산조각 나버렸다.

거대한 검둥이 사생아가 악의 어린 눈길을 한 채 그들 주위를 빙빙 돌고 있었다.

"여기는 물리치료실이에요. 세인트루크 병원의 8층이고요. 엄마가 여기에서 발 수술을 받았죠. 기억나죠?"

"저 여자는 사생아야." 그가 손가락질하며 말했다.

"아뇨, 물리치료사예요. 그리고 아빠를 도우려고 애쓰고 있고요."

"아니, 봐라. 어떤 여잔지 모르겠니? 너도 보이지?"

"저분은 물리치료사예요, 아빠."

"뭐? 저 여자가 뭐라고?"

그는 한편으로는 지적인 아들의 지성과 장담을 신뢰했다. 다른 한편으로는 검둥이 사생아가 기회만 오면 당장 괴롭혀주겠다는 경고의 **눈길**을 그에게 던지고 있었다. 그녀의 태도에는 거대한 악의가 명백하게 드러나 있었다. 이러한 모순을 그는 조화시킬 수가 없었다. 칩이 절대적으로 옳다는 그의 믿음과 저 사생아가 절대로 물리학자가 아니라는 그의 확신이 충돌했다.

모순은 바닥이 보이지 않는 깊은 수렁으로 이어졌다. 그는 입을 쩍 벌린 채 수렁을 응시했다. 따스한 것이 그의 뺨을 따라 기어 내려가고 있었다.

그리고 이제 사생아의 손이 그를 향해 다가오고 있었다. 그는 사생아를 때리려고 했지만 아슬아슬하게 그 손이 칩의 것임을 깨달았다.

"진정해요, 아빠. 그냥 턱을 닦아드리려는 거예요."

"아, 하느님."

"여기 좀 더 앉아 있을래요, 아니면 방으로 돌아갈래요?"

"너의 재량에 맡기마."

이 편리한 문장은 말로 뱉어질 만반의 준비가 된 덕에 대단히 깔끔하게 발음되었다.

"그럼, 방으로 가요." 칩이 의자 뒤에 손을 뻗어 장치를 손보았다. 확실히 의자에는 대단히 복잡한 레버와 바퀴가 달려 있었다.

"벨트를 풀 수 있는지 좀 봐다오." 그가 말했다.

"방으로 돌아가면 그때 풀어드릴게요."

칩이 의자를 밀어 마당에서 벗어나 그의 감방이 있는 독방동으로 향했다. 그는 이곳이 얼마나 호화로운 곳인지 전혀 이해하지 못했다. 침대 위의 쇠창살과 족쇄와 라디오와 죄수 통제 설비를 제외하고는 여느 1등급 호텔 방에 뒤지지 않았다.

칩이 그를 창문 가까이에 앉히더니 스티로폼 물병을 들고 방에서 나가 몇 분 후 하얀 재킷을 걸친 예쁘장한 작은 여자와 함께 돌아왔다.

"램버트 씨?" 곱슬곱슬한 검은 머리에 철테 안경을 쓴 그녀는 데니즈처럼 예뻤지만 키가 좀 작았다.

"저는 닥터 슐먼입니다. 어제 저와 만났는데, 기억나세요?"

"그래요!" 그는 활짝 웃으며 말했다. 이런 여자들이 있는 세상을 그는 기억했다. 빛나는 눈과 영리한 이마의 어여쁜 작은 여자들이 사는 희망의 세상.

그녀가 그의 머리에 손을 얹더니 키스하려는 듯 몸을 숙였다. 그는 죽도록 겁이 났다. 거의 그녀를 칠 뻔했다.

"놀라게 해드릴 생각은 없었어요. 그저 눈을 살펴려는 거예요. 괜찮죠?" 그녀가 말했다.

그는 어떻게 해야 할지 몰라 칩을 돌아보았지만, 아들은 여자를 응시하고 있었다.

"칩!" 그가 불렀다.

칩이 그녀에게서 눈을 뗐다. "네, 아빠?"

이제 그는 칩의 관심을 사로잡았으니 뭔가를 말해야 했다. 그가 한 말은 이랬다. "엄마한테 전화해서 여기 난장판에 대해서는 걱정 말라고 해라. 내가 알아서 처리하겠다고."

"네, 그렇게 전할게요."

여자의 영리한 손가락과 부드러운 얼굴이 그의 머리를 온통 감싸고 있었다. 그녀가 주먹을 쥐어보라고 하더니, 그의 몸을 꼬집거나 쿡 찔렀다. 그녀는 다른 사람의 방에 놓인 텔레비전처럼 이야기하고 있었다.

"아빠?" 칩이 불렀다.

"못 들었어."

"의사 선생님이 '앨프리드'라고 부를지, '램버트 씨'라고 부를지 물어보세요. 어느 쪽이 좋아요?"

그는 고통스레 미소 지었다. "무슨 말인지 모르겠다."

"제 생각엔 '램버트 씨'를 더 선호하실 것 같아요." 칩이 말했다.

"램버트 씨, 여기가 어디인지 말씀해주시겠어요?" 자그마한 여자
가 말했다.

그는 다시 칩에게로 고개를 돌렸다. 아들의 표정은 기대에 차 있을
뿐 아무 도움도 주지 않았다. 그는 창문을 가리켰다. "저쪽은 일리노
이주야."

그는 아들과 여자에게 이야기했다. 둘 다 대단한 흥미를 보이며
듣고 있었기에 뭔가 더 말해야 할 듯했다. "저기에 창문이 있어. 저
걸…… 열 수 있다면…… 그러면 참 좋겠어. 벨트를 풀 수가 없어. 그
리고."

그는 실패하고 있었고, 그는 그것을 알았다.

자그마한 여자가 상냥하게 그를 내려다보았다. "지금 미국 대통령
이 누구인지 말씀해주시겠어요?"

그는 씩 웃었다. 쉬운 질문이었다.

"너희 엄마가 저기에 물건을 너무 많이 쌓아뒀어. 정작 본인은 그
걸 알지도 못하는 것 같아. 전부 내다버려야 해."

자그마한 여자가 마치 합리적인 대답을 들었다는 듯 고개를 끄덕
였다. 그러더니 두 손을 높이 들었다. 이니드처럼 예뻤지만, 이니드
는 결혼반지가 있는 대신 안경이 없었고, 최근에 무척 나이가 들었
다. 아마도 이니드를 알아볼 수 있으리라. 하지만 칩보다 더욱 친숙
한 사람이긴 해도 그녀를 보기가 더 힘들었다.

"손가락이 몇 개인가요?" 여자가 물었다.

그는 그녀의 손가락을 응시했다. 그가 보기에 손가락이 보내고 있는 메시지는 **휴식**이었다. 긴장을 풀고. 편안히.

그는 웃으며 방광을 비웠다.

"램버트 씨? 손가락이 몇 개인가요?"

손가락이 거기에 있었다. 아름다웠다. 무책임의 안도. 모르면 모를수록 더욱 행복해졌다. 아무것도 모르는 것이야말로 천국이리라.

"아빠?"

"알고 있어야 마땅한데. 어떻게 내가 그런 걸 잊을 수가 있지?"

자그마한 여자와 칩이 눈빛을 주고받더니 복도로 나갔다.

그는 편안함을 즐겼지만 1, 2분 후 축축한 느낌이 들었다. 옷을 갈아입어야 하는데 갈아입을 수가 없었다. 그는 식어가는 오줌 진창에 앉아 있었다.

"칩?" 그가 불렀다.

독방동에 고요함이 떨어졌다. 그는 칩에게 의지할 수 없었다. 아들은 걸핏하면 사라졌다. 자신 외에는 믿을 사람이 없었다. 머릿속에는 아무 계획이 없고, 손에는 아무 힘이 없는 채로 그는 벨트를 풀려고 했다. 그래야 바지를 벗고 몸을 닦을 수 있을 테니. 하지만 벨트는 여전히 노엽게도 꿈쩍도 안 했다. 스무 번이나 벨트를 손으로 훑었지만 스무 번 다 버클을 찾는 데 실패했다. 그는 3차원의 자유를 찾고 있는 2차원의 사람이 된 듯했다. 영원을 찾을 수 있건만 망할 버클을 못 찾다니.

"칩!" 그가 외쳤지만 그리 큰 소리는 아니었다. 검둥이 사생아가 저

곳에 숨어 있다가 그를 가혹하게 처벌할지도 몰랐다. "칩, 어서 와서 도와다오."

그는 다리를 완전히 제거하고 싶었다. 약하고, 파르르 떨고, 젖었고, 덫에 갇혔다. 흔들의자도 아닌 의자에 앉아 발을 슬쩍 차며 몸을 흔들어댔다. 그의 손은 야단법석이었다. 다리가 꼼짝 못 하면 못 할수록 그는 팔을 마구 흔들어댔다. 사생아 차지가 된 것이다, 배신당한 것이다, 그는 울기 시작했다. 미리 알았더라면! 미리 알았더라면 조치를 취할 수 있었을 것이고, 총을 쏠 수 있었을 것이고, 끝없는 차가운 대양에 빠질 수 있었을 것이다. 미리 알았더라면.

물병을 벽에 내던지자 그제야 누군가가 달려왔다.

"아빠, 아빠, 아빠. 왜 그래요?"

앨프리드는 고개를 들어 아들의 눈을 응시했다. 입을 열었지만 그가 할 수 있는 말이라고는 "나는—"

나는—

나는 실수를 했어—

나는 혼자야—

나는 젖었어—

나는 죽고 싶어—

나는 미안해—

나는 최선을 다했어—

나는 자식들을 사랑해—

나는 네 도움이 필요해—

나는 죽고 싶어—

"나는 여기 있기 싫어." 그가 말했다.

칩이 의자 옆에 웅크리고 앉았다. "제 말 잘 들으세요. 1주일 더 여기서 지내며 검사를 받아야 해요. 뭐가 잘못된 것인지 알아내야 해요."

그는 고개를 저었다. "아냐! 여기서 꺼내줘!"

"아빠, 죄송해요. 하지만 집으로 모셔 갈 수는 없어요. 적어도 1주일은 여기 더 계셔야 해요."

아, 아들이 이토록 그의 인내심을 실험하다니! 지금쯤이면 칩이 그의 마음을 척 이해해야 하는데.

"끝장내고 싶다는 거다! 끝장내기 위해 도와달라는 거야!" 그는 자신을 사로잡은 의자의 팔걸이를 쿵쿵 쳤다.

마침내 몸을 내던질 마음의 준비가 되어 창문을 바라보았다. 아니면 총을 주든지, 도끼를 주든지, 뭐든지 좋았다. 여기에서 나갈 수만 있다면. 칩에게 이 점을 이해시켜야만 했다.

칩이 그의 떨리는 손을 꼭 감쌌다. "함께 있을게요, 아빠. 하지만 그건 안 돼요. 이렇게 끝낼 수는 없어요. 죄송해요."

죽어버린 마누라랑 불타버린 집처럼, 맑은 사고와 행동력은 여전히 그의 기억 속에서 생생했다. 다음 세상으로 이어지는 창문을 통해 그는 여전히 명징함과 힘을 볼 수 있었지만 단열 유리판 너머에 있는 탓에 만질 수는 없었다. 바람직한 결과들이 보였다. 바다에서 익사, 소총 발사, 높은 곳에서 뛰어내리기. 여전히 너무나 가까이 있는데 저들 비책을 쓸 기회를 잃어버렸다니 도저히 믿을 수가 없었다.

그는 자신이 받은 형의 부당함에 흐느꼈다. "하느님 맙소사, 칩."

그는 명징함과 힘이 완전히 사라지기 전에 자기 자신을 자유롭게 할 마지막 기회일지도 모른다는 것을 감지하고는 큰 소리로 말했다. 그가 무엇을 원하는지 칩이 **정확히** 이해하는 것은 대단히 중요했다. "지금 도와달라는 거야! 나를 여기에서 빼내야 해! 이만 끝을 내야 한다고!"

심지어 눈이 붉게 충혈되고 눈물이 뺨을 가르는 와중에도 칩의 얼굴은 명징함과 힘으로 가득 차 있었다. 그가 자신을 이해하듯 그를 이해해주리라 믿어 의심치 않았던 아들이 여기 있었다. 그러므로 칩이 대답했을 때 그 대답은 절대적인 것이었다. 칩의 대답이 그에게 알려주었다, 여기서 이야기가 끝난다고. 칩이 고개를 젓는 것으로 끝난다고, "그럴 수 없어요, 아빠. 그럴 수 없어요"라고 말하는 것으로 끝난다고.

인생 수정

마침내 시장에 조정이 시작되자 하룻밤 사이에 거품이 터지기보다는 한결 온화하게 쇠퇴하는 형태를 띠었다. 주요 금융시장의 가치가 1년간 꾸준히 감소했고, 경기 수축이 너무나 점차적인 나머지 헤드라인에 오르지도 못했고, 너무나 예측 가능한 나머지 바보나 가난한 노동자를 제외하고는 그 누구에게도 큰 상처를 입히지 못했다.

이니드가 보기에 현재의 상황은 일반적으로 그녀가 젊은 시절 겪은 것보다 훨씬 조용하고 시시했다. 그녀는 1930년대를 기억하고 있었다. 세계경제가 기를 쓰고 싸움을 시작하자 이 나라에 어떤 일이 벌어지는지 그녀는 두 눈으로 직접 목격했다. 그녀의 어머니가 하숙집 뒷골목의 노숙자들에게 남은 음식을 나눠줄 때 함께 거들었던 것이다. 하지만 이런 거대 재앙은 더 이상 미국에 닥치지 않을 듯했다. 충격을 완화하기 위해 모든 현대적 운동장에 깔린 고무 덮개 같은 안전장치가 적재적소에 마련되어 있었다.

하지만 시장은 붕괴했다. 이니드는 앨프리드가 자산을 모두 연금과 국채에 넣어둔 것을 이렇게 **기뻐하는** 날이 올 줄은 상상도 못 했다. 야망이 큰 친구들에 비해 그녀는 경기 침체에 대한 걱정으로 전전긍긍하지 않았다. 오픽 미들랜드는 경고했던 대로 그녀의 전통적 건강 보험을 종결하고 HMO 보험에 들도록 강요했지만, 그녀의 오랜 이웃인 딘 드리블릿이 고맙게도 서명 하나로 그녀와 앨프리드의 보험을 디디케어 초이스 플러스로 승격해주었다. 덕분에 그녀는 좋아하는 병원에서 그대로 진료받을 수 있었다. 보험 처리가 안 되는 거액의 양로원비를 여전히 매달 내야 하긴 했지만, 절약한 덕분에 앨프리드의 연금과 철도 퇴직수당으로 생활을 유지할 수 있었다. 또한 그사이에 그녀의 집이, 이제는 완전히 그녀 소유였다, 계속 가격이 오르고 있었다. 단순한 진실은 그녀가 부자는 아니지만, 가난뱅이도 아니라는 것이었다. 그녀가 앨프리드에 대해 걱정하고 앞날을 알 수 없던 시절에는 무슨 까닭인지 그러한 진실을 깨닫지 못했지만, 그가 집을 떠나자마자 이니드는 밀린 잠을 푹 잘 수 있었고, 진실을 명확히 볼 수 있게 되었다.

이제 모든 것이 더욱 분명히 보였다. 특히 자식들에 대해 그러했다. 재앙과 같은 크리스마스가 지나고 두세 달 후 개리가 조나와 함께 세인트주드로 돌아왔을 때 그녀는 오롯이 즐거움에 빠져 지냈다. 개리는 여전히 그 집을 팔라고 했지만, 앨프리드가 계단에서 넘어져 죽을 것이라고는 더 이상 주장할 수 없었다. 또한 개리의 좋은 논거가 되었던 방치된 문제점들이 그 무렵 칩 덕분에 많이 해결되었다 (고리버들 가구 칠하기, 방수 처리하기, 홈통 치우기, 갈라진 틈 메우기).

개리와 이니드는 돈 문제로 다투었지만, 사실 이는 재미를 위해서였다. 개리가 15센티미터짜리 볼트 여섯 개를 사느라 썼던 4달러 96센트를 아직도 "안 주었다"며 달라고 쫓아다니자, 그녀는 "저거 새 시계지?"라는 질문으로 반격했다. 그는 캐럴라인한테 크리스마스 선물로 새 롤렉스를 받았다고 인정하고는, 6월 15일 전에 팔지 못한 생명공학 신규상장 주식 때문에 최근 피를 봤다며 덧붙이더니 어쨌든 이것은 원칙의 문제예요, 어머니, 원칙요, 라고 말했다. 하지만 이니드는 원칙 때문에 그에게 4달러 96센트를 주기를 거부했다. 무덤에 갈 때까지 볼트 여섯 개 값 주기를 거부하리라는 사실에 그녀는 즐거워했다. 피를 보게 된 생명공학 주식이 정확히 어느 회사 것이냐고 개리에게 물었다. 개리는 신경 쓰지 말라고 대꾸했다.

크리스마스 후 데니즈는 브루클린으로 이사해 새 레스토랑 일을 시작했다. 4월에는 자신의 생일에 맞추어 이니드에게 비행기 티켓을 보냈다. 이니드는 고맙지만 뉴욕에 갈 수 없다고, 앨프리드를 여기 남겨둘 수 없다고, 그것은 옳지 않다고 말했다. 그러고는 뉴욕으로 가서 나흘간 멋진 시간을 보냈다. 데니즈가 크리스마스 때보다 훨씬 행복해 보였기에 이니드는 딸이 평생의 반려자를 여전히 만나지 못한 점이나 만날 생각도 않는다는 점에 대해 더 이상 개의치 않기로 했다.

세인트주드로 돌아온 이니드는 어느 날 오후 메리 베스 슈퍼트의 집에서 브리지를 했다. 그때 베아 마이스너가 유명한 '동성애' 여배우에 대한 기독교적 반감을 터뜨리기 시작했다.

"젊은 사람들에게 그 여자는 **끔찍한** 롤모델이야." 베아가 말했다.

"살면서 나쁜 선택을 했다면 적어도 그런 선택에 대해 떠벌리지는 말아야 할 것 아냐. 특히나 그런 사람들을 도울 수 있는 온갖 새 정책이 만들어지고 있는 판국에."

그 게임에서 베아의 파트너였는지라 첫 투비드에서 실패한 그녀에게 이미 짜증이 나 있던 이니드는 '동성애자'가 '동성애자'가 되고 싶어 되는 것은 아니라고 본다고 온화하게 지적했다.

"아, 그게 아냐. 그건 명백히 선택의 문제야." 베아가 반박했다. "나약함 때문에 사춘기에 시작되지. 의문의 여지 없이 확실해. 모든 전문가들이 그렇게 말해."

"그 여자 애인이 해리슨 포드와 찍은 스릴러 재밌었는데. 제목이 뭐였지?" 메리 베스 슈퍼트가 물었다.

"그건 선택의 문제가 아니라고 봐." 이니드는 차분히 의견을 고수했다. "언젠가 칩이 재미난 이야기를 해주었는데, 그토록 많은 사람이 '동성애'를 혐오하고 반대하는데 정말 선택 가능하다면 세상에 대체 누가 굳이 일부러 '동성애자'가 되겠냐고 했어. 정말 흥미로운 관점 아니니?"

"아니, 그거야 특별한 권리를 원하기 때문이지." 베아가 다시 반박했다. "'동성애자 퍼레이드'를 하겠다니. 그래서 그토록 많은 사람들이 그네들을 좋아하지 않는 거야. 그네들이 하는 짓거리의 비도덕성을 제쳐두더라도 말이지. 그저 나쁜 선택을 하는 데 그치지 않고 꼭 떠벌려야 하는 건 뭐야."

"정말 좋은 영화를 본 게 언제인지 기억도 까마득하네." 메리 베스가 말했다.

이니드는 '대안적' 생활 방식의 옹호자가 아니었다. 그리고 베아 마이스너가 마음에 안 드는 것이야 40년 전부터 그러했다. 왜 이번 브리지 게임에서의 대화 때문에 더 이상 베아 마이스너와 친구로 지낼 필요가 없다고 결정하게 되었는지 그녀는 명확히 말할 수 없었다. 개리의 물질주의와 칩의 실패와 데니즈의 자식 없음 때문에 긴 세월 수많은 야심한 밤을 신랄하게 비판해대고 안절부절못하며 보냈건만, 왜 앨프리드가 집을 떠나기 무섭게 고통이 한결 줄어들었는지도 명확히 말할 수 없었다.

자식들 셋 모두가 도움을 주고 있다는 사실은 확실히 영향을 주었다. 특히 칩은 거의 기적처럼 사람이 확 바뀐 듯했다. 크리스마스 이후 6주나 이니드와 함께 지내며 앨프리드에게 매일 병문안을 간 후 뉴욕으로 돌아갔다. 그리고 한 달 후 그 지독한 귀걸이를 뺀 채 다시 세인트주드로 돌아왔다. 그가 오랫동안 머물겠다고 제안하자 이니드는 경악하며 기뻐했다. 하지만 칩이 세인트루크 병원의 신경과 수석 레지던트와 사귀고 있다는 사실이 드러났다.

신경과 의사인 앨리슨 슐먼은 별난 머리 스타일을 한 다소 평범한 외모의 시카고 출신 유대계 여자였다. 이니드는 그녀가 꽤 마음에 들었지만, 그렇게 잘나가는 젊은 의사가 왜 저런 반백수나 다름없는 남자와 사귀는지 미스터리였다. 스코키에서 공동 개업한 앨리슨과 비도덕적인 동거를 시작하기 위해 칩이 시카고로 이사 가겠다고 6월에 알렸을 때 미스터리는 더욱 깊어졌다. 칩은 사실상 직업이 없었고, 생활비 중 자기 몫을 낼 의도가 전혀 없다는 사실을 확실히 하지도 않았고, 그렇다고 부인하지도 않았다. 그는 시나리오 작업을 하고 있다고 주장했다. 뉴욕의 영화제작자가 그의 '새' 버전을 '사랑'하며 각색을 요청했다고 했다.

하지만 이니드가 아는 한 그의 유일한 수입이라고는 파트타임 대리 교사 봉급뿐이었다. 그가 한 달에 한 번 시카고에서 세인트주드까지 차를 몰고 와 앨프리드와 며칠을 함께 지내는 것에 대해 이니드는 무척 고마워했다. 하지만 그가 아직 결혼도 안 한 여자와의 사이에서 쌍둥이가 태어날 것이라고 알리더니, 신부가 **임신 7개월**이고, 신랑의 현 '직업'이 시나리오를 네다섯 번째로 고쳐 쓰는 것이고, 하객들 다수가 골수 유대인이면서도 이 행복한 커플을 보고 **기뻐하는** 듯 보이는 결혼식에 초대하자 이니드로서는 흠을 잡고 비난해댈 것이 넘쳐날 수밖에 없었다! 만약 앨프리드와 함께 결혼식에 참석했더라면 자신이 **분명** 흠을 잡고 비난해댔을 것이라고 생각하자 스스로가 떳떳하지 않았고, 거의 50년간 이어진 결혼 생활이 유감스러웠다. 앨프리드 옆에 앉아 있었더라면 그녀에게 우르르 다가온 사람들이 분명 그녀의 쓰라린 표정을 보고는 얼른 돌아가지, 그녀를 의자째로 땅에서 번쩍 들어 올려 유대 음악에 맞추어 방을 빙빙 돌지는 않았을 것이고, 분명 그녀도 그것을 즐기지는 않았을 것이었다.

유감스럽게도 앨프리드가 없는 삶이 앨프리드를 제외한 모두에게 더 나은 것이 사실인 듯했다.

헤지퍼스와 앨리슨 슐먼을 포함해 의사들은 노인을 1월부터 2월까지 세인트루크 병원에 입원시키고는 오픽 미들랜드의 곧 계약 해지될 예정인 보험사에 거액을 청구하며 전기충격요법에서부터 할돌*까지 모든 가능한 치료법을 시도해보았다. 마침내 앨프리드는 파

820

킨슨병, 치매, 우울증, 다리와 요로의 신경 장애라는 진단을 받고 퇴원했다. 이니드는 의무감에서 그를 집에서 돌보겠다고 제의했지만, 감사하게도 자식들이 결사반대했다. 앨프리드는 컨트리클럽에 인접한 장기 요양원 딥마이어 홈에 들어갔고, 이니드는 매일 그를 면회하여 집에서 만든 음식을 먹이고, 깔끔하게 입히며 돌보았다.

그녀는 최소한 그의 몸이라도 되돌아와 기뻤다. 그녀는 그의 크기와 모양과 냄새를 늘 사랑했다. 그가 만지지 말라고 논리적 반대도 하지 못하고 요양원 의자에 꼼짝없이 앉아 있으니 얼마든지 마음껏 만질 수 있었다. 그는 키스하도록 내버려두었고, 그녀의 입술이 조금 더 오래 머물러도 몸을 움츠리지 않았다. 그의 머리카락을 쓰다듬어도 움찔하지 않았다.

그의 몸은 그녀가 늘 원하던 것이었다. 문제는 그의 나머지였다. 그녀는 그를 면회하러 가기 전에 불행했고, 그의 곁에 앉아 있는 동안 불행했고, 그를 떠난 후 불행했다. 그는 깊은 무작위의 단계에 접어들었다. 이니드는 요양원에 갔다가 그가 악취를 풍기며 턱을 가슴에 댄 채 바짓자락에 쿠키만 한 침 자국을 남긴 꼴을 볼 수도 있었다. 아니면 그가 중풍 환자나 화분과 다정하게 이야기 나누고 있는 것을 볼 수도 있었다. 아니면 몇 시간이고 계속해 그의 관심을 사로잡은 투명 과일의 껍질을 벗기고 있는 것을 볼 수도 있었다. 아니면 그가 잠을 자고 있을 수도 있었다. 그가 무엇을 하고 있든 이치에 닿는 것은 없었다.

---

* 정신적 장애를 치료할 때 쓰이는 진정제.

칩과 데니즈는 어떻게 그럴 수 있는지 몰라도 인내심 있게 그의 곁에 앉아 대화를 나누었다. 그가 빠져 있는 기괴한 환상에 대해서나, 기차 잔해나 감금이나 호화 크루즈에 대해. 하지만 이니드는 아주 작은 실수도 참을 수가 없었다. 만약 그가 그녀를 장모로 착각하면 그녀는 화가 나서 정정했다. "앨, **나예요. 이니드**예요. **48년**을 함께 산 마누라라고요." 만약 그가 그녀를 데니즈로 착각하면, 그녀는 똑같이 말했다. 그녀는 자신의 인생이 완전히 **잘못되었다**고 느끼고 있었고, 이제 그가 얼마나 **잘못된** 사람인지 그에게 말할 기회를 누릴 수 있다. 삶의 다른 부분에서는 마음이 느긋해져 덜 비판적이 된 그녀였건만 딥마이어 홈에만 오면 예전과 다름없이 바짝 신경을 곤두세웠다. 깨끗하게 갓 다린 바지에다 아이스크림을 흘리다니 잘못했다고 그에게 꼭 말해주어야 했다. 조 퍼슨이 친절하게도 문병을 왔을 때 그가 친구를 알아보지 못한 것도 잘못이었다. 아론과 케일럽과 조나의 사진을 보지 않는 것도 잘못이었다. 앨리슨이 살짝 저체중이지만 건강한 쌍둥이 딸을 낳았을 때 그가 기뻐하지 않은 것도 잘못이었다. 아내와 딸이 추수감사절 저녁을 함께하려고 그를 집까지 데려오느라 어마어마한 고생을 했는데도 행복해하거나 고마워하거나 심지어 조금도 정신이 맑아지지 않은 것도 잘못이었다. 추수감사절 만찬 후 딥마이어 홈으로 그를 데려갔을 때 그가 "다시 돌아와야 하니 그냥 여기 머무르는 게 낫겠어"라고 말한 것도 잘못이었다. 그런 문장을 말할 정도로 정신이 맑을 수 있으면서 다른 때는 정신이 맑지 않은 것도 잘못이었다. 밤에 침대 시트로 목을 매려고 한 것도 잘못이었다. 창문에 온몸을 던진 것도 잘못이었다. 저녁 식사 때 쓴 포크로 손목을 그으려고 한 것도 잘못이었다. 그가 그토록 수많은 잘못을 저지르는데도 이니드는 뉴욕에서의 사흘과 필라델피아에서의 두 번의 크리스마스와 엉덩이 수술 후 3주간의 회복 기간을 제외하고는 하루도 빠짐없이 그를 방문했다. 여전히 시간이 있을 때 그가 얼마나 잘못되었고, 그녀가 얼마나 옳았는지 그에게 이야기해야만 했다. 그녀를 더 사랑하지 않은 것이 얼마나 잘못이었고, 그녀를 소중히 여기지 않고 기회 있을 때마다 섹스를 하지 않은 것이 얼마나 잘못이었고, 그녀의 투자 본능을 신뢰하지 않은 것이 얼마나 잘못이었고, 많은 시간을 일에 바치면서 아이들과는 거의 시간을 보내지 않은 것이 얼마나 잘못이었고, 그토록 부정적인 것이 얼마나 잘못이었고, 그토록 우울한 것이 얼마나 잘못이었고, 삶에서 달아난 것이 얼마나 잘못이었고, 그래, 라고 말하는 대신 아니, 라고 거듭거듭 말한 것이 얼마나 잘못이었는지 하나하나 매일매일 알려주어야 했다. 그가 듣지 않는다 해도 그녀는 말해야 했다.

그는 딥마이어 홈에서 2년을 지낸 후 음식 먹기를 멈추었다. 칩은 아이들을 키우고, 사립 고등학교에서 교사 노릇을 하고, 시나리오를 여덟 번째로 수정 작업을 하던 중 시간을 내 시카고에서 달려와 작별 인사를 했다. 앨프리드는 기대 이상으로 오래 버텼다. 마지막 순간까지 그는 사자였다. 데니즈와 개리가 비행기를 타고 왔을 때 그의 혈압은 거의 측정도 할 수 없을 지경이었지만 그럼에도 1주일을 더 살았다. 침대에 몸을 만 채 누워 거의 숨도 쉬지 않았다. 꼼짝도 하지 않았고, 그 어떤 반응도 보이지 않았다. 다만 이니드가 그의 입에 얼음 조각을 밀어 넣으려고 했을 때 그는 딱 한 번 단호히 고개를 저었다.

그가 결코 잊지 않은 유일한 것은 거절하는 법이었다. 그녀의 모든 비난이 헛짓이었던 것이다. 그는 그녀와 처음 만났을 때처럼 여전히 고집불통이었다. 하지만 그가 숨을 거두고 그녀가 그의 이마에 입술을 댄 후 따스한 봄밤에 데니즈와 개리와 함께 밖으로 나왔을 때, 그녀는 이제 그 무엇도, 그 무엇도 자신의 희망을 죽일 수 없다고 느꼈다. 그녀는 일흔다섯 살이었고, 새로운 인생을 만들어갈 터였다.

추천의 글

여기, 시간의 마모와 사회의 타락으로 붕괴하는 한 세계가 있다. 그 세계는 우리가 삶의 묘상으로 막연히 가정하며 인간 삶의 실질적인 모형으로 정착시킨 개인주의의 세계이다. 그 세계는 한편으로, 정직하게 일해서 자신의 삶을 꾸려가야 한다는 청교도적 개인윤리의 세계이자 동시에 그와 등을 맞대고 살아가면서도 윤리적 강박에서 탈출해 자기만의 고유한 삶을 갖고 싶어 하는 개인이 자신의 내면에 구축한 소박한 자존적 행복의 세계이다. 이 두 얼굴의 개인주의 세계가 근대 이후 지구의 전 지역으로 퍼져나가 인간 세상 그 자체를 이루고 있었다면, 이 소설은 시방 바로 저 우리 삶의 동축이, 그 자신의 무능력과 후속 세대의 방종과 부패로 인해, 군말 없이 들이닥치는 쓰나미에 쓸려가는 거대도시처럼 무너지고 있음을, 파킨슨병을 앓는 남편 앨프리드와 생각이 많아서 행동이 늘 지연되고 마는 아내 이니드가 짝을 이룬 노부부의 삶을 통해 여실히 전달하고 있다. 요컨대 우리 인간들은 "거품 같은 현대성"을 만나려고 여기까지 아등바등 살아왔던 것이니, 노부부의 저 하염없는 도로(徒勞)들을 좇는 독자의 눈길은 십중팔구 자신에게 전이되고야 말 것들에 대한 안타까움으로 멈출 줄 모르는 눈꺼풀의 엷은 지진에 조바심친다.

그런데 소설을 읽다 보면, 독자는 이 세계를 붕괴시키고 있는 일상적인 부패들과 이념적 혼란과 성적 방종과 또한 될 대로 되라는 투의 자기 방기가 놀랍게도 실은 청교도적-자존적 개인윤리의 세계에 뿌리를 두고 있다는 것을 슬그머니 암시받게 되는데, 현재로부터 과거로 순간 이동하였다가 서서히 현재로 재이행하는 이 소설 특유의 시간 구조는 바로 그 숨은 발견을 추체험케 하는 문학적 장치로 기능한다. 그러나 동시에 바로 그렇기 때문에 독자는 오늘의 방종과 혼란과 방기의 깊숙한 곳에서 여전히 자기 책임의 문제와 자존에 대한 신경증이 작동하고 있음을 함께 깨닫게 되는 터이니, 과연 중요한 것은 오늘날의 세상이 원래부터 통째로 잘못되었다는 자기 모멸도, 강력한 새로운 이념 체계로 이 썩은 세계를 대체해야 한다는 독선도 아니라, 우리 삶의 전체와 세목들을 그 내부로부터 찬찬히 반추하면서 그것들이 순행할 수 있도록 질 좋은 윤활유를 인생의 톱니바퀴 곳곳에 공들여 먹이는 것이다. 그러므로 이 소설 전반에 걸쳐 시시각각으로 터지는 지적 익살과 희극적 광경들 그리고 요란한 수다를 감싸는 활달한 유머와 깊은 비애는 바로 우리 스스로 삶을 수정할 계기들을 기포처럼 터뜨려 여는 썩 구수한 기름들이라 할 수 있을 것이다.

정과리(문학평론가, 연세대학교 국어국문학과 명예교수)

옮긴이의 말

폭력이 폭력을 부르듯 단절은 단절을 부른다.

높고 견고한 데다 가시까지 도사린 벽이 곳곳에 세워진 '가정'에서 어린아이가 살아가려면, 아니 살아남으려면 자신을 뭔가로 감싸는 수밖에 없다. 그것이 환상이 되었든, 굴종이 되었든, 위선이 되었든, 혹은 위악이 되었든……. 그 아이가 훗날 자라 어른이 되면 방패막이 역시 함께 자라 또 다른 견고한 벽이 된다. 그리고 그 아이의 아이는 또다시 자신을 뭔가로 휘감는다. 그리하여 악순환은 영원히 끊어지지 않는 것일까?

《인생 수정》의 작가 조너선 프랜즌은 아니라고 답하고 싶었던 듯하다. 가족을 노예처럼 다루는 폭력적인 아버지 밑에서 자란 앨프리드는 전혀 자상한 아버지가 되지 못한다. 심지어 가장 사랑하는 자식에게마저 마음의 문을 열지 못하고 억압적이고 냉정한 아버지라는 오해를 받는다. 아버지를 일찍 여의고 팍팍한 삶을 겪은 이니드는 가족의 마음을 헤아리기보다는 타인의 시선과 물질적 안위에 더욱 전전긍긍하는 어머니가 된다. 행복한 가정을 간절히 바라지만 그 행복을 막고 있는 문제의 본질을 꿰뚫지 못하고 환상과 속물성에서 위안을 구한다. 그 두 사람이 낳은 세 자식들은 이러한 부모에 반응하여 저마다 생존 비결을 익혀간다. 문제는 어렸을 때 도움이 되었던 그러한 방패막이가 어른이 되어서는 장애물로 작용하기 일쑤라는 것이다. 부모의 호감을 사는 데 최선을 다했던 개리는 훗날 자라 아내와 자식의 호감을 사는 데 최선을 다하느라 오히려 스스로를 여전히 억압한다. 대신에 억눌려 있던 부모에 대한 반감을 한껏 표출하며, 그들과 전혀 다른 삶을 산다는 데서 행복을 찾으려고 든다. 우스꽝스러울 정도로. 반면, 탈출의 환상에서 힘을 얻었던 칩은 주류 사회에 편입되지 못하고, 혹은 의식적, 무의식적으로 편입되기를 거부하고는 언저리를 맴돌며 방황한다. 막내딸 데니즈는 아버지에 대한 맹목적 사랑과 어머니에 대한 무조건적 반감으로 자신을 무장하지만 어른이 되어서는 오히려 남성에 대한 거부와 여성을 향한 갈망을 드러낸다.

이렇게만 보면 이들 모두 비참한 패자인 것만 같다. 하지만 중요한 것은 저마다 고통과 불행과 좌절 속에서도 길을 찾아 한 걸음 한 걸음 내딛는다는 점이다. 그 걸음이 오히려 실수일 때도 있지만, 그래서 한참을 구덩이에 처박혀 있기도 하지만, 성과가 있든 없든 미미하게나마 걸음은 계속된다. 그렇기에 나는 이들 모두가 영웅이라고 본다. 무결점의 사람은 없다. 다만 결점이 적은 사람과 많은 사람이 있을 뿐이다. 결점이 많다고, 불행을 돌이키기엔 너무 늦었다고, 고통으로 이미 비틀릴 대로 비틀렸다고 주저앉기보다는 실낱같을지언정 자존감과 희망을 버리지 않는다면 그 사람이야말로 영웅이다. 실낱같은 끈을 붙잡고 있기에 더더욱 영웅인 것이다. 작가의 가차 없는 풍자와 냉소 속에서도 따뜻함이 묻어나는 것은 이 때문이리라.

김시현

은행나무세계문학 에세 • 21

인생 수정

1판 1쇄 발행 2012년 6월 7일
1판 8쇄 발행 2022년 9월 7일
개정판 1쇄 발행 2025년 3월 31일

지은이·조너선 프랜즌
옮긴이·김시현
펴낸이·주연선

(주)은행나무
04035 서울특별시 마포구 양화로11길 54
전화·02)3143-0651~3 | 팩스·02)3143-0654
신고번호·제 1997—000168호(1997. 12. 12)
www.ehbook.co.kr
ehbook@ehbook.co.kr

ISBN 979-11-6737-510-0 (04800)
ISBN 979-11-6737-117-1 (세트)